Ondas de tempo

Ondas de tempo

Ondas de tempo

Mônica Reiche

Editora Quelônio

A todos os Zahn e a todos os Macek que vieram antes de mim.

Sem eles, eu não estaria aqui e este livro não teria sido escrito.

All the world's a stage,
And all the men and women merely players;
They have their exits and their entrances,
And one man in his time plays many parts, ...

William Shakespeare

O escritor criativo faz o mesmo que a criança que brinca.
Cria um mundo de fantasia que ele leva muito a sério, isto é,
no qual investe uma grande quantidade de emoção,
enquanto mantém uma separação nítida entre o mesmo e a realidade.

Sigmund Freud

O mundo é um grande palco, nos diz Shakespeare. Partiremos daí. Como foi escrito este romance? Vou contar a vocês. Para começar, precisávamos de um palco. É o início do século XX — mas onde? Cidade de São Paulo, em especial sua região central. Ali tudo teve seu início e, a partir dali, foi se alastrando para seus arredores. A seguir, um ambiente precisa ser criado. Queremos total verossimilhança. Como fazê-lo? Devemos coletar fatos históricos para caracterizar o período. Quais concerniam às pessoas? Sobre o que falavam e como se portavam? Sim, claro. Vamos aos jornais e revistas publicados na época — eles nos contarão tudo. Tudo absolutamente verídico e comprovado. Assim acreditaremos para esta obra.

Mais um detalhe que não quero deixar de fora. Quero personagens leitores. Não, não que leiam apenas jornais e revistas, mas que leiam também literatura — e da boa. Vamos ver o que tinham eles em suas bibliotecas. Sim, muitas coisas interessantes. Mas, esperem um momento. Não quero nada de novo Acordo Ortográfico. Como ficaria a verossimilhança? Não, não. Vamos ler tudo da mesma forma como eles liam. Acho que será divertido e dará um toque especial à sua leitura. Que tal? Depois me conte o que achou.

Tendo isso decidido, a que chamaremos de cenário, precisamos de acontecimentos, de interação, de conflitos — de enredos, enfim. E para tanto, precisamos de personagens, é claro! Quem poderá ser? Quem conheço bem que terá vivido naqueles tempos e naqueles espaços? Quem adoraria eu ver atuando neste palco shakespeariano? Preciso de uma inspiração. Meus avós maternos, sem dúvida! Perfeito. O imenso amor que sempre senti, e ainda sinto, por eles, de alguma forma, me autoriza a chamá-los para dentro desta narrativa. Eu os convido e eles prontamente aceitam participar deste espetáculo, desta história dentro de uma cidade e dentro de uma época.

Atuarão, como diz Shakespeare, neste palco que para eles criei. E viverão uma vida totalmente, ou quase, fantasiada por mim nesta cidade e neste tempo de tantas transformações e de tantos sobressaltos e de tantas dificuldades então presentes. Histórias que se passam há mais de cem anos, ou quase. Histórias que retratam o dia a dia de duas famílias. De início correm paralelas, mas, a partir de determinado momento, se cruzam. Famílias que vivem ficcionalmente em uma cidade que existiu de fato, em bairros que existiram de fato, e vivem fatos que existiram de fato. Histórias na História.

História de São Paulo, cenário de mudanças, no início do século XX, inimagináveis poucos anos antes. Mudanças sociais e políticas, científicas e tecnológicas, literárias e musicais, chegando de um minuto para o outro e atropelando a cidade e seus habitantes. Drásticas alterações dos espaços urbanos: a chegada da água encanada e da luz elétrica, a revolução nos transportes, o advento do cinema e do gramofone. O efeito chocante e a eventual dificuldade de adaptação, creio terem sido tão profundos quanto hoje frente a muitas inovações às quais nós temos que nos acostumar. Para as crianças que chegavam àquele mundo moderno recém-nascido, tudo as atraía; mas para os mais velhos, que conheceram a cidade antes de tantas mudanças avassaladoras, tudo era, no mínimo, para muitos, assustador.

O escritor criativo faz o mesmo que a criança que brinca, nos diz Freud. Assim me senti ao escrever este romance. Uma criança a brincar. Digamos, sim, que é tudo uma grande brincadeira. E brinco com quem? Quem serão esses personagens? Pois bem, vamos lá! Os dois escolhidos para representarem os papéis principais nesta história trarão para dentro deste palco muitos outros necessários para compormos o elenco — numeroso, por sinal. Obviamente eles precisam de pais e mães e de irmãos e de irmãs e de amigos e amigas e de outros mais. Levarei todos a uma viagem no tempo, pois viverão aqui, mais uma vez, nascimento, infância, juventude e início da vida adulta de nossos protagonistas. Entretanto, agora tudo será diferente — ou quase. Será como eu desejar, como eu conceber. Tudo criado na minha ficção — ou quase.

Há ainda a presença de figuras públicas da época, cuja interação com os personagens é igualmente toda fantasiada. Todos encontrados neste palco são personagens fictícios — em suas relações em família, no mundo do trabalho, na luta pela sobrevivência, nos encantos e nos espantos frente a todas as inovações que, de um dia para outro, irromperam em suas vidas, querendo eles ou não. Também os textos vindos de livros, revistas e jornais são sempre comentados e discutidos pelos personagens dentro do contexto imaginário da obra. Simplesmente, todas essas coisas estavam ali e estarão em suas vidas como aqui se apresentam.

Vejam que muito a sério levei as ficções que criei, nas qual investi grandes quantidades de emoção, mantendo a separação entre o que era real, intensamente pesquisado, e o que era fruto de minhas fantasias. Com um pé firme na realidade da época, dei vida aos personagens, ficção pura — ou quase, de forma que tudo me agradasse. Mergulhei em um mundo dentro do qual me dei a liberdade de, por vezes trazendo um ou outro detalhe do fundo de minhas lembranças, elaborar e criar livremente, jogando com possibilidades que minha imaginação ia idealizando, coisas vindas nem sei de onde, lidando com tudo de uma forma muito afetiva. O que lhes conto a respeito das famílias Zähler e Künstler — que a propósito nem existiram —, sei que não foi bem assim, mas poderia ter sido, e assim foi neste relato.

Este é o romance que estão a ponto de ler. Podem até pensar nos atores como pessoas reais. Alguns existiram de fato. Contudo, aqui atuam como personagens. Personagens criados e colocados em situações impostas a eles pela escritora. Trazem algo de si? Com certeza. Como os atores ao incorporarem seus papéis em um palco inevitavelmente carregam características suas. E deste modo é aqui, creio eu. Todos reais — no universo da ficção. Quer, caro leitor, acreditar que tudo se passou como aqui é relatado? Pode acreditar, se quiser. Não tenho nenhuma prova de que o que aqui lhes conto assim se passou. Mas também não posso dizer que assim não foi. E se foi? Não importa! Vamos ao espetáculo.

O ano era
1902

Gritos assustadores — cavalos e carroças — clandestino na embarcação — um anjo no céu — trovões ao longe — um menino 'inho — Augusto será

No dia 24 de maio à Rua 24 de Maio, número 24, um sábado, nasceu aquele que viria a ser o meu avô. Podem acreditar. Foi isso mesmo. Meio assustado, pois, tão logo chegou a este mundo ouviu gritos de alguém muito, mas muito, bravo. *Scheisse! Scheisse! Sheisse!* Repetia a voz. Quem será? Por que tão bravo? Será sempre assim? Chorou. Tratava-se de seu pai. Saíra no jornal — na primeira página. *O sr. prefeito, por acto de hontem, resolveu que estacionem no largo de São Francisco todas as carroças destinadas ao serviço de transporte das casas commerciaes do centro da cidade.* O senhor prefeito? Sim, o Conselheiro. Conselheiro Antônio da Silva Prado. Bah! — dizia. Uma bela ideia de vingança lhe trouxe ao rosto um sorrisinho quase diabólico. Por que não estacionam as tais carroças em seu palacete nos Campos Elísios? Deve ter lá cocheiras para abrigar os veículos e os animais. Os pobres cavalos, exaustos e mal tratados, podem descansar à sombra das frondosas árvores enquanto devoram, com bom apetite, seus gramados e os canteiros de flores de sua senhora. Seus inúmeros empregados lá estão para limpar toda a sujeira, sem perturbar os trabalhadores e moradores cá do centro.

Por que no Largo de São Francisco? *Scheisse! Scheisse! Sheisse!* Por que bem no Largo de São Francisco? Repetia — tinha esse hábito quando irritado, lendo e relendo em voz alta a pequena nota.

O jornal? Mais que manuseado e já amassado por sua raiva. Nem ele sabia a razão, mas nada do que o tal prefeito fazia lhe agradava. Mais uma medida absolutamente descabida. Numa época em que a modernidade já vinha tomando conta da cidade — ruas pavimentadas, iluminação pública e os bondes elétricos. Ah, os bondes elétricos! Velozes. Limpos. Inovadores. Arrojados.

Lembrava-se bem do dia em que, pela primeira vez, viu um deles passar pela rua de São João. O povo se aglomerou. Pessoas saíam das casas, das lojas. Largavam tudo o que estavam fazendo para vê-lo passar. O bonde elétrico. Não mais o bonde a burro. Eram outros tempos. O transporte coletivo do futuro já presente. Boquiabertos, fitavam o imponente e revolucionário veículo amarelo deslizando, como que por mágica, sobre os trilhos assentados ao longo da rua. Como era aquilo? — se perguntavam. Ninguém sabia responder. Não conseguiam entender nem acreditar, mas acenavam e aplaudiam. Os passageiros amontoados, se acotovelando em seu interior abarrotado, poucos sentados, muitos em pé, acenavam de volta. O motorneiro, trajando um impecável uniforme azul com botões dourados e um boné bem ajustado, conduzia o veículo e, cheio de orgulho, tilintava a campainha como que dizendo: Com licença! Com licença! Com licença! Abram caminho que eu vou passar.

E agora, bem agora, uma notícia dessas? Bondes elétricos circulando por todo lado — e carroças puxadas a cavalos paradas no Largo de São Francisco? Desagradavam-no a confusão, o movimento e o barulho antevistos. E a abundância de cocô de cavalo lá amontoado então? Quem é que vai limpar aquilo? E o cheiro? Foi-se o nosso sossego para trabalhar! Sim, seu sossego seria afetado diretamente por tal medida. Como chegar ao escritório? Passando por aquele ambiente fedorento e sujando as solas de seus sapatos? Ficarem o dia inteiro com as janelas fechadas para deixar do lado de fora os maus odores e os relinchos cavalares e humanos? Sim, pois estes, por ali, pareciam só se comunicar aos berros. Toda essa azáfama a poucos metros de onde trabalhava — uma pequena firma de importações que trazia produtos da Alemanha e países vizinhos. A mesma Alemanha da qual ele mesmo se exportara muitos anos antes.

Alemanha, onde fora vítima de um pai severo ao extremo. Tinha dezesseis anos e continuava levando surras quase todo dia. Apanhava muito. Cada vez que aprontava alguma molecagem — ou quando seu pai assim julgava. Enfim, ficou sabendo que iria partir de Hamburgo um navio enorme levando emigrantes para um lugar chamado *Brasilien*. Onde ficava? Nem ideia. Só sabia que era longe, muito, muito longe, e que tinha um imperador, dizia-se, que gostava dos alemães. Para muito longe queria ele ir. Em direção ao porto tratou de fugir o mais rápido possível. Como embarcar sozinho? Daria um jeito. Observou a multidão reunida no cais. Aproximou-se de uma família que pareceu a ele ter muitos filhos. Seis ou sete? Um a mais não seria notado. Achou que passaria despercebido. Clandestinou-se para dentro da embarcação. Nem se sabe como, mas assim foi. Inacreditável? Naqueles tempos coisas assim aconteciam.

Um choro tímido o trouxe de volta para o momento atual. Abandonou suas raivas, suas vinganças, suas lembranças. Abriu-se a porta e saiu *Frau* Bergmann, a parteira, com a notícia. *Herr* Zähler, o senhor é pai mais uma vez. É um menininho. E minha Hannah, como está? Ela está muito bem. Uma grande alegria apagou toda sua fúria e fê-lo esquecer do prefeito e dos cocôs de cavalo. Ele era pai mais uma vez. Um menino. Um herdeiro para seguir o nome Zähler, para completar a família. Agora seriam quatro. Hannah e a menina Bertha. Ele, August, e o menino. Seu companheiro e sucessor. Olhou o filho aconchegado no colo da mãe. Pequeno, mas muito bonito. Os olhinhos recém-nascidos gostaram do que viram. Sentiram muito afeto vindo daqueles olhos que ao mesmo tempo o olhavam. Quem será? Será dele aquela voz que tanto me assustou? Sentiu sua mão grande afagar com carinho sua cabecinha. Este não há de nos deixar, Hannah. Foi o que ouviu a voz dizer.

Era a terceira vez que sua mulher dava à luz. Eles já haviam tido um menino três anos antes. Robusto e muito corado. Como ria e como brincava! Foi-lhe dado o nome do pai, porém Augusto, não August. Afinal, estavam no Brasil. Tudo ia bem com ele até que adoeceu aos onze meses. Uma triste história a daquele menino. Como sempre, brincava sentadinho em uma grande almofada no chão. Mas, naquela tarde, algo ficou estranho. Começou a choramingar e não parou mais. Quando a mãe se aproximou, abriu os bracinhos para que ela o pegasse ao colo. Parecia um pouco quente. Uma febrinha hoje, uma tossinha amanhã — não era nada. A febre subiu, a tosse se tornou mais frequente, a respiração assobiava. Largado no berço, não queria mais comer, não queria mais brincar. Vivia a resmungar e a chorar, quando não estava a tossir. Era uma tosse forte e explosiva que fazia seu corpinho, já abatido, se agitar compulsivamente.

Veio o médico. É a tosse comprida. O estado do menino é muito grave. Tentemos compressas de álcool canforado no pescoço e pomada de cânfora friccionada pelo peito; pequenas doses de beladona três vezes ao dia, mas nada posso garantir. Tudo em vão. Poucos dias se passaram e um anjinho subiu aos céus. A tristeza abalou os pais com toda intensidade. Como era lindo e amado nosso pequeno Augusto! Mas é a vida! Deus assim quis e sabe o que faz.

Semanas mais tarde Hannah recebeu de uma de suas irmãs uma carta. *Liebe Hannah, envio-te este pequeno poema como um consolo pela tua perda. Eu o recebi pela occasião em que eu também, com muita dor, perdi o meu pequeno Petrus. "Qual flor mimosa de viver ephemero / Que nasce apenas a manhã luziu, / E antes da noite desfalece e morre / Voltando ao chão porque do chão sahiu... / Tal foi a sorte desse anjinho meigo / Que foi o mundo tão veloz deixando, / Aos patrios lares regressou contente, / E junto a Deus está por ti orando." Que nossos anjinhos vivam juntos de Deus agora e para sempre. Com muito affecto de sua irmã, Emma.*

Um ano e meio se passou, e chegou Bertha. Graciosa e forte — e pesada. Quase seis quilos ao nascer. Foi um parto difícil e demorado, principalmente considerando-se os recursos obstetrícios da época. Depois de muitas horas e muitos esforços, a menina veio ao mundo. E como chorava! Gritos firmes e imponentes – pareciam trovões! Dizem que o pai, trabalhando no escritório da firma próximo ao Largo de São Francisco, ouviu o choro. Desconfiando tratar-se de seu segundo filho, correu para casa. A cada passo, o choro soava mais retumbante. Só poderia ser um outro menino. Subiu as escadas de dois em dois degraus, cruzou a sala e invadiu o quarto. É um menino? Não, *Herr* Zähler. É uma menina. E que menina! Vendo o bebê que a parteira trazia, seus olhos quase saltaram das órbitas. Era grande mesmo! Muito grande! E como berrava! Esta vai ter um gênio daqueles. Deus que nos ajude, hein, Hannah? A esposa, ainda exausta pelo trabalho de parto, quis dizer algo. Sua voz não teve forças para sair; ela apenas sorriu.

E veio o outro menino. Um ano e meio depois. Este, muito pequeno. Muito pequeno mesmo. Não chegava a dois quilos. Será que sobreviveria? Teria que. Muito aflitos, os pais se questionavam. A mãe rezava. Ele era todo 'inho — miudinho, magrinho, chorava baixinho. Tão 'inho que dava medo. Bertha, então com um ano e meio, toda gorducha, o espiava. Ele se assustava. A irmã não berrava mais, mas esticava seus bracinhos rechonchudos querendo pegá-lo. *Baby*! *Will nehmen*! Como o pequeno se defendia? Chorando, é claro. Logo vinha a mãe socorrê-lo. Não, não pode pegá-lo. Ufa! *Da ist Mama*! Ele se sentia salvo e parava de chorar. Os pais nem deixavam que ela chegasse muito perto. Já pensou se você cai por cima dele? Ou se o aperta muito querendo dar-lhe um abraço? Pode até deixá-lo todo esmagadinho. Já pensou? E aí? A menina se afastava estremecida — apenas por um momento.

Nos primeiros dias, ele mamava pouco. Era difícil. Que Mama tão cheinha de leite gostoso! Mas preciso fazer tanta força para ele vir para mim. Muito insegura, sua mãe lhe dava banho em uma bacia com água morna, mas deitado em uma peneira. Ela, com todo o cuidado, ia gotejando a água para não o machucar. Como é gostoso! Gotinhas correm no meu rosto e na minha barriguinha! Ele parecia bem. Até dava umas risadinhas. Estou de volta dentro de minha Mama? Não, não estou. Olha ela bem aqui na minha frente. Um mês se passou; dois meses se passaram; ele foi ganhando peso. Cada dia parecia um pouco maior e mais forte. Iria sobreviver!

August não se cansava de admirar seu filho. Num dos primeiros dias, pareceu-lhe que ouvia o pequenino a recitar um antigo versinho. Fazia o pai com ele um dueto. *"Eu não tenho nome / Tenho apenas dois dias." / Como te chamarei?/ "Feliz, isto eu sou, / Doce alegria, meu nome." / Canto então para ti / Que feliz sempre serás!* Seu nome? O mesmo do irmão. Teria que ser Augusto — mais uma vez. O pai quis; a mãe ficou em dúvida. Este nome já não trouxe má sorte uma vez? E se ele se for também? Mas, Hannah minha, isso é uma bobagem. *Mein Gott*! Desde quando meu nome deu má sorte? Crendice sem sentido! Sabe o que Augusto significa? Aquele que é nobre, aquele que é sagrado, aquele que é extraordinário. Augusto será. E Augusto ficou!

Anos mais tarde, sempre dizia que tinha esse nome por causa do bobo do irmão dele que resolveu viver tão pouco. Caso contrário, com certeza, teria um outro nome. Qual gostaria? Não sei. Nunca me contou. Mas dizia que se chamava Augusto só por causa do bobo do irmão dele que morreu antes de completar um ano de idade. Bertha ainda não sabia falar direito. Não conseguia dizer Augusto e o chamava de Guto. Guto! Guto! Guto! O apelido pegou, menos para o pai, que fazia questão de chamá-lo pelo nome — Augusto. Não aprovava essa história de apelidos.

Como August se sentia satisfeito sendo marido e pai! Sentava-se muitas vezes a contemplar sua família. Hannah e Bertha e Augusto. Que paz sentia ao ver seus dois filhotes dormindo tranquilos. Tinha a certeza de que seus anjos da guarda por eles zelavam com o mesmo apreço com que ele o fazia. E pensava como o poeta. *Quando as vozes dos pequeninos nas campinas escuto / E suas risadas pelas colinas ecoam, / Meu coração se aquieta dentro do peito / E tudo o mais fica bem.* De onde era mesmo essa estrofe? Nem se lembrava, mas era assim que se sentia. Exatamente assim. Era um homem feliz. Se ao menos não fossem as carroças.

O ano era
1903

Esplêndido leilão — conflitos balneários — *Struwwelpeter* não — veículos eletrocutadores — palacete atulhado — peças adquiridas

August! August! Hoje vamos a um leilão. O marido logo apareceu para ver de que se tratava todo aquele rebuliço. O que fazia *Frau* Vogel ali para uma visita àquela hora da manhã de domingo? Mal havia dado oito horas. Toda alvoroçada, a esposa tinha uma folha de jornal nas mãos, que sacudia em direção a ele. O leilão! É hoje! Veja aqui. Como Hannah havia demonstrado interesse quando a vizinha mencionara tal evento, esta veio trazer o anúncio com os detalhes assim que o viu no jornal naquela manhã. Mas, Hannah, hoje é domingo. Você sabe que este é meu dia de sossegar em casa, não? Ficar com as crianças. E nem acho que coisas em um leilão possam nos ser de alguma utilidade.

Hannah não era mulher de desistir facilmente. Olhe! Pelo menos olhe. August, conhecendo a esposa que tinha, pegou o recorte e pôs-se a ler o que dizia. *Esplendido leilão — grosse Auktion. Superiores moveis para salão, gabinetes, dormitorios e sala de jantar, em carvalho, nogueira, canella, austriacos e estofados; magnífico piano, grandes espelhos de crystal, ...* Não, Hannah, nada disso serve para nós. Um piano? Espelhos de cristal? *Frau* Vogel, que já havia estudado o anúncio em detalhes, logo o interrompeu. *Herr* Zähler, eles põem essas coisas chiques aí no início para atrair os ricaços. Olhe a lista embaixo. Há coisas mais simples. Olhe! Olhe! É uma família alemã que está vendendo tudo. Tudo mesmo. Coisas chiques e coisas simples.

Pressão de duas já era demais. August voltou os olhos ao anúncio mais uma vez. Seguiu com a leitura. *Rua Domingos de Moraes, 16, Villa Mariana. O Illmo. Sr. tal e tal, que com sua exma. família, segue em viagem de recreio para a Europa, fará leilão de todos os móveis e utensílios que guarnecem o seu palacete, os quaes poderão ser vistos, hoje, domingo, do meio-dia ás 5 horas da tarde, em franca exposição de accôrdo com o seguinte catalogo.* A seguir, uma longa lista de todos os 303 objetos dos quais eles estavam se desfazendo.

Tudo muito estranho, disse August. Vão partir em uma viagem de recreio para a Europa e leiloar todos os móveis e pertences de seu palacete na Vila Mariana? Não vão voltar? Estão vendendo tudo o que têm para pagar a viagem à Europa? Quando, e se, voltarem, são, ou estarão, tão ricos que poderão comprar tudo novo para a casa? Isso não faz sentido, faz? Vender tudo? Na volta ficarão morando em um palacete vazio? Para Hannah, o marido, com toda aquela conversa, estava era desviando o assunto. Ora, August, nada disso nos interessa. Vamos lá ver? Hoje de casa não saio, afirmou afinal.

Pensando por um momento, Hannah precisava buscar argumentos para convencer o marido. Sabia dos incômodos que ele vinha sentindo com o local onde moravam. Vivia a dizer que a casa já estava ficando pequena. Havia pouco espaço para as crianças. Também não o agradava morar sobre um pequeno comércio. O barulho começava cedo e, volta e meia, havia pessoas ou volumes bloqueando a entrada da escada que levava ao pavimento superior, dividido entre duas moradias: a dos Zähler e a de uma família de turcos, um casal e cinco filhos em escadinha, segundo sabiam, aparentados com os comerciantes lá de baixo. Não, não; o caminho não seria por aí.

Pensou no imóvel. Tinham uma sala ampla com chão de tábuas e um janelão que dava para a rua, um quarto de dormir e uma boa cozinha, além de uma área aberta, onde ficavam um tanque e um banheiro. Área bastante agradável, dando para os fundos, distante do burburinho, onde a família fazia suas refeições em dias de bom tempo e recebia visitas em finais de semana. O quarto? Estava meio desprovido, especialmente agora com as duas crianças. Havia lá a cama do casal, o corpulento guarda-roupa e uma pequena cama, que passara a ser dividida entre Bertha e Guto. De momento, era o que tinham. Isso era fato.

Sim, por aqui chegaria ao que queria. Passou por todos esses pontos com o marido. Se de momento continuaremos morando aqui, ao menos poderíamos tornar a casa mais ajeitada. Hannah, Hannah, você sabe que não temos dinheiro para comprar móveis no momento. Aí é que está a grande vantagem, August. Não são móveis novos, mas devem ser de ótima qualidade, estar em excelente estado e, com sorte, por um bom preço. Damos um pulo hoje até lá para ver o que conseguimos adquirir para tornar nossa casa mais bonita e confortável. Augusto vai precisar de uma cama. Não vai dormir junto com Bertha para sempre, vai? Quem sabe uma boa cômoda para guardar as roupas dos dois. E podemos ver o que mais poderia nos ser útil. Veja só quantas coisas nesta lista. Imagine! Um palacete! Deve estar apinhado de coisas boas. Aos poucos, o marido foi se convencendo. Talvez fosse, sim, uma boa oportunidade. Estava resolvido. Logo após o almoço, levariam as crianças para um passeio até a Vila Mariana e dariam uma olhada no tal palacete.

E assim foi. Bertha e Augusto ficaram empolgadíssimos com a ideia de um passeio em família numa tarde de domingo. Vamos passear! Vamos passear! Cantava a menina rodopiando com o irmão, que não estava entendendo nada, mas com ela rodopiava. Restava apenas um porém. Algo que sempre fora um dos raros motivos de atrito entre o casal — o banho semanal. Para os pequerruchos era uma alegria. Hannah banhava os dois, o que agora não era mais um problema com Augusto, de uma vez. Peladinhos, de pé na grande bacia. Ao lado, de prontidão, um balde e um regador bem cheios de água morna, aquecida no fogão à lenha. Despejar o balde para molhar bem os dois. Ensaboar os dois corpinhos. Com o regador, dosando a água, tirar todo o sabão. Essa era a parte favorita dos petizes. Mais! Mais! Hoje não há mais. Vamos sair. Argumento conclusivo para Bertha. Enrolem-se em suas toalhas e se enxuguem. E vamos vestir as roupas de baixo.

August não partilhava desse entusiasmo. Muito pelo contrário. Para ele, banho era coisa para gente doente. Sabia muito bem disso, pois havia estudado a respeito na conceituada *Revista Medica de S. Paulo*. Banhos eram indicados para tuberculosos, para vítimas da peste, para padecedores das febres. Nada disso era seu caso, claro que não, homem saudável que era. Não sobrevivera muito bem sem eles durante quase dois meses no vapor que o trouxera de Hamburgo? Quando muito lavavam mãos e pés em pequenas tinas com água do mar — a água potável era muito escassa para esse desperdício. Agora era banho toda semana? Já estava até ficando com as carnes frouxas e a pele descorada. Hannah não admitia desculpas. Não aceitaria um homem fedegoso pela casa.

Também ela andara estudando a tal revista. Armara-se de argumentos científicos para bater o marido neste duelo. August, os tempos estão mudando; você precisa se atualizar. Pôs-se a ler um recorte que tinha em mãos. É da sua abalizada *Revista Medica*. Ouça só. *O asseio e a benefica influencia de um banho deve ser praticamente ensinada ao ignorante*. Creio não ser o seu caso. Olhou para o marido, que a olhou feio. Tem mais — continuou. *A proposito de colonias operarias, será um dos melhores meios de melhorar a situação dos pobres neste particular e de tornal-os menos expostos ás molestias*. Veja que banho não é para gente doente, mas justamente para evitar as doenças. August não parecia muito convencido.

Hannah tirou um outro papel enrolado junto com o que acabara de ler. Pele descorada? *Dummheit!* Besteira das grandes! *Para manter a pelle limpa e em bôas condições, os banhos frios, mesmo quando tomados todos os dias, não são sempre sufficientes*. Todos os dias. Todos os dias, August. *O sabão e agua quente devem ser empregados pelo menos uma vez por semana*. Ouviu? Pelo menos. Tudo na sua *Revista Medica*.

Pode conferir. August já havia parado de ouvir no "todos os dias". Era só o que lhe faltava. Contudo, naquele dia pelo menos, todos se banharam. Hannah sentia-se orgulhosa de ter uma família asseada.

O banho e o almoço. A seguir, hora de todos muito bem se aprontarem para o passeio. Disso Hannah fazia questão, pois não queria que parecessem uns pobretões mal-arranjados. Ia dando as instruções e fiscalizando. August, hoje você pode pôr seu melhor terno. O de casimira inglesa azul escuro de três peças. Mas, Hannah, esse só uso no escritório para receber visitantes ilustres vindos da Europa. Sim, August, esse mesmo. Quero você bem-apessoado. Pegue seu chapéu cinza de feltro — aquele recentemente reformado com a nova fita de gorgorão. E não se esqueça de seu relógio de bolso. Acompanhou-o enquanto penteava os cabelos, que já iam se tornando poucos apesar da pouca idade, e ajeitava o bigode grande, muito preto, com as pontas longas viradas para cima.

Vejamos. Vou escolher meu vestido também de um azul escuro, assim nos apresentaremos como um distinto casal. Vestido discreto, porém elegante — a saia cobrindo os tornozelos e as mangas até um pouco abaixo dos cotovelos, como cabia a uma senhora recatada. A gola e os punhos eram enfeitados com rendas muito finas. Aquele que usava nas vezes em que, aos domingos, iam ao culto ou em visita à casa de famílias de seu círculo de amigos.

As crianças igualmente bem arrumadas e penteadas. Bertha foi logo pegando seu vestido favorito — o vermelho escuro com quadradinhos brancos estampados, já não tão longo, pois tratava-se de uma menina ainda. Mangas bufantes e fitinhas brancas decorando o decote; meias e sapatinhos pretos. Já Augusto, ainda sem ter o que dizer, usaria seu novo traje de marinheiro, em branco e azul claro, com suas meias escuras e suas botinas de amarrar.

Hannah examinou os dois criteriosamente. Unhas e orelhas limpas, cabelos bem penteados, roupas impecáveis. Seu maior horror? Ouvir de alguém que algum de seus filhos parecia um *Struwwelpeter*. Unhas sujas nunca cortadas? Cabelos desgrenhados nunca lavados nem desembaraçados? Bichos do mato sujos e desmazelados? *Pfui*! Nem pensar. Dignos de desprezo seriam — assim como a própria mãe. Conhecia o tal personagem desde criança por um livro que ganhara dos pais e que mantivera consigo. Aprendera muito com ele e tudo queria ensinar aos seus. Mostrava as figuras — cada história era uma lição para os pequenos serem bons e saudáveis. Animais nunca se maltrata. Com fogo não se brinca. De negrinhos nunca se zomba. À mesa não se brinca e come-se tudo o que vem no prato. Nada de andar na chuva ou olhando as nuvens. Cada conto trazia resultados desastrosos para as crianças más e desobedientes. Nem queiram saber o que acontecia com elas. Cada noite, antes de dormir, fazia com que repetissem o início do poema que abria o livro. *Wenn die Kinder artig sind, kommt zu ihnen das Christkind.* Não entenderam? Vamos lá. Se as crianças boazinhas são, Jesus menino sempre junto delas estará. Isso mesmo. Vinha fazendo um bom trabalho como mãe. Ajeitou mais uma vez os cabelos de Bertha e o chapéu de August e pronto! Podiam ir. Muito apresentáveis como deveria ser uma família de imigrantes europeus de posses razoáveis se passando por um pouco mais do que isso. Aparência talvez não fosse tudo, mas...

Passaram a tranca na porta, desceram as escadas que levavam à rua e dirigiram-se para o local onde tomariam o coletivo. Bertha de mão dada com o pai, Augusto no colo da mãe, cruzaram o Viaduto do Chá e caminharam até o Largo da Sé, para se acomodarem no bonde rumo à Vila Mariana. Temos mesmo que pegar o bonde, August? Hannah tinha medo. Havia ouvido histórias assustadoras sobre o tal veículo elétrico. Se algo acontecesse, ela não sabia bem o quê, todos os passageiros seriam "trocutados". Eletrocutados, Hannah, eletrocutados. Isso é uma tolice. Nunca se ouviu que tal coisa tenha acontecido. Mas, August, não seria melhor esperarmos por um bonde a burro? O marido riu. Vamos esperar aqui para sempre, pois eles já nem circulam mais, lembra? Vamos, vamos, lá vem ele.

Hannah pisou no estribo, subiu com muito receio, embaraçando os pés no vestido longo, tentando não encostar em nada. Sentou-se com o pequeno Guto no colo. Bertha, ao seu lado, entre os pais. Fique bem quietinha aí, viu, filha? Veículo em movimento. A mãe se tranquilizava um pouco quando ele seguia devagar. Via pessoas e árvores e casas e mais pessoas e jardins e outro bonde vindo em sentido contrário e mais pessoas — a vida pelas ruas. Mostrava tudo para as crianças, que olhavam com atenção. Para elas, estavam viajando em uma grande casa rodante. Guto via-se em uma grande aventura e observava tudo com seus olhinhos curiosos. De tempos em tempos, apontava para algo e dizia palavras que ninguém entendia. Até que a viagem era agradável. Mas, de repente, dava a impressão de que o motorneiro desembestava. Nesses momentos, Hannah apertava bem o filho ao colo, agarrava o braço do marido com a outra mão, espremendo a filha entre eles, e rezava *Gott im Himmel, Gott im Himmel, Gott im Himmel.*

Ao sentir a mão em seu braço, August tentava acalmar a esposa. Segurava-lhe a mão com ternura. Hannah, minha Hannah. O bonde? Veio para ficar. Sem ele, como iríamos nos locomover nesta cidade a cada dia mais extensa e tumultuada? Observe as pessoas. Todas tranquilas e compartilhando pacificamente este espaço — como é que dizem? Democrático. Naquele dia, pôs-se a declamar trechos de um poema publicado no *Almanaque Garnier* e que lhe chamara a atenção. *O bonde é um templo da democracia, / Onde, exemptas de toda distincção, / Têm ingresso a ralé e a fidalguia: / Eguaes perante o bonde todos são.* Olhou para sua Hannah e seguiu. *O bonde as relações provoca / E faz nascer um mundo de affeições: / Si o cotovello um cotovello toca / Não tardam a tocar-se os corações.* Pois, sim, August. Ou não tardam a trocar-se os bofetões. Ele riu. Ela tinha razão. Ao menos parecia mais tranquila; até já fazia uma pilhéria.

Tentou lembrar-se de mais uma estrofe. Sim. *E essa vida, qual bonde, mansa corre / Seguindo burguezmente a mesma trilha.* Aqui Hannah o interrompeu. Sabia os versos seguintes. *Ás vezes nella um caso extranho occorre! / Ora, o bonde tambem desencarrilha!* O que me diz disso, August meu? Ele a abraçou carinhosamente. Que alívio quando desceram sãos e salvos daquela coisa! Não foi difícil achar o tal palacete, pois o local estava atulhado de gente. Parecia que a cidade inteira ficara sabendo do leilão. Mas é claro — havia sido anunciado no jornal. Muitas das pessoas traziam os recortes com itens selecionados já marcados. Não ia ser fácil. Com certeza, seria um leilão bem concorrido.

Enfim, já que estamos aqui, vamos dar uma olhada. Como é enorme a casa! Já pensou morar em uma casa assim, Hannah? Eu, não! Quem é que você acha que ia limpar tudo isso? Você teria que pegar uma porção de empregados. Eu já morei em casas assim e sei o trabalho que dá. Você se lembra, não? Momentaneamente se viu transportada para os palacetes dos Paula Souza e da família Tibiriçá. E lá veio a descrição... Eram até bem maiores e mais luxuosos. Móveis elegantes e estilosos de madeira nobre toda entalhada e envernizada, cadeiras altas com os encostos trabalhados, mesas com pés exuberantes, espelhos emoldurados com ouro onde você se via de corpo inteiro... Sim, sim, Hannah. Você já me contou toda essa história algumas vezes.

Atravessaram o jardim e subiram a escadaria que levava ao salão de entrada. Havia muita gente mesmo. Esgueirando-se por aqui e por ali, iam conseguindo ver algumas coisas. Muitas eram encantadoras. Contudo, não teriam dinheiro para adquiri-las, nem espaço para acomodá-las em sua residência. E para que lhes serviriam? Deviam se concentrar naquilo que lhes poderia ser útil. Vamos lá! Viemos aqui para o que mesmo? Móveis para as crianças. Dirigiram-se aos dormitórios. Hannah, sentindo os braços cansados, passou o pequeno Augusto ao pai. Veja aqui. Olhe esta cama, August! O que diz aí? *Lote 160 – uma cama de cannela para criança.* Está nova! Perfeita para o Guto. Será que é muito cara? Não dá para saber, Hannah! Tudo será vendido em leilão. Dependerá do interesse. Vamos anotar os dados. E olhe este guarda-roupa, *Liebling,* com cortinas. É um primor! Nem adianta, Hannah! Esse não passa nem na nossa porta! Mas veja! Uma cômoda. Gavetões bem espaçosos. O que acha? Muito boa, August! Daria muito bem para as roupas das crianças, que andam enfiadas naquelas duas malas poeirentas em cima de nosso armário. Perfeita! Anoto — *Lote 187 — uma commoda com puchadores nickelados*. É linda com esses puxadores, não? E muito prática. Combina muito bem com a cama de canela e a cama da Bertha. Teremos um quarto bem decorado. Basicamente tinham achado o que haviam vindo procurar.

Continuaram, ainda assim, passeando pelos outros cômodos. Quantos móveis lindos havia por lá! August encantou-se com uma secretária. Sólida, maciça, madeira da boa. Perfeita para guardar seus documentos e seus papéis — e para ler. Não, ele não precisava de nenhuma secretária. Deixaria os documentos e papéis nas pastas onde se encontravam e seguiria lendo em sua cadeira de braços estofada favorita. Estaria bem mais confortável. Já Hannah foi atraída por uma máquina de lavar e passar roupa que se achava no quintal. Não tinha a menor ideia de como aquilo funcionava, mas devia ser ótima. August não se entusiasmou. Você acha que esse trambolho vai fazer o serviço sozinho? Lavar e passar? Vai ocupar um monte de espaço, vai saber se enguiça logo e você terá que lavar e passar sozinha do mesmo jeito. Não confio nisso, não.

Viram lindas estatuetas, belíssimos *bibelots*, quadros encantadores. Com certeza não ornariam na casa de uma família de simples imigrantes alemães. Não. Eram muito bonitas — para um palacete. Sim, August, você tem razão. São peças para a aristocracia paulistana. Você se lembra, não? Havia muitas assim nos palacetes... O marido, já cansado daquelas histórias, a interrompeu. Sim, dos Paula Souza e dos Tibiriçá. Como haveria de me esquecer? Augusto já havia adormecido no colo do pai e Bertha, aos poucos, começava com uma certa manha, pois já estava exausta de tanto andar naquela confusão. Hora de tomar o bonde e voltar para casa.

August viria no dia seguinte para tentar arrematar a cama e a cômoda. O leilão estava marcado para o meio-dia. Sairia para o almoço e conversaria com *Herr* Rudinger, seu patrão, sobre a possibilidade de se ausentar uma parte da tarde, caso fosse necessário. Seria por uma causa justa e ele não era de pedir esse tipo de favores. E assim foi. No final da tarde da segunda-feira, chegou em uma carroça de aluguel, transportando a cama e a cômoda escolhidas. Dera sorte. Nenhum outro lance feito por elas, conseguiu-as por um bom preço. Acabara adquirindo mais duas peças: um porta-chapéus com espelho, que a princípio Hannah não gostou, mas acabou concordando que ficou muito bem ao lado da porta de entrada; e um par de cortinas, já com os pertences, algo que ela vinha querendo há tempos para melhorar a sala. Não haviam reparado nelas em meio a toda aquela confusão. E não é que combinavam perfeitamente com as cadeiras estofadas? Aos poucos, a decoração ia tomando jeito. Quase como os estilosos ambientes das casas dos Paula Souza e dos Tibiriçá.

O ano era
1904

Humanidade formigando — o almejado imóvel — o gramofone — a equilibrista na corda bamba — jornada perigosa — frutas e macaquinhos

Contemplei o Boulevard, áquella hora em toda a pressa e estridor da sua grossa sociabilidade. A densa torrente dos omnibus, calhambeques, carroças, parelhas de luxo, rolava vivamente, como toda uma escura humanidade formigando entre patas e rodas, n'uma pressa inquieta. Aquelle movimento continuado e rude bem depressa entonteceu este espirito, por cinco annos affeito á quietação das serras immutaveis. Tentava então, puerilmente, repousar n'alguma forma immovel, omnibus parado, fiacre que estacára n'um brusco escorregar da pileca: mas logo algum dorso apressado se encafuava pela portinhola da tipoia, ou um cacho de figuras escuras trepava sofregamente para o omnibus: — e, rapido, recomeçava o rolar retumbante. Immoveis, de certo, estavam os altos predios hirtos, ribas de pedra e cal, que continham, disciplinavam, aquella torrente offegante. Assim exatamente era a cidade que Hannah via no centro de São Paulo. Trecho de *A cidade e as serras*, um romance lido há pouco, parecia expressar seus sentimentos. As serras imutáveis. Imutáveis como as de Joinville, cidade onde nascera e onde vivera até seus treze anos. Depois, até os vinte e quatro, morara em palacetes na Avenida Paulista, cuja área verde que os cercava lhe parecia uma versão suntuosa da chácara em que morara com seus pais e irmãos.

Quando se casou com August, estabeleceram-se no imóvel no qual agora se encontravam em meio àquela balbúrdia. Nestes poucos anos, para ela, tudo ali vinha se transformando com aquela mesma pressa. A cada dia, ao abrir o janelão da sala, o turbilhão lá fora lhe parecia mais intenso. Mas os Zähler tinham planos, muitos planos. August continuava bem empregado na Herm, Stoltz & Cia., na filial em São Paulo, que centralizava grande parte dos negócios de importação de produtos dos mais variados vindos de Hamburgo, na Alemanha: de louças e utensílios de cozinha a madeiras para construção, de máquinas de costura e moinhos a tintas e vernizes, de artigos esmaltados a papel, cimento e couros, de máquinas agrícolas a armas e munições. A firma ia crescendo, sua responsabilidade ia crescendo e, que bom, seu salário ia crescendo um bocadinho também.

Os planos? Eram muitos. Havia, contudo, um para um futuro próximo, ansiavam. Conseguirem uma moradia própria e fora daquele centro a cada dia mais caótico. Uma casa espaçosa, com um bom terreno, onde poderiam plantar e ter um produtivo galinheiro. Verduras e legumes da própria horta. Frutas colhidas do próprio pomar. Ovos e aves sempre frescos, e com a garantia de boa procedência. Hannah já sonhava com o cantar dos galos ao nascer do sol em lugar da algazarra que a acordava todas as manhãs. Era um sonho que vinha ficando cada dia mais perto de se realizar. Com um polpudo salário — para eles ao menos — de setecentos mil-réis por mês e economizando um pouco nas despesas do dia a dia, iam acumulando um bom pé-de-meia e logo teriam o suficiente para uma entrada no tão almejado imóvel.

A vida, como sempre, andava custosa, a não ser que você fosse um alto funcionário público ou um próspero comerciante, o que não era o caso. August e Hannah sentavam uma vez por semana para fazer contas. Tudo era anotado em uma caderneta — real por real. Comida? Precisavam. Remédios? Quase não precisavam — graças a Deus, tinham os quatro muito boa saúde. Roupas e sapatos? Nem pensar. Por ora iam se virando com o que tinham e já estava muito bom. Extravagâncias? Ah, as extravagâncias. August vacilava, mas Hannah era rigorosa. Comprar o quê, August? Um gramofone? Mas o que é isso? Uma estratégia indefectível se fazia necessária para dobrar a esposa. Não seria agradável termos uma sessão musical após o jantar ou nas tardes dos fins de semana no conforto de nossa sala? Poderíamos ouvir suas valsas e polcas favoritas, além das árias das óperas que eu tanto aprecio. Ele já havia passado algumas vezes pela Casa Edison, à Rua de São Bento. Admirava longamente os equipamentos ali expostos e se inebriava com as demonstrações feitas pelos prestativos funcionários, sempre atenciosos e desejosos de fechar mais uma venda. Sobre uma bela caixa de madeira nobre entalhada, uma plataforma giratória era acionada por uma manivela ao lado da caixa. Um braço com uma agulha lia as gravações feitas em discos e as transmitia a uma corneta em metal trabalhado por onde saía o som. Naquele dia, um solícito atendente explicou tudo em detalhes.

Esta machina fallante usando records impressos em chapas ou discos de borracha endurecida, reproduz qualquer som com admirável nitidez, ouvindo-se a 100 metros de distancia. São de facil manejo e, exceptuando um desastre casual, de grande duração, podendo-se dar corda quando funccionam. Normalmente, nos preços do apparelho não estão incluidos os discos. Estes vendemol-os separadamemente. Mas, na grande venda até o fim do mez, o senhor poderá escolher cinco discos artisticos contendo repertorio das principaes operas, bandas e solos, além de levar ainda uma caixa com duzentas agulhas sem pagar nada a mais por isso. Confiante de que teria a venda garantida, quão desapontado ficou o rapaz quando August lhe disse que precisaria conversar com sua senhora antes de efetuar a compra. Afinal, seriam mais de cem milhares de réis.

Chegou em casa empolgado. Descreveu com enlevo a experiência que havia tido na loja. Hannah, contudo, não entendia nada do que ele dizia. Sim, sim, já ouvi falarem desta tal de máquina falante. Não, nunca vi a geringonça em funcionamento. A mim, me parece é um brinquedinho para adultos. E para mim, adultos devem ter mais o que fazer do que brincar com uma máquina falante. Mas é claro que eu gosto de música, você sabe, não? Você viu os sanfoneiros e as bandas lá de Joinville na época de nosso casamento, já se esqueceu? Aquilo, sim, é que é música. Agora esse gamofone, não sei, não. É gramofone, Hannah. Gramofone. Você precisa ir ver comigo lá na Casa Edison. August sentiu que reforçar a estratégia era preciso. Imagine só — é como trazer para dentro de nossa sala uma grande orquestra interpretando as mais belas melodias, brindando-nos com o som de cada um de seus instrumentos em harmonia. Ou a voz dos grandes tenores e das grandes sopranos cantando só para nós, algo que podem fazer vezes sem fim e sem nunca se cansar. Essa conversa toda do marido já a estava deixando bem sobressaltada. Isto está me parecendo uma coisa do outro mundo, algo talvez até do diabo.

Hannah, minha Hannah. Estamos vivendo no século vinte. É um outro mundo, um mundo moderno. Quantas coisas têm surgido que nem imaginaríamos alguns anos atrás? Coisas do diabo, qual o quê! É o progresso, Hannah, o progresso. A esposa não se afinava muito com o tal progresso. Preferia as coisas como sempre haviam sido. Se serviram bem por séculos, por que modificá-las? Muito bem, August. Eu vou com você. O marido sorriu. Sua estratégia havia sido indefectível afinal. Iremos, sim, assim que estivermos bem instalados em nossa casa própria. August sentia-se agora tão desapontado quanto o pobre rapaz da Casa Edison. Não havia jeito. O gramofone teria de esperar. Sim, ele ficaria muito melhor quando estivessem na nova casa. Ele compraria o aparelho sem dizer nada à esposa, chegaria com a surpresa, colocá-lo-ia para funcionar e tiraria Hannah para dançar. Seria impossível que ela não se encantasse com a novidade. E assim seria. Na verdade, não. Quantas vezes voltou à loja, olhou os aparelhos a cada dia mais modernos, mas nisso ficou. Dançar com Hannah? Sim, mas em outras ocasiões, sempre com música ao vivo. Nada de gramofone.

As prioridades, acabaram concordando os dois, de momento eram apenas duas. O pé-de-meia e a comida. Hannah gostava de ir ao Mercado de São João, próximo de onde moravam. August nunca a acompanhava. Achava o lugar sujo e feio; não sabia como a mulher aguentava todo aquele escarcéu. Ela argumentava. Já estou bem acostumada com o local. Lá encontro as frutas e as verduras frescas que quero a um bom preço. A um bom preço, pois as vendem os próprios produtores, e frescas, pois chegam bem cedinho nos lombos das mulas ou nas carroças. Achava o espetáculo até bem interessante. Os detalhes só mais desgostavam o marido. Lombos de mulas? Carroças? Pois é, August. Acha que podem vir nos bondes? Não, esses não são mais para eles. Quando passaram a elétricos, você sabe, os preços logo aumentaram de cem para duzentos réis. E isso por sessão. Para os que vêm de longe, duzentos vira seiscentos. Quem é que pode pagar isso? Sem falar que ainda são maltratados pelos motorneiros. Podem pagar e querem subir? Não são aceitos. Hannah, para seu horror, havia testemunhado tal coisa. Sabe o que dizem aos coitados? Ah, não, com esse monte de trouxas não vão subir, não. Só vão é incomodar os passageiros e atravancar a passagem. Vão pegar uma carroça com o diabo que os carregue. E dando uma gargalhada, arrancam com o veículo. August não tinha o que falar.

Com sua grande cesta no braço e com as duas crianças agarradas à sua saia — a menina incumbida de não deixar o menino escapulir, pequenos ajudantes a carregar aquilo que eventualmente não coubesse na cesta —, lá ia ela em busca do que era necessário para a semana. As andanças pelas ruas exigiam agora cuidados muito especiais. Os bondes e os trilhos e os postes e os fios por sobre as cabeças. Hannah, já sabemos, não apreciava nada aquelas modernagens. As histórias escabrosas corriam de boca em boca. Nunca pisem nos trilhos. É perigosíssimo. Quais eram os perigos? Ser eletrocutado de imediato por uma carga elétrica mortal. Ou? Ficar grudado neles sem mais conseguir se soltar e aí... vem o bonde e... Era tudo verdade. Estava todos os dias nos jornais. *Uma menor de 6 annos, Rosalina, quiz atravessar a rua, mas foi apanhada pelo bonde, ficando esmagada. A pobre menina morreu logo. Apresentava o esmagamento completo dos membros inferiores, cujos tecidos molles estão inteiramente dilacerados, e os ossos fracturados, havendo separação do tronco pelas re-*

giões coses-femoraes unidas apenas posteriormente pela pelle. Será que deveria contar a história de Rosalina para suas crianças? Seria um bom alerta. Por outro lado, poderia ser impressionante demais para os pequenos. Aqueles detalhes todos. Eram de arrepiar.

Bertha queria andar ao longo do trilho. Queria ser a equilibrista que andava na corda bamba que ela vira no circo. Ah, o circo! Lembrava-se de tudo com detalhes. Uma mulher voava pelos ares como um pássaro — e não caía. Outra se enrolava toda e parecia uma bola — e rolava como uma. Um homem andava a cavalo — de pé! — e não caía. Outro jogava muitas coisas para cima — bolas e pratos e bolas — e nada caía. Nada caía. Um tinha as pernas tão compridas, mas tão compridas, que a cabeça ficava lá no alto colada no teto da lona. E os palhaços? Polydoro e Amendoim. Como eram engraçados! Bertha ria. Guto chorava. Agora ela era a equilibrista na corda bamba, se balanceando com os bracinhos abertos. Hannah agarrava a menina pela mão e a arrastava para longe. Quer morrer, Bertha? Quer morrer? O medo de Hannah era muito real. Até cruzar a linha do bonde lhe causava certo temor. Ia a passos largos, o mais rápido que podia, puxando os filhos com toda a ligeireza. Isso quando não erguia ambos ao colo. Para dizer bem a verdade, tinha até receio de caminhar por baixo daqueles fios e mais fios que agora cruzavam as ruas por cima dos transeuntes.

A jornada trazia perigos, mas, chegando ao local, Hannah se encaminhava para as barracas dentro do mercado — quartos eram chamadas —, onde era conhecida. Nelas, para não perder a freguesa, os comerciantes chamavam-na pelo nome e diziam que guardavam para ela os melhores produtos — e faziam um precinho camarada. Bom dia, dona Hannah! Como estão estas lindas crianças? Bertha sorria e Guto se escondia atrás da mãe. Os fruteiros se encantavam com os dois que a acompanhavam e ofereciam, aos pequenos, frutas para provar, o que logo fazia Guto sair de trás da mãe. Os dois adoravam e se lambuzavam e se lambiam inteiros. E iam aprendendo os nomes, que passavam a pedir, para vergonha da mãe. *Aber nicht, Kinder*!

Uvas, um cachinho! Mamão docinho! Pera, um pedacinho! Pêssego gostoso! Frutas que nem compravam, pois estavam fora do orçamento. Laranjas e bananas eram suficientes.

Havia por lá oito boas vendas de aves e ovos. Eram galinhas e frangos entulhados às dezenas dentro de gaiolas. Ou meio vivos, meio mortos, pendurados de cabeça para baixo. Ali o pregão era feroz. Galinha branca! Galinha vermelha! Olha a carijó! Olha a carijozinha! Iam oferecendo, aos gritos, o que tinham de melhor segundo diziam e com preços ao alcance de todos. Hannah se interessava. Essa galinha não está doente, está? Doente, senhora, mas de jeito nenhum. Galinha saudável, gordinha. Dá uma bela canja para toda a família e ainda sobra para a vizinha. Deixe-me ver essa vermelha, moço. Uma boa ave gorda ela muitas vezes levava sem gastar muito. E rendia mesmo uma bela canja ou um bom assado para ser degustado aos domingos.

Hannah se penalizava com os que ficavam na área externa. Eram ambulantes, que simplesmente colocavam os balaios ou sacos com seus produtos em barraquinhas improvisadas ou no chão mesmo, fugindo das cobranças feitas pela prefeitura, que não poderiam pagar. Anunciavam, em altos brados, verduras, frutas, raízes, ervas medicinais — excedentes provindos das roças em suas pequenas propriedades —, tentando pegar a clientela antes de chegarem ao interior do mercado. Ofereciam seus granjeios em troca de um mínimo para garantir o sustento da família, por vezes, bem numerosa. Vinham de longe, no trem ou em barcaças chegando pelo Tamanduateí, carregando os pesados caixotes sobre a cabeça, protegida por grossos panos enrolados, ou empurrando imensos carrinhos de mão. Hannah não encontrava sempre os mesmos, pois *personas non gratas* para os habituais do mercado, não tinham ponto fixo. Espalhavam suas mercadorias por onde dava. Hannah gostava de prestigiá-los. Ouvia seus lamentos. Ah, dona, se o guarda fiscal me pega, me leva tudo as minhas coisas e ainda me dá uma multa.

De conversa em conversa, acabou fazendo freguesia com uma moça que vinha quase todo dia lá dos lados do Cambuci, onde residia em uma pequena chácara com seu marido. Tinha vários filhos — Hannah nem sabia quantos, pois cada vez tinha três diferentes ali para ajudá-la. Comprava dela boas verduras: alface, repolho e salsão. Bem viçosos e bem vistosos. E ninguém tinha tomates mais vermelhinhos. Um dia desapareceu. O que havia acontecido? Ah, dona Hannah, a senhora não soube? Que infortúnio! Tomaram-lhes a chácara. Toda a área foi desapropriada, pois será arruada e loteada pelos ditos homens de negócios. Todos os chacareiros tiveram de abandonar suas terras. Alice, com os seus, foi-se embora lá pra adiante de Santo Amaro. Que tristeza, pensou Hannah, saudosa da boa moça. Essa vida é mesmo muito injusta. Aquilo não estava certo. E quem voltou à sua mente? Mais uma vez Eça de Queiroz, aquele das serras imutáveis. Como era mesmo que dizia? *Bem certamente estava ali como perdido n'um mundo, que me não era fraterno. Quem me conhecia? Quem se interessaria por Zé Fernandes? Se eu sentisse fome, e o confessasse, ninguém me daria metade do seu pão. Por mais afflictamente que a minha face revelasse uma angustia, ninguém na sua pressa pararia para me consolar.* O trecho era isso ou algo assim. E assim mesmo era a vida na cidade.

Volta e meia viam também coisas inesperadas bem interessantes para as crianças — nada interessantes para Hannah. Bertha puxava Guto e os dois se divertiam vendo papagaios e araras, macaquinhos e uns bichos espinhudos. Não sabiam o que era aquilo. Perguntavam à mãe. Ah, *das ist ein Igel*. Perguntava ela ao vendedor o nome em português. Isso? Um ouriço. Cuidado! Nem encostem que entram todos esses espinhos nos dedos. As crianças gostariam de ter um bichinho. Mama! Mama! E*in Affe. Ich will ein Affe haben.* O vendedor já se animava. O menino quer um macaquinho? Compra pra ele, Dona. Um macaquinho é uma ótima companhia para as crianças. O senhor me desculpe, mas já tenho dois macaquinhos em casa. E ia logo puxando os filhos embora de lá.

Ainda havia de ter o tempo necessário para uma paradinha — um minuto de prosa com as conhecidas. Se eram três ou quatro, falavam todas ao mesmo tempo. Aproveite que as bananas hoje estão bonitas e baratas. Escolha bem as couves se for comprar, pois me pareceram um tanto murchas. Nossa! Como cresceram as crianças! E seu marido? Melhorou do lumbago? Já experimentou as cápsulas de quinino de Pelletier? Soube o que aconteceu com a filha da Concetta? Não, nem diga. Bem, agora tenho que ir; está ficando tarde. Tinha de passar na casa de cereais. Arroz? 220 réis o quilo. Feijão? 200. Açúcar? 400. 400? Está muito caro. Levo só meio quilo.

À tarde era hora de um passeio mais longo. Uma visita à Casa Godinho, no Largo da Sé, era indispensável. Hannah fazia questão de ser atendida pelo proprietário, senhor José Maria, o que para ela era uma garantia de não ser enganada e receber sempre o melhor. Mesmo assim se certificava sobre a qualidade do que estava levando. Vou querer meio quilo daquela manteiga mineira. Não tem sebo nessa manteiga, não, tem? Em outros lugares, compra-se manteiga e leva-se uma mistura de manteiga com sebo. Isso ela não admitiria. Mas claro que não, dona Hannah. Essa manteiga é puríssima, de primeira, vinda lá das Minas Gerais. Coisa muito boa. A senhora já tem levado. Aqui na Godinho tudo é de primeira, a senhora bem o sabe. Muito bem, então é isso. A manteiga e uma lata de banha. Sim, senhora. A banha, dois mil e quinhentos; a manteiga, mil, setecentos e cinquenta. Quatro mil, duzentos e cinquenta réis. Se havia alguma sobra do dinheiro, dava-se a um luxo — pedia um pequeno pedaço de toucinho para o feijão, um pedaço de não mais de duzentos e cinquenta réis. Era tudo contato na ponta do lápis. Bertha via algo na prateleira e toda vez pedia, mas sua mãe nunca comprava. Uma latinha que dizia em seu rótulo *Milkmaid sweetened condensed milk* — importado da Suíça. Era aquele que ela queria, mas não. Isso é muito caro e não está no orçamento. Oitocentos réis por uma gulodice? Nem pensar. Não faça bico ou leva um safanão aqui mesmo. Quem sabe ganha uma no seu aniversário. Por ora, misturamos a nata do leite com um tanto de açúcar e dá tudo na mesma. Isso é que não, resmungava Bertha num tom de voz inaudível para a mãe, ou o safanão viria na certa e ali mesmo. Depois de um dia de tantas andanças e compras, era hora de ir para casa. Finalmente para as crianças, que já se arrastavam. Se passavam por um banco vazio pelo caminho, demonstravam seu cansaço e iam se encostando. Não, não, nada disso. Vamos para casa que tenho muito a fazer. Lá vocês podem descansar. E assim era.

O ano era
1905

Terra de ninguém — sonhos de infância — ajuda aos recém-chegados — imóvel comprado — vozes e lágrimas — Florinda e os lenheiros

O ano da tão esperada mudança. August, por meio de conhecidos, ficou sabendo de uma ótima casa com um terreno avantajado, fora daquele centro a cada dia mais desorganizado e conturbado. A afluência de pedestres, o congestionamento causado pelas carroças e pelos bondes e pelos carros. A sujeira, o barulho. As reformas trazendo ainda mais barulho, e valetas, e escavações lamacentas e pedregosas. As linhas de bonde continuavam em franca expansão e rua após rua amanhecia em polvorosa — esburacada, atravancada por pilhas de pedras, bateladas de cascalho, montanhas de terra, fileiras de trilho, amontoados de dormentes, tudo espalhado para o assentamento de mais um trecho que daria passagem aos ousados coletivos. Pobres transeuntes! Nem pensar em passar por ali. Uma verdadeira praça de guerra. Seria acidente na certa.

Aquilo não era mais lugar para se criar filhos. Dentro da casa, o espaço era pouco. Brincavam muitas vezes na rua, o que se tornara motivo de grande preocupação para os pais. Os veículos circulantes, os maus elementos, perigos por toda parte. Perigos reais, confirmados por notícias que chegavam boca a boca ou pelo jornal. As vítimas? Grande parte delas, crianças. Hannah nem entendia bem por quê, mas lia diariamente a seção de funestas ocorrências, onde pulavam aos seus olhos as palavras mais pungentes ali impressas. Nem era necessário ler tudo. *Hontem espancado por um carroceiro... o menor Victor Antonio... vendedor de jornaes. Esmagada por um bonde... a grande velocidade... a pequena... 5 annos de edade... falleceu instantaneamente. Desappareceu hontem da rua de S. João... menor de 7 annos de edade. Menor... provocado por outro menor... aggredido com profunda canivetada no pescoço. 10 annos... brincava em frente a casa de seu pae... atropellado por carroça de tijolos... passando-lhe uma das rodas sobre a cabeça.* Quanta tristeza! Deus proteja nossa Bertha e nosso Guto. Hannah rezava. *Gott im Himmel, beschütze uns!* Onde iremos parar?

Constatava ela que o perigo andava mesmo rondando a vizinhança bem próxima. Alertava o marido para que tomasse cuidados redobrados com *gatunos que aggridem a navalha.* Aqui na nossa rua, August. Ouça. *Os agentes de segurança,* tal e tal, *passando hontem, ás 5 horas da tarde,* por nossa rua, *encontrando alli os conhecidos gatunos,* tal e tal, dois italianos pelos nomes, *deram-lhe voz de prisão. Ambos os larapios, armados de navalha, aggrediram valentemente os agentes, produzindo-lhes varios ferimentos.* Imagine só uma coisa dessas aqui na porta de nossa casa. *Foram, entretanto, presos e conduzidos á policia da Consolação.* Pelo menos isso, não? Mas é o fim da picada.

Hannah, minha Hannah, já pedi que pare de ler essas notícias policiais. Exageram tudo e enchem sua cabeça de caraminholas. E nunca sabemos o que realmente causou o fato. Os jornais querem é causar pânico. Havia, contudo, mais uma que ela precisava ler. August, mas ouça só esta. *Hontem, ás 6 horas da tarde, pouco mais ou menos, um pandego, passando pela rua Anhangabahú, ao enfrentar o guarda rodante, saltou sobre elle, roubando-lhe o apito, e desatou a correr, dirigindo-lhe chufas, de longe. O guarda... sem apito, e indignado, não podia pedir socorro, e o espirituoso brincalhão lá se foi com a principal arma da policia!* Nem a polícia tem mais moral nesta terra de ninguém. Mas até que é engraçado, não? O marido teve que concordar. Enfim, logo estariam afastados de tudo aquilo.

August tratou de ir, sem demora, ver a casa e o terreno. Rua Nova de São José, número 12. No Brás, *Braz* na época — um novo bairro, que abrigava imigrantes vindos de todas as partes do mundo e onde se encontravam culturas as mais diversas. Um pouco longe, mas um tanto perto. Do outro lado do rio. Logo se encantou. Uma rua sossegada, bem residencial, sem o corre-corre do centro, sem toda aquela gente e todo aquele trânsito. O lugar ideal para ele, Hannah e as crianças. Sim, era ali mesmo que iriam morar. Um quarteirão de casas, todas térreas, geminadas, todas novinhas, recém-construídas. Todas com a mesma fachada no alinhamento da rua. Todas bem pintadas de branco, o que mais ainda realçava seu aspecto de novas. Todas com a mesma porta e o mesmo janelão e o mesmo porão. Todas iguaizinhas, menos a número 12. Esta era especial.

Ficava numa esquina, o que lhe trazia algumas vantagens. E August deu sorte grande, pois bem esta ainda estava disponível. Era a única que trazia a indicação 1903, data de sua construção, marcada no pequeno frontão horizontal ornamentado, que dava um estiloso acabamento à parte dianteira da casa. Outro diferencial? Todas tinham a porta e um janelão abrindo para a rua. Esta, não. Tinha dois janelões frontais e uma passagem lateral, fechada por um vistoso portão de ferro batido, para onde davam a porta de entrada e ainda mais duas janelas. Por dentro, tudo inspirava solidez — grossas paredes de tijolos, portas e janelas de madeira maciça, piso de tábuas corridas na sala e nos quartos, e ladrilhos de boa qualidade na cozinha e numa pequena área externa coberta. Ao fundo, um vasto terreno — um bom espaço com árvores de frutas variadas e para uma horta. Teriam até um belo de um galinheiro. Cada detalhe devia ser cuidadosamente avaliado. Sim, a família iria adorar. Era esse mesmo o imóvel que queriam.

Hannah, de imediato, também se encantou com o local. A casa era ampla e o terreno trazia promessas de ter ela mais uma vez a natureza perto de si. A vizinhança lhe pareceu bem amigável e familiar. Crianças pela rua, brincando sem o menor perigo à vista, e mães simpáticas que, sem conhecê-la, já a cumprimentaram risonhas. Seus filhos poderiam ali ter uma infância prazerosa e saudável como a que ela tivera na chácara em Joinville. Um poema veio-lhe à mente. *Oh minha infancia! Oh estação de flores! / De innocente illusão alva saudosa! / Inda hoje te apresentas / Ante mim, como a imagem deleitosa / De um sonho que incantou-me a phantasia, / Ou como a aurora de um formoso dia.* O poeta estava certíssimo. Quem era mesmo? Alguma coisa de Magalhães. Era a aurora de uma nova vida. Reviveria naquele lugar, junto aos filhos, seus próprios sonhos de infância. E August? Ficaria mais longe para ele chegar à Herm, Stoltz & Cia? Mas não. Tinha a importadora um depósito à Rua Martin Burchardt, bem próximo de onde iriam morar. Negociou e conseguiu ser transferido. Seguiria indo trabalhar a pé. E sem carroças estacionadas pelo caminho. Melhor impossível.

À esposa agradou ainda a proximidade à Hospedaria de Imigrantes. Ela vinha se tornando bastante atuante na comunidade alemã. Considerando-se mãe de uma família privilegiada, via-se na obrigação de amparar os mais necessitados. Acompanhada de outras senhoras patrícias, dirigia-se ao local sempre que sabiam da chegada de uma leva de imigrantes da Alemanha. Gostavam de dar-lhes as boas-vindas e, como dificilmente falavam os recém-chegados uma palavra de português sequer, ajudá-los com todas as explicações e instruções que precisassem. Pensou que, vindo morar no bairro, seria capaz de inclusive auxiliá-los a encontrarem uma moradia e a darem seus primeiros passos nesta terra para eles toda estranha. Sabia o quanto enfrentariam enormes desafios e situações nada favoráveis para se estabelecerem nesta nova pátria, onde até conseguir um trabalho era muito trabalho. Alguns não ficavam na cidade; iam para fazendas ou voltavam para Santos, onde sempre havia vagas para carregadores no porto.

Muitos, entretanto, decidiam ficar ali pelas imediações. Com o lépido despontar da industrialização na região, vagas não faltavam para aqueles que, vindos de onde fosse, queriam trabalhar longas horas, mesmo em condições precárias; o importante no momento era sobreviver. Para Hannah, era de dar dó. Pai, mãe, quatro filhos, cinco filhos, às vezes mais, todos trabalhando em fábricas sem janelas, sufocados pela falta de ar e pelo ruído incessante e ensurdecedor das máquinas. Sem janelas, August? Sim, muitas delas. Os patrões acham que janelas fariam com que os operários perdessem tempo, tirando os olhos das máquinas para observar o movimento nas ruas. É de dar dó, *meine Liebe*. Quatorze horas por dia, sem descanso semanal, e por que salário? Uma mixaria que mal cobre as despesas mínimas. Isso não é vida. E as crianças? Tão pequenas! Não sabem trabalhar e ai delas se fazem algo que nem sabem ser errado — surra na certa. Se perdem suas mãos nas máquinas, como fica? Não fica. É desumano. É o que eles têm, Hannah. É isso ou nada.

Conseguirem um quarto em uma casa de cômodos, embora provisoriamente, nunca era uma boa opção. Eram lugares vistos como insalubres, além do risco de desapropriação de um momento para outro em vista dos projetos de reurbanização. Hannah tentava ajudar a todos que podia, qualquer que fossem suas nacionalidades; se não com recursos financeiros, mas com contatos e oportunidades. Afinal, dizia sempre o quanto haviam sido favorecidos pela sorte, por boas oportunidades e pelo bom Deus. Devia, como uma antiga conhecedora do país, da cidade, e agora do bairro, ensinar a eles os estranhos hábitos e costumes que encontrariam e alertá-los sobre a vida dura que teriam, ao menos no início. Ao mesmo tempo, alentá-los de que teriam ajuda e apoio, além da possibilidade de manterem seus próprios valores e suas próprias crenças. E assim era.

As condições da compra para o imóvel foram bastante favoráveis. Haviam visto um outro, à Rua da Mooca, em um bairro vizinho, esta para alugar por 280 mil réis mensais. Voltaram às contas — estavam ficando bons nisso. Pegando suas economias, poderiam dar uma boa entrada e pagariam o restante por não muito mais por mês do que o tal aluguel. E no final, a casa seria deles. O negócio foi fechado e a mudança poderia ser feita. Com a transferência de

August para o depósito da Herm, Stoltz & Cia., conseguiu três dias de folga para se instalar com a família na nova residência. Pertences embalados, duas carroças de aluguel contratadas, tudo acomodado para a viagem, despedidas dos amigos e vizinhos com promessas de visitas em breve e lá se foram. August iria em uma das carroças para acompanhar o transporte da mobília e volumes maiores; Hannah tomaria o bonde — que jeito? — com as crianças e ainda com um bom tanto de trouxas e sacolas. A mãe bem atarantada para não perder nada — nem os filhos. Estes se divertiam aos montes — uma façanha como aquela nunca haviam vivido. Tudo assaz tumultuado, mas antes do sol se pôr já estava a família abrigada em sua nova morada.

Havia muito a fazer, mas a alegria de estarem agora em algo que seria seu em um lugar bastante mais aprazível os enchia de ânimo e determinação. Num primeiro momento, foram os móveis que tinham, cada um para seu lugar. Um quarto para o casal — cama e guarda-roupa; um quarto para as crianças — duas camas e cômoda. Ambos bem espaçosos. Uma sala — um divã, três cadeiras estofadas, uma pequena estante e um porta-chapéus com espelho. Pedia mais; tudo seria visto a seu tempo. A cozinha bastante ampla, com um bom fogão à lenha já instalado e lugar para a mesa e as cadeiras. Saindo pela cozinha, uma área coberta, onde havia o tanque e um pequeno quarto de banho. Por ali também se entrava no amplo porão. O terreno daria trabalho. Sim, sim. Tudo a seu tempo.

O essencial para uma boa noite de descanso após toda aquela agitação estava feito. Então, um lanche reforçado para reporem as forças até o dia seguinte, que prometia muita lida. Sentados os quatro na cozinha, saboreando com apetite sanduíches de queijo e presunto acompanhados de um bom café com leite, veio a pergunta. Quando vamos voltar para casa? Três pares de olhos sobre Guto. Hannah olhou para August. August olhou para Hannah. Mas, filho, esta agora é a nossa casa. A partir de hoje, e por muitos anos, é aqui que vamos viver. O menino pensou por um momento, sobrancelhas franzidas. Para sempre? Sim, para sempre. Parecia continuar pensativo.

Camas arrumadas. Camisolões vestidos. Lampiões apagados. *Gute Nacht. Bis morgen.* Com o cansaço, em pouco, todos estavam dormindo gostoso. Todos. Até que Guto acordou. Estava tão escuro. Que lugar era aquele? Não sabia onde estava. Tentou enxergar, mas nada enxergava. Tentou escutar, mas nada escutava. Em geral, ouvia os roncos do pai. Nada. Onde estavam seus pais? Ouviu uma voz, vinda de um conto guardado no fundo de sua memória. Seria a voz de sua mãe? *Escuta, amanhã pela manhã levaremos os pequenos muito longe na floresta, n'um sitio onde ella seja muito espessa; diremos para elles nos esperarem sentados na relva até acabarmos de trabalhar. Mas não voltaremos a buscal-os, e assim vêmo-nos livres d'elles.* Levaremos os pequenos muito longe? Não voltaremos? Livres deles? O choro veio forte e soluçado. Acordou Bertha.

Os pais, dormindo no quarto ao lado, ouviram vozes e lágrimas. August logo se levantou, acendeu o lampião e foi ver o que estava havendo. Encontrou Guto inconsolável aos prantos e Bertha, ao seu lado, tentando inutilmente consolá-lo. Não sei o que acontece, Papa. Ele não para de chorar. Com a vista bem embaçada, o menino teve a impressão de ver seu pai. Papa, você está aqui? Não nos deixou? Mas do que você está falando, Augusto? Ele não conseguia falar. O pai sentou-se em sua cama; o filho pulou para seu colo e o abraçou. Quero voltar para casa. Não gosto daqui. Não gosto deste quarto. Quero voltar para nosso quarto todos juntos. E voltou a chorar.

O pai o abraçou. Bertha se sentou ao lado dos dois. Vou contar a vocês uma história. Uma história sobre dois ratinhos. Guto, com as mãos, tentou secar as lágrimas que molhavam todo seu rosto. Era uma vez dois ratinhos; um morava na cidade e o outro, no campo. Bertha, considerando-se muito sabida, deu seu palpite. Um morava na 24 de Maio e o outro, aqui na Nova de São José? Isso, Bertha, pode ser assim. *O rato da cidade disse: "Amigo, vem comigo para a cidade. Verás o que é viver." Á noitinha estavam ambos em uma bella residencia, em bem provida despensa; queijos, lombos, o perfumado toucinho.* Toucinho, Mama compra na loja do Godinho. Na cidade — informou Guto. Não vai mais ter toucinho? Claro que sim, Augusto. Podemos sempre ir à cidade comprar o toucinho na Godinho. A cidade continuará sempre lá para nos receber.

Bertha pediu que o pai seguisse com a história. E depois? Ficaram os dois vivendo na cidade? Não, não, Bertha. Vejamos. *O rato do campo regalava-se.* Um toque de suspense caberia bem. *Súbito... range a porta... entra o despenseiro: ... vem elle... com dois gatos.* Guto interrompeu. Os ratos têm medo dos gatos. Eu não tenho medo de gatos. Posso viver na cidade. Não sou rato. Claro que não, filho, mas vamos ver o que isso significa. *O rato da casa achou logo o seu buraco; o hospede, sobressaltado, pulando de prateleira em prateleira, mal escapou com vida, e despediu-se do amigo: "Adeus, camarada, ficai-vos com as vossas farturas; mais vale magro no mato, do que gordo na boca do gato. Sem sossego de espirito, que valem os outros bens?"* Fim da história.

Por que contei isso a vocês? A cidade, o centro lá onde estávamos morando, está ficando um tanto perigoso. Vivendo aqui tudo será bem mais sossegado. Mais uma vez, Bertha tinha o que dizer. Os gatos são como os perigos de que a Mama vivia falando? Os bondes? Os buracos? Pessoas malvadas? Até crianças malvadas? Isso mesmo, filha. Poderemos voltar lá para passear, mas aqui nós, vocês em especial, ficarão bem mais seguros. Lá ficariam como o rato da cidade só dentro de um buraco. Aqui terão uma casa maior, um enorme jardim para brincar e até a rua. Que tal, Augusto? O menino parecia mais tranquilo. E você e a Mama nunca vão nos deixar aqui sozinhos e não voltar mais? Mas de jeito nenhum, meu filho. Tire isso já da cabeça. Estaremos sempre juntinhos aqui, nós quatro. Agora dormir? Amanhã vamos explorar melhor esta nossa nova propriedade. Combinado?

Na manhã seguinte, Guto já acordou outro. Ficou junto do pai, ainda com mais dois dias de folga, o dia inteiro, examinando tudo. A casa por dentro. A casa por fora. O porão. O terreno. E o pai ia mostrando. Aqui será um belo pomar; já temos até algumas árvores crescidas. Aqui teremos uma produtiva horta. Aqui ficará nosso galinheiro. Foram passear pelo trecho de rua naquele quarteirão. Sem falar da promessa de um rio próximo — o Tamanduateí, que tinha locais bem agradáveis às suas margens. Quando tivermos domingos ensolarados, nós dois iremos pescar. O que me diz? E se estiver calor, daremos umas braçadas em suas águas frescas. Já está na hora de você aprender a nadar. Bertha também queria ir. Que tal um piquenique? — sugeriu. O pai ficou de pensar na ideia. Quem sabe? Guto foi se encantando com tudo e ao fim daquele dia já havia decidido. Queria mesmo era ser um rato do campo. E ainda nem havia conhecido a Florinda.

Dia a dia iam os pequenos desabrochando com a vida na recém-adquirida casa. Uma nova rotina foi se definindo. August saía cedo para o trabalho e voltava no final da tarde. Hannah ficava com as crianças. Todos tinham que trabalhar e ajudar nas tarefas, dizia aos dois, que apenas queriam brincar, agora com todos os domínios que tinham à sua disposição. Um quarto só para eles, a área externa coberta e o enorme quintal. Sem falar do porão, onde, um pouco para desagrado da mãe, volta e meia se enfiavam. E havia ainda a rua, que sendo bem mais tranquila do que a 24 de Maio, ampliava ainda mais suas jurisdições. Mesmo assim, Hannah os preferia para dentro do portão. Ficava de olho o tempo todo, pois não paravam um minuto. Tudo era novidade e tudo os extasiava.

E então conheceram Florinda. Quero ver a vaca! A vaca vem hoje? Não, Guto, hoje não. Por que não? Hoje não precisamos leite? Ainda temos leite. Talvez o leiteiro venha amanhã. Só amanhã? E a vaca vem com ele? Isso não sabemos, filho. Temos que esperar. Ele não traz a vaca todo dia, Mama. Por quê? Isso eu não sei, Guto. Agora vá brincar lá fora com sua irmã. Mas ele não queria brincar com a irmã. Queria ver Florinda, a vaca do leiteiro; este passava dia sim, dia não, mas não era sempre que ele a trazia consigo. Era uma vaca bem gorda, com um grande sino amarrado ao pescoço, que, quando vinha, anunciava sua chegada desde longe. Com ou sem Florinda, seu Leiteiro, como Bertha e Guto o chamavam, vinha com os latões cheios de leite tirado na hora, garantia.

Hannah saía, com os dois vindo logo atrás. Trazia as garrafas de vidro. Não, Bertha, você não pode carregar. Quebra e você ainda se corta. E não me faça bico. O leiteiro tirava a tampa de um dos latões e escapava um cheiro de leite, que nem a todos agradava. Limpava a concha na bainha da camisa e a mergulhava no líquido branquinho. Com as conchadas, ia enchendo os dois litros. Por que não trouxe Florinda hoje? Era a pergunta das crianças desapontadas. Hoje ela não pode vir, mas mandou-lhes um presente. Eles já sabiam o que era e corriam cozinha adentro para buscarem suas canecas. O presente? Uma caneca cheia de leite fresquinho que era bebido na hora. Devagar, que vão se engasgar. A essa altura já havia ido tudo para dentro de suas barriguinhas. Agradeçam ao homem, não? Muito obrigado, seu Leiteiro. Obrigada. Até sexta. Traga Florinda, está bem? Hannah ia logo acender o fogo e despejar tudo em um caldeirão. Tinha que fervê-lo várias vezes ao dia para que não talhasse. Se talhava, logo se punha a preparar uma boa ambrosia, seguindo a receita que aprendera com Dona Matilde, uma portuguesa sua vizinha lá da 24 de Maio. Como as crianças torciam para o leite talhar de vez em quando!

Acender o fogo não era como hoje. Sem lenha, não tinha fogo. Também isto Guto passara a acompanhar. Todo dia ia ao porão para conferir como ia o estoque. Mama, acho que já precisamos de lenha. Tem só um pouquinho. Não se incomode com isso, Guto. Seu pai avisa quando precisarmos. Mas, Mama, eu acho que já estamos precisando. Vou ver se o vendedor de lenha vem vindo. Não, filho, não o chame, pois nada vamos comprar hoje. Essa era uma outra visita que o menino adorava. Eram dois caipiras aparentados. Vinham das bandas de Santo Amaro. Aparência bem singular: chapelão, calças de algodão amarradas à cintura por um barbante desfiado, pés descalços. Primeiro, vinha o vendedor. Sabia-se de sua chegada a quarteirões de distância. O barulho das rodas da carroça na rua de paralelepípedos; os berros chamando a freguesia. *Olha a lenha! Lenha da boa! Lenha de matta virgem. Vai hoje, Dona?* Se ia, despejava um certo tanto na calçada junto ao muro e ia-se embora. Mais tarde, passava o lenheiro. Vinha rachá-la e carregava tudo bem cortado para o porão, onde ficava armazenada, pronta para a utilização na cozinha. Cobrava pela lenha e pelo serviço e, com o dinheiro bem guardado no fundo de uma bolsa pendurada no pescoço, também ia-se embora.

Guto precisava supervisionar tudo muito atento, mãos enfiadas nos bolsos de suas calças curtas. Mama, já trago um pouco de lenha para a cozinha? Não, espere seu pai chegar. O encarregado de tal transporte era August. Mas o filho, agora se achado um menino grande, tinha plenas condições de ajudar em tal tarefa. Tinha um saco de pano que levava até o porão, enchia com um tantinho de lenha e arrastava até a cozinha. Queria ajudar a mãe, assim como o pai fazia. Mas devia esperá-lo chegar.

E assim foi. Entre plantações de hortas e pomares; entre criações de galinhas, patos e gansos; entre brincadeiras pelo quintal e pela rua; entre vacas leiteiras e outros bichos à porta; entre montes de lenha e outros achados no porão; entre apitos de fábricas várias vezes ao dia; entre passeios ao rio Tamanduateí; entre ajudas aos imigrantes alojados e desalojados; naquela casa morariam os Zähler por muitos anos — onde muitas alegrias e muitas tristezas sobreviriam.

O ano era
1906

Livros à mão cheia — raízes alemãs — a caminho de São Paulo — tristeza e gratidão — preceptora e preceptados — índios na Mooca

Bertha e Guto viam tantos livros pela casa. Muitas vezes, quando notavam que a mãe estava a ler, logo se interessavam. O que você está lendo, Mama? Deixa a gente ouvir. E assim, a mãe, fosse o que fosse, passava a ler em voz alta para eles. Essa curiosidade pelos livros não passou despercebida ao pai. Hannah, Augusto ainda é pequeno, mas Bertha já está com seis anos. Mais um ou dois anos deverá ir à escola. Por que você não a ensina a ler?

August expressava com frequência sua convicção quanto à importância da leitura na educação dos filhos. A leitura deve ser algo fundamental na vida de vocês, crianças. Quanto antes começarem, melhor. Eu aprendi ainda bem menino. Era, antes de tudo, uma obrigação religiosa em uma família luterana como a nossa. Ler a Bíblia era obrigatório. Nós temos também que ler a Bíblia, Papa? Podem, sim, é uma boa prática, mas vocês devem ler de tudo. Concorda, Hannah? Sim, August, você está muito certo no que diz.

Vivemos em um país onde algumas coisas me surpreendem. O quê, Papa? Quantos analfabetos há por aqui. Vendo a interrogação nas carinhas dos filhos, explicou. Analfabetos — as pessoas não sabem ler. E quando sabem, não fazem disso um hábito. Vocês precisam aprender e desenvolver o hábito. Tirou da prateleira um livro bem grosso. Temos que ler esse livro gigante? Não, Augusto, isso é um almanaque — *Almanaque Garnier*. Eu vou ler para vocês. Buscou o que queria.

Prestem atenção. *Povos que não foram habituados a ler desde a infancia, mesmo quando soubessem ler, e que portanto não adquiriram esse hábito, não é de extranhar que desadorem a leitura.* Entenderam? Bertha sempre queria mostrar ao pai como já era muito sabida. Quem não lê, nunca vai gostar de ler. É isso? Sim, Bertha, muito bem. E vocês terão que aprender a ler também em alemão. Voltou ao almanaque. *Na lingua portugueza então, nunca houve, e não ha ainda, litteratura infantil, e quando hoje queremos dar aos nossos filhos um livro a ler, para instrui-los, educa-los, e desenvolver nelles o gôsto da leitura, temos de lh'o dar em lingua extrangeira.* Compreendem?

Hannah também acompanhava a leitura do marido. E por que será que isso é assim, August? Deixe-me ver — há aqui uma plausível explicação. Veja o que acha. *Os Jesuitas ensinavam; foram elles que ensinaram a ler ao Brasil. Mas a sua pedagogia foi como nenhuma outra finalista, e assim foi menos que nenhuma propria a despertar a curiosidade, a anxia de saber, o espirito de pesquisa, de que a leitura é o principal instrumento. Elles demais não punham o educando em face do livro, para que elle o lesse e interpretasse.* Como pode alguém realmente aprender a amar os livros dessa forma? Sim, August estava certo. Hannah pensava da mesma forma. Como era mesmo aquele poema? Lembrava-se de tê-lo lido em uma das casas onde trabalhara. Como gostava dele! Ah, sim. *Oh! Bomdito o que semêa / Livros... livros á mão cheia... / E manda o povo pensar! / O livro cahindo n'alma / É germen — que faz a palma, / É chuva — que faz o mar.*

Bertha e Guto seguiam atentos a conversa dos pais. Olhavam um para o outro. Era sobre livros, sim, mas era só o que entendiam. No entanto, Hannah já estava convencida. Bertha devia aprender a ler. Sim, era preciso cultivar nela a curiosidade e a ânsia de saber. Era preciso que ela pensasse por si mesma. Já estava em uma boa idade para isso e ninguém melhor do que a mãe para introduzi-la às letras. Mas... como poderia fazê-lo? Dúvida. A dúvida trouxe-lhe à memória algo de muitos anos atrás. Do século anterior. Dos tempos do Imperador Pedro II. Foi quando veio de Santa Catarina para São Paulo. Trabalhara em duas casas da aristocracia paulista. Algo de que sentia muito orgulho. Seu pai, numa época em que a vida andava bem dura lá pelo sul — afinal era uma família grande para sustentar —, ficou sabendo por um conhecido que a elite paulistana muitas vezes recorria a boas moças para ajudarem na educação das meninas, tão deixadas de lado pelas escolas da época. Veio-lhe a ideia. Sim, sua filha mais velha, então com treze para quatorze anos, poderia vir trabalhar em casa de uma dessas famílias de boas posses que, por sinal, valorizavam muito os princípios da educação europeia. Ter ela raízes alemãs seria um grande ponto a seu favor. O salário teria que ser bom — a menina ficaria com uma parte e parte seria enviada aos pais.

Contatos feitos, de pronto apareceu em Joinville um enviado dos Paula Souza para buscá-la, já com o depósito dos dois primeiros meses de pagamento deixados nas mãos de seu pai. Choros e lágrimas, lágrimas e choros, veio a jovem Hannah a caminho de São Paulo com um homem desconhecido, rumo a uma família e uma vida também totalmente desconhecidas. Ela nunca havia saído da pequena colônia e apenas imaginava o que encontraria neste outro lado do mundo. Tudo muito diferente do que ela imaginara – a viagem, a cidade, a casa, as pessoas; e ela não sabia dizer se diferente para melhor ou diferente para pior. Apenas diferente! Mas Hannah era uma menina forte, muito forte, e determinada.

Chegando, foi recebida pela governanta, incumbida de inspecionar a nova criada, dar-lhe as primeiras instruções e pô-la apresentável para ir ter com dona Ada, a senhora da casa e mãe das crianças que estariam parcialmente aos seus cuidados. Achou-a um tanto jovem e desmazelada, mas enfim. Muito bem! Levou-a até um quarto grande, onde dormiria com três outras moças, todas mais velhas do que ela. As três eram encarregadas dos serviços da casa. Ela, não. A ela caberia olhar pelas crianças, como dona Ada iria explicar. O que Hannah gostou mesmo foi que teria uma cama só para ela. Não mais teria que dividir a cama com suas três irmãs.

A governanta, de nome Elvira, também responsável pelos empregados da casa, abriu uma das quatro portas de um enorme armário encostado a uma das paredes do quarto. Tirou de dentro dois cabides e mostrou à menina. Era um traje diferente que, na época, lhe pareceu de extrema elegância. Nunca havia vestido nada assim. Ficou sabendo mais tarde que se tratava de um *tailleur*. Você trajará estas roupas em seus horários de trabalho. Aqui também ficarão as suas coisas. Hannah examinou melhor o que Elvira segurava à sua frente. Viu se tratar de uma saia azul-marinho, longa, que ia se alargando um pouco, se abrindo para baixo. Parecia confortável. Uma blusa branca, com pregas na vertical e com mangas compridas; ainda um casaco, da mesma cor e tecido da saia, abotoado até quase o pescoço, que deixaria aparecer apenas a gola alta da blusa. Havia três conjuntos assim, todos iguais, os outros dois pendurados dentro daquele que seria o seu armário. Suas roupas devem estar sempre impecáveis — limpas e bem passadas. Deve ainda calçar estas meias e botas pretas fechadas com cadarços, que deverão ser engraxadas diariamente. Para a família Paula Souza, se aparência não é tudo, é quase tudo.

Atenção ao que vou dizer agora. Você fará sua higiene e já vestirá seu uniforme. Certifique-se de que esteja limpa e bem penteada. Escove bem essas unhas, que me parecem bastante sujas. Quando estiver pronta, eu a levarei para ser apresentada à dona Ada. Quando se dirigir a ela, não encare, mantenha os olhos baixos e nunca levante a voz. Não mexa em nada e não faça perguntas. Se tiver alguma dúvida, dirija-se a mim. Quando eu a levar até ela, mostrarei a você os aposentos por onde poderá circular. Basicamente, os quartos das meninas, o quarto de estudos, a rouparia, e nada mais. Os patrões não querem saber de criados circulando pelas áreas da casa que não lhes cabem. Você fará suas refeições conosco na copa dos empregados. Alguma pergunta? Hannah tinha muitas com certeza, mas naquele momento não sabia nem por onde começar. Então, vá e se arrume. Estarei esperando no quarto ao lado.

Quando a jovem se viu sozinha, a primeira coisa a fazer foi se sentar na cama. Como era fofa! E travesseiro? Como cheirava bem! Ela nunca tivera um travesseiro assim. Para dizer a verdade, nem nunca tivera um travesseiro. Começou a se despir e foi se lavar. A água ficava em uma jarra junto a uma bacia. Eram lindas! Brancas com desenhos em azul. Lavou as mãos e o rosto. Pegou uma pequena escova e esfregou as unhas, uma a uma, com toda a força até tirar o último resquício de sujeira delas. Era surpreendente como uma sujeira que ela nunca havia reparado agora se evidenciava dessa forma. Atrapalhou-se e acabou derrubando água no chão. Apanhou a toalha ali ao lado, branquinha, se enxugou e secou a água que deixara cair no piso; era tão limpo que a toalha nem poeira pegou. Tudo tão cuidado. Tirou as roupas dos cabides e se vestiu. Eram um pouco grandes; como ia fazer? Ajeitou-se como pode e calçou as meias e as botinhas. Confundiu-se com os cadarços, mas aprenderia com o tempo. Penteou os cabelos e abriu a porta. Elvira já a aguardava do lado de fora. Olhou-a de cima a baixo e não ficou feliz com o que viu. Essas roupas estão muito mal assentadas. Teremos que ajustá-las. Veremos isso mais tarde. Arrume esses cadarços. E olhe esses cabelos. Deixe-me ajeitá-los. E escovou-os com tal rispidez que Hannah achou que a mulher iria arrancá-los de sua cabeça. Prendeu-os para trás em algo como um coque. Cabelos soltos não são permitidos entre a criadagem. Agora venha. E empurrou a menina porta afora. Hannah sentiu que a governanta não gostava dela.

Elvira mostrou onde ficavam os quartos das meninas, o quarto de estudos, a rouparia. Era tudo tão enorme. Cada menina tem um quarto só seu? Só a mais velha. As outras dividem um quarto em duas. Mas cada uma tem sua cama? É claro. E chega de conversa. A governanta parou diante de uma porta fechada, olhou mais uma vez para Hannah e ajeitou a gola da blusa, os ombros do casaco e, uma vez mais, os cabelos. Soltou um suspiro e bateu à porta. Esperou a autorização, abriu e pediu licença para entrar. Hannah entrou atrás dela. Era tudo tão bonito, tão espaçoso, tão requintado. Avistou dona Ada, sentada em uma suntuosa cadeira de braços estofada. Ela queria sentar naquela cadeira — mas já sabia que nunca poderia. Elvira a apresentou, pediu licença novamente e saiu. Dona Ada pediu que Hannah se aproximasse. Segurou suas duas mãos e as olhou. Ainda bem que havia exterminado até o mínimo indício de sujeira das unhas. Olhou para a senhora, com cuidado para não encarar. Notou que ela sorria. Aparentava, na verdade, ser bem mais gentil do que Elvira. E era.

Deu-lhe as boas-vindas. Tinha certeza de que elas se dariam bem e que ela se entenderia muito bem com suas filhas. Falava baixo e com calma, o que Hannah achou muito agradável. Eram cinco filhas, duas um tiquinho mais velhas do que ela. Havia ainda um menino, este interno em um colégio, que apenas vinha ocasionalmente aos fins de semana. Seu trabalho seria principalmente com as três mais novas. Acompanhá-las em sua higiene diária, ajudá-las a se vestir, garantindo que estivessem sempre bem apresentáveis. Auxiliaria as outras criadas na lavagem e nos reparos de suas roupas e na limpeza dos calçados. Algo mais — ensinaria a elas o alemão, idioma indispensável para o marido, que passara muitos anos na Alemanha. Receberá dele os livros que deverá ler com as meninas. Você tem alguma dúvida? Não, senhora. Muito prazer. Muito obrigada. Com licença. Ela precisava mostrar, como sua mãe havia recomendado, que era uma moça muito bem educada.

Aos poucos, tudo foi se acomodando perfeitamente. Após esse primeiro dia tão tenso, Hannah sentia-se melhor a cada dia. Conheceu as meninas, que eram bastante afáveis. Foi aprendendo como fazer suas tarefas a contento. Também se dava bem com as moças com quem dividia o quarto, que nem sempre eram as mesmas. Em geral, todos a tratavam bem; com o tempo, até mesmo Elvira. E ela tratava bem a todos. Durante sete anos morou naquela casa, convivendo com aquelas pessoas. Quando chegou, era uma menina, tímida, envergonhada e assustada; sete anos a haviam transformado em uma mulher de vinte anos, prendada, habilidosa e segura de si.

Após todo esse tempo, as cinco meninas, assim como ela, já não eram mais meninas. Haviam se transformado em mulheres, ou quase isso. Até um menino, nascido após sua chegada e de quem ela também ajudara a cuidar, tinha agora cinco anos e logo iria para o colégio interno. Seus préstimos já não eram mais necessários. Entretanto, Hannah não ficaria desempregada. O senhor Tibiriçá, relacionado com o senhor Paula Souza nos meios acadêmicos e políticos, e sua esposa estavam procurando alguém para acompanhar os filhos em seus afazeres e ela lhes foi altamente recomendada. O que era esperado? Nada muito diferente do que já fizera por sete anos. Com muita tristeza e muita gratidão, despediu-se de todos, agradecendo por tudo que tinham feito por ela. E eles, muito gratos pelo que ela havia feito pela família ao longo daqueles anos.

Era outra a Hannah que chegava à casa dos Tibiriçá. Era agora alta e altiva; não arrogante, mas altiva. Tinha confiança em si mesma e sabia como agir. Mas, mesmo assim, muitas coisas a surpreenderam. E não é que sempre estamos aprendendo e nos adaptando? Para começar, quem a recebeu não foi a senhora da casa, mas o senhor. Deu-lhe as boas-vindas e conduziu uma pequena entrevista. Em alemão. E como ele falava bem! Queria se certificar de que ela falava o idioma com igual fluência. Também ele havia vivido muitos anos na Alemanha e queria alguém que, entre outras coisas, ensinasse seus filhos a falar o alemão com desenvoltura. Isso de forma alguma a intimidou. Quantos livros havia lido com as meninas Paula Souza e quanto com elas conversara usando a língua germânica! Algumas se desenvolveram bem; outras, nem tanto. Quem mais se aperfeiçoou com a experiência? A própria Hannah. Do pouco que aprendera com os pais e na escola na colônia, era agora fluente, tanto em conversa como em leitura. Foi parabenizada pelo seu novo empregador, o que a deixou muito orgulhosa de si mesma.

Ele foi pessoalmente apresentá-la à esposa e a cada um dos filhos que estariam aos seus cuidados: três meninas e um menino, todos, desta vez, mais novos do que ela. Hannah observava tudo — sem deixar que percebessem. São um casal admirável. Como se respeitam e se compreendem! Conversam sobre tudo. Hannah pensava que se um dia ainda viesse a se casar, gostaria de ter um casamento assim. O pai era bem presente. Estava com os filhos o quanto podia. Era divertido observá-los. Parecia um companheiro de folguedos junto a eles. E pensava que, se um dia ainda viesse a ter filhos, gostaria que tivessem um pai assim.

Hannah se adaptou rapidamente ao novo emprego. Entendia-se muito bem com os patrões, com as crianças e com os outros criados. Seguia aprendendo muito sobre como cuidar de uma casa, como educar os filhos, como um casal devia se relacionar. Já nem se lembrava mais de como exatamente eram as coisas em sua casa com sua família, mas assim não eram. Trabalhou nessa casa durante mais quatro anos até que sua vida tomaria um outro rumo.

Eram lembranças que Hannah gostava de ter. Voltava para uma época feliz de sua vida. Pensando agora, não que ela tivesse ensinado alguma das crianças a ler, mas gostava de crer que havia ensinado a elas muitas coisas — e aprendido muito também. Algo era evidente. No convívio com essas duas famílias, foi aos poucos falando em um português correto, usando as palavras de uma forma cada vez mais inteligível e perdendo quase de todo o sotaque que trouxera lá do sul. Quase de todo! Se não ensinara as crianças a ler, lia muito para elas. Livros em alemão, e também em português. Com o português, penou no início; não levou muito a pegar o jeito. As crianças eram atenciosas e, se ela lia uma palavra errada, elas riam, mas logo a corrigiam. Ela não se incomodava. Repetia toda a frase mais uma vez e seguia adiante. Era isso! Esse seria o seu método. Já sabia como ensinar Bertha a ler. Começaria com o alemão, pois eram a maioria dos livros que tinham em casa. Depois passaria para o português. Ótimo, minha Hannah, coloque-a em face do livro para que ela os leia. E assim foi.

Bertha era esperta e inteligente. Rapidamente assimilou como decifrar todos aqueles símbolos nas páginas e passou a ler tudo que lhe caía nas mãos. E foi ao ler *Agnes Grey* com a filha que Hannah teve então uma grande ideia. Assim como Agnes Grey, ela também poderia ser uma preceptora. Não exatamente uma preceptora, mas uma preceptora às avessas. Como seria isso? Era claro que, agora casada e com dois filhos ainda pequenos, não poderia se empregar em uma casa de família para passar o dia ou, menos ainda, lá morar. Mas poderia ter alguns preceptados em sua casa. Era isso! Havia muitas famílias de imigrantes alemães, várias recém-chegadas, com filhos pequenos, aos quais ela poderia ensinar a falar o português e a ler as primeiras letras. Receberia em troca, não um grande salário, mas alguns tostões que ajudariam nas despesas e que tivessem um pouco mais de folga no fim do mês.

O livro que liam juntas, mãe e filha, foi se revelando um ótimo manual da boa preceptora. E a experiência que Hannah tivera dava todo sentido à leitura. O que a jovem Agnes narrava ensinava tudo o que uma preceptora deveria, ou talvez não, fazer. Concentraram-se no terceiro capítulo: *Einige weitere Lektionen* ou *Mais algumas lições. A minha tarefa, ao inves de tornar-se mais facil, tornava-se mais ardua, pois os pequenos não tinham mais noção de obediencia do que potros selvagens indomaveis.* Potros selvagens, Mama? — surpreendeu-se Bertha. Sim, aqui já temos a primeira lição. Obediência, disciplina. Assumo o meu lugar e eles que me obedeçam ou será impossível realizar a minha tarefa. Falava à filha como se falasse a si mesma.

Prosseguia com sua leitura e Bertha a ouvia com atenção. *Quanto a castigos, logo me foi dado a entender que os pais reservavam a si esse privilegio.* Isso é fato e pode se tornar um problema. *Ha crianças que podem ser disciplinadas pelo medo da zanga ou pelo desejo de que as approvem.* Ah, isso é bem verdade. *Como não havia horas marcadas para estudar e para brincar, resolvi dar a meus allumnos uma pequena tarefa por vez, que, com um pouco de attenção, eles poderiam fazer num curto espaço de tempo.* Uma ótima ideia. *E até que o fizessem, não permittia que deixassem o quarto de estudos, mesmo que eu tivesse que me sentar em minha cadeira contra a porta para mantê-los alli.* A que ponto tinha de chegar, pobre Agnes. *Paciencia, firmeza e perseverança eram minhas unicas armas; resolvi usá-las o tempo todo.* Paciência, firmeza e perseverança. Perfeito, não, Bertha? Sim, Mama. Mesmo sem ter a mínima ideia do que sua mãe estava falando. Só entendia que se tratava de crianças horríveis. Potros selvagens, isso sim! Pensando nos potros, distraiu-se e perdeu a leitura que seguia adiante.

Decidi com determinação cumprir as ameaças e promessas feitas e, para tanto, ser cuidadosa para nunca ameaçar ou prometter algo que eu não pudesse cumprir. Importantíssimo! Im-por-tan-tí-ssi-mo. *Quando se comportavam de forma toleravel, eu seria bondosa e prestativa, para marcar bem a differença entre boas e más attitudes.* Perfeito! Era como se Hannah estivesse tendo uma conversa com Agnes Grey. Até já se esquecera de Bertha, que a esta altura pegara uma folha de papel na qual desenhava o quê? Potrinhos. *Quando os reprehendia, ou me recusava a attender seus desejos, me mostrava mais triste do que brava. ... Eu sabia (ou pelo menos queria acreditar) que com paciencia infinita e perseverança eu poderia dominá-los; e de manhã á noite eu implorava por ajuda divina para tanto.* Mais uma vez a paciência, infinita, e a perseverança. Sem isso, não há vitória. E sempre a ajuda divina. *Nicht wahr*, Bertha? Olha, Mama, os potrinhos que eu desenhei. Esses não são indomáveis. São bonzinhos, veja. Bertha era ainda muito nova para ser uma preceptora. Hannah sorriu. Potros selvagens? Será que existiriam em algum lugar do mundo crianças tão terríveis? As crianças com quem trabalhara eram muito, mas muito, bem educadas. *Gott sei Dank.* E assim esperava ela fossem seus filhos também. Passou a mão pelos cabelos de Bertha.

Hannah parecia ter um bom faro para negócios. Não grandes negócios, mas pequenos negócios — boas oportunidades que acabavam sempre lhe rendendo algum bom dinheirinho. Aos poucos, as crianças foram chegando — duas, depois mais duas, e tudo que ela teve que fazer foi organizar seu tempo e um lugar propício a atender seus preceptados. Quando o tempo estava bom e quente, sentavam-se à sombra do grande abacateiro que havia bem no centro do quintal — já estava lá quando se mudaram. Quando o tempo estava frio e chuvoso, sentavam-se na cozinha, ao pé do fogão à lenha que, mesmo quando apagado, mantinha ao seu redor um calorzinho agradável. As crianças pareciam gostar bastante dela. Suas mães comentavam umas com as outras como *Frau* Hannah era gentil e paciente com as crianças, divertida e engraçada, mas também firme e rígida quando necessário. Tudo o que as crianças precisavam. Sua fama correu e, em pouco tempo, apareceram mais alunos do que ela poderia ter. Bertha, já alfabetizada e fluente no português, ajudava a mãe com os menorzinhos. Brincava com eles e, em meio às brincadeiras e cantigas, iam os pequerruchos aprendendo cada dia um pouco mais. Entre estes, estava sempre Guto, muito atento e participante. Ia também aprendendo — e rápido. Era um menino muito vivo.

Muito surpreso ficou quando um dos pupilos de sua mãe veio com o seguinte: *Frau* Zähler, a senhora sabia que a Mooca é cheia de índios? Hannah achou a pergunta muito estranha; nunca havia ouvido falar naquilo e nunca havia visto índio nenhum por ali. Os olhos de Augusto se arregalaram e seu queixo caiu de assombro. Índios, Mama? Índios aqui perto? Podem atacar nossa casa? Não, não, Guto. Isso não pode ser. Teremos que averiguar isso a fundo. Indagou aqui, sondou ali, informou-se acolá, e, na semana seguinte, tudo havia sido esclarecido. Trouxe os dados para o pequeno questionador e para seu pequeno Augusto e para quem mais se interessasse em saber.

Sim, as terras onde hoje está a Mooca foram habitadas por muitos, muitos índios, que moravam junto ao rio Tamanduateí e por toda a mata ao redor. Vejam que até o nome do bairro é uma palavra indígena. *Moo-oca,* que significa "faz casa", pois era aqui que construíam suas *ocas*. Andavam por todo o centro também. Muitas das principais ruas por onde hoje trafegam carros e bondes eram caminhos por onde os índios cruzavam a colina para ir a todo lado entre uma aldeia e outra. Mas isso foi há muitos, muitos anos, hoje todos já foram embora. Augusto estava muito espantado, imaginando todos aqueles índios andando ali pelo centro. Pena que ele não chegara a vê-los. Coitados dos índios, Mama! E as casas deles? Onde foram morar? Ah, Guto, acho que se mudaram para mais dentro do mato, andaram e andaram e acharam um lugar ainda mais bonito. Mas a Mooca é bonita, não? Sim, bonita para nós, mas não mais para os índios. Eles gostam de morar no meio das árvores e dos bichos.

Durante alguns dias, o menino só pensava nos índios. Coitados! Se ali na Mooca é que eram as terras deles e onde eles tinham suas casas, por que não estavam mais lá? Não estava gostando nada, nada disso. Imagina se vêm umas gentes aqui e nós temos que abandonar nossa casa. Não, não. Isso não seria nada, nada bom. Foi falar com Bertha sobre o assunto, pois ela lhe parecia bastante entendida das coisas. Contudo, sobre tal assunto, ela nada sabia. Que decepção! O que a mãe sabia já havia lhe contado. O pai talvez? Não, Augusto. Índios aqui na Mooca? Nem sabia disso. Mexe aqui, mexe ali, caiu-lhe às mãos um livro. Livro grande, bem grosso. Abriu e foi folheando. E o que encontrou ali? Desenhos — de índios. Correu em busca da irmã.

Bertha! Bertha! Lê pra mim. Lê pra mim. A menina olhou o livro e o tanto de letras que havia ali. Ah, não! *Bitte! Bitte!* Por favor, vai. Empurrou o volume para as mãos da irmã. Bertha suspirou. São os índios? São? Sim, são os índios, Guto. Lê pra mim. Bertha lia, mas lia ainda devagar. Não conseguia acompanhar a velocidade da insistência do pequeno. Foi lendo, mas só um pedacinho aqui, outro ali. *Na epocha do descobrimento, era o Brazil habitado por indios selvagens.* Os olhos do irmão fixados nela. A menina viu adiante um longo trecho com letras menores. Aquilo não era importante. Pulou. Uma gravura. O que é isso? A aldeia dos índios. Augusto a examinou em detalhes. O que mais? Leia. *Calcula-se em um milhão, approximadamente, o número de indios que existiam no Brazil, divididos em numerosas tribus.*

Um milhão? Puxa, isso é muito, não? A seguir, uma lista de nomes complicados. Pulou. *Eram nomadas.* O que é isso? Não sei, Guto, vou ler aqui. *Em terreno abundante de caça e pesca, que lhes serviam de alimento, assentavam suas aldeias denominadas tabas, onde só permaneciam, vivendo em familia, enquanto se lhes afigurava vantajosa a situação, ou as guerras continuas não os obrigavam a procurar nova posição.* Bertha percebeu o irmão a pensar. Acho que entendi, Bertha, eles viviam mudando de lugar, é isso? Será que aqui na Mooca acabou o alimento ou teve uma guerra? A irmã não sabia. Como ia saber? O que mais diz aí, Bertha? Ela já estava cansada de ler e cheia de má vontade.

Augusto tomou o livro de suas mãos. Viu que havia agora várias ilustrações. O que é isso? — a pergunta repetida várias vezes. *Arco e flechas. Machado de pedra. Ubá.* Um barco? Parece. E aqui? *Tacápe e maracá.* E o que mais? *Attritos, porém, entre os colonos e os indígenas determinaram investidas contra estes, que, pouco a pouco, se fôram internando para o centro do paiz e para o norte, existindo ainda hoje numerosas tribus nos altos sertões do Amazonas, Pará, Maranhão, Piauhy, Matto Grosso e Goyaz.* Onde é isso? Longe, muito longe. Depois você pergunta para o Papa e ele te explica tudo. Toma. Leva o livro para ele ler para você. O irmão parecia um pouco mais tranquilo com o destino dos índios. E eles estão felizes em suas novas casas? Muito, muito felizes, Guto.

Bertha, já saturada da tal conversa, jogou-se na cama e cobriu a cabeça com o travesseiro. Hannah, que passava por lá a tempo de ver o final da cena, se manifestou. Filha, não tenha má vontade com seu irmão. Seja uma boa preceptora para ele. A menina suspirou. Ela não era uma preceptora. Talvez um dia. A mãe ficou ainda um pouco observando os dois. Guto continuava mergulhado no tal livro. Parece que ele será um bom aluno quando passar a frequentar uma escola, pensou a mãe. O tempo diria.

O ano era
1907

Lendo a tarde — grandes encenações — verdadeira poliglota — personagens designados — malandragem — tudo improvisação — filósofo chorão

Almoço servido; família alimentada; cozinha arrumada. Roupas recolhidas do varal, sequinhas, com cheiro de sol; acondicionadas na cesta esperando serem passadas. As crianças em seus cantos cuidando de seus afazeres infantis. Chegava um horário favorito de Hannah. Esquentava um bom tanto de café, um bom tanto de leite. Tudo bem mexidinho com uma boa colherada de açúcar. Caneca em punho, dirigia-se para os dois janelões da sala que davam para a rua. Hora de abrir as janelas, tomar a fresca e ler a tarde, observar o mundo em movimento lá fora.

Venha, primo! Quero ver se consigo ensinar-lhe ao menos os principios da arte de contemplar. Olhe para baixo, para o que está bem á sua frente. Aqui, use minha luneta. Fixe o olhar e terá uma visão nitida. Porém, em lugar de ensiná-lo tal arte de uma maneira enfastiante, deixe-me chamar sua attenção para quantas scenas divertidas se passam diante de nossos olhos. Des Vetters Eckfenster — A janela de esquina do meu primo — um livro divertido, que estava lendo na época. Hannah seguia suas instruções. Olhe direto na direção da rua. Deixe as cenas que se desenrolam bem diante de nossos olhos chamarem sua atenção. Assim Hannah se divertia lendo a tarde.

Por aquelas aberturas tornava-se parte de um mundo amplo que subvertia os limites das paredes. Entravam cenas e espetáculos e personagens além de seu restrito universo doméstico. Mesclavam-se realidades e fantasias, que por vezes levavam a lembranças e ausências, onde aquilo que lhe era próprio se unia ao alheio, ao outro que lhe era misteriosamente tão distante, mas tão próximo. Sentia-se, então, como se naqueles momentos se unissem a ela todas as coisas que lhe chegavam através de seus olhos.

Qual era a impressão que tinha? *O mundo é um grande palco. Todos nós, homens e mulheres, meros figurantes, que nele entram e saem.* Isso era o que Hannah via através de suas janelas. Por vezes parecia mesmo uma grande encenação. Muitas cenas iam se repetindo dia a dia, semana a semana, como se muito bem ensaiadas, até com falas muito bem decoradas. Era curioso assistir. Mas espere um momento. Ela percebeu que tinha também suas cenas e suas falas. Ela lia a tarde, mas, ao mesmo tempo tornava-se também parte de todo aquele espetáculo. Uma das personagens naquele grande mundo com o qual interagia.

Lá vinha *Frau* Rosenbaum com suas sacolas de compras. *Guten Tag, wie sind die Kinder*? *Alles gut, danke!* Boas compras? Está tudo *carro*, não? Sempre tudo caro, *Frau* Rosenbaum, sempre. Lá vinha dona Maria! Boas tardes, dona Hannah! Boa tarde, dona Maria. Como está a senhora? Vamus indo, vamus indo, como Deus quer. Lá vinha *signora* Fratelli, esta sempre rindo e acenando. Uma alegria só. *Tuto benne, signora* Hannah? *Tuto benne, signora* Fratelli! Lá vinha *señora* Milagros. *Buenas tardes, señora* Hannah. *Cómo estás*? Bem, *gracias,* dona Milagros. Hannah gostava de se sentir uma verdadeira poliglota — e se banhava naquela profusão de nacionalidades e culturas. Comunicava-se bem com todas aquelas senhoras. Era um bairro engraçado aquele; reunira-se naquela vizinhança gente de várias partes do mundo. Uma pequena Babel, onde vários idiomas eram falados, mas todos se entendiam. Bem, quase todos. Havia tempo para boas conversas e boas histórias. E boas receitas — uma rica troca de ideias para que cada uma enriquecesse os cardápios em suas refeições familiares.

E iam desfilando todos os personagens nos momentos designados. Ouvia ao longe o assobio de seu Juvenal. Vinha se aproximando aos poucos até se dar a ver no fim da rua. Seu dia era sempre às terças-feiras, sem falta. Ao ver a freguesa na moldura da janela, ia logo cumprimentando. Boa tarde, dona Hannah. Facas para amolar hoje? Hoje, não, seu Juvenal. Semana que vem. O menino Custódio, filho de dona Jacinta, passava às quartas. Com sua caixa de apetitosos doces portugueses. Preparados pela mãe, com a mais fina mistura de açúcar, gemas de ovos e amêndoas, seguindo seculares receitas das freiras portuguesas. Era a sua fala. Trazia em seu tabuleiro fartéis, pastéis de nata, queijadas e ovos moles, todos irresistíveis, porém onerosos. Vai querer doces hoje, dona Hannah? Hoje não, Custódio. Talvez para o aniversário de meu marido. Quinta-feira era dia de entrarem em cena as vassouras e os espanadores. Boa tarde, dona Hannah. O que precisa hoje? Hoje nada, obrigada. Ela não sabia o nome do homem; ele nunca tinha se apresentado e ela nunca perguntara. Olha que hoje trago aqui um produto especial: espanadores feitos com penas legítimas de avestruz, trazidas lá da África. Veja só! E punha-se a espanar o parapeito de sua janela. Ah, senhor, essa é boa. Conta outra! O vendedor achava graça e abria sua boca já meio sem dentes em uma boa risada.

Às sextas-feiras, vinha o "seu" Hassan, esse só a cada duas semanas. Como atraia freguesia, em especial as jovenzinhas! Fazia se anunciar por sua matraca e seus bramidos dizeres. *Tudas* boas mercadorias. *Tudas* importadas do oriente. *Tudas* baratinho. Olha o turco! Olha o turco! Gritavam as moçoilas. Hassan não é de Turquia. Hassan é de Líbano. Baixava ao chão sua pesadíssima caixa, que trazia presa aos ombros por grossas tiras de couro, e punha-se a abrir as inúmeras portinhas e gavetinhas de onde surgia uma variedade imensa de mercadorias, para o deleite da pequena multidão que já se juntara à sua volta. Anunciava cada item que ia tirando. Eram pentes e fivelas. Eram fitas e rendas. Espelhos e tesourinhas. Linhas e agulhas. Gravatas e meias. Colarinhos e punhos. Vestidinhos e camisolas. Tecidos e toalhas. Quer o quê? Hassan tem. Se não tem? Hassan traz. Essa talvez fosse a cena mais bem executada. E com a participação de vários — várias, na verdade —coadjuvantes.

De tempos em tempos, apareciam por lá as ciganas. Essas não obedeciam marcações. Entravam e saíam a seu bel-prazer. Portanto, com essas era preciso muito cuidado. Sua má fama, coitadas, corria a vizinhança. Eram as únicas que faziam Hannah sair da janela e puxar a cortina. Vinham logo querendo ler a mão, pois se diziam possuidoras de dons únicos — capazes de revelar passado, presente e futuro, apenas analisando as linhas das palmas das mãos. Eram também capazes de detectar maus fluidos, energias negativas, maus olhados, encantos, feitiços e bruxarias em objetos de uso pessoal, em especial joias e anéis de ouro e pedras preciosas. Para se livrar de tal má sorte só mesmo se desfazendo da peça amaldiçoada, de preferência doando-a de imediato à benfazeja criatura que as libertaria de desfavorável destino. Mas, sim, dizia Hannah!

Malandragem no enredo não faltava. Havia a senhora falsamente cega, que vinha acompanhada de um menino que só chorava. Ajudem minha avozinha cega que não enxerga nada. Também, se é cega, queria enxergar o quê — resmungava Hannah para si mesma. O estranho era que, quando acreditava que não havia ninguém olhando, a mulher acertava com a bengala bem na cabeça do pequeno. Vamos, chore, chore mais. Bertha tinha muita pena de uma outra avozinha que também ali passava. Esta vinha sempre acompanhada de cinco ou seis crianças sujas e maltrapilhas. Deviam ser cheias de piolhos, pois viviam a coçar a cabeça. A velha vinha apoiada nos dois meninos maiorzinhos, que a arrastavam pela rua. Pulando na frente, vinham os menores. A menorzinha de todos parava em frente às portas e dizia, com os beiços a tremer, algo que não se entendia. Pura encenação da malandragem, que talvez precisasse até de um aprimoramento. Bertha, você deve ter pena deles, sim, não pela pobreza material, mas pela pobreza de espírito. Toda a vizinhança já sabe que as crianças nem dela são. Ela recolhe todas que acha à toa no cortiço onde mora na Santa Efigênia e vem fazer o seu teatro. Ela inclusive anda muito bem — aqui, tudo fingimento. Você já reparou que as crianças nem sempre são as mesmas? Sim, isso era verdade; ela já tinha reparado.

Havia ainda a entrada dos pequenos negociantes. Vinham em busca de roupas e sapatos velhos, até mesmo trapos. Catavam o que achavam pela rua e batiam às casas pedindo mais. Ô, Dona, tem roupa velha? Sapato velho? O que fazem vocês com essas coisas todas que ajuntam? Ah, Dona, a gente faz dinheiro. Os trapos nós vende para os lustrador de móveis. Os sapatos e botas velhas, para o seu Mattia, o sapateiro, a dona conhece? Sim, Hannah, o conhecia. Pois ele compra e reforma para vender. A dona tem aí uns pra dar pra gente? Mas Hannah não tinha. Sapatos aqui nunca se joga fora. Troca-se a sola, troca-se o salto, passa-se uma boa dose de graxa e estão sempre novos.

Aos poucos, com o passar das horas, ia aparecendo a criançada da vizinhança. Ali não havia roteiro. Tudo era improvisação. Vinham para as frentes das casas, trazendo suas bonecas, seus arcos, seus piões, suas bolinhas de gude, seus papagaios. Formavam-se os grupinhos. As meninas mais velhas traziam as bonecas e comparavam suas roupinhas novas. Algumas feitas por elas mesmas; outras pelas mães ou pelas irmãs mais velhas. As menores formavam uma roda e giravam pra lá e pra cá ao canto de suas melodias favoritas. Meninos, alguns com seus piões em luta; outros batalhando pelas bolinhas de gude. Alguém surgia com um toquinho de carvão e chamava para a amarelinha. O percurso tinha que ser refeito cada vez que era lavado pela chuva ou apagado pelo tempo. Meninos e meninas competiam entre si para ver quem chegava primeiro ao céu. Pula com um pé, com dois, com um, com dois. Pisou na risca. Não pisei. Pisou que eu vi. Pisei nada. O silêncio do pós-almoço era logo substituído por uma sinfonia de gritinhos, risadas, bater de pés e, por vezes, choros e gemidos. Um volume que aumentava e aumentava conforme a animação ia tomando conta da rua.

Logo apareciam Bertha e Guto. Podemos ir brincar com as crianças? Sim, podem. Mas tratem de fechar o portão ao sair. Não quero saber desses cães vadios que andam por aí entrando em nosso quintal. Fugindo dos meninos que os atormentam e escorraçam, até com paus e pedras, vem procurar abrigo e sujam todo o quintal. Coitados, mas aqui não os quero. Nesses momentos, até desejava que viessem logo os homens da carrocinha, laçassem toda aquela cachorrada sem dono e os levassem para o depósito bem longe dali.

Pois, fechem o portão e não me saiam das minhas vistas. Nada de correr para a rua de baixo. Lá é perigoso, vocês bem sabem. Qualquer lugar fora dos olhos da mãe era perigoso. Bertha entrava na roda. Queria brincar e era sempre bem-vinda. *Ciranda, cirandinha. Terezinha de Jesus. O cravo e a rosa.* Cada uma queria ainda voltear com as canções que aprendia em casa. Palmirinha, como é a *Carrasquinha*? *Meninas, vamos dançar / Uma moda bonitinha / Venham todas, gire a roda, / Dancemos a Carrasquinha.* Bertha também queria cantar. *Ringel, Ringel, Reihe, / sind der Kinder dreie, / wir sitzen unter'm Hollerbusch / und machen alle husch, husch, husch!* As meninas tentavam repetir, mas era difícil. Todas têm que sentar ao final, ela explicava. 'Tá bom! E se divertiam mesmo assim. Quando cansavam da roda, havia outras brincadeiras. Mando tiro, tiro, lá? Passa anel? Pular corda? Corre cutia? Esconde-esconde? Quantas a escolher. Animação não faltava.

Já para Guto, a situação era mais complicada. Pião? Tinha um pião, mas não a manha para colocá-lo na luta sem perder o rodopio. Achegava-se aos meninos a empinar o papagaio. Deixa eu segurar um pouco? Pois, sim! Vai é fazer com que o papagaio se perca. Vai é embicá-lo lá no alto da árvore. Guto sabia uma parlenda: *Dedo mindinho, / Seu visinho, / Maior de todos, / Fura-bôlos, / Cata-piolhos* — devidamente ilustrada pela indicação de cada um de seus dedos gordinhos. Não agradava. Ah, fedelho, isso é coisa de bebê. Ele se ofendia. Ele não era bebê — e nem fedelho. Bolinhas de gude? Da última vez que jogara com os meninos, perdeu todas as suas e chorou. Desde então, não se atreveu mais nem a se aproximar. Se o fazia, já vinha logo o coro "Guto chorão! Guto chorão!".

Ia andando junto às casas e chutando as pedras pelo caminho. Andava um tanto e olhava para trás. Não tão longe, Guto — ouvia a voz de sua mãe. Andava mais um tanto e olhava para trás. Não tão longe, já disse. Dava meia volta e caminhava na direção contrária. Sentava-se junto ao muro, pernas dobradas, cotovelos nos joelhos e queixo apoiado nas mãos. Queria ser grande, bem grande, grande como seu pai. Aí mataria todos os piões, raparia todas as bolas de gude dos meninos malcriados. E sem falar do papagaio! Empinaria o maior papagaio do mundo no mais alto do céu — até a lua. Até a lua? Não, isso não poderia ser. Só se empinasse o papagaio à noite. E sorriu.

Sentado ali, se deixava levar por seus pensamentos e se punha a filosofar. Augusto? Afinal quem era Augusto? Ele era Augusto; seu pai era August. Seria ele um pedaço de seu pai? Talvez fosse isso — ele era um pedaço de August. Mas, então ele não era inteiro? Era só um pedaço. Isso não fazia sentido. Isso estava errado e muito errado. Ou seria ele August com um pedaço a mais — August-o? Para piorar ainda mais, havia o seu irmão Augusto. Não havia mais, mas havia havido um dia. Ele não o conhecera, mas sabia que ele existira. Onde será que estaria agora? Os pais lhe contavam que ele estava no céu. No céu? Ele olhava e olhava, mas não via ninguém. Será que havia casas escondidas atrás do azul?

Muitas vezes, nessas horas, suas filosofias eram interrompidas por um homem com seu realejo — havia dois, que não tinham dia certo, mas volta e meia apareciam. Pronto! Mais um protagonista das tardes. Todas as brincadeiras eram interrompidas e toda a garotada — meninas e meninos — corria e se amontoava ao seu redor. Seu realejeiro! Seu realejeiro! Muitas das crianças os conheciam da Praça da República, onde passavam nos fins de semana. Mas ali no bairro era bem melhor. Não juntava tanta gente e era possível aos pequenos apreciarem todo o espetáculo mais de perto. Seus olhinhos infantis eram cativados pela magia criada ao girar da manivela. Toque mais uma, toque mais uma, toque mais uma. Deixa eu girar esse trocinho um pouco? O regozijo era ainda maior quando havia a companhia dos animais. Um transportava sobre o instrumento uma gaiola com um canário, que acompanhava as melodias com seu canto sonoro. O outro trazia sobre o ombro um macaco, que ao término de cada música, estendia um chapéu para a coleta das moedas de algum espectador generoso. O deslumbramento era geral. E não é que Guto ainda se lembrava do macaquinho do Mercado de São João? Bem que a gente podia voltar lá e comprá-lo para nós, não? Quem sabe se ainda está à venda? Não, não, não. Nós não queremos um macaco em casa. Guto queria.

O ano era
1908

Um passeio diferente — malditos gambás — polêmica equilibrada — grande pássaro branco — acontecimento imperdível — interminável frenesi

Domingo faremos um passeio diferente — foi o anúncio feito à família por August ao chegar do trabalho naquele fim de tarde de sexta-feira. Iriam todos ao Parque Antarctica. Guto logo se animou. Vamos ver um jogo de futebol? Não, filho, vamos ver uma corrida de automóveis, a primeira na América do Sul. Quer dizer, não exatamente a corrida, mas a chegada da corrida. Corrida? De carros? Carros de verdade? Sim, Augusto, carros. Carros de verdade. Bertha, sentada entre suas leituras, parecia nem prestar atenção. Hannah, que ouvia a conversa da cozinha, apareceu à porta. Corrida de carros? Mas que bobagem é essa?

Iniciava-se mais duelo em família. O tema? A modernização no início do século XX. De um lado, August, um homem da cidade grande, ferrenho adepto do progresso, da indústria e do comércio, da urbanização, dos novos meios de transportes. Tudo o fascinava. Do outro lado, Hannah, uma mulher vinda do campo, radicalmente incomodada por todas essas modernagens, para ela totais sandices, que com o tempo viriam a destruir o próprio homem. Seu apreço dirigia-se à natureza que agora tinha novamente ao seu redor: sua horta, seu pomar e seu galinheiro, onde criava galinhas, patos e gansos.

Tinha muito orgulho de suas aves — bem alimentadas, saudáveis, gordinhas, bem dispostas. Um atrativo para os gambás. Ah, os malditos gambás! Se havia algo que realmente detestava tanto quanto as modernagens eram esses execráveis. Bonitinhos com seus focinhos e suas orelhinhas pretas sempre empinadas eles eram, mas que praga! Chegavam sorrateiros durante a noite e causavam alvoroço no galinheiro — acabavam acordando toda a família. Vinham atrás de ovos e pintinhos e até de alguma galinha desprevenida. Entravam por qualquer abertura na tela ou cavavam um túnel por onde se infiltravam como verdadeiros profissionais do crime. Hannah, vestida apenas com seu camisolão, chamava August, mas já ia empunhando qualquer vassoura que encontrava pelo caminho e, bem armada, marchava em direção ao galinheiro. O marido chegando, deveria cuidar do portãozinho para evitar que as aves escapassem, enquanto ela ia atrás dos danados dos gambás, tentando acertá-los em cheio. Tão espertos eram os pestes que acabavam fugindo pelo caminho por onde haviam entrado, escalando as árvores a toda velocidade, pulando para cima do muro e, de lá, para os vizinhos. Nisso, Bertha e Guto também já se faziam presentes; divertiam-se com a cena, realmente hilária. Antes de voltarem para a cama, Hannah precisava tomar rápidas medidas emergenciais para evitar a volta dos malditos na mesma noite. Amarrar um arame, fosse como fosse, para fechar o buraco na grade, ou tampar a entrada do túnel com pedras. Amanhã, August, faça aqui um conserto decente. E iam os quatro lavar os pés no tanque, a essa altura, imundos: terra, cocô das aves e sabe-se lá mais o quê.

Conversando com vizinhos, que também vinham sendo vítimas dos malfadados marsupiais, ficou sabendo de algumas artimanhas para se livrar daqueles tão indesejados visitantes. Nada das avançadas tecnologias que August tanto enaltecia. Nem para isso serviam. O que diziam funcionar? Esfregar dentes de alho nas grades do galinheiro era uma, mas bom mesmo era ter um cachorro. Um cachorro era tiro e queda. Oba, vamos ter um cachorro? As crianças já se animaram. Não, a ideia não agradava a Hannah. Dona Risoleta veio com a solução ideal: pelo de cachorro era suficiente. Ela tinha três em casa e, assim que os tosasse, daria um saco cheio do repelente à vizinha.

Era só espalhar o pelo em toda a volta do galinheiro, que os gambás, meio burros que eram, sentindo o cheiro, presumiriam que havia um cachorro por ali e dariam logo o fora. A estratégia foi adotada, mas, de tempos em tempos, os indesejáveis continuaram aparecendo.

Voltando ao duelo, a polêmica era bem equilibrada. Argumentos poderosos de ambos os lados. Minha boa Hannah, não vê quantas inovações notáveis vêm surgindo? Já sinalizam os caminhos pelos quais a industrialização e os transportes irão se modernizar mais e mais. Os automóveis, por exemplo. São um enorme avanço em relação às velhas carroças que ainda rodam pela cidade. Pense na sujeira feita pelos animais. Só trazem doenças, isso sim. Ruas cheias de seus dejetos, nos quais, sem querer, acabamos pisando. Sem falar do mau cheiro — pelo que depositam no chão e pelos próprios, que sempre exalam odores bem desagradáveis.

August, *mein liebling*, esses automóveis! Aparecem de repente do nada, a toda velocidade, soltando fumaça e dando estouros que quase matam a gente do coração. Sem falar que você atiça nosso menino a apreciá-los e ele acaba levando umas boas cintadas por sua própria culpa. Por que Guto levava cintadas? Junto com os novos amigos que agora fizera na rua, escondiam-se na esquina por trás de uma árvore. Para quê? Assim que viam um carro vindo pela Rua Bresser, caso fizesse a conversão, punham-se a correr atrás do dito cujo com todas as pernas, quando não se jogavam e se sentavam na traseira do veículo, desse como desse. Quantas vezes não caíam e se esborrachavam no chão! Chegavam em casa com joelhos esfolados, braços ensanguentados, rosto todo machucado. Para começar, Hannah lavava os ferimentos; a seguir, desinfetava com iodo, o que trazia a primeira choradeira. Ai, isso dói! Isso arde, Mama! Não arde nada! Fez a besteira, agora aguente sem gemeção. E espere só até seu pai chegar.

Quando o pai chegava, começava a mãe um relato completo da peraltagem do dia. Então, um pequeno sermão paterno, sempre encerrado com um quantas vezes já não falamos, mas você não aprende. Para finalizar, a cinta saía das calças e umas boas lambadas eram aplicadas nos traseiros do menino. Segunda choradeira, seguida de não faço mais. E sobrava ainda para o pai. Você vê, August? Tudo por causa de seu entusiasmo por essas máquinas do diabo. Isso é que são. Máquinas do diabo! Deviam ser proibidas e desejo que logo o sejam. Quer que seu filho acabe morto embaixo de um deles? Já não chega que perdemos um?

O pai achava isso um exagero. Tudo ia se encaminhando para um porvir promissor. Você anda pela cidade, Hannah, e deve perceber. As ruas vêm sendo alargadas e alinhadas, calçadas com paralelepípedos muito bem talhados e assentados. A cada dia mais belas e seguras, reconheça. O que pode haver de melhor? A esposa não parecia nada convencida. Mas August ia adiante. Imagine o futuro. As ruas todas pavimentadas para os carros e largas calçadas para as pessoas andarem. Cada um em seu lugar. Muitos carros indo e vindo, facilitando o trafegar pelas diferentes regiões e encurtando o tempo para percorrer as distâncias. Ah, o futuro! Nada mais de cavalos, de carroças, de carroceiros gritando por toda parte e atravancando a passagem, sujeira em cada esquina. Tudo isso será passado e esquecido. Um mundo em que apenas haverá pessoas civilizadas dirigindo seus automóveis com extrema polidez.

E a implicância de Hannah com os bondes? Continuava. Ela via a instalação dos trilhos como uma lástima. Já temia o momento em que passariam ali, cada vez mais perto. Ruas com paralelepípedos bem talhados e assentados? Por quanto tempo? No dia seguinte já arrebentam tudo para colocar aqueles ferros que fazem com que as pessoas tropecem e caiam. E se machucam feio, sabia? *Frau* Lehmann foi parar no hospital, você soube, não? Guto não se conteve. Mas também ela não olha por onde anda. Vive bisbilhotando a vida dos outros. Sua não contenção já lhe valeu, por parte da mãe, um piparote bem na nuca. Respeito, menino!

August ouvia e chacoalhava a cabeça. Não adiantava mesmo. Ele tinha as suas ideias e sua mulher, as dela. Um dia ela ainda veria como ele tinha razão. Não perderia por esperar. Às vezes, se calava; em outras, a vontade de atiçar Hannah era mais forte. Vejam, deu no jornal que Santos Dumont virá ao Brasil e convidará a quem quiser para dar uma voltinha em seu aeroplano 14 Bis. *Du bist aber verrückt*, August! Doidinho da cabeça! Entrar num troço daqueles. Você mesmo disse que aquilo pesa mais do que o ar. Imagine que aquele trambolho fica lá em cima. Eu nem acredito. São piadas para pegar os bobos como você. Como sempre disseram, se Deus quisesse que o homem voasse, já nos teria feito com asas, não?

Hannah, minha Hannah! Mas é claro que é verdade! Há fotos e filmes que mostram tudo. E foi buscar sua coleção de recortes sobre as recentes façanhas do agora aclamadíssimo aeronauta. No topo da pilha, uma foto. Aqui está. Hannah olhou de soslaio. E o que isso prova? Não prova nada. Guto se divertia com a conversa e ria à vontade. Foi se achegando para ver melhor a imagem. O pai sentindo seu interesse, pôs-se a dar todos os detalhes. *O novo apparelho, o "mais pesado do que o ar", é designado pelo n. 14 bis.* E apontava. *Tem a fórma de um grande passaro de azas estendidas, donde lhe veio o apellido de — ave de rapina. ...* Aqui é *o leme, da fórma do pescoço de um cysne, uma armação de madeira revestida de panno, e, á ré, a helice metallica movida pelo motor dando 1400 voltas por minuto.* Guto ouvia atento, olhos fixos no aeroplano imóvel nas alturas da folha de jornal. E onde está Santos Dumont, Papa? Dentro do aparelho, Augusto. *Esse leme se póde mover em todos os sentidos, o que dá ao apparelho maravilhosa precisão de movimento e direcção.*

O menino acreditava em seu pai e se entusiasmava com aquilo que ele contava. Era incrível, mas devia ser verdade. Se não, como poderia aparecer nos jornais? Os jornais só traziam verdades. Olhou novamente para a fotografia nas mãos do pai. *O grande passaro branco manejado por Santos Dumont correu 200 metros a pouca distancia da grama: depois descreveu uma ligeira curva, erguendo-se em seguida a 60 metros de altura.* Não é uma verdadeira façanha, filho?

Guto estava cada vez mais surpreso. De onde ele tirou todas essas ideias, Papa? De livros que lera em criança, filho. Descobri isso em *Im Reich der Lüfte*, uma autobiografia escrita pelo próprio Dumont. Vou pegá-la. Ele diz aqui. *Nessa epoca, tenho o prazer de admittir, meu author favorito era Julio Verne. A imaginação vigorosa deste escritor verdadeiramente grande, que com magico poder escolheu as leis immutaveis da materia como objecto de sua actividade, fascinou-me desde a infancia. Em suas ousadas criações imaginativas eu vi, sem nunca ter a menor duvida, a technologia e a sciencia dos tempos vindouros em que o homem, ascenderia ao nivel de um semideus.* Julio Verne. Guto precisaria guardar aquele nome. Um dia gostaria de ler seus livros e se inspirar por suas ideias como Santos Dumont.

Um visionário, Augusto. *Novo Icaro* vem sendo chamado. Bertha, até então calada, imersa em suas leituras, parecendo nem prestar atenção à conversa que se desenrolava ali. Sentiu que essa era a deixa para se manifestar e demonstrar o quanto vinha se tornando culta e conhecedora de todas as matérias. Ícaro, o senhor diz? Conheço sua história. Vinha lendo *A mythologia da mocidade*. Ícaro era bem como esse Santos Dumont; queria voar bem alto como os pássaros. *Dedalo e Icaro seu filho forão dentro de um labyrintho retidos. Engenhárão umas azas de cera, com o auxilio das quaes se escapárão do labyrintho, commettendo-se ao ar, como se para isso fossem nascidos.* Guto, que não conhecia essa história, estava muito atento à irmã. *Antes de partir recommendou com efficacia Dedalo ao filho que não voasse nem muito alto, nem muito baixo; porém o imprudente mancebo desque se vio no ar esqueceo-se das recommendações do pai, e tanto se remontou que, derretendo-se lhe as azas com o calor do sol, cahio nesse lugar do mar.* Caiu dentro do mar e morreu afogado. Fim da história. O irmão, boquiaberto com o ocorrido, não se convenceu. Mas ele não sabia nadar? Não, né, Guto! Se soubesse, não tinha morrido.

Hannah adorou a história, que ela também nunca tinha ouvido, e já a utilizou para fortalecer seus argumentos. Está vendo só, August? Devemos contar essa história para esse tal de Santos

Dumont para ver se ele cria algum juízo. Vai se acabar como esse aí, mortinho, estatelado no chão, se não parar com essas tolices. Mas Hannah, *meine* Hannah! Isso não são tolices. São progressos científicos. Você verá! Um dia ainda teremos essas aeronaves voando por todo o mundo. Já pensou? Hannah preferia nem pensar. Era tudo uma loucura. Ela nunca pisaria num troço daqueles. E proibia a família de fazê-lo.

Guto gostava de observar seus pais nesses momentos. Eles eram engraçados. Pareciam ter várias facetas. Olhava sua mãe. Ela era muito bonita, ele achava. A mãe mais linda de toda a cidade de São Paulo. Não que ele conhecesse todas, mas conhecia muitas e nenhuma se comparava à sua. Tinha olhos claros e pequenos, mas muito doces, que se iluminavam quando ela olhava para ele. Menos quando franzia as sobrancelhas. Aí se tornavam bem ameaçadores. Assim também era o seu sorriso. Quando sorria para ele, era uma ternura só. Mas... E suas mãos, então? Sabiam fazer carinhos que derretiam seu coração; e sabiam dar bofetes e safanões que o enchiam de terror só de pensar. Como podia ser isso? Ele não entendia. Ela, afinal, gostava dele ou não gostava? Ele queria pensar que sim.

Seu pai era igualmente enigmático. Era jovem, mas já bem calvo. Será que não era jovem? Tinha também os olhos miúdos, sempre muito atentos a tudo. Um bigode tão grande que escondia a boca. Com o tempo, foi como se as pontas do bigode fossem caindo e formando um cavanhaque, que cobriu então todo o queixo. Parecia funcionar um pouco diferente de sua mãe. Ele, para começar, era sempre muito sério, quase sisudo. Quase nunca sorria. Mas quando dava para sorrir, era uma delícia. Surgia então um pai brincalhão que ele adorava. Queria que fosse sempre assim e que esse pai nunca fosse embora. Mas ia, pois tinha que trabalhar. Ia, pois tinha muitas responsabilidades. Ia, pois a vida não andava fácil. Ia, pois tinha duas crianças para criar e queria que fossem muito bem criadas. Contudo, hoje Guto tinha ali o pai brincalhão de que tanto gostava; e com um convite que não dava para recusar.

Mas, Papa, e a corrida de automóveis? Ah, sim, a corrida de automóveis no próximo domingo. Seria um acontecimento imperdível, segundo o pai; mais uma loucura, segundo a mãe, que já via inúmeras desgraças anunciadas. Guto estava animadíssimo e perguntava por mais e mais detalhes. Sim, será uma corrida com carros de verdade; vários tipos de veículos, motocicletas incluídas. Motocicletas, Papa? Sim, até o momento já confirmaram a participação de três motocicletas e dezesseis automóveis. Será um longo percurso de mais de setenta quilômetros de ruas e estradas. Não, não vão passar aqui em casa, mas pela Avenida Paulista, por Pinheiros, por Itapecerica e por Santo Amaro. Umas duas horas ou mais de competição. Mas, Papa, tudo isso? Achei que esses carros eram mais rapidinhos. São bem velozes, sim. Podem chegar a mais de cinquenta quilômetros por hora. Sim, filho, é muito mais do que um homem consegue correndo.

Hannah voltou para a cozinha, mas ouviam-se seus resmungos sem fim. August puxou o jornal para fora do bolso de seu paletó. É um circuito muito bem organizado, um evento esportivo. Tudo foi preparado para que nada dê errado. As estradas foram todas reparadas e serão muito bem sinalizadas para evitar qualquer acidente ou qualquer choque entre os participantes. O regulamento é muito claro e com certeza evitará qualquer imprevisto desagradável. Pôs-se a ler alto o artigo ali impresso. *A partida será dada no Parque Antarctica, a começar de uma e meia hora da tarde, aos vehiculos mais fortes, em primeiro lugar.* Mais adiante... *o signal de partida será dado a cada concorrente na hora indicada de accordo com o sorteio feito na vespera. Os signaes de partida serão espaçados de seis a oito minutos.* Não estarão correndo todos juntos? Mas, Papa, então quem sair primeiro já vai ganhar. Isso não está certo. Não, meu filho. Tudo será cronometrado. E há a possibilidade de haver ultrapassagens. Está nesta outra regra. *O concorrente que fôr alcançado por outro mais rapido, terá a obrigação de ceder-lhe passagem á sua esquadra.* E se ele não quiser? Ah, está tudo nas regras. Onde está? Ah, aqui. *Se algum concorrente puder provar que foi prejudicado por outro que lhe não quiz ceder passagem, quando a estrada a isto não se opuzesse, este facto determinará a desqualificação do culpado.* Está ouvindo aí, Hannah? É tudo muito sério e muito bem organizado. Para pessoas corretas e honestas. Vamos ver a corrida toda, Papa? Nem tem como, filho. Acho que o mais emocionante é ver a chegada. O que acha? Eu quero ir. Posso, Mama? Tudo o que a mãe respondeu foi que não tinha mais nada a dizer. Já dei a minha opinião. Agora é com seu pai. Bertha vem conosco? Ela ficou de pensar.

E assim foi. No dia do evento, lá foi o pai com seus dois filhos. Guto, muito entusiasmado com a corrida e os carros e os pilotos, não parava de fazer perguntas. Já Bertha, acabou resolvendo ir pela movimentação que o evento traria. Adorava observar as pessoas, seus trajes, seus modos. Isso, sim, a atraía. Havia sugerido ficarem na Avenida Paulista, com certeza repleta de pessoas mais interessantes de se observar. O pai decidiu acompanhar o momento final da prova junto ao Parque Antarctica. Guto queria ver tudo das arquibancadas no interior do parque. Não seria possível. O preço dos bilhetes de ingresso era para eles bastante proibitivo — dois mil réis cada um. Não poderiam dispor desse dinheiro. Não, ficariam na avenida, junto aos portões do parque. De lá, certamente, teriam uma ótima visão.

Só não contaram com um pormenor. Já estranharam o bonde, muito mais apinhado do que o habitual para um domingo. Não apenas eles, mas outros milhares de pessoas haviam tido a mesma ideia. Para sua surpresa, ao chegarem ao local, lá se achava uma colossal multidão — homens, mulheres e crianças, de todas as idades e de todos os tamanhos. Massas compactas de pessoas tomavam os dois lados da avenida, avançando para a rua e insistentemente solicitadas a se manterem sobre o passeio pelos inúmeros homens da Força Pública, ali estacionados para garantir a segurança de todos.

August e as crianças foram com jeitinho, pouco a pouco, se embrenhando pelo matagal de espectadores ali presentes, tentando achar um ponto do qual poderiam ver pelo menos parte das chegadas. Alguns davam passagem, alguns os olhavam feios, alguns lhes dirigiam palavras rudes; a todos August retribuía com um sorriso e ia seguindo adiante. Finalmente resolveram ficar junto a uma árvore, onde já havia várias pessoas encarapitadas. Guto já estava pronto para subir nela, mas seu pai não o permitiu. Quando os carros começassem a chegar, ele poderia subir aos ombros do pai e, assim, conseguiria ver alguma coisa. Bertha só reclamava e repetia que deveriam era ter ido para a Avenida Paulista, onde tudo deveria estar mais tranquilo. August não acreditava. Deveria haver povo espalhado da mesma forma por todo lado. Estava certo disso.

Um pouco antes das duas e meia, despontou o vencedor. Sua chegada foi anunciada pelos corneteiros, que a partir daí corneteavam ruidosamente à aproximação de cada um dos competidores. Os aplausos eram frenéticos, e flores e mais flores eram atiradas sobre cada um dos veículos que passava. A alegria e o entusiasmo eram gerais e contagiantes. Era tudo uma grande festa. Guto queria saber quem havia sido o vencedor. Os favoritos eram um tal de conde Lesdain e Antônio Prado Júnior, filho do conselheiro Antônio da Silva Prado. Sim, esse mesmo, aquele prefeito da cidade de São Paulo, nada benquisto por August. Contudo, o vencedor não foi nenhum deles, mas Sylvio Penteado, um famoso industrial, com um Fiat de quarenta cavalos. Quarenta cavalos, Papa? Eu não vi nenhum cavalo. Espere, filho, aqui está muito barulho. Em casa, eu explico.

Chegar de volta não foi nada fácil com tanto movimento que havia por toda a cidade. Tinha-se a impressão de que cada canto havia sido tomado por um interminável frenesi que, aos poucos, já ia cansando a todos. Finalmente, já noite fechada, chegaram. Hannah mostrava-se tranquila, envolvida em uma costura. Chegaram vivos? Que bom! Foi tudo que ela disse. August e Bertha caíram exaustos no primeiro lugar que encontraram para se sentar. Meio vivos, meio mortos, foi o comentário do pai, mas valeu a pena. Hannah nem os olhos ergueu do trabalho em suas mãos. Guto, ainda em descomunal agitação, corria de um para outro cômodo, pilotando seus carros imaginários extremamente barulhentos. Hannah não se conteve e já foi tirando um de seus chinelos. Continue com isso e vai ver como eu vou esquentar seus motores. Vá se lavar, que logo vamos comer. Vocês devem estar com fome, não? Decepcionado, o menino desligou suas máquinas e obedeceu a mãe. No dia seguinte, encontraria seu agora inseparável amigo Pepe, contaria a ele sua aventura e ambos começariam a construção de dois carros ainda mais possantes do que os de Sylvio Penteado, ou de Antônio Prado Júnior, ou do tal conde sei-la-o-quê. Eles iam ver só. No próximo Circuito Itapecerica, a taça de prata seria dele — Augusto Zähler.

O ano era
1909

Cartas e cartões — como ler uma carta — ideias brilhantes — astúcia de ratos — contenda pela lata — filatelista sério

A chegada do carteiro era sempre uma alegria. Vinham cartas, cartões e, às vezes, até pacotes. Recebiam notícias de longe — do sul do país, onde Hannah tinha sua família e amigos que há muito não via, mas todos morando em suas saudades. Vinham também de muito mais longe, do outro lado do Atlântico, de amigos e conhecidos de August, vindos e voltados para as terras germânicas, a passeio ou em definitivo.

Os cartões eram um encanto à parte. Variavam de belas paisagens fotografadas em sépia a deslumbrantes imagens coloridas à mão que eram de encher os olhos. Sem falar das fotos da família ou das crianças, transformadas em postais, que cumpriam assim uma dupla função. Bertha e Guto, por sua vez, tinham grande preferência pelos ilustrados com desenhos natalinos, sempre aguardados ansiosamente já desde novembro, ainda por vezes acompanhados de algum pacotinho; infelizmente, não raro, só viriam a ser entregues em janeiro ou fevereiro. Como o serviço dos correios podia ser tão lerdo? Não entendiam o porquê de tão grande demora. Não podiam esses navios atravessar o oceano mais rápido? Deviam saber que do lado de cá famílias aguardavam ansiosas a chegada das correspondências.

Guto percebia essa vagarosidade até na pessoa do carteiro. Ele vinha da Rua Bresser com calma, seu uniforme sempre alinhado — os botões dourados em suas respectivas casas, o nó da gravata perfeitamente feito, os sapatos, já um pouco gastos, mas de um brilho impecável, e o boné, que às vezes tirava para se abanar. Sempre sorridente, muito atencioso, adorava uma boa conversa. Onde encontrava os moradores, em especial as moradoras, à janela ou varrendo a calçada, parava por horas para um longo parlatório. Os carteiros sempre sabem de muitas coisas e as metediças gostam de se informar. E o menino Augusto, sentado à soleira do portão, esperando e esperando e esperando. Tinha vontade de ir ao encontro do homem e interpelá-lo a respeito das entregas a serem feitas à sua família. Havia feito isso uma vez, só para ser duramente repreendido pela mãe e, mais tarde, pelo pai. Não aprendeu a esperar, não, menino? O jeito era mesmo esperar e esperar e esperar.

Quando finalmente via que ele se aproximava com sua enorme bolsa a tiracolo recheada de remessas para entrega, de imediato chamava a mãe. Mama, o seu Abílio chegou! Sabia que sua mãe não gostava que ele gritasse daquele jeito, mas sua excitação era grande demais. Boa tarde, Augusto! Será que tem algo para esta casa hoje? Tenho a impressão que não. Não me lembro de ter visto seu endereço, mas vamos dar uma olhada mesmo assim. Quando fazia essa brincadeira, o menino já sabia que algo seria entregue. Era parte do ritual do carteiro amigo. Ah, seu Abílio, tem sim que eu sei. Será, Augusto? Vamos ver então. Com sua habitual tranquilidade, abria a fivela que travava a bolsa, lentamente levantava a aba frontal e enfiava a mão e os olhos lá para dentro. Vamos ver! Vamos ver! Olha! Acho que tem algo aqui, sim. Os olhos do menino brilhavam.

Boa tarde, seu Abílio, cumprimentava Hannah, que chegava junto ao portão. O Augusto está perturbando o senhor? Não, senhora, dona Hannah. Na verdade, eu é que estou perturbando o menino. E soltava sua familiar gargalhada, passando a mão na cabeça do pequeno, a esta altura já de pé, espiando dentro da sacola. Saía por fim a mão grande e peluda lá de dentro trazendo algo à luz. O que vinha era muito variável — às vezes, um envelope; às vezes, dois ou três; ou um cartão postal; raramente, um pacote.

Augusto avançava, tentando tomar posse do que da bolsa saía. Para hoje, três envelopes. Guto, *nein*! Uma voz que soava como um trovão. O menino recuava um passo e recolhia as mãos para trás das costas, com medo de um possível corretivo da mãe. Seu Abílio entregava então a correspondência a quem de direito, desejava a todos uma boa tarde e seguia o seu caminho em direção à próxima casa.

Hannah tomava o rumo de volta para dentro, e Guto a seguia pulando à sua volta, fazendo suas exigências e falando sem parar. Não que lhe interessassem as cartas. De forma alguma lhe importavam os escritos. Mal sabia ler e o pouco que sabia não o ajudava em nada frente ao que via grafado naqueles papéis. Uma escrita estranha, miúda, angulosa, uma coleção de garranchos indecifráveis. Havia investigado com o pai a respeito, o qual lhe explicara tratar-se da escrita gótica, usada pelos alemães. A elucidação não o convenceu. Para ele, devia era tratar-se de alguma linguagem secreta para camuflar mensagens clandestinas vindas de outros mundos, em especial aquelas sobre assuntos proibidos às crianças. Dos cartões, tinha certa curiosidade de ver as imagens, mas nem eram essas seu maior interesse. Queria, isso sim, os selos.

Ia na cola da mãe, seguindo com suas reivindicações. Mama! Mama! Posso pegar os selos? Posso? Alongava-se para se apossar do que sua mãe tinha em mãos, enquanto esta punha as mãos para cima para proteger o alvo dos ataques do filho. Espere que você acaba rasgando. Quando Papa chegar, ele vai olhar tudo e você ganha os selos. Posso só ver então? Deixa? Pegava com cuidado o que chegara e olhava e admirava e alisava o pequeno pedaço de papel colorido colado sobre o canto superior direito do envelope. Olha, Mama, que beleza! Se não tinha, a satisfação era indescritível; se já tinha, não fazia mal. Podia trocar com Pepe. Pepe Moschino. Pietro Moschino. Seu inseparável melhor amigo, Pepe havia se mudado para a Rua Nova de São José um ano e meio após os Zähler. Era apenas um ano mais novo e o fato de ambos serem inicialmente desprezados e ridicularizados pelos meninos grandes malcriados acabou criando entre os dois uma aliança. Foram se aproximando e, em pouco tempo, se tornaram os melhores companheiros.

Se uma das cartas era para Hannah, como ela se alegrava. Notícias de sua família, afinal. Seu pai não escrevia; não tinha tempo, nem paciência, para essas coisas. Quem o fazia era a mãe e, às vezes, a irmã Emma. Demoravam a mandar notícias, mas quando o faziam eram cartas longas de várias páginas. Hannah queria sossego para degustar cada palavra. Como lia a carta? Como aprendera com Emily Dickinson. *O modo como leio uma carta é assim: / Primeiro, a porta fechar / A seguir, sinto-a com os dedos / Para me deixar levar. / Então bem longe eu vou / Para qualquer distração evitar / Trago-a para junto de mim / E a ela me entrego devagar.* Era como se transportava para o mundo de sua infância e, por breves instantes, voltava ao seio da família tão distante, mas tão querida.

E quando chegavam os cartões — de aniversários, Páscoa ou Natal? Aí surgia um grande problema para Guto. Esses nunca vinham em envelopes e tinham os selos colados neles mesmos. Muitas vezes, não era um cartão que era enviado, mas uma fotografia. Fotografias de parentes e amigos que apreciavam a troca de retratos para, mesmo de longe, acompanharem o crescimento das famílias e dos familiares. Coisas possíveis naquela era de modernidades. O grande problema? Como podia o menino obter aqueles selos? Ideias que lhe pareciam brilhantes não eram nada aprovadas pelos pais. Umas boas coças levou por causa delas. Pôr o cartão todo de molho para soltar o selo? Péssima ideia. A água soltava o selo, mas borrava, ou até apagava, tudo o que estava escrito. Tudo bem! Nada de água! Cortar fora o canto onde estava grudado o selo? Outra péssima ideia. Esquecia-se ele de que o cartão tinha frente e verso — lá se ia a cabeça de alguém fotografado do outro lado. Bertha acabou por ensinar a ele um truque que aprendera com as amigas. Algo que ele não sabia, mas foi o que resolveu a questão. Ponha uma chaleira no fogo e espere a água ferver. Quando ela ferver, começará a sair pelo bico um vapor bem quente. Deixe que só o canto onde está o selo seja atingido por esse vapor. Pronto! Aos poucos, você terá o selo solto em mãos. Grande Bertha! — às vezes.

A paixão pelos selos foi despertada por Pepe. Seu pai, o *signor* Moschino, vindo da Itália, agora proprietário de uma popular panificadora no bairro, havia despertado no filho o interesse pela filatelia. O assunto surgiu de um artigo publicado em um jornal, *Il Bersagliére*, lido pelo pai de tempos em tempos. Falava a respeito de um livro recém-lançado na Itália sobre a história dos correios e que mencionava a filatelia como uma ciência. Pepe arrancou a página, pois precisava passar tal informação ao amigo. Olha, Guto, o que meu pai encontrou. Sabe aquelas figurinhas que temos colecionado? Chamam-se selos e colecioná-los chama-se filatelia e é uma ciência. Ouça. *Dando alimento ad una scienza nuova...* Calma, Pepe, não estou entendendo nada. *No parlo* o italiano, lembra? Dá para traduzir? Pepe riu. Vou tentar. *Dando alimento a uma nova sciencia, a philatelia traz uma ajuda preciosa ao estudo da historia e da geografia.* E meu pai disse mais. Além de ser uma fonte de conhecimento, ele acredita que a filatelia pode ser um investimento. Soube de histórias de gente que já ficou rica vendendo selos raros. Acredita que no futuro esses pedacinhos de papel que temos valerão uma fortuna. Justamente por serem como documentos de um tempo. *Capisce*? Sim, *capisce*.

Filatelia. Era um nome bonito. O entusiasmo do italianinho logo contagiou Guto e esse de imediato percebeu que todas as cartas e cartões que chegavam à sua casa traziam aquelas figurinhas. O que muitas vezes havia ido para o lixo era agora grande objeto de cobiça. E a parceria entre os dois era perfeita. Viviam a trocar selos da Alemanha por selos da Itália, o que, junto com os selos do Brasil, tornava suas coleções cada vez mais diversificadas.

Augusto os tinha guardados com capricho em uma lata que ninguém sabia de onde viera. Uma latinha retangular, um pouco amassada e riscada, e que já fora bem suja. Encontrada em um monte de lixo acumulado nas profundezas do porão. Uma bacia furada, restos de vassouras, jornais velhos, papelões sabe se lá do quê, um carrinho de bebê já sem as rodas e... a tal latinha retangular, um pouco amassada e riscada e ainda então bem suja.

Tudo começou no dia em que Bertha jurou ter visto uma gigantesca ratazana sair de debaixo do tanque, atravessar a área ladrilhada e se enfiar por um buraco na parede do porão. Tinha a menina verdadeiro pavor de tais bichos desde que lera uma história sobre ratos na revista O *Tico-Tico. Astucia de ratos* era o título. Complementado por *Fazer o ninho na orelha do gato.* Em sua imaginação, se eles eram capazes de fazer ninhos na orelha de um gato, por que não na orelha de uma menina? E cada vez que via um deles, corria a buscar a tal revista para justificar sua aflição. Foi o que mais uma vez fez. E mais uma vez lia para os pais. *Era uma vez dois ratos espertos como elles são, mas cada qual achando-se mais sabido que o outro... Haviam furtado um queijo, mas entraram a discutir qual delles devia ficar com o maior pedaço. Palavra, puxa palavra, desafiaram-se: o que vencesse em astucia, ficaria com o queijo todo. O rato mais fanfarrão — Fique sabendo que eu sou capaz até de fazer um ninho atraz da orelha de um gato!* E impressionada que estava Bertha com o tamanho da ratazana que vira, teve certeza de que aquela deveria até estar esperando ratinhos e, portanto, com urgência de um ninho. Já a imaginou atrás de sua orelha, toda enrolada em seus cabelos. Tal pavor descreveu para os pais. *Aber, Bertha! Was für eine grosse Dummheit!* Tolice não, Mama. É que vocês não viram como a bicha é grande.

Os pais duvidaram, mas foram averiguar o local. Nada acharam do tal roedor. Por via das dúvidas, convocaram os dois para dar cabo de todo aquele entulho aglomerado sob a casa. Deveriam ver se havia ainda lá algo que se aproveitasse; o resto, juntar tudo e ficarem atentos à passagem da carroça da limpeza pública, que anunciava sua aproximação estalando seus chicotes. Ou, caso o trapeiro passasse antes, poderia levar o que lhe interessasse. E assim foi.

No dia seguinte, logo após o almoço, sem mais delongas, Hannah mandou que os dois fossem lá para baixo, após tirarem as roupas da escola e vestirem suas roupas de casa, para fazem uma boa duma faxina. Bertha não estava nada satisfeita com a tarefa a ser executada. Pelava-se de medo só de pensar no caso de haver ali pelo meio muitos ratos espertos a se desafiarem a ver qual deles faria o ninho atrás de sua orelha. Mas que bobagem, minha filha. Olhe o seu tamanho e o tamanho de um rato. Mas na lembrança da menina a ratazana era enorme. Do tamanho, digamos, de um cachorro, ou até de um porco — dos gordos. Guto se divertia com o que a irmã dizia. Um porco, é? Mama, mato o porco e teremos boa carne por um bom tempo, hein? Bertha não estava achando nenhuma graça. A mãe pôs os dois para fora e fechou a porta da cozinha que dava para o quintal. Viu, Bertha? Mama não quer que sua ratazana-porco entre em casa. Levou da irmã uma vassourada no traseiro.

Enfim, foi executada a tarefa e nada de ninho de ratos e nada de ratazana do tamanho de um porco gordo. Mas aí é que veio a história da lata. Em meio a toda aquela lixarada — lixarada mesmo, nada que se aproveitasse mais —, encontraram a tal da latinha retangular, um pouco amassada e riscada e bem suja. Mas era linda. Pintada de vermelho e amarelo, tinha na tampa uma gravura interessantíssima. Uma pequena carroça puxada por um cachorro e carregando seis gatos. Seis gatos músicos. Guto se encantou e imediatamente pensou que era exatamente do que precisava para guardar seus selos. Enfiados em um envelope velho, meio rasgado, que não os continha como deveria ser, viviam caindo pelo chão e ele corria o risco de danificá-los ou até perdê-los. Aprendera com o *signor* Moschino que, para terem valor, tinham que estar em perfeito estado. Não poderiam estar sujos e nem sequer rasgados, o que era ainda pior. Afinal, eram objetos de valor. Se não de momento, com certeza um dia valeriam um bom dinheiro.

Havia apenas um obstáculo entre ele e a tão desejada lata — sua irmã Bertha. Logo que Guto a retirou do meio de todo aquele lixo, seus olhos também brilharam. Deixa ver! Deixa ver! O que é isso? Tomou-a das mãos do irmão e a olhou de todos os lados. *Mazawatee Tea* estava escrito na lateral da tampa. De onde teria vindo aquilo? Não tinham a menor ideia. Talvez até já estivesse lá quando se mudaram. Era muito engraçada, e os dois a queriam. Guto se achava no direito, pois ele a encontrara. Bertha se achava no direito, pois era a mais velha. Estava armada a contenda. O menino agarrou a lata e correu para dentro. Mama! Mama! Veja o que eu achei. Uma lata para meus selos. Bertha veio colada em seus calcanhares, declarando que ela deveria ser a dona da lata.

Hannah não entendia nada do que eles estavam falando. O que afinal está acontecendo? Preciso desta lata para os meus selos. Não, eu preciso para minhas joias. Joias? Você nem tem joias. Eu preciso dela para meus selos. Não, não. Eu quero a lata. Hannah pegou a lata para olhá-la melhor. Que lata era aquela? Nunca a tinha visto. Estava toda estragada. Tanta briga por esta porcaria? Não, não. Agora os dois se uniram contra a mãe. Mas, Mama. Olhe que figura engraçada na tampa. Tudo que ela precisa é de uma boa limpeza. Muito bem. Vamos guardá-la até seu pai chegar e ele vai ver o que faremos. Já ajuntaram tudo para a limpeza pública levar? Deixem tudo lá fora junto ao portão para quando a carroça passar.

Finalmente, depois de muitas negociações, para desgosto de Bertha, Guto acabou ficando com a tal latinha retangular, um pouco amassada e riscada, mas agora nada suja. O menino a havia limpado, esfregado, lustrado, polido, encerado, até que ela parecia quase nova. Ajeitou dentro dela, com todo cuidado, sua coleção de selos. Vários selos brasileiros, alguns ainda com a imagem do Imperador Pedro II e alguns mais modernos, todos de uma só cor. Nada que se comparasse aos poucos alemães que tinha, os *Reichspost*, de cores mais vivas, alguns até em duas cores, uma beleza. Esses não trocava com ninguém; só com Pepe, seu melhor amigo. Tinha ainda um vindo dos Estados Unidos e um que marcava *one penny,* que ele não tinha certeza de onde viera.

Com sua coleção assim bem arrumada e guardada, seria um filatelista sério. Precisava falar com Pepe sobre o assunto. Precisavam investir em suas coleções para torná-las mais e mais valiosas. Andavam agora pelo bairro, e até pelo centro, em busca de mais selos. Se achavam algum envelope perdido, esse era imediatamente recolhido na esperança de, colado nele, encontrarem algum. Às vezes, davam sorte. Até as latas de lixo da vizinhança por vezes vasculhavam na incessante procura de correspondências descartadas. Foram pegos por August em uma dessas investidas, o que não deixou o pai nada satisfeito. Meu filho remexendo o lixo dos outros? O que os vizinhos vão pensar de nós? O que vão pensar? A resposta estava sempre na ponta da língua. Mas, Papa, estamos procurando selos para nossas coleções. Um dia vão valer uma fortuna. Você vai ver. Não, o pai não gostava nada, nada daquilo. Veio uma proposta irrecusável. Recebiam enormes volumes de expedientes trazidos pelo correio ao seu escritório. Vindos de vários países. Os olhos do filho já se iluminaram. O senhor traz para mim? O pai traria sob uma condição. Nada mais de revirar o lixo dos outros. Promete? Prometido estava. Negócio fechado. E se aquele arroubo pela filatelia fosse para valer, mandaria vir do Rio de Janeiro em seu aniversário um *Catalogo do collecionador de sellos* e um álbum para que guardasse sua coleção como deveria ser. E ele poderia dar a latinha para sua irmã. Ah, não, isso nunca. A latinha é minha e de mais ninguém.

O ano era
1910

Pirata e pesquisador — aeronauta e desbravador — esporte bretão — queixas sem fim — um *match* no *field* — um *goal chic* — olhos parados — aula de medicina

Augusto era, a cada dia mais, um verdadeiro moleque, um *spitzbube*, como se dizia na família. Havia evoluído até que rapidamente do pequeno Guto chorão para um dos grandes da rua. Não que fosse muito alto, mas desenvolvera uma enorme influência sobre os amigos. Tornara-se um pequeno maioral da Nova de São José. Podia ser um líder dos piratas, como Long John Silver. *O Senhor capitão se compromette a dar-me a carta da ilha, promettendo ainda não hostilisar os meus heroicos companheiros. Por meu turno proponho o seguinte: o Senhor e seus amigos ficarão aqui, garantindo eu, (por escripto, se quizer) que assignalarei ao primeiro navio que encontrar, a presença de uns infelizes abandonados nesta ilha. Neste caso, a sua vida e a de seus auxiliares será poupada. Si recusar estas magnificas condições, só nos restará a luta, que será tremenda.*

Que se transformava em um pesquisador das profundezas dos oceanos, como Capitão Nemo. *Professor* — Pepe, naquele momento —, *aqui estão os instrumentos necessarios para uma efficiente navegação com o Nautilus. Tenho-os sempre diante de mim, e elles indicam minha posição e a exacta direcção a ser tomada em meio ao oceano. O senhor deve estar familiarisado com alguns delles. O thermometro, que nos dá a temperatura interna da embarcação; o barometro, que indica a pressão do ar e preve mudanças no tempo; o higrometro, que indica o grau de secura na at-*

mosphera; a bussola, que nos guia o curso; o sextante, para o cálculo da latitude; chronometros, para o calculo da longitude. E finalmente, binoculos para dia e para noite, que uso para examinar o horizonte quando o Nautilus sobe á superficie. Professor Pepe olhava atentamente os aparelhos que o amigo tinha dispostos sobre a calçada.

Ou em um aeronauta conquistador dos ares, como Santos Dumont. *Aldeias e bosques, prados e castellos, desfilam abaixo de nós como quadros movediços, dos quaes os apitos das locomotivas desferem notas estridentes porém longinquas. Além dos latidos dos cães, estes são os unicos sons que se ouve nestas alturas. A voz humana não chega a esta solidão sem fim. As pessoas parecem formigas caminhando sobre linhas brancas, as ruas; as fileiras de casas dão a impressão de serem brinquedos de creanças.* Era o que viam no momento do galho mais alto da árvore mais alta das redondezas.

Ou em um desbravador da flora e da fauna da Amazônia, como João Garral. *Jacarés! Jacarés! Três enormes repteis, de quatro a seis metros de comprimento, sobem na jangada. Tragam as armas! Tragam as armas! Joam Garral, sem pensar no perigo, sai da casa, armas na mão. Um dos jacarés dá meia volta e corre sem desvios. Não há mais jeito de evita-lo. O gigantesco jacaré avança em direção a Joam Garral. Derruba-o com um movimento de cauda e vem para cima dele com os maxilares abertos.* Guto encontra-se no chão, totalmente indefeso. Surge Pepe, *com um machado na mão. Num golpe certeiro, enterra a lamina no maxilar superior do jacaré, o que o deixa desvalido. Cegado pelo sangue que escorre sobre seus olhos, ele se joga para o lado, cai e é levado pela correnteza.* João Garral está salvo.

E que viria ainda a se transformar no corajoso e inteligente Athos, um dos inseparáveis mosqueteiros, junto dos quais lutaria bravamente na Primeira Grande Guerra Mundial. Contudo, um certo dia, algo muito ruim lhe aconteceu. Junto com três amigos, jogavam, todas as tardes, uma partidinha de futebol em um campinho improvisado no quintal da casa. O esporte estava ficando tão popular que até já virara marca de cigarros. *Foot-ball. Agradabillissimos cigarros dedicados aos clubs de foot-ball. Recommendaveis pela excellente qualidade do fumo empregado no seu fabrico.* Se bem que isso não interessava aos meninos. Ali o importante era a bola. Bola inglesa W. Shillcock's Junior League legítima, *usada pelo S. P. Athletic, pelo Paulistano e pelos melhores Clubs,* importada pelo pai do pequeno Júlio, que era um perna-de-pau, mas, afinal, era o dono da bola.

August apoiava o entusiasmo do filho pelo esporte bretão. Lera a respeito e via nele muitas qualidades. *Pela tactica das combinações, o football é ainda o sport que desenvolve o espirito a proposito da calma e do sangue-frio, a disciplina, a solidariedade, e mesmo a coragem. Um bom jogador, deve abandonar por completo, todo o sentimento egoista, porque o football, jogado com toda a perfeição, consiste quasi uma sciencia. Um team deve ser disciplinado como um pequeno exercito commandado por um capitão que deverá ter como divisa o lemma: Todos para um e um para todos.* Como os mosqueteiros, hein, Papa? Isso mesmo, filho. A prática do *football* com seriedade fará de você um grande homem e um grande cidadão.

Hannah já não compartilhava do arrebatamento do marido. Tudo bem, tinha que concordar que o tal esporte desenvolveria todas aquelas qualidades, mas... Estava era demais. Todo dia correndo atrás daquela bola. Pergunta se ele tem feito as lições! Pergunta! Ah, não, Hannah, isso não pode. E as queixas não tinham fim. Andam pisoteando e escangalhando todo nosso jardim e toda nossa horta. Para quebrar os vidros das janelas, falta pouco, pois chutam a bola para todo lado. E é bem pesada a danada. Se pegar na janela, era uma vez o vidro. Mas, Hannah, são meninos. A fala do marido era repetida com deboche. São meninos! São meninos! Ora essa! As roupas e as meias ficam num estado que eu vou lhe mostrar. Quem as fica esfregando por horas? Há um artigo em uma de suas *Sportman,* assinado por um tal de Dr. S..., *O football e as mães*. Leia lá e me diga se não tenho razão. Diz exatamente o que eu digo. Agora ainda cismou que quer dinheiro para comprar umas tais de *football boots* que ele viu na Clark. Ah, não. Está demais. Tudo bem, Hannah, vou conversar com ele. E sem falar da gritaria, August. Tanto grito, que as galinhas já nem estão mais pondo ovos de tão assustadas que andam. É um cacarejo que não tem fim.

Gritar, gritavam mesmo. Dois times, dois contra dois. Guto era naquele dia Charles Miller, o capitão do São Paulo Athletic, e Pepe, Rubens Salles, o grande artilheiro do Paulistano. No par ou ímpar, Pepe ficou com Fredinho, e Guto teve que fazer parceria com Júlio. A briga seria boa. Quem seria o campeão? Além de capitão, Guto, de tanto ler as notícias futebolísticas nos jornais e revistas, já tinha total domínio para narrar o que se passava no campo. Ou melhor, no *field*. *Posicionam-se os teams para o inicio de mais um match.* Bola rolando. *O jogo está magnifico, além da espectativa mais optimista. Um bellissimo ataque do forward do São Paulo Athletic contra o goal adversário, desalojando a sua defeza com uma velocidade espantosa. Penalty! Penalty! Coloca-se o forward para cobra-lo. Posiciona-se o goal-keeper para tentar pegar o penalty-kick. Inútil. O penalty é excellentemente schootado por Guto. E é gooooaaaallll! Um goal chic! E termina o half-time.* Um pequeno intervalo para invadir a cozinha em busca de água, invasão imediatamente bloqueada pela dona da casa. Xô! Xô! Xô! Vão beber água na torneira do quintal. Não quero que me encham de barro a cozinha que acabei de limpar.

Recomeçado o jogo, estava um a zero para o São Paulo Athletic. Mas o Paulistano não ia deixar isso assim, não. Era a hora da desforra. Pepe também sabia narrar. *A espectativa de uma derrota leva o valoroso jogador do team Paulistano a um bravo ataque. Depois de uma lucta cheia de peripécias,* Rubens Salles, *a 15 jardas do goal, approveitando-se de momento magnífico schootou com bravura marcando um goal sensacional, provocando estrondosa ovação do publico que regorgitava nas archibancadas.* Quando foi a vez do São Paulo Athletic reagir, começou a confusão, que vinha se tornando de praxe. Foi pênalti. Não foi. Foi. Não foi. Poucos minutos mais e estaria acabado o *match.* Júlio, cansado da desavença e cansado de sempre ser privado de participar das grandes jogadas, já havia se sentado no campo. Ou melhor, no *field.*

Uma peleja arrebatadora continuava entre os dois *forwards*. Chuta daqui, cabeceia dali e lá se foi a bola para cima do telhado. Guto resolveria esse problema sem demora. Era só subir no abacateiro, do qual um galho longo chegava quase até o telhado. Quase! Subiu com uma agilidade surpreendente, diante dos olhares admirados dos parceiros futebolistas. Estava já a mais de três metros acima do chão, bem no ponto de onde saía o tal galho que o levaria até o resgate da bola. Pepe ainda gritou de baixo. Cuidado aí, Guto! Vá com cuidado! Lá de cima, o amigo deu uma risadinha e meio de quatro foi rastejando ao longo do galho que começou a ceder, a ceder, a ceder, até que se rompeu. E veio tudo abaixo — galho e Guto.

Foi um tombo bem feio — se estatelou no chão e como caiu, ficou. Não se mexia. Os meninos o chamaram uma vez e nada. Mais uma vez e nada.Tomados de pânico, entraram na casa. Dona Hannah! Dona Hannah! O Guto caiu! Acho que morreu! Hannah achou aquilo um exagero, mas saiu ao quintal. O filho continuava no mesmo local, na mesma posição, sem se mexer; meio de lado, com o rosto para baixo. A mãe chegou mais perto, se agachou e, com alguma dificuldade, o virou. Assustou-se com o que viu. Sangue saía do seu nariz e de sua boca, e seus olhos, abertos e esbugalhados, não se mexiam. Gritou, chamando a filha. Bertha, venha cá! Ela apareceu, não entendendo bem o que estava acontecendo. O que o Guto já aprontou desta vez, Mama? Daquela vez não era brincadeira. O que fosse que tivesse aprontado, parecia ser grave. Chamavam por ele; não respondia, não se mexia e continuava com aquela cara ensanguentada e com aqueles olhos olhando para o nada. Os outros meninos, apavorados, correram de volta para suas casas.

Mãe e filha o carregaram para dentro com todo cuidado e o colocaram deitado no divã na sala. Ele parecia tão duro e pesado. Bertha estava apavorada e Hannah fazendo um esforço impossível para manter a calma. Bertha, vá ver se a dona Angelina está em casa. Será que ele está morto, Mama? Vá, Bertha, vá. A menina saiu chispando. Dona Angelina era uma enfermeira que trabalhava na

Santa Casa e morava na mesma quadra. Como atuava em regime de plantão, se Deus ajudasse, talvez ela estivesse em casa. Enquanto aguardava e rezava, Hannah limpou o rosto do filho e seus braços, também arranhados. A ela, parecia não haver nenhuma fratura, mas a respiração do menino estava ofegante. Tão nervosa estava que não conseguia sequer sentir seu pulso. Será que seu coração ainda batia?

Um pensamento horrível lhe surgiu. Lembrou-se de Augusto. Do outro Augusto. Daquele que perdera ainda bem pequeno. Lembrou-se de como tivera um mau agouro em relação ao nome. Não podia ser. Ela não poderia perder outro filho. Olhou-o ali inerte à sua frente. Viu mais uma vez aqueles assustadores olhos parados. Pensou em fechá-los, mas resistiu. Isso seria quase como aceitar a sua morte. Fechou os seus olhos e voltou a rezar com todo o fervor que encontrou em seu íntimo. Quando os reabriu, foi como se visse o rostinho do pequeno Augusto em lugar do rosto deste Augusto de agora. Fechou-os novamente. Ouviu passos acelerados no corredor. A porta se abriu, entrou Bertha e, logo atrás, dona Angelina. *Gepriesen sei Gott*! Dona Angelina, olhe este meu menino! Me diga que ele não está morto.

A enfermeira se aproximou do divã, abaixou-se junto dele e, a primeira coisa, reparou naqueles olhos. Ah, dona Hannah, estes olhos não têm mais vida. E logo os fechou. Bertha se agarrou à mãe e Hannah cobriu o rosto com as mãos. Aquilo não podia estar acontecendo. Não novamente. Dona Angelina conseguiu sentir o pulso no menino — estava muito, muito fraco. Também constatou que ele parecia estar parando de respirar. E pôs-se então a enfermeira a palavrear ininterruptamente. Parecia estar dando uma aula de medicina em um outro idioma. *Deve tê-lo accommettido uma apoplexia cerebral, o que produz huma extravasão de sangue na cabeça. Há aqui o estado comatoso, ou adormecimento profundo. A gravidade d'esta affecção acha-se em razão da extravasão sanguinea; a maior parte das vezes termina pela morte.* Hannah não queria ouvir aquilo. Acocorou-se ao lado do filho e desatou a chorar, Bertha agarrada a ela. A enfermeira seguia em seus prognósticos. *Quando esta não se effectua, he ordinariamente seguida de hemiplegia, desarranjo das faculdades intellectuais ou outras desorganizações cerebraes.* A mãe nem conseguia mais compreendê-la. Por que dizia a ela naquele momento todas aquelas coisas sem sentido? Ela queria saber era de seu filho, de seu filhinho, e ela não podia estar falando dele. Por que ele não se mexe? Por que não acorda?

Dona Angelina, entretanto, sempre firme em sua preleção. *Seguiu-se então esta paralysia, este estado morbido, caracterisado pela abolição completa da contractilidade muscular, de todos os movimentos voluntarios, da sensibilidade e do sentimento. Uma paralysia completa. Uma paralysia geral, posto que occupa a totalidade dos orgãos susceptiveis a serem della attacados.* Sinto muito mesmo, dona Hannah, mas ele não passa de hora. Já está com os músculos todos rijos, típico de um cadáver — e fez o sinal da cruz. A mãe desesperada ainda insistiu. Se chamarmos um carro, o levarmos para o hospital, ele não tem nenhuma chance? Não, será tudo inútil; no estado em que se encontra, nada mais poderá ser feito. E assim foi. Uma hora mais tarde, no dia 24 de fevereiro de 1910, aos sete anos e nove meses, Augusto foi dado como morto pela enfermeira, que se prontificou a providenciar o atestado de óbito com algum dos médicos da Santa Casa.

Com a saída de dona Angelina, foram chegando os vizinhos. Os parentes dos meninos que haviam testemunhado a queda, as vizinhas que Dona Angelina foi encontrando pelo caminho, os conhecidos que por ali passavam e viam toda aquela gente. Tentavam consolar Hannah, que não tinha nem mais forças para chorar, e a menina Bertha, que chorava sem parar. Foram ajudando nas providências a serem tomadas. Lavaram o menino, trocaram suas roupas, pentearam seus cabelos sempre desgrenhados. Hannah não sabia o que fazer; estava totalmente desorientada. Precisava avisar o marido. Os pais de dois dos meninos logo tomaram a iniciativa. Um iria em busca de August; o outro iria ao cemitério providenciar a vinda da urna funerária. Antes de sair, colocaram o corpo do menino sobre a mesa de jantar para ser velado.

O ano era
1910

Pai insatisfeito — automobismo terapêutico — olhinhos curiosos — três crianças — coisas e coisas — arte da fotografia — retrato tomado

No dia 24 de fevereiro, à Rua Peixoto Gomide, número 24, uma quinta-feira, nascia aquela que viria a ser minha avó. Chegou tranquila, pois não havia por lá ninguém vociferando, apesar de, também ali, haver um pai bastante insatisfeito com os últimos acontecimentos. A cidade? Não era mais a mesma. Cada vez mais carros invadiam as ruas, sendo dirigidos ao bel-prazer de seus condutores, os quais, na maioria, pareciam não ter respeito algum aos regulamentos ditados pelas autoridades competentes e, menos ainda, respeito pelos transeuntes. Era algo que vinha causando a seu pai grande indignação. Trazia na memória a saudade dos tempos em que chegara a esta cidade, ainda rapazola. Eram ruas tranquilas, apenas trafegadas por um ou outro carro de boi, cujo guieiro, ao passar, tirava o chapéu e cumprimentava a todos. Dia! Tarde! Eram mesmo outros tempos.

Agora, eram mais e mais e mais automóveis importados rodando como bem lhes apetecia, soltando por onde passavam estouros, gases e fumaça, sem falar das estridentes buzinadas abrindo caminho e jogando para os lados da via qualquer ser humano, de que idade fosse, que se atrevesse a estar em sua rota. Ainda no jornal de poucos dias atrás, chamara sua atenção, entre outros desastres e abalroamentos quase diários causados por esses veículos, a notícia de mais uma criança vítima desses monstros motorizados que por todo o lado cruzavam. Título do artigo? *O perigo das ruas.* Subtítulo? *Apanhado por um automovel — Menor gravemente ferido.* Oreste, o nome do pequerrucho. Cinco anos apenas. Não o conhecia, mas muito se compadeceu com o ocorrido. Era dia de carnaval. *Uma multidão de gente avida de assistir a passagem do prestito. No meio dessa multidão, a figura pequenina do menino Oreste. Oreste tambem queria ver e applaudir os destimidos carnavalescos.* Como devia estar alegre o menino! *Uma buzina soou surdamente ao longe. Era, decerto, o prestito. Procurou posição para melhor assistir ao desfile.* E a nota seguia. Atentou-se aos detalhes. *Um automovel, porém, avantajou-se numa carreira vertiginosa, vindo do extremo da rua a caminho da cidade.* Carreira vertiginosa? *E na carreira desabalada apanhou o pequeno Oreste, que foi arrastado uns cinco metros.* Cinco metros? Como pôde ser isso? Não o percebeu a pessoa ao volante? E fugiu. Só pode ser um desalmado. *Oreste teve a perna direita fracturada. Foi examinado pelo dr. Honorio Libero, que considerou grave o seu estado.* Sabe-se lá se sobreviveu. Era muito, muito triste. Quando fariam os governantes algo para coibir tais abusos e tal impunidade? Era o que se vinha perguntando Martin há tempos. Seria com certeza um assunto que daria uma ótima conversa com Hannah. Mas, não, eles não se conheciam. E nem viriam a se conhecer um dia.

Mais estupefato ainda ficou quando chegou ao seu conhecimento que médicos — médicos! — de uma Escola de Medicina na França defendiam agora que o automóvel tinha um papel terapeutico. Ora, que absurdo! Médicos *estudando a influência que pode exercer sobre a saúde, assim como o uso therapeutico que d'elle se pode tirar.* O artigo trazia então *um grande numero de observações pessoais e de outros medicos.* Aquilo só podia ser uma piada. *Em todos os doentes de tuberculose e de bronchite chronica nota-se diminuição da tosse, da anorexia e da insonia, que chegam a desapparecer. Comprehende-se que esse forte banho de ar, combinado ao exercicio physico, seja muito util a um grande numero de tuberculosos.* Exercício físico? Como? Aquilo parecia mesmo uma grande piada. Leria mais um pouco. Queria ver aonde aquilo iria chegar.

O auctor cita muitos factos comprobatorios da utilidade do automobismo. Pode prestar grandes serviços aos nevropathas, aos neurastenicos, aos gottosos, aos diabeticos, em certas fórmas de rheumatismo, emfim, nas molestias em que a nutrição retardada tem necessidade de um vigoroso excitante. E o exercício físico? Ah, sim. *Em conclusão, é preciso considerar que nos passeios em automovel não se está em repouso; não só a pessoa que o dirige faz um verdadeiro exercicio pelos movimentos que o mecanismo reclama, como os outros que se acham no vehiculo estão sujeitos a certo trabalho muscular. A trepidação, os movimentos do corpo por ella determinados, facilitam as trócas organicas que serão activadas sobretudo pela combustão mais viva, resultante da ducha de ar.* Definitivamente só podia ser mesmo uma grandecíssima piada! Numa revista de medicina conceituada como aquela? Era o fim do mundo.

Martin Künstler, um honrado e tradicional marido e pai, remoía aquelas elucubrações, enquanto aguardava, para qualquer momento, a chegada de uma quarta criança à família. Trabalhava para a *Paulista* — Companhia Paulista de Estradas de Ferro —, do então prefeito de São Paulo já há doze anos, o Conselheiro Antonio Prado, onde supervisionava o transporte de café. Sim, Antonio da Silva Prado, este mesmo. O prefeito de São Paulo com quem August Zähler não se afinava nada há estes mesmos doze anos. Mundo pequeno! Martin admirava muito o Conselheiro Prado e imaginava que, como ele, um dia ainda teria terras e uma enorme plantação de café. O dinheiro? Viria de um grande negócio que cairia dos céus em suas mãos. Ou da loteria. Arriscara mais uma vez. Por apenas dezoito mil-réis, um bilhete inteiro para maior probabilidade, adquirira a chance de receber duzentos contos de réis da Loteria da Capital Federal. Minna, sua esposa, achava que era dinheiro jogado fora. Martin, você conhece alguém que já ganhou dinheiro em loteria? Não, mas ele ganharia. Talvez nem precisasse contar a ela sobre a compra do bilhete. Deus o ajudaria! Mas não, não seria bem assim.

Enfim, agora era chegada a hora de receberem a quarta criança. Seria mais um menino? Mais uma menina? A ideia de mais um menino agradava Martin. Afinal, dizia ele, meninas dão mais trabalho; meninos crescem sozinhos. Já para Minna, o importante era que nascesse bem e tivesse boa saúde. Quantas mães, sabia ela, perdiam seus bebês logo ao darem à luz ou nos primeiros meses ou anos. Era sempre muito triste. Isso nunca havia acontecido com eles, com a graça dos céus, e só isso ela temia. Menino ou menina? Deus Pai sabe o que deve vir.

Chegou mais uma menina. Uma bonequinha, segundo o próprio pai. Assim que a viu pela primeira vez, até se esqueceu de que pensara em mais um menino. Olhou-a ali deitada ao lado da mãe e se encantou. Tinha cabelos escuros e dois olhos muito vivos. Era mesmo uma família abençoada. A mãe sugeriu o nome Laura. Sim, era um belo nome. Combina com nossa bonequinha — Laura, Laurinha. Sim, ela será nossa Laurinha.

Seus olhinhos eram bem curiosos. Acostumando-se à claridade que invadia o quarto, abriam e fechavam e abriam e fechavam. Viram cinco pares de olhos fixados nela. Viram dedos cutucando seu nariz e suas bochechas. Viram mãos segurando as suas; e outras puxando seus pezinhos. Mas o que era aquilo? Quem eram aqueles olhos e aquelas mãos? Sentiu algo ruim e pôs-se a chorar. Vamos, crianças; vamos deixar Mamãe e Laurinha descansarem. E Martin foi empurrando três crianças para fora do quarto.

De quem eram todos aqueles olhos e todas aquelas mãos bulindo com a recém-chegada? Havia já três crianças na casa. Martin e Minna haviam sido agraciados com duas lindas meninas e um belo menininho. Clara, a mais velha, completaria em breve seis anos; vinha se revelando uma menina tranquila e obediente. Célia, agora com quatro anos, era diferente da irmã. Desde o nascimento, sempre fora um bebê agitado e genioso; chorava por qualquer coisa e não parava quieta um instante sequer. Como duas filhas, nascidas do mesmo pai e da mesma mãe, podiam ser tão diferentes? — perguntava-se o casal.

Viera, então, há dois anos, um menino: Martin, como o pai, que logo passou a ser conhecido por Martinho. Um menino alegre e risonho; ainda falava pouco, mas andava e corria como um verdadeiro pequeno atleta. Sem a ajuda das duas filhas mais velhas, Minna achava que não daria conta de cuidar daquele pequeno serelepe. Era desviar o olhar por um instante e o pequeno já havia desaparecido de vista. Fugia para o quintal, onde adorava se esconder entre as plantas ou se pendurar nos galhos das árvores ou brincar na terra. Clara, Celia, vão ver onde seu irmão já se enfiou — era o que mais se ouvia naquela casa por aqueles tempos. As meninas foram uma grande ajuda, sobretudo nos poucos dias que faltavam para o nascimento da criança a chegar, pois Minna se sentia pesada e bastante cansada para ir em busca do menino.

Laura nasceu bem e com saúde, como desejava a mãe. Era sossegada e bastante risonha. Foi descobrindo que ela também tinha dedos e mãos e pés. E que seus olhos eram mágicos. Criavam e descriavam pessoas e coisas. Se fechavam, tudo sumia; se abriam, quanta coisa surgia ao seu redor. Coisas que se mexiam e coisas que nunca se mexiam. Sua mãe se mexia, assim como outras pessoas menores que ela, que viviam a saltitar ao seu redor, dizendo algo como Laurinha, Laurinha, Laurinha. E muitas outras coisas que ela não entendia. E alguém diferente da mãe, maior mesmo, e que às vezes a pegava ao colo e falava mais coisas que ela também não entendia.

Era seu pai, que se encantava com seu jeitinho. Minna, parece que ela até já quer falar. *Aber*, Martin, ela só tem poucos meses. Ah, mas que quer falar, ela quer. Minna ria. Martin gostava da poesia de um seu quase conterrâneo e lia seus poemas para seus filhos. Escolhia os certos para cada um deles. Agora precisava escolher um para sua Laurinha. Qual seria? Folheou o livro com muita ponderação. Encontrou um. Sim, este é perfeito. *Não precisa entender a vida; / deixe que ela se torne uma grande festa. / E deixe cada dia acontecer / como uma criança que ao longo do caminho / deixa que o vento com flores a presenteie.* Tinha certeza de que a filha o ouvia e o entendia.

E as coisas que não se moviam nunca? Que estranho! O que seriam? Algo que sempre observava ficava lá no alto. Ela precisava mover a cabeça para trás; ou se deitar — aí via bem direitinho. Uma coisa que não se mexia, mas tinha uma parte que se mexia. Para um lado, para o outro, para um lado, para o outro. E fazia um barulho estranho. Tic tac tic tac tic tac, sem parar. O que seria aquilo? Ela gostava daquele movimento que fazia tic tac. E de repente blim blem blim blom blim blom blem blom bleimmmmm. Houve um tempo em que aquilo a assustava muito e ela chorava. Alguém tomava-a nos braços e mostrava. Não é nada, Laura. É um relógio. Não é bonito? Aos poucos, ela se convenceu de que era bonito mesmo. E batia palmas, sorrindo feliz e olhando para quem por lá estivesse.

A pequena foi, também aos poucos, se acostumando com os olhos e mãos, que continuavam a espiá-la e cutucá-la, além de agora carregarem-na para todo lado. Em especial Clara e Célia, que chegavam a brigar por ela como se fosse uma boneca. Se a mãe não interferisse, Laura corria o risco de vir a ser desmantelada. Clara, ponha já sua irmã no bercinho. Ela não é brinquedo. Célia, ela é uma bebezinha delicada. Você não quer machucá-la, quer? De início, a pequena abria um berreiro, o que intimidava as irmãs. Era logo pega pela mãe. Com o passar das semanas, até começou a gostar da folia, o que passou a ser um incentivo para as mais velhas seguirem com as brincadeiras. Mas, Mamãe, ela gosta de brincar. Veja como ela ri. Nada disso! Deixem sua irmãzinha sossegada.

Ao completar seis meses, era chegada a hora da filha ser retratada, prática costumeira na família. Minna, amanhã vamos levá-la ao Vincenzo Pastore. Deixamos as crianças com sua irmã e levamos Laurinha ao seu estúdio à Rua Direita. Minna estranhou o endereço. Conhecia Pastore, que a havia fotografado quando recém-casada. Ficava à Rua da Assembleia, não? Sim, Minna, é esse mesmo, mas progrediu muito e agora é considerado a última palavra na fotografia tida como arte. Este é o local de seu *explendoroso novo atelier photographico.* Não é mais um simples fotógrafo de rua; trata-se de um artista da fotografia. Seu *atelier* está em uma casa ampla e muito bem instalada, onde oferece aos fregueses toda comodidade e qualidade. Saiba que chegou recentemente da Europa, de onde trouxe os aparelhos e equipamentos mais modernos disponíveis no momento. Era o que dizia o anúncio que Martin tinha em mãos.

Minna se sentiu preocupada. Não lhe agradava ouvir o marido falar daquele jeito. Tanto esplendor, tanta comodidade, tanta modernidade? Isso vai nos custar quanto, Martin? Vamos ver. Vamos ver. Nossa Laurinha merece. Um retrato de bebê era um ambicionado e valorizado objeto de desejo na época, em grande demanda pelas famílias. Um apreciado presente para familiares e amigos; ou apenas a mais recente fotografia de seus formosos rebentos para exibir com orgulho aos vizinhos e conhecidos. Seu estúdio anda muito concorrido, seguiu Martin. Agora é necessário agendar e já o fiz. Sabe que agora ele tem datas separadas para moças e rapazes para evitar o constrangimento que posar para uma foto frente ao sexo oposto poderia causar especialmente às jovens? Isso era bom. E quando há mulheres no local, sua esposa sempre acompanha todo o trabalho. Isso também era bom.

No dia e hora marcados, lá foram Minna e Martin com a pequenina filha. Chegando ao atelier, no segundo andar de um sobrado, o ambiente causou-lhes ótima impressão. Vários de seus retratos estavam expostos em vitrines na sala de espera — imagens em poses e formatos diversos, que permitiam a qualquer um com um olho para a arte da fotografia perceber a superior qualidade de seu trabalho. Minna, já se esquecendo do possível gasto, sentia-se vibrante diante da esperança de ter de sua filha um retrato como aqueles.

A pequena Laura, no colo de sua mãe, não compartilhava do entusiasmo de seus pais. Estava atordoada por tantas e tantas e tantas coisas ao seu redor. O que seria tudo aquilo? Nunca tinha visto tantas coisas juntas. Coisas grandes com coisas pequenas por cima. Coisas por baixo, por todos os lados, acima de sua cabeça, em todo lugar por onde sua curiosidade passeava. Era excitante, mas também a assustava a imensidão de objetos que invadia seus olhinhos miúdos. Abrigou-se melhor nos braços da mãe.

Tirar uma foto de seu bebê em um estúdio não era tão simples como possa parecer. Havia inúmeras decisões a serem tomadas. Qual seria o melhor ambiente? Um bom fotógrafo como Pastore tinha várias opções de painéis de fundo, enrolados numa máquina e revelados com o uso de uma manivela. Um fundo liso para nós, por favor. As pinturas são lindas, mas com elas nem veremos nossa menininha. Ofereceu a seguir uma infinidade de objetos. Uma mesa lateral? Uma cadeira estofada? Uma estatueta talvez? Um vaso com flores? Sem flores? Um pequeno bibelô? Martin já foi interrompendo o *signore* Pastore. Não, não, não. Nada dessas quinquilharias. Quero a foto de minha pequena e nada mais. Nada que encubra a sua beleza. Ah, *si, si, la piccola bambina.* Ficou assim decidido que Laura seria sentada sobre um pedestal com uma almofadinha e nada mais. Ela era a foto; apenas ela.

Por fim, escolher o traje. Seu lindo vestidinho branco, todo rendado, foi enfeitado, ou digamos escondido, com dois enormes laçarotes de fita de cetim de cor escura. Minna não gostou daquilo, mas como o fotógrafo já começava a demonstrar sinais de impaciência, achou melhor se calar. Agora, preparar a pose. Preparar a pose? Mas ela é apenas uma menininha de poucos meses. Que pose pode fazer? Pobre Laura! Sentada sobre o pedestal colocado próximo à parede de forma que ela conseguisse se manter em equilíbrio, buscava onde havia ficado sua mãe. Ai, o que estava acontecendo? Por que tinha que ficar ali daquele jeito? Agora era uma mulher estranha que cutucava suas mãos e seus pés. Que mania as pessoas tinham! Aquela parecida com Mamãe apenas tentava arranjar a melhor posição para o retrato, mas a pequena não sabia disso. Como poderia? Ela tinha o direito de se mexer, não? Mas que coisa! Afinal não era uma boneca. Seus olhos se fixaram em uma enorme geringonça à sua frente, sua boquinha prestes a fazer biquinho. Pastore achou bom tirar logo a fotografia, antes que a pequenina começasse a chorar. Enfiou-se todo por baixo do pano preto, só os pés de fora. E onde foi aquele parecido com Papai? Sumiu para dentro do saco? Pastore pressionou o disparador de borracha e puf! Laura pode voltar ao colo acolhedor da mãe. Melhor assim!

Retrato tomado, entrava em cena a *signora* Pastore. Era seu papel oferecer aos clientes os requintados diferenciais do *atelier* Pastore. Ia apresentando as amostras. Fotominiaturas para medalhões ou pingentes? Eram bonitos, mas não. A imagem em esmalte para um broche? Não, muito obrigado. Não gostariam de uma lembrança de Laura em um prato de parede talvez? Não. Não, senhora. Um acabamento aquarelado quem sabe? Não, mais uma vez obrigado. Ficaremos com seis cópias do retrato prensado numa simples moldura em papel-cartão. Ah, sim. Gostariam de escolher o desenho para a moldura? Minna escolheu um delicado friso de pequenas folhas e flores estilizadas. Boa escolha, senhora — um visual moderno para nossa época. Não se trata mais de nosso habitual retrato mimoso em formato losangular, mas de um cartão bebê com qualidade superior de imagem e acabamento mais requintado — e garantimos sua inalterabilidade. Uma fotografia que durará para sempre. A mais nova dos Künstler já se beneficiava da rápida evolução das técnicas e das inovações na área fotográfica.

Ao chegarem os retratos em casa, todos se encantaram. Eram uma beleza. Representavam com perfeição a pequena Laura: olhos bem atentos a tudo, a pequenina boca entreaberta, mãos e pezinhos em movimento. O trabalho havia sido muito bem feito — uma magnífica execução. Era uma fotografia maior e mais requintada, comparada às dos irmãos. Seria ela no futuro alguém mais especial? Não certo, mas possível. O tempo diria. Foi providenciado um quarto porta-retratos a ser colocado sobre a cristaleira, ao lado de Clara, Celia e Martinho, os três também aos seis meses de idade, todos eternizados naqueles momentos de suas vidas para as futuras gerações — presenças que nunca se ausentariam.

O ano era
1911

Livro proibido — terrível engano — seios ofegantes — investigação criteriosa — lojas de mulheres — a mão de Deus — de homem para homem — poesia

Bertha, cada vez mais aficionada à literatura, lia de tudo. Lia romances, lia poesias. Lia em português, lia em alemão. Lia de tudo. Até um livro proibido que chegou às suas mãos. Proibido, não, proibidíssimo. Obra anônima em sua primeira edição, dizia-se que na primeira página alertava o autor que *não deve ser lido pelas netas de suas avós. Com maioria da razão, as sobrinhas de suas tias e as filhas de suas mãis, devem abster-se da leitura desse romance singular.* Nada pelo que uma moça de boa família deveria sequer passar os olhos. Mas... Liana, uma de suas melhores amigas, ao ouvir a mãe falar sobre o tal livro com uma comadre, foram justo as palavras "proibido" e "perdição" que de imediato despertaram nela a necessidade de ler aquela obra. Deveria ser literatura da boa. Como sua mãe já havia terminado de lê-lo, estava bem escondido na parte de cima do guarda-roupa. Demorou um pouco, mas a mocinha acabou por encontrá-lo. Ficou tranquila, pois dificilmente a mãe daria por falta dele.

Assim que concluiu a leitura, muito comentada com as colegas, ofereceu-o à Bertha para que o lesse. Esta, temerosa caso os pais vissem que ela estava de posse de tal publicação, mantinha-o guardado entre o colchão e o estrado da cama, bem lá no meio, certa de que ali ele estaria seguro. Foi lendo devagar, um pouco por dia, em um horário à tarde no qual sabia a mãe ocupada e o irmão brincando na rua, bem longe da casa.

Ah, sim, o irmão — Augusto. Ele não morrera. Não, tudo não passara de um terrível engano. Um grande mal-entendido iniciado pela enfermeira Angelina, que se deixara levar por suas primeiras impressões, sem se aprofundar no caso, e pela legião de vizinhos que foi invadindo a casa e tomando decisões por conta própria, enquanto Hannah e Bertha estavam atônitas e sem ação em um canto da sala. O menino foi posto para velar com as mulheres chorando e rezando à sua volta, e a criançada correndo de lá para cá, todos querendo dar uma olhada no morto. Em meio a esse pandemônio, chegou August. Entrou como um furacão, chamando pelo filho. Augusto, onde está você? Hannah correu em sua direção e jogou-se em seus braços. Nosso filhinho se foi! Nosso filhinho se foi! Era tudo que ela dizia.

O pai não podia acreditar naquilo. Afastando sem a menor gentileza a mulherada que bloqueava seu caminho, chegou junto do filho, deitado sobre a mesa, já rodeado de velas acesas. Apagou todas elas. Várias das mulheres fizeram o sinal da cruz diante de algo que consideraram uma blasfêmia, um descaso com o jovem anjo em ascensão aos céus. Que pai era aquele! August tocou a cabeça do menino, passou as mãos em seu rosto, ficou ali parado como se sentisse algo e então gritou. Hannah, traga um travesseiro! Todos estavam atônitos. O homem só podia ter enlouquecido.

Bertha se antecipou à mãe. Foi num pé e voltou no outro com um travesseiro em mãos. Aqui, Papa, aqui está! August arrancou a fronha e jogou-a no chão. Rasgou o forro e penas voaram para todo lado pela sala. A plateia, cada vez mais pasma. O que havia se apossado daquele homem? Ele enfiou a mão dentro do saco de pano e retirou uma pena, apenas uma peninha. Aproximou-a das narinas do filho. Chegou a cabeça bem perto e assim ficou por alguns segundos, que todos sentiram como uma eternidade. Ele está respirando! Ele está respirando! A pena se mexe! Vejam! Vejam! Ele está respirando! Ele está vivo! Quem disse que estava morto? Ele está vivo! Vivo!

Hannah chegou perto do marido. Tentou falar e a voz não saía. Mas... Mas... Mas... Você ... tem ... certeza? Tenho, claro que tenho, Hannah. Veja aqui! Veja você mesma! Olhe aqui como a pena se mexe. Hannah se encheu de coragem e olhou. Era verdade. Ela parava e a seguir se mexia; parava e a seguir se mexia. Devagar, mas, sim, se mexia. Num ritmo bem tranquilo, como de alguém que dorme serenamente. Ele está ... vivo? Sim, Hannah, tão vivo como eu e você. Nisso, abriu-se a porta e entrou o rapaz do cemitério, carregando um caixão. Num acesso de quase fúria, August o tocou de lá. Saia daqui com isso. Saia daqui! Ninguém aqui vai precisar disso, não. Suma daqui! E todas vocês também, suas urubus. Terminou o espetáculo. Ninguém aqui morreu. Ninguém! Ninguém! E desabou sentado em uma das cadeiras aos prantos. Para Hannah, aquilo havia sido um milagre. Como a filha do Príncipe da Sinagoga que Jesus ressuscitou. *Não temas, crê sómente, e ella será salva. Não choreis, que a menina não está morta, mas dorme. Jesus tomando-lhe a mão, disse em voz alta: Menina, levanta-te. Então sua alma tornou ao corpo, e ella se levantou.* Teriam sido suas preces? Com que fé havia orado!

Guto foi levado à Santa Casa, ainda inconsciente, onde ficou por três dias em observação. Foram feitos vários exames e parecia que tudo estava bem. Ele voltara a si ainda no mesmo dia e não se lembrava de nada do ocorrido. Em sua memória apenas sua subida pelo abacateiro e Pepe gritando cuidado aí, Guto. Mais nada! Os médicos não foram capazes de explicar o que causara aquilo, mas algum saber deveriam mostrar. Fora algo como uma catalepsia temporária, disseram. *Huma molestia mui singular e mui rara. Os symptomas foram claros. Tivemos a suspensão completa da sensibilidade e do entendimento. Huma rijeza geral do systema muscular, o que o deixou immovel que parecia morto. O pulso lento e a respiração apenas sensivel. Os olhos abertos, immoveis, fixos e privados da faculdade de ver. Em geral, o accesso termina por hum suspiro, hum bocejo, a extensão do braço. Não resta ao doente a mais pequena lembrança do ocorrido.* Exatamente o que observamos aqui. O que causou isso? Pode ter batido a cabeça na queda. Pode ter sido apenas o susto pelo tombo. Podem ter sido várias coisas. O importante é que o menino está bem e logo poderá voltar para casa. E assim foi.

Bem vivo estava e abriu a porta do quarto onde Bertha lia seu livro proibido toda compenetrada. Ufa! Era Guto. Menos mal! Mais que depressa, enfiou o livro embaixo do travesseiro. O irmão viu, mas fez que não viu. Ali havia algo que ele deveria averiguar mais tarde. Mexeu um pouco em sua parte do armário e saiu sem falar nada.

No dia seguinte à tarde, Bertha saiu com a mãe para algumas compras. Era agora! Entrou no quarto e procurou — embaixo do travesseiro, entre as cobertas, dentro do guarda-roupa. Nada! Mas que diabo! Onde será que ela havia enfiado o tal livro que estava lendo no dia anterior e que de pronto escondeu? Será que o havia levado com ela? Não, isso parecia não ser possível — não em companhia da mãe. Olhou embaixo da cama. Nada ali, mas... parecia haver algo... entre o estrado e o colchão? Sim! Levantou o colchão e lá estava. Um volume grosso, com capa dura em um marrom meio avermelhado. Guto abriu para ver o título. *Luciola — Um perfil de mulher*. Percebeu que o marcador indicava a página que Bertha estava lendo. Abriu. Página 97.

Lucia ficou livida: tinha comprehendido.

— Então não posso dar-me a quem fôr de minha vontade?

— Quem diz isso? Eu é que não te posso acceitar por semelhante preço. Me custarias a honra: é muito caro, Lucia!

— Ah! esquecia-me que uma mulher, como eu, não se pertence; é uma cousa publica, um carro da praça, que não póde recusar quem chega. Uma mulher? Um carro de praça? *Esqueci que, para ter o direito de vender o meu corpo, perdi a liberdade de da-lo a quem me approuver!* Vender meu corpo? Vender meu corpo? Intrigado, seguiu a leitura. *O mundo é lógico! Applaudia-me si eu reduzisse á miséria a família de algum libertino; era justo que pateasse si eu tivesse a loucura de arruinar-me, e por um homem pobre! Emquanto abrir a mão para receber o salário, contando os meus beijos pelo numero das notas do banco, ou medindo o fogo das minhas*

caricias pelo peso do ouro,... Contando meus beijos pelo número das notas do banco? Medindo o fogo das minhas carícias pelo peso do ouro? Tudo aquilo lhe era muito estranho. Muito estranho mesmo.

... emquanto ostentar a impudencia da cortezã e fizer timbre da minha infamia, um homem honesto póde rolar-se nos meus braços sem que a mais leve nodoa manche a sua honra; mas si pedir-lhe que me acceite, si lhe supplicar a esmola de um pouco de affeição, oh! então o meu contacto será como a lepra para a sua dignidade e a sua reputação. O homem honesto deve repelir-me! Rolar-se nos meus braços? Meu contato será como a lepra? *Até que por fim um soluço cortou-lhe a voz; o seio offegou como si o coração lhe quizesse saltar com o ultimo grito de indignação de sua alma offendida.* O seio ofegou como se o coração lhe quisesse saltar? Guto fechou o livro e, quase sem pensar, enfiou-o de volta onde o havia encontrado. Tentava entender o que tudo aquilo queria dizer. Por alguma razão desconhecida aquilo havia mexido com ele, mas não tinha a menor ideia do porquê. Era preciso falar com Pepe.

Saiu correndo porta afora pela rua até a casa do amigo. Bateu palmas e gritou seu nome várias vezes. A senhora Moschino apareceu à porta. Mas o que é isso, Augusto? Veio tirar o pai da forca? Não, mas preciso falar com Pepe e é muito urgente. Mas o que pode ser tão urgente, *bambino*? *Aspetta* que ele já vem. Assim que Pepe apareceu, Guto o puxou para um canto meio escondido e contou o que havia lido. O amigo disse que precisaria pensar um pouco no assunto. Uma mulher que vendia seu corpo? Uma mulher que vendia seu corpo? Isso deixou os dois muito intrigados.

Em suas fantasias mais loucas e absurdas, imaginaram como isso poderia ser. Venderiam seus corpos como se vendiam corpos de bois e porcos no açougue? Pé de porco, orelha de porco, joelho de porco, rabo de porco? Costela de boi, pescoço de boi, língua de boi, coração de boi? O que poderiam as mulheres vender? As mãos? Os pés? Apenas um dedinho? As coxas como os frangos? Asas elas não tinham — ao menos eles achavam que não. Ou será que tinham? Pepe, que pedaço você vai querer? Deixe me ver...

Vou querer dois. Uma mão e uma orelha. E você? Mmmmm.... Acho que um joelho. Um *eisbein* de mulher. De porco é uma delícia. De mulher deve ser bom também. De repente, algo lhes veio à mente quase que ao mesmo tempo. Algo mais que deveria ser a parte melhor de todas – os seios. Redondinhos, macios, suculentos. Guto, você já pegou um seio de mulher nas mãos? Claro, Pepe, muitas vezes. E desatou a rir. Pegou nada, é mentira. E desataram a rir os dois.

O tal livro falava sobre seios. Algo como os seios ofegantes fazendo o coração saltar. Guto não se lembrava direito; era algo assim. Falava ainda de beijos e carícias a preço de ouro. Mas alertava que rolar nos braços dela podia dar lepra. Que horror! Isso era um assunto muito sério que merecia uma investigação criteriosa. Precisavam de um plano e tudo foi sendo planejado. Os dois rapazinhos, ouvindo conversas aqui e ali nos bares da região, descobriram que havia uma certa rua que, quando a mencionavam, os homens falavam mais baixo e davam risadinhas bem maliciosas. Era apenas "aquela rua". Mas que rua? Um dia ouviram o nome da dita cuja: Rua Nova de São José. Não podia ser. Essa era a rua onde moravam. Algo estava muito errado. E o que poderia haver de tão proibitivo em uma rua com nome de um santo, Pai de Jesus, segundo Pepe. Tudo estava ficando cada vez mais estranho.

Será que haveria outra Rua Nova de São José por ali? Sim, no centro da cidade, acabaram achando. O que deveriam então fazer era ir até a tal rua e apurar. Marcaram para o dia seguinte logo após o almoço. Em lugar do habitual jogo de futebol agora no campinho da rua de baixo, partiriam para a averiguação. De bonde ao Centro, rua tal, rua tal e, finalmente, chegaram. Rua Nova de São José. Casinhas, casinhas, casinhas, portas e janelas, mais portas e mais janelas. Um austero senhor com uma barba muito bem aparada, de terno e chapéu, ao ver dois meninos de calças curtas zanzando por ali, os afastou com a ponta uma bela bengala de madeira torneada e os advertiu. Ó, meninos, toquem daqui que isso não é lugar para vocês. E seguiu adiante. Não, eles não iriam tocar dali até esclarecerem o que tinham vindo esclarecer.

A princípio, não viram nada de diferente. Eram casinhas normais, uma ao lado da outra, placa nenhuma indicando comércio, algumas mulheres apreciando a tarde. De repente, reparando melhor, algo chamou a atenção de Pepe, que cutucou Guto. Algumas janelas e portas abertas. Passaram a ver melhor as mulheres — mulheres atrás das janelas, mulheres junto às portas abertas, mulheres sentadas nos corredores para dentro das portas abertas. Tinham algo de diferente; não eram nada parecidas com as suas mães ou com as outras mulheres que conheciam. Deveriam ser, segundo haviam ouvido os homens no bar, as polacas. Tinham caras muito pintadas, bocas tão vermelhas e cabelos estranhos. Algumas, às janelas, tinham um dos seios à mostra; outras, sentadas no chão com as pernas abertas. Seriam aquelas as lojas de mulheres? Parecia. Era como se elas estivessem em vitrines — se vendendo. Ficaram ali parados, olhando e olhando.

De uma das janelas, duas delas notaram suas presenças ali. E aí, meninos? Vamos entrar? Tudo o que os dois conseguiram foi gaguejar um pouco. Vocês são... as polacas? Vocês... vendem seus corpos? As mulheres soltaram uma gostosa gargalhada. Não, *cherries,* nós somos as francesas. E comentaram algo entre elas em meio a gostosas gargalhadas. Ih, esses frangotes ainda não são de nada. Parece que não mesmo. Entrem aqui que daremos uma chupadinha nos seus bibiritos para ajudá-los a crescer mais rápido. E mais uma vez desataram a rir.

Guto e Pepe não sabiam o que dizer. Tinham a impressão de que as mulheres estavam era debochando deles. Venham, cabritinhos! E nisso, uma delas abriu totalmente a frente de seu vestido e exibiu os seios. Os olhos dos meninos esbugalharam e seus queixos caíram. Ficaram paralisados, olhares fixos em algo que nunca tinham visto, não daquela maneira. Não eram bonitos como imaginavam, meio caídos, meio manchados. Em seu estado de torpor,

Guto sentiu uma mão pesada sobre seu ombro esquerdo. Tudo o que lhe ocorreu naquele momento foi a palavra pecado — aquela deveria ser a mão de Deus, vindo buscá-lo para ir diretamente para o inferno. Algo ali estava muito errado.

Mais uma vez viram o austero senhor com sua barba muito bem aparada, de terno e chapéu, e ele, mais uma vez, os afastou com a ponta da bela bengala de madeira torneada. Já não os toquei daqui, ó, pirralhos? Deem-me licença que tenho eu negócios a tratar com estas senhoras. Deem o fora daqui e vão brincar em outro lugar. Não era Deus afinal. Era apenas um homem. Um homem grande, que naquele momento lhes pareceu muito maior do que deveria ser na realidade. Deram um passo para trás e quase caíram. O homem passou por eles e foi-se casa adentro. As duas saíram da janela e fecharam as venezianas. Guto olhou para Pepe. Pepe olhou para Guto. E os dois correram e correram e correram como nunca haviam corrido em suas vidas. Só ao chegarem à parada do bonde, conseguiram tomar fôlego. Nunca mais voltariam àquele lugar. Nunca mais. Voltariam?

Ainda bastante atordoado, à noite, o menino resolver ter com o pai uma conversa de homem para homem. Falou sobre seios e bibiritos, sobre polacas e francesas, sobre portas e janelas, sobre beijos e carícias, sobre abraços e lepra, sobre mulheres que vendem seus corpos e fazem os bibiritos dos meninos crescerem. Falou e falou e falou. Falou sobre tudo o que vinha povoando a sua mente. August ouviu paciente. Quando o filho terminou seu desabafo, o pai mencionou a palavra poesia. Para entender sobre tudo isso, você precisará ler poesia. Poesia? — o filho estranhou. Acho que está na hora de começarmos. Vamos ver. Procurou um livro entre vários. Este talvez seja bom. Aqui. Você lê. "*Manhã de sol*".

Surprehendo-a. Ella estaca, assustada, indecisa; / Mal com os pesinhos nús o chão musgoso pisa / Num ar de jurity prestes a abrir o vôo. / Tomo-lhe as mãos; baixinho, ao seu ouvido, entôo / A atrevida canção do amor que tudo pede, / Do amor que não é mais do que um furor de sede, /

Que é o amor afinal... O filho olhou para o pai. Leia mais um pouco, Augusto. *Salta, foge-me... / Ella, sem rumo, vai e erra ao acaso, numa Vaga trepidação, como ao vento uma pluma.* Mais uma vez Guto parou. Parecia intrigado. Leu mais um pouco. *Aos poucos, a carreira afrouxa. Em cada passo / Mais e mais ella mostra a angustia do cansaço. / Arfa-lhe o seio; perde o folego; tropeça; / Pára... / Alcança-a meu beijo. O noivado começa.* Fechou o livro.

Entendeu, filho? Entendi, Papa. Mas Guto não estava bem certo se havia entendido alguma coisa. Sabe, Augusto, você só entenderá bem isso no dia em que se apaixonar e amar uma mulher de verdade. Aí tudo vai fazer sentido. Isso vai demorar, mas um dia vai acontecer. E você verá que uma mulher não se compra em uma loja, mas se conquista pelo coração. Agora só tenho mais uma pergunta, filho. Como começou toda essa confusão? Pobre Bertha! Foi incontinenti determinado que ela entregasse o tal livro à sua mãe, que de imediato o devolveu à mãe de Liana. Foi por um triz que não entraram as duas na cinta.

O ano era
1911

Quatro crianças — cuidados incessantes — rapariga artista — Chama? — duas vozes — puericultura — banhos e papas — corrente e cadeado

Minna tinha agora quatro crianças, um marido e uma casa para cuidar. Era muito a fazer. Clara, com sete anos, começou a frequentar a escola e parecia bem dedicada aos estudos. Célia, com cinco, ajudava a mãe como podia, sendo que, travessa como era, mais acabava atrapalhando do que ajudando. Martinho, com três, e Laura, com um ano, pediam cuidados incessantes. Martin era o provedor, trabalhava o dia todo e, quando chegava em casa, queria descansar e ser servido. Afinal, dava duro mais de dez horas por dia.

Martinho chegara a uma idade em que suas pernas e seus braços não paravam, seguindo ordens ininterruptas de sua cabecinha empenhada em explorar o mundão à sua volta. Corria, pulava, rastejava, saltitava, pisava, subia, descia, escalava, caía, chorava, levantava e começava tudo de novo. Pegava, puxava, agarrava, apertava, segurava, arrastava, arrancava. Nada escapava de suas mãozinhas ágeis e bisbilhoteiras. Exigia atenção redobrada. Célia, olhe seu irmão. Célia, não deixe seu irmão subir aí. Célia, vá ver o que seu irmão está fazendo. Célia, vá ver por que seu irmão está chorando. Lá ia, bufando, a irmã em busca do menino e o arrastava para junto da mãe para ver se ela própria podia ter um pouco de sossego.

Ora, ela tinha suas atribuições — e eram muitas. Cuidava de sua filhinha, dando-lhe banho, trocando sua roupa, e a punha para dormir. Ela dormia muito, pois Célia não tinha muito tempo para ela. Gostava mesmo era de desenhar e pintar. Recolhia todos os pedaços de papel que encontrava pela casa; preferia aqueles rosados ou pardos, onde vinham embrulhados o pão ou alguns dos mantimentos comprados no armazém do seu António. Muitas vezes, quando acompanhava o pai às compras, pedia ao gentil senhor se ele não daria a ela uma boa folha daquele papel. Ele ajeitava seu bigode e dava uma risada lusitana. Mas, rapariga, o que farás com esta folha? Célia lhe contava sobre todas as coisas lindas que desenharia nela: casas, árvores, flores, pequeninos cães e gatos, e meninas, lindas meninas. Ah, a rapariga é uma artista? Aí era a vez de Célia sorrir. Uma artista? Sim, ela era um artista. Seu António pegava uma folha do meio da pilha, uma bem lisa e limpa, dobrava com todo capricho e dava a ela, que ia toda feliz para casa, carregando o precioso papel com todo cuidado para não amarfanhar. O que vai desenhar hoje, filha? Não sei ainda, Papai, estou pensando, estou pensando. Mas será algo muito lindo, o senhor verá. Não que seus desenhos fossem tão lindos, afinal tinha apenas cinco anos, mas já demonstravam alguns sinais de um talento nascente. Outros o substituiriam.

As compras acabavam ficando a cargo de Martin, quando voltava do trabalho à tarde ou aos sábados, mesmo que meio a contragosto. Minna evitava sair o quanto possível. Assustava-se com o furor que ia tomando conta da cidade — tudo era muito, tudo era demais, e vinha aumentando de uma forma intimidadora. Muito movimento: de pessoas, de veículos de todos os tipos, de animais; era muito barulho, muita fumaça, muita sujeira. Assustavam-na as pessoas — formavam massas compactas de gente, nas quais, para ela, os indivíduos se diluíam em meio a multidões gigantescas. Não conseguia, ocasionalmente, distinguir mais ninguém; só via a massa. A massa passando na rua, a massa se dirigindo ao trabalho, a massa retornando do trabalho, a massa subindo e descendo dos bondes, a massa se movendo o tempo todo em massa. A toda velocidade. Era impossível se deter a um rosto que fosse. Todos sumindo tão rápido a angustiava. Assim, evitava sair. Deixava isso para o marido e para os filhos. Nada como ficar em paz dentro do seu lar e do seu jardim. E olha que lá já havia uma boa dose de movimento.

Laura era sossegada; pouco chorava e sempre parecia contente. Dava pouco trabalho. Célia e Martinho foram perdendo o interesse que tinham pela irmãzinha nos primeiros meses. Tinham suas próprias atividades; não tinham tempo para um bebê. Quem adorava cuidar dela era Clara. Chegava da escola, almoçava e ia logo fazer os deveres de casa para que, quando Laura acordasse de seu cochilo vespertino, ela já tivesse terminado. Iam as duas para o jardim, onde a mais velha colocava a pequena em seu cercadinho; feliz da vida esta brincava com qualquer coisa que lhe dessem e com tudo se encantava.

Uma caixa de papelão, uma latinha vazia, uns pedaços de barbante. Tinha uma boneca de pano, já meio velha e descabelada, que fora de Clara. Um presente da irmã que preferia agora dedicar-se aos estudos e aos afazeres da casa ajudando a mãe. Para Laura, a caixa podia ser a casa da boneca, que lá era colocada com todo cuidado. Ou a cama. Ou a bacia do banho. A lata vazia precisava ser estudada. Sim, fazia uns barulhos bem interessantes e agradáveis. Era só batê-la aqui ou ali. Melhor ainda quando colocavam algumas sementes de mamona dentro dela. Aí nem precisava bater; era só chacoalhar. E os pedaços de barbante? Para alguma coisa haveriam de servir. Clara fazia com eles um belo laçarote, usado para enfeitar a boneca.

Do cercadinho, observava tudo ao seu redor. As folhas das árvores, que balançavam com o vento; os pássaros e as borboletas, que batiam as asas e voavam para lá e para cá; as nuvens, que se moviam e mudavam de forma o tempo todo; as formigas, que marchavam firmes e decididas em fila. Apontava e perguntava. Chama? Clara, com toda a paciência do mundo, ensinava-lhe o nome das coisas. Laura ouvia, olhava, apontava e repetia. Fo-lha. Ven-to. Nu-vem. Fu-mi-ga. Não, não, Laura. É formiga.

Quando ouvia o canto dos pássaros, quem a observava tinha a impressão de que a menina conversava com eles, repetindo o que diziam. Ui, ui, ui, ui. Ê, ê, ê, ê. Uh, uh, uh, uh. E até algo que se assemelhava a bem-te-vi, bem-te-vi, bem-te-vi, bem-te-vi. Pedia também que Clara cantasse para ela. "Chiquita." "Chiquita." Clara ensinou a ela que a música tinha duas vozes. E não é que a danadinha aprendeu? *Chiquita, se eu te pedisse / De modo que ninguem visse / Um beijo tu me negava?* Laura respondia. *'Dava, 'dava.* E jogava um beijo. *Se sozinha te encontrasse / Na varanda costurando / Beijava tua linda mão!* Laura respondia: *Po's não, po's não.* E estendia a mão para receber o beijo da irmã. Quando enfim se cansava de tantas atividades exaustivas, deitava-se ali mesmo e cochilava mais um pouco. Ali mesmo, envolta por aquela natureza que ela ia compreendendo.

Voltando a Minna, nada como ficar em paz dentro do seu lar e do seu jardim. No entanto, para seu desconsolo, sua paz era às vezes interrompida por doses de movimento bastante indesejadas. Mamãe, Mamãe, a *'Demoiselle* vem vindo. Célia, assim que a via subindo a rua, entrava correndo a anunciá-la. *Ach du lieber Gott! Nicht noch einmal.* Nem sequer anunciava sua chegada com palmas ou com um ó-de-casa. Abria o portão e ia entrando, para desespero da mãe. *Mademoiselle* Violette, uma senhora muito letrada e muito informada, vizinha sem filhos, mas muito sabida sobre as artes da puericultura.

Minna não sabia o que era puericultura e *Mademoiselle* Violette explicava. Ah, dona Minna, é uma arte que garante que a senhora terá belos filhos, muito belos. Mas para tanto precisará saber criá-los segundo determinadas regras de higiene e determinados métodos de alimentação racional, que devem ser seguidos à risca. À risca, entende? Não era ela quem dizia, mas um célebre filósofo francês que havia escrito um livro fundamental sobre educação chamado *Émile ou De l'éducation*. Desde que o lera, logo após o nascimento de Laura, a *'Demoiselle,* como a chamavam, não parava de importuná-la com as tais regras. Isso de fato a aborrecia. A mulher não tinha filhos, nem sabia Minna se o tal francês os tinha. Quem eram eles para vir lhe ensinar a criar os seus? Ela vinha se dando muito bem e tinha quatro crianças saudáveis e, em sua modesta opinião, muito belos, obrigada.

Ao menos uma vez por semana, lá vinha ela com seu livro em mãos para passar à vizinha, afortunada por recebê-los, os indispensáveis ensinamentos do sábio filósofo, já assimilados por todos os modernos médicos pediatras de renome em sua prática. Minna precisava de uma paciência mais que infinita. Vinha a mulher logo com suas perguntas. A senhora banha suas crianças todos os dias? Sempre que necessário, dona Violette, sempre que necessário. Ah! — abria seu livro em uma página anteriormente marcada e colocava seu *pince-nez*, preso por uma correntinha na gola de seu vestido, bem encaixadinho sobre o nariz. Veja o que diz Rousseau. Lia seu livro escrito em francês, fazendo ali uma tradução simultânea. *Lavai com frequencia vossas crianças; muito necessario devido á sua sujidade. Podeis esfrega-las a gosto sem receio de as ferir.* Se me permite perguntar, como é que a senhora as lava? Com água, vinha de pronto a óbvia resposta. Pôs-se a pensar a entendida. Morna ou fria? Mais uma vez a resposta lhe parecia óbvia. Morna.

Ah, ouça só que isso não está de todo acertado. E seguiu sua leitura. *Vede que aquecer a agua vem a ser bem dispensavel. Quantos povos não lavam seus recemnascidos nos rios ou no mar por nem terem outro modo de o fazer? Já os nossos, amollecidos até antes de nascer pela delicadeza dos pais e das mães, chegam ao mundo debilitados. Não podeis então expô-los immediatamente a condições severas. Só aos poucos é que podereis devolver a elles seu devido vigor. Segui, a principio, com a agua tepida e, pouco a pouco, afastai-os della. Conforme forem elles se fortalecendo, diminuí gradualmente a temperatura da agua até que em fim possais lava-los tanto no verão como no inverno com agua fria, ou até gelada. Importante é que essa diminuição seja lenta, progressiva e imperceptível, e, para tanto, podeis vos servir de um thermometro para avalia-la com precisão.* Entendeu, dona Minna? Sim, sim, entendi. Muito obrigada, dona Violette. Agora a senhora me perdoe, pois está na hora do banho de Laurinha e já colocarei todos seus conselhos em prática.

A menina adorava a hora do banho. Água morninha, é claro. Não seria isso que tornaria seus filhos amolecidos. O que estava pensando aquela senhora? Lavar os filhos com água gelada? Era só o que lhe faltava. Banho frio, só de esguicho no jardim, em dias de verão ardente quando aquecidos pelo sol. Para banho? Água morninha. Um caldeirão de água fervendo misturado a uma boa quantia de água fria na bacia. Perfeito. Termômetro? Para que precisaria ela de um termômetro? Afinal para que tinham as mães um cotovelo? Para sentir a temperatura precisa da água para o banho de seus rebentos.

Água na temperatura certa, lá ia Laura para dentro da bacia. Espalmava as mãozinhas felizes na água e encantava-se com os espirros e as gotas que iam para todo lado. A alegria era tanta que se poderia jurar ouvir um cantarolar festivo acompanhando toda aquela brincadeira. Cantava a pequena em agradecimento à amistosa água do banho. Tinha certeza de que aquela água estava lá para brincar com ela. Antecipava com expectativa os carinhos da mãe ao ensaboar seu corpo e seus cabelinhos pretos, que brilhavam ainda mais quando molhados. Depois, sentia-se envolta por toda aquela água tépida, como diria *Mademoiselle* Violette, a afagá-la, jogada em conchadas pelas mãos sempre carinhosas que dela cuidavam. Parava de brincar e deixava se levar por esse momento de unidade com a mãe. Olhava-a bem nos olhos e sorria. Minna via tudo isso e pensava. Não será isso tudo mais importante do que o que diz o tal francês?

Em outra de suas visitas, o assunto da puericulturista foi alimentação. Bom dia, dona Minna. Como está sua pequena Laura? Vejo que não mama mais e já está recebendo outras comidinhas. Aproximou-se da criança no cadeirão e quase enfiou o rosto em seu prato. Laurinha franziu a testa e a olhou feio. Se me permite perguntar, de que se trata isso com que a senhora a está alimentando? Comidinhas, dona Violette, comidinhas que ela aceita com prazer. Veja como é bem comilona e como come com gosto. Lá vinha a palpiteira. Laurinha só olhava. Não sabia dizer por quê — na verdade, ainda não sabia dizer muita coisa —, mas não gostava daquela mulher que falava sem parar. De certo que não se trate de papa, dona Minna. Não, dona Violette, não se trata de papa. Pois vamos ver o que diz nosso iluminado francês. Abriu seu livro para a lição do dia.

Foi provado que a papa é um alimento nada saudavel. Farinha crua cozida no leite produz muita saburra, nada conveniente ao nosso estomago. Uma sopa com miolo de pão ou um creme de arroz me parecem preferiveis. Se quiserem realmente fazer uma papa, é aconselhavel torrar a farinha antes. Fazemos em meu paiz, com a farinha assim torrada, uma sopa muito saborosa e muito saudável. Le bouillon de viande et le potage... Oh, pardon. Às vezes me esqueço que a senhora não fala francês, *n'est pas?* E me esqueço que devo traduzir. *Pardon! O caldo de carne e a sopa de legumes são também alimentos mediocres que deveis usar o menos possivel.* Compreendeu? Sim, dona Violette, compreendi. Nada de papa e nada de caldo de carne. Pode ficar tranquila.

Tinha ainda mais a doutora em puericultura. Como estão os dentinhos de *la petite fille*? E, sem se importar em interromper a hora de comer da menina, enfiou seus dedos pela boca da pequena para sentir suas gengivas e seus dentinhos a romper. Isso já era demais. Tão demais, que Laura não teve outra alternativa a não ser abrir um berreiro. Minna a tirou do cadeirão e trouxe-a ao colo. Dona Violette, a senhora me perdoe, mas isso não está me parecendo nada higiênico; peço que não volte a colocar suas mãos na boca de minha filha. Mas, dona Minna, o surgimento dos dentes é algo que deve ser acompanhado com muito cuidado. Ouça só.

A erupção dos dentes é commumente penosa e dolorosa. Por instincto, leva a criança frequentemente á boca para morder tudo o que tem na mão. N'est-ce pas vrai, dona Minna? *Achais que facilitareis as coisas dando-lhe algum objecto duro. Creio que vos enganais. Taes objectos duros, friccionados contra as gengivas, longe de trazer um alivio, as deixam calosas e as endurecem, levando a uma erupção ainda mais penosa e dolorosa. Tomemos o exemplo dos jovens cãezinhos. Não os vedes exercitar seus dentes a nascer em pedras, ferro ou ossos, mas em madeira, couro, panos, materiaes macios que se moldam e nos quais os dentes se cravam.*

Lia e lia sem parar. *Chocalhos de prata, de ouro, de coral, de cristal, de todos os tipos: inuteis e perniciosos! Nada disso! Pequenos galhos de árvore, uma bolota de carvalho, uma tirinha de alcaçuz que possam chupar e mastigar, as divertirão tanto quanto aquelas magníficas bugigangas, ainda sem o inconveniente de acostuma-las ao luxo desde seu nascimento.* Não dão à menina esse tipo de bugigangas, creio eu. Não, dona Violette, nem temos desses luxos de ouro e de prata, de marfim ou de cristal, como diz seu amigo, aqui em casa. E a senhora me desculpe, mas tenho agora meus outros filhos para cuidar. Fique tranquila que assim que Clara chegar da escola, pedirei que providencie alguns galhinhos de nossas árvores para que Laura possa roê-los como o fazem os jovens cãezinhos. Tenha a senhora uma boa tarde e adeus. Assim que Martin chegasse, pediria a ele para, com urgência, providenciar uma corrente bem grossa e um cadeado bem forte para trancarem o portão.

O ano era
1912

Conhecedor das coisas do mundo — ajudando senhoras — bando reunido — chefe generoso — Moisés e Bertha — um pé de meia — fúria paterna — um livro

Dez anos completos, meteu-se nosso *spitzbube* em uma bela de uma encrenca. Ele precisava de dinheiro, muito dinheiro. Conversou seriamente com o pai a respeito. Estou indo melhor na escola, não? Pois então, já sou bem conhecedor das coisas do mundo. Conhecedor das coisas do mundo? Que coisas do mundo, Augusto? Coisas do mundo, ora! O senhor sabe. Dinheiro, como ganhar a vida para dar valor ao que conquistamos, não? Sim, sim. Mas para que precisa um menino de dez anos de tanto dinheiro? Uma *football,* uma igual a que o pai do pequeno Júlio lhe deu. Ele é tão mais pequeno do que eu e já tem uma legítima W. Shillcock's Junior League inglesa importada. Será que eu não mereço uma também?

Voltou ao pai a imagem do filho dado como morto sobre a mesa da sala de jantar e tudo por causa de uma bola dessas. Mas, não. Aquilo havia sido apenas um enorme infortúnio. Não era culpa do esporte e nem da bola. Retomou os argumentos trazidos pelo próprio filho. Augusto, você, como um grande conhecedor das coisas do mundo, já sabe, como você mesmo disse, a importância de ganhar a vida para dar valor ao que conquistamos, não? Claro, Papa, e eu trabalho tanto aqui em casa — com as plantações, com as colheitas, até o galinheiro eu limpo. O senhor não faz nada disso. Pronto! O suficiente para trazer à tona a zanga de seu pai. Menino, este tipo de desrespeito eu não tolero. Não tolero. Isso não é serviço meu. Trabalho duro naquele escritório a semana inteirinha, sem folga. A semana inteirinha, você sabe disso, não? E acha que é moleza? Que é moleza? Você já esteve comigo lá e viu como é o batente. Ou já se esqueceu. Já se esqueceu? Guto percebeu que havia irritado seu pai. Ele estava se repetindo, algo que o menino aprendera que o pai fazia quando tirado do sério. Mau sinal! Devia ter evitado o último comentário. Agora era tarde. O pai seguiu com seus argumentos, todos ecoados com energia, e Guto, calado, cabisbaixo, ouvindo, esperando seu pai se acalmar.

Muito bem, Augusto, é o seguinte. Você sabe como se ganha dinheiro? Sabe como? Trabalhando! Trabalhando e trabalhando muito duro. Você quer dinheiro? Quer? Pois bem! Precisa arranjar um jeito de ganhá-lo. Mas, Papa, já trabalho tão duro aqui em casa. Você não tem ideia de quantos trabalhos a Mama me dá todos os dias. Não, não, não, Augusto. Isso não são trabalhos. Essas são suas obrigações domésticas. Suas obrigações. Em uma família todos ajudam. Todos. E a Bertha, Papa? Faz muito menos do que eu. Vive pelos cantos com aqueles livros. Ah, filho, isso é diferente. Ela está se educando. Algo que você também deve fazer. Mas vamos pensar juntos em algum bom jeito de você ganhar algum dinheiro. Faremos assim, filho — você vai pensando aí que eu vou pensando aqui e voltamos a conversar. Por ora, assunto encerrado. E vá cuidar de suas obrigações.

Guto se afastou cabisbaixo. Não queria irritar mais o pai, mas estava com a cabeça cheia de ideias. Ia arranjar um trabalho e ia ganhar muito dinheiro. Para comprar o que bem entendesse. Resolveria isso sozinho. Tinha lá os seus contatos. Zé do Boné — esse mesmo! Era ele quem poderia ajudá-lo. Guto o via pela rua com seus amigos. Sua mãe e as comadres cochichavam sempre que eles passavam. Coisas que ele não conseguia ouvir — e nem era para. Mas havia ouvido coisas boas. O garoto estava sempre cheio da grana. E não devia ser muito mais velho do que ele. Nem barba tinha. Era alto, magro, sempre com as mãos nos bolsos da calça comprida, mas folgada.

O boné meio que cobrindo os olhos e o desafio no olhar se esgueirando por debaixo da aba. Passos firmes, com suas botas amarradas até o meio da canela, e um cigarro acesso pendendo no canto da boca. Uma presença marcante. Com ele, Guto se aconselharia. Ele, com certeza, teria a solução para seus problemas financeiros.

Poucos dias depois, voltando das compras no armazém a pedido de sua mãe, deu de cara com o rapaz, um bom tanto mais alto. Guto sentiu-se um menininho, mas iniciou uma conversa. O que você quer comigo, moleque? Foi o que ouviu em resposta. É que estou precisando de um trabalho; para dizer a verdade, de um dinheiro. Zé do Boné o mediu de cima a baixo e, de volta, de baixo a cima. Puxou a aba do boné um pouco para o lado para enxergar melhor esse candidato a emprego que a ele se apresentava. E você sabe fazer o quê, ainda que mal pergunte — um forte tom de zombaria na voz. Guto gaguejou um pouco, mas logo pegou velocidade e, de uma fala só, tentando imitar o tom de voz do entrevistador, repetiu o que havia dito ao pai dias atrás. Já aprendi tudo o que precisava na escola. Sou um conhecedor das coisas do mundo. Zé do Boné o olhou desconfiado. Escola, é? Você ainda vai à escola, moleque? Guto já ia se irritando com aquela história de moleque. Ainda ia à escola, mas talvez isso não fosse contar a seu favor. Olhou o insolente bem nos olhos, engoliu em seco, projetou a voz e o olhar, e refutou. Escola? Escola? Estava se repetindo como seu pai. Devia estar nervoso e irritado, mas ia ser muito homem. Se essa repetição do pai o intimidava, deveria funcionar com esse tal de Zé do Boné. Respirou fundo, franziu a testa, deu uma risadinha, engrossou a voz o mais que conseguiu e jogou sua resposta na cara do rapaz. Escola? Escola? Isso é coisa de criança. Que escola, o quê! Isso eu já parei faz tempo. Meu negócio agora é outro. É outro. Na minha idade, preciso de dinheiro, muito dinheiro. Havia impressionado seu interlocutor, que puxou o boné para trás e coçou a cabeça. E dinheiro para quê, posso saber? Para uma... Parou a frase pela metade. Melhor não compartilhar o destino que daria ao dinheiro. Mais uma vez sentiu que a revelação não contaria a seu favor. Para... Isso não lhe interessa. Não lhe interessa. Para coisas de homem! Provocou uma risadinha nos lábios do ouvinte. Ah! Coisas de homem, é? Muito bem, garoto! Estou começando a gostar de você. Agora foi a vez de Guto dar uma risadinha, mais uma vez tentando imitar o outro. A negociação ia indo bem e prometia bons resultados. Já podia sentir o gostinho das notas de mil réis em suas mãos. Seu pai ia ver só! Ainda teria muito orgulho dele. Veria como ele já era um homem e sabia se virar muito bem.

Conversa vai, conversa vem, conseguiu o trabalho. Sábado seria apresentado aos companheiros e iniciariam suas atividades no Mercado dos Caipiras. Meio longe, não? — pensou. Achou melhor não falar nada. Sua primeira incumbência seria ajudar as senhoras a carregarem suas compras. As donas são boazinhas. Sempre dão umas moedinhas pra gente. Você vai ver. Seja gentil, atencioso e converse bastante com elas. O resto deixe com a gente. O resto? O que seria o resto? Preferiu não perguntar. Sempre ouvia o pai dizer que com chefe não se fala muito e nem se questiona ordens. Estava apenas começando; quem sabe aos poucos iria se inteirando dos detalhes do negócio.

No sábado, ajudou três senhoras e ganhou três moedas, que logo guardou bem no fundo do bolso. Não era muito, mas era um começo. 'Bora, pessoal! — ouviu o Zé do Boné gritar e todos correrem atrás dele. Essa chamada devia ser como o apito da fábrica. Fim do dia de trabalho. Que molezinha! Acompanhou o grupo, que se reuniu na lateral de um terreno baldio. Liderado por Zé do Boné, o maior de todos, era formado por cinco outros meninos e duas meninas. Sentaram-se em uma rodinha e cada um foi colocando no centro o que tinha consigo. Guto, meio contrariado, enfiou a mão no bolso e tirou as três moedas. A resposta veio rápida. Não, moleque, essas moedas você pode guardar. São suas. Apesar de continuar não gostando de ser chamado de moleque, sentiu que ia cada vez mais admirando seu chefe. Era mesmo um chefe muito justo.

Estranhou que havia ali no chão algumas carteiras e porta--moedas. Percebendo seu olhar desconfiado, logo veio a explicação. As carteiras e os porta-moedas são nossas, moleque. Usamos para guardar o que vamos recebendo. A justificativa fazia sentido. Para sua surpresa, após juntarem todo o ganho do dia, contas foram feitas e foi feita a divisão. Ele acabou recebendo mais... dois mil réis? Cada vez mais surpreso, só pensava na sorte que teve em ser contratado por alguém tão bom e generoso. Estranhou ainda que, ao final, tinham de fazer um juramento. Todos os presentes deviam jurar solenemente um compromisso de segredo total — jamais e em tempo algum comentarem com quem quer que fosse sobre seus negócios. Total lealdade. Mais uma vez percebendo o estranhamento por parte do novo membro, veio logo a explicação, mais uma vez, perfeita. Se outros ficam sabendo, todos vão querer entrar e participar. Já pensou quanto vai ficar para cada um? Um quase nada. É óbvio! — pensou Guto. Como ele não havia pensado naquilo?

Feliz da vida e muito orgulhoso de si mesmo, foi andando para casa. Nem havia percebido que já passara, e muito, o horário do almoço. Pronto! Sábado estragado! E ainda para maior azar, seu pai viera almoçar. A mãe, morrendo de preocupação, o abraçou, para em seguida sacudi-lo com certa força. Por onde andou até agora, *mein kind*? Quer matar seus pais de preocupação? Já o pai, foi bem mais seco. Venha cá! Onde esteve até agora? Ele não sabia o que dizer. Tinha que pensar rápido. Jogando bola com o Pepe? Isso! Jogando bola com o Pepe — disse. Ai, ai, ai! Jogando bola com o Pepe? Com o Pepe? Que coisa mais estranha esse jogo! Muito estranha mesmo! Seu pai começara a se repetir. Péssimo sinal. Sabe por quê? Sabe por quê? O Pepe passou por aqui procurando por você. Pode me explicar? Explique-se! Vamos! Explique-se! E agora? Ele precisava pensar rápido. Isso! É que a gente acabou brigando e ele saiu no meio do jogo. Se o pai se convenceu com sua história, ele não sabia, pois tudo o que disse foi já para o seu quarto. *Aber*, August, ele não almoçou! A resposta veio pronta — e nem vai almoçar. Suma daqui que mais tarde vamos conversar.

Guto correu para seu quarto. Temia que uma boa surra estivesse a caminho. Mas não se importava. Já tinha um trabalho e já estava começando a juntar sua pequena fortuna. Precisava de um lugar bem escondido para ir guardando seu dinheiro. Abriu o guarda-roupa e lembrou-se do envelope no qual guardara o anúncio do que tanto desejava comprar. *Casa Fuchs. Rua São Bento, 83-A. Foot-balls. Fabricação ingleza. Used in International Match England v Scotland and the English Cup Finals.* Era essa mesma que queria. O melhor de tudo? *Preços de 5$ a 22$.* Logo seria o orgulhoso proprietário de uma legítima *foot-ball* de couro de fabricação inglesa toda sua, quem sabe a de melhor qualidade. E para vir a participar de um *match* de verdade, precisaria ainda de um uniforme e de um par de *boots*. Tinha o folheto, distribuído na mesma loja, com todos os *uniformes dos clubs filiados á Liga Paulista de Football*, entre eles o seu favorito: *S. Paulo Athletic Club*. Precisaria ganhar bastante dinheiro — bastante. E assim foi. Por um tempinho.

Por mais um mês trabalhou aos sábados com Zé do Boné e o bando. Iam revezando o local de trabalho semana a semana. Só ficava ele sempre muito de olho no relógio para não mais se atrasar para as refeições e não levantar suspeitas. Só revelaria seu segredo quando já estivesse bem rico e pudesse provar a seu pai como era capaz de ter seu próprio dinheiro vindo de seu próprio trabalho. Andava muito satisfeito consigo mesmo. Contudo, algo estranho trouxe-lhe uma pequena pulga para trás da orelha. A simples leitura de *Os contos do Tico-Tico*. O nome do conto? *O ladrão e as trez vacas*. A certa altura, um diálogo o fez lembrar de sua primeira conversa com Zé do Boné.

— Tens dinheiro? — perguntaram ao moço.

— Eu? Nem um vintem. Vinha perguntar-lhes se não precisam de um bom creado.

— Ora! Se tiveres inclinação para a nossa profissão dar-te-hemos em que te occupares.

— *Pouco importa a natureza do trabalho. Sou senhor do meu nariz e posso fazer o que bem entender.*

— *Vejamos: tens disposição para roubar?*

— *Talvez. É só experimentar. Creio não ser menos agil que outro qualquer.*

Disposição para roubar? Não. Isso não havia sido mencionado na conversa. Não, Guto não precisava se preocupar. Ninguém ali estava roubando, não. Apenas prestavam um serviço pelo qual eram remunerados. Com muita generosidade. Isto chamava sua atenção às vezes. Era muita a generosidade. Resolveu apagar a preocupação da cabeça. Não, ele definitivamente não estava roubando ninguém. Era um menino muito honesto.

A pequena pulga se foi, e a rotina seguiu, e seu pé-de-meia ia crescendo. Logo poderia comprar sua bola de futebol. E seu uniforme. E suas *boots*. Pelas suas contas, já tinha quase o suficiente. Mais uma ou duas semanas e negócio fechado. Contente, o menino adormeceu. E sonhou. Sonhou com Moisés. O profeta, com as tábuas da lei em mãos, repetia. Sétimo mandamento: não roubarás. Sétimo mandamento: não roubarás. Sétimo mandamento: não roubarás. Lia o profeta agora do *Tico-Tico*. Começou a dizer frases desconexas. *Salteador famigerado. Ladrão trancafiado no xadrez. Gatuno voltou para as galés. Será cortada a cabeça de quem roubar. Será cortada a cabeça de quem roubar. Será cortada a cabeça de quem roubar.* E Moisés era agora... Bertha. *Será cortada a cabeça de quem roubar. Será cortada a cabeça de quem roubar.*

Guto acordou de um sobressalto. Será que havia gritado? Não. Bertha continuava dormindo sossegada. Encolheu-se bem quietinho. Não conseguiu mais dormir. O que estava acontecendo? Ele não era um salteador e nem um gatuno. Passou a mão no pescoço. Tudo certo — sua cabeça estava no lugar de sempre. Ele não roubava ninguém. Só ganhava o que as senhoras lhe davam. Ele carregava suas sacolas. Merecia o que recebia. E recebia o que Zé do Boné repartia com todos os companheiros. Ele era um bom patrão.

Será que...? Não, não podia ser. Ele estava se atormentando por nada. Era dinheiro honesto que ganhava. Sim, seguiria firme com o trabalho. Pelo menos até comprar a bola de futebol. E o uniforme. E as *boots*. Talvez depois tirasse umas férias para descansar. E usufruir suas novas posses.

Dias passados; sonho esquecido. Limpando o quarto, Bertha abriu o guarda-roupa para tirar o pó e, lá de cima, de uma das prateleiras do irmão, caiu uma meia. Uma meia? Parecia uma meia velha de seu pai. Caiu e fez um barulho de metal. Surgiu de dentro um envelope meio rasgado. Dinheiro? Um monte de dinheiro. Moedas e notas. De onde viria aquilo? De quem seria? O que fazer? Falar com sua mãe era o jeito.

Mama, achei isso no nosso quarto. É da senhora? Ou do Papa? A mãe pegou a meia e despejou seu conteúdo sobre a mesa da cozinha. Contou o dinheiro. Vinte e dois mil réis? Era um bom tanto. Não, não é meu. Deixe aqui comigo, Bertha, que vou falar com seu pai. Naquela noite, após o jantar, as crianças já na cama, contou a história ao marido. Isso só pode ser coisa do Augusto. Tire-o já da cama e que venha aqui de imediato. Mas, August, ele já está dormindo. Deixe isso para amanhã. Não teve jeito. Para amanhã de maneira alguma. Não sabe o que dizem neste país? Não sabe? Não deixe para amanhã o que pode fazer hoje. Quero tudo isso em pratos limpos hoje ainda. Hoje ainda! Vá lá buscá-lo ou vou eu e arranco esse menino da cama e é já! Já!

Hannah sabia que quando o marido punha uma coisa na cabeça e começava a se repetir, não havia mesmo jeito. Dali a poucos minutos voltou com o filho, de pijama e com os olhos cheios de sono. Assim que entraram na sala, ele dispensou a mulher. Você pode ir para a cama que isso aqui resolvo eu. Meio que de repente, o sono dos olhos de Guto foi substituído por pavor. A coisa não devia estar boa para seu lado. O que será que havia feito desta vez? Nada de que se lembrasse. O que poderia ser? O pai olhou o filho bem nos olhos. Era um olhar tão penetrante que parecia querer ler seus pensamentos. E então, menino, tem algo a me dizer? Ai, ai, ai! Menino? Mau sinal número um. Mas ele não sabia o que dizer. Estou esperando, seguiu o pai. Estou esperando. Mas, Papa, eu não tenho nada a dizer. Sem desviar o olhar, como que para pegar a reação do filho de imediato, enfiou a mão no bolso da calça, tirou a malfadada meia e jogou-a com toda força sobre a mesa. Notas se espalharam e moedas rolaram para o chão.

Nenhum dos dois disse nada. O pai, esperando; o filho, sem saber o que dizer. Então, Augusto? Então, o quê? Imediatamente se arrependeu do que disse ao ver a fúria que se avolumava nos olhos do pai. Por que não continuara com a boca fechada? Estou esperando, Augusto. Estou esperando. Ai, ai, ai! A repetição. Mau sinal número dois. Aos poucos, as palavras foram tropeçando para fora de sua boca. É que... É que... Era uma surpresa! E parou. Sim, estou ouvindo. Estou ouvindo. Prossiga. É que... Lembra que conversamos sobre eu ter que trabalhar? Para ganhar um dinheiro? E parou mais uma vez. Quanto poderia contar? E o juramento? Não, seu pai não se interessaria em trabalhar com o bando do Zé do Boné. Não, de jeito maneira. Sim, sim, Augusto, estou ouvindo, estou ouvindo. Prossiga. Prossiga. É que eu ganhei esse dinheiro trabalhando. Trabalhando num bom trabalho. Estou indo bem. O olhar do pai já não parecia tão furioso; parecia enigmático. Um bom trabalho? Que trabalho é esse? Trabalhando onde? Onde? Posso saber? A conversa ia se encaminhando bem. Ele podia dar mais detalhes. Por aí, Papa! Essa não foi a resposta mais adequada. Por aí? Por aí? Como por aí? Ninguém trabalha por aí. Por aí onde? Onde? Não, a conversa não ia se encaminhando nada bem. E trabalha com quem? Com quem, posso saber? Vamos lá, é melhor eu contar tudo. Com a voz cada vez mais receosa, contou — com uns meninos. Uns meninos? Uns meninos? Mas que meninos? Ai, não! A fúria voltou e os olhos de Guto se encheram novamente de pavor. Que meninos? Acho que prefiro nem saber. Nem saber. Isso está me trazendo um péssimo pressentimento. Péssimo. Meu filho? Trabalhando com uns meninos? Uns meninos? Guto tinha que sair bem dessa. São bons meninos. Temos um chefe justo e generoso. Você deve conhecê-lo. O Zé do Boné. Pronto! Falou! Seu pai se calara e desviara os olhos, olhando agora para o chão. O problema estava resolvido e tudo estava esclarecido.

De repente, num ímpeto, seu pai saltou da cadeira, pegou-o pelos ombros e o chacoalhou com tal furor, que o menino achou que todo o seu esqueleto fosse se desconjuntar. O pai se manteve de pé e jogou o filho sentado em uma das cadeiras. Zé do Boné? Zé do Boné? Você sabe quem é Zé do Boné? Sabe? Guto achou, a essas alturas, melhor manter a boca fechada e os olhos baixos. Não sabia bem por quê, mas a coisa parecia muito feia para o seu lado. Zé do Boné! Meu filho envolvido com Zé do Boné! Com Zé do Boné! O pai parecia estar falando consigo mesmo, mas logo voltou a vociferar com o coitado ali sentado sem entender bem o que estava acontecendo. Voltou-lhe o sonho. A lembrança o alarmou.

Você não sabe quem é Zé do Boné, sabe? Sabe? Guto continuava certo de que não deveria dizer mais nada. Apenas balançou levemente a cabeça. Zé do Boné. Ele é um vagabundo, um ladrãozinho de meia-tigela, um gatuno que anda por aí. Um gatuno! Ele tem uma quadrilha de idiotas como você que roubam para ele. Guto levantou os olhos. Mas, Papa, eu nunca roubei nada. Sentiu que o pai não mais acreditava nele e isso o doeu fundo. Nunca roubou? Nunca roubou? E de onde veio então todo este dinheiro? De onde? Se não roubou, de alguma forma ajudou. Ajudou. E se ajudou, roubou. Aquilo não era justo. Não, Papa, eu nunca, nunca roubei. Eu só ajudava pessoas e conversava com elas. O pai deu uma risada. Estaria aliviado? Augusto, no dia em que conversamos, você me disse que já era um menino sabido, conhecedor das coisas do mundo. Lembra-se disso? Lembra-se? Pois você é um menino ingênuo. Muito ingênuo. Não sabe é nada das coisas do mundo. Nada! Tem ainda muito a aprender. O menino não gostou de ouvir aquilo — sentiu-se profundamente humilhado. Pelo menos, o pai havia parado de gritar.

Esse menino com quem você anda não vale nada. Nada! É um criminoso! E você sabe o que acontece com esses meninos? Sabe? O filho mais uma vez balançou a cabeça, olhos baixos. São mandados para um Instituto Disciplinar. Sabe o que é um Instituto Disciplinar? Sabe? Guto levantou os olhos sem levantar a cabeça. Viajou no tempo e viu-se quando tinha ainda oito anos, quando começara a frequentar a escola. Novamente o Instituto Disciplinar? Parecia que seu pai havia previsto o futuro então. Não podia ser. Mas voltaremos a este assunto escolar oportunamente. Agora o momento era outro. O pai pegou um periódico que estava à mão e pôs-se a ler. O filho, quieto. *Instituto Disciplinar de Tatuapé. Internato de educação dos menores desvalidos na Cidade de São Paulo.* Internato? Disciplinar? Desvalidos? Desespero se apossou dele. Passou a ouvir apenas pedaços do que seu pai dizia sobre o lugar. ... *educação e instrucção dos menores desvalidos ... livrando-os de vícios ... do roubo e do assassinato ... affastando-os do máu ambiente ... transforme em cidadãos honestos ... a educação dos menores ahi recolhidos ...* É para lá que você quer ir, Augusto? É? O pai parecia mais calmo e até já se repetia menos, mas o filho se sentia cada vez pior. Tremia todo por dentro e sentia seus olhos quentes e molhados. Ele não sabia de nada daquilo. Jurava que não sabia. E vir a saber o fazia se sentir muito, mas muito mal.

E as famílias, Augusto? E as famílias? Ainda ficam faladas no bairro. Já pensou nisso? Já pensou? Falarão que não soubemos educá-lo, não soubemos ensinar a você os bons valores, o que é certo e o que é errado. É o que vão falar de seus pais. Que tal? Que tal? A cabeça de Guto doía. Como doía! E o pai não parava de falar. E isso não vai ficar assim. Primeiro, este dinheiro você irá doar para os pobres da igreja. E, agora, levante-se. Já ia desafivelando a cinta das calças. Ainda ia levar uma surra? Já não estava doendo que chega? É, estava. Pior não ia ficar. Antes de terminar de tirar o cinto, o pai parou e parecia estar pensando. Você não me saia daqui que eu volto já. Saiu e fechou a porta.

Guto voltou a se sentar. O que agora? Devia ter ido buscar um pau. Cinta era pouco; ele merecia era uma surra de pau. O coração pulando dentro do peito. Não sabia nem como se sentia. Havia sido um idiota? Ele não sabia. Zé do Boné era muito bom para ele. Mas, não. Ele era um bandido. Procurado pela polícia. Era isso. As carteiras e os porta-moedas... Claro! Ele havia mesmo sido um idiota. O pai tinha razão. A porta se abriu e ele se virou. O pai trazia nas mãos um livro. Iria bater nele com um livro? Sentou-se ao lado do filho.

Augusto, este será seu castigo. Durante um mês você ficará em casa. Não sairá dia nenhum para brincar nem verá seus amigos. Irá para a escola e fará as tarefas dadas por sua mãe. Fora isso, ficará em seu quarto lendo. Este é o livro — *Oliver Twist*. Guto encarou o volume nas mãos do pai. Era um livro enorme; devia ter umas mil páginas. Você vai lê-lo inteirinho e, quando terminar, vamos conversar sobre o que você aprendeu com ele e com toda essa situação. Agora vá falar boa noite para sua mãe e vá para a cama. Boa noite, Papa. Beijou o pai e saiu.

O ano era 1912

Terceira casa — muitos nomes — criança a caminho — *Au Palais Royal* — extensa caminhada — ideias a galope — repouso total — *estrella* divina

Minna gostava da vizinhança em que moravam. Estavam na região desde que Célia nascera e gostaria muito de agora ali ficar. Quem sabe? Casados há nove anos, esta era sua terceira casa. Para Martin, nenhum lugar era bom o suficiente. Do andar de cima de um sobrado no centro, mudaram para uma casa térrea em uma travessa da Avenida Higienópolis quando Clara nasceu. Precisavam de uma casa apropriada. O novo bairro vinha sendo visto como um dos melhores locais na cidade para se residir. Alto e seco, portanto mais saudável; longe daquele centro sujo, alagadiço e insalubre. Ali, sim, era o lugar ideal para sua família. De uma hora para outra, não era mais. Casa pequena com pouco terreno. Muito distante de tudo. Demasiada circulação de bondes. Com a chegada de mais um filho, precisariam de um imóvel com um amplo jardim. Afinal, não era bom para as crianças ficarem dentro de casa o tempo todo. Precisavam brincar ao ar livre e tomar sol. Mas, Martin, estamos tão bem aqui. A casa é ótima. Sim, é ótima, mas não nos serve mais.

Próximo endereço: Rua Peixoto Gomide. Lá encontrou uma casa à altura de seus padrões com uma bela área verde ao redor. Será nossa chácara, dizia. Bem próxima à Avenida Paulista, uma área ainda mais alta do que Higienópolis, para onde iam se deslocando os barões do café e as famílias da elite paulistana. Era lá que

Martin queria criar seus filhos. Ali nasceu Célia. Ali nasceu Martinho. Ali nasceu Laura. Sim, agora ficariam ali para sempre. Contudo, para sempre não existia. Especialmente para Martin. Enfim...

De momento, tudo ia bem na pequena chácara dos Künstler. Com o tempo, Minna foi fazendo ótimas amigas, vindas de todo canto do mundo. Havia dona Margarida, italiana, viúva, madrinha de Laura, mãe de Celina e Nina, duas jovens muito estudiosas de quem Clara gostava muito. Havia dona Maria, portuguesa, mãe de Leninha, que viria a ser a melhor amiga de Laura. Havia dona Carmen, espanhola, mãe de três meninos encapetados, esposa do dono do armazém de secos e molhados da esquina. Com eles, Martinho gostava de brincar. Havia ainda a Turca, cujo nome ela desconhecia, mas com quem por vezes tinha boas conversas. E não nos esqueçamos de *Mademoiselle* Violette, senhora francesa de vastíssima cultura, sempre pronta a ajudar, ajuda esta desejada ou não. Formara-se naquela redondeza um grupo de mulheres das mais diversas origens que só em um país como o nosso formariam relacionamentos de trocas enriquecedoras.

Laura, sempre muito atenta a tudo ao seu redor e a tudo que os outros diziam. Aquelas mulheres a deixavam bastante confusa. Percebeu que ela tinha muitos nomes — eram muitos mesmo. Em casa, ela era Laura — ou Laurinha; ou filha — ou filhinha. Mas havia muitos mais. Para a madrinha, ela era *mia piccolina* ou *bambina*. Para dona Maria, *minha miúda* ou *pequerrucha*. Dona Carmen se dirigia a ela por *niñita*. E para *'Demoiselle*? *Ma cherry* ou *ma petit bébé*. Como podia ter tantos nomes? Qual seria a diferença? Tentava entender. Observava. Sua mãe a chamava de Laura, mas nunca de *bambina*. Já dona Margarida, sua madrinha, a chamava de *bambina* e às vezes de Laura *bambina*. A mãe de Leninha costumava chamá-la de *minha miúda*; mas também de Laurinha *minha pequerrucha*. Laurinha *minha pequerrucha*? É, ela tinha esse nome também. Pensava então nos irmãos. Pelo que observava, eles não tinham tantos nomes. Ela devia ser mesmo alguém especial. E sentia-se bem feliz.

Mãe de quatro, Minna passara a perceber sinais que lhe eram familiares. Um enjoozinho pela manhã; mais fome do que seu normal; uma molezazinha após o almoço; uma tonturinha vez ou outra; os seios um pouco inchados. Devia haver mais uma criança a caminho. Tinha certeza disso. Os primeiros meses de gravidez correram tranquilos, como havia sido com as anteriores. Andava, contudo, descontente com o marido. Você trabalha cada vez mais e cada vez menos tempo passa em casa conosco. Muitos compromissos e muitas viagens, Minna. Não há jeito, pois como fechar as contas de uma família cada vez maior? Ela se perguntava onde ia parar todo aquele dinheiro. A casa também já não o satisfazia mais — e nem a vizinhança. Aquela mistura de imigrantes que Minna tanto apreciava causava a ele certa aversão. Não eram o tipo de gente com quem sua família deveria conviver. Afinal, ele trabalhava para o Conselheiro Almeida Prado, não mais prefeito, mas ainda bastante influente, em quem gostava de se espelhar.

Quando soube que o homem era um grande entusiasta das corridas de cavalos — havia sido um dos fundadores do Jockey Club —, logo se interessou por elas. Passou a frequentar o Hipódromo da Mooca aos domingos. Aquilo, sim, era ambiente para ele. Os homens com seus ternos elegantes e suas cartolas ostentosas. Ele precisaria lembrar-se de comprar uma para si. As acompanhantes em seus vestidos finos e glamorosos. E que chapéus! Sentava-se com os cavalheiros, nunca nas arquibancadas. Era um gasto necessário. Ali, sim, sentia-se bem.

Seus olhos iam em busca de alguém que pudesse conhecer — o Conselheiro; ou o Conde Crespi. Sabia que ambos circulavam por ali. Um dia ainda faria parte daquele grupo. Por agora, era assistir às corridas e usufruir do sofisticado ambiente. Já que estava lá, por que não arriscar um pouco em uma ou duas apostas? Ou três. Quatro? Andava desanimado com a loteria. Talvez sua esposa estivesse certa. Talvez fosse mesmo dinheiro jogado fora. Talvez nem fosse algo digno de um homem de sua estatura. Apostar nos cavalos já era algo diferente. Não dependia exclusivamente de sorte. Não. Era quase uma questão científica. Foi aprendendo que havia muito a ser levado em consideração para uma escolha acertada. Lia os programas. Lia as revistas de corrida. Avaliava os cavalos, sua filiação, suas estatísticas. Antes de cada páreo, aproximava-se o quanto conseguia dos animais e olhava-os bem nos olhos. E então? O que você me diz? É um vencedor? E os cavalos lhe diziam se queriam ou não vencer a prova. Martin sentia sua pelagem, sentia suas pernas. Tudo era importante.

Tão entusiasmado andava com as corridas que falava sobre elas o tempo todo quando estava em casa. Resultado? Minna mais e mais irritada com tais conversas. As crianças? Animadíssimas, queriam ver os cavalos. Queriam muito. Pois bem. Ele concordou em levá-las, com exceção de Laura, ainda muito nova para um programa daqueles. Ela ficaria com a mãe que, por sinal, não tinha o menor interesse em acompanhá-los. Algo, porém, deveria ser providenciado. Os filhos precisariam de roupas novas, roupas refinadas. Precisariam ter uma aparência à altura do lugar. O pai mesmo iria levá-los à Au Palais Royal, na Rua de São Bento. Que loja é essa, Martin? Uma casa de modas, com uma grande oficina de alta costura, que nos faz sentir em Paris. Mas nossos filhos precisam disso? Não os acha bem vestidos, mesmo com simplicidade? Sim, Minna, mas não para irem ao Jockey Club em minha companhia.

Trouxe um catálogo da loja para que a esposa pudesse constatar a inigualável qualidade dos produtos e ajudá-lo na escolha dos trajes a serem comprados. Veja a apresentação na primeira página do catálogo. Pôs-se a ler. *A nossa officina acha-se montada nos altos do nosso predio onde temos um confortavel gabinete para as Exmas. Senhoras provarem as suas toillettes.* É um prédio de três andares, Minna. Você já esteve lá, Martin? Sim, claro, para pegar o catálogo, não? O marido seguiu. *E acha-se dirigida pela nossa antiga e habil contra-mestra.* A mulher o interrompeu. Você a conhece? Conheço quem? A hábil contramestra. Mas, não. Se é antiga, deve ser já uma senhora idosa. Talvez não, Martin. Talvez não. Como querendo mudar de assunto, leu o trecho seguinte. *O nosso serviço dispensa todo e qualquer Réclame, pois é por demais conhecido não só nesta Capital como no interior do Estado por ser uma das mais antigas e conceituadas Officinas de Costura.*

Eles recebem freguesas de todo lado; até de outros estados. E como você sabe disso? Está escrito aqui, não, Minna? Ela pegou o catálogo para examiná-lo melhor. Os modelos ali desenhados de *vestidos tailleurs* eram mesmo bonitos — ela tinha que concordar. Até que gostaria de ter um daqueles. Nem se atreveria a perguntar o preço. Não eram para ela. *Moda para senhoras: elegantes e finas blusas brancas de renda, blusas de tafeta, bolsas de couro, suportes para golas, ruges para golas, gravatas e jabots, suportes de pennas de patos cobertas de seda para golas e cintos e os sutien gorge.* Quem precisava de tudo aquilo? Ah, finalmente os *vestidinhos para meninas.* Eram tão cheio de fitas e rendas e pregas e babados. Um pouco demais, achava ela. Preferia para suas filhas vestidinhos mais simples, que ela mesma confeccionava. Interessante, eles tinham nomes. *Modelo Ruth, Modelo Lolita, Modelo Martha, Modelo Diva, Modelo Noemia.* Veja. Há um *Modelo Laurinha.* Sim, comparei um deste para ela. Farei uma surpresa e trarei uma bela roupinha para ela também. Minha Laurinha merece. Se ficar grande, ela poderá usar quando ficar um pouco maior. Não será perdido.

Clara e Célia apareceram para espiar. Ganharemos estes vestidos? Ganharemos também os laçarotes para os cabelos? E os sapatos? Sim, elas precisariam de sapatos novos. Minna voltou ao catálogo. Mas Martin, você viu os preços? Sessenta, oitenta mil réis por um vestido. Sim, Minna, mas veja que vestidos. Será que nossas meninas não os merecem? E para Martinho? Eles têm também trajes para meninos? Ah, sim. Têm agora uma *nova secção de costumes para meninos.* Martin estava mesmo bem informado sobre a tal loja.

No sábado, foi o pai com os três até à Au Palais Royal. E até à Clark em busca dos sapatos. Chegaram de volta com mais pacotes do que podiam carregar. Laura correu ao encontro deles. Queria abrir. Queria ver. Queria mexer. Qual era para ela? Clara e Célia já foram agarrando os seus. Queriam vesti-los para mostrar à mãe. Para Martinho, um belo terninho de veludo azul. Aqueles, para Minna, nem pareciam mais seus filhos. Pareciam figuras saídas do tal catálogo e aquilo a incomodava deveras. Mas felicíssimos lá foram os três no dia seguinte com o pai assistir às corridas.

Com o tempo, lendo os jornais, Martin encasquetou que os melhores jóqueis e os melhores animais andavam competindo, não mais no Jockey Club de São Paulo, mas no Derby Club do Rio de Janeiro. Lá é que estavam os maiores prêmios. Ao menos um fim de semana por mês lá ia ele para a Capital Federal. As crianças sentiam sua falta. Onde está o Papai? Por que não fica mais conosco no fim de semana? Minna, aborrecida, preferia não responder. Ele está trabalhando, dizia. Vocês sabem que ele trabalha muito, não? Pobre Papai!

Cansada da ausência do marido aos fins de semana, Minna passou a visitar, com maior frequência, Frida, sua irmã, que morava no Brás, onde seus filhos se divertiam na companhia dos sete primos que ali tinham. Era uma viagem longa, e o bonde parava distante de sua casa, o que implicava em uma extensa caminhada. Fazia isso por eles. Martinho, sempre cheio de energia, ia saracoteando na frente e chutando pedras, galhos e tudo o mais que seus pés encontravam pelo caminho. Clara e Célia iam devagar, ao lado da mãe, começando a ficar pesada com a criança que trazia no ventre. Laura já andava bem, mas logo se cansava e queria colo. Suas perninhas não davam ainda conta de tanta andança.

Em um desses passeios, se não me engano, era dia de Páscoa. Queriam, assim, as crianças vestir mais uma vez as lindas roupas que haviam ganhado do pai. Lá foram eles todos pimpões. A certa altura, passaram por dois meninos que brincavam sentados na calçada. Olhe lá, Pepe. Veja só quem nos dá a imensa honra de passar por nossa humilde rua. *O pequeno Lorde* com seu terninho de veludo. Martinho, sem perceber o tom de ironia, se sentiu muito orgulhoso.

Já Clara, que o havia percebido, olhou feio para os meninos. Peço desculpas pelo meu irmão, senhora, disse uma menina que também por lá estava. Não façam caso dele, pois é um bobalhão. Eu já havia visto a senhora passar por aqui com suas crianças e são mesmo uma linda família. Minna agradeceu à gentil mocinha e seguiu em direção à casa de Frida.

Martin seguia com suas ideias que iam, como os cavalos, a todo galope. Conforme foi se enfronhando no assunto, deu-se conta de algo muitíssimo importante. Não era nessas apostinhas que estava o dinheiro graúdo. Quem levava as boas boladas eram os donos dos cavalos. Uma simples vitória e embolsavam seiscentos, setecentos, até oitocentos mil réis. Em menos de um minuto. Era isso. Ele precisaria ter um cavalo. Esse seria um investimento com retorno garantido. Sim, tinha tudo planejado. Apostar nos cavalos dos outros não era para ele. Ele compraria um cavalo e o inscreveria nas corridas. Aí, sim, viria muito dinheiro para suas mãos.

Algo, entretanto, atrapalhou seus planos, ao menos por aquele momento. Ele voltaria a eles mais tarde. A gravidez de Minna não ia bem. Ela começara a perceber sintomas que nunca tivera. O cansaço e a fraqueza vinham agora de forma muito intensa. Sentia um grande desânimo e uma infindável vontade de dormir. As náuseas e vômitos, que haviam cessado, voltaram. Vontade de comer não tinha nenhuma. A criança parara de se mexer. Para isso, *Mademoiselle* Violette tinha um remédio. Dona Minna, peça a seu marido que esfrie bem a mão e coloque-a sobre seu ventre. Verá que o *bébé* se fará sentir. Funcionou. Sentiram algo se movendo lá dentro. É uma menina, Martin. Nossas três foram assim sossegadas. Martinho era bem agitado. Lembra-se? Naqueles momentos, o casal voltava a sentir uma proximidade que já não era mais comum. Como Minna os apreciava.

Então algo de mais grave ocorreu. Num fim de tarde, sentiu fortes contrações e intensas cólicas. E estava perdendo sangue. Será que já era hora do bebê nascer? Não podia ser. Pelas suas contas, faltavam ainda dois meses. Assim que Martin chegou, contou a ele o que havia acontecido. Era preciso consultarem um médico o quanto antes. Ele falaria com sua irmã sem demora. Ela poderia dar-lhes uma boa indicação, pois já tivera problemas assim. Voltou com o cunhado em seu carro. Iriam ainda naquele dia à casa do doutor Rodrigues. Haviam feito contato com ele por telefone e eram aguardados.

Tiveram dele uma ótima impressão. Muito atencioso e muito meticuloso. Era uma situação bem delicada e Minna inspirava cuidados. De agora até o parto, deveria conservar-se em repouso. Mas como farei isso, doutor? Tenho quatro crianças pequenas e uma casa para cuidar. Sacrifícios terão de ser feitos ou corre o risco de perder a criança. Falaremos com sua irmã, Minna. E com a minha. Daremos um jeito. O médico passou aos cuidados necessários. A senhora me parece fraca, talvez esteja um pouco anêmica. Precisamos tratar disto. Deve se alimentar muito bem e repouso total. Tomará *Vinho de Dusart de Lactophosphato de Cal, para a Anemia durante a gravidez, na dóse de um calice, a cada refeição.* Também *tres tabloides de Gravidina por dia. Remedio maravilhoso. Evita as complicações da gravidez. Evita os vomitos, evita as hemorragias e facilita o parto.* E por último, a senhora deverá tomar as *Gottas Salvadoras das Parturientes do Dr. Van Der Laan e desapparecerão os perigos de partos difficeis e laboriosos.* Devem ser tomadas *durante o ultimo mez da gravidez* e *terá um parto rapido e feliz. Innumeros attestados provam exuberantemente a sua efficacia.* No seu caso, seria recomendável que eu mesmo trouxesse a criança ao mundo, se for possível, na *Sociedade Portugueza de Beneficencia.* E é isso por ora. Cuide-se e tudo dará certo.

Mas assim não foi. Cuidou-se Minna ao longo dos dois meses. Foi separada de seus filhos. Clara e Célia ficaram com sua cunhada; Martinho e Laura com sua irmã Frida. Martin mostrou-se mais atencioso e afetuoso. Tudo em vão. Minna estava certa. Era mesmo uma menina, que infelizmente não sobreviveu. Doutor Rodrigues mostrou-se muito solidário. Muitas crianças morrem ao ver a luz pela primeira vez, dona Minna. Foi o caso de sua meninazinha. Mas a senhora ficará bem e poderá voltar para seus filhos, que devem estar muito saudosos. E como estavam! Ao voltarem para a mãe, quanto a abraçaram e beijaram. Clara trouxe para ela um pequeno verso, escrito com sua letra redondinha de menina recém-alfabetizada e ilustrado com a figura de um anjinho. *Não chorem! que não morreu! / Era um anjinho do céo / Que um outro anjinho chamou! / Era uma luz peregrina, / Era uma estrella divina / Que ao firmamento voou!* Minna tinha uma grande dor no coração, que foi aplacada com o regresso dos filhos para junto dela.

O ano era
1913

Quatro mares — perdidos entre os gelos — loja de departamentos — insistência e impaciência — ninfas a brincar — *rei dos Auxcriniers*

August havia decidido que a família iria passar alguns dias em Santos para que a esposa e os filhos conhecessem o mar. Ah, o mar! Mas o que era o mar? Naquela família cada um tinha o seu. Perguntar-se-ia aos quatro a que o associavam. À saúde. À poesia. À aventura. Ao perigo. O mar era o mesmo, mas não era um mesmo mar. Ao falarem sobre ele, não falavam da mesma coisa, o que trazia, algumas vezes, atritos.

O pai gostava do mar. Foi através dele que chegara até a vida que atualmente tinha. Se não fosse por ele, não teria hoje sua Hannah e seus filhos tão queridos. Quando a bordo do navio que o trouxe, ainda não muito mais que um menino, quantas vezes não ficara a olhar aquela enormidade de água ao seu redor. Era muito lindo. Água que não acabava mais. Água, água, água do mar. Além desse apego afetivo, estava agora convencido de que uns bons banhos de mar trariam a eles muitos benefícios.

Sempre se interessara por artigos relativos aos cuidados com a saúde. Assim descobriu que *um regimen de fructas é sufficiente para manter a vida, dando ao organismo toda a albumina que elle precisa.* Frutas passaram a fazer parte de todas as refeições, sendo obrigatórias nas dietas de Bertha e Augusto. Descobriu que *o uso excessivo das bebidas alcoolicas produz em um grande numero de individuos uma diminuição da vista, chegando a impossibilitar o doente de muitos trabalhos que garantiam a subsistência.* Cortariam o consumo de álcool, limitado a uma cervejinha ou um copo de vinho em ocasiões especiais. E descobriu que *poucas cousas são tão incommodas como um accesso de enxaqueca.* Não, isso não descobriu, pois isso já sabia, sendo ocasionalmente acometido por um desses incômodos acessos. Mas descobriu que, isto sim, *os banhos do mar* — voltamos a eles — *são frequentemente uteis para as victimas do migraine.*

Veio-lhe à mente um informativo artigo sobre *Os banhos de mar em França,* que lera há alguns dias e guardara em algum lugar. Foi procurá-lo. Lá estava no fundo de uma gaveta, emaranhado entre inúmeros outros. Havia até grifado as partes que mais lhe interessaram. *Si, ha duzentos annos, alguem manifestasse a intenção de se banhar no oceano, seria tido como louco. Era, com effeito, a medicação empregada, em França, no tratamento dos alienados. Ha cem annos, ninguem pensava ainda nos encantos de uma villegiatura numa praia de banhos. Só nos últimos setenta annos o mar começou a attrahir os banhistas.* Agora? *A moda impoz os banhos de mar. O que o parisiense procura fóra da capital? Elle vae ao mar não para tomar banhos, mas para ver impresso seu nome nos jornaes. Outróra os villegiaturistas só tinham em mira a cura que a agua salgada lhes proporcionaria; as preoccupações actuaes são de natureza muito diversa.*

Muito curioso como o que valia para os parisienses valia igualmente para os paulistas. Toda semana eram muitas as notas nos jornais daqui, todas iguaizinhas. PARA SANTOS — era sempre o título. *Seguiu para Santos, o dr. Fulano de Tal, em companhia de sua senhora e filhos, para fazer uso de banhos do mar na aprazível praia do José Menino.* A seguir? *Com o mesmo fim, daqui seguiram o sr. Sicrano de Tal e sua senhora, fazendeiros deste municipio.* E qual não foi sua surpresa ao encontrar ali alguém que nem precisaria de um estratagema destes para ter seu nome nas publicações diárias. *O dr. Rodrigues Alves, presidente do Estado, vae fazer uma estação de banhos de mar, com sua familia, não estando ainda resolvido se ficará no José Menino, no hotel do Parque Balneario, ou no Guarujá.* Era cada uma.

Ouvindo a conversa entre os pais, logo vieram as perguntas. Vamos para a praia? Vamos ver o mar? Vamos nesta semana? Quanto tempo vamos ficar? Vamos ficar no Parque Balneário? Pois, sim. Hotel Parque Balneário? Sabem quanto custa uma diária? Dez contos de réis. E vocês nem mais pagariam metade, pois já passaram dos dez anos. Vamos alugar uma *casa já mobiliada e com utensilios necessarios para familia; cinco minutos de casa ao mar*. Parecia bom. August esperava que esta estivesse dentro de suas posses ou teriam que ir atrás de algo ainda mais acessível.

Entre os dois irmãos, cada um tinha uma concepção bem particular sobre o que seria o mar. Bertha, contaminada por suas leituras poéticas, pensava como John Keats. *Sussurros eternos mantém o mar / Junto a desoladas costas, / Por vezes de uma serenidade tão gentil / Que até a menorzinha concha / Immovel descansa por dias. / Deleita-te com a immensa paz do mar / Até escutares á distancia / As ninfas do mar a cantar.* Este era o mar de Bertha. Sussurrante, sereno, imóvel. Eterno, imenso, pacífico. Será que conseguiria ouvir o cantar das ninfas? Devia ser celestial. Mistérios encantadores que desejava desbravar.

Desbravar o mar era também o desejo de Guto. Mas o seu desbravar percorria outros caminhos. Os caminhos dos *Trabalhadores do mar. Vertia do alto do céo uma prodigalidade de luz; juntava-se a ella a vasta reverberação do mar tranquillo.* E como se do nada, pensava o menino, *a maré cresce insensivelmente ao principio, depois com violencia. Chegando ás rochas, encolerisa-se, escuma. O oceano ferve. O diabo poz o mar na sua caldeira.* E sabia ainda algo mais. *O maior perigo dos mares é o que se chama rei dos Auxcriniers. Não ha personagem maritimo mais temivel. Quem o vê naufraga logo. Cabeça larga em baixo, e estreita em cima, barriga viscosa e disforme, barbatanas em vez de pés, garras em vez de mãos, cara verde e barba gotejante, olhos vivos e grandes, tal é aquelle rei. Vel-o é perigoso. Descobre-se acima das ondas e do marulho, através da espessura do nevoeiro. Só é visível no mar violento.* Este era o mar de Guto. Num momento luminoso e tranquilo; em outro, violento e colérico, habitado por perigosíssimas criaturas inimagináveis.

Já Hannah! Ah, Hannah! Ele só lhe trazia temores. August, você tem certeza de que este é um passeio seguro? Ela, como os filhos, nunca tinha visto o mar. Tinha medo. Para ela, era um mar que engolia homens, mulheres e crianças. Engolia navios. Dessas coisas suas águas se alimentavam. Ouvia o tempo todo notícias de quanto levava vidas. Há um ano fora o naufrágio do Titanic. Desastre igual nunca houvera. As notícias chegavam de Nova York. *Na noite de domingo, por volta das 11 horas e 40 minutos, noite fria e constellada, o "Titanic" abalroou um iceberg, cuja presença fôra assignalada tarde de mais. Sem perda de tempo, foi ordenado aos passageiros que collocassem os cinturões salva-vidas; armaram-se os escaleres, fizeram-se signaes radiographicos e lançaram-se foguetes de soccorro. Cerca de meia noite o paquete "Carpathia" respondeu ao appello, dispondo-se immediatamente a receber os naufragos.*

Hannah ouvia e fazia o sinal da cruz. Não conseguia sequer imaginar a cena com clareza, mas algo lhe dizia que era uma grande tragédia. August ia trazendo os detalhes. *Pela madrugada, quando o "Carpathia" chegou, eramos 1.400 passageiros e 940 homens da equipagem. O "Carpathia" só poude recolher 535 passageiros e 210 tripulantes.* Sobressaltada, ela tentava fazer as contas de cabeça. Dois mil, trezentos e quarenta a bordo? O marido concordou. Só setecentos e quarenta e cinco recolhidos? Nem um terço do total? Como pode uma coisa dessas? *Gott in Himmel,* August, que fatalidade! Conseguirão salvar os outros? Hannah rezava por eles.

Ficavam a aguardar mais notícias. No dia seguinte, declarações de sobreviventes. Eram terríveis. *Era uma madrugada de céo claro e estrellado. Não havia lua, e consequentemente, pouca claridade. O mar estava calmo como si fosse um lago. O tempo era ideal, embora fizesse muito frio. Via-se o "Titanic", com seus enormes salões illuminados, dando o aspecto de um palacio em festa. Custava a crer que aquelle navio, prestes a submergir, era o "Titanic", o monstro transatlantico! Ás 2 horas da manhã, vimo-lo afundar rapidamente. As luzes se apagaram instantaneamente.* Hannah não entendia como aquilo podia ser. Rezava e rezava.

E o pior estava por vir. August hesitou, mas foi adiante. *Foi então que ouvimos...* Mais uma vez ele hesitou. Ouviram o quê, August? O quê? *...ouvimos o grito mais terrivel que a ouvidos humanos tem chegado! Esse grito, que écoou pelo mar silencioso, era feito de centenas de brados de soccorro e de terror de infelizes que luctavam na agua gelada.* August dobrou o jornal e fez-se silêncio na sala. Todos aqueles morreram? Que fatalidade! — repetia a esposa. Por quê, *mein Gott*? Por quê? O mar havia tomado mais de mil e quinhentas vidas. Este era o mar de Hannah. Mas, como costuma acontecer, o caso foi caindo no esquecimento. Até que...

Não muito tempo se passara e o naufrágio voltou à baila. Guto chegou da escola, bastante excitado com uma novidade. Precisaria ir àquela noite ao Bijou Theatre na Rua São João, que levava uma atração imperdível. Todos os amigos iriam e ele não poderia ficar de fora. Sem nem saber de que se tratava, a resposta foi imediatamente negativa. O quê? Cinematógrafo numa quinta-feira? Perdeu o juízo, não? Mas, Mama, veja. E buscou no *Correio Paulistano*. *Hoje, quinta-feira, 24 de outubro. Magnifica e sublime soirée.* Está ouvindo, Mama? Sim, sim — já certa de que não mudaria de ideia. *Em sessão unica.* É só hoje, Mama. Só hoje. *Será exhibido...* Onde está? Ah, aqui. *Será exhibido o grandioso e emocionante film com mil metros, admiravel trabalho da fabrica "Continental", intitulado:* NO MEIO DAS TREVAS. No meio das trevas? Ninguém aqui vai ver um filme com um nome desses. Tem um outro nome também, Mama. Escute. *Perdidos entre os gelos.* Hannah já ouvia com o cenho franzido.

Conforme o filho seguia com sua leitura, a coisa ia ficando cada vez pior. *Sensacional tragedia do Oceano, em 3 actos...* Tragédia do Oceano, Guto? Espera, Mama. *... em 3 actos, reconstituição com palpitante realidade, segundo dados authenticos, do medonho naufragio do vapor "Titanic".* Aí é que o caldo entornou de vez. Mas de jeito nenhum vai assistir a essa fita. Voltaram à sua mente as estarrecedoras cenas que imaginara ao lerem as notícias acerca do terrível ocorrido e o tal filme devia mostrar imagens ainda mais horrendas. Era só o que me faltava, menino. Fizeram um filme sobre tal acontecido? Como é que me fazem uma coisa dessas? Devia ser proibido. Diversão em cima de uma desgraça. Mas, Mama, todos os meus amigos vão assistir. Me disseram que a atriz que aparece no filme estava de verdade no Titanic e sobreviveu. Guto, o assunto está encerrado. Espere seu pai chegar e fale com ele, mas você não vai. E não foi. Assim como muitos dos todos os amigos também não foram. Mas muita gente foi. Era tanta gente que nem coube no pequeno teatro e os que foram ficaram a se gabar por uma semana.

Ah, sim. Mas o momento agora já era outro. Quase um ano se passara. Preparavam-se os Zähler para ir à praia. Era grande a empolgação de August e das crianças. Era nula a empolgação de Hannah. De nula passou a negativa, pois começou a seguir, dia sim outro também, as notícias sobre afogamentos. Para fortalecer suas premissas, tirou ainda do fundo o baú *A desgraçada de Copacabana.* Deveras a impressionara tal história, mais agora que tanto o marido insistia em levar sua família ao litoral. Você ainda se lembra, August? E começou a pescar os detalhes de dentro de sua memória. *Duas familias... pereceram afogadas... se banhando na praia de Copacabana.* Lembra? *Sahiram, como tantas outras, para os banhos de mar. Homens, senhoras e creanças — todos se atiravam na agua. Para o banho vivificador,* diziam. Vivificador — mas que ironia! E suspirou.

Seguiu. *A agitação das ondas? Perfeitamente normal. Toda aquella gente não hesitou um momento. Mas o mar os illudiu. Quiseram retroceder... já era tarde. Nada menos de cinco pessoas foram arrastadas pelas ondas.* Está lembrado ainda, August? *As outras? Só á custa de esforço, fadiga e desespero, puderam alcançar a terra.* O marido ouvia calado, procurando algo entre seus papéis. Já Bertha, estava ficando assustada. Por que uma coisa dessas aconteceu, Mama? O que disseram na época foi que *uma formidavel correnteza, occulta sob a superfície apparentemente tranquila das aguas, havia tragado* os cinco de uma vez só. *Arrebatados pela fúria indomável das aguas. Uma coisa horrível!* Guto tratou logo de interferir, receoso de que tais falares abalassem seu pai e o fizessem mudar de ideia. Isso foi no Rio, Mama, e nós vamos para Santos, aqui em São Paulo mesmo. Não importa, filho, o mar é traiçoeiro em toda parte.

Hannah, minha Hannah! Augusto está certo. Veja o que diz este escritor Charles Hü. *A cidade de Santos tem um belo porvir devido á praia, constituida por areia fina e uniforme que se aprofunda docemente no mar, de jeito que a mais de cem metros a agua não recobre ainda um homem. Esta praia é banhada por um mar que não conhece a tempestade e onde as aguas são de uma pureza absoluta.* Você acha que nosso presidente arriscaria sua família se assim não fosse? Eu também jamais os levaria se algum perigo houvesse. Hannah, minha Hannah! Persuadida? Nem tanto. Mas o pai não mudou de ideia e o passeio ao litoral estava marcado.

Iriam no final de semana seguinte. A mãe precisaria, portanto, ir à loja Au Bon Diable, estabelecida à Rua Direita, para providenciar os vestuários para os banhos de mar. Está bem, August. Se você garante que é seguro, vou acreditar em você. Já que irei à Rua Direita, aproveito para ver se acho na Casa Alemã um moedor de carne. Ao ouvirem isso, as crianças já se entusiasmaram. Adoravam ir à Casa Alemã. Um estabelecimento amplo, muito moderno — a primeira grande loja da cidade e com um conceito totalmente inovador: uma loja de departamentos, refletindo uma tendência recente encontrada na Europa e nos Estados Unidos.

Encontravam-se ali artigos de todos os tipos, em grande parte da Alemanha, mas também da França e da Inglaterra. Tudo para melhor atender a clientela abastada e exigente. Exigentes os Zähler eram, se bem que nada abastados. Mesmo assim, contando com suas raízes germânicas, achavam-se no direito de usufruir da loja. Compravam pouco, mas se deliciavam passando horas de um departamento ao outro escolhendo o que comprariam se o dinheiro tivessem. Iam sempre muito bem arrumados, pois não queriam passar por imigrantes pobretões. Hannah e Bertha já sabiam se vestir com apuro. O problema era Guto. Mas por que não posso ir assim como estou? Como está? Com essas calças imundas com que senta na rua e rola no quintal? E olhe esses borzeguins? Nunca os vi tão desengraxados. Vão tomá-lo por um desses meliantes mirins que andam por aí e nem deixarão você entrar na loja. O menino se olhava e nada lhe restava a não ser concordar com a mãe. E trate de lavar esses joelhos. Deixe essa roupa toda no tanque e vai dar um jeito nos borzeguins quando voltarmos, se é que ainda tem jeito. E pegue seu boné que já está um pouco grande para andar pelo Centro com a cabeça descoberta. Todos devidamente compostos, lá iam os três.

Ao chegarem, Hannah parava por um tempo no passeio junto às vitrines, sempre decoradas com muito bom gosto e requinte. Os filhos queriam logo era entrar. Bertha se encantava com as roupas, com os bordados, com as vidraças cheias de perfumes e artigos de toalete. Olhava e passava a mão pelo vidro. Quantas coisas lindas! Nem sabia bem o que era tudo aquilo, mas era lindo. Mama, o que são todas essas coisas? Coisas de que não precisamos. São coisas para madames. Nós não somos madames. Bertha gostaria de ser madame.

Já Augusto queria logo tomar o elevador. Pois é, havia lá, não um, mas dois elevadores para conduzir os fregueses ao segundo andar. Aquilo era mesmo o máximo. Bertha ia com ele. A mãe preferia pegar a escada. Não confiava naquela cabine voando para cima e para baixo. E se essa engenhoca diabólica cai? E se enguiça e ficamos presos lá dentro e não conseguimos sair nunca mais? Sua inquietação só piorou depois de ter lido uma nota no jornal sobre um acidente em um daqueles elevadores. *O menor, Pedro Lugon, de 14 annos de edade, empregado da Casa Allemã, machucou-se no pé esquerdo, hontem, quando subia no elevador ao ultimo andar daquelle estabelecimento. A Assistencia prestou-lhe curativos.* Em sua imaginação, o pobre menino nem pé mais tinha. Os dois não viam nenhum perigo e viviam a rir da mãe. Era seguro. E ainda havia o condutor, um tal de cabineiro. Ele sabia muito bem como pilotar o veículo. A gente entra, ele puxa a pantográfica para fechar, gira a manivela e lá vamos nós. Rumo ao segundo andar sem nenhum esforço, sentadinhos com conforto nos bancos estofados. Guto poderia ficar subindo e descendo por horas, e olhando com atenção tudo dentro daquela cabine. Mas, não. Não, não, senhor. Isso não é brinquedo. E nada de atormentar o gentil homem com suas brincadeiras. Ele está trabalhando; não está aqui para brincar.

Tudo bem! Tudo bem! Segundo andar: móveis, artigos para a casa, brinquedos, oficinas de tapeçaria e marcenaria. Brinquedos! Vocês não me mexam em nada. São coisas caras. Não temos dinheiro para isso — não vamos comprar nada. Vocês quebram, tem que pagar e ainda vão levar um brinquedo quebrado para casa? É isso? Não, Mama. Não vamos mexer em nada. Só olhar. É bom mesmo! *Finger weg, ja?* A mãe tinha que repetir isso o tempo todo? Nunca podiam mexer em nada? Tudo bem. Só olhar já era uma beleza. Bertha se encantava com as bonecas. De porcelana ou de *biscuit*, pareciam quase reais. Algumas abriam e fechavam os olhos; outras falavam ou choravam quando volvidas; bonecas que sentavam e mexiam os braços e a cabeça; e até um bebê que engatinhava. Bertha sabia que não podia mexer, mas ficava sempre por perto e aproveitava para observar quando algum freguês interessado solicitava uma demonstração por parte dos atenciosos vendedores, sempre prontos a servir na esperança de efetuarem uma venda.

Guto não se interessava pelas bonecas, mas pelos trens elétricos e pelos carrinhos de lata e pelos brinquedos de corda. Como seus olhos brilhavam! Para atiçá-lo ainda mais, um dos moços da loja, o vendo por ali, fazia questão de pôr cada um deles para funcionar. Parecia mágica. Veja o carrinho Tut-Tut, nosso brinquedo mais popular no momento. Corda era dada, e lá ia ele. O motorista pisava nos pedais e soprava a buzina a alertar todos de sua passagem; as rodas giravam e o automóvel dava voltas e mais voltas. E havia a carrocinha do carteiro puxada por um avestruz; o crocodilo que andava abrindo e fechando a boca — ai que medo; o marinheiro dançarino, que dançava até de cabeça para baixo. E tantos e tantos e tantos outros. Ah! Se ele pudesse ter ao menos alguns daqueles brinquedos. Mas não podia. O que fazia então? Os desenhava. Cada vez que voltavam da Casa Alemã, ele se sentava e reproduzia de memória os brinquedos de que mais gostara naquele dia. Tinha já uma boa coleção de modelos. Uma pena que eles ficavam imóveis no papel — mas se moviam em sua imaginação.

Podiam ficar ali o dia inteiro. Mas não naquele dia. Não, não. Naquele dia, Guto e Bertha estavam inquietos. Suas cabecinhas estavam em outro lugar. Mama, nós temos que ir à Au Bon Diable para comprar nossos vestuários para ir à praia. Eu sei, eu sei. Primeiro quero ver o moedor de carne. Por favor, senhor, estou à procura de um moedor de carne que tenha uma morsa para travá-lo à mesa da cozinha. Um que tenha dois ou três discos para que eu possa moer a carne em pedaços maiores ou menores. E que tenha ainda um funil para encher linguiças. Sim, pois não, senhora. Trouxe dois ou três modelos. Hannah tentava entender as explicações do vendedor, mas era a todo minuto interrompida e apressada pelos filhos. A insistência já a estava deixando bem nervosa. A loja é só atravessar a rua, crianças. Ela não vai fugir. A impaciência continuava. Muito bem, vocês dois, ou param de falar no assunto, ou nem mais iremos até lá. Finalmente com o moedor comprado, pago e embalado, atravessaram a rua.

Foram ver os tais vestuários para banhos de mar. Uma atendente muito moderninha já foi mostrando o que havia na última moda. Não, Hannah queria o que havia na antepenúltima moda. Não sabia a mocinha que a polícia já andava proibindo o uso de tais trajes de banho curtos e decotados? Bem, a senhora é quem sabe. Foram então escolhidos aqueles por Hannah julgados adequados. Para ela e para Bertha, que já estava uma mocinha, calçolas bufantes que desciam até o meio das canelas. Não, senhora, não temos nada mais longo do que isto. Mas os babados quase cobrem seus tornozelos. Veja. E cobrirá a calçola ainda este saiote fofo até abaixo dos joelhos. Acompanha esta blusa-casaco acinturada descendo até os quadris. Veja que charme esta com gola marinheiro. Bertha gostou. Querem a manga curta ou até os cotovelos? Curta, Mama? Mas não. Tem alguma com manga longa? Não, senhora. Então até os cotovelos. Hannah vestiria um sobretudo para sentir-se mais protegida dos olhares alheios. Para cobrirem a cabeça, Bertha quis uma touca franzida com babadinhos e Hannah optou por um pequeno e discreto chapéu de abas. Temos ainda esses sapatinhos de lona com solas de borracha. Protegem os pés das queimaduras causadas pelo sol e pela areia quente. Não, não, muito gasto. Usaremos nossos próprios sapatos. Mas, Mama? Nem mas, nem meio mas.

Com os trajes masculinos era bem mais simples. Eram inteiriços, fechados rente ao pescoço com botões, mangas até os cotovelos e pernas até os joelhos. Para August, um preto liso; para o menino, um listrado em azul e branco. Quis porque quis um que trazia uma âncora dourada bordada do lado esquerdo do peito. Está bem, Guto, levamos este. E mais nada. Os dois usariam seus chapelões de palha, que lhes eram tão úteis para trabalhar no quintal.

E lá foram os Zähler a bordo do trem a caminho de Santos. Ir à praia? Todo dia, é claro. Hora de chegar? Bem cedinho, junto com o sol, para aproveitar a melhor parte do dia. Hannah ficava longe da água, sentava-se à sombra de um chapéu-de-sol e fiscalizava os filhos. Cuidado, Bertha! Cuidado, Guto! August, não tire os olhos deles. Aos poucos, aquela calmaria, aquele marulhar das ondas, aquela brisa suave, aquele chamado dos pássaros, iam deixando seus olhos pesados e ela cochilava gostoso. O local, ela tinha de concordar, era muito agradável. Entrar na água? Nem os pés molhou.

August deixava se embeber com pensamentos de boa saúde que adviriam dos benefícios terapêuticos da água salgada do oceano. Já ia dando adeus às enxaquecas e às moléstias nervosas. Já ia sentindo cada parte de seu corpo em um aprazível estado de relaxamento. Bertha caminhava à beira-d'água, sentindo as franjas do mar banharem seus pés, admirando a cor da água e a cor do céu, deixando-se embalar por um suave murmúrio — seriam as ninfas a cantar? Olhava o horizonte e conjecturava até onde iria aquela imensidão de águas e o que haveria lá do outro lado. Mal sabia que era de lá que viria o homem por quem se apaixonaria e com quem se casaria.

Guto ficava o tempo todo ao redor do pai, pulando as ondas fugidias que deixavam ver a areia e as conchinhas debaixo delas. Eram muitas perguntas que tinha a fazer. Aquele é um navio pirata? Não, por aqui não temos navios piratas. Os marinheiros vivem o tempo todo nos navios? Eles têm famílias a bordo? Eles pulam no mar para nadar? Eles têm medo das criaturas que moram nas profundezas? Existe mesmo o *rei dos Auxcriniers*? Quem, Augusto? *O rei dos Auxcriniers* — do Victor Hugo, Papa. Você não o conhece? Não, não deve existir. Vamos agora aproveitar nosso banho de mar em silêncio? Chega de tantas perguntas. Seu pai não iria acreditar, mas Guto podia jurar que avistara bem lá no fundo das águas uma cabecinha larga em baixo e estreita em cima com uma cara verde. E olhos vivos e grandes. E uma barba gotejante. Seria *o rei dos Auxcriniers*? Não. Não poderia ser. O mar não estava violento.

O ano era
1913

Puro-sangue — amargas consequências — paredes de taipa — grande comemoração — o anjinho de ouro — a praga dos ciganos — terreno vazio

Papai tem um cavalo! Papai tem um cavalo! Martinho entrou, com extrema excitação, correndo pela casa anunciando a novidade. Minna não podia acreditar no que o filho dizia. Que história é essa, menino? De onde você tirou tal ideia? Ele havia estado com o pai no Hipódromo e soubera de tudo em detalhes. Ele tem a minha idade — cinco anos, mas é muito maior do que eu. Ele é enorme.

Nisso, Martin vinha chegando. Já viu que Minna não gostou nada do que ouvira. Você comprou um cavalo? Isso não é para você. Você não entende nada sobre cavalos. Como não? Entendo, sim. Tenho lido muito sobre o assunto. Tinha que buscar seus melhores argumentos. Você precisa ver o animal. É um cavalo de primeira — um puro-sangue. Sólido, veloz. *A solidez? É assegurada pela amplidão da ossatura e a bôa sólda das diversas partes do esqueleto. Tem seu dorso horizontal, bem firme, próprio a supportar o pêso do cavalleiro. As pernas longas são uma garantia de vigor e, ao mesmo tempo, de velocidade. Os pés bem desenvolvidos, nem muito chatos, nem muito estreitos, ou apertados no talão. A cadeira larga, a côxa forte, descida, os quartos largos bem musculados.* Onde você ouviu tudo isso, Martin, posso saber? Ora, da pessoa de quem o adquiri. E quanto lhe custou esse animal, se posso saber? Bem, Minna, *um cavallo muito bom e barato não existe em parte alguma,* foi tudo o que disse à esposa. Na verdade, o animal lhe custara umas boas centenas de mil réis. Como conseguira o dinheiro? Pegou um empréstimo aqui, um outro ali, um terceiro acolá, até completar o valor necessário. Dívidas que deveriam ser saldadas em muito breve. Mas era um excelente investimento.

Martinho havia detalhado às irmãs as informações sobre o novo membro da família. As três vieram correndo. Clara queria saber tudo sobre o cavalo. É bonito? De que cor é? Tem olhos brilhantes? É manso? Célia, que havia começado a escola há pouco, trouxe um versinho que a professora as fizera copiar em seus cadernos naquele dia mesmo. Chamava-se *Meu cavallo.* Não era uma coincidência? E pôs-se a declamá-lo para o pai. *Upa, upa, / Cavallinho! / Corre e vôa, / Meu benzinho! / Corre e vôa / Pelos prados / De florinhas / Esmaltadas. / Corre e vôa / Pelos montes, / Vara os rios, / Passa as fontes. / Upa, upa, / Cavallinho! / Corre e vôa, / Meu benzinho!* Gostou, Papai? Gostou? Posso correr e voar no seu cavalinho?

Laura correu ao jardim. Mas onde estava o cavalo? Laurinha, venha aqui com o papai. O cavalo não pode ficar aqui em nosso quintal. Então... por que o senhor comprou um cavalo se não pode ficar aqui? Porque ele fica no Hipódromo, onde vai participar de corridas. Por quê? Para ganhar muitas corridas. Por quê? Porque se ele ganhar as corridas, ele vai ganhar muito dinheiro para nós. Por quê? Porque a gente trata bem dele e ele fica agradecido. Por quê? Porque ele é um cavalo bonzinho. Por quê? E quando começava assim, não acabava nunca.

Minna estava extremamente aborrecida com o que para ela era mais uma total sandice do marido. Martin, por que você não se restringe ao seu trabalho? É de lá, e só de lá, que sai o dinheiro para nosso sustento. Mas, Minna, você não tem mesmo visão a longo prazo. Nas patas deste animal é que está nosso futuro. Você verá como teremos uma vida muito, mas muito melhor. Minna já não dizia mais nada. O tempo diria.

Apenas alguns detalhes escaparam ao ambicioso marido. Quantas despesas o cavalo lhe traria! Precisaria de uma baia em um estábulo para abrigar o animal, um cavalariço para cuidar dele, um treinador para prepará-lo para as corridas e um jóquei. Além de toneladas de comida. Seu cavalo passou a lhe custar mais do que seus quatro filhos. O que fazer? Sem outra opção, foi forçado a passar o animal adiante. Durou pouco. Foi-se o cavalo sem nem ter chegado a participar de um grande prêmio. Ficaram as dívidas — e trouxeram amargas consequências.

Teriam que deixar a casa da Peixoto Gomide, a pequena chácara dos Künstler. Mas Martin não deixaria se abater e nem deixaria sua família na rua. Tudo se arranjaria, ele estava certo disso. Ele trabalharia mais horas por dia, mais dias por semana, mais semanas por mês, mais meses por ano. Clara achou que aquilo não fazia sentido, mas não falou nada. O clima em casa andava pesado, ela sentia isso, e achou melhor ficar calada. Laura não entendia o que estava acontecendo e vivia atrás da irmã. Clara, por que Mamãe anda brava? Por que Papai não brinca mais conosco? Por que eles não estão se falando? Por que estamos esvaziando os armários? Por que estão desmontando os móveis? Por que estamos guardando tudo em caixas? Por que temos que sair de nossa casa? A irmã pacientemente respondia. Porque... Porque... Porque...

Estava chegando o dia de deixarem o imóvel e ninguém sabia para onde iriam. Minna chorava e rezava. Rezava e chorava. O que seria deles? Até que Martin anunciou que achara uma ótima casa com um terreno avantajado, quase uma outra pequena chácara, bem próximo dali, à Rua da Consolação. A casa era grande, espaçosa. E o terreno ao redor? Era fantástico, enorme. Ainda um trechinho de mata nativa fechando a propriedade ao fundo. Sem falar do galinheiro.

Quase convencida, Minna acompanhou o marido em visita a tal ótima casa. Sem falar do galinheiro, sim. Todo o resto combinava com o galinheiro. Tudo bem... decaído seria a palavra exata. Minna, pelo valor do aluguel é um bom negócio. Com o que economizaremos, e com um pouco da ajuda de todos, conseguiremos ter tudo em ordem num piscar de olhos. Num piscar de olhos? Isso Minna queria ver. Assim que se instalaram, descobriram aos poucos que o decaído era pior do que pareceu à primeira vista. Boa parte das paredes havia sido feita de taipa de pilão. Taipa! Taipa essa que havia sido meio que ocultada por umas colheradas de cimento e umas pinceladas de tinta. Aos poucos, colheradas e pinceladas começaram a se soltar. Tudo vai se ajeitar, Minna. Você verá. Se não, assim que a situação melhorar, acharemos algo muito superior. Sim, Martin, enquanto isso que bom que temos esse fantástico terreno, não? Caso a casa caia, teremos sempre a possibilidade de acampar lá nos fundos — como ciganos. Martin não achou graça e até se sentiu ofendido. Jamais colocaria sua família em uma situação de penúria. Fora vítima de um grande infortúnio, mas daria um jeito.

Falando em ciganos... Logo após a mudança, Célia ficou sabendo por sua amiga Anita, uma coleguinha de classe, que estava arranchado em um terreno baldio, logo mais abaixo na própria Rua da Consolação, um bando de ciganos. Ciganos de verdade. Célia, precisamos ir lá ver. Vamos? Sempre pronta para façanhas como esta, logo concordou. Ficou combinado que no dia seguinte, após o almoço, iriam em busca do local. Andaram e andaram e andaram e nada. Anita, tem certeza de que é por aqui? Tenho, eu vi eles ainda outro dia. Andaram mais um pouco e pareceu a elas que ouviam uma música — muito animada. Deve ser por ali. Na verdade, não era bem na Consolação, mas em uma travessa.

Primeiro olharam de longe, meio espiando de trás de uma árvore. Uma grande comemoração. As duas meninas se encantaram com outras duas meninas. As roupas! Saias longas rodadas até os tornozelos e blusas bem ajustadas, em vermelhos vibrantes e ornamentadas com rendas, fitas, bordados, lantejoulas e brilhantes... moedinhas? Era o que pareciam ser. Tinham os olhos pintados. E os braços tatuados. As cabeças cobertas por lenços combinando com o restante do traje. Brincos enormes, anéis em vários dedos e muitas pulseiras que tintilavam alegremente com o movimento dos braços. Que catitas eram!

Como dançam, não, Anita? Tudo que elas vestem flutua com seus rodopios. Os pés, descalços, parecem mal tocar o chão. Como podem dançar tão lindo? Ao seu redor, num semicírculo, dois violeiros e dois flautistas tocavam seus instrumentos. Os outros, adultos e crianças, contribuíam com palmas e gritinhos para dar o ritmo. Era contagiante e, como que atraídas por um imã, Célia e Anita foram se aproximando devagarinho. Um passo. Mais um e mais dois. Quando chegaram bem próximo, aquele número havia sido encerrado. Todos aplaudiram; os violeiros e flautistas afinavam seus instrumentos talvez para iniciar uma nova dança.

As pequenas dançarinas, vendo as estranhas que as olhavam, foram até elas. Para surpresa das duas intrusas, elas falavam, mesmo que com forte sotaque, o português. Resolveram elogiá-las. Como vocês dançam bem! Muito bem mesmo. As ciganinhas apenas sorriram. Ensinamos vocês se querem. Célia e Anita se entreolharam. Queremos; queremos, sim. Então se entreolharam as ciganinhas. Mas isso vai custar uma coisa. Examinaram as pretensas alunas com muita atenção, até que seus olhos se fixaram em algo que as interessou. Pendendo do pescoço de Célia, uma corrente de ouro com um anjinho, também de ouro, nela pendurado. Isso paga. Dá! Célia olhou para Anita. Anita olhou para Célia. Era um presente que ganhara de sua madrinha pelo seu batizado. Peça antiga de estimação — e valor. Dúvida... Dúvida... Uma das dançarinas já tinha as mãos ao redor do pequeno anjo. Vamos, vai, Célia, dá para ela! — incentivou Anita. Sem saber o que fazer e sem nem saber o que estava fazendo, soltou a fecho atrás do pescoço e o entregou a uma das ciganinhas.

A música recomeçou e eram agora quatro a dançar. Pegando as alunas pelas mãos, cada professora as ia orientando quanto aos movimentos: pernas, braços, mãos, tronco, cabeça. Era divertido e as aprendizas logo se sentiram tomadas pela música. Era como se os sons e a melodia fossem penetrando em seus corpos e induzindo os movimentos. Era bom demais. Até que... Célia, venha já para cá.

A música parou, todos se calaram e encararam um homem alto, de olhos ferozes e de expressão nada amistosa. Ela correu para junto dele, seguida de Anita. O homem a agarrou pelo braço. Anita, você vá para sua casa. Conversarei com seus pais mais tarde. A amiga chispou feito um foguete. E Célia foi sendo arrastada pelo tal homem por todos os quarteirões que ela havia andado, andado e andado. Tremia por dentro só de pensar no que a esperava.

Entraram em casa. Pronto, Minna, aqui está sua filha. Ele havia andado pela vizinhança, perguntando aqui e ali, até que conseguiu uma pista sobre onde ela se encontrava. Ao chegar do trabalho naquele fim de dia, já escurecendo, encontrara ali enorme aflição. A menina havia saído após o almoço, dizendo que iria até a casa de Anita, e não havia voltado até àquela hora. Em casa de Anita não estavam, pois Clara havia ido até lá. Sabe onde estavam, Minna? Junto de um bando de ciganos. Ao ouvir do marido a palavra "ciganos", a mãe despencou na cadeira, sentindo que lhe faltava o ar e seu coração estava a ponto de parar. Sempre tivera muito medo dessa gente.

Desde que lera, em um folhetim, *Memórias de um sargento de milícias*, numa época em que vinha se esforçando para conhecer melhor a língua do país onde agora residia — a leitura a ajudava muito nisso —, algo ali confirmou ideias que já a incomodavam muito em relação a eles. *Com os emigrados de Portugal veio também para o Brasil a praga dos ciganos, gente ociosa e de poucos escrupulos; ganharam elles aqui reputação bem merecida dos mais refinados velhacos; ninguém que tivesse juizo se mettia com elles em negocio, porque tinha a certeza de levar carolo. A poesia de seus costumes e de suas crenças, de que muito se fala, deixaram na da outra banda do oceano; para cá só trouxeram maus habitos, esperteza e velhacaria. Viviam em quasi completa ociosidade; não tinham noute sem festa. Moravam ordinariamente um pouco arredados das ruas populares e viviam em plena liberdade. As mulheres trajavam com certo luxo relativo aos seus haveres; usavam muito de rendas e fitas; davam preferencia a tudo quanto era encarnado, e nenhuma dellas dispensava, pelo menos, um cordão de ouro ao pescoço; os homens não tinham outra distincção mais do que alguns traços physionomicos particulares que os faziam conhecidos.* Na época, engasgou em algumas palavras: escrúpulos? velhacos? carolo? ociosidade? Boas coisas não deveriam ser se eram a praga dos ciganos. Qualquer dia perguntaria a alguém.

Por um breve momento lembrou-se disso, mas imediatamente foi jogada de volta ao presente. Enterrou o rosto entre as mãos. Por seus olhos fechados, desfilavam manchetes e trechos de artigos que vinha lendo ao longo do ano no *Correio Paulistano*. Aquele parecia ser o ano da invasão de tais criaturas por ali. Parecia que os ciganos, de um momento para o outro, estavam em todo lado ao mesmo tempo, aterrorizando as pessoas de bem. *CURYTIBA, 4 — Bandos de ciganos continuam a praticar crimes no município. BELLO HORIZONTE, 5 — Horrivel massacre. Leva de ciganos atacou... casa da família do deputado. O assalto foi feroz. ...dispararam grande quantidade de tiros. ...ficaram mortos o pae daquelle deputado e outras pessoas. Depois do massacre, ... deram saque á casa, roubando tudo quanto podiam transportar. CURYTIBA, 6 — No Paraná — um grupo de cem ciganos ataca a cidade ..., matando nove pessoas. CAMPINAS, 26 — Antonio Francisco... disse ter visto com alguns ciganos ..., a sua irmã Lubtiza, ... há 16 mezes raptada no Rio.* E o que a apavorava era que eles estavam chegando cada vez mais perto. *Os ciganos no Braz. O dr. Mascarenhas Neves, delegado, tendo conhecimento de que um bando de ciganos se achava arranchado na rua Bresser, dirigiu-se hontem para aquelle ponto e, certificando-se da veracidade da denuncia, intimou os ciganos a deixarem a capital, sob a pena de serem processados.* Devem ser estes que agora se encontram aqui nas barbas de casa.

Para pôr ainda mais lenha na fogueira, veio Clara com um exemplar de *O Tico-Tico*. Célia, você imagina o que poderia ter acontecido com você? Não, o quê? Lembra-se da história do *Sacco de cerejas*? Não, não me lembro, não. Era um menino desobediente como você. Eu não sou desobediente, Clara. Ninguém me disse que eu não poderia ir visitar os ciganos, disse? Minna só ouvindo. Vou então lembrar você da história. Ouça. *Julio era desobediente; sahiu do jardim e foi se sentar na orla da floresta. De repente, sentiu-se agarrado e amordaçado. Eram os ciganos, que gostam muito de roubar creanças e, tendo-o visto alli sósinho...* É, Clara, mas eu não estava sozinha e não fui roubada. Elas nos ensinaram a dançar uma linda dança. Ah, Célia, mas veja aqui. *... levaram-o pela floresta para obrigal-o a aprender exercicios difficeis de circo.* Era o que iam fazer com você. Levá-la com eles para dançar em troca de dinheiro. Se Papai não tivesse chegado... Ah, Clara, você está é com inveja de mim. Minna achou que aquela conversa já estava indo era longe demais. Vê, Martin, que onde tem ciganos, *nur schlechte Sachen.* Não, Minna, não só coisas ruins. Há entre eles gente ruim e gente boa como em todo lugar.

E contou para todos a sua própria história de ciganos. Tinha uma boa lembrança deles de uma época longínqua em que, pouco depois de chegar ao país, havia trabalhado por um breve período em uma fazenda em Pindamonhangaba no ano da virada do século. A esta altura já se encontravam os quatro filhos amontoados ao redor do pai, cada um com os olhos mais esbugalhados e a boca mais aberta. Tudo lhes prometia uma grande aventura. O senhor viveu com os ciganos, Papai? Não, mas estava *acampada naquela cidade, uma horda de ciganos, os quaes liam a "buena-dicha" e ensinavam magicas e feitiçarias a quem quisesse.* Divertia-me muito com o macaco. Era *interessantíssimo, mesmo impagável, um macaco que elles tinham e que escrevia tão bem como qualquer homem que tenha uma bonita calligraphia. Esse macaco respondia (por escripto) a todas as perguntas sobre o futuro que os espectadores lhe perguntassem, mediante a remuneração insignificante de 100 réis.* Era incrível! *Além disso, possuiam uma bonita collecção de cães ensinados, quatys e duas onças tão mansas qual um carneiro.*

Conclusão da história, filhos, nem todos são maus. Mesmo os que vi hoje não me pareceram maus. Festejavam alegremente e nossa Célia estava bem contente ali com eles. Se a tirei de lá sem demora foi por ter sumido de casa sem nos avisar. Aí foi seu grande erro. Agora não sairá mais sem dizer aonde vai, ou o castigo será severo. A mãe continuava muito desgostosa com toda aquela situação. Que tal, filha? Quer se juntar ao bando e viver a vida como eles? Até que seria divertido, pensou a menina, mas chacoalhou a cabeça e calou-se.

Neste exato momento, os olhos de Minna pousaram no pescoço de Célia. A menina gelou. A corrente! E agora? Que mentira contar? Que não a estava usando naquele dia? Que devia tê-la perdido na escola? Que a ciganinha a roubou? Sim, isso. Mamãe, os ciganos a roubaram de mim. Está vendo, Martin? Era um presente de sua madrinha, Célia. Do dia de seu batizado. Seu anjo da guarda. Ela vai ficar muito triste se souber. Amanhã voltaremos lá e você pedirá que devolvam sua corrente — determinou o pai. Mas, Papai... O assunto está encerrado, disse. A coitada nem dormiu naquela noite só pensando no dia seguinte.

O pai levantou mais cedo do que de costume para resolver a questão antes de pegar no trabalho. Jogou a filha para fora da cama e ordenou que se vestisse. Vamos lá! E é já! Ela queria tomar café ou o que mais para atrasar a saída. Quem sabe o pai desistiria se já estivesse tarde. Mas nada adiantou. Mais uma vez, andaram e andaram e andaram até que encontraram... o terreno vazio. O bando havia partido durante a noite; a festa era na verdade um evento de despedida do local. Célia resolveu contar ao pai o que realmente havia acontecido. Muito bem, filha! Agora você que se entenda com sua mãe e com sua madrinha. Sua relação com a esposa continuava um tanto estremecida com todos os últimos acontecimentos. Muito foi perdido naquele ano: um cavalo, a casa da Peixoto Gomide e o anjo da guarda de Célia. E talvez ainda mais.

O ano era
1914

Jogos divertidos — *Herr* Lehrer — notas corretas e justas — escola católica — cortinas cerradas — a biblioteca — avisos importantes — obuses contra a Lua

Guto e a escola nunca foram lá grandes amigos. Vejamos como foi esta história. No ano em que completaria oito anos, entrara para o curso preliminar. Durante o primeiro mês, tudo parecia andar bem. Em breve descobriu que não era mais o Jardim da Infância. Gostava de ir à escola e ia sempre de boa vontade. Fora matriculado na então Deutsche Schule Mooca Braz, onde logo fez amigos. Chegava em casa contando sobre as brincadeiras que haviam feito e como era divertido lá na escola. Havia o Otto e o Henrique, o Rodolfo e o Franz, o Johann e o Max. Brincavam de pega e de esconde e de cabo de guerra e de jogos de bola. E o que aprenderam hoje, filho? — perguntava seu pai todo dia. Ah, umas coisas. E voltava a descrever os jogos divertidos dos quais havia participado.

August começou a achar aquilo um pouco estranho. Perguntava a Hannah. Não, quando Bertha começara a escola dois anos antes, não havia sido assim. Sim, ela também brincava com as amigas, mas trazia sempre seu caderno com cópias e anotações, e havia sempre lição a ser feita em casa. Hannah pediu que Guto trouxesse seu caderno. Quase nada escrito e o pouco que ali havia pareceu aos pais um tanto desleixado. Não, Mama, é assim mesmo que o professor manda fazer. Talvez, Hannah, seja assim com os meninos neste começo. As meninas são sempre mais aplicadas. É possível que eles precisem de um tempo maior para se adaptar à disciplina escolar. Vamos observar.

Observaram até a chegada do primeiro boletim mensal. Mês de fevereiro. As notas iam de zero para *pessimo* até cinco para *optimo*. Muito bem, vamos ver como vai indo nosso menino. Comportamento, três, regular. Comportamento regular? Aplicação, dois, *soffrivel*. Aplicação sofrível? Sofrível? Como você explica isso? Não sei, Papa. Deve haver algum engano. Sou sempre de bom comportamento e de boa aplicação. Muito bem, se você assim o diz. Na segunda-feira, sua mãe o acompanhará até a escola, falará com seu professor e tudo ficará esclarecido. Guto se encolheu todo. Aquilo não era nada bom. Ele achava que era comportado e aplicado, mas por algum motivo o professor não era da mesma opinião. Foi um fim de semana bastante nervoso para o menino. Só de imaginar o que o professor diria à sua mãe; só de imaginar o que sua mãe diria ao seu pai; só de imaginar o que seu pai diria a ele. Se é que ele iria dizer alguma coisa. Guto temia que não. A conversa seria outra.

Na segunda-feira, ainda fez o que pode para convencer a mãe a desistir de ir à escola com ele. Não era necessário. Ele falaria com o professor. Ela com certeza nem conseguiria falar com ele, pois era muito ocupado. Guto nunca o vira conversando com ninguém fora da sala de aula. Mas nenhum desses argumentos a convenceu. Vamos e vamos logo, pois depois tenho muito a fazer em casa. Lá se foi o menino andando bem devagar atrás da mãe. Quem sabe chegassem após o início da aula e *Herr* Lehrer não poderia mesmo falar com ela. Vamos, Guto, ande logo. Não adianta ficar enrolando. Estou entendendo bem o seu jogo. Atravessaram o portão da escola, e o pequeno se escondendo atrás da mãe. Viu Otto e Henrique, Rodolfo e Franz, Johann e Max, correndo pelo pátio como de costume. Pararam quando o viram chegar. Olha o Augusto com a Mama! Olha o Augusto com a Mama! Não adiantou tentar se esconder. Os meninos tinham olhos de lince, assim como ele, e não perdiam a oportunidade para uma boa gozação. Guto tentou ir ter com eles, mas sua mãe fez com que ele a acompanhasse.

Dirigiu-se à secretaria e pediu para falar com o professor do primeiro ano A. Ah, sim, *Herr* Lehrer. Apenas um instantinho. Vou chamá-lo para a senhora. Obrigada. Diga que sou Hannah Zähler, a mãe de seu aluno Augusto. A moça olhou para o menino e deu uma risadinha. Logo surgiu *Herr* Lehrer. Ah, *guten Morgen, Frau* Zähler. Foi muito bom a senhora ter vindo. *Guten Morgen, Herr* Lehrer. Meu marido gostaria de ter vindo pessoalmente, mas não poderia faltar ao serviço. Augusto nos disse que deve haver algum engano em seu boletim e nós gostaríamos de saber que engano é esse.

Guto estava tão encolhido atrás da mãe que se poderia dizer que estava quase invisível. Ou tal era seu desejo. A explicação foi clara. Augusto é inteligente, mas só quer brincar. Não presta atenção às lições; não copia o que deve em seu caderno, quando o faz o capricho é nenhum; não vem trazendo suas tarefas de casa e, algumas vezes, some com outros meninos quando lhes é dado um tempo para recreio, nem mais voltando para a sala de aula. Mas onde se enfia com os outros? O professor não sabia dizer. Ele já chegara à escola lendo e escrevendo bem, mas não andara nem um passo adiante. Ah, muito bem, deixe o pai saber disso e tudo entrará nos eixos sem demora. Agradecemos muito sua atenção e agora é por nossa conta. Muito obrigada mesmo, *Herr* Lehrer.

Hannah pegou o filho pelo braço e o arrastou para um canto. O desventurado não se atrevia nem sequer a olhar para a mãe. Seu pai não ficará nada satisfeito com o que nós vamos lhe contar, vai? Não, Mama. E quem vai contar tudo para ele será você mesmo. Mas, Mama. Você vai contar ao seu pai tudo o que você ouviu do professor, está bem? Sem saber mais o que dizer, o menino apenas abaixou a cabeça. Agora vá para sua sala e quero ver tudo mudado já a partir de hoje. Estamos entendidos? Sim, Mama.

Ao voltar da escola, Guto ainda conversou com a mãe, tentando dissuadi-la do combinado, mas o assunto estava encerrado.

Era só esperar o pai chegar, o que não tardaria a acontecer. Ele se fechou no quarto e nem quis sair para brincar com os amigos. Pegou seu caderno e ficou olhando o que ele tinha feito — ou não. Havia falado com o professor após a aula, o qual o aconselhou a pegar o caderno de algum colega para colocar o seu em dia. Mas nenhum dos bons alunos quis lhe emprestar seu caderno. Os de seus amigos não deviam ser nada melhores do que o seu. E se ele copiasse algumas coisas de um dos cadernos de Bertha? Não, não parecia ser uma boa ideia. Ele teria que achar uma solução.

Passado algum tempo, ouviu barulho na porta de entrada — e a voz do pai e a voz da mãe. Pensou em se esconder debaixo da cama. Não, melhor não. Fugir pela janela? Não, pior ainda. O jeito era enfrentar. Não demorou para que o pai estivesse em seu quarto. Sua mãe me disse que você tem algo a me contar sobre o boletim. Guto não sabia por onde começar. Bem... é que... bem... Vamos, menino, o que disse seu professor? Houve algum engano? Algum engano? Não, Papa, *Herr* Lehrer está certo. As notas estão corretas e justas. Muito bem, então o que você tem a me dizer? É que... Papa... você entende? Só posso entender se você me disser alguma coisa. Vamos, diga. A coisa ia ficando feia.

Meus amigos gostam de brincar e vivem me chamando para ir com eles. Sim, Augusto, estou entendendo. Estou entendendo. Por que o pai repetia tudo o que dizia? Digamos que você também gosta de brincar e logo os atende quando o chamam. Sim, Papa, isso também... E na sala de aula deve ser muito aborrecido, não? Sim, na sala de aula é aborrecido. Aborrecido, é? Aborrecido? Imagino que você precise obedecer seu professor, copiar o que ele escreve na pedra, resolver os exercícios, escrever com capricho sem borrar tudo. Isso, Papa, isso mesmo. Guto sentia que o pai o estava entendendo.

É claro, Augusto. É claro. Muito aborrecido. Muito aborrecido mesmo. Para que tudo isso? Para quê? Brincar é muito mais divertido. Muito mais. Guto começou a achar a fala do pai meio estranha. Nunca o ouvira falando daquele jeito. Aliás, você logo fará oito anos, talvez nem precise mais ir à escola. Nem precise mais. O que acha? Pode passar os dias na rua. Na rua – brincando. Posso, Papa? Guto não gostou da forma como seu pai o olhou. Mas é claro que não. Estava falando cada vez mais alto. Só se você quiser terminar como um desses meninos analfabetos que vivem por aí puxando carroças, esmolando e até batendo carteiras. E quem sabe, ao invés da escola, você irá acabar em um lugar chamado Instituto Disciplinar. Instituto Disciplinar. Que tal? Não, Papa, isso não. Ele nunca havia ouvido falar daquele lugar, mas não lhe soou nada bom.

August então deu início a uma longa preleção, pois sentiu que agora o filho havia entendido aonde ele queria chegar. Eu vim de uma terra na qual, mesmo entre as famílias mais pobres, todas as crianças deviam frequentar a escola, ser alfabetizadas e, desde bem pequenas, dar importância à educação. Sua mãe já nasceu neste país, mas, na comunidade em que vivia com a família em Joinville, frequentou a escola e estudou muito. Infelizmente, parece que você não pensa assim e não dá à educação o valor que deve. Por aqui, vemos tantos meninos aí pela rua. O que você acha que um menino como esses vai ter da vida sem uma educação apropriada? Guto ouvia o pai, cabeça baixa e olhando as mãos que mexia sem parar.

Não, filho, a vida não é a brincadeira que você está imaginando. Você precisa pensar em um futuro digno. Pergunte à sua irmã. Com certeza, ela também acha que brincar ou fazer outras coisas é mais divertido. Contudo, já se deu conta de que estudar é preciso e muito necessário. Converse com ela a respeito. Você, como ela, tem a sorte de estudar em uma Deutsche Schule, onde a educação é levada a sério, onde se transmite conhecimento e valores através de professores dedicados. Você tem que aproveitar isso. Para terminar o assunto, hoje foi uma conversa. Vou esperar pelo próximo boletim. Se a situação não se alterar, aí a conversa será com o cinto. Não, não, Papa. Eu vou me comportar e vou me aplicar. Eu prometo. Várias outras conversas como esta ainda viriam para pôr o menino na linha.

O mês de março chegou e a melhora foi pouca. Seu pai lhe deu mais uma chance e, a partir de abril, a coisa foi entrando nos eixos. A nota de comportamento se estabilizou em cinco e a aplicação oscilava entre quatro e cinco, o que seus pais julgaram suficiente. Seguiu na mesma escola durante quatro anos. Ao terminar o curso preliminar, agora com doze anos, parecia ter pegado algum gosto pelos estudos, com desempenho bom especialmente em aritmética e desenho. Seria conveniente ser transferido para uma escola mais conceituada para cursar o ginasial. Conversando aqui e ali, vieram a saber de uma excelente escola ligada ao Instituto dos Irmãos Maristas — o Gymnasio de Nossa Senhora do Carmo, que recentemente havia inaugurado um novo prédio à Rua do Carmo, no Centro. Hannah ficou em dúvida por ser uma escola católica, sendo eles luteranos, mas August não viu nisso um problema. Foi onde Guto passou a estudar.

Lá, as coisas funcionaram na ordem inversa. Nos dois primeiros meses, suas notas foram ótimas. O boletim vinha cheio de dez, ou algo próximo disso. A partir de abril, a coisa descambou. O comportamento continuava bom, mas a aplicação caíra muito. Com o máximo agora sendo dez, como ele explicava três de português; dois de geografia; quatro de aritmética — que sempre fora sua melhor matéria? Foi ficando para trás. Ah, Papa! Os professores não explicam direito e os exames são muito difíceis. Todos os alunos estão tendo notas baixas. Além disso, os professores andam perseguindo os alunos que não frequentam as missas aos domingos. Ah, isso Hannah achou terrivelmente injusto. Afinal, ele ia com a família aos cultos da comunidade luterana. Hannah quis tirar o filho da tal escola. August queria que ele seguisse estudando lá, o que lhe garantiria uma formação mais sólida para o futuro. Quando consultado, Guto quis permanecer no Gymnasio. Tinha bons amigos e, agora, os amigos eram bons alunos. Queria muito ver seu pai feliz e orgulhoso do filho que tinha. Passaria a frequentar as missas, ao menos por um tempo. Iria se esforçar bastante e iria progredir.

Mas as coisas não correram bem assim. As matérias eram realmente difíceis e ele seguiu com o curso, mas aos trancos e barrancos, com notas sempre baixas.

Para o pai, tudo o que o filho precisava era de mais disciplina e organização. As desculpas que vinha dando não eram aceitáveis. Dependia somente dele. Bertha parecia ter essas qualidades já desenvolvidas por si mesma. Guto deveria desenvolvê-las por meio do esforço. Juntos, planejaram uma rotina diária de estudos. Ele chegaria da escola, almoçaria, teria meia hora de descanso e, então, mãos à obra. Três horas de estudo concentrado todo dia. Nada mais de fazer as lições na mesa da cozinha. Providenciaram uma escrivaninha, que foi penosamente encaixada entre sua mesa de cabeceira e a de Bertha, junto à janela para uma boa iluminação. Bertha queixou-se do apertamento que ali se criara. E se ela quisesse olhar pela janela? De nada adiantaram suas lamúrias. Assim seria dali em diante. E ninguém olharia pela janela. As cortinas permaneceriam cerradas. Sem distrações seria o lema durante as horas de estudo de Guto. E ponto final.

Muito bem, pensava o rapazinho. Queria ele seguir estudando no Gymnasio do Carmo? Sim, queria. Queria ele ser um bom aluno como seus amigos? Sim, queria. Queria ele ser um motivo de orgulho para seu pai? Queria, sim. Queria parar de ser comparado à Bertha, sempre visto como inferior? Sim, queria. Queria provar a seus professores que não era um burro, como eles o julgavam? Queria, sim. Mas... Será que ele seria capaz de tudo isso? Precisaria se esforçar — e muito. Vamos lá! Vamos começar.

Abriu a mala e esparramou o material sobre a escrivaninha. Separou-o em pilhas, conforme as matérias. Começar por onde? O tempo passava e ele ainda não havia começado. Faltava muito para o final das três horas? Muito. Bem... Começaria pela aritmética, que sempre havia dominado com facilidade. Contudo, de um momento para outro, tudo havia se complicado demais. Abriu o livro. *Algebra é a parte das mathematicas em que se empregam signaes proprios para abreviar e generalisar os raciocinios que exige a solução das questões relativas aos numeros. Ha duas especies de questões mui distinctas, a saber: o theorema e o problema.* Teorema. Problema. Monômios e Polinômios. Funções e equações. Tudo lhe parecia indecifrável. Resolveu tentar os problemas. Eram tantos a resolver. *Primeiro problema. Achar um numero tal, que a metade delle, mais um terço e mais um quarto juntos a 45 produzam a somma de 448.* Metade mais um terço mais um quarto. Por onde chegar à resposta? Para que serviria isso? Não sabia nem uma coisa nem a outra.

Talvez fosse melhor dedicar-se primeiro à geografia — sua pior nota de momento. Abriu o livro na lição da última aula. Abriu o caderno e anotou a data. Pronto. Começara. Lia e tomava notas. *Amazonas 4.000.* Lia e tomava notas. *2.775 sobem a 5.000 na boca a 13.000 no Xingú.* Lia e tomava notas. *20, 30 e 60 por vapores de 4.500 toneladas.* Lia. E lia. E lia. O que era mesmo que estava anotando? Leu suas notas. Eram palavras e números isolados e desconexos, que não lhe fizeram sentido. Voltou ao livro. Leu tudo mais uma vez. Voltou às palavras que agora pareciam se conectar de alguma forma. Mas seria a forma correta? Algo lhe dizia que o que estava no caderno não era o mesmo que estava no livro. Observou sua caligrafia. Letra de mosquitinho era o que lhe diziam. Será que deveria escrever tudo em letras de forma como no livro? Não, essa não deveria ser a solução. O cuco anunciava as meias horas ao longe na sala, mas o tempo não passava. Passava, mas não passava. Voltou ao livro. Teve então a impressão de que as letras se embaralhavam todas. Fechou os olhos. Não, não, ou acabaria pegando no sono.

Abriu uma frestinha entre as duas metades da cortina. Espiou. Lá fora o sol brilhava, as árvores se espreguiçavam, as verduras cresciam na horta. Viu sua mãe e Bertha, as duas falando baixinho. Sobre o que conversariam? Imaginou. Coitado de seu irmão, num dia tão lindo, trancado naquele quarto, se acabando sobre os livros. Coitado nada, Mama; quem manda ser burro e ainda preguiçoso. Burro? Eu? Não, Bertha, ele é um menino muito inteligente. Só que está sendo massacrado naquela escola católica. Imagine, filha, perseguir um aluno só por não frequentar a missa todo domingo? Ah, Mama, eu nem acredito nisso. Isso é invenção da cabeça dele. Invenção da minha cabeça? Ah, Bertha, você ainda me paga. Madame Sabe Tudo. Ao menos, sua querida Mama estava do seu lado e o defendia daquelas calúnias. Sorriu. O cuco mais uma vez, e ele ainda na mesma página.

Resolveu ler mais um pouco. Hmmm. Isto parece interessante. *Vou tentar a passagem do vapor atravez das cachoeiras do Tocantins e Araguaya, si agora estiverem em ponto que me pareça isto possível. Para o bom exito desta experiencia tem-se preparado largamente tudo quanto é possivel preparar com os meios de que se dispõe.* Com a leitura de tal trecho foi magicamente remetido à presença de Passepartout. *Passepartout, com os olhos extraordinariamente arregalados, as palpebras e a sobrancelhas levantadas, os braços caidos, o corpo meio curvado, apresentava n'aquelle momento todos os symptomas do espanto levado aos limites da estupefacção. Á roda do mundo! ... E machinalmente poz-se a fazer os seus preparativos de viagem. A volta ao mundo em oitenta dias! estaria lidando com um doido! Não... Seria um gracejo! Íam a Douvres, muito bem; a Calais, embora. Talvez mesmo que fôssem até Paris,... Mas, em todo o caso, não era provavel que um gentleman tão calculista nas passadas que dava ficasse por ali. E a final a verdade é que este gentleman partia, apesar de ter sido até áquelle tempo tão amigo da casa e do repouso!* Phileas Fogg. *A volta ao mundo em oitenta dias.* Aquele seria um bom livro de geografia. Tudo fazia sentido naquelas páginas.

Lembrou-se então do que ele mais gostava na escola — a biblioteca. Prateleiras e mais prateleiras cheias de livros — em português. Falavam alemão em casa e os livros que lá havia eram em sua maioria na língua natal de seu pai. Conseguia importá-los da Alemanha por meio de boas casas editoriais. Gostava de lê-los e lhe agradava ver a esposa e os filhos mantendo uma ligação com o idioma alemão. Mesmo sendo brasileiros, não deveriam perder suas raízes. Para Guto, o português vinha se tornando mais acessível e familiar a cada dia. Encontrou, entre tantos e tantos livros, muitos volumes de Julio Verne. Tinha dois exemplares, presentes de seu pai, ambos em alemão. Acompanhou doutor Fergusson, seu criado Joe e o amigo escocês Dick Kennedy em *Fünf Wochen im Ballon,* e o professor Otto Lidenbrock e seu sobrinho Axel em *Reise nach dem Mittelpunkt der Erde.* Na biblioteca da escola havia uma prateleira, de ponta a ponta, com volumes de seu então escritor favorito. Contou — eram setenta e sete. Setenta e sete! *Grande Edição Popular das Viagens Maravilhosas aos Mundos Conhecidos e Desconhecidos de Julio Verne.* Foi passando os dedos e lendo os títulos. *Os filhos do Capitão Grant, Em redor da lua, Ilha mysteriosa, A volta ao mundo em oitenta dias, Cinco semanas em um balão, Da terra à lua, Aventuras do capitão Hateras;* todos os outros setenta títulos leu um a um. Teria que ficar naquela escola ao menos até conseguir ler todos eles. Assim não foi.

Não conseguia se adaptar à rígida disciplina e ao esforço que era demandado dos alunos. Algumas vezes, junto do pai ou da mãe, recordava os *AVISOS IMPORTANTES* constantes na capa de seu *Livro de Boletins Mensaes. Mensalmente, excepto em Maio e Novembro, dão-se concursos de todas as disciplinas sobre os pontos estudados no decurso do mez. As notas destes concursos são tomadas em consideração no julgamento das notas mensaes.* Da primeira vez que leu isso, Guto adorou a ideia. Em sua imaginação, concursos deveriam ser jogos ou competições, o que lhe sugeriu algo bem prazeroso. Como ele era muito bom em jogos, isso o ajudaria a ter boas notas. Qual o quê! Os tais concursos eram ainda muito piores do que os exames habituais. O aluno era arguido oralmente em frente de toda a classe e ridicularizado diante de todos os colegas caso suas respostas não fossem plenamente satisfatórias. Guto? O bufão do primeiro ano ginasial.

Havia mais. *Os alumnos ficarão livres dos exames de todas as disciplinas em que tiverem conseguido, de Março a Novembro inclusive, uma média mensal egual ou superior a seis.* De Março a Novembro? Em todos os meses? Em todas as disciplinas? Ele nunca conseguiria. *Não gozarão desta regalia aquelles que forem convencidos de empregar meios dolosos para alcançar esta nota.* Meios dolosos? O que seria isso? Perguntou a seu pai. Agir de má-fé, filho. Não deve copiar de colega ou levar anotações escondidas. É desonesto, não? Sim. Isso ele não faria. E para terminar — *Não serão inscriptos nos exames de primeira epocha os alunos que tiverem dado mais de quarenta faltas; e, repetirão o anno os que forem reprovados em quatro ou mais materias.* Sua situação era mesmo irremediável. Ele estava condenado. Vez por outra vinha alguma boa nota, ou seja, alguma nota acima de seis; mas na maioria, por mais que ele se esforçasse, não chegavam a isso. Era raro a nota média do mês passar de quatro. Ele gostava da escola, dos colegas, de algumas das aulas, dos livros, mas não ia e não ia. Seus pais não entendiam como um menino que lia tanto, e gostava de ler, podia ir tão mal na escola. Algo estava errado. Seria com ele? Não lhes parecia, mas...

Ao final do ano, foi inscrito para fazer os exames de promoção e acabou sendo aprovado graças às boas notas em aritmética, na qual se recuperou afinal, e desenho, como sempre. Para o exame, as notas quatro em português, francês e história do Brasil eram consideradas suficientes para uma aprovação simples, sem distinção. Não importava; ele havia sido promovido para o segundo ano, ano este que foi iniciado ainda na escola, mas não concluído. Cursou as aulas até maio, quando, de comum acordo com os pais, ficou decidido que voltaria para a antiga escola, chamada agora Grupo Escolar do Braz, onde conseguiria concluir o curso ginasial. E assim foi. Despediu-se dos colegas e não mais voltou ao Gymnasio de Nossa Senhora do Carmo. Sua maior tristeza? Ter de abandonar Julio Verne sem ter lido nem ao menos vinte dos títulos ali disponíveis.

Disseram-lhe alguns anos depois ter ouvido que todos tais volumes haviam sido retirados da biblioteca. Saíra até nos jornais. *Julio Verne está ás voltas com Mahomet. Descobriu-se agóra que a sua obra é... anti-musulmana.* Como poderia ser isso? *Vão vêr porque. Um dos heróes dos seus romances ataca a Lua a tiros. Ora, é de fé musulmana que o ataude em que está encerrado o corpo do propheta se acha suspenso, no espaço, entre o céu e a terra.* Puxa! Não sabia de tal fato. *Arremessar obuzes contra a Lua é, sem dúvida alguma, pôr em grave risco os sagrados despojos que nos ares fluctuam. Só o imaginar a sacrilega collisão de um obuz e o do ataúde enche os fieis de tristeza e pavor.* Era cada uma! *O clero persa — foi na Persia que a descoberta se fez — viu nisso uma heresia e uma profanação. Julio Verne não pode mais, por tal motivo, ser lido pelos verdadeiros musulmanos.* Que coisa! Seria verdade? Se sim, concluiu que não queriam os Irmãos intrigas com fiéis de nenhuma religião.

O ano era
1914

Família de mudança — ladrão assaltante — meninos e meninas — sombrinhas e chapéus — imaginação fértil — mistérios a decifrar

Mais uma vez lá ia a família de mudança. Tiveram que deixar a casa da Peixoto Gomide por uma razão. Agora teriam que deixar a casa da Consolação por outra. Revelou-se totalmente inabitável. Faltava pouco para cair aos pedaços. Surgiram goteiras no telhado, buracos nas paredes, cupins no madeirame. Em poucos meses, Martin se convenceu que não tinha jeito. Quase tiveram mesmo que acampar no terreno, como Minna havia sugerido. Na época, por brincadeira; agora, por necessidade.

A situação financeira da família foi se estabilizando. Martin vinha trabalhando mais horas por dia, mais dias por semana, mais semanas por mês, mais meses por ano. Clara continuava achando que aquilo não fazia sentido, mas não falou nada. E novamente Minna sentiu que cada vez menos tempo o marido passava em casa. Segundo ele, muitos compromissos e muitas viagens. Além de fechar as contas de uma família de seis, era preciso providenciar um novo lugar para morar — com urgência.

Seria para Martin a oportunidade de se afastarem daquele rebuliço dos arredores da Avenida Paulista, para ele agora tão desagradáveis, e que se tornavam cada vez mais movimentados e mais cheios de automóveis e mais cheios de gente andando para lá e para cá — pessoas desconhecidas que não se sabia de onde vinham, para onde iam, se eram do bem ou se eram do mal. Adquirira um livro recém-lançado que sentia que ele mesmo poderia ter escrito. *Vida vertiginosa* era o título.

Não poderia haver título mais adequado para um livro retratando a época. Já o primeiro capítulo vinha-lhe em cheio. *E, subitamente, é a era do Automovel. O monstro transformador irrompeu, bufando, por entre os descombros da cidade velha, e como nas magicas e na natureza, asperrima educadora, tudo transformou com apparencias novas e novas aspirações.* É isso! Um monstro. Um monstro. *Só pelas ruas esguias dois pequenos e lamentaveis corredores tinham a ousadia d'apparecer. Um, o primeiro, de Patrocinio, quando chegou, foi motivo de escandalosa attenção. Gente de guarda chuva de baixo do braço, parava estarrecida como se tivesse visto um bicho de Marte ou um aparelho de morte immediata. Oito dias depois, o jornalista e alguns amigos, acreditando voar com trez kilometros por hora, rebentaram a machina de encontro ás arvores da rua da Passagem. O outro, tão lento e parado que mais parecia uma tartaruga barulhenta, deitava tanta fumaça que, ao vel-o passar, varias damas sufocavam.* Está ouvindo, Minna? Um aparelho de morte imediata; isto é o que é. E ainda ataca as pobres árvores e sufoca as pobres damas. Em alguns trechos, sentia o escritor quase se entusiasmar pelo monstro. Esses trechos ele pulava em sua leitura. Não lhe convinham.

E veja, Minna, que tristeza! *Graças ao automovel a paysagem, morreu — a paysagem, as arvores, as cascatas, os trechos bonitos da natureza. Passamos como um raio, de oculos esfumaçados por causa da poeira. Não vemos as arvores. São as arvores que olham para nós com inveja. Assim o Automovel acabou com aquella modesta felicidade nossa de bater palmas aos trechos de floresta e mostrar ao estrangeiro* ***la naturaleza****. Não temos mais* ***la naturaleza****. A natureza recolhe-se humilhada.*

De tanto ouvir Martin falar, Minna já não ficava tranquila com as crianças brincando na rua. Ficava o tempo todo de olho. Era diariamente alertada pelo marido, pois sabiam de casos muito graves acontecendo por ali. Não passava um dia em que não chegavam notícias de crianças atropeladas por carros, carroças e até por bicicletas. Se um bonde pegava, então, era morte certa. Ainda outro dia, o menino da dona Angelina foi pego por um carro a uma velocidade absurda — mais de quarenta quilômetros por hora, sendo a velocidade máxima permitida de trinta quilômetros por hora. Ficou sabendo, Martin? Ninguém mais respeita a lei? Minna se indignava. Não havia sido educada assim. Nem Martin, e essa era uma de suas grandes revoltas há anos.

Sem falar dos, cada vez mais frequentes, roubos e assaltos. Via as notícias todos os dias no jornal, que de imediato chamavam sua atenção. Casos a poucos quarteirões de onde moravam. Minna ficou muito amedrontada ao saber de um desses casos quando ainda estavam na Rua da Consolação. *Ladrão assaltante* era o título. A cada detalhe lido por Martin, Minna o interrompia. Na Avenida Paulista? Às seis e meia da tarde? Revolvia os guardados dos criados? Para se apossar dos mesmos? Agrediu uma criada? Sim, sim, sim, sim, Minna! Deixe-me ler! *Uma das creadas da casa, Elidina da Purificação, de 18 annos, tendo necessidade de descer ao pavimento térreo, alli foi surprehendida com a presença do desconhecido revolvendo as malas de outros companheiros.* E logo recomeçaram as interrupções, pois o assombro era muito. A criada gritou por socorro? O ladrão investiu sobre a moça com uma faca? Lhe vibrou diversos golpes no tórax? *Gott im Himmel*! Minna não se continha. E ela morreu? Não, Minna. Escute! Deixe-me ler.

Por muita felicidade, Elidina só teve suas vestes cortadas, pois os golpes não a attingiram, devido á resistencia opposta pelo espartilho que usava. E o ladrão? Fugiu sem nada? Escute, Minna, não interrompa minha leitura. *Os creados da casa deram por falta de uma bolsa com 80$000 e outra com 150$, uma libra e uma medalha, um par de brincos de meia libra, um cordão de ouro com medalha, uma corrente de ouro e outra com um peixe, pratas, nickeis e outras miudezas.* E ainda se deu muito bem, não, Martin? Roubar dos pobres? Entra num daqueles palacetes, rodeados de enormes jardins para onde dão um sem-número de portas e janelas, por onde poderia ter adentrado luxuosos aposentos, e sai com as coisas dos criados? Mas, fazer o quê? Assim anda este mundo.

Decidido ficou que iriam para o bairro da Vila Mariana, para uma bela casa em uma travessa da Rua Vergueiro, uma região em que havia ainda várias chácaras. Uma casa bem-construída, espaçosa, com três grandes quartos. Três quartos? Como faremos? Para Martin, o mais lógico seria o filho, sendo o único menino, ter um quarto só para ele. E as três meninas ficam em um quarto só? Martinho, pouco passado de um bebê, ter um quarto só para ele? Não parecia justo para Minna. É muito privilégio para o jovem príncipe, não? Pôr uma das meninas com ele? Ah, isso ele não vai querer — retrucou o pai. Ora, um menino de seis anos não tem nada que querer. Bem, resolveremos isso depois. A cozinha era ampla e arejada. As salas... Salas? Sim, havia espaço para uma sala de estar e uma sala de jantar. Uma área verde muito agradável ao redor da casa. Um pomar já bem formado — jabuticabeiras, goiabeiras, uma mangueira e uma pitangueira — e uma área onde poderiam cultivar uma horta e construir um galinheiro.

Era mesmo uma ótima casa. Não havia como negar. Com certeza, a família se acomodaria bem melhor nela. Minna sentiria falta da antiga vizinhança e das conversas com as boas amigas que teria de deixar para trás, mas Martin tinha razão. Vida naquela região não era mais para eles. Principalmente com as crianças. Ciganos e tudo mais. No novo bairro, sim, tudo era adequado. Uma rua tranquila, sem pavimentação, pouco movimentada, onde ela poderia ficar sossegada enquanto as crianças brincavam sem perigo. Mudança feita, assim foi.

Os quatro iam crescendo. Clara, já com dez anos, gostou muito da nova escola — a Deutsche Schule Villa Marianna, que dizia oferecer aos alunos uma formação de qualidade, além de preservar a tradição e a cultura de seu país de origem. Martin via nisso um bom diferencial para seus filhos. O bairro contava já com mais três escolas, uma delas pública, mas uma boa educação para os filhos valia o desembolso. A mais velha era muito aplicada, obtendo sempre bons resultados. Divertia-se com a classe — meninos e meninas de idades variadas, por vezes cada um aprendendo e fazendo coisas diversas. Sentava-se com uma menina dinamarquesa — a escola, internacional e laica, recebia alunos de vários países. Kirsten. Não falava de início nem português, nem alemão; não foi um empecilho — entendiam-se as duas e logo ficaram boas amigas. Participavam das aulas de trabalhos manuais, das quais gostavam muito. Algo que para Clara seria de muito proveito no futuro.

Celia, com oito anos, não demonstrava a mesma aptidão da irmã. Não tinha a mesma dedicação nem o mesmo capricho. Por vezes, era desatenta nas aulas e o professor vivia batendo em seus dedos com um grande e pesada régua de madeira por achar que ela não se esmerava o suficiente em sua caligrafia. Capricho, menina, capricho! Era o que ouvia entre uma reguada e outra. Gostava da ginástica todas as manhãs antes do início das aulas. No seu caso, contribuía para que ela entrasse em aula mais agitada ainda.

Era a que mais trabalho dava à mãe em casa também. Já estava em uma idade em que deveria se comportar como uma mocinha, mas seguia agindo como um moleque. Saía correndo descalça pela rua, algo que desagradava muito sua mãe. Célia, calce seus sapatos, ou ao menos seus chinelos. Não ande descalça pela rua. Não fica bem para uma mocinha de boa família, compreende? Mas ela não compreendia. O Martinho vive descalço na rua. Por que ele pode e eu não? Você não é o Martinho. Ele é um menino e ainda é pequeno. E mesmo ele é repreendido pelo seu pai. Você não ouve o que seu pai diz? Ele não é um moleque de rua e você muito menos.

Clara, ouvindo a conversa, veio se achegando com mais um recém-lançado exemplar de *O Tico-Tico*. Célia já olhou feio. Lá vinha sermão da irmã certinha. O que é desta vez, Clara? Há aqui uma narrativa que você deveria ler. Mas você já vai ler para mim com certeza, não? Só o começo; depois você lê o resto para ver a moral da história. Ouça. *É sabido que os meninos, geralmente, só gostam de brinquedos brutaes e barulhentos. É sabido também que as meninas não gostam d'esses brinquedos e até se assustam com isso.* Geralmente, Clara. E daí? E daí que *Abigail tinha genio que nem parecia de menina.* Nem parecia de menina? E daí? Daí que *suas brincadeiras eram desordenadas e tumultuosas, como as de um rapaz dos mais travessos. Em tudo ella se mostrava arteira. E ainda ficava furiosa com seu irmão Roberto, que era dous annos mais moço e tão tranquillo que era sempre dado como exemplo — Abigail — dizia mamãe — Isso é uma vergonha. Roberto é que parece uma menina.*

Laura, que a tudo estava atenta, ouvia e pensava. Por que meninos gostam de brinquedos brutais e barulhentos? Martinho brinca assim às vezes, mas nem sempre. Às vezes, é gentil e sossegado. Deixa então se ser menino? Não, não. É menino sempre, barulhento ou sossegado. Meninas não gostam desses brinquedos e se assustam? A Célia não. Ela não se assusta e se diverte. Em certos momentos é até mais divertida do que Clara. Clara é muito carinhosa e muito delicada. Mas — muito séria. Nada engraçada ou divertida. Não. Esta é Célia. Com Célia dou boas risadas. Gosto de suas brincadeiras, mesmo as agitadas e barulhentas. Gosto de correr atrás das galinhas no galinheiro com ela. Deixamos então de ser meninas? Não, não. Para Laura, isso não existia. Meninos e meninas podem ser... como era mesmo... ah, sim, travessos ou tranquilos. Voltou a atenção à conversa.

Está bem! Então se já sou uma mocinha, quero ganhar uma sombrinha igual àquela que a Celina tem. Toda bordada de flores e com rendas na beirada e com cabo de tartaruga. Clara ouviu e respondeu pela mãe. Era só o que faltava. Uma moleque correndo descalça pela rua e portando uma sombrinha daquelas. Sombrinhas são para mocinhas femininas e graciosas. Vê se amadurece, menina. Célia emburrou. Laura ainda pensou. E não pode? Não pode correr e dançar descalça pela rua portando uma sobrinha bordada e rendada? Nada mais feminino, ora bolas.

Martinho, para completar seis anos, pensava ser já um homem

quase feito. Pelo seu aniversário, ganhou um boné e nem pensar mais em sair sem ele. Um lindo boné oito gomos de lã cáqui, com padrão espinha de peixe. Era pôr na cabeça que se sentia o máximo. Começou a notar que pelas ruas não havia um homem sequer que trouxesse a cabeça descoberta. Chapéus de palha. Chapéus de feltro duro. Chapéus Panamá e London e Wien. Chapéus Cristys e Habig. Decidiu que tinha também de ter um, um chapéu de verdade, um chapéu de homem. Quando passavam pela Chapelaria Paulista, nova loja na Rua Quintino Bocaiuva, podia ficar horas a olhar a vitrine. Encantava-se com todos aqueles modelos expostos. Avaliava quais lhe cairiam bem. Atormentava seus pais, dia e noite. Mas, Martinho, você ainda não tem idade para usar um chapéu. Mas ele queria porque queria e seguia insistindo. Ouvira alguém dizer que *o chapéo é a integração do homem, um prolongamento da cabeça, um complemento decretado "ab eterno"; ninguem o póde tirar sem mutilação.* Ou algo assim. Queriam que lhe faltasse um pedaço da cabeça?

Um dia o pai entrou com ele na tal chapelaria. Disse ao vendedor que gostaria de ver um chapéu para seu filho. Sem que o pequeno percebesse, balançou lentamente a cabeça e piscou para o homem que os atendia, o qual logo entendeu. Ah, não, desculpe, senhor, mas não temos chapéus para esta medida de cabeça. Sua cabeça, amiguinho, ainda terá que crescer um bocado — e piscou de volta para Martin. Mas veja que temos ótimos modelos de bonés para meninos. Posso lhes mostrar alguns. Martinho emburrou. Enfiou seu boné na cabeça e foi saindo da loja batendo os pés. Martin se desculpou pelos maus modos do filho — mas agradeceu com mais uma piscadinha para o vendedor. Alcançou o menino que já ia longe. Em casa conversamos.

Laurinha gostava da nova casa e não se incomodava de dividir o quarto com as irmãs. Pelo contrário, sentia-se bem importante. E bem feliz estava que o irmão não mais tivesse que compartilhar o espaço com elas. Ele que ficasse com um quarto só para ele. Que fizesse bom proveito! Cada vez mais, demonstrava a pequena uma mente arguta — curiosa e cheia de imaginação. Adorava quando Clara lia para ela as histórias de seu livro de leitura. Ah, isso gostava. *Foi um dia, havia tres moças já orphãs de pai e mãi. Uma vez, ellas estavam todas tres na sacada de seu sobrado, quando viram passar o rei. A mais velha disse: "Se eu me casasse com aquelle rei, fazia-lhe uma camisa como elle nunca viu." A do meio disse: "Se eu me casasse com aquelle rei, lhe fazia uma ceroula como elle nunca teve. A caçula disse: "E eu, se me casasse com elle, paria tres coroados."*

Muitas vezes, pegava o tal livro e recontava a história lida por sua irmã — ou inventava a sua própria. Era uma vez três moças muito tristes sem pai nem mãe. Passou um rei com seu cavalo na porta da casa delas. Clara disse: "Vou fazer uma camisa muito linda para ele." Célia disse: "Eu vou fazer uma ceroula mais linda." Laura disse: "Vou fazer três coroas para ele." E ele se casou com Laura e viveram felizes para sempre. Queria narrá-las para Martinho, que, ainda sem saber ler, por vezes a ouvia com alguma atenção, mas só para zombar da irmãzinha, retrucando cada detalhe e desfigurando totalmente a história contada. Nem era um rei, Laurinha; era um bobalhão. Clara saiu de camisa e Célia, de ceroula. E o bobalhão não quis casar com Laura, pois ele era bobalhão, mas não era bobo, não. Isso deixava a menina muito zangada, como também a aborrecia quando ele virava as costas e a deixava falando sozinha. Não importa. Narrarei a história para mim mesma. E seguia com sua contação.

Tinha uma imaginação fértil e isso a ajudava com mistérios que precisava investigar. Algo que vinha a intrigá-la era quando diziam coisas um tanto incompreensíveis sobre ela mesma. Como cresceu! Ouvia isso de sua madrinha e de sua *Tante* Frida, que agora moravam longe e só a viam de tempos em tempos. Como cresceu! Laurinha ficava pensando, tentando entender aquilo. Como cresceu? Pensava e pensava. Ficava olhando fixamente suas mãos bem abertas, prestando atenção nas pontas de cada um dos dedos. Se ela crescia, suas mãos também deveriam crescer, e as pontas dos dedos também. Deveria ser um bom ponto de observação. Olhava e olhava e olhava, mas nada acontecia. Não via nada crescer. Parecia tudo sempre igual. Mesmo de um dia para outro. Olhava suas mãos assim que acordava e elas lhe pareciam iguaizinhas ao dia anterior. Tentou abordar a questão sob um novo ângulo. O espelho! Punha-se de pé em frente a ele, bem esticadinha e observava. Ficava ali, alguns minutos, tentando nem piscar, só observando. Será que ia ficando mais alta? Sua cabeça ia subindo? Ou as pernas. Às vezes, observava bem as pernas. Talvez conseguisse perceber algum alongamento nelas. Observava e observava, mas nada! Não via nada crescendo.

Resolveu, então, consultar sua sabida irmã mais velha. Afinal, depois de tantos anos na escola, ela já devia entender dessas coisas. Clara, a madrinha sempre me diz que eu cresci. Como eu faço para ver isso? Mas, Laurinha, que bobagem! Isso não se vê! Mas como a madrinha vê? Não, Laurinha, ela não vê você crescendo. Ela só vê que você cresceu. Isso não estava fazendo nenhum sentido para a pequena. Como ela pode ver que eu cresci? Ela vê o que já aconteceu? Notando que a irmã parecia cada vez mais intrigada, Clara se esforçou para tentar explicar melhor. Sua madrinha fica muito tempo sem ver você. Aí ela lembra de você de um jeito e, quando a encontra de novo, você está diferente, maior. Entende? Não, não entendia muito bem. Clara teve mais uma ideia. Como os pés de tomate em nosso quintal. Nós vamos lá e olhamos e eles estão deste tamanho. Mostrou o tanto com as mãos. Aí, se voltarmos só dali a uma semana, de que tamanho eles vão estar? Laura pegou as mãos da irmã e as afastou, aumentando a distância entre elas. Aí o que dizemos? A menina pensou por alguns segundos e respondeu. Nossa, tomateiro, como você cresceu! E sorriu! Então, ela e um tomateiro tinham algo em comum.

Lembrou-se então daquela fotografia sua, sobre a cristaleira ao lado das de seus irmãos, todas tiradas quando eram ainda bebês. Foi até a sala, puxou uma cadeira até próximo ao móvel onde se encontravam as tais fotos, subiu com muito cuidado até alcançar o porta-

-retratos e pegou-o com firmeza para que não caísse de suas mãos. Voltou ao chão e sentou-se na cadeira. Examinou, não pela primeira vez, aquela imagem. Diziam que era ela, mas não conseguia ter certeza disso. Não se lembrava de ter sido daquele jeito. Era verdade que a fotografia havia sido tirada há muitos anos, mas mesmo assim.

Ela era bem, bem pequenina, muito mais pequenina do que era agora. Os olhinhos muito espertos poderiam ser os seus, sim; e também as sobrancelhas bem escuras. Mas o nariz era tão minúsculo; e aquela boquinha aberta em ó. Se ela tentava imitar aquela cara no espelho, até que se parecia com ela, mas... talvez não. E aqueles cabelos, tão poucos no alto e dos lados da cabeça. Agora ela tinha um montão de cabelos, bem pretos e bem grossos. Olhava então as mãos e os pezinhos. As mãos eram muito lindas; as suas não eram mais assim gordinhas. Se cresciam, não deveriam ficar ainda mais gordinhas? E aqueles pezinhos, então! Os dedos meio que enrolados em direção à planta do pé. Eram muito bonitinhos. Se enrolasse os seus, também ficariam assim? Experimentava e parecia-lhe que sim. É, talvez Mamãe esteja dizendo a verdade. Talvez fosse ela mesma. E se era, havia mesmo crescido muito, como diziam sua madrinha e sua *Tante* Frida.

O ano era
1915

Violenta guerra — tropa convocada — bombas e granadas — imundice e alegria — um herói de guerra — perdas irreparáveis

Uma violenta guerra seguia no continente europeu há um tempo. Era assunto entre os homens pelos cantos das casas e pelas mesas dos bares, mesmo o Brasil não estando diretamente envolvido e nem tendo tomado partido diante do conflito. Os meninos não sabiam muito bem o que estava acontecendo e nem era para saber. Aquilo não era conversa para crianças. Entretanto, as imaginações corriam soltas.

Guto e Pepe, influenciados pela leitura de *Os três mosqueteiros*, discutiam o evento em detalhes. Ouviram que um arquiduque austríaco, o que para eles deveria ser tipo um rei, havia sido assassinado. Se Athos, Porthos, Aramis e D'Artagnan tivessem estado lá, tal conflito nem estaria acontecendo. Eram infalíveis em se tratando de proteger nobres e soberanos, e desarticular conspirações. Sem dúvida seria um serviço para eles. Iriam enfrentar os inimigos e terminar com aquela guerra. Não tinham dúvida. Isso não podia ficar assim. Sim, era mesmo um serviço para os mosqueteiros.

Pepe se adiantou. Ele seria D'Artagnan e disso não abriria mão. Considerava-se o mais corajoso; era como via seu personagem favorito. Guto se decidiu por Athos. Era tão corajoso quanto D'Artagnan, em sua opinião, e também o mais inteligente. Sabia controlar os sentimentos e manter a calma diante do perigo. Ele iria planejar os ataques. Precisavam de um Porthos e de um Aramis. Logo lhes veio à mente Luigi, vizinho de Pepe, sempre esquentado e pronto para uma briga, e Manuel, o portuguesinho, calado e desprendido, porém com um punho bem certeiro. Seriam estes os Mosqueteiros do Brás.

Tropa convocada e reunida, foram preparar os chapéus e as espadas. Folhas de jornal bem dobradas, da forma correta, e adornadas com penas arrancadas dos rabos das aves no galinheiro. As espadas? Refugos da carpintaria do seu Joaquim seriam perfeitos. Tudo pronto, foi decidido o momento do primeiro ataque. Sabiam que a turma da rua de baixo, que tinha como líder Ivan, o russo, se reunia quase todo fim de tarde em um terreno vazio próximo ao Moinho Matarazzo, onde, escondidos entre as árvores, faziam cigarrinhos de palha e ficavam por ali fumando. Seriam atacados sem aviso e seriam liquidados. Pepe tomou a palavra. *E então, meus senhores, todos por um e um por todos — este é o nosso lema, não é? Estendam a mão e jurem. E os quatro amigos repetiram a uma só voz o lema por D'Artagnan estabelecido: "Todos por um e um por todos"*. E foram à ofensiva.

Ivan e seus amigos, apesar da surpresa, resistiram bem ao ataque, revidando com paus e pedras, que encontravam pelo chão. Foram quatro contra cinco, e penas voaram para todos os lados. Os Mosqueteiros do Brás, batendo em retirada aos berros, disseram que aquilo não ficaria assim. Eles voltariam em muito breve. O grupo do russo gostou da ideia e da próxima vez estariam preparados. A guerra se tornaria mais burlesca. Quase todo final de tarde ocorria, por entre as árvores do local, um confronto impiedoso. Espadas se cruzavam em batalhas ferozes e sangrentas. Era como imaginavam a guerra na Europa. No entanto, por aqui, entre mortos e feridos, todos se salvavam.

Os combates envolvendo mosqueteiros e russos iam bem até que Guto, por acaso, descobriu que estava tudo errado. Durante a manufatura de novos chapéus, algo no jornal chamou sua atenção. Correu em busca do companheiro mosqueteiro. Pepe, Pepe, veja o que achei aqui no jornal. Leu em voz alta: *As operações nas linhas do Occidente. — Pariz, 9 —* Ouça isto. Em uns lugares lá, *assim como no valle do Aisne, assignalou-se vivo duello de artilharia.* Sim, duelo. O que tem, Guto? Espera, Pepe! Ouça. Aqui. *Nas linhas da Argonne, assignalaram-se combates a bombas e granadas de mão, entre as trincheiras adversarias.* Bombas e granadas, Pepe. Eles não lutam mais com espadas. Bombas e granadas. Temos que chamar o Luigi e o Manuel. Os mosqueteiros têm que se modernizar. Nós nos esquecemos de que este já é o século XX.

Os quatro reunidos puseram os cérebros para funcionar. Já sei! Manuel teve uma ideia. Podemos usar nossos estilingues. Para lançar as bombas. Mas que bombas? Bombas de lama! Disseram todos ao mesmo tempo. É isso! Somos mesmo os mosqueteiros mais geniais do Brás. *Um por todos e todos por um!* Gritaram em coro. Cada um correu para sua casa em busca de seu estilingue, que nem vinha sendo usado ultimamente. Que bom que os haviam guardado! Teriam a artilharia perfeita. Como a dos franceses, segundo o jornal. *As tropas francezas repeliram completamente um ataque das forças allemãs contra as posições em Linge.* O que quer dizer repeliram, Guto? Sei lá. Devem ter ganhado a batalha, né?

A dúvida era avisar os inimigos das mudanças ou atacá-los desavisados. Talvez fosse melhor avisá-los. Afinal, eles vinham sendo inimigos bem amistosos e a guerra andava bem boa. Com as modificações implantadas, foi marcada nova batalha. Esta foi de fato violenta. Bolas de lama voavam pelos ares e atingiam em cheio os adversários de ambos os lados. Ao final, nem se conseguia mais ver quem era quem, de tal forma cobertos de lama todos estavam. Desataram a rir e resolveram se dar uma trégua. Sentaram-se todos ao pé das árvores para descansar. O russo já foi tirando o fumo e a palha do bolso. Era hora de compartilharem um cigarrinho para comemorar o sucesso do embate. Todos haviam sido vencedores e perdedores de alguma forma. A imundice era geral, mas a alegria predominava.

Quando chegou em casa, Guto foi recebido com um bombardeio de reprimendas. Primeiro foi sua irmã que já o avistou de longe, vindo no fim da rua. Imediatamente chamou a mãe para ver o que ela via. Quando chegou ao portão, lá estavam as duas disparando uma salva de ensaboadelas contra o coitado. Mas o que é isso? Onde se meteu? Andou se chafurdando na lama? Mas que jeito de voltar para casa! Você já não é mais criança. Não tem mais idade de se meter nessas brincadeiras. Já para dentro, mas não me entre na casa. Vá pelo corredor, sem encostar nas paredes, e vá se lavar no tanque. E trate de lavar essas roupas também. Só vai entrar em casa quando se livrar de toda essa sujeira. Mas é só o que faltava. Seu pai vai saber disso. As duas não paravam de atirar contra ele. Uma e a outra. Uma e a outra. Parecia até que haviam ensaiado. Ele não conseguia dizer uma palavra. Que jeito de receber um herói de guerra! Muito, muito injusto.

À noite, teve que ouvir do pai. O que houve hoje por aqui? — perguntou ao filho. Guto contou tudo sobre o assassinato do arquiduque e sobre os mosqueteiros e sobre os chapéus e sobre as espadas e sobre os russos e sobre as bombas e sobre as batalhas e sobre tudo. O pai o ouvia com atenção. Sim, Augusto, isso é muito interessante e divertido, mas numa coisa sua mãe tem razão. Você já não tem mais idade para esse tipo de brincadeira. E uma guerra não é algo com que se deva brincar. Hoje ele não estava se repetindo. Revelou então coisas que o menino não sabia e nem imaginava. O que realmente estava acontecendo na Europa era muito diferente daquilo que os Mosqueteiros do Brás fantasiavam. França e Rússia nem eram inimigas, mas lutavam do mesmo lado contra a Alemanha. Guto foi pego de surpresa. A nossa Alemanha? A França está contra a nossa Alemanha? Sim, filho. Mas, então, as bombas francesas são para matar os alemães? Sim, como você vê, isso não é mesmo brincadeira. O menino ficou calado por um momento e, então, lançou uma pergunta bastante perturbadora. Por que eles estão se matando em uma guerra?

Augusto, talvez esteja na hora de você conhecer Tolstói. E foi à procura de um livro. Quem é Tolstói, Papa? Um grande escritor russo. Ele está na guerra? Não, ele morreu há pouco e sempre foi um homem de paz. Um de seus grandes romances é este. Chama-se *Krieg und Frieden*. Guerra e paz, Papa? Isso mesmo. Nele, um de seus personagens se faz exatamente a pergunta que você me fez. Ouça. *Por que vou á guerra? Nem eu mesmo sei por quê. Para encontrar aquelles que desprezo e dar a elles a opportunidade de me matarem e rirem de mim.* Ele está brincando, não, Papa? Não, filho, está falando muito sério. São perguntas que trazem mais perguntas. *Onde está o mal? Onde está o bem? O que há para amar? O que para odiar? Por que ainda viver? O que é a vida? O que é a morte? Que forças regem isso tudo? Eu me pergunto e não encontro resposta, excepto uma de todo illógica. O dia em que morreres, tudo acabará. Morrerás e tudo saberás; ou nada mais perguntarás. A morte parecia-lhe algo terrivel.*

Agora eram as palavras do tal Tolstói que bombardeavam a cabeça do pobre menino. Também ele estava experienciando visões insensatas e incoerentes. Mas, Papa, os que vão para a guerra morrem de verdade? Sim, a primeira página do jornal de hoje traz esta resposta. O título do artigo? *Perdas irreparaveis. As baixas confessadas da Allemanha, segundo as ultimas estatisticas publicadas, são superiores a um milhão e quinhentos mil homens.* Um milhão e quinhentos mil? Só de alemães? E os outros? Vejamos o que diz aqui. *Da França nada se sabe, porque, para evitar a commoção do publico, ha muitos mezes que não são impressas as listas de baixas. Lembra-nos ter lido, numa revista technica franceza (Armée et Marine), uma informação relativa aos mortos do exercito francez durante os primeiros seis mezes de guerra. Eram quatrocentos mil. Este numero talvez esteja duplicado, tão intensos têm sido os combates das trincheiras.* Cada vez mais assustado estava o filho. Como aquilo era possível? *Da Russia tambem nada se sabe, porque alli não se publicam listas de baixas. Da Italia, diz-se, na imprensa suissa, que só na grande batalha de Isonzo, ainda não decidida, teve quarenta mil mortos. Calculando as perdas inglezas, belgas, austriacas, servias, montenegri-*

nas e ottomanas, a guerra européa deve ter custado, á data actual, quatro milhões de mortos e seis milhões de invalidos — por ferimentos recebidos em batalha ou doenças contrahidas em campanha.

Guto estava pensativo. Quantas pessoas moram em São Paulo, Papa? Não sei ao certo. Meio milhão talvez. Viu que o filho seguia pensando e calculando. Então... já morreram nesta guerra... oito vezes todos os habitantes de nossa cidade? Era algo inimaginável. Tomou o jornal das mãos de seu pai. Uma palavra em negrito em meio ao artigo chamou sua atenção. ***Basta!*** *é o grito que se ouve de todos os lados, e que os proprios belligerantes reforçariam com a sua voz, si um estupido orgulho não lhes paralysasse, á flor dos labios, a exclamação que lhes sái da consciencia.* Basta! Repetiu para si mesmo o menino. Não entendo, Papa. Se todos gritam basta, por que o orgulho os paralisa? Não lhes pesa a consciência? Provavelmente sim, filho, mas o orgulho fala mais alto do que ela. Não entendia mesmo. Os que estão nas trincheiras não poderiam fazer uma greve como as que tivemos aqui nas fábricas? Infelizmente, Augusto, não é assim que funciona. Tudo é bem mais complicado.

Seu pai ia pegar o jornal, mas Guto indicou que queria ler mais um pouco. Precisava tentar entender. *Dez milhões de vidas perdidas, total ou parcialmente, são um tributo já excessivo ao amor proprio e ás ambições dos poderosos da terra. E que vidas essas, — as da juventude, dos homens validos, dos sêres que constituiam as preciosas reservas de forças destinadas ao progresso e á civilização do mundo de amanhã!* A leitura só lhe trazia mais e mais indagações. Esses homens têm família? E se nós estivéssemos lá na Europa, o senhor iria ter que lutar? E poderia morrer? O que será dessas milhões de famílias? E por que é que não vão os poderosos da terra lutar entre eles e deixar os pais de família em paz? August percebeu que o filho começava a se mostrar bastante transtornado. Talvez nem devesse ter começado aquela conversa.

Guto seguiu adiante a leitura. *Ao lado desta columna obituaria, tão sinistra, uma outra deve ser traçada, destinada á inscripção dos prejuizos e ruinas causados pela guerra. Dessa columna não são tribu-*

tarias sómente as nações belligerantes; são as nações de todo o mundo. As nações de todo o mundo, Papa? O Brasil inclusive? *Calculam os economistas que são necessarias muitas dezenas de annos de trabalho fecundo e de esmagadores sacrificios para recuperar a situação anterior á conflagração actual.*

Todos terão que trabalhar duro e fazer sacrifícios por causa desses beligerantes? Isso não é justo. Não é justo. Opa! Ele estava se repetindo. Também, estava muito, muito bravo. Isso não é justo. Não é. E nós? Somos o que nesta guerra? Não, sei, filho. Não sei. Com esta situação, toda a humanidade perde suas referências. Passamos a nos sentir como o personagem de Tolstói. Nem sabemos mais o que é o bem; o que é o mal; para que vivemos. E não achamos as respostas. Um dia as acharemos, Papa? Não sei, filho. Não sei.

Acabou-se a guerra no terreno arborizado próximo ao Moinho Matarazzo. E acabaram-se os Mosqueteiros do Brás. Relembrando tudo isso anos mais tarde, Guto chegou à conclusão de que aqueles haviam sido os instantes finais de sua infância.

O ano era
1915

Preferências — encontro de famílias — valsa, modinha e *ragtime* — pais impacientes — *vehiculo da immoralidade* — uma escola — cinematógrafo em casa

Os Künstler frequentavam o cinema uma vez por mês. Com seis na família, não era fácil decidir a que filmes assistiriam. Cada um tinha suas preferências. Com o jornal em mãos, e com uma ou outra recomendação de amigos e conhecidos, iam lendo que fita cada cinematógrafo estava levando. O que pouco ajudava, pois se tinha ali apenas o título, o qual podia ser bastante enganoso, às vezes acompanhado de uma pequena sinopse. Era do que dispunham. Martin apreciava os filmes históricos ou os de guerra e, naquele dia, lhe agradou OS MISERAVEIS — *epopea historica dramatica em 4 epocas e 12 partes extrahida da obra prima do immortal escriptor Victor Hugo. Sublime interpretação do celebre actor* KRAUSS *no papel de Jean Valjean.* Lemos esse livro. Lembra-se, Minna? E pôs-se ele a interpretar o personagem principal, com uma voz bem impostada. *É assim. Eu me chamo Jean Valjean. Fui um escravo das galès por dezenove anos. Há quatro dias fui libertado e sigo agora para Pontarlier. Desde que saí de Toulon, há quatro dias, estou caminhando. Hoje percorri a pé quarenta e oito quilometros em doze horas.* Que interessante fazerem dele uma fita! Entretanto, não queria perder *"A grande guerra", authentico extrahido do natural, verdadeira maravilha cinematográfica.*

Já a Minna agradavam as fitas mostrando boas vidas e boas famílias. Naquela semana optou por *A vida de Strauss. Soberbo e in-*

comparavel estudo social feito sobre a infancia e vida do celebre compositor Johann Strauss. Film sentimental, em 7 longas e commoventes partes. Sim, este mesmo. Através de uma história soberba e sentimental, conheceria a vida do compositor de suas queridas valsas. Bem que os músicos poderiam acompanhar a projeção com algumas de suas mais conhecidas composições. Seria lindo. *O segredo das rosas? Film d'art italiano dramatico, em tres longas partes, desempenhado pela actriz Paola Monti.* Parecia bom, mas preferia mesmo *A vida de Strauss.*

Clara e Célia, duas pré-românticas incuráveis, escolhiam filmes de amor. Clara gostou do título *Nelly — romance de uma florista. Grande drama social de vida real, que nos descreve os momentos de alegria, amor, prazer, angústia e soffrimento.* Célia já preferiu *A cigana hespanhola,* que a ela sugeriu uma vida excitante. A mãe deu o contra. Ninguém aqui vai assistir a uma fita sobre ciganos. Não, mesmo. Já não chegou? Mas, Mamãe, já pensou se aparecem nela os ciganos que conheci na Consolação? Que ideia! Não é não. Voltou a menina ao jornal. Interessou-a então algo que parecia mais de acordo com sua idade — *Um cachorro e duas pequenas patroas. Delicada comedia dramatica de grande metragem, da fabrica "Italia Film".* Comédia dramática? Como poderia ser isso?

Martinho não gostou de nada daquilo — nada mesmo. Sua escolha era sempre por aventuras, por comédias, por mistérios. Pegou o jornal — lia já um pouco — e disse sem pestanejar. Vejam! *Os amores de um macaco. Desenhos animados. Interessante e bellissimo film de A. Kinema.* Ou *Um heróe mudo. Apresentação de um magnifico film em seis partes, que nos demonstra os meios empregados pelas grandes potencias para se apoderar dos segredos de outra nação. Film editado pela fabrica Bioscop.* Ou então, o novo filme de Max Linder. *Max Linder no convento. Engraçada e impagavel scena ultra comica em tres partes representada pelo nosso querido comico.* Este deve ser muito engraçado mesmo. Como era difícil para ele escolher!

Por sorte, uma ida ao cinema podia incluir algumas das fitas escolhidas, pois cada sessão trazia uma sequência de diferentes atrações. Mesmo assim, vejam que chegar a um acordo não era nada fácil. Eram horas de discussões e argumentações por parte de cada um para convencer os outros de que a sua própria escolha deveria ser acatada por todos. Impossível. Martin determinou então, para que todos pudessem ser atendidos, que a partir daquela data, a cada mês, um seria responsável pelas escolhas. Só Martinho reclamou, pois podendo escolher só duas vezes ao ano temia perder as sequências de seus seriados favoritos.

O passeio mensal ao cinematógrafo era, para todos, mais do que ir assistir a uma projeção. Era a oportunidade de encontrarem familiares e amigos que não viam no dia a dia. Para Laura, tudo estava bem e tudo a divertia. Alegrava-se por estar com Leninha, sua melhor amiga, que, desde a mudança para a Vila Mariana, passara a ver com menor frequência. Reencontrá-la era sempre um enorme prazer. Essas saídas eram, com frequência, combinadas entre as duas famílias, o que agradava a todos. Martin trocava ideias com Luís. Minna e Maria punham a conversa em dia. As crianças se combinavam aos pares, pois também os Azevedo tinham três meninas e um menino.

Chegando ao cinematógrafo, compravam os bilhetes e, ao entrar na sala de exibição, escolhiam logo bons lugares — não muito perto, não muito longe. Laura e Leninha, de mãos dadas, corriam para ver os músicos que acompanhavam a projeção da fita. Havia o piano. Às vezes só ele, às vezes acompanhado por um violino, ou uma flauta, ou os três juntos. Até uma orquestra chegaram a ver, com direito a maestro e tudo. Certa vez, uma harpa apareceu por lá, instrumento que as meninas fizeram questão de um pouco dedilhar. Segundo seu pai, os músicos não eram os mesmos por muito tempo, pois se cansavam de tocar sempre as mesmas melodias e eram mal pagos. Aparecia algo mais rentável e eles iam-se embora. Muitas vezes já entretiam a plateia enquanto esta aguardava o início da função. Tocavam uma valsa e depois uma modinha ou até um *ragtime*. As pequenas ficavam só rodeando e observando como os instrumentos funcionavam e fazendo mil perguntas. Até que Clara vinha buscá-las. Mamãe está chamando. Parem de importunar os músicos e vamos sentar que as fitas já vão começar. Nisso, Martinho e Camillo, o Azevedinho, já tinham sumido. Gostavam de sentar bem lá na frente com a molecada, onde a folia era grande.

Para começar, todos precisavam assistir ao natural — as notícias da semana, que na verdade só interessavam aos pais. Eles gostavam de ver as imagens referentes ao que haviam lido nos jornais. Muito interessante, diziam. Para os outros, aquilo era uma chatura. Neste ano, a guerra na Europa seguia de forma devastadora e, segundo se ouvia, não estava prestes a terminar. As imagens perturbadoras do conflito dominavam os noticiários da Pathé: soldados cavando trincheiras e, a seguir, sendo bombardeados dentro delas; batalhões marchando entre escombros e lama por todo lado em cidades totalmente destruídas; ambulâncias trazendo feridos a um hospital de campanha; longas filas de civis aguardando pela distribuição gratuita de comida. Tudo era triste, muito triste — comentavam as mães. No entanto, em meio a tantas atrocidades, um momento de enternecimento. *Um amigo de quatro pernas encontrou agasalho entre os soldados alemães que ha um anno cuidam d'elle.* Imagens comoventes.

Começadas as atrações principais, Laura se queixava de que os letreiros passavam muito rápido. Ela já conseguia ler uma coisa ou outra, mas devagar. Sentada ao lado da mãe, pedia baixinho que ela os lesse em voz alta. Isso incomodava Martin, que cutucava a esposa, e fazia com que ela recebesse olhares tortos das pessoas importunadas ao seu redor. A depender do filme, a menina nem entendia bem o que se passava e lá vinha ela pedir para a mãe ou para Leninha explicarem. Até que o pai perdia a paciência. Se for assim, da próxima vez você não virá mais conosco. Isso bastava para que ela se calasse e passasse a acompanhar fosse como fosse. Reparou, certo dia, em um senhor que passava arrastando um rapazote pela orelha. Não quero mais saber de você com aquela molecada fazendo algazarra. Não quero mais. Não quero. Você entendeu, menino? Você entendeu? Sim, Papa. Puxa, pensou Laurinha, os pais andam mesmo muito impacientes. Voltava a atenção para o que se passava na tela. Se de todo não entendesse, pediria depois em casa que Clara lhe contasse toda a história, o que a irmã fazia com muito gosto. Quando o filme de todo não a interessava, a pequena acabava dormindo e, após o final da exibição, era carregada ao colo pelo pai de volta para casa.

Essas saídas eram sempre prazerosas. Até o dia em que, lendo a opinião de um leitor de nome Socrates publicada do jornal, Minna pôs-se a pensar. E não é que o tal homem estava repleto de razão? Suas palavras confirmavam algo que ela já vinha sentindo e a assustava. Talvez não devessem nem mais frequentar tal ambiente. Deveriam ir à procura de outras opções. Um bom programa musical, quem sabe. Leu o tal comentário para a família. *O cinematographo, infelizmente, é um dos maiores vehiculos da immoralidade. É indigno de ser frequentado, principalmente, por crianças, para evitarmos de lançar germes tão maus num terreno virgem que mais tarde produzirá abundantes e perniciosos frutos.* Está ouvindo, Martin? Estão ouvindo, crianças? Veja o que diz a seguir. *Entretanto causaria um bem incalculavel se exibissem fitas representando casaes exemplares, bons filhos, cidadãos honestos, philantropicos e altruistas, cumpridores de seus deveres.* Aí, sim! *Porém, tal não acontece.* Não mesmo. Ou raramente. *Que podemos esperar da futura sociedade? Adulteros, bebados, ladrões, assassinos e bandidos peores que os da atualidade.* Não acham que tem razão este senhor Socrates? É muito do que temos visto ultimamente e isso bastante vem me incomodando. Eu não havia dito nada, mas esse parecer deu-me coragem. São tantos malfeitores cativantes, mostrando o crime como algo glamoroso; mesmo quando castigados, parece que deixam uma boa impressão. Muito errado! E os pervertidos, os sedutores, sempre tendo em seus braços moças fáceis, que se entregam a beijos voluptuosos. Um verdadeiro escândalo. Não terei mais minha família testemunhando tais horrores.

Estava armada a confusão. O alarido da criançada foi geral. Ah, Mamãe, sem o cinematógrafo a gente não fica. A voz da razão se manifestou. Mas, Minna, o tal senhor pode até ter senso em alguns pontos, mas no todo me parece um grande exagero. Onde estão os verdadeiros exemplos para nossos filhos? Aqui dentro destas quatro paredes, não? Não somos nós a selecionar com eles ao que assistiremos? Não os acompanhamos a cada projeção? Poderíamos até conversar com eles sobre o que os filmes nos mostram. Acho que essa é uma ótima ideia e poderemos passar a fazê-lo daqui em diante, não? Sim, Papai, sim. Mas não nos impeçam de termos nossa diversão. Está bem, concordou a mãe meio a contragosto. Mas teremos que ser muito mais criteriosos daqui em diante. Nada mais de violência e falta de pudor. Não quero meus filhos expostos a tais péssimos exemplos.

Lembrou-se, então, Martin, de uma palestra proferida por um tal doutor Garcia Redondo no salão do High Life. Palestra excelente que, transcrita no jornal, ele havia recortado e guardado. Defendia ótimos argumentos para seus pontos frente ao dito pela esposa. Foi buscar o recorte. Não leria tudo, mas apenas alguns trechos os quais já havia sublinhado, quase como que prevendo que necessitaria deles. Veja, Minna, que sensatez. Diz o doutor: *Ah! não digais, amigos meus, que o cinematographo é um mero instrumento do prazer, um simples passatempo. Não, elle é antes de tudo uma escola, um bom livro, uma excellente encyclopedia onde tudo se aprende, onde tudo se pode aprender*. Célia e Martinho adoraram essa informação. Oba! Iremos aos filmes todos os dias e não precisaremos mais ir à escola. Mas, sim! — retrucou a mãe de pronto. Vão esperando. Seguiu o pai. Ouçam! *Bem haja, pois, o cinematographo que, deleitando, ensina e nos faz amar a natureza, a indústria e a arte em todas as suas manifestações.* E, muito ponderado, nos traz o outro lado, este que a preocupa tanto, Minna. *Dir-me-eis, que, muitas vezes, o cinema perverte porque nos ensina a praticar o crime, despertando-nos a idéa de cometer o roubo e o assassinato, de seduzir e raptar a mulher, de fazer o mal, emfim.* Viu, Martin? Isso é o que penso. Espere, ouça o que ele diz. *É exacto. Mas a isso responderei, que só rouba quem quer roubar, só mata quem quer matar, só seduz quem quer seduzir. Dentro de todos nós, ha sempre, ao lado do ser bom e honesto, um ladrão, um assassino, e um D. Juan. É a nossa boa índole, é a nossa boa educação que nos faz repellir esse ser odiento e mau, pondo-lhe na frente o ser honesto e bom.* Não é o que acabei de dizer? E mais adiante, reforça. *Se a índole e a educação são boas, a perversão fica á margem por mais seductora que se nos apresente a miragem do crime.* Como vê, Minna, são estas também as minhas palavras. A esposa pensou por alguns instantes. Se é assim, Martin, espero, de coração, que você e esse doutor tenham razão. Almejo ver meus filhos sempre seguindo no bom caminho.

E assim foi. Mas o que seria melhor do que ir ao cinematógrafo uma vez por mês? Ter um cinematógrafo em casa, é claro. Dias depois, Célia veio com a maior novidade de todas. Algo que chegou ao seu conhecimento na escola. Sem saber do que se tratava, Minna se animou. A filha finalmente estava pegando gosto pelas aulas. Quis logo mostrar interesse. E, então, filha, o que de tão interessante aprendeu hoje nas lições? Não, não foi nas lições; foi antes delas. Antes das lições? — espantou-se. Sim, foi algo que a Maria Olga me contou. Sabe a vizinha dela? Sabe o que eles têm em casa? Um cinematógrafo. A mãe achou que não tinha entendido. Martinho e Laura já surgiram do nada, pois o assunto os interessou. Como assim, Célia? Um cinematógrafo em casa? Clara, que ouvia a conversa, confirmou. Era possível ter um cinematógrafo em casa. Havia visto algo assim em um exemplar da revista *São Paulo Illustrado*. Correu a buscá-la em uma pilha embaixo de uma mesinha de canto. Olhem, chamou, enquanto se encaminhava para o embasbacado grupo.

Célia foi arrancando a revista das mãos da irmã. Deixe-me ver! Sim! É isso mesmo. Vai ver que a menina na foto até é a vizinha da Maria Olga. Martinho soltou uma chacota. Mas é que a vizinha da Maria Olga ia sair na revista! Não importa, continuou Célia. Vejam aqui. Deve ser este mesmo. E pôs-se a ler. *Estes aperfeiçoados apparelhos são proprios para funcionarem em casa das Ex.ªˢ familias. Dispensam a installação electrica, a gaz ou qualquer outra, pois que a luz é produzida com a rotação da própria manivela. Não offerece o menor perigo de incêndio e são de uma simplicidade ao alcance de qualquer criança. Projecção nitida e luminosa, como a dos cinemas de grande formato.* Não é uma maravilha? Precisamos ter um destes aqui em casa, não, Mamãe? Minna chacoalhou a cabeça. De forma alguma. Isso está fora de cogitação. Pois vamos falar com Papai. Ele certamente aprovará a ideia. Toda aquela insistência descabida fez com que a mãe se mostrasse bem indócil. Vocês falem com seu pai quando ele chegar, mas digo que aqui essa gerigonça não entra.

Os quatro se debruçaram sobre a revista. Como era belo aquele aparelho! Logo se puseram a pensar qual seria o melhor lugar para colocá-lo. E onde sentaria cada um para ter a melhor visão da projeção. Liam e reliam o anúncio. *Inviam-se catalogos e mais informações.* Ah, se ao menos pudessem receber o tal catálogo. Que filmes será que estariam disponíveis? Poderiam ir selecionando as fitas que mais lhes agradariam. Quanto demorou para o pai chegar naquela noite! E mal entrou, os quatro já o assaltaram. Mostraram o anúncio. E todas as vantagens que teriam. Ouça isto, Papai. *Preço de um aparelho completo, acompanhado de 6 films, 500$.* Apenas 500 mil, Papai. E tem mais. Eles têm um *grande stock de films especiaes que podem ser trocados diariamente, mediante reduzido aluguel.* Martinho era o mais animado. Podemos ver filmes todos os dias aqui em casa.

Em menos de um minuto, todos seus sonhos foram desfeitos. Quinhentos mil réis? Por um aparelho desses? Vocês têm noção de quanto são quinhentos mil réis? Não temos esse dinheiro sobrando e não precisamos de um cinematógrafo em casa. Podemos ao menos pedir o catálogo? Mas não. Que disparate! Minna sentiu-se vencedora, ao menos desta vez. Sua palavra tinha valor. O marido concordara com ela. As crianças, amuadas por dias, não podiam se conformar. Uma boa ideia veio de Martinho afinal. Célia, será que a Maria Olga consegue que sua vizinha nos convide para vermos os filmes lá? Ou quem sabe nos empreste a máquina vez ou outra? Não e não. Mais uma vez Martin e Minna concordaram.

O ano era
1916

Mulher dividida — luxo e beleza — Madame *Berthe* — provável genro — ideias avançadas — um ar mais adulto — uma bengala? — algo no ar

Bertha — uma mulher feita e pronta para se casar aos dezesseis anos. Mas era uma mulher dividida. Pensava em suas amigas e conhecidas, meninas e moças de todo tipo. Havia as caseiras, casadoiras, se preparando para uma boa união matrimonial, seguindo o caminho percorrido por suas mães. Havia as que trabalhavam, em geral por necessidade — em lojas, escritórios e até fábricas. Havia ainda um terceiro grupo — as autoproclamadas feministas anarquistas, por sinal não muito bem vistas pelas famílias ditas decentes. As que trabalhavam por necessidade de ajudar no sustento da casa, era aceitável. Mas o que este último grupo demandava, para muitos, era inadmissível. Andar pelas ruas desacompanhadas, com toda a liberdade, com trajes nem sempre apropriados? Aos saltitos e risadinhas nada convenientes a quem não queria comprometer sua honra e a de sua família? Onde aquele mundo iria parar?

Bertha se via muitas vezes flanando entre esses universos tão diferentes. Havia a Bertha romântica e conservadora. Sonhava em encontrar um grande amor, vir a ter uma casa e filhos. Ao completar doze anos, ganhara de sua mãe um álbum de recordações. Abriu o embrulho e encontrou algo que parecia um livro. Uma capa forrada de tecido aveludado num tom de marrom bem claro com a palavra "ALBUM" em letras metálicas. Folheou-o; tudo o que encontrou foram folhas em branco. Olhou para sua mãe. Aí você guardará as recordações de seus dias de mocidade. Você pode escrever poemas, colar cromos e pedir a suas amigas que escrevam versinhos para você nunca se esquecer delas. A ideia parecia interessante. Algumas de suas colegas de escola tinham algo parecido. Contudo, não tão bonito quanto este, pensou.

Depois de quatro anos, tinha o álbum quase todo preenchido por lindos textos. Poemas adoráveis e, vez por outra, ilustrados por belas imagens. Um texto, escrito para ela por uma de suas amigas mais queridas, voltava a ler de tempos em tempos. Falava sobre o amadurecimento de uma menina até se tornar uma mulher. Bertha se encantava com as ideias que o texto lhe trazia. *Aos doze anos, a mulher é a crisalida que espera a luz do amor para tornar-se dourada borboleta; aos treze, é um poema lirico a que falta a ultima estrofe; aos quatorze, é um hino de harpa eolia; aos quinze, é um astro em torno do qual rodopiam a graça, a harmonia e o amor; aos dezesseis, é uma estatua de Madona que procura um coração de homem para dele fazer o seu altar.* Segundo pensava, esta fase, a última, era ela naquele momento. Será que seu coração realmente buscava encontrar o coração de um homem que completasse o seu?

A menina, agora já uma moça, muitas vezes desejava que pudesse ter uma vida de mais luxos. Desde os seus dez, doze anos, ao se dar conta de como outras viviam e se vestiam, em especial aquelas que não se cansava de admirar passeando ao longo da Avenida Paulista, sonhava em ser uma delas. Em frente ao espelho oval, de corpo inteiro, que cobria uma das portas do guarda-roupa no quarto dos pais, desfilava cheia de pose. O que via dentro do espelho não correspondia ao que estava do lado de fora. Seu vestidinho de algodão florido era, na verdade, um longo vestido de *mousseline de soie* em um rosado bem suave; o corpete, bem ajustado, com a pala toda bordada em vários tons de rosa e enfeitada com apliques e passamanarias; e a saia, na verdade duas delas, de cintura alta, com um caimento perfeito até os pés, deixando entrever apenas as pontas de seus sapatos, e cuja barra exibia um finíssimo acabamento com cascatas de rendas. Ao caminhar de um lado para o outro, sungava a lateral da saia até a altura das canelas, com toda a elegância, num gesto displicente e gracioso. Fazia de tudo para realçar os seios, que, aos poucos, vinham despontando com vontade; encolhia a barriga para realçar seus quadris. Via também seu chapéu, lindo, de palha, de abas não muito grandes, todo enfeitado com flores, plumas e laços. Não poderia se esquecer de sua sombrinha de cabo longo, adornado com delicadas pedrarias, que, ao mesmo tempo em que a protegia do sol, dava-lhe o toque de classe final ao ser rodada com elegância. Ela era mesmo uma dama muito aristocrática.

Mama, corre aqui! Venha ver a Bertha! A repentina entrada de seu irmão no quarto trouxe a mocinha de volta à realidade. A belíssima imagem refletida no espelho desapareceu e ela voltou a ser a menina com seu vestido florido de algodão. Ora, Guto, o que você está fazendo aqui? Vendo você fazer papel de boba. E riu com vontade. Bertha já estava para lhe dar um sopapo quando viu sua mãe à porta. O que está acontecendo aqui, posso saber? Sentiu o rosto todo vermelho. Nada! Não está acontecendo nada. Guto tinha outra opinião — e cheio de deboche imitava a irmã. Mama, você devia ter visto a Bertha andando para lá e para cá frente ao espelho fazendo umas caras e uns gestos muito engraçados. Ah, menina, sonhando acordada novamente. Hannah sabia ao que o filho se referia, pois já a havia visto em alguns desses devaneios.

Bertha gostava de sonhar. Seu pai poderia ser o dono de uma grande firma de importações em vez de um mero funcionário de uma pequena firma de importações. Tudo seria diferente. Não morariam naquela pequena casa térrea no Brás, em meio àquele povo imigrante pobre vindo sabe-se lá de que cafundós do mundo, mas em um luxuoso palacete de dois andares na Avenida Paulista, rodeado de vizinhos pertencentes a mais alta aristocracia paulista. Um palacete circundado por vastos e bem cuidados jardins, com árvores frondosas, e flores e arbustos dispostos em canteiros, entremeados de figuras de mármore. Quem sabe um chafariz, ou um lago atravessado por uma ponte. Uma pérgula coberta pelas mais encantadoras trepadeiras. E as calçadas entre a avenida e os imponentes portões de ferro maciço trabalhados à mão? Lindamente arborizadas com ipês roxos e amarelos, magnólias e plátanos, de ponta a ponta, muito convidativas para um passeio ao cair da tarde. Tudo tão agradável!

Não teriam de tomar o bonde para se locomoverem pela cidade e ir às compras, pois teriam, com certeza, àquela altura, um belo de um automóvel com um *chauffeur* elegantemente uniformizado. Dentro do palacete? Todo o *dècor* no mais requintado estilo *art nouveau*: mesas com tampos de mármore de Carrara branco, cadeiras austríacas confeccionadas com as mais nobres madeiras, tapetes persas artesanais com característicos desenhos florais, estofados em brocado de veludo com pés e braços esculpidos com primor, louças inglesas da mais fina porcelana pintadas à mão com fios de ouro e prata. De onde ela sabia de tudo isso? Dos relatos feitos pela mãe sobre os tempos em que viveu com os Paula Souza e os Tibiriçá, atualizados pelas revistas que traziam as últimas tendências em moda e decoração, e alimentavam sua imaginação e seus sonhos.

E que belas roupas ela teria! Não aqueles modelitos pobres confeccionados pela dona Lucinda, a costureira da rua de cima, que só sabia fazer vestidos do mesmo molde — todas as freguesas se viam trajadas da mesma forma pelas ruas. Um horror! Não! Ela começara a ler *Madame Bovary*, em recortes da obra publicada em folhetim e colecionados pela mãe. Encantou-se com as descrições das roupas e dos ambientes em Vaubyessard. *Emma procedeu á sua toilette com a consciencia meticulosa de uma actriz na estréa. Arranjou o penteado segundo as recommendações do cabelleireiro, e vestiu o seu vestido de barège, extendido em cima da cama.* A cena construía-se em detalhas na imaginação de Bertha. *Na linha das senhoras sentadas, agitavam-se os leques, os ramos occultavam a meio o sorriso, e frascozinhos com tampas de ouro volteavam em mãos entreabertas, cujas luvas brancas marcavam a fórma das unhas, e apertavam a carne nos pulsos. Os enfeites de renda, os broches de diamante, os braceletes de medalhão agitavam-se nos decótes, scintillavam nos collos, tilintavam nos braços nus. Os penteados, muito collados á testa, e enrolados na nuca, ostentavam em coroa, em caixa, ou em ramo, myosotis, jasmins, flores de romã, espigas ou centauras.* Que elegância! Que estilo! Tanto luxo e tanta beleza Bertha nunca havia visto. Como aquelas mulheres, ela escolheria, ou melhor, ela mesma criaria o modelo para cada um de seus vestidos, seguindo a mais recente moda de Paris. Ela com certeza teria muitos, a serem então cosidos especialmente para ela por uma costureira, não, uma modista, com os tecidos importados mais finos que se pudesse conseguir.

Sim, ela desenharia seus próprios modelos. Que lindos seriam! Suas amigas, e mesmo as moças ricas que ela não conhecia, os admirariam e os invejariam. Sim! Ela poderia criar figurinos únicos e exclusivos também para elas. Ganharia muito dinheiro e ficaria famosa. Trabalharia apenas para a elite e assinaria suas criações como a célebre Madame Bertha. Ficaria conhecida e reverenciada por todo o mundo. Naquele momento seu sonho foi interrompido por um pensamento que a sobressaltou. Lembrou-se de que as mais conceituadas modistas eram francesas ou italianas. Ela teria que ser francesa e seria essencial aprender o idioma. Isso! Madame *Berthe*! Madame *Berthe Zahleriene*. Perfeito! Seria livre e dona de sua vida. Delírios alucinantes. Assim obviamente não foi.

Certo dia, sua mãe chegou com uma grande notícia. Acreditava ter encontrado o marido ideal para a filha. Através de seus contatos, soube da chegada a São Paulo de um senhor alemão, solteiro, já com um bom emprego em uma filial de companhia estrangeira recém-inaugurada no Brasil, e, decerto, com um bom salário. Logo se lembrou do que dizia uma escritora inglesa bastante famosa na abertura de um de seus livros. *Nada é mais previsivel do que o facto de um homem jovem, rico e solteiro precisar, mais do que qualquer coisa, de uma esposa.* Bertha era a esposa de que ele precisava. Como a personagem do tal livro, acorreu sem demora ao marido, antes que outra mãe o fizesse. Transmitiu a ele os poucos detalhes que conhecia. August a principio se manteve indiferente. Soube Hannah ainda que o tal senhor, de nome Wilhelm Steinberg, costumava almoçar no Bar Guanabara, localizado à Rua Boa Vista e frequentado por pessoas abastadas. Bom sinal! O marido teria de dar um jeito nisso. August, você deve travar conhecimento com seu provável genro e tratar de atraí-lo para um almoço com a família. Provável genro, Hannah? Mas de que você está falando? Meu caro August, não é possível que você não esteja entendendo. É, como se diz, um belo partido. O arranjo perfeito. A esposa tanto insistiu que lá foi o marido à caça do tal Steinberg.

Bertha se revoltou. Pois havia também a Bertha com ideias avançadas — até demais para o gosto de seus pais. Considerava-se uma mulher moderna, uma mulher do novo século; havia nascido no ano de 1900, a porta de abertura para uma nova era. Não iria se casar com um homem que nem conhecia. Você irá conhecê-lo, não? Com certeza não vou gostar dele, Mama! Deve ser um velho. Talvez não. Talvez você até goste dele — e muito. Bertha não se dava por vencida. Não, não. Não vou me casar com esse homem. De jeito nenhum. A época dos casamentos arranjados vai longe. Acho que nem quero me casar. Quero ter uma vida independente como Florence Lawrence, uma vida excitante como Sarah Bernhardt, quero ser livre como Isadora Duncan. Quero ser alguém no mundo, fazer diferença, fazer deste um mundo melhor.

Ah, Bertha, esses livros que você anda lendo e essas fitas que você anda assistindo não estão lhe fazendo nada bem; estão é enchendo sua cabeça de minhocas. Sem falar daquelas suas amigas, a Carlota e a Esther. Não são companhia para você. Ouvi que andam até bebendo com uns rapazes no bar do seu Amaro. É isso que você quer da vida? Adotar maus costumes e ficar falada por todo o bairro? Aí, sim, é que ninguém vai querer casar com você. Mas, Mama. Não me venha com mas, Mama, menina. Tenha juízo. Saiba que uma mulher só é feliz quando se casa e constitui uma família. Você não vê como eu sou feliz com seu pai? Ele não é um bom pai para nós? Não temos um lar venturoso?

Ao ouvir sua mãe falar, Bertha até se sentia um tanto culpada. Sim, a mãe tinha razão. Tinham uma boa família. Não que tivessem dinheiro para grandes extravagâncias, mas tinham o suficiente para uma vida com um certo conforto. Não lhes faltava nada. Ela realmente não precisava de um palacete, de um automóvel com *chauffeur* e nem de vestidos caros. Mesmo assim, às vezes, parecia que algo lhe faltava. O que seria? — ela se perguntava. Ter uma vida diferente, criar algo só seu, ser importante? Conquistar *um coração de homem para dele fazer o seu altar*? Seria possível ter tudo? Como ela se sentia confusa.

Passada uma semana, August chegou ao fim da tarde com novidades. Hannah, no domingo, teremos companhia para o almoço. *Herr* Steinberg? — arriscou a esposa. Sim, Hannah, ele virá almoçar conosco. Bertha ouviu a conversa da cozinha e veio saber dos detalhes. Como é afinal esse tal de *Herr* Steinberg? Segundo o pai, já um homem feito, maduro e bem encaminhado na vida. Mas como ele é? É assim como eu falei, Bertha. Papa — interrompeu Guto —, ela quer saber se ele é bonito ou feio. A irmã lhe deu com o pano de pratos na cabeça. Ah, isso você vai ver no sábado. Isso é para você julgar.

Com o dia se aproximando, Bertha se percebia entre excitada e nervosa e revoltada e apavorada. Mama, no domingo, eu não estarei em casa para o almoço. Vou almoçar na casa da Lotte. Que besteira é essa, menina? Mas é claro que você almoçará conosco. Só essa é que me faltava! Eu não quero me casar com esse senhor. Filha, ninguém vai falar em casamento. Você nem sabe se esse senhor vai querer casar com você. Tal comentário pegou Bertha meio de surpresa. Por isso ela não esperava. A mãe continuou. Ele não conhece você, e a gente nem sabe se ele quer se casar. Sem falar que a época dos casamentos arranjados já acabou. Hoje vivemos em um mundo moderno. Bertha se espantou de ouvir a mãe falando uma coisa daquelas. Vamos dar tempo ao tempo e tudo se encaminhará como deve ser e como Deus quiser, certo? A forma como as coisas haviam sido colocadas agora mudava tudo. Bertha se sentiu mais tranquila. Mas será que existia a possibilidade dele não gostar dela? Que desaforo!

Afinal, o domingo chegou. Estava claro para Bertha que ela não queria se casar com aquele Wilhelm Steinberg, mas também não queria que ele não gostasse dela. Decidiu que se vestiria muito bem — para a ocasião algum daqueles modelos chiques com que sonhava até que viria bem. Escolheu o vestido que considerava o mais bonito em seu guarda-roupa e calçou um par de sapatos novos, que havia reservado para um dia como aquele. Tentou um penteado diferente; prendeu seus cabelos escuros em uma grossa trança, que, a seguir, enlaçou em uma espécie de coque. Gostou do resultado; dava-lhe um ar mais adulto. Ela não queria se casar, mas queria só ver se aquele senhor teria a petulância de não gostar dela.

Ouviu um bater de palmas ao portão. Só poderia ser ele. Ela ficaria ainda um tempo no quarto. Atiçaria sua curiosidade. Será que ele havia sido informado de que seu pai tinha uma filha em idade casadoura? Talvez nem sequer soubesse de sua existência. Que boba ela era! Ouviu vozes já dentro da sala. Vozes de homens — seu pai e o tal senhor. Ouviu sua mãe chamá-la. Já estou indo, Mama. Daria mais uns cinco minutos. Passou no quarto dos pais para se olhar uma última vez no espelho. Não estava mal.

Quando entrou na sala, viu o homem de costas, de pé, conversando com o pai. Uma bela casa o senhor tem, *Herr* Zähler — falavam em alemão, é claro. Não era muito alto, cabelos escuros bem penteados. Um bom terno cinza escuro com um caimento impecável; elegante ele era. Portava uma bengala? Seria um item de moda ou será que o homem era manco? Ai, meu Deus! Ah, Bertha, aí está você! O senhor de imediato se virou. Filha, este é *Herr* Wilhelm Steinberg, recém-chegado da Alemanha, e que hoje é nosso convidado para o almoço. *Herr* Steinberg, esta é minha filha Bertha. Ele a cumprimentou com um aceno de cabeça. *Guten Tag, Fräulein*!

Bertha, bastante surpresa, gostou do que viu. E da voz que ouviu. Era um homem bem-apanhado, diria bonito mesmo. Terno de três peças, o nó da gravata de seda feito com esmero e um cravo vermelho na lapela — muito elegante. Mais elegante do que a maioria dos homens que ela conhecia. Dois olhos escuros miúdos por baixo de duas sobrancelhas escuras. Um sorriso sincero por baixo de um bigode muito bem aparado.

Afinal, Hannah, como costuma ser com as mães, tinha razão. Foi dado tempo ao tempo e as coisas se encaminharam como deveriam ser e como Deus quis. Após aquele primeiro encontro, Wilhelm — logo se tornou Wilhelm, e não *Herr* Steinberg — passou a frequentar a casa. Foram vários almoços, que foram se prolongando tarde adentro, muitas vezes até o jantar. Bertha gostava de sua companhia e, tudo indicava, ele, da dela. Ninguém falava em casamento, mas havia algo no ar. Uma afeição ia se fortalecendo de ambos os lados e logo se transformaria em amor. Era só dar tempo ao tempo.

O ano era
1916

Oferta irrecusável — sobrado excepcional — Jardim Botânico — pura magia — muito doente — cegonhas e repolhos — flores e bebês

Cada vez que Minna e as crianças se acomodavam em uma nova casa, cada vez que sentiam que tudo estava em ordem, cada vez que sentiam que tinham bons vizinhos com quem se davam bem, lá vinha Martin. Minna, tive uma oferta de trabalho que não posso recusar. Vamos para Araraquara. A esposa não sabia mais o que fazer, pois ele não tinha sossego. Araraquara? Daquela vez ele havia realmente se excedido. Nenhum emprego nunca se mantinha bom o suficiente para ele; nenhuma vizinhança nunca se mantinha boa o suficiente para sua família. Ela já estava cansada de não parar em lugar nenhum. Desde que se casaram, seria a sexta casa em que morariam.

Para ele, a mudança só traria vantagens. Seu salário seria muito melhor. Até quando? Eles ficariam muito melhor instalados na nova casa. Até quando? Teriam relacionamentos com pessoas muito melhores. Até quando? Tudo seria muito melhor naquela região. Até quando? Até quando? Até quando? Para Minna, era sempre um transtorno. Desmontar toda a casa, com quatro crianças, duas ainda pequenas; rearrumar em aposentos dispostos de forma bem diferente; perder suas referências familiares e sociais; adaptar-se a uma vizinhança desconhecida, onde tudo lhes era estranho; e, o pior, a quase certeza de que era temporário, até que o marido chegasse à conclusão de que, afinal, nem aquele emprego nem aquele local eram tão perfeitos como julgara. Até receber uma nova proposta de trabalho, esta sim, irrecusável.

Mais uma vez se mudavam. Pai, mãe e quatro filhos. E todos os seus pertences. Araraquara era o destino. Estariam a mais de trezentos quilômetros de tudo o que lhes era conhecido. Isto não será um problema, dizia Martin. Consegui uma excelente colocação e as condições de vida para nossa família irão melhorar muito, muito mesmo. Havia pesquisado e visitado a cidade antes de se decidir. Localidade pacata. *População: É calculada em 55.000 habitantes no municipio, sendo 12.000 na cidade.* A produção de café ia de vento em popa. *As terras do municipio, roxas em sua maioria, e brancas em parte, pouco accidentadas, pouco sujeitas ao vento sul, em clima propicio, são de producção a nada ter que invejar ás de qualquer outro logar. O municipio conta lavouras de café que bateram o record da producção media do Estado.*

Os ricos fazendeiros vinham investindo em um centro urbanizado e embelezado — ruas e praças arborizadas e iluminadas, comércio ativo e variado, até serviços de telefonia. Uma cidade em franco desenvolvimento, porém tranquila, que lhe traria ótimas oportunidades. Disso Martin estava certo. Certíssimo. Tinha planos, muitos planos. Compraria boas terras para cultivar café. Produziria muito, o que lhe traria grandes rendas. Expandiria os negócios — gado bovino, suínos, até ovinos, como tivera a família em sua terra natal, e cavalos. Sim, alguns cavalos. Martin, você não tem mesmo juízo. Essas ideias já não nos arruinaram uma vez? Está bem, está bem. Então, inovaremos; vamos nos dedicar à fruticultura. *A fruticultura encontra aqui, para algumas qualidades, todas as condições desejaveis. Laranjas, mangas, uvas e abacaxis são cultivados em quantidade apreciavel. A exportação de abacaxis eleva-se a mais de cem mil, annualmente. A Companhia Paulista de Estradas de Ferro fez construir um vagão especial para transporte de frutas, destinado a Araraquara. Seria para desejar que, em futuro proximo, fizesse correr não um vagão especial, porém trens especiaes de frutas.* Vejo muita prosperidade em nosso futuro. Essas eram as ideias que desvairavam Martin, sempre inspirado pelo Conselheiro.

Mais do que tudo, ele se veria livre da São Paulo, que a cada dia mais o sufocava. Doía-lhe ver o que estavam fazendo da aprazível e acolhedora cidade à qual chegara no finalzinho do século anterior, vindo de muito longe, da cidade de Graz, do outro lado do Oceano Atlântico. Onde ficava Graz? Onde fica até hoje — agora na Áustria. O que aqui encontrou e o cativou desaparecia da noite para o dia. Suas percepções ecoavam poemas, escritos há séculos e lidos por ele em outros tempos. Eram desapropriações seguidas de demolições seguidas de destruições seguidas de devastações. *Não é mais o mundo como antigamente. / E sim um caos disforme e vehemente; / Tudo derrubado sem cuidado ou plano / Terra, areia, pedras, mero engano.* Moradias, igrejas, conventos, palácios, praças e jardins. Hoje estavam lá; amanhã, desaparecidos com uma rapidez incrível. Para dar lugar a novas construções que em breve seriam substituídas por outras mais modernas, atendendo a sabe-se lá que interesses — questionava ele. Nem os rios eram deixados em paz. O assim chamado progresso tudo ia transfigurando, atropelando e desmantelando. Belas construções de valor histórico indo abaixo, uma atrás da outra.

As antigas chácaras que tanto aformoseavam a capital haviam sido, quase na íntegra, esquartejadas por ruas, avenidas, alamedas e largos, que iam se abrindo e loteadas de forma irregular e desordenada. Não conseguiam resistir à ganância imobiliária. *Ah, tempos idos, nem tão distantes, / Em que caminhos havia por vales e planos / Por onde iam e vinham quaisquer passantes. / Até que as terras foram cercadas / Por ordem de avidos algozes tiranos / E todas passagens assim bloqueadas. / A justiça feita para falar como ordenam.* Uma nova cidade ia surgindo sobre os escombros da que antes existira. Dizia-se ser o preço da era da modernidade, mas Martin não estava muito convencido disso. Para gastar o dinheiro público sem o menor constrangimento em ostentosos loteamentos, canalização de rios, longos viadutos, arrasava-se toda a vegetação. Araucárias, palmeiras, árvores frutíferas, tudo ia abaixo. *Ó campos, ó paisagens queridas, / Flores do prado, flores do pasto, adeus, adeus! / Por vós suspiro, ó arvores partidas; / O cerco veio e vão-se as glorias de Deus!* As prioridades eram outras. Façam hoje e o arrependimento virá amanhã. Doía-lhe sentir que não pertencia mais àquele lugar.

Encontrou sem dificuldade um sobrado excepcional para alugar, um bocadinho recuado do centro. Você verá que beleza, Minna. Um imóvel superior a este e nada mais caro. Casa bem-construída, espaçosa, com três grandes quartos. A cozinha é ampla e arejada. Há espaço para uma sala de estar e uma sala de jantar. Um jardim imenso circunda a casa — nunca tivemos uma casa com um jardim daqueles. Um pomar já bem formado e uma área onde poderemos cultivar uma horta e construir um galinheiro. Ficaremos muito melhor instalados. Minna não quis dizer nada, mas teve uma ligeira impressão de que Martin a descrevia exatamente como descrevera a casa da Vila Mariana. Enfim...

Nossos filhos, com certeza, se sentirão mais felizes por lá. Irão para uma nova escola. O Grupo Escolar da cidade — um prédio enorme. Como atende muitos alunos, funciona em dois períodos, explicou. Já me informei de tudo. Martinho começará a frequentar as aulas e estudará de manhã com os meninos. Clara e Célia irão no período da tarde, reservado para as meninas. E eu? E eu? Quis saber Laura. Não, pequenina, você fica em casa com Mamãe. Tem que crescer mais um pouco. Ora, viviam dizendo a ela como crescera. Quanto mais teria que crescer até poder ir à escola?

O transporte dos móveis e objetos foi complicado. Afinal eram mais de trezentos quilômetros. Martin foi acionando seus contatos e as coisas foram chegando aos poucos — de trem, de caminhão, em carroça, em carretão. Já a chegada da família à nova residência foi uma alegria. Minna, apesar do desagrado, gostou do que viu. A casa era um bonito sobrado — com escada e tudo. As crianças corriam para cima e para baixo trazendo as novidades que cada uma ia descobrindo — a própria escada, quartos espaçosos, janelas com vista para a rua, janelas com vista para o jardim, o quarto de banho — tinha uma banheira!

Laura foi a primeira a se aventurar e explorar o que havia lá fora. Saindo pela sala, encontrou uma varanda que levava ao jardim. Como era imenso! Parecia até o Jardim Botânico de tão grande. Lembremos que ela era ainda bem pequena. Tinha muitas árvores. E tinha canteiros cheios de verdurinhas. Chamou a mãe. Chamou os irmãos. Todas surgiram à porta. Martinho foi o mais ligeiro e foi logo escolhendo uma árvore na qual subir. Como eram altas! Cuidado, menino, não vá se quebrar já no primeiro dia.

Minna foi inspecionando tudo. Árvores frutíferas. Vejo que teremos laranjas, bananas e mamões, e quem sabe mais o quê. E aquelas verdurinhas, Mamãe? Não, Laura, não são verdurinhas. São canteiros de flores. A menina não via flor nenhuma. Só tudo verde. Teremos que aguardar a chegada da primavera, filha. Estamos no mês de julho e as verdurinhas, como você as chamou, florescerão em setembro. Quando será setembro? Isso vai demorar um pouco. Deverá ter paciência.

Acabou chegando até que rápido. Era tanta coisa a desvendar naquela nova casa e tanto trabalho para pôr tudo em ordem que a menina até se esqueceu das verdurinhas. Setembro chegou e, com ele, como a mãe havia previsto, chegaram as flores. Mas chegaram de onde? Laura não entendia e queria entender. Sua mãe estava sempre muito ocupada com a casa e com a cozinha e com as roupas e com as crianças para suas perguntas sem fim. O jeito era recorrer à irmã mais velha, a mais sabida depois da mãe. Clara tinha seis anos a mais e já era bem estudada. Gostava muito das plantas e era quem mais delas cuidava. Devia saber das coisas.

Clara, de onde chegaram as flores? Não chegaram de lugar nenhum; elas vêm de dentro da planta. Como assim? Aquilo não fazia sentido. Clara explicava. Veja, primeiro nascem as folhas. Na época certa surgem os botões; veja aqui, isto é um botão, uma flor bebê, se formando. Aí, um dia, ela abre e pronto, é uma flor. A pequena prestava muita atenção, mas aquilo parecia muito complicado — magia talvez? Era isso, era magia. Quem faz? Faz o quê, Laurinha? A magia das flores, ora! Não é magia, é natureza, coisas de Deus. A primavera as traz. As perguntas saltitavam em sua cabeça. Onde estariam as flores antes de abrir? Como podiam saber quando deveriam abrir? Quem era a primavera? Para ela, era mesmo pura magia.

Clara ensinou-lhe então um poema que ela deveria aprender de cor. Chamava-se *Primavera*. Tudo era nele explicado. *Bem cedo, mal rompe o dia, / Já estão gorgeiando as aves / Os seus pipilos suaves / Em desusada alegria. / Vasto, o campo se descobre, / Ondula, se estende e perde, / Todo verde, todo verde, / Da nova relva que o cobre. / De toda banda invadidos / E cheios estão os ares / Do perfume dos pomares / E dos jardins florescidos. / A natureza se esmera; / É a risonha primavera.* Laura queria saber o nome de todas aquelas flores. Elas deveriam ter nomes, não? Sim, havia as esporinhas e as papoulas. Havia as bocas-de-leão e os amores-perfeitos. E muitas mais que foram sendo batizadas ao desabrochar.

Cada vez mais encantada, as indagações da menina iam mais longe. E as cores? Quem colore as flores? Mais uma vez, Clara riu. Ninguém colore as flores, bobinha. Como não? De onde vêm todas essas cores? Chegou os olhos bem perto para ver melhor as pétalas. Veja, Clara. Até a mesma pétala tem várias cores. Alguém tem que pintar isso. Ou será mais magia? Clara nunca havia pensado daquela forma. Cada ideia que sua irmãzinha tinha. Havia mesmo magia. Talvez. A magia da primavera, a magia da natureza, a magia de Deus.

Todos os dias, logo cedo, logo após o café, após ajudar a mãe a lavar, enxugar e guardar a louça, lá ia Laura visitar suas novas amigas. Bom dia, Papoulas! Bom dia, Esporinhas! Bom dia, Amores-perfeitos! Bom dia, Bocas-de-leão! Com o tempo, percebeu que algumas murchavam e caíam. Outras vinham em seu lugar. Até que as últimas murcharam, caíram e outras não vieram mais. Muito triste, foi em busca da mãe. Minhas amigas flores! Minhas amigas flores! O que foi? Minhas amigas flores foram-se embora. A mãe sentou-a em seu colo e secou suas lágrimas com o avental. É o ciclo das flores. Elas aparecem durante um tempo e depois somem. Para sempre? Não, Laurinha, não para sempre. As plantas vão descansar para que em setembro tudo aconteça de novo. A menina foi se acalmando e até se sentia mais animada. Só tinha mais uma dúvida. Foi até a folhinha e contou quantos meses faltavam até o próximo setembro. Era muito, muito tempo.

Havia, contudo, momentos em que a menina se via muito mal-humorada. E andava atrás da mãe a reclamar. Não gosto de Araraquara. Não tenho nada para fazer aqui. Como não, Laura? Vá brincar com seus irmãos. Eles não brincam comigo. Têm de ir à escola. Por que eu não posso ir também? Você ainda é pequena. Quando ficar um pouco maior, irá. Maior, maior. Todo mundo já não dizia como ela estava maior? Não tem ninguém para brincar comigo. Nem tem outras crianças por aqui. Não tenho nada para fazer — continuava. Vá então brincar lá fora. Vá ver como estão as suas verdurinhas. Já fui. Elas também estão lá sem fazer nada. Nem flores dão mais. Elas também não gostam de Araraquara. Não tem nada para fazer aqui. Quero voltar para São Paulo. Tanto a menina a atormentou, que Minna foi falar com Martin. Está bem, disse ele. Laura, venha cá. Combinamos assim. Quando eu for para São Paulo, levo você e você fica alguns dias com sua madrinha. Que tal? Oba! Toda semana? Não, toda semana não. Quando eu for. Talvez cada dois ou três meses. Dois ou três meses? Não, eu quero toda semana. Laura, se começar assim, desfazemos o trato. E não a levo a lugar nenhum. Está bem, está bem — concordou meio emburrada. Melhor do que nada. E assim foi.

Este foi ainda o ano em que Clara se acreditou muito doente. Devia estar. Esvaía-se em sangue. Assim do nada. Não havia caído, nem se machucado, nem sentia nada. Mas devia estar mal. Muito mal. Estava certa disso. Não sabia com quem falar. Com as irmãs? As duas mais novas do que ela — Laura muito mais nova —, não poderiam ajudar em nada. Não saberiam o que fazer, tinha certeza. Martinho? Fora de qualquer cogitação. Os pais? Não queria preocupá-los. Será que iria morrer? O sangue parou. Talvez não fosse nada. Passou. Não passou. Voltou. Um tanto mais de sangue. Não sabia o que fazer. Como esconder da família? Como ir à escola na semana seguinte? Era uma sexta-feira. Talvez até segunda estivesse melhor. Mas não. Seguia perdendo sangue. Sua mãe estranhou o número de calçolas que ela vinha pendurando no varal. Anda fazendo xixi nas calças, menina? Não, Mamãe, não é nada. Minna ficou de olho. Algo estava acontecendo.

No domingo comunicou à família que segunda não iria à escola. Talvez nem fosse nunca mais. Foi a vez do pai estranhar. Que história é essa, Clara? Você, que sempre gostou tanto da escola. Aconteceu alguma coisa por lá? Não, Papai, não aconteceu nada na escola. Mas eu não posso ir. Martin olhou para Minna, que olhou para Martin. Algo muito estranho mesmo estava havendo. Você brigou com alguém? Não, Papai, não briguei com ninguém. Mas eu não posso ir, já disse. Levantou-se da mesa e foi para o quarto.

Célia foi atrás da irmã. Eu já sei o que é. Você arranjou um namorado e vai se encontrar com ele em vez de ir às aulas. Não é isso? Não, não é nada disso. Pôs-se a chorar. Então você quer um namorado, mas ele não gosta de você. Acertei? Nisso entrou Laura. Quem quer um namorado? Clara, no limite do desespero, gritou que as duas saíssem de lá e a deixassem em paz. O silêncio invadiu o quarto das meninas. Deitada, muito triste, sentiu uma mão em seus cabelos. Virou-se e era sua mãe. O que acontece? Algo errado? Nada, Mamãe, nada. Foi então que Minna viu, por entre os miosótis do vestido de Clara, o que realmente estava acontecendo. Então é isso? Mais uma vez a filha desatou a chorar. Viu que sua mãe sorria. Que tolinha! Por que não me contou? Você ficou mocinha. Fiquei mocinha? Clara não entendia o que aquilo queria dizer. A mãe, da melhor forma que podia, explicou o que se passava com ela. Para terminar a conversa, preveniu a filha. Agora você precisará tomar muito cuidado para não chamar a cegonha. Não havia mais o que explicar. Com o tempo, ela mesma descobriria a relação entre o sangue e a cegonha.

Laura, que havia rodeado a conversa, encafifou com a tal história da cegonha. Claro que ela sabia que eram as cegonhas que traziam os bebês. Afinal ela mesma não era mais nenhum bebê. Tinha conhecimento dos fatos, pois muito se aprendia no *Semanario das Crianças O Tico-Tico*. Estava tudo lá. A própria Clara havia lido para ela. *Um dia d'estes mamãi levou Chiquinho ao Jardim Zoologico. Ahi, vendo uma cegonha, lembrou-se que são as cegonhas que trazem as criancinhas que nascem. Pediu para a cegonha: — Você me leva uma creancinha? — E disse-lhe a rua e o numero de sua casa. No dia seguinte bateram à porta. Era a cegonha. — Mamãi, está ahi a cegonha com uma creancinha que encommendei para a senhora.* Simples assim.

Mas... Por que teria a irmã que não chamar a cegonha? Pôs-se a matutar... Será que... Precisaria investigar. Podia falar com Clara, mas ela ainda estava bastante abalada, Laura nem sabia por quê. Resolveu consultar Célia, talvez um pouco mais sabida sobre as coisas do mundo. Célia, em tom mais do que professoral, deu-lhe a explicação completa. Ninguém precisa chamar a cegonha. As cegonhas vêm voando, trazendo os bebezinhos numa trouxa pendurada pelo longo bico cegonhês. Procuram as casas que têm canteiros com repolhos robustos. Qualquer casa, Célia? Não precisam do endereço? Não, qualquer casa. Ali, com muito cuidado, colocam o bebezinho entre as folhas, bem aconchegado. Quando os moradores vão colher os repolhos, acham o que lhes foi entregue. Entendeu? Célia gostava de inventar histórias — e que imaginação fértil tinha aquela menina!

Laura ficou com toda aquela história de cegonhas e repolhos na cabeça. Estranha... Mas bonita. Quis averiguar um pouco mais. Foi assim que você chegou? Claro, né, bobinha! E a Clara e o Martinho? E eu também? Continuava intrigada. Mas, Célia, eu não me lembro de nada disso. Claro que não, bobinha, porque quando você chegou era muito bebê para se lembrar de qualquer coisa. Laura já estava se irritando com aquela história de bobinha e pediu que a irmã parasse com aquilo. Ela tinha mais perguntas. Seriam perguntas bobas? Enfim... E você? Lembra-se de quando me tiraram do repolho. Claro que me lembro. Mentiu, pois obviamente não se lembrava de nada. Mas precisava dar credibilidade à sua teoria tão bem explanada. Havia mais uma pergunta. E a irmãzinha que não ficou conosco? Simples, a cegonha não teve tempo para colocá-la no repolho. Voou direto para o céu.

Mais uma coisa estranha Minna passou a observar. O que Laurinha tanto fazia pelo meio do canteiro de hortaliças? Sempre à volta dos repolhos? A resposta veio pronta. Mamãe, preciso ver se temos algum bebezinho dentro de nossos repolhos. E se a cegonha traz um em lugar daquela irmãzinha que não ficou com a gente? A gente nem vê e ele morre de fome e de frio. Minna ficou matutando de onde a filha tirara aquela história. Foi a Célia que me explicou tudo. Ah, essa Célia. Cada coisa que essa menina inventa. Agora enchendo sua cabecinha de caraminholas. Precisava a mãe agora explicar aquilo de alguma forma. Mas como? Laura tinha seis anos. Nem era idade para saber de tais assuntos. Não queria criar outra história absurda. Pensou um pouco.

Quando um dia você ficar mocinha e se casar com um homem a quem ame muito, Deus mandará filhinhos para vocês. Laura ficou mais curiosa. Como? Não é a cegonha quem traz? Não, não. Eles vêm de Deus. Deus mandará um bebê para dentro da sua barriga para você cuidar enquanto ele for muito pequenino ainda para viver aqui fora. Quando estiver pronto, ele sai e é isso. Ah! Como aquela irmãzinha que estava na sua barriga? Isso mesmo, Laura. Mais uma vez a magia. Flores e bebês. Tudo ia se revelando envolto em muita, muita magia.

O ano era 1917

Árvores e pássaros — pinturas rupestres — duas cabecinhas — janelas entreabertas — um mal-entendido — sonhos realizados — as fases da lua

O Jardim da Luz, assim como em outros lugares onde Augusto podia estar em contato com a natureza, fazia com que ele se sentisse bem. Considerava-o especial. Recordações das brincadeiras e aventuras ingênuas de menino, encontrava em cada canto, mas havia mais do que isso. Estar entre as árvores e ouvir os pássaros lhe dava uma sensação de paz, de completude, que pouco sentia. Muitas vezes, ao terminar as tarefas escolares e as tarefas caseiras, saía para caminhar. Andava e andava e andava até que lá chegava. Os dias de semana eram os adequados; nos fins de semana, ficava cheio e barulhento, o que lhe tirava a serenidade de que tanto gostava.

Sentado, ou até deitado, sob alguma das árvores — tinha suas prediletas — observava. Os troncos; as folhas. Uma infinidade de tons de marrons e de verdes. E quando havia chovido? Tudo parecia se cobrir de luz e vida. Era de encher os olhos. Na época das flores? Flores nos galhos e flores no chão. Ia andando devagar e evitava pisar nelas. Seria um insulto. A natureza nos oferecia tudo aquilo e o que deveríamos fazer era cuidar do que nos era oferecido. Ele olhava cada folha, cada flor — não havia duas iguais. Como seria possível? Eram verdadeiros milagres. Magia talvez?

Ah, a natureza! — pensava. Qual será o nome de cada uma destas árvores? A curiosidade ia tomando conta dele. Será que já haviam nascido ali ou haviam sido trazidas de lugares longínquos, talvez de outros países, como seu pai? Gostaria de saber os nomes dos pássaros. Eram tantos ao cair da tarde. Passavam voando sobre sua cabeça, pousavam nos galhos ou no chão ao pé das árvores, saltitavam ou chispavam em corridinhas através dos gramados. Cada um tinha seu canto. Estes eram de encher os olhos — e os ouvidos. Falavam em sabiás, em bem-te-vis, em pardais. Mas qual seria qual? Alguns diziam "bem-te-vi". Deviam ser os próprios. Iria prestar mais atenção.

Foi tomado pelo desejo de representar o que o tocava com traços de grafite. Poderia reter aquelas sensações para sempre. Adorava desenhar. Bem pequeno, assim que conseguiu segurar um lápis — ou, melhor, um pedaço de carvão que pegava do fogão à lenha ou do ferro de passar —, desenhava nos muros do quintal. O pai o repreendia, mas a mãe achava graça. Hannah, parede não é lugar de rabiscar esses garranchos. Deixa o menino, August; deixa ele se expressar. Depois a gente limpa. Só que não limpavam e o exterior da casa ia ficando cada vez mais parecido com uma caverna repleta de pinturas rupestres. Isso desde que o menino tinha quatro ou cinco anos. Explicava à mãe suas garatujas. De início, eram bichos — cachorros, cabritos, patos e galinhas, além de sapos e lagartos. Até o dia em que inventou de decorar as paredes da cozinha. Já que a mãe apreciava tanto sua arte! Aí a coisa mudou de figura. Ah, não, aqui na minha cozinha não quero essa porquice. August estava certo. Dariam ao menino lápis e papel. E no fim de semana seguinte, o pai e o artista foram equipados com brochas e incumbidos de caiar por cima de todas as obras pré-históricas.

Munido de papel e lápis, já com seis ou sete anos, sua imaginação andou solta por outros mundos; eram o homem na lua e as árvores-gente, os meninos-pássaro e micróbios falantes. Uma imaginação sem limites. Veio a fase de desenhar os brinquedos da Casa Alemã — ainda os tinha guardados. As recordações trouxeram uma expressão de contentamento ao seu rosto. Como os brinquedos que se moviam do papel, as imagens representadas em meio à diversidade de flora e fauna o transportariam sempre de volta aos momentos mágicos ali vividos. Passou a carregar consigo um bloco e sua caixa de lápis. Ajeitava-se bem junto a um tronco e, com o papel apoiado sobre os joelhos dobrados, transferia para a branca superfície as imagens que captava em sua mente. De tudo um pouco. Árvores e pássaros. Folhas e flores. Também famílias sentadas em um dos bancos; ou crianças brincando à beira do lago.

Em uma das tardes surpreendeu-se com duas cabecinhas espiando, por sobre seu ombro, o que ele fazia. Olá, disse. As meninas se sentiram um tanto envergonhadas ao serem surpreendidas pelo rapaz. A maior, devia ter por volta de dezesseis anos, de mãos dadas com a outra, bem menor. Augusto mostrou o que desenhava. Um galho de árvore com várias flores. Magnólias, disse a mais velha. Pronto, ele já sabia o nome de uma das flores. A pequena cochichou algo para a que talvez fosse sua irmã. Como ele desenha bem, Nina! Não parece uma fotografia? Ele agradeceu. Elas sorriram e seguiram com seu passeio. Magnólias? Magnólias? *Preciso de silencios suspensos, do aroma das violetas, das azaléas e das magnolias pallidas; preciso embeber-me no sonho para existir...* Onde havia lido aquilo? Não se lembrava. Num almanaque, talvez. Olhou as duas se afastarem. Pensou que poderia desenhá-las.

Aos poucos, o sol ia se pondo e sua volta se revestia de novas tonalidades. Tudo ia, pouco a pouco, escurecendo. Quase desaparecendo. Os pássaros se calavam, anunciado o final de mais um dia. Algumas vezes, ele ficava um pouco mais para ver o Cruzeiro do Sul, as Três Marias, o Centauro, o Triângulo-Austral. As estrelas, conhecia bem. Aprendera seus nomes e localização ao longo do ano em um grande atlas de seu pai. Quão distantes estariam? O que será que havia nelas? Será que eram as moradas de outros seres? Anjos, talvez. Outro grande mistério. Será que algum dia tais perguntas seriam respondidas?

Era chegada a hora de ir para casa. Não queria ter o prazer e a sensação de paz estragados por uma bronca. Não, isso não poderia acontecer. Ia andando devagar, como que ainda saboreando cada pedacinho de natureza ali ao seu dispor. Ao chegar à avenida, era como se adentrasse outro mundo. O mundo da civilização. Agitado, ruidoso, nervoso. Bondes ligeiros, carros velozes, pessoas sempre apressadas, carroças lutando por um espaço. Buzinas bramindo, pessoas aos gritos, as rodas dos coletivos rangendo nos trilhos. Todos lhe pareciam tão decididos e certos de seus destinos. Olhando para as pessoas, imaginava. Regressando ao lar após um árduo dia de trabalho? Retornando das compras carregando pacotes e sacolas cheias de sabe-se lá o quê? Aligeirando-se para um encontro enamorado? Apenas passeando ao cair da tarde? Enfim, todos pareciam ter uma intenção definida em mente. A sua? Chegar em casa, mas sem perder o enlevo que trazia das horas passadas no jardim.

Conforme ia deixando o centro e se aproximando do bairro, aos poucos, tudo se acalmava. Pelas vias que escolhia para sua caminhada, os automóveis rareavam e o trânsito de pessoas diminuía. Alguns poucos trabalhadores em marcha lenta, exaustos, carregando suas marmitas vazias; uma ou outra moça, em passos curtos mas velozes, apressadas pois alguém as esperava; algumas crianças brincando nas calçadas aguardando o chamado para entrarem — não era mais hora de estarem na rua. Um movimento diferente.

Com o cair da noite, percebia algo interessante. Era como se a luz fugisse para dentro das casas. Enquanto o sol estava presente, sua claridade ocupava todo o exterior; tudo era nitidamente visível — as edificações, as árvores, as pessoas, com suas cores legítimas e vivas. Olhando-se para as janelas, mesmo quando bem abertas, o interior parecia escuro e sombreado. Aos poucos, isso se invertia. O sol ia sumindo e, com ele, levava brilho e luz. Tudo ao redor tornava-se em silhuetas e vultos imprecisos; as formas se confundiam. Por vezes, nem se sabia mais o que era uma edificação, o que era uma árvore, o que era uma pessoa. Todos os matizes se fundiam em um grande cinza com alguns tons de azul ou verde bem carregados, chegando a um preto profundo.

Olhando-se então para as janelas entreabertas, luzes trêmulas denunciavam o acender de lampiões ou de lâmpadas elétricas, que iluminavam os interiores e projetavam sua luminosidade sobre este mundo agora sombreado. Timidamente se faziam presentes em quadrados ou retângulos mal definidos sobre os paralelepípedos que calçavam as ruas e criavam sombras longilíneas ao passar de alguém em suas trajetórias. Era como dizia um poema em prosa de Baudelaire, dado a ser memorizado por um de seus professores de literatura nos tempos do Gymnasio de Nossa Senhora do Carmo. Como era mesmo? *Não há nada mais profundo, mais misterioso, mais fecundo, mais sombrio, mais deslumbrante do que uma janela illuminada por uma vela. O que podemos ver ao sol é sempre menos interessante do que o que se passa por traz de uma vidraça. Adentro dessa abertura escura ou luminosa vive a vida, sonha a vida, soffre a vida.*

Se prestasse bastante atenção, conseguia conjecturar o que se passava dentro de cada uma daquelas aberturas luminosas. Vultos se movendo de lado a lado, encerrando os afazeres do dia que se findava; vozes denunciando conversas animadas, em certos momentos interrompidas por um grito ou uma risada mais estridentes; o tilintar de pratos e talheres, revelando a hora de se nutrir após longas horas de penosas labutas — seriam refeições fartas ou apenas algo para enganar a fome antes de dormir? Vidas que se revelavam, sem nada revelar. Apenas frutos da imaginação de um passante curioso.

Famílias, famílias, famílias. Quantas havia pelo bairro! E pela cidade. E pelo mundo inteiro. Famílias de todos os tipos. Ele tinha a sua. Pai, mãe, filha e filho. Também em sua casa havia afazeres, conversas, gritos e risadas, refeições, não fartas, mas suficientes. Ninguém passava fome. Antevia que sua família seria em breve alterada. Bertha logo se casaria. As coisas iam se acertando entre ela e Willy. Sim, Willy. De *Herr* Steinberg, ele virara Wilhelm; de Wilhelm, virara Willy. Sinal de que o namoro andava bem. Guto gostava dele. Divertia-se com sua companhia. Aprendera a jogar xadrez; aprendera vários jogos de cartas. Ensinara-o a empinar um papagaio; ensinara-o a driblar um adversário no futebol. Mas ele levaria Bertha. A família em casa diminuiria. Seriam então só seu pai, sua mãe e ele.

Outra ponderação cruzou-lhe o pensamento. E ele? Casar-se-ia um dia? Às vezes, achava que sim. Este era o destino de um rapaz solteiro e bem encaminhado na vida. Solteiro ele era; bem encaminhado esperava ser em breve. Talvez seguir os passos de seu pai. Ter um bom emprego, comprar uma boa casa, encontrar uma boa mulher, unir-se a ela e encherem a casa de filhos. Alguns de seus amigos até já tinham compromissos sérios com moças casadoiras. E como se dizia, quem namora quer casar. Assim seria. Ou não?

Outras vezes, pensava que se tornaria mesmo um solteirão. Um *bon vivant*? Poucas responsabilidades e muita diversão. Teria uma agitada vida social — muitos amigos e muitas mulheres. Teria gostos refinados; comeria e beberia do bom e do melhor. Vestir-se-ia com elegância como Willy. Ternos bem cortados, chapéus alinhados, sapatos bem engraxados e uma bengala. Sim, como a de Willy. O detalhe essencial para acentuar sua distinção — escolheria uma de madeira esculpida, ponteira de prata e punho com uns três ou quatro rubis cravejados. Seria um verdadeiro... Qual é a palavra? Como é que se diz? Sim, *dandy*. Ele seria um *dandy*. Um verdadeiro *Lord* Byron paulistano. O que diria *Don Juan*? O homem era entendido nesses assuntos. *No Casamento Amor existe, e deve, / Casamento também pode existir sem; / Mas Amor sem ritos pecado e vergonha é, / E ter um nome bem distincto deverá.* Um casamento com amor? Um casamento sem? Algo com um nome bem distinto? O que reservaria para ele o futuro?

Lembrou-se da história do casamento de seus pais, história esta que viviam a contar aos filhos entre suspiros e risadas. Será que um dia ele amaria tanto uma mulher a ponto de fazer o que seu pai havia feito para não perder sua Hannah? Não sabia. Nada entendia do tal de amor. Um sentimento que parecia nos levar a fazer coisas inimagináveis. Andar meio mundo atrás da mulher amada? Não achava que ele chegaria a tanto. Afinal, se ela fugisse como fizera sua mãe é porque não o amava de verdade. Ou amava? Ah, a história do casamento! Tantas vezes a escutara que era como se pudesse ouvir a voz dos pais dentro de sua cabeça a contá-la.

Foi assim. Sua mãe trabalhava na época para a família Tibiriçá. Ah, sim, August — já foi interrompido. Jorge Tibiriçá, duas vezes presidente do estado de São Paulo. Sabem que estudou aqui no nosso Brás? No Colégio Barth. E depois foi muito estudado na França e na Suíça. Homem de muita cultura. Como Hannah enchia a boca ao falar dele. Isso mesmo, Hannah — interrompia agora o pai. Mas vamos à nossa história. Lá estava sua mãe trabalhando em casa desse homem excepcional. E dava uma piscadinha para a esposa. Você trabalhava lá, Papa? — perguntavam os filhos. Não, não. Eu assessorava o senhor Tibiriçá em importações. Com frequência precisava de máquinas agrícolas para sua fazenda, madeiras para suas construções, óleos para seus motores, tintas para suas obras. Encomendava muitas coisas para a família — artigos domésticos, louças finas, itens de vestuário, brinquedos para as crianças. Eu me lembro, August, quando chegavam as entregas à casa, era uma felicidade só. Dona Ana e as meninas pulavam de alegria, e o pequeno Jorge Filho batia palminhas sem parar. E você, *Liebchen,* não se aguentava de tanta curiosidade para ver o que sairia de cada pacote e de cada caixa, não?

Mas e então, Papa? Pois é. Eu não me cansava de olhar a jovem tão linda e tão dedicada àquela família. Já me pegava cogitando que bela esposa e mãe ela daria. E percebia bem que ela espichava os olhos para o meu lado. Isso não é verdade, August. Não espichava olho nenhum, seu convencido. Mas, Mama, ele não era bem-apessoado? — queria saber Bertha. Ah, isso era. Sempre elegante com seu terno e seu chapéu bem colocado. Cabelos e bigode muito bem aparados. E um par de olhos brilhantes, esses, sim, bem espichados para o meu lado. Verdade, Papa? — agora era Guto que queria saber. Sim, filho, eu estava cheio de boas intenções, mas sua mãe me entendeu mal. Foi aí que você fugiu, Mama? Sim.

Um dia escutei, por detrás de uma porta, uma conversa, um tanto jocosa é verdade, entre August e o senhor Tibiriçá. O que entendi foi que August pretendia me comprar. Mas que atrevimento! Achava que eu era o quê? Uma escrava? Jamais me submeteria a tal situação. À noite, nem os olhos consegui pregar. Teria que fugir dali. Havia reconhecido para mim mesma que sentia algo diferente por seu pai, mas não dividi tal sentimento com ninguém. Imaginava-me como sua esposa e mãe de seus filhos, mas não naquelas condições. Jamais! Teria que sair dali o mais rápido possível antes de acabar me entregando aos encantos daquele homem para viver uma vida em pecado. Não, não, jamais. No fim de semana seguinte, seria minha folga. O momento ideal para fazer minhas trouxas, sair de lá e voltar para Joinville. Isso mesmo. Voltaria para casa e para a proteção de meus pais, que com certeza também não concordariam com aquela situação abjeta. E assim foi.

Juntou suas coisas, deixou seus uniformes lavados e passados sobre a cama, e uma carta de despedida, muito agradecida por tudo e cheia de lágrimas. Saltando de bondes para carroças para charretes para trens e para mais algumas charretes, chegou à casa da família. Como era bom estar de volta! Matou as saudades dos pais. Matou as saudades das três irmãs e dos dois irmãos, que já nem conhecia mais. Os dois irmãos e duas das irmãs moravam agora na Colônia Blumenau, a cem quilômetros de Joinville, onde trabalhavam para a Fábrica Hering, mas fizeram questão de vir vê-la. Descobriu que tinha um sobrinho — uma das irmãs já se casara. Matou as saudades das galinhas, dos patos, dos marrecos e da vaca — vaca já velhinha, a mesma de quando partira. Os pais e a irmã casada seguiam na chácara, que a Hannah parecia não ter mudado nada. Sentia-se por inteiro de volta ao lar.

Contou tudo o que viu e viveu em São Paulo. Coisas que a família nem podia imaginar. As casas, as pessoas, os bondes e os automóveis, as ruas. Os móveis, as roupas, as comidas. Tudo tão, mas tão diferente. Nem se comparava. O alívio e o conforto de estar junto da família mesclavam-se, devia confessar, com uma grande nostalgia. Sentia falta dos Tibiriçá, sentia falta do burburinho da cidade, sentia falta das conveniências da casa em que morava. Sentia falta de August. E cantarolava. *Tão longe de mim distante / Onde irá, onde irá teu pensamento?*. Será que voltariam a se ver algum dia? Provavelmente não. Agora era se reacostumar à vida mais simples, arranjar um bom moço da região e começar uma família por ali mesmo.

Até que... Até que o quê, Mama? Até que um dia eu estava na cozinha com minha mãe nos preparos da janta quando ouvi a voz de meu pai e... Seria a voz de August? Não, não poderia ser. Lá estava eu mais uma vez imaginando coisas. Imaginava muito, sabem? Que um dia seu pai apareceria por lá. Que um dia iria até Joinville para me buscar. Que eu voltaria para São Paulo casada com ele e que aqui teríamos nossa família com filhos lindos. Sonhos! Não pense mais nisso — dizia a mim mesma. Mas, não! Era a voz de August. Tive certeza disso. E meus sonhos todos se tornaram realidade. Que bela história de amor! Mais bela do que as que Bertha lia nos livros e a levavam a suspirar. E esta era verdadeira em cada detalhe. Como queria viver ela uma história dessas! Para onde poderia fugir? Será que Willy iria atrás dela?

Assim, entre devaneios os mais variados, voltava finalmente à realidade nosso pensador caminhante. Antes de abrir a porta, ainda no corredor lateral, olhava para cima. A lua... Como estaria a lua? Cheia? Não, crescente. Gostava de acompanhar suas fases. Mais mistério ali envolvido! Às vezes se mostrava por inteiro; outras, tímida, se escondia por entre nuvens espacejadas que se divertiam a ocultá-la. Havia dias em que estava nova. Onde estaria? Fosse como fosse, sabia que ela estava lá. Brilhando, ou não, com todo seu esplendor, iluminava seus sonhos e a ele trazia saudades de algo que nem sabia o que era; saudades de um dia por vir. Abria a porta e entrava assobiando uma melodia que cantava em sua mente, e que por toda a vida levaria consigo. *Se a lua nasce por detraz da verde mata / Mais parece um sol de prata, prateando a solidão / E a gente pega na viola e ponteia / E a canção é a lua cheia a nos nascer no coração.*

O ano era 1917

Um bom pai — hora dos relatos — hora das leituras — nas trincheiras — ovelhas e café — automóvel jamais — letras estremilicadas

Minna sentia falta de Martin. Quando ele viera com a novidade, havia dito vamos mudar para Araraquara, não havia? Sim, havia. Não dissera vocês vão. Mas era o que estava acontecendo. Ele pouco trabalhava na cidade, sempre viajando. Pouco estava em casa. Por onde ele andava, ela não sabia e, para dizer bem a verdade, nem queria saber. Pelo menos era um bom pai. Quando estava em casa. Era possível ser um bom pai não sendo um bom marido? Talvez. As crianças o adoravam.

Hora feliz para elas era a hora em que Martin chegava aos fins de semana. Quando chegava. Ele parecia satisfeito de estar com os filhos. Dizia que a única razão para trabalhar tanto era para dar para a família o que havia de melhor. Uma boa casa, boa comida, boas roupas, um bom ambiente no lar. Em primeiro lugar pensava em sua esposa e nos quatro filhos. Estes acreditavam. Quando sabiam que ele viria, a mãe os queria banhados e arrumados. O velho relógio de parede avisava que eram cinco e meia; Minna ia à cata deles. As meninas pelo jardim; Martinho correndo pela rua com outros meninos. Todos para dentro, se lavarem e se aprontarem. O pai deveria chegar dali a uma hora. Quando ouviam o barulho no portão, sentavam-se os quatro comportados e asseados em suas cadeiras na sala.

Minna recebia Martin à porta. Pegava sua maleta de trabalho, seu chapéu e seu paletó. Como foi sua semana? Cansativa; cansativa como sempre. Mas agora estou em casa. Tirava os sapatos e, frio ou calor, calçava seus chinelos de lã xadrez, já peludos pelo tempo de uso. Sentava-se em sua poltrona e acenava para que os filhos se aproximassem. Laura saltava em seu colo. Clara e Célia sentavam uma em cada braço da poltrona. E Martinho? Esparramava-se no chão aos pés do pai. Modos, menino, modos — ralhava a mãe, que tudo observava de longe.

Era a hora dos relatos. Clara ia indo muito bem na escola; aprendendo muitas coisas. Sempre entre as primeiras da classe e sempre elogiada. Logo concluiria sua educação escolar com louvor. Célia vivia a reclamar. Achava que não aprendia nada e se lamentava. A professora não gostava dela. Sempre a comparava à irmã mais velha. Isso era muito injusto. Ela estava fazendo o seu melhor. O pai ouvia paciente. O que fazer? Martinho correspondia ao esperado. Suas notas eram boas, era elogiado pelo professor e querido pelos colegas. Com o pai em casa, trocavam notícias sobre o mundo esportivo. Martin seguia acompanhando o turfe. Frequentava ainda as corridas e apostava em seus cavalos e jóqueis de predileção.

Turfe não interessava a Martinho. Viu que o pai trouxera o jornal. Alguma notícia do *football*, Papai? Sim, *sensacional vai ser o embate entre as equipes alv'-rubra e alv'-preta no ground do Palmeiras. As equipes estão preparadas: o treino tem sido constante. Difficilmente se poderá fazer um prognostico do resultado da peleja embora pela logica dos factos elle penda em favor do Paulistano.* Boa, Papai! Martinho era um entusiasta torcedor da equipe *alv'-rubra*. Sentia falta das escapadas com os amigos nos tempos da Rua da Consolação para assistirem aos treinos e conhecerem em pessoa seus ídolos da bola. Puxa, Papai, bem que poderíamos ir a São Paulo assistir ao *match*, não? Tenho certeza de que o Paulistano será o campeão paulista neste ano.

Havia ainda o campeonato infantil. *Amanhã mais dois interessantes matches serão effectuados na Floresta.* Algum dia jogarei em um desses times, Papai. Estou ficando muito bom no futebol. Precisa ver como eu corro com a bola. Ninguém me pega. O pai seguia atento às *Notas do Sport* no jornal. Martinho, disso você vai gostar. Nos PERFIS RAPIDOS de hoje, temos Orlando Pereira, Arthur Friedenreich e Sergio Pereira. Assim que eu terminar com *A Gazeta*, você pode até recortar. Laura, no colo do pai, a tudo ouvia. Quando eu vou poder ir para a escola, Papai? Eu quero tanto, tanto, tanto. Em breve, Laurinha. Em breve.

Terminados os relatos, enquanto aguardavam pela janta, era a hora das leituras. Martin voltou-se novamente para seu jornal. Precisava se atualizar sobre o que ia pelo país e pelo mundo. Exigências do trabalho. Não queria parecer desatualizado frente aos companheiros com quem convivia no dia a dia. As coisas não andavam nada bem. Para dizer bem a verdade, cada vez piores. Primeiro a sucessão de movimentos grevistas, que levaram à paralização de parte das atividades econômicas por um tempo. Os prejuízos foram grandes. O conflito mundial vinha se arrastando há mais de três anos e se alastrando por quase toda a Europa. Depauperando os negócios, principalmente os ligados à importação e exportação. O que seria de nosso café? Navios brasileiros afundados pelos alemães: o *Paraná,* e o *Tijuca,* e o *Lapa* e o *Macau*. Era muita provocação. Por que logo eles a fazer tal coisa?

Familiares e amigos se encontravam em situação bastante delicada. Relações comerciais haviam sido proibidas. Bancos e empresas ligadas aos alemães tiveram suas licenças cassadas. Nada mais de publicações no idioma. Podia se sentir nas ruas a hostilidade dirigida aos imigrantes e seus descendentes. Boatos corriam de boca em boca. Os alemães? Estão coletando e enviando dinheiro para financiar a Alemanha na guerra. Estão envolvidos em organizações de espionagem a serviço da Alemanha, tramando contra o Brasil e enviando mensagens por meio de estações telegráficas clandestinas. Estão desejosos de se alistar para servir no Exército Imperial Alemão. As escolas alemãs? Estão treinando seus alunos para irem lutar pela Alemanha. Os alemães? Os alemães. Os alemães. Dava a entender que eram todos os alemães. E até ele que nem alemão era. Não viam a diferença. Eram aliados. E seria alguma dessas acusações verdadeira?

Usar a língua pátria em público? Nem pensar. Eram agredidos oralmente — Inimigos! Alemães bárbaros! Perigo alemão! Súdito do Kaiser! Morra, alemão! — ou fisicamente — apedrejavam pedestres, residências e lojas. A aparência física também era um problema. Era sorte que na família Künstler todos tinham uma aparência mais morena, o que lhes dava certa segurança. Afinal, por aqui se acreditava que os germânicos eram todos bem brancos e loiros. Pessoas que até então haviam desfrutado de uma imagem positiva, elogiadas como um povo culto que muito vinha contribuindo para a modernização e o desenvolvimento do país, de um minuto para outro, passaram a ser vistas como terríveis e perigosos inimigos da Pátria. Que culpa tinham do lado de cá do mundo pelo que estava acontecendo do lado de lá? Martin temia até ser demitido, algo que nem mencionava em casa, caso a situação se complicasse.

Agora havia se complicado. Estava na primeira página. *O presidente da Republica sanccionou o projecto da Camara proclamando o estado de guerra iniciado pelo Imperio Allemão contra o Brasil.* Dizia a manchete em letras garrafais na primeira página. *A attitude do governo da Republica produziu por toda parte do territorio nacional a melhor impressão, tendo sido a declaração de guerra recebida com geraes applausos. Nesta capital foi esse o assumpto de todas as palestras. Nos cafés, nos clubs e nas ruas não se falou de outra cousa, estando todos os espiritos tranquillos e satisfeitos. De joven atirador ouvimos palavras de enthusiasmo que muito nos orgulharam. Elle, como todos os seus companheiros da Linha de Tiro de que faz parte, está jubiloso com a entrada do Brasil na grande conflagração. E si tivessem de ir para a Europa? Iremos. Iremos felizes por combater ao lado da França e da Italia. Precisamos, seja onde fôr, vingar a affronta feita á nossa soberania. É essa, de resto, a opinião de todos os brasileiros.*

Martin olhou para seu filho, distraído com sua leitura, deitado de bruços no chão. Iria ele um dia ser chamado? Iria ele feliz combater ao lado da França e da Itália? Era preciso vingar a afronta feita à nossa soberania? Vingança era a solução? Não, essa não era definitivamente sua opinião. Nem acreditava que poderia ser uma opinião unânime. Todos os brasileiros? Que pai de família quereria ver seus filhos indo felizes ao combate? Quanta ingenuidade desses jovens atiradores! Imaginam sejam os campos de batalha semelhantes às brincadeiras que fazem aqui na Linha de Tiro? O que já lhe haviam relatado sobre o que acontecia nas zonas de confronto o aterrorizava. Em uma terra de ninguém, meninos, pois não passavam de meninos — e Martim mais uma vez olhou para o filho —, cavavam trincheiras para aguardar a própria morte. Ali mesmo perecia a maioria deles, amontoados uns sobre os outros, afogados na mistura de seus próprios sangues. Era literalmente dar o sangue pela pátria. Dentro delas permaneciam às vezes por meses, vivos sobre mortos, comendo alimentos deteriorados, sentados sobre fezes e urina, apenas esperando seu fim. Sem saber se viria através de um morteiro, de uma bomba de gás tóxico, ou de alguma gangrena ou infecção.

Sentia-se profundamente abalado só de recordar as linhas escritas em uma carta por um amigo que tudo vinha testemunhando e as cenas mostradas nos naturais da Pathé. Não, isso não poderia estar acontecendo. Como alguém poderia ir feliz enfrentar uma situação dessas? Por vingança? Não sabiam o que diziam. Passou as mãos pelos olhos como para apagar as cenas que insistiam em se projetar em sua mente. Não apagavam. Eram horríveis demais. Olhou novamente para Martinho, ali sossegado, alheio ao que se passava. Olhou para Clara e para Celia. E para Laura. Fechou o jornal e fechou os olhos.

Viu-se em Graz. Os castelos, os palácios, as igrejas, os fortes. As montanhas, o rio Mur, o monte *Schlossberg*. A Torre do Relógio com seus três sinos. Uma cidade rica no Império Austro-Húngaro. Viu a propriedade rural de médio porte, onde criaram ovelhas para a venda de lã, o que lhes garantira uma boa vida, mas que não mais pertencia à família. Como estaria tudo aquilo? Para os Künstler em Graz, os tempos felizes já eram passados há muito. Problemas políticos e econômicos haviam sido constantes desde o século anterior. Importações de lã a preços mais convidativos passaram a chegar vindas de terras ultramar. Austrália — onde seria? E lá se foram suas terras e suas ovelhas. Morando então na cidade, a sobrevivência se tornara difícil para uma família de seis sem saber o que fazer. Tudo que sabiam era criar ovinos.

A solução? A mesma que vinha sendo adotada por outros. A emigração. Para onde? As opções eram variadas, mas conseguiram passagens a um preço favorável com destino a um país chamado Brasil. Onde e como era? Não tinham a mínima ideia. Enfim... Viriam os quatro filhos: Martin, seus dois irmãos e sua irmã. Os pais? Não. Haviam passado dos quarenta — estavam muito velhos para uma aventura daquelas. Aguardariam notícias por lá mesmo; e algumas boas remessas de dinheiro, se Deus ajudasse. Vieram os quatro parar em São Paulo. Martin ficou por aqui mesmo, e sua irmã com ele. Os dois irmãos foram assentados no município de Santo Amaro, onde de início se empregaram em uma carvoaria — não sairiam muito disso. A sorte sorriu para Martin e sua irmã Mia, pois esta se ajeitou com um senhor alemão bem estabelecido e trocou de mãos.

A troca foi vantajosa também para Martin, pois seu agora cunhado conseguiu para ele um bom emprego. Uma colocação como auxiliar de comissário de café, que por sua vez trabalhava para ninguém menos do que o Conselheiro Antonio Prado. Logo se tornou um ensacador. Não, não era quem punha os grãos nas sacas. Longe disso — cabia a ele manipular, classificar e mesclar diferentes tipos de café, formando ligas que obtivessem bons valores de venda. Martin viajava muito, o que de forma nenhuma o desagradava, e com isso recebia um bom salário. Sem dizer que foi uma atividade que, aos poucos, o transformou em um entendido em cafés.

Aqui se achava ele agora. Seus pais? Cartas e cartões foram trocados durante alguns anos. Remessas de dinheiro? Poucas e parcas. Preocupava-se Martin, pois há três ou quatro anos, desde o início da guerra, nada mais chegara. Mandara ainda uma ou duas cartas, as quais desconfiava que nem enviadas haviam sido devido à censura. Não sabia se estavam vivos ou mortos. Como saber? Abriu os olhos e voltou de Graz para sua casa em Araraquara. Tinha atualmente outras preocupações. Olhou ao redor; fixou-se em cada um de seus quatro filhos. Ouvia ruídos vindos da cozinha que indicavam a presença de Minna. Sentia-se bem ali.

Clara, se não havia serviço na cozinha junto à mãe, mergulhava em seus livros de escola ou em *As pupillas do Snr. Reitor*, que lhe havia sido presenteado por dona Maria, amiga de sua mãe. O romance fora escolhido devido ao muito admirado escritor Julio Diniz e pelo fato de uma das protagonistas da história se chamar Clara. Contudo, absorta em sua leitura, sentia afinidade nenhuma com a personagem. Era no que pensava. *Sabendo-se observada, conjecturou que era admirada tambem — conjectura que por mulher alguma é feita com indifferença e muito menos por Clara — era o nome da rapariga — porque, diga-se o que é verdade, tinha um tanto ou quanto de vaidosa. Lisongeada, pois, com a descoberta, sentiu Clara desejos de se fazer apreciar mais do que pelos olhos, de cujo conceito ella não podia já duvidar. Elevou para isso a voz e n'uma toada conhecida, n'uma d'essas eternas e popularissimas musicas da nossa provincia, das que mais espontaneamente entôam as lavadeiras nos ribeiros e as barqueiras aos remos, cantou.* Não, essa não era ela. Tinha certeza de que nunca seria. Pouco tinha de vaidade e menos ainda desejo de se admirada publicamente. Não, isso era para Célia.

Célia, se havia terminado suas lições — algo que sempre lhe tomava pouco tempo —, preferia revistas aos livros. De momento, *A Cigarra* era sua predileta. Uma publicação com a qual se identificava. Trazia um pouco de tudo que lhe era de interesse. Retratava os atuais costumes e os remodelados comportamentos do século XX. Uma revista para a mulher moderna, algo que ela julgava que viria a ser sem demora. Encontrava em suas páginas uma dose de literatura que julgava suficiente. Sem falar das notícias e fotografias dos bailes, dos saraus e dos espetáculos em cartaz. Ah, como ela gostaria de participar daqueles ambientes festivos. Chegava a se enxergar entre as retratadas. Sim, era ela ali. A terceira contando da direita para a esquerda. Era ela mesma. *Nas archibancadas do Jockey-Club Paulistano, numa das ultimas corridas alli realisadas.* Como saíra bem no *instantaneo tirado especialmente para "A Cigarra"*, com seu vestido requintado, seus sapatos brancos e seu charmoso chapéu.

Ia folheando a publicação atenta aos anúncios. Reportava-os à sua irmã mais velha, interrompendo-a entre parágrafos, ou à sua mãe, ocupada entre panelas e colheres nos preparos do jantar. Mamãe! Teremos de ir à Mappin Stores em São Paulo. Estão lá com uma *Grande Exposição de Roupas Brancas. O sortimento inclue artigos de preço baixo bem como a lingerie finissima feita á mão, sendo muitas destas ultimas verdadeiros trabalhos de arte.* A jovem certamente sonhava com as segundas, não com as primeiras. Célia, viajar trezentos quilômetros para comprar roupas brancas? Estas, quando necessárias, compramos aqui mesmo, ou melhor, as fazemos nós.

Precisariam de uma maneira para facilitar as idas à capital. Sim, achara a solução. Veja, Papai, que deverá comprar esta *Limousine FORD*. Ouça só. *Desejando-se um carro moderno para grandes e pequenas viagens, encontrar-se-hão todos os confortos e luxo nesta Limousine. Com as vidraças descidas sentem-se todos os prazeres de um carro aberto. Em tempo chuvoso ou frio os seus passageiros vão quentes e confortaveis. De uma elegancia unica, o seu interior é ricamente estofado, prehenchendo todos os requisitos...* Sem interromper sua leitura, mas interrompendo a da filha, sem dizer uma palavra, Martin apenas acenou com a mão para que ela se calasse. Jamais compraria um automóvel. Jamais.

Martinho, de barriga para baixo, todo esticado no chão, folheava *O Tico-Tico*, que vez por outra ganhava do pai ou trocava com os amigos da rua ou da escola. Gostava das histórias e dos quadrinhos. Gostava do Chiquinho e de suas aventuras. Gostava das notícias de *sports*. Gostava das cores. Gostava até dos anúncios. Ou seja, gostava de tudo. Olhe, Célia, e não é que você saiu aqui na capa do *Tico-Tico*? A irmã se empolgou. Deixa eu ver! Deixa eu ver! Não, não. Martinho escondeu a página junto ao peito. Vou ler para você. Trocaram seu nome para manter seu anonimato. Chama-se aqui Carlinda. Vamos por as coisas em seus devidos lugares. Celialinda *era uma menina muito bonita, mas ella propria se encantava com sua belleza... a ponto de passar horas inteiras diante do espelho admirando-se.* Laura já estava junto ao irmão a espiar. Os dois se olharam e riram. Célia já passava da empolgação à contrariedade. O que tem de tão engraçado? Deixa eu ver. Não, não. Ainda não acabei de ler. Célia foi se achegando ao pai. Laura parecia espantada com o que via. Mas o que é isso? Um peru? Não, não. Trata-se de um pavão. *Carlinda,* ou melhor Celialinda, *recebe a visita de seu primo Alberto, que lhe vinha trazer um presente.* Celialinda *abre o embrulho, muito commovida, e encontra...* um pavão — completou Laura aos risos. Sim, *um pavão, um soberbo pavão articulado, que logo abriu as pennas, fazendo roda vaidosamente.* Papai, o Martinho está fazendo troça de mim outra vez. Martin apenas olhou para o filho que não parava de gargalhar. Célia, assim como *Carlinda, compreendeu a lição e retirou-se da sala, envergonhadissima,* e foi chorar na barra da saia da mãe.

Posso ler um pouco *O Tico-Tico*, Martinho? Não, Laura, não vê que agora eu estou lendo. Tenho que ler para Papai as notícias do *Campeonato Infantil de Foot-ball* e *das corridas do Jockey-Club Paulistano, no prado da Moóca.* Depois — talvez. E ler? Você nem sabe ler. Nem está na escola. Sei sim, viu? Já estou lendo até muito bem, ouviu? Pobre Laura! Não tinha nenhum livro; e nem revista. Os irmãos pegavam tudo e não lhe emprestavam nada. Clara, às vezes. A pequena já decifrava, até com facilidade, aqueles estranhos códigos inscritos nas páginas. Qual era o problema? A maioria não eram livros para crianças. Tinham palavras demais escritas com letras muito miúdas; palavras que, por vezes, ela não sabia o que queriam dizer. Foi até a estante e tirou um livro qualquer. Era de sua mãe. Letras douradas grandes na capa. *GOLDELSE*. Elsa de ouro? Que interessante! Vou ler este. Abriu e encontrou uma ilustração. Uma linda cena. Uma carruagem suntuosa, puxada por dois cavalos saltitantes, pessoas muito chiques andando na rua, uma árvore enorme. Mas... o que era aquilo? Que letras eram aquelas? Pareciam todas estremilicadas. Será que Martinho estava certo? Ela não sabia mais ler? Sentiu-se triste. Foi com o livro atrás da mãe. Ah, Laura, este é um livro alemão muito antigo. Veja, 1880. É escrito em gótico. Gótico? Sim, uma escrita alemã já em desuso. Você sabe ler isso, Mamãe? Sim, aprendi a ler assim. Eu também vou ter que aprender? Não, Laurinha, não se usa mais. Você só usará as letras que já conhece. Foi um alívio para a pequena. O que conta este livro? Uma linda história de amor, minha filha. *Goldelse*, de uma escritora que muito aprecio, Eugenie Marlitt. Uma menina chamada Else se apaixona por um jovem conde, mas eles enfrentam muitos obstáculos. Ela era de ouro? Não, seus cabelos pareciam fios de ouro. Laura achou aquilo meio feio. Ela não queria ter fios de ouro em lugar dos seus cabelos. Gostava deles como eram. Conta toda essa história para mim? Conto, Laura, outro dia. E mais uma vez veio a pergunta. Quando eu vou começar a ir à escola e ter os meus livros? Em breve, Laurinha. Em breve.

O ano era
1918

Um novo amigo — boas pernas — planos homéricos — corridas e saltos — de homem para homem — vômitos e febre — uma morte viva

Guto tinha um novo amigo, recém-chegado à escola. João Hausner. Com ele, surgiu uma nova paixão. O atletismo. Hausner frequentava todas as tardes o Clube Tietê, onde fazia seus treinos. Guto se interessou. Como é esse tal de atletismo? O amigo o convidou para ir à sua casa. Lá conheceu *Herr* Hausner, um aficionado do esporte que, como tal, incentivava e orientava o filho. Guto não era alto, mas o pai do amigo viu nele um bom potencial. Tinha boas pernas que poderiam correr rápido e que poderiam saltar alto e longe. Até aí, nada de novo; sabia disso desde menino, craque de futebol que era.

Herr Hausner iniciou suas preleções. Conhece Píndaro, célebre poeta grego? Nunca ouvira falar. Pois faço minhas as suas palavras. *Aquele que vence guarda consigo, para o resto de sua vida, a ventura mais doce, graças ás coroas que os jogos lhe podem dar; uma benção que com elle permanece para sempre, o maior ganho que um homem pode obter.* Era bonito aquilo. Havia mais que Guto deveria saber. João, pegue a *Eu sei tudo* e mostre ao seu amigo o que temos estudado. Folheou a revista até a página que trazia *Como se faz um athleta.*

O pai tomou a revista. Aqui. *Nos Jogos Olympicos que se realisaram há seis anos em Stockholmo, reunindo esse prodigioso certamen os mais famosos athletas de toda a Europa e dos Estados Unidos e outros paizes, havia no meio do stadio um elevado mastro no qual, após cada uma das grandes provas sportivas, desfraldava-se a bandeira da nação a que pertencia o feliz vencedor, aquelle que conseguira o titulo de campeão do mundo. A bandeira dos Estados Unidos foi assim agitada ao vento e aclamada por uma multidão de duzentas mil pessoas, dezoito vezes.*

Guto se mostrou bastante surpreso. Estados Unidos? Dezoito vezes? E a do Brasil? Nenhuma vez. Da Alemanha? Não teve a honra. Mas como? É o que o artigo explica. *Em athletismo, como em tudo, só se adquire a perfeição mediante trabalho pertinaz e methodico sob a direcção de um especialista. É isso que pouco se encontra fora dos Estados Unidos; nem pertinacia, nem submissão a methodos, nem especialistas na cultura physica.* Compreende? Sim, Guto compreendia, mas aquele tal de atletismo começava a lhe parecer algo muito complicado. Havia ainda mais. Diz aqui um dos atletas algo muito importante para vocês iniciantes. *É indispensavel escolher um genero no qual pretenda a perfeição e cultivar muitos outros em variedade para obter o robustecimento geral.* Um gênero? Variedade? Quantos existem? O amigo queria entender tudo.

O pai de João tinha para Guto um convite. Haverá em breve um *Campeonato do athleta completo em Santos. Deve constar das seguintes provas: corrida raza de 100 metros (grande velocidade); corrida raza de 400 metros (velocidade prolongada); corrida raza de 1.500 metros (resistencia); corrida com obstaculos de 110 metros; salto em altura, com corrida de impulso; salto em altura, sem corrida de impulso; salto em comprimento, com corrida de impulso; salto em comprimento, sem corrida de impulso; salto a vara; lançamento de peso; levantamento de peso; natação, 100 metros (velocidade); natação, 300 metros (resistência).* Puxa, *Herr* Hausner, mas quanta coisa! Um atleta tem que ser bom nisso tudo? Até em natação? Ser bom talvez não, Augusto, mas cultivar, sim.

Foi o rapazote com os Hausner para Santos. Voltou convencido. Queria ter a velocidade do vagão-projétil de Julio Verne. Queria voar distâncias e alturas como os dirigíveis de Santos Dumont. Queria atravessar as águas com as braçadas vigorosas do índio Peri. Queria ser um atleta completo. Chegou em casa com seus novos planos. August mais uma vez apoiou o entusiasmo do filho por um esporte. *Mens sana in corpose sano* dizia com frequência. Acreditava que era uma boa forma de desenvolver disciplina, dedicação e integridade, ainda mais do que com o futebol. Hannah, que nunca vira o tal futebol com muito bons olhos, também o apoiou. Deveria ser algo bem mais benéfico, bem mais nobre. E assim foi.

Com o agora inseparável amigo Hausner, sempre que tinham tempo livre, fugiam para o Clube Tietê. Logo se viram enturmados com a equipe do atletismo. Andavam que era um entusiasmo só. Guto, para nos tornarmos atletas completos, precisamos treinar muito. Você ouviu meu pai. Passou a enumerar, com breves explicações, todas as inúmeras provas para as quais deveriam se preparar. Guto ficou pensativo. Aquilo não era demais? *Herr* Hausner havia dito que deveriam cultivar vários gêneros, mas escolher um para a perfeição. Dois, talvez. O amigo estava lhe parecendo um tanto delirante. Tinham os dois planos, um tanto homéricos, sim, de participar das Olimpíadas em 1920. Mas conseguirem ser bons em todas as provas? Deveriam se dedicar a algumas em detrimento de outras. Ele priorizaria as corridas de velocidade e algum dos saltos. Falariam sobre isso em outra ocasião, pois o frenesi do amigo parecia intransponível. Algo, contudo, tinham como certo. Estariam nas Olimpíadas representando o Brasil em 1920. A bandeira verde e amarela seria agitada ao vento e seus nomes entrariam para a história do atletismo.

Em casa, os comentários arrebatados de Guto a respeito não tiveram a recepção esperada. Primeiro, conversou com mãe. Iria se dedicar unicamente ao atletismo dali em diante. Pensava até na possibilidade de abandonar a escola por um tempo. Já estava decidido. Seu pai não vai gostar nada disso e você sabe. Ora, era nisso que ele estava ficando muito bom. Tinha futuro. Vinha evoluindo muito nos treinos. Suas marcas? Superando seus recordes dia a dia. Guto, Guto, você devia era se dedicar mais aos seus estudos. Nem sei como você conseguiu ser promovido no ano passado. Seu pai ficou bem decepcionado. Você percebeu, não? Notas baixas. Faltando às aulas. Não tem sido minha culpa. Quantas vezes o próprio Papa insiste em me levar junto à importadora nos dias em que chegam pedidos para ajudar na checagem e na contabilidade? Pois é, filho! E não foi isso que acabou ajudando você na aritmética? Sua melhor matéria afinal! Mas, Mama, eu gosto tanto de correr. Sei que posso ganhar muitas competições. Pretendo participar das próximas Olimpíadas com o Hausner. Ah, Guto! Pare de sonhar, menino! Como ele ficava furioso quando ainda era chamado de menino. Ele não era mais um menino. Era já um homem. Um homem! E sabia muito bem o que queria. Queria ser um atleta! Um campeão nas pistas de atletismo.

Precisava falar com o pai. Ele o entenderia. Afinal eram dois homens. Uma boa e franca conversa de homem para homem. A escola não iria levá-lo mais a lugar nenhum. Com certeza, já havia aprendido tudo o que precisava. Francês? Para que aprender francês? Já falava português e alemão — com fluência. Já não chegava? Com quem iria falar em francês? Com ninguém. Ninguém mesmo. Geografia? Para quê? Teria a oportunidade de conhecer o mundo todo ao participar das competições esportivas. Desenho era interessante. Gostava de desenhar, mas já sabia desenhar muito bem. Já estava feito na vida. Pronto para ser um grande atleta. Isso! Falaria com seu pai.

A reação do pai não foi nada do que ele esperava. Decididamente fora de questão. De jeito maneira! Siga o exemplo de sua irmã. Uma mulher muito ajuizada. Sempre se empenhou em seus estudos. Sempre ajudou sua mãe em tudo que ela precisava. Está comprometida com um homem que será para ela um ótimo marido. Um homem com um emprego seguro em uma firma conceituada e um salário com o qual poderá sustentar uma família com boas condições. E você, menino, o que planeja para sua vida? Menino? Menino não, pensou, mas teve medo de dizer algo. Seguiu calado ouvindo. E ouvindo. E ouvindo. O pai já começava a se repetir. O que planeja para sua vida, menino? O quê? Não pretende um dia ser como Wilhelm e ter uma boa esposa como sua irmã? Uma boa esposa como minha irmã? Não como minha irmã! Decerto não como minha irmã. Mas permaneceu calado. Não pretende ter uma boa esposa um dia? Uma boa esposa? Ele não entendia aquela necessidade de seu pai sempre repetir as coisas quando lhe dava sermões. Era irritante! Ele já ouvia de primeira. E acha que conseguirá sustentar uma família correndo nas pistas, menino? Acha que conseguirá? Guto sentia um enfurecimento crescendo dentro dele. Menino? Menino?

Quando estava para explodir, tirou de dentro do bolso um pedaço de papel. Vejo que o senhor nunca ouviu falar de Paul Pons. O pai assustou-se com o tom de voz do filho. Paul Pons? Que diabo é esse Paul Pons? Fique sabendo, Papa, que é um — e leu — *grande athleta francez, que em consequencia das suas "tournées sportivas", na maioria das quaes levantara os maiores premios, se tornara possuidor de uma grande fortuna.* Tornou-se um milionário. Tem muito mais dinheiro do que o senhor jamais terá. A fúria chispou em raios irrefreáveis na direção do filho, que não percebeu e avançou com sua fala. Tudo por meio do atletismo. Não precisou de nenhum emprego em nenhuma firma. Seu emprego é o atletismo.

Aber wie dumm bist du! Paul Pons, pois sim! Você não é nenhum Paul Pons e nem nunca será. Nunca será! Seu pai continuava se repetindo, agora aos brados. Guto já se arrependia de não ter mantido a boca fechada. A coisa ia ficando cada vez pior para o seu lado. Você precisa ter um bom emprego. Um bom emprego. E vai começar já no segundo semestre lá comigo. Já no segundo semestre. Falarei com *Herr* Rudinger. Você tem feito um bom trabalho me auxiliando e passará a ter um cargo fixo. Um cargo fixo — auxiliar de almoxarifado. Listar os produtos que chegam, organizar os estoques, ajudar nas contas. Nisso você é bom! Muito bom! E assunto encerrado. Encerrado. O filho pensou em retrucar; de novo, achou prudente se calar. Iria pensar no assunto. Encontrar argumentos irrefutáveis. Convencer seus pais e seguir seu caminho pelas pistas de atletismo. Era só uma questão de tempo.

Não haveria tempo. Nem voltariam a tocar no assunto. Em menos de dois meses, seu pai estaria morto e sua vida tomaria um rumo novo, naquele momento, de todo inesperado. Foi tudo muito inesperado mesmo. Um dia, seu pai estava bem disposto. No seguinte, começou a sentir dores de barriga meio esquisitas; seu abdômen lhe parecia um tanto inchado. Com certeza, algo que comera não lhe caiu bem. Hannah pediu que Guto corresse ao quintal para buscar uns ramos de camomila para fazer um bom chá. O chá foi tomado; trouxe alguma melhora. Foi trabalhar no dia seguinte, mesmo ainda indisposto. Voltou mais cedo do que de costume, trazendo um remédio que, com um pouco de repouso, curaria o seu mal. Recomendado por um colega e reforçado por um anúncio no jornal que esse lhe mostrara, comprou as Pílulas do Abade Moss. Veja, Hannah, diz aqui este tal de Graciano de Araujo Cavalcanti: *Soffri tanto de prisão de ventre e estomago, que pensava morrer cada dia. Só evacuava com lavagens e fortes purgantes; tinha tonteiras, indigestões, enxaquecas, emfim uma vida martyrisada.* Diz mais — *Fiquei livre de todos meus incommodos, posso comer de tudo, tenho as funcções intestinaes regulares e trabalho com vontade e prazer; e tudo consegui unicamente com as "Pilulas do Abbade Moss".* É bem o que tenho sentido, Hannah, e o que preciso. Sim, August, parece que sim. Que Deus ajude! Deite que vou fazer um chá para você logo tomar o remédio.

As tais pílulas não funcionaram. As dores foram piorando, vieram os vômitos, a constipação, a febre. Três dias e August mal conseguia se levantar da cama devido ao mal-estar e à fraqueza. Ao raiar do dia seguinte, Hannah acordou Bertha para que ela fosse até a padaria do *Signor* Moschino, que já devia estar aberta. Precisavam que alguém levasse o marido para um hospital. Por sorte, estava justo por lá o entregador de leite com seu caminhãozinho, que, a pedido do dono da padaria, se prontificou a ajudar. Transportaram August para o Hospital de Santa Catharina. Foi prontamente atendido e diagnosticado com apendicite em estágio avançado. O pequeno órgão deveria ser removido com urgência. Todo o possível foi feito, mas ele não resistiu, falecendo em meio à cirurgia.

Iniciava-se uma nova fase na vida da família. Metade vida e metade morte. Uma morte viva que por um longo tempo se faria presente aos Zähler que não se foram. A cadeira de braços vazia, onde ainda viam o pai sentado, lendo seu jornal. Os sapatos sempre bem engraxados ao lado da cama, prontos para ir trabalhar, que não mais se moviam. O cuco anunciando todo final de tarde a hora em que ele chegaria de volta de mais um dia difícil. O cuco anunciava, mas ele não chegava. Sua xícara de café, que Hannah, distraída, ainda colocava no lugar que lhe era reservado à mesa. Tudo continuava como antes, cada coisa em seu devido lugar, as tarefas a serem feitas, a rotina do dia a ser cumprida, as pessoas e os veículos circulando pela cidade, tudo alheio à enorme ausência na família. Guto talvez fosse o mais sentido com a falta, num momento em que tanto precisava do pai. Ele se foi quando eu mais precisava dele, tantas vezes me confessou com os olhos embaçados décadas mais tarde.

Doravante, o pai não estaria mais com eles e tudo seria diferente. Hannah sentou-se com os filhos. Como vamos viver? — perguntaram a ela. Enfrentariam tempos difíceis, sem dúvida. Guto não se conteve e pôs-se a chorar. A mãe envolveu filho e filha em um abraço. Não temos mais seu pai, mas temos a nós. Temos um grande tesouro, lembrem-se — somos três. Vamos seguir de onde estamos. Bertha se levantou e foi até a janela. Guto olhou para a mãe. Forçou os olhos que, cheios de lágrimas, não o deixavam vê-la com clareza. Mama, você nunca vai nos deixar, vai? Não, meu menino. Sua Mama estará sempre com vocês. Pelo menos enquanto vocês me quiserem. Nós vamos querer você sempre, sempre. Deitou a cabeça no colo da mãe. Ela suspirou. Nascia ali uma nova Hannah. E um novo Augusto — não mais Guto. Então, o menino feito homem disse algo que se tornaria um lema para ele. Não falemos com tristeza do que foi. Falemos com esperança do que virá.

Bertha logo estaria casada e caberia ao filho ajudar sua mãe a tocar a vida. Lembrou-se da conversa tensa que tivera com o pai sobre o atletismo. Sentiu-se incomodado. Por que falara com o pai daquela forma? Seu pai tinha razão. Seus planos de uma carreira nas pistas de atletismo estavam fora de cogitação. Poderia até seguir correndo, mas teria que ter um bom emprego. Bendita aritmética! Seria sua salvação ao longo da vida. Trabalharia sempre com números e com cálculos. Porém nunca deixaria de lado seu amor pelo atletismo. Nunca!

O ano era
1918

Felizes em Santos — passos firmes — hora da leitura — primeiro livro — meninas diferentes — "Sim, ceroula." — bons amigos — Miramar e Parque Indígena

Laura iria realizar seu sonho de ir à escola. Em Araraquara? Não. Mais uma mudança — do interior para o litoral. O pai havia conseguido uma ótima posição na recém-inaugurada Bolsa de Café, estabelecida em uma pequena repartição localizada na esquina da Quinze de Novembro com a Rua do Comércio, bem no centro da cidade de Santos. De início, o salário não seria o que ele almejava, mas era um emprego excelente que prometia estabilidade e possibilidades de uma boa carreira. Será que agora sossegariam?

Minna já nem dizia mais nada. Falar o quê? Era sua sina. Montar, desmontar, remontar. Desempacotar, empacotar, redesempacotar. Dispor, desdispor, redispor. Arrumar, desarrumar, rearrumar. Acomodar, desacomodar, reacomodar. Adaptar-se, desadaptar-se, readaptar-se. Fazer o quê? Se era sua sina, era sua sina. Mais uma nova casa — um belo sobrado em uma travessa da vistosa Conselheiro Nébias, esta toda pavimentada, lindamente arborizada, com iluminação pública por energia elétrica, onde transitavam modernos bondes e onde a cada dia surgia um novo palacete ou uma nova mansão a abrigar abastados comerciantes e estrangeiros influentes. Um ambiente perfeito para Martin e família — talvez exceto pelos bondes. Não havia mais como fugir deles.

Na verdade, todos estavam felizes em Santos. Até Martin andava mais presente em casa e mais atencioso com Minna. Teria algo a ver com viverem à beira-mar? Talvez. Para Clara, um poema que lera elucidava tudo. *Sobre as ondas de anil do mar profundo / Surge a esphera de luz banhando as plagas / De explendido clarão, / O mundo acorda, e a natureza escreve / Um canto ainda sobre o livro eterno / Da immensa creação.* Como era mesmo depois? Ah, sim. *Olhae, lá em baixo na arenosa praia / Onde a vaga indolente se espreguiça / Bocejando n'areia, / E os manakás transbordam de perfumes, / E a viração nas pitangueiras humidas / As folhagens meneia.* Assim era viver ali. Cercados pela Criação; cercados de natureza; cercados de luz. Cercados de infinitude, de amplidão, de liberdade. Assim era viver frente ao mar.

Para Laura, o que importava era que a cidade tinha uma escola, e esta ela, depois de longa espera, frequentaria. Quanto tempo vira seus irmãos em volta dos livros, lendo, estudando, aprendendo! Ela também queria, mas tinha que esperar e esperar e esperar. Enquanto os irmãos estavam fora, assistindo às aulas, ela deveria ajudar a mãe com os serviços da casa. Chegara a sua vez. Clara, tendo já concluído o ensino primário, ficaria com a mãe. Célia e Martinho, mais velhos, teriam suas classes no período da manhã; Laura, no período da tarde.

Lá se foi a menina para a escola, com o imponente nome de Grupo Escolar Doutor Cesário Bastos. Perguntava para si mesma e ela mesma respondia. Onde estuda a menina? Ah, no Grupo Escolar Doutor Cesário Bastos. E fazia questão de frisar bem cada uma das sílabas: Gru-po Es-co-lar Dooou-tor Ce-sááá-rio Baaas-tos. Isso a fazia se sentir muito, mas muito importante. Era um prédio grandioso, que se destacava naquele entorno de construções baixas. Três andares e cheio de janelas dando para todos os lados. Inúmeras janelas. Laura parava no calçamento antes de entrar e tentava contar quantas eram. Queria levar a informação precisa para casa, mas perdia a conta na metade. Estava na hora ou se atrasaria para o início da lição. Nem pensar! Cruzava o portão de gradil de ferro, sempre aberto nos dias letivos, e ia andando com passos firmes, segura de si, em seus sapatos pretos bem engraxados e lustrados, que ecoavam na entrada e mais ainda nos corredores e nas escadas.

Tudo a encantava na sala de aula. Nada lhe trazia dificuldades. De início, o que dona Mariquinha, a professora, ia ensinando e escrevendo no quadro-negro era para as crianças ainda iletradas. Não era o seu caso. Conhecia todas as letras do alfabeto. Clara a ensinara a dizê-lo do começo ao fim, e do fim ao começo. E sabia muito bem o que fazer com todas elas. Tantas vezes sentara ao lado das irmãs a fazerem suas tarefas, e ela a bisbilhotar. Foi decifrando, a seu modo, todos aqueles enigmas que enchiam os livros. Com curiosidade e empenho, em pouco tempo estava lendo até que bem.

Mesmo assim, se divertia com dona Mariquinha brincando com as letras. Pega-se um "p" e junta-se com um "a", e você vê uma... pá. Pega-se novamente um "p", junta-se agora com um "e", e a pá vira um... pé. Ela já sabia tudo aquilo, mas daquela forma era muito divertido. Adorava a hora da leitura. A professora chamava cada vez outra menina para ler em voz alta e Laura ficava dizendo bem baixinho. Chama eu! Chama eu! Quando ouvia seu nome, levantava-se com muito orgulho e punha-se a exibir seu letramento. Já nem precisava seguir a linha com o dedo, como outras meninas faziam. Chegava em casa animadíssima, contando aos pais e aos irmãos tudo o que havia acontecido e quanto já havia aprendido.

Martinho tinha suas novidades para contar; nunca o ouviam. Ele se ressentia da atenção que a irmã menor passara a receber. Afinal, ele era mais velho e frequentava a escola há mais tempo. Já sabia ler e escrever, e era imbatível nas contas. Se dizia isso, pronta vinha a resposta da irmãzinha. Grandes coisas, Martinho. Ler? Escrever? Fazer contas? Quem não sabe? Eu já sei ler e escrever há muitos anos. Não é para isso que vou à escola. Mas para aprender tudo sobre o mundo. E sobre os bichos e sobre as plantas. E sobre tudo de todos os países do mundo inteiro. Martinho ouvia e se calava. Que fosse! Os pais e as irmãs, Clara em especial, se orgulhavam da menina — tão pequena e tanta vontade de aprender. Acreditavam que ela iria longe. Talvez fosse até uma professora um dia?

E Laura ganhou seu primeiro livro. Um livro só dela. Recebeu-o de dona Mariquinha. *Leituras escolares brasileiras*. Cuide bem dele, Laura, pois muito nos ensinará. Ao chegar em casa, passou horas a folheá-lo. Quantas coisas ele continha — contos, fábulas, rimas, descrições e até jogos. Quantas coisas ela aprendeu naquelas poucas horas! Tudo perguntava aos irmãos ou aos pais. Papai, o senhor sabia que *O lobo aprende a uivar, / A ovelha aprende a balar, / O boi aprende a mugir, / A abelha aprende a zumbir, / O porco aprende a grunhir, / O rato aprende a fugir*? Que engraçado, não? Célia, você sabia que *os papagaios imitam a voz humana, reproduzindo palavras e frases inteiras*? Ora, quem não sabe isso? É, mas eles também *riem, tossem, choram, miam como os gatos, assobiam e cantam*. Aposto que isso você não sabia. Essas coisas todas fazem os papagaios de verdade. Já os papagaios de papel, Martinho, você sabia que *o papagaio de papel encontrou-se em paizes diversissimos, até na China, d'onde se pensa ser originario?* Clara, você sabia que *as andorinhas teem muito amor umas pelas outras e protegem-se mutuamente nos perigos e afflições*? Mamãe, a senhora sabia que *a lebre e o coelho são dois animaes muito semilhantes d'aspecto, mas de differentes especies. Não vivem juntos e ha entre elles antipathia formal*. Sim, minha pequena, é tudo muito interessante, mas agora guarde esse livro e vamos jantar.

Laura fez várias amizades, o que preencheu um pouco a falta que sentia das amigas queridas deixadas em São Paulo. Sendo bastante conceituada na região, a escola recebia muito mais alunos do que comportava. Resultado — grupos grandes em cada classe. Isso não a incomodava. Até achava bom, pois a turma era bem animada. Uma coisa, porém, chamou sua atenção. Frequentavam as aulas com ela, duas meninas bem diferentes. A pele delas era estranha, muito escura, quase preta. E os cabelos? Uma os tinha bem encaracolados, bem, bem curtinhos; quase parecia um menino. A outra os trazia sempre presos atrás da nuca em um birote engraçado. Ficavam as duas juntas e raramente conversavam com as outras. Ouviu certo dia algumas colegas se referirem a elas como escravinhas, como bonecas de piche. Será que eram de um outro país? Resolveu esclarecer com a mãe assim que chegou em casa.

A mãe ouviu o que ela tinha a dizer e a seguir contou à filha uma história. Uma história de quando ela tinha quatorze anos. Uma história do tempo em que havia chegado ao Brasil vinda da Alemanha com seus pais e sua irmã Frida. Uma história de quando a vida da família era muito difícil e todos tinham que trabalhar se não quisessem passar fome. Alguns conhecidos ajudaram e eu fui trabalhar em uma escola. Numa escola? No Grupo Escolar Doutor Cesário Bastos? Não, Laura. Era em São Paulo. Mas não é que aquela lembrava a sua Cesário Bastos? Como ela, tinha três andares e muitas, muitas janelas. Chamava-se Escola Americana. Fui trabalhar lá para ajudar na limpeza. Era muito gostoso ver todas aquelas crianças, tão cheias de vida, estudando e se divertindo.

O problema era que, na época, eu mal falava português. Não conhecia muitas palavras e ainda as usava de forma errada. Era muito difícil eu me entender com as outras moças e com a encarregada. Eu sabia fazer o serviço, mas tinha muita vergonha de falar com elas. Parecia que algumas me ajudavam, mas um dia descobri que, na verdade, riam de mim. Elas me ensinavam palavras em português e eu queria muito aprender. Elas me diziam assim — quando a chefe falar com você, você responde "Sim, ceroula". Pediam para eu repetir e eu repetia. "Sim, ceroula." "Sim, ceroula." Não entendia por que riam tanto. Será que eu estava falando errado? Trabalhava conosco um moço, um moço muito bom, que fazia consertos no prédio. Ele era bem como essas meninas da sua escola. Tinha a pele bem, bem escura. Nunca falava com a gente, só olhava de longe. Nós éramos todas brancas, não sei se era por isso. Um dia ele se aproximou devagar de mim e falou bem baixinho. Senhorita, tome cuidado com essas suas colegas. Elas estão é zombando da senhorita. Eu não entendi e ele me explicou. Não aprenda nada com elas. Estão lhe ensinando tudo errado só para rir de si. Quando for falar com a encarregada, diga "Sim, senhora". Assim é que está certo. Ficamos bons amigos e conversávamos todo dia no horário do almoço. Ele passou a me ensinar muitas coisas. Não sabia ler nem escrever, mas falava muito bem o português. Contou-me que seus pais haviam vindos da África como escravos. Seu nome era Erasto. Diferente, não? Disse que significava homem da paz. Isso ele era mesmo.

Ficaram as duas pensativas por alguns minutos. Você entendeu, Laura, o que eu estou contando a você? A menina continuou pensativa. Sim, ela entendia. A mãe apenas disse ainda trate muito bem essas coleguinhas e nunca tome parte nessas zombarias. Isso não se faz. Compreende? Ela compreendia. Compreendia e muito bem. Passou a observar as alunas em sua classe. Uma a uma. Ela olhava e olhava. Todas eram diferentes, mas todas tinham coisas em comum. Ela mesma. Tinha a pela clara como a de muitas outras. Mas seus cabelos? Eram pretos, muito pretos. Pretos como os das duas meninas de pele estranha, muito escura. Estranha, não. Diferente!

Chegavam os fins de semana. Martin, com a família em casa. Saíam todos a passear. Aonde querem ir amanhã? Martinho sacou do bolso um papel todo amassado. Vamos ao Recreio Miramar. Ao ouvir o filho se referir ao tal local, Martin foi logo retrucando. Já não falei que aquilo não é lugar para crianças. É um *Cabaret Cassino*. Laura se interessou. Cabaré? O que é um cabaré? É um lugar, filha, que não serve para crianças. Mas por quê? O pai não teve chance de seguir com a explicação, pois foi abruptamente interrompido pelo filho. Não, Papai, não. O Miramar é muito mais do que isso aí. O Raulzito esteve lá e nos contou tudo. Vejam. Era um recorte de jornal. Todos dirigiram os olhares para o amarrotado que ele trazia na mão.

Começou a divulgar suas descobertas. *Em Santos só é chic quem vae ao Miramar*. Teria que saber selecionar os itens do anúncio com muito critério. *Muito caro, muito chic*? Não. *Nada grátis, só a entrada*? Pula. Ah, sim, vejam só o que eles oferecem. *Sessões cinematographi-*

cas às 8 horas da noite. Sempre fitas novas e sensacionaes. Ainda mesmo que chova. O pai riu. Para filmes, filho, já temos o Guarany e o Colyseu. Não chega? Não me recordo que chova dentro deles. E com certeza a preços mais acessíveis para uma família de seis. Droga! Aí o pai tinha razão. Vejamos... Aqui! Isso com certeza convenceria sua mãe. *Diariamente "Thé Miramar" com concerto pela magnifica Orchestra do estabelecimento, das 2 horas ás 5 da tarde.* Funcionou. Isso seria bonito, não, Martin? Talvez ouvirmos uma boa música. O que acha? Clara aprovou a ideia. Sim, Papai, seria ótimo. Martin coçou a cabeça. Vamos ver! Vamos ver!

Martinho se encheu de ânimo para ir ao que deveras lhe interessava. Para quem não quiser ouvir música, eles têm *patinação de luxo.* Diz aqui: *o "sport" mais hygienico e elegante recommendado pelas mais altas autoridades do mundo scientifico, como sendo o principal factor de desenvolvimento physico e moral do genero humano. Salão de primeira ordem, a pista maior do Brasil.* Foi a mãe logo a reagir. E vocês lá sabem patinar? Vão é quebrar as pernas, isso sim. Célia contra-reagiu. Mas, Mamãe, vamos devagarinho e vamos aprendendo. Martinho voltou ao anúncio e reparou que os preços dados eram para *cavalheiros* e *senhoras.* Será que para crianças a atividade nem era permitida? Mas havia mais. *Lawn-Tennis. O magnifico "court" deste estabelecimento, está a disposição do publico, mediante o pagamento de 1$000 por hora para cada pessoa.* Um mil réis? Acham que o dinheiro de seu pai é capim? E vocês nem sabem jogar tênis. Vão fazer o que lá?

O menino já ia se desesperando. Que tal isto? Raulzito disse ser muito divertido. *Ultima sensacional novidade. "Caça ás marrecas". Patos, gansos, marrecos e outras aves aquaticas vivas e em movimento dentro dagua.* Então foi Laura que se manifestou. Muito divertido? Que maldade matar os patinhos e marrecos! Não, Laura, veja. *A arma usada nesta caçada é uma delicada argola de borracha que nenhum mal faz ás aves. Ganhará o premio quem conseguir emfiar a argola no pescoço de qualquer das aves.* E ouçam isso: *Cada argola que fôr acertada receberá dez vezes o valor da sua importancia.* E dez argolas por apenas

1$000. Podemos dividir as argolas entre nós e todos podem brincar. Celia se animou, mas Laura não se convenceu. Ainda acho que isso pode machucar os pobres bichinhos. Eu não vou. Prefiro ir ao Parque Indígena — uma sugestão que sempre agradava a todos. Naquele momento só não ao pobre Martinho.

Ah! O Parque Indígena! Para Laura, o Paraíso deveria ser como o tal parque. Como ela gostava de passear por lá. Tantas árvores, tantas flores, tanta natureza. A gente anda, anda e aquilo não tem fim. O encanto já começava na entrada, salpicado com uma pitada de medo. Um majestoso portão de ferro era guardado por dois enormes leões de cimento, um sentado de cada lado. Laurinha só se sentia aliviada por serem apenas imagens. Mesmo assim, traziam uma certa inquietude, pois não tinham caras nada amigáveis.

Iam pelo corredor central da chácara, ladeado por grandiosas palmeiras-imperiais. Corredor era a palavra correta, pois já desatavam os quatro irmãos a lançar-se com toda a velocidade. Não tinham tempo a perder. Era tanta lindeza a ver, e cada um tinha lá as suas preferências. Laura pegava na mão de Clara e, juntas, o passeio era sempre um aprendizado. Naquelas tardes, passaram a diferenciar cafeeiros de cacaueiros, mamoeiros de mamoneiras. Junto de Clara, e com a ajuda do senhor Júlio Conceição, o criador e proprietário de toda aquela maravilha, a pequena foi se tornando uma profunda conhecedora de orquídeas. Não, meninas, orquídea não é uma flor, mas o nome de uma grande família de plantas — seu Júlio tinha milhares delas. Explicava. Com delicadeza, devem ser colocadas em árvores que lhes deem suporte para que se sintam como se ainda estivessem em suas matas de origem. Foi apresentando a elas as *Cattleyas,* as *Laelias,* as *Oncidiums,* as *Dendrobriums* e muitas outras.

As meninas prezavam tais conversas, pois ele falava com tal amor e apreço de cada item de sua coleção que não havia como não se apaixonar por tudo aquilo. Acreditam vocês que cada uma destas plantas foi adquirida pessoalmente, muitas delas coletadas em excursões que fiz com o propósito único de ampliar nosso acervo? Era interessante como ele dizia nosso acervo. Laura sentia que tudo aquilo era um pouco dela e isso a alegrava.

Já Célia preferia os bichos às plantas, algo em que seu irmão a acompanhava. Havia lá grandes tanques com peixes. Célia ia olhar os lebistes, peixinhos ornamentais bem pequeninos, tão coloridos que eram chamados de peixes-arco-íris. Tinham vindo de muito longe — da América Central, mas iam se dando muito bem na chácara. Martinho observava um peixe-elétrico do Amazonas. Era enorme; parecia mais uma cobra. Será que se tocasse nele levaria um choque? Um aviso dizia para não o tocar nem pôr a mão na água — melhor não arriscar. Agora o que o menino mais gostava era de se sentar nos bancos do parque. Ou melhor, bancos, não, ossos de baleias — costelas, um maxilar inferior e outros mais. Sentia-se como Jonas na barriga de um daqueles cetáceos. Fechava os olhos e que aventura!

Sem falar dos pombos. Aquele era um espetáculo à parte. Espetáculo com hora marcada. Pontualmente às dez da manhã e às três da tarde. Hora de alimentá-los. Soava um apito estridente e lá vinham eles. Dezenas; não, centenas; na verdade, milhares mesmo. De várias tonalidades, vinham de todos os lados. Célia achava que chegavam ali todos os pombos de Santos. Talvez até todos do Estado de São Paulo de tantos que eram. Desciam, ciscavam feito doidos — até briga dava —, para a seguir levantarem voo e desaparecerem tão rápido como haviam surgido.

Quem também apreciava uma boa conversa com seu Júlio era Martin. Algumas vezes ainda eram agraciados com algumas cortesias. Refrescos para as crianças, um cafezinho para dona Minna e um cálice de pinga de boa qualidade para ele. Como vão as coisas, seu Júlio? Com a graça de Deus, tudo muito bem. Sabe quem passou por aqui ontem? O amigo Rui. Rui Barbosa, sabia Martin. Sentia uma ponta de inveja. Como gostaria de um dia encontrar e cumprimentar o ilustre advogado e jornalista.

O ano era
1919

O casamento — espaço de sobra — primeiros inquilinos — vida primitiva — vozes no telhado — corpos nus — a voz de Deus

A vida não andava fácil para a família Zähler. Sem o pai, muitas coisas tiveram de se modificar. O casamento de Bertha com Wilhelm acabou sendo realizado alguns meses antes do planejado. Um pequeno enxoval foi providenciado às pressas, pelo pouco tempo e pouco dinheiro. Além de algumas peças que ela já tinha guardadas, compraram roupas de cama e de banho. Rapidamente, com a ajuda de uma amiga que bordava muito bem, foram colocados os monogramas em cada uma das peças: BS e WS, como deveria ser. O que mais fosse necessário veriam com calma depois.

Alguns dias antes da cerimônia, Bertha recebeu do noivo um livro de poemas — uma das páginas marcada com uma fita vermelha. Como recitaria ela aquele poema em português? *Feliz só pode ser / Uma alma a amar. / Ser alegre e sofrer, / Duvidar e sonhar. / Ansiar e temer, / Fruir e penar. / Viver de prazer. / De tristeza morrer. / Feliz só pode ser / Uma alma a amar.* Viu-se tomada de grande afeição. Estaria ela amando de corpo e alma? Mergulhou para dentro de um de seus romances mais queridos. *Quanto mais e mais Bertha pensava em Herr Steinberg e em sua natureza, mais certo lhe parecia que, de todos os homens do mundo, ele era o que mais a attraia. A união de seus dois temperamentos, por vezes contrarios, produziria uma perfeita combinação. A vivacidade e a espontaneidade de Bertha suavisariam o caracter serio do futuro marido; seu conhecimento do mundo e das pessoas, bem como sua calma e seu julgamento criterioso seriam de grande beneficio para ela.* Jane Austen poderia ter escrito assim. Ela, como a personagem que tanto admirava, havia lutado bravamente contra o amor, mas ele a vencera afinal. Queria muito compartilhar sua vida com Wilhelm. Suas outras ambições, deixaria para depois. Tudo a seu tempo.

Augusto entrou com sua irmã na *Stadtkirche*, a Igreja Evangélica Luterana, uma bela construção à Rua Visconde do Rio Branco, que, apesar das dificuldades financeiras pelas quais vinha passando desde os tempos da Primeira Guerra, mantinha suas portas abertas aos fiéis e os atendia para administrar os ritos e os sacramentos. Entrou com ela e a entregou a Wilhelm, que a partir daquele dia passaria a ser o seu esposo. Algo inesperado, ele havia sido transferido para a Capital Federal, onde os recém-casados iriam, por alguns anos, residir. Este fora também um motivo para a antecipação da união, pois ele deveria assumir seu novo cargo de pronto.

Ficariam, a partir de então, na casa da Rua Nova de São José apenas Augusto e sua mãe. Havia espaço de sobra para os dois. Se assim, alguma vantagem teria de vir daí. Hannah, como sempre, tinha ótimas ideias. Ela já sabia o que iriam fazer. Reformar a casinha dos fundos e providenciar alguns inquilinos. E assim foi. Sem demora, Augusto foi alistado pela mãe e, junto dos amigos Pepe e João, seria responsável por, nos fins de tarde e fins de semana, transformar aquela pequena construção, de momento em estado bastante desarranjado, em uma moradia habitável e que pudesse ser alugada por um bom dinheirinho. Uma atividade física para os dias em que estariam privados de ir ao Tietê. Reboques foram acertados, uma nova janela colocada, a porta substituída, uma boa demão de pintura por dentro e por fora, e pronta estava. Nesse meio tempo, Hannah foi acionando seus contatos e os primeiros inquilinos foram encontrados.

Um casal de jovens alemães, Leah e Konrad Rosenbaum, recém-chegados de Hamburgo, muito simpáticos e de aparência muito vigorosa, surgiram à sua porta numa manhã de domingo. Haviam sido indicados por *Herr* Bachhuber, marido de uma das mais antigas conhecidas de Hannah em São Paulo. Falavam muito bem o alemão, algo que a agradou, pois rareavam as oportunidades de conversar com alguém fluente no idioma por ali. Os vizinhos, cada vez mais, vinham de todos os cantos do mundo, e os vindos da Alemanha e seus descendentes, mais e mais, falavam uma língua estranha, meio híbrida, que não era mais nem o alemão, nem ainda se tratava de português.

Hannah pediu que entrassem, sentassem e ofereceu-lhes um copo d'água fresca, pois se tratava de um dia que prometia um calor daqueles. Os jovens aceitaram a oferta com gosto. Sim, beber água era essencial para uma boa saúde. Após um pouco de conversa jogada fora, era hora de tratar de negócios. Levou o casalzinho para ver a casa que ocupariam, que tinha uma entrada independente pelo corredor lateral, e acertaram o valor do aluguel. Pagariam a quantia proposta por ela com uma condição — que pudessem, uma ou duas vezes por semana, fazer uso, na companhia de amigos, do quintal, ao menos da parte junto à construção que viriam a alugar. Hannah, animada com o dinheiro que entraria, logo aceitou. Não haveria problema algum, desde que não fossem reuniões que viessem a causar transtornos. Não, isso não, de forma alguma — ela poderia ficar tranquila.

Contaram então que tanto eles, como os amigos que porventura os visitassem, eram todos adeptos do naturismo. Naturismo? O que seria aquilo? Explicaram. Vinham seguindo os ensinamentos divulgados por Eliezer Kaminetzky. Quem? Eliezer Kaminetzky. Acreditamos que na natureza encontramos tudo o que precisamos para uma vida saudável. Alimentação, só comemos frutas, alguns vegetais e nada de produtos animais; e, o quanto possível, nos expomos aos elementos naturais: ar fresco, sol e água — fórmula garantida para evitar problemas de saúde e doenças. Algo comprovado há séculos e séculos, e que vem se perdendo com a crescente urbanização e industrialização, tão insalubres. Como sentiram interesse da parte da senhora em entender melhor tudo aquilo, o casal prontificou-se a lhe ofertar um folheto com mais detalhes sobre a tal filosofia. E convidaram a ela e o rapaz para se juntarem a eles em uma daquelas reuniões para conhecerem mais os seus preceitos. Hannah agradeceu o convite, tudo ficou acertado e eles mudariam em breve.

Alguns dias se passaram e Leah bateu à porta da casa. Queria entregar o folheto prometido, folheto este que mais parecia um pedaço de jornal rasgado. Hannah agradeceu. Mais tarde, o leria com atenção. Após o jantar, lembrou-se do tal papel e pediu que Augusto fosse apanhá-lo. Devia tê-lo deixado em algum lugar na sala. Lá veio o rapaz com ele e juntos puseram-se a ler. *Regresso á vida primitiva.* Já o título os deixou intrigados e curiosos. Começava o artigo descrevendo o tal de Kaminetzky. *Barba nazarena, longa cabelleira, olhos meigos e pensativos, traços finos, revelando a origem judaica, apesar do cruzamento moscovita, vestes de linho, sumarias, o quanto necessario para não incidir nos regulamentos da policia — tal se nos apresentou Eliezer Kaminetzky, o apostolo do regresso á vida no seio da natureza...* Augusto lia e Hannah ouvia com atenção. Parece ser uma boa pessoa, não? Sim, Mama, mas com certeza uma figura bem esquisita. Encafifou-se a mãe com a história das vestes sumárias, mas deixou para lá.

Deve ter estudado muito esse Kaminetzky. Ouça, Mama. *Como lhe veiu a vocação para esse extranho apostolado? Lendo e estudando, diz-nos elle, os philosophos gregos, as obras de Jean Jacques Rousseau e de Tolstoi, seu patrício, revolucionario de idéas e não menos bizarro theorista.* Tolstói? É o escritor russo de quem Papa falava. Aquele que escreveu *Guerra e paz.* Continuou com a leitura. *Tomou a firme resolução de praticar o que pittorescamente se denomina "o naturismo", isto é, o regresso á vida primitiva no seio da natureza.*

Hannah se sentiu tocada por tais palavras e se viu transportada à chácara em Joinville, o que, vez por outra, a enchia de saudades. O cheiro da terra molhada, os verdes das árvores, o gorjear dos pássaros, o silêncio das noites estreladas. Se isso vivenciava em São Paulo, era diferente; ela não sabia explicar, mas era. Mama, está me ouvindo? A pergunta a trouxe de volta para a sala de sua casa no Brás. Sim, sim. Temos aqui um discurso curioso que deve ter feito pelas nossas terras. Veja só o que ele prega. *Homens, quero demonstrar-lhes que nós actualmente não vivemos, e apenas existimos.* Augusto deteve-se por um instante para entender melhor. Seguiu. *O que é para nós a vida verdadeira: o "ar", sem o que não podemos viver; a "immediata luz do sol"; a alimentação, a agua e o somno. Conforme as condições climatericas e as variações da estação, apenas as vestes necessárias...* Mais uma vez a menção às vestes chamou a atenção de Hannah. Não havia notado nada de estranho na forma como Leah e Konrad se vestiam.

O filho seguia a leitura com grande entusiasmo, imitando o discurso do profeta. *Homens, sois escravos do vosso ventre avido e insaciavel! Era perdoavel que o homem primitivo se saciasse de carne. Mas não é desculpavel que nós, homens do seculo XX, que nos dizemos civilizados e cultos, imitemos o seu exemplo.* Aí Augusto já se revoltou. Deixar de comer carne? Um bom bife? Um belo *goulash*? Abrir mão dos salaminhos e das *würste*? Isso jamais. Hannah riu, pois seu filho era mesmo um bom garfo, com apetite para tudo que vinha ao prato. Acabou, filho? Aquilo já lhe parecia que não acabava. Quase, quase. *Ha treze annos que Kaminetzky viaja, a pé, o mundo inteiro, já tendo estado duas vezes no Brasil. É, pois, um apostolo; em outros tempos teria sido um propheta, um revoltado, um agitador de povos e de idéas. Na éra actual, é uma criatura curiosissima, digna de estudo e de attenção.* É mesmo um homem muito estranho. E o assunto por aí ficou.

Após a mudança, tudo estava indo muito bem. Era um casal bem sossegado. Konrad saía cedo para trabalhar e Leah ficava em casa. Pediu licença para usar um pequeno lote do terreno rente à sua casinha para ali cultivar uma pequena horta. Agradava-lhe muito ser capaz de colher suas verduras e seus legumes. Em troca da terra, prometeu que forneceria parte de sua colheita a ela e ao filho. Cada vez mais, Hannah estava satisfeita e certa de que aqueles eram mesmo inquilinos perfeitos. Que Deus ajudasse e eles ficassem por vários anos!

Até que em um sábado... Cedinho, Pepe e João apareceram por lá atrás de Augusto. Entraram e os três se fecharam em seu quarto. Aquilo não era comum, pois, de hábito, os rapazes, quando juntos, saíam e nunca se trancavam em casa, menos ainda no quarto. Hannah foi tratar de seus afazeres e se esqueceu da estranha ocorrência. Havia roupa a ser lavada, o que ela fez, para logo pendurá-la no varal. Era um belo dia de sol e era bom aproveitar, pois assim estaria seca rapidinho e seria passada ainda naquele mesmo dia. Lavar era fácil; passar é que eram elas. Haja muque! — dizia. O que não estava amarrotado, amarrotava-se na lavagem. Empurrar aquele ferro pesado de um lado para outro a fim de eliminar rugas e vincos dos tecidos, e ainda recarregá-lo com carvão em brasa de tanto em tanto, não era para qualquer uma. Se deixava escapar uma chispa, se arruinava a peça. E eram grandes pilhas toda semana, com Augusto trabalhando fora todos os dias.

Ao se dirigir com a cesta de roupas ao varal, algo chamou sua atenção. Ouviu vozes. Havia alguém em cima do telhado — eram os três rapazes. O que estariam fazendo lá? Zarpou para dentro da casa e entrou no quarto de Augusto. Viu que pela janela haviam saído. Mas para quê? O que estariam fazendo lá? Botou a cabeça para fora. Augusto, você e os outros dois, já aqui para dentro. Meio assustados e meio aos risos, vieram os três. Sim, Mama? Augusto tinha um sorriso bem jocoso, mas a mãe não parecia estar para muita brincadeira.

O mistério foi esclarecido. Já há duas ou três semanas, o filho descobrira algo mais a respeito do tal naturismo que Hannah não sabia. Tudo o que Leah e Konrad haviam explicado sobre o modo de vida que adotavam era perfeito; haviam omitido um pequeno detalhe. A exposição aos elementos naturais — ar fresco, sol e água

—, para sua maior eficiência, era feita com os corpos nus. Totalmente! A mãe não sabia se ralhava com os meninos ou se ia lá ralhar com os inquilinos. Eles estão todos... sem nada? Sem nada, dona Hannah, arriscou Pepe. Não apenas Leah e Konrad, mas ainda mais duas amigas e um amigo. Agorinha mesmo estavam fazendo umas ginásticas muito estranhas. Tudo à mostra e tudo chacoalhando, em cima nas mulheres, embaixo nos homens. Os rapazes caíram na risada e a mãe teve que se segurar para não acompanhá-los. Isso não pode ficar assim. E vocês ali no telhado assistindo essa pouca vergonha? Mas, Mama, para eles não é pouca vergonha; é natural. Natural não aqui na minha casa. O que os vizinhos já não devem estar falando? Ainda outro dia, a dona Anita e a dona Giulia vieram me perguntar sobre os inquilinos. Bem que eu estranhei o jeito delas. Todo o povo já deve estar falando.

Augusto foi encarregado de ir até os inquilinos e dizer que a mãe queria falar com eles — decentemente vestidos. O rapaz, muito sem jeito, os chamou de longe e, um tanto sem graça, deu o recado. Konrad entrou na casa e voltou ainda com o peito nu, mas vestindo calças e chinelos. Acompanhou Augusto. A senhoria foi direta. Não posso concordar com esse tipo de encontros em minha casa. Não é uma vizinhança onde tais práticas são aceitas com naturalidade. Sinto, mas terão que procurar outro lugar para morar. Não poderão continuar aqui. Que Deus os ajude para que se mudem o quanto antes! Até lá nada mais de encontros desse tipo. Konrad agradeceu e voltou para o seu canto.

À noite, Hannah teve uma conversa séria com o filho. Imagine se o seu pai ainda estivesse conosco. Como reagiria ele a tal fato? Você agora é o homem da casa, não? Nunca mais se comporte feito um moleque como fez hoje. Subir ao telhado, com os amigos, para ficar olhando as pessoas nuas? Com certeza, devem ter sido vistos pelos vizinhos. Mais falatório isso vai causar. Vão pensar o quê? Que meu filho é um pervertido? Você entende, Augusto? O filho ouvia tudo calado e cabisbaixo. Lembrou-se do pai e quase chorou.

O que estaria pensando dele, onde quer que estivesse? Com certeza, já estaria se repetindo. Pediu perdão. A mãe continuava falando. Ela deveria ter sido comunicada na primeira ocasião em que o filho testemunhara o que acontecia ali no quintal. Se divertir com aquilo? E ainda trazer os amigos?

Augusto se sentia cada vez pior. Havia agido muito mal. Afinal, era agora o homem da casa, sim. Estava seguindo com muito afinco o Curso Comercial na Associação Christã de Moços de São Paulo à noite e já vinha trabalhando no escritório onde seu pai trabalhara por tantos anos, posição que lhe fora conseguida por *Herr* Rudinger em nome da estima que tinha pelo antigo funcionário. Seria mesmo uma estupidez estragar tudo com essa leviandade. Naquele momento, não era mais a voz da mãe que ele ouvia; ouvia a voz de seu pai a lhe falar. Deixado sozinho, foi até a estante. Veio às suas mãos um livro que nunca havia visto. *Moral Universal Christã.* De onde teria vindo? Teria sido de seu pai? Abriu-o em uma página qualquer. Leu. *Ora, qual de vós, filhos carissimos, não deseja ser n'este mundo homem de bem, virtuoso e feliz, e no outro eternamente bemaventurado?* O livro parecia estar falando com ele. Ao ler, era como se ouvisse, mais uma vez, a voz de seu pai.

Voltou à página. *Ouve com attenção os velhos cheios de experiencia: nada he mais apreciavel do que os seus conselhos; elles forão instruidos por seus pais, e tu o serás por elles; as suas cãs devem infundir-te respeito, honra-os, levanta-te quando chegão a ti, e falla pouco na presença d'elles.* Ou seria a voz do próprio Deus? Por um momento, voltou a se ver à Rua Nova de São José, não aquela em que residiam, mas a outra. Aquela na qual ele e Pepe haviam ido atrás das lojas de mulheres. Aquela na qual, há muitos, muitos anos, ainda um moleque, sim, sentira a mão pesada de Deus sobre seu ombro esquerdo. Sentia-a mais uma vez. Na época não fora Deus, mas agora parecia ser Ele mesmo. Que lhe falava e lhe tocava o coração. Sim, desejava ser um homem de bem, virtuoso e feliz. Sim, seguiria o que sempre lhe disseram seus pais. Assim seria — pensou.

Não passou uma semana, e Leah e Konrad se foram. Outros inquilinos vieram ao longo dos anos. Hannah pedia que entrassem, sentassem e oferecia-lhes um copo d'água fresca ou uma xícara de chá, dependendo dos ares do dia. Após um pouco de conversa jogada fora, era hora de tratar de negócios. Hannah levava os proponentes para ver a casa que ocupariam e acertavam o valor do aluguel. Contudo, antes de fechar o acordo, uma pergunta crucial. São adeptos do naturismo? Não, nenhum mais era adepto do tal naturismo.

O ano era
1919

Segundo ano — livros do sebo — terrível doença — livros em alemão — duas normalistas — muito exercício — dezoito degraus — amantes da poesia

O primeiro ano de Laura na escola correra muito bem. Menina dedicada e curiosa. Por ser uma das menores em altura da turma, sentava na primeira fileira. Podia prestar atenção a tudo que a professora dizia. Ouvia com interesse e anotava em seu caderno palavra por palavra o que era escrito no quadro-negro. Não podia perder nada. Havia muito a ser decorado e sua memória era mesmo boa. Chegando em casa, lia tudo de novo e de novo, até que ficasse bem guardado em sua cabecinha. Cada dia sentia que sabia mais do que no dia anterior. E se sentia muito, mas muito satisfeita — e importante. Como amava tudo aquilo!

Havia passado com notas ótimas para o segundo ano. Seu orgulho era imenso. Tão imenso que ela nem cabia em si de tão contente. Segundo ano. Era bom demais. Preparada para voltar à sua querida escola, alguns dias antes seu pai a chamou para uma conversa séria. Ela não poderia frequentar as aulas naquele ano. Foi um tremendo choque. Mas, como? Por quê? Não, ele não poderia tirar isso dela. Sentiu algo subindo por sua garganta e chegando aos seus olhos. Nem mais conseguia enxergar o pai. Não, tudo menos isso. Percebeu que ele seguia falando.

Sua irmã mais velha já terminou os estudos primários e vai começar a trabalhar. Sua mãe ficou sabendo que uma família muito bem posicionada em São Paulo está procurando uma moça bem educada e com experiência com crianças para cuidar de um menino de quatro anos, filho único de um ilustre advogado. Clara é a moça certa para a posição. Irá morar com a família e, sem ter despesas, poderá ajudar com o sustento de nossa casa. Clara vai nos deixar? Por quê, Papai? A vida anda mais dispendiosa a cada dia, a situação do mercado de café segue difícil mesmo com o fim da guerra e essa ajuda será bem-vinda. Mas, Papai, eu não preciso parar a escola, preciso? Escute, Laurinha. Célia fica ainda para terminar ao menos mais um ano. Martinho irá para o quarto ano e terá que seguir adiante com os estudos se quiser ser alguém na vida. Meninos têm que estudar mais, não é? Não, não era! Isso não estava certo. Só porque ele era um menino. Ela era uma menina e queria estudar. Queria muito, muito! Mas, Papai. Laurinha, não tem jeito, não vai dar. Você terá que ficar em casa para ajudar sua mãe nas tarefas domésticas. Além disso, creio que nem poderemos comprar seus livros para este ano. Por ora, não temos como pagar.

A menina não estava nada de acordo com a fala de seu pai. Para ser bem sincera, nem fora convencida por nenhum de seus argumentos. Poderia ajudar a mãe como já vinha fazendo mesmo indo à escola. Os livros? Os livros! O pai iria se surpreender. Se surpreender e ter que mudar de ideia. Um sorriso surgiu no rosto da Laura. Pediu que o pai esperasse só um momento e saiu correndo. Voltou em um instante com dois volumes nas mãos. Esticou os braços para que o pai os visse. O que é isso, Laurinha? Livros que posso usar para a escola. A Clara me levou ao sebo em frente ao Correio. Ele tem livros usados que parecem novos. Veja! Ele me vendeu os dois em troca de umas moedinhas que eu tinha. Eu contei o quanto queria estudar e ele fez um bom preço. Papai, agora posso voltar este ano? O pai não sabia o que dizer. Falaria com a esposa a respeito. Não, não falaria. Já que a vontade de seguir estudando era tamanha, que fosse! Teriam de dar um jeito.

Tudo correu às mil maravilhas até um certo dia. Um certo dia do qual Laura queria se esquecer para sempre. Depois de uns dois meses, chegou em casa se sentindo estranha. O mal-estar era geral — tudo lhe doía, da cabeça aos pés. O estômago parecia revirado; nenhuma vontade de comer. Começaram os calafrios. Febre. Sim, estava com febre. Teria que ficar em repouso para se recuperar. No dia seguinte, sentia-se um pouco melhor; não queria perder as aulas. Não, é melhor ficar ainda de cama. Se amanhã estiver bem, irá. Mas, não. No dia seguinte estava ainda pior. Não tinha jeito, mal parava em pé.

Minna foi até a escola para informá-los do porquê das faltas de Laura. Na secretaria foi informada que sua filha não era a única com tais sintomas. Havia mais alguns alunos nas mesmas condições. A desconfiança era que se tratasse de uma tal de paralisia infantil. Minna nunca tinha ouvido falar. O que é essa paralisia infantil? Prestou muita atenção ao que a funcionária explicava. Parece que é uma febre causada por um novo micróbio e que é bem perigosa. Pode até matar. Minna ficou assustada. Tinha que informar o marido. Tinham que consultar um médico com urgência.

Sim, segundo a avaliação do médico, parecia mesmo ser a paralisia infantil. O que o deixou mais seguro do diagnóstico foi perceber que a menina não conseguia parar em pé, não só em função da fraqueza, mas por sua perna esquerda estar flácida; os músculos não sustentavam o peso do corpo, e ela caía. Ele já havia visto dois casos assim e lido a respeito. Soube da ocorrência de verdadeiras epidemias. Nos Estados Unidos, há três anos, e no ano passado em Villa Americana, perto de Campinas. Muitas crianças vieram a falecer. Minna ficava cada vez mais assustada.

A doença havia sido descrita nos jornais. *Vêem-se as criancinhas apenas desmamadas, pequeninos que não contam mais de 10 annos com os membros atrophiados, com pernas que não pódem dar um passo. Não pareciam graves os primeiros symptomas; hontem ainda as crianças tinham um semblante fresco e rosado; hoje acham-se atacadas da terrivel doença e irremediavelmente condemnadas a uma existencia miseravel. A sciencia declara-se impotente contra esta doença, tanto mais terrivel porque é contagiosa.*

Laura deveria ser mantida em repouso absoluto e isolada dos irmãos. O médico garantiu que a ocorrência era mais comum em crianças menores, mas era melhor não facilitar. Com essas coisas, todo cuidado era pouco. Suas roupas e roupas de cama teriam que ser fervidas. Recomendou vários banhos quentes ao dia, aproveitando o calor da água para massagear as pernas. Receitou ainda uma solução mista de arnica e camomila, além de trinta centigramas por dia de sal de quinino dissolvido em água, após o almoço. E voltou a realçar — repouso absoluto.

Os pais continuavam preocupadíssimos. Ela viveria? O médico voltou dali a alguns dias. Ele acreditava que sim. A pequena vinha reagindo bem. A febre baixou e voltou a comer com mais vontade. Sua maior motivação era ficar boa para poder voltar à escola. Mesmo na cama, pegava seus livros e os folheava, estudando página a página. Imaginava o que a professora estaria ensinando naquele dia. Chegava a ouvir sua voz explicando o que lia nos livros. Ela tinha que ficar boa. Tinha que voltar à escola. Tinha. Só o que não agradava ao médico era o estado de uma de suas pernas. Os músculos continuavam flácidos; não pareciam mostrar nenhum sinal de evolução. Laura sentia-se melhor, mas não conseguia ficar de pé sozinha. Só com o apoio de um dos pais. Os irmãos, ela não via há duas semanas. Viver ela vai — era a conclusão do doutor. Se vai voltar a andar? Não consigo garantir. Não me agrada o aspecto dessa perna esquerda.

A menina sentia tudo aquilo como uma grande tragédia. Sem conseguir andar, não poderia voltar às aulas. Não havia jeito. Aquilo não poderia estar acontecendo. E se ela nunca mais andasse? Nunca mais voltaria a estudar? Tão abalada ela se sentia que, mesmo passado o perigo do contágio, nem sequer tinha vontade de sair da cama. Para quê? Ficar sentada no quarto ou na sala feito uma boba sem poder fazer nada. Se não podia mais estudar, ela nem queria fazer mais nada mesmo.

Para ver se a animava, seu pai apareceu uma tarde com uma surpresa — um livro. *Heidi*. Seus olhos, mesmo apagadinhos que andavam, brilharam. Pegou o livro e foi folheando. Sentiu-se novamente desanimada. Tudo lá escrito lhe pareceu bastante incompreensível. Era uma língua familiar e, ao mesmo tempo, estranha ao ser lida. O livro era em alemão. Mamãe vai ler para você, um capítulo por dia. Que tal? O ânimo voltou. Podemos começar hoje mesmo? Sim, sim, se der tempo. Por favor, insistiu a pequena. Todas as tardes, após o almoço, após a cozinha arrumada, louça enxugada com a ajuda de menina, sentadinha ao lado da pia, para tudo ir mais rápido, sentavam-se para a leitura. A mãe lia devagar e explicava quando a filha não entendia. Era um alemão difícil aquele. Mas foi se enfronhando tanto na narrativa que logo lhe pareceu que tudo fazia sentido.

Laura se comoveu e se encantou com a protagonista da história. Interrompia a mãe a todo momento com suas perguntas e seus comentários. Heidi? É um nome bonito. Ela não tinha pai nem mãe? Coitada! Ainda bem que tinha o avô que morava nas montanhas, não? Eu gostaria de morar nas montanhas no meio da natureza. Eu não tenho um avô, mas muita sorte de ter pai e mãe, não? Acho que nunca vou morar nas montanhas. Que pena! Será que ao menos vou voltar a andar? Se Deus quiser, filha. Se Deus quiser.

Surgiu uma nova persongem. Klara com "k"? Uma menina parecida comigo? Uma menina que não andava? A mãe se controlava para não perder a paciência. Escute, Laura. Preste atenção. ... *das kranke Töchterlein, Klara ... Kranke,* Mamãe? Sim, *Klara, a filhinha doente do Senhor Sesemann, vivia em sua casa em Frankfurt. Passava o dia sentada em sua confortavel cadeira de rodas, na qual era levada de um comodo a outro.* Klara era doente? Eu também sou doente. Terei uma cadeira de rodas um dia? A ideia não lhe agradou. Como queria voltar a andar! Muito mesmo! Será que Klara também tinha tido paralisia infantil? Sua mãe não sabia como responder a tantas perguntas. E chorava, evitando fazê-lo na frente da filha.

Laura ficou sabendo que havia um segundo livro com a continuação da história. Queria muito ter aquele livro também. Tinha receio de pedir. Mas insinuava. Como será que continua a história?

Heidi vai viver para sempre com seu avô? Ela voltará a encontrar Klara? Será que um dia ela vai se casar com Pedro? Dentro de sua cabecinha ia escrevendo o segundo livro que ela não tinha. Até que... Num fim de semana no qual Clara viera visitar a família, trouxe-lhe um pacote. *Heidi kann brauchen, was es gelernt hat. Heidi: Tempo de usar o que aprendeu.* Era o livro que tanto, tanto queria. Abraçou a irmã tão apertado de tamanha que era sua gratidão. Foi folheando página a página. Já conseguia entender um pouco, mas ainda era impossível seguir a leitura por si só. Nos dias em que Clara esteve com eles, leu os primeiros capítulos e, a seguir, sua mãe retomou a tarefa.

A história continuava cativante. Agora Klara vai passar um tempo com Heidi e seu avô nos Alpes? O quê? Pedro, num acesso de ciúmes, jogou a cadeira de rodas encosta abaixo? Não havia mais cadeira? Pobre Klara! Então, no penúltimo capítulo do segundo livro, algo aconteceu que reacendeu as esperanças de Laura. *O, wenn ich nur gehen könnte!* Klara, pela primeira vez, expressava um genuíno desejo de conseguir andar. Se ao menos ela pudesse. Se ao menos eu pudesse, pensou Laura. A mãe seguiu a leitura e a filha nem piscava mais. Heidi chamou Pedro. Klara foi se apoiando nos amigos. Tombando daqui, tombando dali, de repente... *Ich kann, Heidi! O ich kann! Sieh! Sieh!* Klara conseguiu dar um passo e depois outro. Como por um milagre, a menina estava andando. Mamãe, a senhora acredita em milagres? Eu voltarei a andar um dia como Klara? Será que terei uma amiga como Heidi que me ajudará a me livrar desta paralisia infantil? Mais uma vez, sua mãe não sabia como responder a tantas perguntas. E chorava, evitando fazê-lo na frente da filha.

Naquele meio tempo, cartas vinham sendo trocadas entre Minna e a comadre Margarida, madrinha de Laura, que continuava morando em São Paulo, na mesma Rua Peixoto Gomide onde a menina nascera e vivera seus primeiros anos. Ela, vez por outra, sugerira uma possível solução. Por que não a mandam para passar uns tempos aqui conosco? Quem sabe a mudança de ares não lhe faria bem? Voltará a ver as amigas de quem sente muita falta, o que com certeza a animará. Quem sabe... Foi resolvido. Laura viria para a casa da madrinha passar uns tempos ali com sua família.

Dona Margarida morava na parte de cima de um grande sobrado. Moravam com ela sua mãe, dona Francesca, e as filhas solteiras, Celina e Nina, duas normalistas. Celina, já formada, assumira sua primeira turma. Nina seguia ainda os estudos. Ambas, muito empenhadas, prometiam vir a ser excelentes educadoras. Laura foi trazida para São Paulo. Dividiria o quarto com dona Francesca, o que não a desgostou. Sempre considerou a velhinha como a avó que ela nunca tivera.

A madrinha considerava-se dona de conhecimentos em todas as áreas. Trocando ideias com suas filhas estudadas, veio com um parecer a respeito do caso da afilhada. A escada seria a solução — estava convencida. Como ninguém pensou nisso? É óbvio. Esses *medico* não sabem mesmo de nada. O seu raciocínio, sim, é que era mais do que lógico. A perna da *bambina* está fraca. Tem que deixar ela forte de novo. E como fazer isso? Exercício, muito exercício. Aí entrava a escada. Para chegar à sua casa, era preciso subir uma escada enorme. Muitos degraus. Levamos todos os dias a *bambina* para baixo e ela, se apoiando nos *corrimano,* vai subindo devagar. E assim foi.

Os primeiros dias foram muito difíceis. A perna esquerda não se movia, não dava apoio. Sem alguém a escorá-la, ela corria o risco de rolar escada abaixo. Celina e Nina a ajudavam, mas ela gostava mesmo quando Leninha vinha. Era sua melhor amiga desde sempre. Dois anos mais velha, haviam sido inseparáveis na época em que Laura morara naquela rua. Estar de novo junto da amiga a deixou muito feliz. Leninha vinha quase todas as tardes, depois da escola e depois de fazer suas tarefas. Gostava muito de passar tempo com Laura.

Vindo lá de baixo, ajudava a amiga a subir alguns degraus e as duas se sentavam. Começavam a papear; lá de cima chamava dona Margarida. Laura, *bambina,* o exercício. Assim não vai. As duas se levantavam e seguiam o arrastar escada acima. Para tornar a coisa um pouco mais divertida, Leninha ensinava à amiga algumas parlendas que conhecia, que iam recitando degrau a degrau. *Um, dous, tres, / Quatro, cinco, seis, / Sete, oito, nove, / Para doze faltam tres.* Ou *Um, dous, feijão com arroz / Tres, quatro, feijão no prato / Cinco, seis, bolo inglez / Sete, oito, comer biscoito / Nove, dez, comer pasteis.* Davam boas risadas.

E não é que a madrinha sabia das coisas? Depois de algumas semanas, perceberam que a perna entrevada começava a se mover. Isso deu novo ânimo à menina. Passou a subir com mais entusiasmo e se distraía contando os degraus. Um... dois... três... quatro... dezessete... e... dezoito. Conseguia já ficar de pé sozinha, o que foi lhe dando ainda mais confiança. Queria subir a escada várias vezes ao dia para ficar boa logo. Não, isso não pode. Sem exagero. Tudo, *bambina,* toma seu tempo. Ela tinha agora certeza de que voltaria a andar. Já conseguia descer e subir sozinha. Estava curada — ou ao menos, muito, mas muito, melhor.

Algo mais havia acontecido durante sua estada com a madrinha. Celina e Nina, quando estavam em casa, viviam em meio aos livros. Percebendo o interesse da pequena, começaram a emprestar a ela alguns para que os lesse e a passar tarefas para que as fizesse. Isso deu a Laura uma alegria imensa. Bem que sua mãe dizia que há males que vêm para bem. Talvez este fosse um caso. Ela não estava indo à escola, mas tinha não uma, mas duas professoras só para ela.

Amantes da poesia, as irmãs tinham muitos livros que Laura podia ler. Será que ela um dia também teria tantos? A madrinha presenteou-a com uma pequena caderneta. Foi fácil decidir para o que seria. Copiaria ali as estrofes preferidas de seus poemas prediletos. Levá-los-ia como lembrança do tempo que passara com aquela família carinhosa e, a ela, dedicada. Compartilharia tais momentos com Clara e com sua mãe. Foi preenchendo as folhas.

Esta voz attento / Escuta o Caheté... / Já seu triste pranto / Amargo não é; / Não é a sua dor / Já sem esperança: / Um feliz porvir / Sua idéa alcança... Bem assim se sentia Laura. Achou adequado anotar escrito por Tellesilla. Que nome engraçado! Segundo Celina, tratava-se de um pseudônimo, um nome atrás do qual se escondia o verdadeiro escritor — ou escritora. A seguir, escolheu *Meus amores são da terra / Mas parecem lá do céo; / São como a estrellinha d'alva, / São como a lua sem véo. / É um feitiço, um encanto / Uma longinqua harmonia, / Sorriso por entre prantos, / Choro de infinda alegria.* Uma lindeza. Escrito por Maria Firmina.

Na página seguinte *Lembras-te ainda, Leninha, / De nossa infancia querida? / D'aquelle tempo ditoso, / D'aquelle sol tão formoso / Que dava encantos á vida? / Nosso céo não tinha nuvens: / Nem uma aurora fulgia, / Nem uma ondina rolava, / Nem uma aragem passava / Que não désse uma alegria!* Escrito por Narciza Amalia. Será que ela se importaria com a troca do nome? Laura não conhecia nenhuma Adelaide e queria muito ofertar o poema à sua querida amiga. Mais um a encantou. *Perfumada laranjeira, / Linda assim dessa maneira, / Sorrindo á luz do arrebol, / Toda em flores, branca toda, / — Parece a noiva do Sol / Preparada para a bôda. / E a espôsa do Sol, que a adora, / Com que cuidados divinos / Curva ela os ramos, agora! / E entre as folhas abrigados, / Seus filhos, frutos dourados, / Parecem sois pequeninos.* Escrito por Julia Lopes de Almeida. Esse, Clara e sua mãe iriam adorar.

E Celina veio mostrar a Laura um livro que ela acabara de adquirir. Veja que é de uma normalista de dezoito anos, recém-formada assim como eu. É professora e poeta. Ouça. *Vejo ante mim, pelo aposento mudo, / Passarem lentos, em morosa ronda, / Da lampada á inconstante claridade / (Que ao vento ora esmorece ora se aviva, / Em largas sombras e esplendor de sois), / Silenciosos fantasmas de outra idade, / Á suggestão da noite rediviva / — Deuses, demonios, monstros, reis e heroes.* Creio que virá a ser uma grande escritora. Quem sabe?

Aprendia muitas coisas novas e tinha certeza de que logo poderia voltar para casa e para a escola. Voltaria para junto da família, para as aulas no Grupo Escolar Doutor Cesário Bastos e tudo voltaria a ser como antes. Iria estudar muito, muito. Iria ser uma normalista como Nina. Depois uma professora primária como Celina. Subiria um degrau após o outro, como na escadaria de sua madrinha.

Venceu a tal da paralisia infantil e fez com que sua perna flácida recuperasse a força para que ela voltasse a andar com suas próprias pernas. Venceria, com a mesma força e determinação, qualquer outro obstáculo que se colocasse entre ela e seus objetivos. Ou não. Nem sempre, aprenderia Laura a duras penas, as coisas saem como a gente deseja.

O ano era
1920

Cartas e fotos — empregos invejáveis — elegância masculina — jovem atormentado — quarteto apaixonado — corações desalentados

Aos poucos, a vida ia firmando seu novo rumo para Hannah e Augusto. Bertha e Wilhelm seguiam morando na cidade do Rio de Janeiro; pareciam bem e felizes. Não tinham os visto desde o casamento e a mudança, mas cartas e fotos iam e vinham de lá para cá e de cá para lá. Uma notícia alegrou muito os dois de cá — Augusto seria tio e Hannah se tornaria *Omama* Hannah. Um bebê chegaria em breve para o deleite do jovem casal. Infelizmente, a expectativa não se confirmou. A gravidez não vingou.

Wilhelm e Augusto tinham empregos invejáveis para um tempo em que a situação do país não andava nada bem. Sentiam-se bastante privilegiados. A maioria dos empregados trabalhava mal, ganhava mal, morava mal, comia mal, vivia mal. Muitos haviam vindo de terras longínquas, cheios de esperanças por uma vida melhor, para aqui encontrarem só dureza e dissabores. Ruim no campo; vinham para as cidades; ruim nas cidades. Os estrangeiros não tinham direito ao voto; as mulheres não tinham direito ao voto; os que o tinham não viam nisso grande vantagem. Votar em quem? Naqueles que manterão seus direitos e privilégios em detrimento dos que nada têm? Greves e mais greves; manifestações e mais manifestações. Para quê? Para serem esmagados pela polícia? Acabarem perdendo as lastimáveis ocupações que pelo menos lhes garantiam alguns trocados? Ou, quem sabe, até serem expulsos do país sabe Deus para onde?

Para Augusto, surgiu uma ótima oportunidade. Há mais de ano *Herr* Rudinger lhe oferecera uma posição na Herm, Stoltz & Cia. O único inconveniente era que ele trabalharia no centro da cidade, onde seu pai inicialmente trabalhara. Tomar o bonde todo dia? A ideia não o agradou. Iria, sim, de segunda a sábado pedalando sua bicicleta, algo que desejava ter há um bom tempo. Adquiriu uma Bianchi, novinha, na Casa Fuchs. Cogitara comprar uma de segunda mão; havia muitas anunciadas. Chegou a ir ver duas delas, mas o que os vendedores apregoavam como *bicycleta em perfeito estado e por preço de occasião*, não eram nem uma coisa nem a outra. A uma faltava o farolete e à outra, boa parte da pintura. Preço de ocasião? Acabou conseguindo um preço até melhor por uma nova na loja. Hannah não ficou muito satisfeita com a novidade, pois eram quase diárias as notícias de quedas e atropelamentos de ciclistas, principalmente nas vias mais movimentadas onde elas precisavam disputar o espaço com carroças, bondes, motocicletas e automóveis. Augusto todos os dias prometia à mãe que tomaria o máximo cuidado. Agradava-lhe também que era um ótimo meio de fortalecer as pernas para as provas de atletismo, das quais continuava participando sempre que possível.

O emprego era bom, lhe dava um bom dinheiro para ajudar sua mãe no sustento da casa, e as pessoas com quem convivia no dia a dia lhe agradavam. *Herr* Rudinger tratava muito bem o rapaz. Sempre o elogiava pelo empenho e pela assiduidade, e vivia perguntado se ele precisava de alguma coisa. Augusto pensava que talvez se sentisse responsável por ele na ausência do pai. Era um bom patrão. Algo, entretanto, o incomodava vez por outra — a rotina. Era todo dia a mesma coisa. O mesmo bom dia, o mesmo sim senhor, os mesmos papéis a organizar e arquivar nas mesmas gavetas e prateleiras, o mesmo boa noite até amanhã. Nesses momentos, o rapaz se via já velhinho, com cinquenta anos, ainda fazendo as mesmas coisas com as mesmas pessoas e dizendo os mesmos bons dias, sim senhores e boas noites até amanhã. Ele sentia que queria mais — mais espaço, mais pessoas, mais papéis, mais gavetas, mais oportunidades.

Qual não foi sua surpresa ao chegar certa manhã e ser imediatamente chamado à sala de *Herr* Rudinger. Augusto, bom dia, seu Rudinger mandou dizer para você ir ter com ele assim que chegasse. O que seria? O que será que eu fiz de errado? Com certeza, só podia ser bronca! Assim cedo? Lá foi Augusto ver o chefe. Parou por um instante diante da porta fechada, respirou fundo e bateu timidamente. Ouviu um pode entrar.

Ah, aí está você, Augusto! Entre, entre, pode sentar. Só um instantinho. O rapaz se sentou devagar e aguardou. Esfregava as mãos em um gesto nervoso. Não poderia perder o emprego. O que quer que fosse, ele pediria desculpas e imploraria por uma nova chance. Mas o que seria? Por mais que pensasse, nada que poderia ter feito de errado lhe vinha à mente. Terei esquecido algo fora do lugar? Algum arquivo aberto? Cometido algum erro em algum cálculo? Olhando para o patrão, ele parecia especialmente bem humorado. Talvez não fosse nada.

Muito bem, Augusto, você conhece a Companhia Antarctica Paulista? Sim, claro que ele conhecia. A famosa fábrica de cervejas, a primeira do ramo no país. Quem não a conhecia? Pois bem! Encontrei outro dia com o Zerrenner — o João Carlos Zerrenner, um dos sócios da Companhia —, e fiquei sabendo por ele que estão transferindo sua sede para a Avenida Presidente Wilson, local bem próximo de onde você mora, não? Sim, não ficava muito longe. Conversei com ele sobre você. Pode ser uma ótima oportunidade, pois é uma empresa sólida e bem estabelecida no mercado, na qual você terá boas perspectivas de ascensão profissional. Você deve comparecer ao departamento pessoal, levando seus documentos para conversar. Que tal? Com certeza lhe darei uma boa carta de recomendação. Então, a ideia lhe agrada? Se agradava? Agradava e muito. Augusto nem sabia como agradecer.

Companhia Antarctica Paulista! Aquela que há décadas se vangloriava de produzir uma bebida *economica, livre de substancias nocivas, de sabor agradabilissimo,* que *pelos medicos tem sido aconselhada em substituição aos vinhos de meza,* e que *é encontrada nas principaes confeitarias, restaurantes, casas de fructas e botequins desta capital.* Ele, Augusto, trabalhando na Companhia Antarctica Paulista? Isso seria bom demais! Justo ele, para quem cerveja tinha que ser da Antarctica. A única que entrava em sua casa. Essa era "a" cerveja. Disso ele entendia — lera muito a respeito.

A cerveja é a menos alcoolica de todas as bebidas! É uma bebida fracamente alcoolica, nutriente, tonica e refrigerante, uma bebida salutar, e hygienica, emfim. Taes propriedades explicam porque o seu uso cada vez mais se generalisa, até mesmo nos paizes em que se faz maior consumo de vinho, taes como a França. Portugal, Hespanha e Italia. — A cerveja, já por si, constitue um alimento, a tal ponto incontestavel, que mereceu ser chamada: o ***pão liquido***. Augusto sabia muito bem que *são bastante conhecidos os inconvenientes do alcoolismo. Por este motivo deve-se primeiramente facilitar, tanto quanto é possivel, a generalisação da bebida de mais fraca porcentagem alcoolica, isto é, da cerveja, e sobretudo das boas marcas de baixa fermentação fabricadas no paiz.* Boa marca? A melhor? Antarctica. Lá teria ele uma chance de trabalhar. Será que os funcionários eram agraciados com uma cervejinha no horário do almoço?

E assim foi. Com a boa carta de recomendação em mãos, e cheio de coragem e esperança apresentou-se Augusto para um novo emprego. Tudo deu certo, e ele foi inicialmente contratado como funcionário da seção de distribuição. Sua vida seria bastante dura, por um tempo ao menos. Trabalharia longas horas durante o dia, e à noite iria para a Associação Christã de Moços de São Paulo, onde deveria concluir seu Curso Comercial naquele ano.

Jamais se esqueceria de seu primeiro dia de trabalho na Antarctica. Acordou bem mais cedo do que de costume. Tomou um bom banho, algo raro para os dias de semana. Barbeou-se com todo o cuidado e penteou os cabelos até que cada fio, com o auxílio de um toque de brilhantina, estivesse em seu lugar. Sua mãe havia ajustado para ele o melhor terno de três peças deixado pelo pai. Camisas, comprou duas novas do seu Joaquim Rocha Camiseiro da Rua São João. E dois colarinhos, dobrados com as pontas caídas, por favor, e um par de ligas de manga. Essas seriam muito úteis, pois no escritório com certeza trabalharia sem o paletó e seu ofício exigia o tempo todo o uso de tintas — para canetas e para carimbos —, e ele não desejava sujar suas camisas brancas novinhas.

Augusto fez questão de acrescentar ao traje as abotoaduras de ouro para fechar os punhos e o relógio de bolso com corrente, também de ouro. Mantinha a prezada herança que recebera do pai, muito bem guardada em seus estojos de couro forrados de veludo vermelho. Naquele dia, achou que usá-los seria uma forma de homenageá-lo, com certeza muito orgulhoso zelando pelo filho. Sapatos lustrados no maior capricho, gravata com um nó perfeito e chapéu de feltro impecavelmente escovado. Olhou-se ao espelho — surpresa! O que via ali refletido? Um novo homem. Aprumado e elegante, mas comedido, como era esperado de um empregado em uma empresa de renome. Agora, sim, parecia um homem de verdade, e sua mãe o admirava com lágrimas nos olhos.

Manteve aquela rotina matinal exaustiva por uma semana ou duas. Ao ir se familiarizando com o ambiente e com seus colegas, percebeu que poderia relaxar um pouco — até bastante. Talvez andasse exagerando. O banho diário e o barbear — dia sim, dia não. Afinal, sua barba, com pelos claros, quase não aparecia; penteava-se rapidamente. Chegara então às suas mãos uma nova publicação, bastante interessante, que seu cunhado o enviava ocasionalmente da Capital. *Eu sei tudo.* Um número recente trazia um artigo bem oportuno, que o atraiu. *A elegancia masculina. Como se deve vestir um homem.* A primeira sessão dizia respeito a *para ir ao trabalho.* Isso era para ele saber.

Um homem verdadeiramente elegante não se veste com apuro para ir ao seu escriptorio, á repartição ou jornal em que trabalha. Muito bem. Sua percepção estava correta. Elegante, mas sem apuro. *Deve usar rou-*

pas simples e folgadas, que lhe deixem os movimentos bem livres. O mais próprio para isso é o seguinte — calça de fantazia, de preferencia riscada verticalmente, collete e paletot de côr egual, panno solido, cheviot ou sarja. Não sabia que tecidos eram aqueles; perguntaria à sua mãe. Parecia que o terno de seu pai estava bem. Colete? Pensaria a respeito.

Os melhores paletots para as horas de trabalho são os de trespasse, com duas fileiras de botões e um pouco menos cintados do que os que se usava o anno passado, mas com a golla ainda mais larga e da mesma fazenda. Esses detalhes lhe soaram dispensáveis. Um pouco demais. Voltou a pensar no colete. Sim, manteria o colete, pois não trajava mais o paletó nas horas de trabalho. Era de bom-tom tirá-lo no escritório. Com o colete, manteria a elegância. *Usa-se, indifferentemente, com a roupa acima, camisa branca ou de côr. Nas camisas riscadas, agora as riscas usam se obliquas.* Suas camisas brancas estavam de acordo. Seguiria com elas. *O collarinho deve ser do genero Santos Dumont.* Gênero Santos Dumont? Pensar naquele homem como um exemplo de moda masculina? E riu.

A gravata? Vejamos. *A gravata de côr, de tecido molle e tons alternados. Os mais em moda agora são o azul-escuro, o preto, o vermelho-escuro.* Ótimo — nesse quesito estava na moda. Finalmente, *usar a roupa de fóra* — nem pensar —, *ou a camisa e a gravata de côres diferentes é de máu gosto.* Com a camisa branca, tudo vai. Ótimo. Para terminar, *os chapéus proprios para ir ao trabalho são o de côco, o de feltro molle e o de palha.* O de feltro e estava tudo certo. Podia considerar-se um homem verdadeiramente elegante. Ainda um último detalhe. Sabendo que os gatunos e os larápios andavam soltos e astutos pelas ruas, optou por voltar as abotoaduras e o relógio para seus estojos. Afinal, era, por ora, apenas um auxiliar de escritório. Com o tempo, talvez... E para os dias de chuva, os indispensáveis capa, guarda--chuva e galochas de borracha para não molhar os sapatos.

Os fins de semana eram dedicados aos amigos de sempre. Durante as tardes, Augusto e João seguiam com seus treinos e competições no Clube Tietê. Representar o Brasil nos Jogos Olímpicos? Ainda não seria desta vez. Quem sabe em 1924? Mas até que iam se dando bastante bem nos torneios locais e alcançando bons resultados. Já tinham até algumas medalhas das quais muito se orgulhavam.

Outras questões andavam atormentando o jovem Augusto. Pensava agora como Bento Santiago, personagem de um romance que Bertha lhe recomendara. *Não sei se alguma vez tiveste dezesete annos. Se sim, deves saber que é a edade em que a metade do homem e a metade do menino formam um só curioso. Eu era um curiosissimo. Sentia já, debaixo do recolhimento casto, uns assomos de petulancia e de atrevimento; eram do sangue, mas eram tambem das moças que na rua ou da janella não me deixavam viver socegado. Achavam-me lindo, e diziam-m'o; algumas queriam mirar de mais perto a minha belleza, e a vaidade é um principio de corrupção.* Quanto à sua beleza, tinha algumas dúvidas, mas não era de todo mal. Quanto à metade homem que vinha despontando, alguma coisa deveria ser feita a respeito. Como sentia falta do pai; bem agora que mais precisava dele.

À noitinha, depois de um bom banho, um capricho no vestuário e uma boa dose de loção pós-barba, reuniam-se os inseparáveis Augusto Zähler, Pepe Moschino, João Hausner e Heitor de Caminha. Formara-se um quarteto com a inclusão deste português recém-chegado ao bairro, excelente violeiro e seresteiro. A algo novo se dedicavam. Após o pôr do sol, os quatro rapazes descompromissados iam em busca das moçoilas em grupos desfilando pelas ruas. Vestidos de maneira jovial — nada de paletó; o colete em noites quentes ou um suéter para temperaturas mais amenas —, e com suas palhetas, apreciavam-nas a uma distância respeitosa, aguardando algum olhar favorável. Se tal ocorria, as seguiam com discrição até descobrirem onde residiam as formosas jovens.

Chegava por fim a hora do ataque. Dirigir-se ao endereço escolhido e, debaixo da provável janela, afinar vozes e violão. Escolher, do não tão vasto repertório, qual seria a melhor arma para a ocasião. *O teu olhar / Tem tanto fogo / E tanto ardor! / Que é bem capaz / De seduzir e de prender.* Ah, não, essa de novo não — reclamou Pepe. *A carta que te mandei... / Que te mandei... / Foi papé das minha mão... / Das minha mão... / A tinta foi dos meus óio... / Dos meus óio... / A penna meu coração... / Meu coração...* Ah, esse troço todo errado não canto, não — foi a vez de João dar o contra. *Quando tu inda vem longe, meu bem, / Eu já di longe adivinho, / Eu sinto istremecê, meu bem, / As corda desse meu pinho. / Ai, cabôca bunita, / Mi dá um beijinho!* Essa, Heitor não sabia tocar; e, também, não conhecemos nenhuma cabocla por aqui.

Afinal, decisão tomada. Tom escolhido, acordes dedilhados, canto entoado. *Hontem, ao luar, / nós dois em plena solidão, / Tu me perguntaste o que era a dor de uma paixão. / Nada respondi! / Calmo assim fiquei! / Mas, fitando o azul do azul do céo, / A lua azul eu te mostrei... / Mostrando a ti, / dos olhos meus correr senti / Uma nivea lagrima / e, assim, te respondi! / Fiquei a sorrir, / por ter o prazer de vêr / a lagrima nos olhos a sofrer. / A dor da paixão / não tem explicação, / Como definir o que eu só sei sentir! / É mister sofrer / para se saber / O que no peito / o coração não quer dizer.*

Acertar a janela era uma questão de muita sorte. Quando a boa fortuna lhes sorria, surgia a bela moça por trás da cortina rendada; sorria ou até lhes jogava uma flor, que antes, sonhadora, beijava. Ficava nisso. Ou surgiam da escuridão duas, que, em geral, davam debochadas risadinhas do sentimental quarteto apaixonado. Isso quando não aparecia logo o pai da jovem, ameaçando chamar a polícia, ou até já de garrucha em punho. Pobres rapazes — pelas ruas desertas *a capella* iam então cantando. *A mulher e a galinha / São dois bichos interesseiros! / A galinha pelo milho / A mulher pelo dinheiro. / Oh pé de anjo! Oh pé de anjo! É rezador, é rezador / Tem o pé tão grande! Que é capaz de pisar / nosso amor, nosso amor!* Quatro corações arrebatados, profundamente injuriados, desalentados e cabisbaixos, ao menos de momento, descrentes do amor.

O ano era
1920

Muitas esperanças — dois presentes — festa de aniversário — olhares diferentes — ondas vão e vêm — maluco enfadonho — vento e mar — uma nova vida

Um ano que começara com muitas esperanças para Laura acabou que nada saiu como ela desejara. Já recuperada da paralisia infantil, era hora de voltar a Santos, para junto de sua família. Durante todo o tempo que passou em São Paulo, tinha apenas contato com Clara, que vinha vê-la nos fins de semana em que estava de folga. Do restante da família, recebia, de vez em quando, uma carta ou um cartão postal. As saudades eram grandes; e sua volta, aguardada com muita expectativa.

Beneficiou-se muito dos meses passados ali. Dona Margarida e dona Francesca eram afetuosas e, com certeza, a superação da doença que a acometera havia se dado muito devido à sua madrinha. Sem falar do tempo que passava com Celina e Nina, e o quanto com elas aprendera. Viviam a dizer que Laura era uma excelente aluna, muito interessada e aplicada. Contudo, agora o que ela mais queria era voltar, rever seus pais e ficar agarradinha a eles para sempre, tamanha a falta que deles sentia. E voltar para o Grupo Escolar Doutor Cesário Bastos. Com certeza, teria uma nova turma e uma nova professora tão boa como a que deixara há um ano.

Antes de partir, recebeu dois presentes. Dona Francesca deu a ela um delicado bracelete feito de uma finíssima correntinha torcida. Era lindo. É da minha terra, *bambina,* do Vêneto, lá no norte da Itália. *Ti piace?* Sim, gosto muito. Vou estimá-lo por toda a vida. De Celina e Nina ganhou um livro. Que alegria! Mais um livro. *As meninas exemplares*. Ela o leria em casa e escreveria para as amigas dizendo o que achara.

Quem se mostrou triste com a volta de Laura para Santos foi Leninha. Havia se acostumado com a companhia de sua querida amiga. As duas se viam todos os dias — primeiro quando Leninha vinha ajudá-la nas escadas, e depois nos fins de tarde que passavam juntas trocando seus aprendizados, cuidando de suas bonecas, ou conversando sobre isso e aquilo. Laura também sentiria muita falta da amiga e fazia questão de que ela viesse passar parte das férias escolares em Santos, onde poderiam ir à praia e ver o mar. Até lá prometeram trocar cartas com frequência. Dois meses se passaram até que a menina estivesse readaptada à vida em casa e à nova rotina escolar. Finalmente conseguiu sentar para escrever. Por onde começar? Ah, sim, pelo começo.

Querida Leninha, quantas coisas tenho para lhe contar. A volta para casa foi tranquila. Clara me trouxe, pois teve alguns dias de folga. Lembra-se do livro que ganhei da Celina e da Nina? Não resisti e já comecei a ler durante a viagem. Livros nos fazem pensar, não? Lendo o começo do primeiro capítulo, pensei nos meus irmãos. *É comum vermos irmãos e irmãs brigarem entre si, por tolos motivos. E quando aos pais vão queixar-se é impossível saber quem tem razão e a quem cabe a culpa afinal.* É isso mesmo. Você não concorda? Sabe que de repente pensei que até dessas picuinhas eu sentia falta. Em casa de minha madrinha, não havia nada disso, não é?

As personagens do livro fizeram lembrar as minhas irmãs. Veja se concorda. *Camila tinha oito anos, um mais do que Madalena. Animada e travessa, preferia brincadeiras barulhentas a jogos tranquilos, adorava correr e se divertia quando havia na casa crianças na maior algazarra.* Não se parece bem com Célia? E veja a outra. *Madalena, ao contrario, era retrahida. Preferia ficar num canto a brincar com sua boneca ou a ler um livro.* Esta, sem dúvida, seria Clara, não? E eu?

Você acha que me pareço mais com Camila ou com Madalena? Talvez um pouco de cada?

Minha chegada foi uma ocasião muito feliz para todos nós. Você não imagina a minha alegria ao estar novamente com meus pais. Eles continuam os mesmos. Celia e Martinho me pareceram bem mudados. Mas ainda são eles mesmos. Celia não vai mais à escola. Meus pais acharam que não seria mais necessário e ela não fez a menor questão. Típico dela, não? Ela diz que gosta de ficar em casa para ajudar a Mamãe. Pois sim! Ela mais anda na rua do que fica em casa. Está sempre pronta a bater pernas. Ir às compras, levar recados, fazer alguma entrega — tudo é desculpa. Um bom jeitinho de encontrar com as amigas para uma conversa ou ir até a praia molhar os pés à beira-mar.

Você nem vai acreditar no que eu vou contar. Célia inventou que queria uma festa de aniversário. Uma festa de aniversário como a da personagem Infanta. É de um conto muito divertido de um escritor irlandês. Acredito que você não o tenha lido, pois o que temos é em alemão. Será que já foi traduzido para o português? É bem interessante. Pois é. Célia leu e listou para nossos pais o que queria em sua festa. Fez a lista. *Uma procissão de rapazes nobres, vestidos de toureadores, exhibindo-se em seus cavalos de pau ricamente decorados e empunhando longas varas enfeitadas com fitas coloridas.* Papai achou que não estava entendendo. Rapazes nobres? Toureadores? Que ideia insensata era aquela?

E tinha mais. *Um equilibrista frances se apresentando na corda bamba. Fantoches italianos no palco de um pequeno theatro. Um magico africano que faça crescer da areia uma pequena laranjeira que dê lindas florezinhas brancas e depois frutas verdadeiras.* Imagine só. A essa altura Mamãe e Papai tinham certeza de que Célia estava de brincadeira; ou havia perdido o juízo de uma vez. Veio então com uma coisa que estava segura que seria possível. *Uma troupe de bellos ciganos egyptios para tocarem suas citaras com delicadeza, cantarolando baixinho cantigas suaves e sonhadoras.* E, a seguir, *trariam um urso marrom pelludo preso por uma corrente com dois macaquinhos, um em cada hombro. O urso deveria plantar bananeira e os macacos fazerem todo tipo de truques engraçados.* Argumentou com Papai que isso ele poderia arranjar. Era só chamar seus amigos ciganos de Pindamonhangaba. Essa Célia! Claro que nada de ciganos egípcios! Como última tentativa, pediu um bolo. Mas teria que ser *um bolo de anniversario real, com suas iniciaes, e coberto inteiramente de açucar colorido.* Esse desejo Mamãe disse que a concederia. E só. O que me diz dessa história, Leninha?

Martinho diz que ela descobriu os prazeres do flerte. Perguntei o que era aquilo e ele me disse que ela vive trocando olhares, e até algumas palavras, com os rapazes que encontra pelo caminho. Deixa só o Papai ver isso, pensei. E um dia viu! Agarrou-a pelo braço e a arrastou de volta para casa. Minna, esta menina não me sai mais sozinha. Mamãe não entendeu bem o que havia acontecido. Papai esclareceu a situação em meio aos protestos e às lágrimas de Célia. Eu não fiz nada. Não fiz nada de errado. Não mereço um castigo como esse. Mas você sabe que aqui palavra de pai é palavra de pai. Agora ela só sai em companhia da Mamãe, da Clara, quando aqui está, ou do Martinho.

Martinho cresceu bastante. Está bem mais alto do que eu e está bem corpudo. Com quase doze anos parece um rapaz. Vai indo bem na escola e logo começará o ginásio. Estuda também no Grupo Escolar Doutor Cesário Bastos; ele vai no período da manhã, e eu, à tarde. É bem popular, pois participa de tudo que é atividade esportiva, em especial do atletismo. É um dos melhores nos saltos e nas corridas. Você acredita que ele consegue vencer até alunos bem mais velhos?

Voltar para as aulas não me trouxe nenhuma dificuldade. Já estou bem readaptada à rotina. O que aprendi com Celina e com Nina me deu uma grande vantagem frente às minhas colegas. É tudo fácil para mim. Faço perguntas para a professora e ela fica surpresa. Que menina inteligente! Você vai longe, hein? Eu me sinto satisfeita e orgulhosa. Será que eu chegarei a ser uma professora um dia? Quero acreditar que sim. O que você acha?

Nos fins de semana, nós vamos à praia. Todos, menos Mamãe. Sabe como ela é, não? Ela fala assim. Não me agrada esse sol torrando minha pele clara. Nem essa areia grudando nos meus pés. Em dias de vento, se enfia até por baixo das roupas. Prefiro ficar em casa, sentar no jardim à sombra de uma árvore com meu bordado ou apreciando a natureza ao meu redor.

Papai tem estado mais conosco, mas continua trabalhando até nos sábados e domingos. Quando tem alguma folguinha no final da tarde, entra no mar, bem lá no fundo, isolado do mundo. Da praia, vemos suas braçadas vigorosas. Quando sai da água e volta à areia, diz que lutar contra as correntezas que pretendem levá-lo ao infinito daquele oceano o faz sentir-se um vencedor; algo que lhe traz um sentimento de superação e o enche de uma calma nunca sentida em outros momentos. Você entende o que ele quer dizer? Se entende, me explica, pois é grego para mim.

Eu gosto de andar pela praia com minhas irmãs, mas cada uma de nós tem olhares diferentes. Clara quer sentir o cheiro do mar, a suavidade da brisa, o calor ou o frescor da areia em seus pés, a lisura ou a aspereza das pedras, enfim, tudo o que afeta os seus sentidos. E quer que eu sinta isso com ela. Já Célia observa as pessoas. As moças — quer ver como se vestem, como se penteiam, como andam, como sorriem. Quer ser bela e sedutora e, observando tais detalhes, acha que vai se transformar no que vê. Como é boba! E quando passam os rapazes então? Chama a minha atenção para o que ela vê. Belos físicos atléticos, músculos bem formados, cabelos molhados brilhando ao sol. Sempre que algum espicha os olhos em sua direção, com muito charme, ela baixa o rosto e sorri com uma timidez simulada. Bem que eu reparei! Conto para o Papai e ela vai ver só. Mas acho que não vou fazer isso.

Para falar bem a verdade, observar a natureza com Clara por vezes me cansa. E não vejo graça em ficar olhando as pessoas — os rapazes, então, graça nenhuma. Gosto de catar conchinhas. Eu as estou colecionando em um vidro que Mamãe me deu. Quando você vier, eu mostro para você. E até lhe dou algumas, se você quiser. O mar me atrai. É um mundão de água tão bem comportada. As ondas vão e vêm, vão e vêm, vão e vêm sem parar. Como elas sabem quanto vir e onde parar? Como não seguem vindo toda vida e não alagam toda a cidade? Quem controla isso? E até onde vai o mar? Li uma coisa tão estranha num livro de escola do Martinho. *As marés são os movimentos periodicos de subida e descida que as aguas do Oceano effectuam duas vezes cada vinte e quatro horas e cincoenta minutos, movimentos devidos á attracção combinada da Lua e do Sol.* Será verdade? Com tempo assim contado? E o que será que a Lua e o Sol têm a ver com isso? Me diga o que você pensa.

Eu entro só um pouquinho na água — só em companhia do Papai, só até a cintura, ou um pouco mais, aí em seu colo. O mar é lindo, mas pode ser perigoso. Eu já senti sua força e ele me fez cair. Papai, contudo, vai bem fundo, como eu já disse. Eu pergunto para ele. O senhor vai até o fim do mar? Onde o mar acaba? Quem estará lá do outro lado, lá na outra margem? Ele não responde. Então eu sento, e fico pensando e pensando. Será que lá do outro lado do mar também há uma menininha sentada pensando coisas assim? Será?

Martinho, para mim, está se tornando um maluco bem enfadonho. Vou explicar. Para começar, julga-se o rei dos ares. Não perde um sábado nem um domingo para ir à praia empinar papagaios com os amigos. Tudo para ele é uma competição. Quem constrói o maior e mais bonito; quem cria o modelo mais original; quem faz a cauda mais longa e mais colorida; quem o coloca mais alto no céu; quem o mantém paradinho ou quem consegue dar mais piruetas. E ele quer ser sempre o melhor. Eu gosto de ficar sentada olhando. Competições à parte, é uma lindeza ver todo aquele colorido voando contra o azul, ou mesmo contra o cinzento, do céu.

O maluquinho fica tão arrebatado que alguma coisa estranha acontece dentro da sua cabeça e ele começa a falar umas coisas sem sentido. Parece que é ele o objeto lá longe no céu. Você precisa ouvir o que ele diz. Lá vai Martinho planando muito, muito alto, cruzando os ares, não como um pássaro, mas como um homem voador. Um Santos Dumont sem 14-Bis, sem Demoiselle, sem nada. Um Martinho flutuante, um Martinho revoante, amo e senhor dos céus. É doidinho ou não?

Quando ele pousa e volta ao chão, se transporta para outro objeto também longínquo. Um navio em alto-mar. Se ele me vê, vem falar comigo. Enxerga aquele navio? Bem distante, é tão pequeno que cabe na palma da sua mão. Conforme se aproxima, vai crescendo e crescendo e crescendo. Agora ouça! Apitos curtos e apitos longos, saudando as pessoas na terra e anunciando sua chegada. Olhe aquele outro lá. Pode bem ser um navio pirata, não? Esta é outra das suas novas manias. Desde que leu um artigo na *Eu sei tudo*, uma publicação que Papai tem trazido para nós, encasquetou com essa história de piratas e tesouros. Acha que é o jeito dele ficar rico. Coitado!

Na seção *Contos e aventuras*, ficou sabendo que há dois séculos um tal de pirata Morgan andou pelos lados da América Latina escondendo tesouros nos lugares mais diversos, incluindo covas debaixo d'água. Em Santos há lugares assim, diz. Na Ilha Porchat, por exemplo. Precisava de parceiros para a expedição. Quais de seus amigos gostariam de ficar ricos? Nove se voluntariaram. Eram demais, mas talvez alguns desistissem, pois seria uma missão de grande perigo. De posse do periódico, juntou-se aos interessados. Leu. *Depois de muitos estudos percebeu-se que a entrada da cova está debaixo d'agua e é necessário mergulhar para se entrar n'ella. Uma vez dentro da cova é preciso luz e em seguida trepar ás intrincadas galerias, marcadas por degraus no plano até chegar ao esconderijo onde se crê que devem estar depositados dinheiro e joias no valor de 10 a 15 milhões de pesos.*

Começaram as desavenças. Você precisava ver. Eu fiquei ali quietinha só ouvindo — e rindo. Que bando de bocós, pensei. Eram nove vozes falando ao mesmo tempo — um dos voluntários já havia desistido de cara. Como vamos chegar à Ilha Porchat? É muito longe! Eu não sei mergulhar. Eu sei, mas não vou me enfiar em uma cova debaixo d'água. Já imaginaram que o lugar deve estar cheio de morcegos e aranhas e ratos e... Deve ser um breu lá dentro. Eu não vou. Morcegos? 'Tô fora. Como assim trepar galerias? Não entendi. Já pensou se alguém cai lá dentro e se quebra todinho? E a gente nem sabe se tem tesouro escondido por aqui. É, quem disse que tem? O pânico e o desânimo foram tomando conta do grupo.

Acho que Martinho foi se irritando para esconder o próprio medo. Vocês são é um bando de covardes. Não vai ninguém? É isso? Manuelzinho, o menor do grupo, se manifestou. Eu vou se você for o Long John Silver e me deixar ser o Jim Hawkins. Martinho não entendeu. Do que é que você está falando, Manuelzinho? Long John Silver? Jim Hawkins? *A ilha do tesouro*, Martinho. Robert Louis Stevenson. Não conhece, não? Manuelzinho, isto não é um faz de conta de um livro, não. É de verdade! Você vai ou não? Então não vou. Não quero mais brincar. Todos foram embora e deixaram Martinho ali sentado com sua *Eu sei tudo* sobre os joelhos. Folheou a revista e mais uma vez chegou à página certa. *Á procura de dous thesouros — Os esconderijos do Pirata Morgan.* Ficou ali resmungando com seus botões. Azar o deles! Perderam uma grande chance de ficarem milionários. Milhões de pesos. Isso deve ser muito dinheiro. Será que Papai me acompanharia? Não, acho que não. Ele me olhou e eu me aproximei dele. E aí? Quando vão em busca do tesouro? Ora, não me amole, respondeu.

Laura encerrou sua carta; já havia escrito bastante. Achou um envelope e pronto. Foi à procura de Célia para acompanhá-la ao correio. É claro que a irmã logo concordou. E lá foram as duas felizes da vida. Tudo ia indo tão bem. A menina gostava muito de sua nova professora, a qual também demonstrava grande apreço pela aluna. Fez, entre as novas colegas, boas amigas, além de reatar a amizade com quem ela estudara nos anos anteriores. Tudo ia indo tão bem. Bem demais talvez? Martinho percebia que, sem a gente esperar, vento de menos ou vento de mais fazem com que os papagaios mergulhem de cabeça ou saiam girando feito doidos em direção ao chão. Assim era a vida. Laura percebia que o mar pode ser traiçoeiro, pegar você de surpresa e fazer você cair. Mais uma vez, constataria que quase nunca as coisas saem como a gente deseja.

Ao voltarem do correio, Laura e Célia estranharam encontrar Martinho sozinho. O que poderia ter acontecido? Um funcionário da Bolsa de Café veio chamar Mamãe. Parece que Papai se sentiu mal e foi levado para a Santa Casa. Mamãe passou na escola; disse para eu voltar e ficar aqui. Justo hoje que havia uma competição importante da qual eu participaria. Parecia mais preocupado com a competição do que com o pai. Ela mandou que eu esperasse vocês, que nós almoçássemos e que ficássemos esperando até ela voltar. Disse para você não ir à escola hoje. O que será que aconteceu com Papai? Ele vai ficar bem? Martinho não tinha respostas. Teriam que esperar a volta da mãe.

As horas passavam e passavam e nada da mãe. Laura foi estudar as lições do dia. Martinho ficou afinando varetas de bambu para seu novo papagaio. Célia inventou de ir ao hospital atrás da mãe. As horas seguiam passando e passando e nada da mãe. E nada da Célia. Laura resolveu começar a preparar a sopa para o jantar. Martinho foi sentar na calçada em frente à casa para ver se via alguma das duas chegando; e para ver se via algum dos meninos da escola para ter notícias da competição. As horas continuavam passando e passando.

Já era noite quando Célia apareceu. Estava muito abalada com os olhos inchados. Tentava falar, mas as palavras eram tragadas por soluços incontroláveis. Entrou na casa e Martinho a seguiu. Laura tirou a panela do fogo e foi ter com a irmã. Papai ... hospital ... mal ... coração ... Era apenas o que ela conseguia dizer entre um soluço e outro. Martinho já foi perdendo a paciência enquanto Laura foi à cozinha buscar um copo de água com açúcar. O que houve, Célia? Pare com essa soluceira e fale direito. O que houve com Papai? Ele está bem? Aos poucos, a notícia foi sendo dada. Não, o pai não estava bem. Havia tido algo de ruim no coração, não resistira e, ao chegar ao hospital, não havia mais o que fazer. Ainda tentaram reanimá-lo, mas foi tudo em vão. Eles não tinham mais um pai.

E novamente, a família se mudaria. Mais uma vez, de certa forma, por causa do pai. Não teriam como seguir vivendo em Santos. Voltariam para São Paulo, onde ao menos tinham famílias conhecidas que poderiam ser de algum apoio naquele momento tão duro. Com o pequeno abono que receberam da Bolsa de Café, conseguiram alugar uma modesta casa, não bem em São Paulo, mas em Santo Amaro, um município vizinho. Não conseguiriam nada em uma região mais central, onde os preços eram para eles inacessíveis. Deveriam se contentar com o que dava. E assim foi. Mais uma vez empacotaram todas as coisas e seguiram em direção a uma nova vida — agora muito diferente.

Anos mais tarde, Laura teria uma grande concha rósea, que ganhara nem sei de quem, e que ficava sobre um móvel da sala para enfeitar. Ela continha algo muito especial que não se via enquanto ali repousada. Continha fragmentos de seu passado que lhe eram restituídos sempre que ela trazia a concha ao ouvido. Lá dentro habitava o mar, o som das ondas, seu vai e vem, a força das águas, a mão do pai, a menininha sentada pensando, o infinito. Ela via e ouvia e sentia tudo isso. E recordava-se de algo que lera. *Ás vezes acredita-se... ter-se ouvido... ao passo que é um engano dos sentidos... A senhora nunca applicou o ouvido a uma concha? Parece-se estar escutando mil ruidos... mil palavras...*

O ano era
1921

Grande aventura — rapazes e moças — verdadeiros desbravadores — escuro e escuro — trem ao longe — mãe desesperada — impaludismo e gripe espanhola

Por vezes, Augusto deixava sua mãe quase louca. Era um ótimo filho. Tornara-se, poder-se-ia dizer, um homem respeitável com seus dezenove anos, se formara no Curso Comercial com ótimo aproveitamento e tinha, há mais de ano, um excelente emprego na Companhia Antarctica Paulista. Contudo, vez por outra, algo acontecia. Hannah tinha a impressão de que os parafusos saíam todos do lugar e o filho parecia perder totalmente o juízo. Foi o que aconteceu quando ele e um grupo de amigos inventaram de partir em uma grande aventura. Iriam fazer um piquenique na Serra do Mar, a meio caminho de Santos.

A ideia viera de Oskar Mayer, que trabalhava com ele na Antarctica. Segundo este lhe contara, fizera o tal passeio e havia sido uma experiência indescritível e inesquecível. Lá do alto da serra era possível ver e ouvir o mar. Conversando com Pepe Moschino, seu amigo de infância, e Ernesto Bauer, colega dos tempos da Associação Christã de Moços, contou-lhes todos os detalhes como relatados por Oskar. Os dois se entusiasmaram. Poderiam convidar mais alguns rapazes e até algumas moças. Será que alguma moça toparia um passeio desses? Ernesto achava que sim — o mundo estava muito mudado e as mulheres também. Hoje elas querem ter direito a tudo. Para Augusto, parecia ser uma façanha para homens. Enfim, se Ernesto queria convidá-las, que tentasse. Poderia até ser divertido!

Com os detalhes todos acertados, marcaram a saída para o sábado seguinte ao alvorecer, partindo da Estação da Luz. Levariam coisas para comer e beber, sem esquecer umas boas cervejas — da Antarctica, é claro. Precisariam ainda de machados e facões, indispensáveis para abrir caminho, providenciar uma clareira onde realizar o piquenique e, caso fosse necessário, para se protegerem de eventuais perigos. Ao comunicar o passeio à mãe, Augusto, com muito tato, omitiu alguns poucos detalhes. Iriam fazer um piquenique. Onde? Em uma mata não muito distante. Quem iria? Os de sempre; o Pepe, o Ernesto, o João. Sim, claro que levariam o que comer e beber. Ela não precisaria se preocupar com nada. Eles saberiam se cuidar e, sim, teriam juízo. Sairiam bem cedo para aproveitar o dia e voltariam antes do anoitecer.

Como combinado, se encontraram na Estação da Luz ao raiar do dia. O trem chegaria e partiria em breve; não havia tempo a perder. No fim, era um grupo numeroso: Augusto, Pepe, João e Ernesto, mais três amigos deste e três moças. Uma, Augusto conhecia; era, Esther, irmã de Ernesto. Com tudo o que queriam levar, cada um estava bem carregado com sacolas e pacotes. Ernesto e Esther eram os mais carregados. Vinham arrastando um enorme jacá, preparado pela senhora Bauer, onde traziam linguiças, salames, queijos e pães, e um garrafão de vinho. Foram motivo de chacota, mas que bom que era assim. Fome não passariam.

De trem iriam até a Estação do Alto da Serra e, de lá, seguiriam a pé mata adentro. Eles queriam aventura. Compraram suas passagens e, na hora prevista para a partida, já estavam todos sentados dentro do trem em meio aos avantajados volumes que levavam. Muito alegres, se divertiam, cantando e contando piadas. Falavam alto e riam muito, o que parecia não estar agradando aos outros passageiros, que queriam sossego àquela hora da manhã. Mas eles eram jovens — queriam era folia.

O sol foi surgindo e o trem alcançou a estação de destino. Assim que ali parou, desceram, sempre animados. Encontraram a primeira coisa que nem esperavam — uma vila bem instalada e charmosa. Casas de madeira, algumas com telhado de palha, ao redor da estação ou por cima dos morros. Grupos de habitações iguaizinhas, grudadas umas nas outras, numa sequência de porta, janela, porta, janela, porta, janela. Cercas, também de madeira, contornavam jardins muito bem cuidados. Venezianas abertas ou ainda fechadas revelavam quem acordava cedo mesmo num sábado e quem aproveitava este dia para dormir um pouco mais. As moças se encantaram com o que viram e sugeriram que poderiam ficar por ali mesmo. Mas não! Não haviam vindo tão longe para isso; poderiam ter ficado em casa e ter feito o piquenique no quintal. Tinha graça! Queriam aventura — e queriam fazê-lo no meio da floresta.

E assim foi. Iniciaram a caminhada, subindo por um dos morros de onde tomaram uma descida em direção ao mar. Até parecia que já sentiam o seu cheirinho. Ainda não conseguiam vê-lo, mas estava próximo. Após uma meia hora, a mata começou a fechar. Para cima, para os lados, para baixo, ia se tornando mais cerrada do que imaginaram. Uma verdadeira mata virgem. Será que ainda havia índios — ou feras — vivendo por ali? Por um minuto, certo medo tomou conta deles. Talvez a ideia das meninas não fosse tão má.

Não, não voltariam. Eram homens valentes e corajosos — não tinham medo de nada. Se algo os ameaçasse, eles se defenderiam e protegeriam suas mulheres. Seguiriam adiante. Verdadeiros desbravadores. Algumas das árvores eram gigantescas, tão altas e fechadas, que nem se via mais o céu, rodeadas por arbustos que tinham galhos pontiagudos, ou espinhos mesmo, que os arranhavam. Era preciso cautela. Iam cortando galhos, arrancando plantas rasteiras e cipós, removendo pedras. Orquídeas das mais variadas cores e formatos exóticos embelezavam as árvores, envolvendo os galhos com suas raízes. Não se viam flores assim na cidade. Encontraram ainda árvores frutíferas: goiabeiras, pitangueiras, jabuticabeiras, essas conhecidas de seus próprios quintais.

A existência de nascentes, com a ajuda das chuvas constantes, deixava o solo bem enlameando, algo que eles também não haviam previsto. Os pés se afundavam no lamaçal, o que dificultava o seguimento da caminhada. As meninas, que tinham vindo com seus lindos sapatinhos afivelados com biqueiras de verniz, não tiveram outra alternativa, mas tirá-los e seguirem descalças. Mais ou menos uma hora passada, o sol parecia estar brilhando com vontade. Pelo menos era o que eles intuíam pelos raios que se insinuavam através da folhagem que lhes cobria as cabeças e pelo calor que começavam a sentir. Seria o sol ou seria o esforço causado pela árdua marcha? Os rapazes foram se despindo de paletós e arregaçando as mangas das camisas. Os chapéus eram tirados de tempos em tempos para servirem de abanos.

Por entre a vegetação, ouviam barulhos. Por sinal, a mata era bem barulhenta. Mais uma coisa inesperada. Seria o vento? Seriam animais selvagens? Aves, havia de todos os tipos — voando, pousando, voando e pousando, pousando e voando. Papagaios e muitos passarinhos simpáticos e coloridos; os mais lindos eram os beija-flores, com suas penas brilhantes e iridescentes. De insetos, havia multidões; raramente voavam sozinhos e, quando vinham, os atacavam por todos os lados. Buscavam entrar pelo nariz, pelas orelhas, pelos olhos e até pela boca, se esta não estivesse fechada.

Decerto poderiam encontrar também mamíferos, mas estes pareciam se esconder quando pressentiam a aproximação dos humanos. Chegaram a ver dois tatus e alguns micos-leões-dourados saltitando entre os galhos de uma para outra árvore. Pareciam bichinhos bem curiosos, mas mantinham a sua distância. Será que onças poderiam aparecer por ali? O medo voltou a se revelar, mas foi logo afastado. O que havia muito eram diferentes espécies de lagartos, quase invisíveis colados aos troncos. Se havia lagartos, certamente haveria cobras, não? E as moças, sem dó de ver seus sapatos destruídos por aquela jornada, voltaram a calçá-los. Se não muito, eram uma proteção.

Ao propagandear o maravilhoso passeio turístico, Oskar esquecera de mencionar os inconvenientes com os quais iam se deparando. Enfim, agora estavam lá e o jeito era aproveitar. Haviam de concordar que a paisagem era lindíssima — de encher os olhos. A luz do sol, filtrada pelas frondosas copas das árvores; as orquídeas e as bromélias de várias cores que despontavam por todo lado colorindo e perfumando o ambiente; a sinfonia de pássaros que alegravam o dia com seus cantos melodiosos; o som da água corrente em um riachinho não longe dali. Sim, seria o local perfeito para o piquenique. Caminharam em direção ao som da água corrente.

Largaram as coisas e foram se refrescar no riacho. A água estava uma delícia. Lavaram os rostos e as mãos. Beberam até matar a sede. Os mais audaciosos tiraram sapatos e meias, arregaçaram as calças, ou levantaram as barras dos vestidos, e puseram-se a andar na água. Refrescados, começaram a preparar o terreno. Mais uma vez, arrancar plantas, remover pedras, podar galhos, abrir a clareira. Augusto inventou de cortar uma pequena árvore para que com o tronco pudessem improvisar um banco, ao menos para as moças poderem se sentar com mais classe. Para sua surpresa, quem veio ajudá-lo com um segundo machado foi Carlotina. Espantou-se ao observar como ela era ágil com a ferramenta. Um cortando daqui, a outra cortando dali, num instante — Madeira! Foi a árvore para o chão e pelado foi o tronco. Aos poucos, a fome chegou com tudo.

Desempacotaram o que havia para comer. Além dos pães, frios e queijos fornecidos pela mãe de Ernesto, havia ainda sanduíches de presunto, uma dúzia de ovos cozidos, uma torta de banana e alguns pães doces. As cervejas e o vinho estavam quentes demais. Augusto teve a ideia de banhar as garrafas no riacho para deixá-las ao menos mais frescas e, assim, bebíveis. E não é que funcionou? Ao terminarem a refeição, bateu o cansaço. Cada um se encostou onde dava, tendo todo o cuidado de evitar espinhos e formigueiros. Augusto e Pepe subiram em uma das árvores, um jatobá talvez, e lá se alojaram como deu para uma soneca. Ernesto, João e os outros se ajeitaram lá por baixo mesmo. Esther, inspirada pelo ambiente, pôs-se a declamar trechos de um poema. *Lá te aguardava; o écho da floresta, / Da ave o gorgeio, o trépido regato, / Zunindo os ventos, murmurando as sombras, / Tudo, em cadencia harmonica lhe rouba / A alma em magico sonho embevecida.* Embevecidos, o tempo foi passando — minutos e horas.

Lembraram-se então de que de lá deveriam ver o mar, mas não o viram. Na verdade, nem o ouviram. Nem mesmo Augusto e Pepe que subiram um bom tanto pelos galhos da árvore. Nada! Oskar que o aguardasse na segunda-feira — jurou Augusto. Com a tarde começando a cair, decidiram que era hora de voltar. O interior da mata ia escurecendo e cada vez mais insetos os atacavam. Mosquitos! Bandos enormes de mosquitos, que os picavam em toda a pele exposta e até por dentro das roupas. Aquilo estava desagradável ao extremo.

Era bom se apressarem. Não haviam comprado os bilhetes; tampouco se informaram sobre horários. Tinham ouvido o som de trens passando ao longe. Sentiam-se seguros de que, mesmo tendo que esperar na estação, logo estariam de volta a São Paulo. Ajuntaram o que havia sobrado, se ajeitaram da melhor forma possível e tomaram o rumo ao vilarejo. Seria uma longa caminhada e as energias já eram poucas. Foi ficando escuro, e escuro, e escuro. Uma lanterna? Ninguém pensara trazer uma? Teriam que achar o caminho naquela escuridão mais e mais a encobri-los. Alguém ali tinha um bom senso de direção? Eles haviam subido e descido, portanto agora deveriam subir e descer. Por um trecho conseguiram seguir a trilha que haviam aberto na vinda, mas logo nem isso foi possível.

Andar às cegas numa mata fechada e sombria estava sendo uma péssima experiência. Tudo era muito mais difícil — estava escuro, frio, e o cansaço e a fome eram grandes. Deveriam ter trazido uma lanterna. Deveriam ter voltado mais cedo. Não deveriam ter trazido as moças. Deveriam ter ficado mais perto da estação. Deveriam... Deveriam... Deveriam... De nada adiantava isso no momento. Estavam num mato sem cachorro e teriam que sair de lá. Deveriam ter trazido um cachorro? Caminhavam com enorme esforço, quase se arrastando. Um pânico começou a se insinuar. Já viam as notícias no jornal do dia seguinte. *Grupo de jovens desapparecidos no meio da mata. Sete moços e três moças destroçados e devorados por bando de onças pintadas.* Já viam as famílias desesperadas aos prantos quando... Ei! Vejam! Ali! Não são luzes? Sim, luzes mortiças ao longe, mas eram luzes. As luzes da vila ao redor da Estação do Alto da Serra. Podem parar as prensas! Podem suspender as manchetes dos jornais de amanhã! As pernas até ganharam novo ânimo e chegaram à estação.

Tudo fechado! Ninguém na plataforma; ninguém no guichê. Nada se via ao longe devido à intensa neblina que acobertava toda a região. O que fazer? Talvez pudessem comprar os bilhetes no próprio trem quando ele parasse. Sim, era isso! Acomodaram-se nos desconfortáveis bancos de madeira. Ouvia-se uma música bem animada ao longe. Talvez uma festa ou um baile. Se ainda tivessem um pingo de disposição, certamente teriam ido conferir, mas que nada. Não viam a hora de chegar cada um em sua casa.

Depois de uma longa espera, ouviram o som do trem ao longe. Foram se levantando e se preparando para embarcar assim que a composição parasse. Só que não parou. Desacelerou, mas não parou e seguiu adiante. Ficaram ali de pé por alguns minutos em estado de choque. E agora? E agora? E agora? Não encontravam nenhuma resposta. O que fazer? Será que teriam que voltar... a pé? Não chegariam de volta nem naquele dia. Teriam de andar por horas e mais horas. Não, deveria haver outra saída. Augusto e Pepe se prontificaram a encontrar alguém que lhes desse alguma informação. Se antes a mata bloqueava suas visões, a neblina fazia isso agora. Sábado à noite — ninguém por ali. Avistaram um senhor sentado em um caixote à porta de um armazém fechado, fumando seu cigarrinho de palha. Não, os trens passam, mas não param aos sábados após as dezenove horas. Só amanhã.

Como dar as notícias aos outros? Até que Pepe se recordou de que os trens da São Paulo Railway, que faziam o percurso São Paulo – Santos – São Paulo, tinham vagões plataforma — apenas uma base aberta sobre as rodas. Fez ainda Augusto se lembrar de uma fita que haviam assistido com Buster Keaton, o grande Buster Keaton, na qual um personagem saltava para cima de um trem. Sim, veio a Augusto a cena. Quem saltava para cima do trem era o "Fatty" Arbuckle, não? Lembravam-se do título — *Out West. Fatty, um vagabundo vagabundando da campina para a cidade* — disseram os dois a uma só voz. Poderia ser uma possibilidade. Poderiam ir correndo ao lado do vagão e aí saltar. Era torcer para que a locomotiva diminuísse a velocidade naquele trecho. Valia a pena tentar. Não havia outra opção, eles tinham certeza.

Chegaram ao grupo com as novidades nada bem vindas. Fazer o quê? Só lhes restava esperar. Acomodaram-se mais uma vez. Alguns sentados; outros deitados, quase caindo de sono. O tempo passava e nada. E nada. E nada. A noite havia caído inteira e, se não fosse por uma meia lua crescente, embaçada pela neblina, e algumas luminescências aqui e ali, o breu seria total. Até a música animada ao longe havia se calado. Depois de um tempo, que para eles pareceu muitas horas, ouviram novamente algo à distância. Sem dúvida era mais um trem que vinha subindo a serra.

Foi se aproximando e se aproximando e logo conseguiram vê-lo. Precisavam ficar de prontidão. O trem vinha devagar, devagar, devagar. Sim, era isso. Na subida, a velocidade deveria ser menor. Fazia sentido. Quando a locomotiva os alcançou, eles começaram a andar no mesmo sentido ao lado do trem. Nem precisavam correr muito para acompanhá-lo. Pepe avistou um vagão plataforma. Pessoal, é agora! Conseguiram. Estavam salvos. Porém, o cansaço era tanto que o que fizeram foi cair como deu e torcer para que chegassem logo a São Paulo.

Passava das onze da noite quando Augusto chegou em casa. Encontrou sua mãe desesperada. Ao vê-lo entrar, Hannah não sabia se abraçava e beijava o filho por ele estar vivo ou se lhe dava uma surra pela mesma razão. Acabou não fazendo nem uma coisa nem outra. Não o abraçou, pois ele estava, para dizer a verdade, nojento. A roupa imunda, os sapatos cobertos de lama, os cabelos — onde estavam seus cabelos? Sua cabeça parecia um ninho de ratos coberto de folhas e galhos grudados. Aquele nem parecia seu filho. Hannah sentou-se em sua cadeira de balanço favorita e pediu que o filho sumisse de lá. Fora daqui e só me apareça quando você voltar a ser o Augusto meu filho, o Augusto que eu conheço. Sem dizer nada, ele dirigiu-se ao chuveiro. Ao vê-lo sumir para dentro da casa, Hannah chorou. Chorou como há muito não chorava. Agradeceu a Deus por tê-lo trazido de volta; ao mesmo tempo, pediu a Deus para pôr juízo na cabeça daquele menino, que nem menino mais era. Foi como se ele tivesse voltado a ser, por um momento, o Augusto de muitos anos atrás, chegando em um final de tarde de uma tal de guerra de mosqueteiros. Mas os tempos já eram outros.

A desgraça não ficou por aí. No domingo, Augusto sentia-se muito cansado. Nem comentou com a mãe para não levar outro sermão além dos dois ou três que havia levado. Ficou sossegado no seu canto, leu um pouco e tirou um ótimo cochilo à tarde. Segunda-feira, como de costume, levantou cedo e foi trabalhar, voltando no final da tarde. A rotina se manteve durante a semana — tudo ia bem. Não se falou mais no assunto e voltou às boas com sua mãe. No fim de semana resolveu passar um bom tempo em casa com ela, só dando uma saída na tarde do sábado para ver os amigos, tomar uma cervejinha, jogar um carteado e ouvir música no gramofone de tromba e manivela do boteco do seu Amaro. O aparelho estava gasto pelo uso constante, com som fanhoso e esganiçado, mas havia lá uma boa coleção de discos, e os fregueses podiam escolher o que gostariam de ouvir. O caso da aventura estava esquecido.

Na segunda-feira seguinte, mais uma vez, Augusto saiu cedo para o trabalho. Contudo, no meio da tarde, estava de volta. Hannah estranhou, pois o filho nunca chegava antes das seis ou seis e meia. Ele se sentia mal. Tinha forte dor de cabeça e suava frio. Sentia o estômago enjoado. Pediu para sair mais cedo, o que logo foi autorizado, pois acharam que ele parecia bastante abatido. Hannah concordou. Estava pálido e seus olhos tinham um brilho estranho. Ele não era de ficar doente; o que seria? A mãe mandou que fosse se deitar, e ela lhe levaria um chá.

Augusto foi, e quando a mãe voltou, sentiu que ele estava muito quente — tinha febre. E febre alta! Talvez fosse bom ver um médico. Não, o filho esperaria até o dia seguinte. Com certeza, estaria melhor. Acordou pior. Hannah fez compressas com água fria várias vezes, mas a febre baixava e logo voltava, precedida de intensos calafrios. Em certos momentos, parecia até meio confuso, o que assustou sua mãe.

Foi mandado um recado por uma vizinha. Que viesse o doutor Souza Castro, médico conceituado no bairro e que morava não muito longe dali. Atendia para consultas no Largo da Sé, onde ficava até às cinco da tarde. Não se negaria a dar uma passada para ver o Augusto após esse horário. No estado em que o filho estava, não teriam como tomar o bonde para ir até lá. A febre seguia intermitente, a cabeça doía, ele suava muito e sentia uma canseira extrema, o que para ele não era normal. O que poderia ser? A mãe estava intranquila.

Faltava um pouco para as seis quando um Fordinho parou em frente à casa dos Zähler. Era o doutor com sua maleta de apetrechos médicos. Entrou e foi avaliar o paciente, que continuava largado na cama. Examinou daqui, examinou dali, fez uma porção de perguntas e veio o diagnóstico. O rapaz tinha impaludismo. O que era aquilo? Era grave? Tinha cura? Sim, era impaludismo, ele não tinha dúvida. Poderia ser muito grave, até levar à morte, se não tratado de início. Tinha cura, sim, se bem que poderia voltar se não totalmente eliminado.

Comentaram Hannah e o doutor Souza Castro. Haviam saído ilesos da recente terrível gripe espanhola, que a tantos havia afetado, levando a um alto número de mortes, mas que felizmente havia arrefecido. O doutor, que tudo acompanhara de perto, ainda vivenciava todas as dores que testemunhara. Hannah considerava terem tido muita sorte, pois poucos dos seus haviam sido acometidos pelo mal e, mesmo esses, sem maior gravidade. Recordava-se, entretanto, dos primeiros boatos sobre uma moléstia estranha e misteriosa que, de um dia para outro foi abatendo e levando pessoas aos milhares. Falta de leitos nos hospitais, ruas e comércio abandonados, falta de comida e de remédios, vítimas amontoadas pelas calçadas a serem recolhidas pela Saúde Pública. Nem o presidente recém-eleito do Brasil fora poupado. Havia sido uma época de enormes preocupações e aflições.

Os *Conselhos ao povo da Directoria do Serviço Sanitario*, publicados em todos os jornais diariamente. Hannah trazia muitos dos itens frescos em sua memória. Quantos deles havia reforçado em suas conversas com amigos e conhecidos. *Evitar agglomerações, principalmente á noite. Não fazer visitas. Tomar cuidados hygienicos com o nariz e a garganta, inhalações de vaselina mentholada, gargarejos com agua e sal. Evitar toda fadiga ou excesso physico. O doente, aos primeiros symptomas, deve ir para a cama, pois o repouso auxilia a cura e affasta as complicações e contagio. Não deve receber, absolutamente, nenhuma visita. As pessoas edosas devem applicar-se com mais rigor todos esses cuidados.* Muitos a ouviam com seriedade; tinham certeza tratar-se ela de uma enfermeira qualificada. Pobre de mim, doutor! Mas a senhora saiba que, com esses seus conselhos, deve ter ajudado a impedir que a doença se espalhasse ainda mais. A senhora está de parabéns. Prestou um serviço de utilidade pública. Hannah sentiu uma pontinha de orgulho por si mesma.

Aquilo agora era passado. Augusto em breve estaria bem, garantiu o médico. Deveria tomar injeções de quinino, dia sim, dia não, e quatro cápsulas ao dia para debelar os efeitos da doença. Receitou também um tônico fortificante para ajudar o efeito do quinino —

Biotônico Fontoura. Biotônico Fontoura? Sim, como dizem médicos e pacientes: *Biotonico Fontoura, o mais completo fortificante. Torna os homens vigorosos, as mulheres formosas, as creanças robustas*. Este, deverá tomar por pelo menos um mês. E coma uvas, muitas uvas. Ele, um moço saudável, logo se sentirá melhor e terá mais disposição. Voltar a trabalhar? Teremos que aguardar. Em dez dias ou duas semanas. Darei um parecer médico por escrito para justificar as faltas. O importante no momento é repouso absoluto e seguir o tratamento à risca. Pedirei a um farmacêutico conhecido vir trazer os medicamentos e aplicar as injeções. O preço da visita? Vinte mil reis, mas ele não cobraria pelo acompanhamento. Eram quase vizinhos. De onde poderia ter vindo o impaludismo? Havia o rapaz sido picado por mosquitos? Com certeza, durante a tal aventura na mata.

Hannah se sentia aflita. O filho, cheio de saúde e de vida, ali prostrado na cama daquele jeito. O doutor Souza Castro havia garantido que ele ficaria bem; e se não? Essas febres às vezes evoluíam de um jeito que não se esperava. Lembrou-se de seu primeiro Augusto. Viu-o tão cheio de vida; depois largadinho no berço; e depois... Seu corpinho sem vida deitado no pequenino caixão. Lembrou-se deste Augusto, deitado sobre a mesa, cercado de velas, sendo velado. Um milagre o havia salvo, acreditava. E agora? Era rezar para mais um milagre. Pôs-se a chorar. Augusto ouviu. Mama, você está chorando? Não, não. Tirou um lenço que trazia sempre enrolado no bolso do avental e enxugou as lágrimas que teimavam em rolar por suas faces.

Foi até a cozinha para se apaziguar. Não queria que o filho a visse daquele jeito. Pensaria que estava mais mal do que pensava estar. Aproveitou e fez um chá. Pronto, serviu-o em uma xícara, acrescentou uma, duas, não... três boas colheradas de açúcar para adoçar o convalescente. Em um prato colocou um bom punhado de seus biscoitos favoritos e voltou ao quarto. Colocou chá e biscoitos sobre o criado-mudo e aproximou-se do filho. Correu as cortinas para que o sol do fim de tarde o banhasse. Junto com o sol, entraram os gritos alegres das crianças brincando pela rua. Veio a Hannah a recordação do tempo em que seus filhos, ainda pequenos, também se alegravam com os folguedos na vizinhança enquanto ela se deleitava com as tardes à janela. August chegava e a família se reunia. Como tudo havia mudado!

Saindo da janela, voltou-se para o filho. Estava ali deitado de olhos fechados. Será que dormia? Augusto? Não, logo abriu os olhos. Quer um chá? Trouxe aqueles biscoitos que você gosta. Ajudou-o a se sentar e afofou seus grandes travesseiros quadrados. Colocou-os de forma que ele pudesse se recostar na cabeceira da cama. A mãe ficou a observá-lo a sorver o chá e devorar os biscoitos. Parecia melhor. Parecia mais disposto. Assim que sua apreensão se amainava, abria-se espaço para um outro sentimento. A zanga que sentia por ele ser às vezes tão irresponsável. Diabo de moleque traquinas! Tinha que se meter nessas embrulhadas? Ir na conversa desses amigos sem juízo? Quando isso lhe vinha à mente, dava vontade mesmo de pegar um chinelo e dar-lhe uma surra daquelas. Como sentia falta de seu August. Com o pai ali, tudo seria diferente. Que jeito ele tinha para conversar com o filho e colocá-lo na linha. Mas ele não estava mais lá. Deus sabe o que faz.

O ano era
1921

Novos empregos — vitrines e gracejos — geringonça barulhenta — salames e linguiças — dois presentes — andarilhos vendedores — cocada preta

De volta a São Paulo, ou quase isso, tudo era diferente. Tudo mesmo! A vida em família, as obrigações de cada um, também a cidade. Tudo parecia tão novo para Laura. Pouco se lembrava dos primeiros anos na cidade. Havia morado naquela época em três casas diferentes. Depois, Araraquara. Depois, Santos. Acontecia que, muitas vezes ao acordar no meio da escuridão da noite, nem atinava, ao abrir os olhos, em que quarto dormia. Suas lembranças se embaralhavam.

Agora, em Santo Amaro, à Rua Izabel Schmidt, número 1, todos desejavam se estabelecer ali para sempre. Ou até quanto sempre durasse. Não era uma época fácil. Era a tal da carestia. Um tempo, para a maioria, em que se trabalhava muito, se ganhava mal, tudo era caro, tudo era escasso. Minna? Uma viúva com quatro filhos menores. De um jeito ou de outro, todos teriam que trazer algum dinheiro para casa. Para o aluguel e a comida — o estritamente necessário para sobreviverem e não adoecerem, o que traria mais despesas. Indo trabalhar, precisariam de um mínimo de roupas e calçados decentes. Rezar para que não surgisse nenhum imprevisto.

Clara voltou a morar com a família. O menino de quem cuidara nos dois últimos anos entrou para a escola, e havia a possibilidade de ele ser enviado a um colégio interno em outro país. Sua presença não seria mais necessária, algo que foi uma grande dor para ambos, que haviam desenvolvido uma profunda afeição mútua. Após se despedirem pela última vez, o menino ficou do lado de dentro do imenso portão de ferro, agarrado às grades, a chorar e a gritar. Eu quero a Clara. Eu quero a minha Clara. De nada adiantou. Não era apenas para Laura que as coisas não saíam como desejadas.

Bom foi que não demorou nada e Clara conseguiu um emprego em um renomado estabelecimento responsável pela comercialização de fazendas, modas e armarinho — a Casa Lemcke, localizada bem no centro de São Paulo, à Rua Líbero Badaró. Foi, com os tempos, ampliando seus negócios e, na época, segundo a moça contava maravilhada, tinha de tudo e mais um pouco. *Roupas brancas para senhoras, homens e creanças. Ternos e vestidinhos. Aventaes, blusas e peignoirs. Tecidos de lan e algodão. Morins e cretonnes. Colchas, cobertores e acolchoados. Lenços e meias. Cortinas, tapetes e brise-bise. Capas de borracha e guarda-chuvas. E* ainda *retalhos.* Mãe e irmãs ouviam, surpresas diante da variedade. Ela trabalharia na oficina, onde seria responsável pelas costuras e pelos bordados de vários daqueles itens, algo que gostava de fazer. As regras eram espartanas — atrasos e faltas não eram tolerados de forma alguma, o que acarretaria descontos no salário e, em caso de reincidência, demissão sem nenhum direito. Nada disso intimidava a trabalhadora Clara.

Como o negócio vivia um bom momento, logo surgiu uma vaga também para Célia. Era uma longa distância a percorrer todos os dias — dezoito quilômetros era chão. Felizmente havia o bonde, o que facilitava as coisas. Tinham que sair muito cedo, pois os horários eram rígidos, e voltavam só ao final da tarde, mas os salários eram bem razoáveis e iriam ser de grande ajuda. Clara acordava uma hora mais cedo do que o necessário para, em tempo hábil, tirar Célia da cama, o que não era fácil. Levavam de casa algo para comer no horário de almoço — mais um lanche do que uma marmita. Refeições ali por perto estavam fora de cogitação; seria um gasto com o qual não podiam arcar. Aproveitavam parte do intervalo para passear pelo Centro, olhar o movimento e apreciar as vitrines das belas lojas que iam abrindo em cada quarteirão. Disso Célia gostava. Ocasião ideal para namoricar, o que fazia com que rapazes dirigissem gracejos às duas, os quais ela retribuía com seu sorriso falsamente tímido. Quando portava sua sombrinha, a abria e a rodava provocativa. Clara reprovava o comportamento da irmã e vivia a ameaçá-la. Deixe Mamãe saber disso.

Laura ficava em casa com a mãe. Era preciso. Triste, pois não haveria mais possibilidade dela voltar à escola; satisfeita, por poder ser de ajuda nos cuidados da casa. Minna, conhecendo a cada dia mais vizinhas, tinha oportunidades de pegar alguns serviços simples de costura: pequenos consertos e pequenas reformas, trocas de botões, coisas assim. Era pouco e não frequente, mas sempre era um dinheirinho a mais. Não demorou para chegarem encomendas: roupinhas para as crianças, camisolões para os maridos e outras peças nada complicadas. Clara e Célia passaram a trazer da Casa Lemcke bons retalhos que recebiam como um agrado. Estes, bem vindos, eram transformados em roupas necessárias para a família. *Gott ist gut!* — Minna não se cansava de repetir.

Mais do que nunca, valorizava agora um presente que ganhara de Martin há anos, ainda em São Paulo, nos tempos da Vila Mariana — uma máquina de costura Singer. Algo de bom ficara. Presenteou-a vendo quanto trabalho tinha a esposa na época com as quatro crianças. Gostava a mãe de as ter sempre bem vestidas e, como roupas prontas a varejo eram em número reduzido e o preço das costureiras e alfaiates, alarmante, deu-se a coser para a família. Costurar à mão era uma tarefa insana e o acabamento nunca ficava muito bom. Em especial com os menores, que não paravam quietos um minuto sequer, logo as costuras abriam e deviam ser refeitas. Um trabalhão sem fim e, como resultado, seus pobres dedos sempre machucados e calejados e doídos.

Sabendo que havia no mercado uma máquina que costurava, ao sobrar um tanto no fim do mês, chegou a surpresa. Martin pensou em comprar uma nova, mas o preço era bem salgado. Por sorte, ao abrir o jornal, encontrou um anúncio. *Vende-se uma machina Singer, de gabinete, nova, costura e borda, pela bagatela de 120$000. É verdadeira pechincha. — Ver e tratar á rua Arthur Prado n. 50.* Não exatamente uma bagatela, mas passaria lá no horário do almoço. Estava mesmo em ótimo estado. Um gabinete bem conservado e, acionada por um pedal, ia que era uma perfeição. Conversa daqui, pechincha dali, e acabou levando a joia por cem mil réis, em duas vezes, comprometendo-se a cuidar do transporte.

A curiosidade da família foi geral. Nem mesmo Minna sabia exatamente de que se tratava aquela coisa tão estranha. Todos ao redor da máquina para ouvir Martin repetindo as instruções dadas pela antiga dona. Como colocar a linha. Como encher e colocar a bobina. Passar a linha na agulha. Como posicionar a peça a ser costurada. Pés no pedal. E foi ele a demonstrar e fazer a primeira costura para o assombro da plateia. A geringonça era barulhenta, mas não é que funcionava bem? Minna se surpreendeu com aqueles pontos tão iguaizinhos e tão retinhos. Era uma verdadeira maravilha. Todos queriam mexer e costurar. Não, não. Esta máquina é de sua mãe e só ela irá usá-la. Não é brinquedo e, de mais a mais, é perigosa para crianças. Minna, veja que com ela você fará lindas roupas para todos nós com muito mais facilidade. Mais lindas do que as da Au Palais Royal. Lembra-se? Ela preferia não se lembrar, mas como esse presente caía bem agora!

Laura a ajudava. Foi aprendendo a pregar botões, alinhavar, fazer bainhas e barras. Até lhe foi permitido ajudar com costuras simples à máquina. Além disso, cabia a ela buscar e entregar as encomendas. Gostava de fazê-lo. Muitas vezes, ganhava umas balas ou um pedaço de bolo, que nunca comia sozinha; sempre levava para dividir com a mãe e com os irmãos. Se recebia alguma moedinha, esta a mãe lhe cedia e ela ia guardando. Tinham um destino certo — a banquinha que vendia livros usados. Com que alegria juntava um punhado de moedas e dirigia-se até lá, onde podia escolher mais um livro para sua pequena biblioteca, que crescia dia a dia. Ela gostava de todos, mas preferia poesia e pequenos romances. Os poemas, lia em voz alta para a mãe e para as irmãs, sendo que alguns lia tantas vezes que acabava por recitá-los de cor.

Martinho foi o único a seguir com os estudos. Foi matriculado no Grupo Escolar de Santo Amaro, onde estudou ainda por alguns anos. Sua vida ficou bem mais árdua. Nada mais de pipas ou saltos e corridas durante a semana. Ia à escola no período da manhã e trabalhava à tarde. Apesar de ter ainda treze anos, não havia outro jeito. Quase ao lado de casa, havia um pequeno açougue de uma senhora alemã, *Frau* Schalfke. A *Grande Fabrica Allemã de Salames Emma Schalfke,* que vendia *salames e linguiças de todas as qualidades. Asseiado e elegante açougue montado sob os mais rigorosos principios de hygiene e servido por pessoal attencioso e habilitado.* Anunciavam *diariamente carne fresca de vacca e de porco.*

A senhora gostou do rapazinho, como ela o chamava, o qual achou muito educado e bem apessoado. Ofereceu-lhe trabalho; à tarde, no período em que o estabelecimento era mais movimentado, ele ficaria encarregado de fazer as entregas. Foi lhe cedida uma bicicleta, a qual ele usaria nos horários em que estava a serviço do açougue. O salário era pouco, mas ele ganhava boas gorjetas, em especial dos imigrantes germânicos mais abastados, e retalhos de carne que sobravam ao fim do dia, algo que reforçava as refeições da família. O salário, ele entregava para a mãe; as gorjetas, a mãe deixava que ficassem para ele. As carnes? Todos comiam e se deliciavam.

As irmãs se ressentiam. Para elas, Martinho era agora um privilegiado, o queridinho da mamãe. Saía cedo para a escola — o que Laura já considerava um privilégio. Sua mãe o esperava com seu prato pronto na hora do almoço, pois, ao chegar, era o tempo de abandonar livros e cadernos sobre a cama, trocar de roupa e abocanhar a comida de um golpe só. Filho, coma devagar. Deste jeito vai lhe fazer mal. Olha a hora, Mãe, olha a hora. A patroa gostava dele e o tratava muito bem, porém era exigente com os horários. Martinho não queria perder o emprego. Quando chegava ao fim da tarde, exausto, ainda lições por fazer, a mãe implorava que as irmãs não o perturbassem. Aí é que o perturbavam. Queridinho da mamãe! Queridinho da mamãe! Vocês não tem noção do que é ter que estudar e trabalhar. Ah, favoritinho, e a gente não trabalha, não?

Laura gostava de sair com as irmãs, em especial quando estas, ou uma delas, a levavam ao centro nos fins de semana. Aquele era, para a menina, um mundo surpreendente a ser explorado. Para começar, a ida no bonde era para ela uma aventura naquela São Paulo a cada dia maior e mais movimentada. Às vezes, logo conseguiam se sentar. Mesmo os bancos de madeira não sendo muito confortáveis, era possível aproveitar a viagem e se encantar com as paisagens tão variadas que iam desfilando aos seus olhos. Árvores e postes. Pessoas e edifícios. Jardins e lojas. Animais e veículos. Outras vezes, estava o coletivo bem apinhado; mesmo nessas ocasiões, sempre havia um amável cavalheiro propenso a ceder seu lugar a uma ou duas formosas senhoritas. Laura, ainda não uma senhorita, sentava no colo de uma de suas irmãs. Dentro do bonde, via-se de tudo: gente com crianças, gente com pacotes e malas de todos os tamanhos, e até gente com bichos, aves em especial. Esses tentavam abrigar as gaiolas, ou mesmo sacolas, por debaixo dos assentos. Distraía-se a menina lendo os reclames fixados no interior dos veículos, em geral de remédios.

Chegando ao Largo da Sé, desciam e, aí, todo o passeio era a pé. Laura se sentia meio atordoada. Eram os bondes e as carroças; eram os automóveis e as bicicletas. E muitas, muitas pessoas. Tudo se movendo ao mesmo tempo para todos os lados. Ela gostava daquilo, mas não muito. O desordenado movimento a assustava. Sentia que todo aquele povaréu se deslocava num fluxo ininterrupto, a passos firmes e decididos, rumo a um improtelável destino. Surpreendia-se quando alguém interrompia sua caminhada, tolhendo o trânsito humano, para cumprimentar outro passante ou como que atraído por algo dentro de uma vitrine.

E o barulho? Todo mundo gritava ao mesmo tempo. Os vendedores ambulantes divulgando suas mercadorias, os pequenos jornaleiros apregoando as notícias do dia, pedestres bravejando com outros pedestres ou com veículos imprudentes. De repente, algo parava sobre os paralelepípedos, gerando de imediato grande revolta. Carros acionavam suas buzinas de forma insana, enquanto carroceiros e charreteiros lançavam ao ar xingamentos nas mais variadas línguas. Ela chegava a sonhar com todo aquele movimento e todo aquele barulho, e acordava sobressaltada.

Olhar as vitrines e, eventualmente, entrar em uma ou outra loja, isso era um prazer. Eram repletas de coisas lindas. Sua maior alegria foi no dia em que Clara a levou para escolher um presente de aniversário. Iriam à Mappin Stores, que, segundo a mãe tinha visto anunciado, encontrava-se em liquidação. Pegou o jornal. *Liquidação semestral ... freguezes, anciosos de aproveitar dos preços reduzidos.* Ouça isso, Clara. *Considerando a crise que o commercio atravessa, a nossa liquidação assume proporções gigantescas. Para reduzir os nossos "stocks", resolvemos offerecer mais da metade das mercadorias por menos da metade do preço usual.* Temos que aproveitar. Clara não se entusiasmou. Veja aqui, Mamãe. *Nota especial. Todos os artigos que não soffrem abatimento especial terão desconto de 10%.* No fim é aqui que estão os produtos que realmente valem a pena, não? A mãe voltou ao anúncio. O que listam aqui como exemplos? *Corpinho de cambraia ... meias de seda extrangeiras ... bolsas, collares e artigos de phantasia ... gravatas modernas ... rendas e bordados por metade do preço.* Não, nada disso. Aqui... *Vestidinhos para creança em estylos diversos, artigos chics em etamine e organdy. De 50$ por 18$.* Isto vale uma olhada. Mamãe, apenas *para 8 a 10 annos.* Ora, eles devem ter tamanhos maiores, não, filha?

Ficou afinal decidido que Clara iria com Laura para ver o que achavam. A menina nunca havia comprado um vestido novo. Eram sempre herdados de suas irmãs; às vezes, até já remendados. Para chegarem ao Mappin, resolveram descer pela Quinze de Novembro, uma rua cheia de lojas e vitrines muito atrativas. Laura se surpreendia com tanta beleza. Encantava-se por ver sua imagem refletida no vidro. Estava fora, e ao mesmo tempo dentro, entre roupas e acessórios ali expostos. Veja, Clara, como me cai bem este vestido. E como me fica bem este chapéu. Ambas riam. Era divertido.

Parou e olhou para cima. Era uma loja com uma belíssima fachada, mas o que chamou a atenção da menina foram duas gigantescas estátuas. Eram dois homens com barba e chapéu, segurando algo nas mãos. Papéis? Um livro? Quem são? — perguntou. Clara não tinha certeza; ouvira que o do lado direito era Gutenberg. Johannes Gutenberg. Um alemão bastante ilustre e importante. Sem ele não teríamos livros. Isso interessou a menor. Sim, ele foi o inventor da primeira máquina de impressão, que tornara possível a publicação de livros.

Laura espiou pela enorme porta, que se achava aberta. Era uma livraria — Casa Garraux. Ela nunca havia estado em uma livraria de verdade. Só o que conhecia eram os sebos e as bancas que vendiam livros usados, lugares sujos e empoeirados, cheios de volumes, amiúde, igualmente sujos e empoeirados; quando não rasgados e até sem capa. Aquele lugar era diferente. Quantos livros e como cheirava bem! Ela quis entrar. Uma ideia lhe veio à cabecinha. Será que... em lugar do vestido... eu não poderia escolher... um livro? Um livro novo? Ela também nunca havia escolhido um livro novo em uma livraria como aquela. Aquele era mesmo o dia dos nunca havia.

Clara, vendo a expectativa brilhando nos olhos da irmã, concordou em, ao menos, entrarem para olhar. Tal foi o encanto de Laura que resolveu lhe dar um de presente; tiraria o dinheiro do seu salário. Disse isso. Ela poderia escolher aquele que quisesse, mas apenas um. Laura nem sabia o que fazer diante da indecisão. Escolher um livro? Um ali naquele lugar? Um livro novinho em folha? Eram tantos! Ela tinha vontade de escolher todos. Não! Clara havia dito um; apenas um. Seria uma decisão difícil que deveria ser tomada com o devido cuidado, para não haver arrependimentos.

Um vendedor veio até elas. Será que ele poderia ajudar as senhoritas? A mais velha tomou a iniciativa. Sim, estamos procurando um livro de presente para minha irmã. Deve ser um livro muito especial, pois ela é uma irmã muito especial. O rapaz olhou para Laura. Sim, ele tinha o livro certo para aquela jovem senhorita. Pediu que elas o acompanhassem e parou junto a um balcão. Havia lá uma pilha de livros com um de pé encostado aos outros. Os olhos da menina se fixaram no que ela via e não conseguia parar de admirar. Nunca havia visto algo como aquilo. Mais um nunca havia. Aquele era mesmo um dia especial. A capa era colorida: azul e amarela e vermelha, além de branco e preto — uma lindeza. Viu uma menina de cabelinhos loiros, uma blusa vermelha e uma saia amarela de bolinhas vermelhas. O que era aquilo que ela tinha na mão? Um peixe? Um peixe com uma coroa? Como seria aquilo? Prestando mais atenção, nas margens, viu besouros e um caramujo e um sapo e uma tartaruga. E cavalos? Montados por outros peixes? Aquilo devia ser interessante! Leu então o título — *A menina do narizinho arrebitado*. Monteiro Lobato e Cia. São Paulo.

Tão entretida estava em suas observações de cada detalhe naquela capa que nem ouvia o palavreado que o rapaz dirigia à sua irmã. Falava com grande entusiasmo, para conseguir mais uma venda com certeza, algo que parecia ter sido decorado de algum anúncio. Esta, vocês veem, é a *ultima novidade, escrito por Monteiro Lobato. Um livro de 68 paginas feito para agradar e interessar as crianças, illustrado com magnificos desenhos de Voltolino.* Tirou um exemplar do topo da pilha e começou a folheá-lo para que Clara visse as ilustrações. Laura continuava hipnotizada pela capa. *É um livro que fala á imaginação e foge ás idéas abstractas e aos themas fóra do alcance da psychologia infantil. A experiencia tem demonstrado que o desapego e mesmo o horror á leitura, que certas pessoas conservam durante toda a vida, provem da insipidez dos primeiros livros que lhes cahiram em mãos.*

Clara, não sei se convencida pelos argumentos ou cansada do falatório, interrompeu o rapaz. Não é o caso de minha irmã. Ela e todos nós em casa somos fervorosos entusiastas da leitura. Virou-se para Laura. E então? O rapaz passou o livro que pegara para as mãos da pequena compradora. Ela o abriu com muita delicadeza — com certa reverência até. Sentiu o inebriante aroma de livro novo. Estava encantada. E continuou o entusiasmado rapaz. Vejo que este é o livro certo para sua irmã. Chegou a ler a crítica publicada há alguns dias no *Correio Paulistano*? Não, ela não a tinha lido. Abriu o vendedor uma gaveta sob o balcão e de lá retirou o dito jornal. Pôs-se a ler, cada vez mais empolgado. *Observa Eça de Queiroz...* Conhece? Sim, ela o conhecia. Pois *observa Eça de Queiroz a importancia notavel da literatura infantil, que exerce um duplo papel em relação ás crianças, por um lado, satisfazendo-lhes a curiosidade irrequieta, enchendo-lhes as horas tediosas, e por outro, desenvolvendo-lhes as faculdades de imaginação, de inventiva.* Clara ouvia e parecia que ele falava de Laura.

E seguia ele com sua explanação. Veja que *propoz-se o sr. Monteiro Lobato a tarefa de iniciar uma literatura para crianças brasileiras. Em "Narizinho arrebitado" — um dos melhores livros para crianças que se têm publicado em nosso paiz — é tudo nacional, desde o título aos personagens. Há nestas paginas* — e passou um novo exemplar para que Clara o visse — *phrases de um sabor regional que encanta, como aquella tão brasileira: — Narizinho, vovó está chamando!" Emfim, um bello livro, "Narizinho arrebitado" merece um logar de honra em todo lar onde uma cabecita innocente ensaia as primeiras incursões pelo paiz do sonho e do irreal.* E pelo país do sonho e do irreal, a arrebatada leitora, alheia a toda aquela conversa, já incursionava ali mesmo. Sentada no chão, sem demora devorara as duas ou três primeiras páginas. Ao vê-la, Clara logo a advertiu. Levante-se daí, Laura. E então? — perguntou mais uma vez. Sim, quero muito este livro. Não preciso ganhar mais nenhum presente de aniversário ao longo de toda a vida, mas este livro eu quero. Está bem, levamos um. Até que, para um livro como aquele não era caro — dois mil e quinhentos réis. Laura não se continha de tanta excitação. Clara indagou se era possível embrulhá-lo para presente, pois o aniversário seria só na semana seguinte.

Mesmo assim, saindo da Casa Garraux, caminharam até o Mappin. Tinham ainda o dinheiro que a mãe havia dado para a compra de um vestido, o que também acabaram comprando. Aquele seria o aniversário mais feliz de toda a sua vida. Nunca Laura ganhara dois presentes — e dois presentes tão especiais. Para terminar o dia sentiram-se duas senhoritas de muita classe na Sala de Chá da Mappin Stores. Deram-se o direito a uma extravagância — um *five o'clock tea*. Um chá musical com uma fatia de bolo bem fofinho.

Mais do que hora de voltar para casa. Junto aos pontos de bonde no Largo da Sé, a algazarra era total. Multidões de homens, mulheres e crianças se dirigindo apressadamente aos coletivos que os levariam de volta ao lar; ou sabe-se lá para onde. Entremeando todo aquele aglomerado humano, iam e vinham os vendedores andarilhos, em sua maioria jovenzinhos, com suas cestas ou seus tabuleiros, anunciando quitutes e lambisqueiras, ideais para matar aquela fominha, ou gulodice mesmo, do final de tarde. Sempre se esquivando do tal de inspetor auxiliar da fiscalização municipal, sendo que alguns, até com pena dos pirralhos, fechavam seus olhos em troca de alguns doces ou salgadinhos. Olha o amendoim torradinho! Pastéis e empadas! Empadas e pastéis! Uma delícia! Docinhos caseiros! Fresquinhos! Pinhão quente, bem quentinho mesmo! Biscoitos de polvilho, cuscuz de peixe, batata assada, tachada de goiabada, açúcar de algodão — tinham de tudo para agradar a freguesia, crianças e adultos.

O que Laura gostava mesmo, e não resistia, era a cocada preta. Procurou pelo menino de calças curtas com suspensórios e boné de pano xadrez que as vendia. Lá estava ele. Olha a cocada! Olha a cocada! Cocada branca e cocada preta. Com vergonha por tudo o que já tinha ganhado, pediu emprestada à Clara uma moeda para comprar duas cocadas. Devolveria tão logo tivesse um dinheirinho. Uma para ela e uma para a irmã, em gratidão pela tarde tão especial. Laurinha, Laurinha! Está bem! Menino! Veja duas cocadas brancas. Não, Clara, uma branca e uma preta. Vamos levar para comer em casa e dividir com os outros. Mas ninguém gosta da cocada preta. Mamãe diz que pode ter até barata aí dentro que a gente nem vê. Tem barata não; e é muito mais saborosa. Eu divido com o Martinho. Ele não se incomoda nem se tem barata. E riu.

O ano era
1922

Na Capital Federal — *Amigos! Quantos tive!* — patrões e operários — um pensador — discurso de ódio — vencer a qualquer preço — amizade sincera

Hannah sentia falta de Augusto em casa. Ele saía e entrava e saía e entrava e saía. Parecia inquieto. De segunda a domingo, todos os dias sem parar. Durante a semana, ia cedo para o trabalho, mal com tempo de tomar o café da manhã. Sempre com pressa. Para que tanta pressa, Guto? Mama, meu nome é Augusto. Augusto. Nada mais de Guto, por favor. Não posso me atrasar. *Herr* Zerrenner tem total confiança em mim, me trata muito bem e não posso desapontá-lo, posso? Não, Augusto, claro que não. Abraçava seu filho, que se tornara, com Bertha morando longe, sua única família por ali. Orgulhava-se muito dele, mas gostaria de tê-lo mais presente.

Raramente vinha almoçar com a mãe. Chegava após o final do expediente, muitas vezes para pegar sua sacola e desaparecer rumo ao clube. Voltava exausto, suado, sujo. Lavava-se e caía na cama. Nem comer o jantar que Hannah havia mantido quentinho no canto do fogão de lenha ele queria. A mãe se preocupava. Desta forma, você acaba ficando fraco. Doente, até. Ele não se preocupava. Sou jovem e tenho uma saúde de ferro. Sua filosofia, na qual acreditava piamente, era *Mens sana in corpore sano*, com ênfase no *corpose sano* através do exercício. Nos fins de semana? Mais treinos e competições. Participava de diversas provas: corridas de cem a quatrocentos metros, provas de revezamento, corridas com barreiras e, ainda, saltos em distância e em altura — e triplo. Os arremessos não o interessavam tanto; gostava de assistir, mas não de praticar. Seu negócio era mesmo com as pernas.

Hannah pensava em ir ao Rio de Janeiro visitar a filha. Estar com ela, agora sim, para o nascimento de seu primeiro neto. Bertha havia engravidado novamente e tudo ia indo bem desta vez. Augusto que fique aí e se vire com suas corridas e seu atletismo. Vai ver quanto dói uma saudade. Pensou melhor e achou que talvez não fosse uma boa ideia. Bertha tinha Wilhelm lá com ela. Deixar o filho aqui sozinho? Pesou-lhe a culpa. Não, não. Era melhor ficar. Talvez quando ele tivesse alguns dias de férias, poderiam ir os dois.

As cartas chegavam com frequência. Bertha passa bem. Como está gordinha! Será um bebê grandão. Deve chegar no próximo mês. Só mais alguns dias. Nasceu! É um menino. Rechonchudo, lindo, alegrinho. Wilhelm como o pai. O pequeno Willy. Mama com vontade. Crescendo e engordando a olhos vistos. Está se dando bem com papinhas. E *Omama* Hannah, acompanhando por aqui. Mandaram uma foto. Era mesmo uma belezinha esse seu neto.

Wilhelm estava muito envaidecido com o filho. Precisava agora trabalhar ainda mais, pois não queria que nada faltasse em casa. Sua família deveria ter do bom e do melhor. Andava, contudo, bem irritado com os últimos acontecimentos na Capital Federal. De um momento para outro, transformou-se a cidade em um canteiro de obras sem limites. Os motivos argumentados? Os estrangeiros vêm aí. Precisamos figurar entre as grandes nações. Precisamos participar do mundo civilizado. Precisamos mostrar a eles nossos progressos e nossos potenciais. Precisamos dar a eles uma impressão de estabilidade e riqueza. Para o povo? Vendiam a ideia de que aquilo traria desenvolvimento e melhorias nas condições de vida para todos. Bah! Com que dinheiro tudo está sendo financiado? O nosso? Fomos consultados a respeito? Não.

Listava ele em uma caderneta as palavras destacadas pelos governantes. Festa grandiosa, espírito nacional, modernidade, reformas estruturais, regularização, remodelação, valorização, saneamento, aterramento, retificação, canalização, alargamento, calçamento, arborização, embelezamento. Em outra coluna, as palavras varridas para debaixo do tapete. Tempos de crise, dificuldades econômicas, aumento da carga tributária, gastos exorbitantes, contratação de dívidas, grandes estragos, desapropriação, corrupção descarada, demolição, desaparecimento do patrimônio, destruição dos valores culturais relacionados ao período imperial. Pobre Dom Pedro II! Tinha simpatia pelo velhinho nostálgico, que de sua Pátria havia sido expulso e, na saudade, poemas escrevia. *Espavorida agita-se a creança, / De nocturnos phantasmas com receio, / Mas si abrigo lhe dá materno seio, / Fecha os doridos olhos e descança. / ... / Qual o infante a dormir em peito amigo, / Tristes sombras varrendo da memoria, / Ó doce Patria, sonharei comtigo!*

Em suas leituras de jornais e revistas, Wilhelm buscava ecos aos seus sentimentos. A história já começava mal. Afinal o que se comemorava? *O que se nota, nas actuaes festas commemorativas da passagem do centenario da proclamação da Independencia do Brasil, é que ellas se vão desenrolando completamemte extranhas ao povo da cidade. O observador imparcial não vê nelle nenhum enthusiasmo, não lhe sente no animo nenhuma vibração patriotica. Se não ha na nossa pequena gente, indiferença; ha, pelo menos, incomprehensão pela data que se commemora.* Seguia adiante o brilhante homem por trás da pena, um certo Lima Barreto. *Os tempos estão bicudos; tudo está pelos olhos da cara. Um pobre chefe de familia tem que pensar constantemente no dia de amanhã. Terá elle tempo de impressionar-se com festividades patrioticas em que mais predominam jogos de bola e outras futilidades do que mesmo manifestações serias de um culto ao paiz e a seu passado?* Futilidades. E não é verdade, Bertha?

E ouça este outro, ainda mais incisivo em suas colocações. Assina Sergio Buarque de Hollanda. *Em um paiz como o nosso, onde em todos e em tudo domina a philosophia tupinambá da negligencia, só se olham como grandes bemfeitores, os homens que fazem reformas de effeito. Embora para isso seja preciso onerar a nação de dividas e pejar seu futuro de incertezas é essa a maneira mais pratica e mais commoda para os nossos governantes, de conquistar popularidade. Isso explica o existir muito quem della abuse. Bussolados pelo interesse proprio que quasi em regra não é o da nação, esses politicos barafustam-se em intentonas egoistas cujo unico norte é o lucro próprio. Eis como no Brasil se faz de meros bonifrates de circo, homens representativos.*

Entende, Bertha? Sim, ela entendia muito bem. Veja só sua conclusão. *Dada a natural tendencia dos nossos patricios para as reformas fatuas e o consequente pendor de seus dirigentes para leval-as a effeito, é facil concluir-se que os melhoramentos que se propõem como indispensaveis para as proximas festividades do centenário da Independencia sejam em geral da classe dos que o publico sabiamente qualificou de — para inglez ver.* Para inglês ver. Eu não conseguiria colocar melhor. Trabalhamos tão duro e isto é o que temos em troca. Temo pensar em que país deixaremos para nossos filhos e netos. E assim ia tocando a vida a jovem família Steinberg.

Por aqui, Augusto também andava irritado. Não tanto pela situação do país, que esta não tinha jeito mesmo, mas pelos seus amigos. *Amigos!... Quantos... quantos tive / Nos bellos tempos!... Mas, depois, / Foi começar fatal declive, / Permaneceram tres, ou dois.* Isso o inquietava. A vida estava mudando, e os amigos com ela. Ernesto Bauer, sempre um companheirão, não mais com eles convivia. Enrabichara-se com uma moçoila colega de sua irmã e não se largavam os dois. Não, *Schatzie* — era assim que ela o chamava —, não quero você andando com aqueles seus amigos solteiros. E ele por acaso já era casado com ela? Era solteiro também, ora.

E Pepe, então? Inseparáveis por anos e agora isso? Trabalhava no Cotonifício Rodolfo Crespi, emprego indiretamente conseguido por sua mãe, que conhecia dona Conchetta, costureira que servia há longo tempo dona Marina, a senhora Rodolfo Crespi. Pepe conseguiu uma carta de recomendação de um antigo professor, que foi enviada pela *signora* Moschino para dona Conchetta, que a entregou para dona Marina, que a destinou para sabe-se lá quem. Só se sabe que, depois de um mês, Pepe foi chamado para uma entrevista. Conseguiu uma posição na seção de tecelagem.

No Cotonifício, com tradição nos movimentos grevistas e que dera início à greve geral de 1917, o amigo foi se envolvendo com um grupo de revolucionários que semeavam ideias entre os operários. Pepe passara a se considerar um deles, algo de que muito se orgulhava. Os operários eram a base da sociedade, sem a qual nenhuma indústria funcionaria. Eles eram os trabalhadores que mantinham as fábricas em pé. Sem eles, todas as máquinas parariam e as indústrias ruiriam uma após a outra. Sim, o poder estava nas mãos deles. Eram os essenciais. Estava no jornal. *Nós, os trabalhadores, somos a maioria, somos nós que com o nosso esforço fazemos girar toda a vida social, produzindo as riquezas terrestres e maritimas que hoje constituem o monopolio da burguezia. E, não obstante, ainda estamos escravizados! Porque? Porque a massa amorfa se converte em defensora dos privilegios dos burguezes.* E os patrões, Augusto, me diga? E os patrões? Está tudo aqui. *O patronato, cada vez mais inconsciente e brutal no desenvolvimento de seus egoismos, não pensa que quanto mais miseravel fôr a situação dos operarios, mais tremendo será o seu brado de rebeldia.* Era justamente disso que os insurgentes se prevaleciam para pregar a ideia de uma sociedade livre, sem governo, sem leis, sem propriedade. Eram os anarquistas. E ele era um deles.

Vivia agora sempre com os tais jornais debaixo do braço, e a assobiar e a cantarolar. *Crime de rico, a lei o cobre, / O Estado esmaga o oprimido, / Não ha direitos para o pobre, / Ao rico tudo é permittido / Á opressão não mais sujeitos! / Somos iguais todos os seres: / Não mais deveres sem direitos / Não mais direitos sem deveres! / Bem unidos, façamos, / nesta luta final. / duma terra sem amos, / a Internacional!* Pepe, que havia sido muito bem quisto pela vizinhança e pelos amigos, foi perdendo esse lugar e passou a ser visto com cautela por muitos. Um elemento ligado aos baderneiros, àqueles que eram contra a ordem e contra os bons costumes. Um anarquista. Ou seria um comunista? Nem ele sabia bem ao certo.

Seus pais também não andavam satisfeitos com o que vinha acontecendo. *Signor* Moschino, dono de uma pequena, porém respeitável, panificadora no bairro, sempre insistira com o filho para que trabalhasse com ele; seguisse com o negócio quando o pai não mais por lá estivesse, mas nada. Pepe, inicialmente apoiado pela mãe, acreditava que o futuro estava nas indústrias. No entanto, desde que começara a trabalhar no Cotonifício e ouvir as mensagens revolucionárias que por lá se espalhavam, descobriu que sua missão era outra — contribuir para a construção de um mundo melhor, mais justo para todos, onde todos fossem iguais. *Figlio mio,* o que vocês querem é um mundo impossível. Estão vivendo uma realidade que não existe. *Utopia*! *Utopia*! Repetia o pai, discurso que só mais fortalecia as atuais crenças do filho.

E Augusto? Augusto concordava com as ideias de Pepe. Em teoria. Sim, viviam em um mundo cheio de disparidades. Sim, a sociedade vigente estava longe de ser igualitária. Sim, a hegemonia das classes dominantes e detentoras de toda a riqueza era injusta. Contudo, não via nos meios defendidos pelo amigo o caminho para alcançar mudanças. Além disso, os riscos envolvidos eram enormes, riscos que ele, um arrimo de família, não podia correr. Se perdesse seu emprego, principalmente por um envolvimento com os anarquistas, dificilmente conseguiria outro. Do que viveriam ele e sua mãe? E se fosse preso? Enviado para o Campo de Concentração do Oiapoque, o "inferno verde", de onde muitos nem mais voltavam? Ou até morto? O que seria de sua mãe? Não, a luta era justa, mas deveria haver meios menos drásticos. Pepe ouvia seus argumentos como um sinal de desesperança, de insensibilidade, de passividade, até de covardia, Não, Augusto, não há outros meios. Este é o caminho.

Seu amigo de toda a vida, ressentia-se Augusto, estava mudado demais. Começou como um simples e moderado simpatizante da causa; lia os manifestos, participava de panfletagem, frequentava reuniões e congressos organizados pelos sindicatos. Foi Augusto com Pepe a algumas dessas reuniões, as quais lhe traziam várias questões. Falavam anarquistas e sindicalistas a mesma língua? Os segundos lhe pareciam mais voltados a questões práticas razoáveis e consideráveis, enquanto os primeiros, em certos momentos, lhe soavam oportunistas, buscando apoio para suas causas, pensava ele, deveras irrealizáveis. Enfim...

As constantes conversas com Pepe fizeram-no lembrar de trechos escritos por Victor Hugo em *Os miseráveis*. Voltou a lê-lo. *Os pensadores refletiam, enquanto a base, isto é, o povo, trespassado por correntes revolucionarias, tremia em ondas convulsivas por baixo deles. Individualmente ou em grupos, os pensadores discutiam as questões sociais de forma pacífica e completa, porem como mineiros que abrem tuneis em um vulcão sem deixar que os tremores e a visão do fogo os perturbem.* Seria ele apenas um pensador, isolado das convulsões sociais das quais Pepe vinha tão ativamente participando? Teria seu amigo razão? Seria ele insensível, passivo e covarde?

Voltou a virar as páginas e leu mais um pouco. Marcas feitas em leituras anteriores. *Resolvei ambos os problemas; encorajai os ricos e protegei os pobres; eliminai a miseria; acabai com a exploração dos fracos pelos fortes; acabai com a inveja perversa dos que estão a caminho contra os que já chegaram; ajustai de modo justo e fraterno o salario ao trabalho; estabelecei o ensino gratuito e obrigatorio ás crianças e desenvolvei a inteligencia; sede ao mesmo tempo um povo poderoso e uma familia de homens felizes; democratizai a propriedade, não a abolindo, mas a universalizando para que todo cidadão, sem excepção, seja dono — algo mais facil do que geralmente se acredita. Em summa, saiba produzir riqueza e distribui-la, e* TODOS *juntos tereis grandeza material e grandeza moral. E sereis dignos de vos chamardes França.* E nós a nos chamarmos Brasil? Será diferente o que Victor Hugo disse em 1862 e o que os anarquistas pregam agora? Talvez. Estes querem acabar com tudo: instituições, propriedades, patronato, autoridade, dominação, capital, capitalismo. Palavras impronunciáveis para Pepe.

Por que tudo parecia ir se tornando tão complicado? Como mosqueteiros, sentiam ter o poder de exterminar todo o mal do planeta. De solucionar todo e qualquer problema que lhes surgisse à frente. Eram *um por todos e todos por um!* Augusto sentia-se desnorteado, inseguro, impotente, sozinho. Seu amigo de infância tornara-se um radical. Gostaria de poder debater essas questões com Pepe, mas ele era agora um militante anarquista fanático. Começara a apoiar as greves, as sabotagens, os boicotes, a destruição do maquinário. Cansara de ser um explorado. A ruptura teria que ser abrupta, sem a mínima possibilidade de conciliação. Augusto, você precisa se aprofundar em nossas publicações. Veja este poema. É pura poesia. *Eu quizera ter poderes / Sobre tudo o que desejo; / Porque assim, num bafejo, / Meio mundo estinguiria: / — A cruz, o sabre, o dinheiro... / Tudo o que diz — cativeiro, / E proclamava a Anarquia*! Eu entendo que contra a violência que oprime, só a violência liberta. Era da parte do amigo um discurso permeado de ódio, de uma fúria violenta e avassaladora, e isso incomodava Augusto.

Até que Pepe disse algo que o feriu profundamente. Filosofar, filosofar, filosofar, chega disso, camarada. Você está me saindo é um belo de um burguesinho. Augusto ficou magoado. *Com todos os favores que fazes, quantos amigos tens tu? Quem te defende, a não ser eu, que sou um pobre diabo? Quem te estima? Quem te apoia? E, em troca, olha os grupos sympathicos que em torno de ti se formam. Como se amam! Como se protegem e se defendem! Que dura e horrivel luta será para ti a vida!* Desde esse dia, não se falariam por um bom tempo. Chegaria, contudo, o dia em que ele teria de ir em socorro do amigo.

Amigos!... Quantos... quantos tive / Nos bellos tempos!... Mas, depois, / Foi começar fatal declive, / Permaneceram tres, ou dois. Um? Até que numa noite ao voltar do Clube Tietê, chegou bufando e batendo as portas. Havia se desentendido com João Hausner. O que será que estava havendo? Augusto não conseguia entender. Todos pareciam estar se transfigurando. Era isso — estavam se transfigurando. Era como se, de um dia para outro, ele não os reconhecesse mais. Seriam os outros ou seria ele? Era penoso. E tudo por causa do Barão de Coubertin.

Para Augusto, o atletismo era uma coisa séria. Dedicava-se de corpo e alma ao esporte e lia muito sobre o assunto. Tinha a firme convicção de que, sem tais práticas, teria a raça humana sucumbido na época da pré-história. Afinal, o que faziam nossos ancestrais para sobreviver? Corriam, saltavam e lançavam. Utilizavam-se do atletismo, sem o saber, no dia a dia. Sem terem aprimorado tais habilidades para obtenção de alimentos e fuga de predadores, não teriam tido condições de garantir sua existência. Veja a sua importância. O que fazemos hoje? Corremos, curtas e longas distâncias; saltamos obstáculos, distâncias e alturas; lançamos discos e pesos e dardos. Devemos tal permanência a um legado de milênios. Assim pensava o atleta Augusto.

Encontrara um dia, ao acaso em um sebo, um volume, meio despencado e desfolhado, com textos de autoria do Barão de Coubertin. Sim, esse mesmo, o fundador dos Jogos Olímpicos da era moderna. Adquiriu-o imediatamente. Eram escritos em francês, mas ele daria um jeito. Em casa, nos raros momentos de folga, ia percorrendo as páginas e, assim que encontrava a palavra *athlétisme,* ali se concentrava e ia produzindo sua tradução do trecho. O que conseguia não lhe parecia fazer sentido. Se tivesse se dedicado mais ao idioma na escola. Agora era tarde. Lembrou-se então de um ex-colega dos tempos do Gymnasio do Carmo. Como era mesmo o nome dele? Clement alguma coisa. Francês. Encontrava-o vez ou outra no Centro, onde era funcionário de um banco. Sim, Clement o auxiliaria. Foi procurá-lo num horário de almoço e combinaram um encontro para o final da tarde. Augusto lhe pagaria uma cerveja; ou um vinho, se ele preferisse. Com sua ajuda, criou uma pequena antologia de frases sobre atletismo segundo Pierre de Coubertin.

Carregava as tais citações, que passou a compartilhar e discutir com Hausner. Veja, João, o que diz Coubertin. *O athletismo está intimamente vinculado á moral; sim, e também, á arte, á organização social.* É um esporte nobre a que nos dedicamos, não? Augusto se enchia de orgulho ao ouvir de sua boca as palavras do grande idealista que passara a admirar. Hausner, pensativo, refletia sobre as prodigiosas colocações do amigo, que seguia lendo com todo entusiasmo. Ouça, ouça. *Antes de tudo importa conservar o caracter nobre e cavalheiresco do athletismo, para que continue desempenhando de modo efficaz na educação dos povos modernos a missão admiravel que lhe deram os mestres gregos. É preciso, para tanto, escolher entre duas formulas athléticas incompativeis entre si.* Escute, João, o que ele diz a seguir. *O athletismo pode colocar em jogo as paixões, tanto as mais nobres como as mais vis; pode desenvolver o desinteresse e o sentimento de honra, mas também o egoismo do lucro e a ganancia; pode ser cavalheiresco ou corrupto, varonil ou bestial; pode, enfim, ser usado tanto para consolidar a paz quanto para preparar a guerra.*

João continuava pensativo — e calado. Augusto seguia sua preleção. Temos que direcionar nossa prática atlética sempre de forma honrada, não? A resposta? Os Jogos Olímpicos. *Somente encontrei um meio practico para conseguir isso: criar competições periodicas para as quais fossem convidados representantes de todos os paizes e de todos os sports, e colocar essas competições sob o patrocinio unico que pudesse lhe conferir uma aura de grandeza e de gloria, o patrocinio da antiguidade clássica. Fazer isso equivalia a restaurar os Jogos Olimpicos.* Que coisa bonita! Nós podemos estar tendo parte nesta, pode-se dizer, revolução, não? João começava a se mostrar enfastiado com toda aquela fala, pois pensava de momento um pouco diferente.

Tinha planos, um tanto megalomaníacos, estimulados pelo pai, de vir a participar das Olimpíadas em Paris dali a dois anos. Custasse o que custasse, estava direcionado para tal objetivo. Aquela conversa sobre valores e moral e caráter e nobreza e honra e cavalheirismo o estava cansando. Queria vencer e vencer — a qualquer preço. Eu entendo você, João, também gosto de vencer. Mas a qualquer preço? Coubertin mesmo diz que *o importante não é vencer, mas competir. E com dignidade.* Você seria capaz de trapacear e passar uma rasteira em alguém de nossa equipe? Pois é, se necessário fosse. Até em mim, João? O amigo só deu de ombros. Augusto estava chocado. Que decepção! Pegou seus papéis e dirigiu-se para casa. Não queria um amigo como aquele. *Amigos!... Quantos... quantos tive / Nos bellos tempos!... Mas, depois, / Foi começar fatal declive, / Permaneceram tres, ou dois.* Um? Nenhum?

Em casa, trancou-se em seu quarto. Não queria conversa. Jogou-se na cama. De lá avistou um livro que deveria ser de sua irmã. Escrito em francês? Quando Bertha leu em francês? Puxou-o para si. *Sésame et les Lys.* Abriu uma página qualquer e de lá caiu uma folha de papel. Escrito com a caligrafia da irmã, um texto em português. Teria ela o traduzido? *"Sobre a leitura". Prefacio do traductor.* Falava sobre amizade. *Sem duvida, a amizade, a amizade que diz respeito aos individuos, é uma coisa frivola, e a leitura é uma amizade. Mas pelo menos é uma amizade sincera, e o facto de ser dirigida a alguem ausente, da-lhe um certo desprendimento, quase commovente. Na leitura, a amizade é subitamente trazida de volta á sua pureza original. Com os livros, nada de amabilidades. Quando passamos uma noite com esses amigos, só o fazemos por querermos de verdade. E quando os deixamos, nada daqueles pensamentos que compromettem a amizade: O que será que pensaram de nós? Será que não nos faltou tacto? Será que os agradamos? Sem falar do medo de sermos esquecidos por um delles. Todas essas inquietações desaparecem no limiar dessa outra amizade pura e silenciosa que é a leitura.* Silenciosa, sim. Ideias estranhas, mas que naquele momento ressoaram fundo em Augusto. De agora em diante teria como amigos apenas os livros. Decidido estava. Entretanto, sentia falta de algo. O que seria? Em breve acabaria conhecendo, através do atletismo, alguém que num futuro próximo mudaria sua vida para sempre.

O ano era
1922

Duelo literário — carreira meteórica — bandolim e gaita — *Caso ou não caso?* — *machina fallante* — danças selvagens — bilhetes poéticos

Ah, o ano de 1922. Algo estranho acontecia na pequena casa térrea à Rua Isabel Schmidt no município de Santo Amaro. A residência da família Künstler. Seriam os ares da Semana de Arte Moderna que por lá também sopravam? Seria o local uma subfilial da Villa Kyrial, situada no bairro da Vila Mariana, espaço de grande originalidade, onde José de Freitas Valle recepcionava intelectuais e artistas para fazer arte e literatura? Ou talvez uma subsucursal do palacete de Olívia Guedes Penteado, no bairro chique dos Campos Elísios, onde, em meio a chás e *petit gâteaus*, a fina flor das letras e das artes, homens e mulheres com igual desenvoltura, se reunia para conferenciar, ratificando ou refutando novas tendências culturais e sociais?

Não! Nem tanto. Sem o luxo e sem toda aquela sofisticação, lá se reuniam quatro irmãos, com amigos e convidados, para compartilhamentos, degustações e conversas sobre o que vinham lendo, ouvindo, assistindo. Literatura, música, cinema e teatro — tudo passava por lá. Discussões por vezes bem polêmicas e acaloradas. Os livros sempre haviam sido ali uma presença constante. Contudo, agora novas ondas agitavam o mar literário e não passavam desconsideradas por lá.

Susana, uma das melhores amigas de Célia, trabalhava na Teixeira, conceituada livraria no centro de São Paulo, e onde se gabava de encontrar célebres intelectuais. Vocês nem vão acreditar quem apareceu outro dia. A Tarsila e o Oswald. Até parecia serem íntimos seus. Volta e meia chegava com algum recente lançamento. Falava-se muito nos novos escritores, que vieram para escandalizar e derrubar tudo o que academicamente vinha sendo feito em termos de literatura. Susana, devido ao seu ambiente de trabalho, considerava-se uma verdadeira autoridade no assunto. Era só dar uma folguinha no vai e vem da clientela, que ela se punha a bisbilhotar trechos dos mais variados títulos à venda pelas estantes e mesas. Isso, em sua modesta opinião, fazia dela uma entendida, uma *expert*. Abriu a bolsa e de lá tirou um livro, um desses que tomava emprestado para o final de semana a ser retornado na segunda ao abrir da loja.

Em uma página pré-marcada, leu para que todos ouvissem. *Paisagem N. 3.* É o título. *Chove? / Sorri uma garôa cor de cinza, / muito triste, como um tristemente longo... / A casa Kosmos não tem impermeáveis em liquidação... / Mas nêste largo do Arouche / posso abrir o meu guarda-chuva paradoxal, / êste lirico plátano de rendas mar...* Silêncio. Corre um rumor pela sala. Clara era a mais perplexa. O que é isso mesmo? Um poema, ora. Um poema? Mas de forma alguma pode isso tratar-se de um poema. Iniciava-se um duelo literário.

Não, não, seguia Clara. Nem de um livro precisava, pois *par couer* lhe vinham os versos que queria declamar. *Sonhei que me esperavas. E, sonhando, / Sahi, ancioso por te ver: corria... / E tudo, ao ver-me tão depressa andando, / Soube logo o logar para onde eu ia.* Isto, sim, é poesia. A primeira estrofe de um soneto. Isto é literatura. Célia precisava intervir a favor da amiga. Olavo Bilac! Olavo Bilac! Isto está ultrapassado. Sim, interveio Susana, retornando ao livro em suas mãos. Mas não é que, por acaso ou não, Mario de Andrade, o poeta escritor dos versos que vos li, menciona justamente Bilac? Só um momento. Já encontro. Ah, aqui está. Ouçam o que diz o Mario em seu *Prefacio Interessantissimo. Bilac. ... Descobriu, para a língua brasileira, a harmonia poética, antes dêle empregada raramente. O defeito de Bilac foi não metodizar o invento; tirar dêle todas as consequências.* E diz mais. *Bilac representa uma fase destructiva da poesia; porquê toda perfeição em arte significa destruição. Imagino o seu susto, leitor, lendo isto.* Olhou para Clara. Queria ver sua reação. *Não tenho tempo para explicar: estude, si quiser.*

Olhos e ouvidos atentos; acenos de cabeça. Não que alguém, incluindo Susana, entendesse bem o que estava sendo dito. Mas que aquela história de casa Kosmos e impermeáveis em liquidação soava mesmo bem esquisita em um poema, isso soava. Laura raramente participava da conversa, mas sempre ouvia tudo o que era dito. E pensava. Até que uma garoa cor de cinza sorrir muito triste, como um tristemente longo era bem bonito.

Os amigos de Martinho também se faziam presentes. Albert, ou Bert como o chamavam, era seu colega desde os tempos do açougue Shalfke, agora em vias de se tornar Frigorífico Santo Amaro, pois vinha sendo negociado por dois alemães, Eder e Satzke, com grandes conhecimentos a respeito da industrialização de carnes e derivados, além da fabricação de frios e conservas. Tinham ambiciosos planos de expandir o negócio e servir a crescente colônia germânica que vinha se estabelecendo na região, com a promessa de fornecerem frios cozidos e defumados, salames, presunto, salsichas e salsichões, com uma excelência só encontrada na cidade de Hohenburg na Alemanha, onde Eder nascera e se especializara no ramo.

Martinho, em pouco mais de um ano, ganhara a confiança, e o coração, de *Frau* Shalfke. Apesar da pouca idade, teve no estabelecimento uma carreira meteórica. De menino de entregas, logo foi solicitado que ajudasse também no atendimento aos fregueses. Muito esforçado e com uma boa dose de ambição, ia aprendendo em minúcias as características das diferentes carnes e derivados, e como manuseá-las. E mais — quando a patroa precisava se ausentar por algum tempinho, era ele chamado para cuidar do caixa. Logo um funcionário polivalente, praticamente um gerente, dizia, que se virava muito bem em tudo que lhe era delegado.

Em virtude do bom trabalho foi fortemente recomendado ao senhor Alexandre Eder, um dos novos proprietários, que o contrataria com a promessa de um salário bem mais polpudo. Nesse primeiro momento, todos os quatro funcionários empregados no açougue de *Frau* Shalfke seriam mantidos, Bert entre eles. Haviam se tornado bons amigos e ele passara a frequentar a casa, sempre trazendo seu bandolim e sua gaita a tiracolo. Não que fosse um erudito da música, mas tinha um ouvido como ninguém. Tirava melodias belíssimas de ambos os instrumentos e alegrava os encontros com suas interpretações, inclusive atendendo a pedidos.

Vivendo sozinho em São Paulo, tendo apenas um irmão que ficara em Recife, fora sem demora adotado pela família Künstler. Um tantinho mais velho que Martinho, logo surgiu uma forte ligação afetiva com Clara. Não ainda exatamente um namoro, mas uma boa amizade. Ele contava histórias da vida que deixara em Belgard na Prússia, e ela ouvia atentamente. Entoava canções de sua terra natal, acompanhando-se ao bandolim, e ela escutava encantada. Falava pouco, não tinha o que dizer, mas se deleitava com tudo que ouvia.

Havia ainda dois colegas de Martinho do Grupo Escolar — Bernardo e Nicolau, também companheiros de atletismo, esporte ao qual Martinho continuava se dedicando com muito afinco em seu tempo livre. Nicolau era menos pretensioso, mas Bernardo gostava de se ver como um intelectual, o que, em certos momentos, o tornava bastante enfadonho. Nos tais encontros literários, vinha sempre com seus apartes. Ou melhor, não seus, apartes de outros, dos quais se apropriava. Desde que lera no jornal uma conferência sobre arte moderna, a recortara e a trazia sempre à mão dentro da carteira para citar os trechos de sua preferência. O duelo Andrade – Bilac foi mais uma dessas deixas. Ao vê-lo sacar do bolso a carteira, Martinho não se conteve. Ah, não, Bernardo, aquele Picchi de novo, não. Picchia, Martinho, Picchia. Menotti Del Picchia. Não seja ignorante, meu amigo. Devo concordar com minha cara amiga Célia. Não podemos nos ater ao que já foi, ao que está ultrapassado. Faço minhas as palavras proferidas por Picchia. *Aos nossos olhos riscados pela velocidade dos bondes electricos e dos aviões, choca a visão das mumias eternizadas pela arte dos embalsamadores.* Fora Bilac! Viva Andrade! *A nossa esthetica é de reacção. Como tal, é guerreira.* E seguia cada vez mais inflamado. *Queremos luz, ar, ventiladores, aeroplanos, reivindicações, obreiras, idealismos, motores, chaminé de fabricas, sangue, velocidade, sonho, na nossa Arte!*

Clara não pode se conter. Precisava falar alguma coisa. Mas, senhor Bernardo, não ouviu o senhor que esse tal de Mario, ele próprio, reconhece e elogia a harmonia poética do grande Bilac? Ora, senhorita Clara, obsoleto, obsoleto. Espanta-me muito a senhorita, uma mulher trabalhadora, parte da força operária desta cidade, tendo sua renda própria, trazer uma colocação dessas para este debate. E seguia o jovem sua própria conferência. *E a mulher? Fóra a mulher-fetiche, a mulher-cocaina, a mulher-monomania, l'eternelle Madame! Queremos uma Eva activa, bella, pratica, util no lar e na rua, dançando o tango e dactylographando uma conta corrente; applaudindo uma noitada futurista e vaiando os tremelicantes e ridículos poetaços de inçadas de termos raros como o porco-espinho de cerdas.* A esta altura, Bernardo havia perdido ao menos metade de sua audiência, perdido talvez ele próprio.

Clara permanecia atenta e, mais uma vez, não se conteve; teve de interrompê-lo. Um momento, um momento. Algo lhe viera à memória. Menotti Del Picchia? Menotti Del Picchia? Sim, é o mesmo. Lemos algo escrito por ele em uma *Revista Feminina,* na qual justamente criticava essa Eva ativa. Estranho. Remexeu na pilha de revistas até que encontrou o que queria. *Caso ou não caso?* Aqui está. Veja o que diz. Abre seu artigo com uma citação de Augusto Lima, *da Academia de Letras,* com a qual concorda em seu texto. *A diminuição dos casamentos facilmente se explica. Qual é o rapaz honesto que acceitará para noiva a lambisgoia, que elle já tem visto fingir noivar com meio mundo no tango* — no tango, mencionou o senhor em seu texto — *e no remeleixo do maxixe, ou uma dessas siriemas que andam pela Avenida exhibindo ao respeitavel publico 3/4 partes do seu corpo?* E ouça seus próprios argumentos: *Os moços, com razão andam ariscos e as estatisticas civis accusam uma sensivel diminuição de casamentos. É claro que um rapaz moderno, conhecendo bem a psychologia das nossas actuaes melindrosas, não arrisque tão levianamente a sua liberdade.* Vejam a conclusão a que chega. *Uma educação sobria e casta valorisa a mulher e estimula o casamento, que afinal é uma necessidade da especie e uma fatalidade social necessaria. Dando-se ás meninas de hoje uma orientação pudica e segura, o problema "caso ou não caso?" acabará pela mais humana das hypotheses e como todos os romances sensacionais, termina pelo festivo epilogo do... casamento!.*

Célia e Susana se sentiram profundamente incomodadas com a leitura. Cochichavam e gracejavam entre si. Necessidade da espécie? Fatalidade social necessária? Martinho e Nicolau se entreolhavam e davam de ombros. Bert dedilhava suaves notas em seu bandolim. Minna e Laura bordavam em um canto da sala. A menina rememorava palavras. Múmias eternizadas? Mulher fetiche? Porco--espinho de cerdas? Lambisgoia? Siriemas? Mamãe, do que é que eles estão falando? Nem me pergunte, pois não tenho a menor ideia. Não quero criticar, mas acho que nem eles mesmos sabem ao certo do que estão falando. E as duas riram baixinho.

Martinho, mais do que saturado de toda aquela balela literária e modernista, tomou uma atitude. Era, desde que tivera a notícia de um provável aumento de salário, o orgulhoso proprietário de um moderno gramofone, agora rebatizado de *Victrola — a sublime machina fallante da actualidade — a unica que reproduz com perfeição e nitidez os sons e a voz humana ao natural.* Teve conhecimento de uma *offerta especial* na Casa Murano — *Occasião Única Só por poucos dias. Pagamento em oito mezes de prazo.* E a oferta incluía *discos escolhidos no nosso catalogo.* Trouxe para casa uma *Victrola X ultimo modelo,* mais compacta do que os antigos gramofones e com uma melhor qualidade de som. Abriu a tampa de sua preciosa. Vamos ouvir um pouco de boa música? Mais uma batalha era iniciada Que disco colocar no prato?

Minna, a dona da casa, tinha sua preferência — as valsas de Strauss, sendo *"Wiener Blut" e "G'schichten aus dem Wienerwald"* suas mais queridas, por lhe trazerem doces lembranças de sua juventude e de Martin, seu único e grande amor. Ao ouvir as alegres notas musicais saindo daquele estranho aparelho, era levada pelo tempo a Pyritz, sua cidade natal na Alemanha, e, ao mesmo tempo, para os dias felizes com seu Martin, que, apesar de tudo, tivera coisas boas e lhe dera quatro filhos inigualáveis.

Clara, de alma mais serena, apreciava os noturnos de Chopin, que lhe traziam tranquilidade e sonhos de um lindo amor por vir. Sentia que cada nota tocada pelos dedos do pianista passeando pelas teclas incorporava seu criador e trazia de volta à vida o tão sofrido, mas inspirado, compositor, que, de onde estivesse, talvez se sentisse honrado pela sua presença diante de tão ardorosa admiradora. Como ela gostaria de ter um piano e poder, ela mesma, executar, do fundo de seu coração, essas obras que lhe eram tão caras. Ao vê-la tão enlevada pela música que a levava para tão longe, Albert pegava em sua mão para trazê-la de volta. Não queria perdê-la. Seria ele seu lindo amor por vir?

E falando em amor, Clara encantara-se também pelas canções de Vicente Celestino. Ela mesma comprara dois de seus discos. Vira, há dois anos, uma foto do tenor em uma edição do *Jornal de Theatro & Sport*, que seu irmão às vezes trazia. Como era lindo! Bem dizia a legenda *essa figura altamente sympathica da nossa scena.* Simpático e bonito. Laura quis logo ver a foto. Não, não combinava com a voz na gravação. Bonito ele era, mas aquela voz esganiçada. Clara se insurgia. Mas essa é boa. O que entende você de música? Veja o que diz aqui. *A explendida oppurtunidade de tributar ao querido tenor patricio toda a admiração e respeito que o seu talento merece.* Talento, menina, talento. Está no jornal. Está bom, Clara, está no jornal, mas eu não concordo. Voz de taquara rachada é o que ele tem. A irmã a ignorava. Não sabia o que estava falando, pois não tinha ainda maturidade para apreciar um talento verdadeiro. Como se deleitava ao ouvir suas interpretações vezes sem fim. *Mulher o teu sorriso parece um ceo / Um grande altar do deus do amor / Onde as estrellas vem rezar, cantar, sonhar / Santificando a minha dor / No illu-*

minar dos olhos teus. E suspirava. *E um coração aberto em flor / Tu tens mulher toda fragrancia / Das orchideas redollentes / Cintilantes e gracis. / A cintilar, a cintilar no ceo de amor.* Como era lindo!

Célia, sempre a mais arrojada, introduziu, no lar dos Künstler, Chiquinha Gonzaga. Também por Susana foi apresentada à música da transgressora e ousada compositora. E maestrina? Tocar piano, aceitável, até desejável para moças de boa formação; mas aquelas músicas? Nas festas frequentadas pela família continuava-se a dar preferência às valsas e às mazurcas, ou até uma polca para os mais alvoroçados. Mas aquelas músicas? Muitas eram denominadas polcas; que polcas seriam aquelas? Dizia-se que a tal compositora queria trazer as raízes brasileiras para suas músicas, raízes encontradas nas culturas das classes mais baixas. Ora essa! Célia logo se encantou com o que ouviu. E foi logo adquirindo duas gravações: a polca "Atraente" e o maxixe "Gaúcho", popularmente conhecido como "Corta-jaca". Este, originalmente apenas instrumental, viria a ganhar uma letra que Célia logo assimilou e punha-se a cantar cada vez que o irmão reproduzia a gravação, julgando-se a própria Sarah Bernhardt dos trópicos. Era logo questionada por Bernardo. Sarah Bernhardt era atriz, não cantora. Célia não se deixava intimidar. Pois de certo. Veja a minha atuação.

Martinho punha o disco a rodar e ela soltava a voz. *Ai, ai, como é bom dançar, ai! / Ai, ai, tem feitiço tem, ai! / Esta dança é buliçosa / Tão dengosa / Que todos querem dançar / Não há ricas baronezas / Nem marquezas / Que não saibam requebrar, requebrar / Este passo tem feitiço / Tal ouriço / Faz qualquer homem coió / Não há velho carrancudo / Nem sisudo / Que não caia em trololó, trololó, / Ai, ai, como é bom dançar, ai!* sempre acompanhada pelos requebros e saracoteios a que a música fazia jus, para desgosto da mãe. Decoro, menina, decoro.

Era engraçado como, com o tempo, tudo muda. Numa casa de família como aquela, todos afinal se divertiam com uma música, severamente criticada há menos de dez anos por Ruy Barbosa. *O "corta-jaca", que vem a ser elle, sr. presidente?* Dissera *o glorioso repre-*

sentante da Bahia em sessão do Senado Federal — *A mais baixa, a mais chula, a mais grosseira de todas as danças selvagens, a irmã gemea do batuque, do catêretê e do samba* —, em dura reprimenda ao presidente Hermes da Fonseca quando chegou ao seu conhecimento que a referida peça musical havia sido executada por ninguém menos que a primeira dama Nair de Teffé ao violão em elegante recepção no Palácio da Presidência da República. *Aquelles que deviam dar ao paiz o exemplo das maneiras mais distinctas e dos costumes mais reservados elevaram o "corta-jaca" á altura de uma instituição social, executado com todas as honras de musica de Wagner, e não se quer que a consciencia deste paiz se revolte, que as nossas faces se enrubesçam e que a mocidade se ria!*

Já a Laura, essa tal de Chiquinha Gonzaga agradava. Ainda mais depois que ganhou de presente da irmã uma gravação de "Laurita", uma bela mazurca que a menina sonhava ter sido escrita para ela, pois expressava muito bem seu temperamento melodioso e saltitante. Pedia para Martinho tocá-la e borboleteava de um lado para outro da sala e girava e girava e girava até o último acorde. Põe de novo. Põe de novo. Não, agora chega que você vai ficar tonta.

Victrola ligada e todos falando ao mesmo tempo, solicitando o que queriam ouvir. No fim, era Martinho quem decidia. Começaria com algo tranquilamente alegre para desanuviar o ambiente. Disco escolhido no prato. Agulha no disco. Uma voz gritada anunciava o que viria: *Rosa, valsa, executada pelo grupo de Pixinguinha para a Casa Edison, Rio de Janeiro.* A mesa de jantar era empurrada para junto da parede e estava aberta a temporada de dança. Martinho puxava Susana, e Nicolau se engraçava com Célia.

Até Minna se deixava levar pela empolgação. A vida era assim mesmo; parece que as coisas iam se repetindo. Lembro de minha mãe contar o escândalo que havia sido gerado quando do surgimento da valsa. Dança de origem campestre, foi de imediato considerara vulgar e imoral. Um escândalo aqueles casais dançando abraçados e de frente um para o outro. Chegou a ser proibida nas cortes aristocráticas europeias, sendo adotada apenas pelas classes populares. Não é o mesmo agora? Tudo isso Laura ouvia com atenção sua mãe contar enquanto os mais velhos se divertiam rodopiando pela sala pequena, porém grande na alegria.

Martinho, sabendo da paixão da mãe pelos clássicos de Strauss, não deixava de tocar também uma de suas belas composições. Dançava com a mãe e, quando esta se cansava, dançava com Laura, que então se recordava de seu pai e de como dançavam, seus pezinhos sobre os dele. Agora estava muito grande para isso e tentava, o quanto conseguia, seguir os passos do irmão. Um, dois, três. Um, dois, três. Um, dois, três. Ele era mesmo um exímio dançarino e a pequena tinha dificuldade em acompanhá-lo em seus volteios.

Clara, por vezes, também dançava com o irmão, mas nunca com Bernardo ou Nicolau. Julgava-os um tanto atrevidos e isso não lhe agradava. Deixava isso para sua irmã Célia, a moderninha. Bert foi criando coragem e ousava convidá-la para uma valsa — nada além daquilo. Preferia quando Martinho desligava a geringonça sonora e chegava a sua vez de fazer música. Afinava o bandolim e punha-se a tocar. Sentia-se no ar que um clima ia se criando entre ele e Clara. Algo que vinha sendo construído desde os tempos da *Frau* Shalfke.

Quando Martinho fora transferido para dentro da loja, Bert assumiu as suas entregas. Tudo começou num dia em que Martinho pediu que ele levasse um par de linguiças para sua casa, necessárias que eram para o almoço. Assim descobriu Clara. Ela veio atendê-lo ao portão e ele não mais conseguiu apagar a imagem de sua mente. Como era linda! E que doçura! Como conquistá-la? Atreveu-se algumas vezes a enviar-lhe bilhetes por meio do irmão, que a princípio não gostou nada da ideia, mas logo se convenceu de que suas intenções eram as mais honradas. Dentro do bilhete bem enroladinho, ia sempre uma flor, uma violeta, que, coitada, já chegava um tanto murcha e amassada. Era, entretanto, salva entre as páginas dos livros de Clara.

Eram bilhetes escritos à mão, em alemão, contendo trechos muito poéticos. *Liebe Clara, Schön wie Engel. Schön vor allen Jünglingen war er. Himmlisch mild sein Blick wie Maiensonne. Rückgestrahlt vom blauen Spiegelmeer. Immer dein, Albert.* Tão poéticos e tão alemães que Clara nem conseguia bem entendê-los. Tinha que recorrer à sua mãe. Um grande logro foi desmascarado. Não era Albert o autor de tão deslumbrantes palavras. E não era a primeira vez que aquele golpe era aplicado na família. E nem seria a última.

Mas, Clara, este é um trecho de Schiller, um poeta alemão. Que danado esse Albert! Sabe que seu pai fez a mesma coisa há muitos anos. Eu ainda trabalhava na Escola Americana. Esperando pelo bonde, passei a encontrar um rapaz bem jovem. Tínhamos dezoito anos na época. Jovem, mas alto e com uma cara muito séria. Primeiro, apenas nos olhávamos. A seguir, passamos a nos cumprimentar. Ele tomava o mesmo bonde que eu e começamos a sentar lado a lado, e a conversar. Eu gostava, pois com ele eu podia falar em alemão. Ele falava muito bem. Eu havia aprendido até que bem o português, mas gostava de usar também a língua que me fazia sentir mais que era eu mesma falando. Eu havia frequentado a escola em Pyritz, antes de virmos para o Brasil. Contei a ele o quanto gostava de ler poesias. Ele se animou e disse que escreveria um poema para mim — em alemão. Num de nossos encontros seguintes me entregou um envelope; me fez prometer que eu só o abriria em casa. Parecia envergonhado.

Mal pude esperar. Ao descer do bonde, acenei a ele, que me olhava pela janela. Corri para casa e fechei-me no quarto. Abri o envelope, desdobrei a folha de papel perfumada e vi o poema escrito com uma caligrafia tão bonita que perecia mesmo letra de poeta. *An Minna — Träum' ich? Ist mein Auge trüber? / Nebelt's mir ums Angesicht? / Meine Minna geht vorüber? / Meine Minna kennt mich nicht? / Meine Minna ist es nicht. / Liebe von Martin.* Como fiquei tocada pelas suas palavras! Foi a primeira vez que senti amor em meu peito. Ele havia escrito um poema para mim. Até que o mostrei para sua *Tante* Lise, que correu a buscar um livro. Abriu e folheou e folheou até que encontrou o que procurava. Lá estava o poema escrito por Martin. Na verdade, era um trecho apenas, pois o poema trazia um grande desprezo do eu lírico por aquela Minna. Era um danado o seu pai.

Clara já estava ficando impaciente com aquela história que não acabava nunca. Lindo, Mamãe, mas o que quer dizer este aqui que Albert me escreveu. Deixe-me ver, filha. Pôs-se a ler para si mesma, deixando Clara ainda mais impaciente. Como o português da mãe era melhor que o seu próprio alemão, nada a fazer a não ser esperar. Deixe-me ver, repetia a mãe, enquanto ia trabalhando na melhor tradução. Sim... Querida Clara, tu és linda como os anjos. A mais linda de todas as jovens. Teu olhar é celestial, suave, como o sol de maio refletido pelo mar azul de espelhos. Sempre seu, Albert. Até que ele escolheu melhor do que seu pai, não? Clara nem ouvia mais. Agora era ela quem sentia pela primeira vez amor em seu peito.

O ano era
1923

Novos interesses — cenas indeléveis — missão social — pura mágica — verdadeiro cinéfilo — carretéis e papel manteiga

Resolvera-se o mal-entendido entre Augusto e João. *Frau* Hausner estranhara o sumiço do companheiro até então sempre presente. O que houve com o Augusto? — perguntou ao filho. João contou à mãe o que tinha havido. Ele próprio andava muito tenso devido à pressão feita pelo pai, que queria vê-lo vencer todas as competições das quais participava. Atletismo estava perdendo a graça. O prazer de praticar o esporte se fora. Aconselhado pela mãe, bateu à porta dos Zähler. Conversou longamente com Augusto, explicando o que sentia e o que houvera. Nem tinha mais vontade de participar dos treinos e das competições sem o amigo a seu lado. Com tudo esclarecido, voltaram às boas.

E passaram a partilhar novos interesses. Augusto recebeu de Wilhelm e Bertha um presente de aniversário, algo que nunca esperara — uma *Kodak Autographica.* Junto ao aparelho vinha uma pequena propaganda explicativa. *A Kodak Autographica, de uso facil e agradavel, faculta diversão interessante em qualquer occasião. Ao prazer que se experimenta tirando as photographias allia-se a satisfação permanente que se sente ao rever a reproducção indelevel de scenas aprazíveis da nossa vida, que tão saudosas recordações nos despertam.* Ia adiante. *Essa Kodak distingue-se não só pela simplicidade do seu funcionamento, como tambem por certos primores exclusivos, entre os quaes a innovação auto-*

graphica, com a qual se podem juntar á pellicula a data e o titulo ao mesmo tempo que se procede á exposição. Aquilo era extraordinário. Olhou a máquina de um lado; olhou a máquina de outro. Só não sabia o que exatamente fazer com ela.

Talvez João pudesse ajudá-lo. Tinha alguma experiência no assunto, pois vez ou outra levava a câmera de seu pai ao Clube Tietê para fotografar treinos e competições. Não que as imagens fossem grande coisa, enfim... O amigo fez uma breve explicação a respeito de lentes e negativos, de diafragmas e obturadores, de foco e iluminação. Parecia complicado, mas ia arriscar. Comprou um rolo de filme, colocou na máquina e tentou registrar alguns momentos que considerou valeria a pena conservar. Os resultados foram lamentáveis. Contudo, aquilo não iria ficar assim.

Passeando um fim de tarde pelo Centro, Augusto entrou em uma loja de livros usados no Largo da Sé. Livraria Econômica A. Gazeau. Caíram em suas mãos dois exemplares de uma revista já velha. *Illustração Photographica.* Pode levar se interessar, rapaz. É uma publicação que durou pouco. Nem existe mais. Augusto folheou-as rapidamente. *A photographia e a sua missão social.* Missão social? Interessante. *Parece, á primeira vista, que a photographia não é mais que um sport para uns, e uma profissão de conhecimentos muito limitados para outros. Puro engano. Já de ha muito que ella vem occupando lugares de destaque nas mais elevadas concepções do espirito humano. Alma da imprensa moderna, é ella que nos mostra o que se passa por toda a parte.*

Tão entretido estava em sua leitura que nem reparou na mocinha que, ao seu lado, também minuciosamente garimpava as prateleiras ao redor. Com licença, moço. Augusto se afastou sem desviar os olhos da página. Uau! Puxa vida! Ele nunca havia pensado em fotografia daquela maneira. Folheou mais um pouco. Sim, interessa. Posso mesmo levar? O proprietário reafirmou que sim. Vai ficar aí só juntando pó. Então, muito obrigado. Enrolou-as e as meteu debaixo do braço. Precisava falar com João.

Juntos leram, página por página, os dois exemplares da tal revista. Foi para os rapazes um mundo de descobertas. *Por mais bella que uma paizagem se nos apresente, nunca a devemos photographar, sem estudarmos a forma de approveitar a sua beleza natural. Ao admirarmos a natureza, os nossos olhos sem que nós o percebemos não veem, sómente, a parte que mais admiração nos merece; em torno desta parte ha e, em geral, muito proximo de nós, mil coisas que tornam bella qualquer paisagem pelos contrastes que produz na nossa retina.* Estudar a forma? Estudar antes de fotografar? Nossos olhos não veem? Como? Não estavam entendendo bem o que aquilo queria dizer. Lendo adiante, mais surpresas. *Uma parede esburacada, uma árvore esgalhada, um tronco carcomido ou a copa frondosa do arvoredo, uma pedra, o proprio caminho que pizarmos, emfim, uma infinidade de coisas que a objectiva só photographa quando procuramos a posição mais apropriada.* Ah! Um lampejo atravessou seus olhos. Tudo está claro agora. Estava? Eles acharam que estava.

Como de costume, logo vieram as ideias geniais. Poderiam ganhar um bom dinheiro como fotógrafos que procurassem a posição mais apropriada. A posição mais apropriada, Augusto? Veja, João. No domingo, iremos ao Jardim da Luz ou à Praça da República. Levamos as máquinas. Podemos fotografar as pessoas ao natural. Ao natural? Sim, João, sem elas fazerem poses como fazem para os lambe-lambes. Batemos as chapas e nos aproximamos das pessoas para oferecer os instantâneos a serem entregues nos próximos dias. Uma grande inovação. O que acha? João achou que a ideia era boa. Seria viável?

Realmente a ideia era boa, mas deu tudo errado. Para começar, assim que os habituais fotógrafos do local perceberam o que eles vinham fazendo, começou a briga. Eles não tinham licença. Não poderiam estar naquele local. Estavam usurpando sua freguesia. Bem que sumissem de lá ou eles chamariam a polícia. Augusto ainda quis puxar briga; João achou melhor darem o fora. Haviam anotado os endereços de uns poucos retratados. Após terem as fotografias reveladas, no entanto, desistiram de ir entregá-las. Os fregueses não se interessariam em adquiri-las. Ao tentarem se deter a detalhes interessantes, acabaram exagerando. Viam-se nas revelações apenas pedaços das pessoas fotografadas. Precisariam ainda aperfeiçoar a técnica — muito.

Quem não tem gato, caça com cão. Um avanço. Do interesse *pela photographia* para o interesse pelo *cinematographo* foi um pulo. Afinal, o que era um filme senão uma série de fotografias tiradas em sequência? Fotografias em movimento. João, ao ficar sabendo que já existia na Europa uma filmadora Pathé, logo sugeriu ao pai que poderiam importar uma. Havia apenas um pequeno detalhe. Seria necessário adquirirem também o projetor. *Herr* Hausner ficou de pesquisar. Alguns dias depois veio a resposta. Poderiam, sim, comprar os dois aparelhos. Sem dúvida. Era só venderem a casa.

Teriam que esperar. Talvez em breve haveria opções mais acessíveis. Era sempre assim, não? Enquanto isso, iriam se aperfeiçoando através da prática. A prática? Assistiam de tudo um pouco. Chamou-lhes a atenção um artigo publicado no *S. Paulo Illustrado*. *O cinematógrafo constitue hoje, inilludivelmente, o passatempo idéal da sociedade paulistana. Provam-no os numerosos salões desse genero que ha na capital, sempre cheios de frequentadores. Nos domingos e dias feriados, o publico acorre principalmente aos cinemas, desprezando os passeios que antigamente fazia aos parques suburbanos, agora de ordinario desertos. As corridas hippicas, os law-tennis, o foot-ball, os bailes, as 'causeries' nos lares já não têm emulos como primeiro.* Sim, era bem isso que vinham observando. Eles mesmos frequentavam as salas de exibição com frequência — por puro entretenimento.

Seguiram com a leitura. *Todos se preocupam com o cinema, todos amam o cinema, todos adoram o cinema. Ha apaixonados por actores e actrizes da scena muda, de quem se conhecem a vida e as obras, indo os pormenores deste conhecimento ás kilogrammas do seu peso, ás medidas da sua altura, ás cores do seu cabello... Sabem-se ao certo dos seus divorcios, dos seus namoros e dos seus hymineus. Têm-se sciencia, por meudo, das fitas em que tomam parte, das attividades preferidas e dos cacoetes.*

Apaixonados por quem, os rapazes? Harold Lloyd. Há mais de ano que não perdiam uma de suas fitas. Sentavam-se nas galerias, ou não poderiam arcar com tantos ingressos; e afinal a fita era a mesma onde quer que você se sentasse. Parecia que ele fazia um novo filme a cada semana. Viram *A casa dos fantasmas*; e viram *Atraves da Broadway;* e viram *Um almofadinha no oeste;* e viram *A gorjeta*; e viram *Cupido em acção*; e viram *Que numero, faz favor?*; e viram *De vento em popa;* e viram *Casa-te e verás*; e viram muitos, muitos mais. Mas... Nada sabiam sobre a vida de seu ídolo. Sentiram-se um tanto decepcionados. Seria necessário saber tudo aquilo? Não achavam. Agora que João gostava de ser chamado de Harold Lloyd do Brás, isso ele gostava. E, na verdade, parecia mesmo ser o próprio, saído direto das telas para o bairro. João, com esses seus óculos redondinhos, você é a cara do Harold Lloyd. Igual que nem. Quando você usa sua palheta, então...

Chegaram a um trecho da leitura que os fez refletir. *As fitas de hoje são verdadeiros trabalhos de arte, quer quanto á sua fabricação, quer quanto á sua representação. Reproduzem todos os tons e todas as nuances, — do reflexo pallido da lua ao corisco do raio. Ha trevas que parecem noite. Os effeitos de luz, produzindo claridade ou produzindo sombra, são maravilhosamente semelhantes aos reaes. Os 'trucs' dos grandes perigos são absolutamente perfeitos. Tudo é quasi sempre perfeito nas fitas modernas.* Augusto olhou para João; João olhou para Augusto. É isso. Precisamos deixar de ver o cinema como simples entretenimento. Devemos passar a observar tudo o que ali nos é apresentado. Precisamos estudar os filmes.

De tanto frequentarem certas salas, se fizeram conhecidos dos operadores, e estes até permitiam que eles, por vezes, acompanhassem a fita da cabine de projeção. Observavam; perguntavam. João anotava tudo em um pequeno bloquinho. Não queriam perder nada. Veja, Augusto, são mesmo fotografias. Parecem quase iguais uma à outra. Isso é que dá continuidade ao movimento — explicava pacientemente o operador, percebendo o real interesse dos rapazes.

São fotografias animadas feitas nessa tira de película e ampliadas quando projetadas na tela. Tudo que viam os surpreendia. Tiras cheias de pequeninas fotografias medindo apenas dois centímetros por dois e meio. Colocadas na máquina projetora transformavam-se, na ecrã, em cenas enormes e cheias de vida, nas quais pessoas, animais, veículos, em tamanho real, se moviam com naturalidade. Pura mágica. O segredo, rapazes? Está aqui na minha mão. Devo mover essa manivela na velocidade exata, ou tudo se moverá de forma desacertada e o que acontece então? Augusto e João sabiam bem o quê. O público vai assobiar e gritar e urrar e vaiar. Isso quando não jogam coisas em direção à cabine. Todos riram.

Com tudo isso, iam tendo outra visão do cinematógrafo. É isso, João, o cinema é diversão; e é também arte. Nessas estadias nas cabines com os operadores acabaram conhecendo um verdadeiro cinéfilo, com quem logo passaram a compartilhar seus interesses. Dizia chamar-se Alfonso Segredinho. Nome estranho, não? — pensaram. Entendia não só de cinema, mas de artes em geral. Era um assíduo leitor da *Klaxon*. Conhecem? Não, não conheciam. Ah, pois se não a conhecem, devem conhecê-la sem tardar. Uma leitura absolutamente obrigatória. Por sinal, tenho aqui comigo os três primeiros números. Referência indispensável. Ouçam. *Klaxon sabe que o cinematografo existe. A cinematographia é a criação artistica mais representativa da nossa epoca. É preciso observar-lhe a lição.* Opinião dos editores. Sim, é o que a cinematografia vem fazendo. Estão no caminho certo.

Conhecem Carlito? Carlito? Não, não conheciam. Apenas tinham ouvido falar. Carlito, o grande Charlie Chaplin. Ah, sim, Chaplin. Ouçam a opinião aqui expressa sobre ele. *A evolução de Charlie Chaplin demonstra mais uma vez que por mais novas que as formas se apresentem o fundo da humanidade será sempre um só.* Diz aqui. *Carlito já se tornara grande criando seu tipo burlesco, tipo clássico que reflectia, sob a caricatura leviana, o homem do seculo vinte. Era um erro. Criara uma vida fóra da vida. Sofria de esteticismo; porventura o maior mal dos artistas modernistas.* Não concordam? Sim, claro — responderam. Sofria de esteticismo, certamente. Deixavam o novo companheiro falar. *Mas um dia o genial criador apresentou "O Vagabundo". Pouco tempo depois "O Garoto". E tornou-se imenso e imortal. Porquê? Porquê sob aparencias novas as almas são eternas. É verdade que pertence a todos os seculos. O genial inovador humanizava-se. Sofria. Criemos como Carlito uma arte de alegria!* E sabem quem assina o texto como J.M.? Segundo soube, o próprio Mário. Mário? Sim, o Mário de Andrade. Ah, claro. O Mário de Andrade. Quem seria? — pensaram.

O Garoto entrará em cartaz muito em breve. Não podemos deixar de ver. Temos aqui a crítica na *Klaxon. The Kid — Charles Chaplin. A obra magistral de Carlito, vae ser representada em S. Paulo. Trabalho marcando uma era. Jamais foi attingido interpretativamente o grau registrado ahi. Passa da alçada commum do film. Vemos onde pode chegar o cine e como elle deve ser. "The Kid" é integral, harmônico com a época. Nelle Chaplin, por sua vez, está na culminancia da sua arte. Carlito artista, director, enscenador, creador de um genero inteiro novo, interprete ainda nunca visto: e acima de tudo immensamente humano.* Podemos combinar, vê-lo juntos e conversarmos a respeito ao sairmos da sessão. O que acham? Talvez, talvez.

Augusto e João ficaram de olho quando entraria a tal maravilha em cartaz. Preferiam assisti-lo sozinhos. Mas seus horizontes iam se alargando. Haviam ouvido falar de Carlito ou Carlitos ou Chaplin. Seria ele tudo aquilo? Seria ele melhor do que Harold Lloyd? Isso precisava ser conferido. Foi entrar em cartaz e lá se foram os dois ao República. Lotado. Quase nem conseguiram entrar. Enquanto aguardavam, conversavam. Como dizia o anúncio? *A maior e mais notavel creação de CARLITO, segundo a opinião dele proprio...* Ah, é! Lembra o que lemos outro dia, João? Como era mesmo que dizia o empafiado? *Assim disse Carlito: "Quereis conhecer a minha melhor creação? Ide ver-nos a mim e a Jack Coogan, a criança prodígio, em "O garoto".* Vamos ver, hein? Vamos ver, Augusto. E se não for empáfia? Vai ver que é mesmo sua melhor criação. Ele disse minha melhor; não melhor do que outros. É, verdade. Saíram boquiabertos da sala de projeção. Aquele Carlito era mesmo muito bom. Muito, muito bom. Era o máximo. Como podia? Um mesmo homem que criava a história, encenava, interpretava e dirigia? Tudo ao mesmo tempo. Era muito bom. Mas o favorito dos rapazes? Ainda era o carinha de óculos de aros redondos de tartaruga que tinha sua preferência.

Tão entusiasmado estava Augusto com a sétima arte, que decidiu que construiria seu próprio projetor, sendo que não tinha dinheiro para comprar um. Havia ido com João às principais casas de fotografia; assistido a várias demonstrações gratuitas. Era fascinante. Poderiam fazer seus próprios filmes e ainda alugar centenas dos melhores de todos os gêneros já feitos no mundo. Os dois se encantaram, mas nada feito. Veio-lhe a brilhante ideia de construir um ele mesmo.

Havia para ele ainda uma razão especial para tal intento. Tinha agora um sobrinho, o pequeno Willy, que com certeza adoraria assistir aos filmes de Harold Lloyd, os quais ele mesmo criaria. Como? Pois é. Primeiro, o projetor. Uma caixa de madeira com uma luminária dentro, uma fenda abrindo as laterais e um furo na parte frontal. Ali ajustada uma lente. Dos dois lados da fenda, dois encaixes para carretéis. Estava pronto. Não muito mais do que uma lanterna mágica, mas foi ele quem fez. E as fitas? Como conseguiu tal proeza? Longas tiras de papel manteiga. Usando as caricaturas de Lloyd que saíam nos anúncios de jornal como modelo, reproduziu algumas de suas cenas favoritas — segundos apenas, mas impressionavam. Enrolava os filmes em um carretel, atrelava o carretel junto à fenda, passava o filme por ela e ia puxando do outro lado. Um dia ainda estudaria como ajustar ali uma roda dentada e uma manivela; por ora ficaria assim. E não é que a geringonça funcionou? Divertiam-se todos que vinham às sessões de cinema do Zähler. Uma infelicidade, o pequeno Willy nunca chegaria a ver os filminhos que seu tio havia criado pensando nele.

O ano era
1923

Meninas prendadas — capricho e implicância — um furacão — costuras perfeitas — máquinas e tecidos — menina com emprego — um livro de poesias

Na vizinhança em Santo Amaro, a casa de Minna passou a ser conhecida como a casa das meninas prendadas. Clara, Célia e Laura vinham aprimorando, dia a dia, seus dons para trabalhos manuais. Como costuram e bordam essas meninas — era o comentário geral entre as mulheres, apreciando as peças que a orgulhosa mãe não cansava de exibir para as conhecidas maravilhadas.

Clara, a mais velha, agora com dezenove anos, era a criadora dos mais primorosos bordados. Delicadeza e perfeição? Era pouco. Pontos precisos, impecavelmente alinhados, com um requinte quase inimaginável. O detalhe mais respeitável em um bordado exemplar? Impossível de se diferenciar o direito do avesso. Uma verdadeira obra de arte, diziam.

Célia, a do meio, com seus dezessete anos, não tinha a paciência nem o capricho da mais velha. Gostava de resultados rápidos. Era boa na costura à máquina. Abria a tampa de madeira, puxava para fora o aparelho, acertava linha e carretilha e, pés no pedal, ia a toda velocidade. Com toda rapidez, saíam blusas, saias, vestidos, camisolas. Tinha até freguesas na vizinhança que vez por outra traziam alguma encomenda, o que lhe rendia um dinheirinho extra.

Laura observava. Observava e aprendia. Capaz de pregar botões, fazer bainhas e cerzir meias, esses trabalhos já ficavam por sua conta. Clara, sempre atenciosa, ia lhe mostrando como fazer os diferentes pontos de bordado. A pequena olhava com toda a atenção. Queria vir a bordar como sua irmã. Queria ser uma artista como ela.

Desde que passaram a trabalhar na Casa Lemcke, Clara e Célia tinham necessidade de ir se aperfeiçoando. Exigências do ofício. Tinham colocações vantajosas — o pagamento não era de se desprezar, as horas longas mas razoáveis para a época e o ambiente bastante agradável. E havia os retalhos. Como sabiam que as meninas costuravam suas próprias roupas, ganhavam bons cortes a serem descartados. Muitas vezes, chegavam do trabalho com um grande saco cheio deles. Eram em geral tecidos brancos, mas úteis para roupas de baixo, camisolas, e até para uma ou outra camisa para Martinho. Laura logo tratava de escolher os pedaços mais lindos para fazer belas roupas para sua boneca Lydia. Assim, foi aprendendo a costurar — primeiro à mão e, a seguir, à máquina. Olha que ela cria belos modelos, comentavam sua mãe e as irmãs. Por ter ela mais tempo, sua boneca era a mais chique da casa.

A Senhora, como chamavam a encarregada da oficina, era muito justa e até, pode-se dizer, amigável com as funcionárias. Clara, em especial, gostava muito dela, pois, além de tudo, era sempre elogiada por seu capricho. Ajudava em outras tarefas quando necessário, mas era, de preferência, responsável pelos bordados. Célia, não é que não gostasse da Senhora, mas tinha certa cisma de que a encarregada vivia a implicar com ela. Trabalhava, como também fazia em casa, nas máquinas de costura. Recebia as peças cortadas e deveria costurá-las — montar camisas, saias e calças de uniformes escolares, pijamas, blusas e vestidinhos simples. Ressentia-se de que nunca eram confiadas a ela peças mais finas. Não entendia por quê. Afinal, ela se via como uma das funcionárias mais rápidas e produtivas da equipe. Fazia o seu melhor e tinha certeza de realizar um excelente trabalho. Era mesmo implicância da Senhora para com ela. Qualquer dia, tomaria coragem e iria falar pessoalmente com a *Frau* Lemcke. A Senhora ia ver só. Mas as coisas acabaram indo de mal a pior.

Num fim de tarde, Clara e Célia chegaram do trabalho como de costume. Talvez não exatamente como de costume. Célia entrou na frente, passou pela mãe na cozinha como um furacão sem nem ao menos cumprimentá-la, quase atropelou Martinho que estava sentado no chão da sala, chispou para o quarto e bateu a porta com toda a fúria de que era capaz. Clara entrou a seguir. Minna, sem entender nada, perguntou a que se devia aquela infame atitude. Célia havia sido dispensada. A Senhora conversara com ela algumas vezes. Elogiava sua ligeireza, mas sentia que, devido a ela, seu trabalho com frequência deixava a desejar. As costuras não se apresentavam alinhadas como deveriam ser, quando até não escapavam do tecido. Célia se ofendia, dizia que estava fazendo tudo certo; a culpa era da máquina, que estava mal ajustada. Mesmo assim, prometia, a contragosto, que aquilo não voltaria a acontecer. Mas acontecia.

A aflição da mãe foi dupla. Teria que conversar com a filha sobre o ocorrido, o que sabia não ser fácil, dado o gênio difícil da menina. O dinheiro a menos todo mês decerto faria muita falta. Clara, sempre a mais calma e sensata, trouxe alternativas para a situação. E se Célia tentar conseguir mais freguesas aqui pela região? As costuras que vem fazendo são bem apreciadas. Ela poderá trabalhar em casa e ainda ajudar com as obrigações domésticas. Que tal? Minna achou que poderia funcionar, mas nunca seria um dinheiro certo como o que ela recebia na Casa Lemcke.

Por muita sorte, Martinho tinha um novo emprego no Frigorífico Santo Amaro. Parecia bom, mas deviam esperar para ver se daria certo. Uma coisa era seu trabalho no pequeno açougue da *Frau* Schalfke. Com a venda de seu negócio para o senhor Alexandre Eder, aparentemente com planos bem mais ambiciosos, será que o filho daria conta? Só com o tempo saberiam, então ainda não era algo com que pudessem contar.

Clara teve mais uma ideia. E se Laura começasse a trabalhar comigo lá? A mãe pensou por alguns instantes. Mas ela tem ainda treze anos e eles só pegam meninas a partir dos quatorze, não? Sim, Mamãe, mas quem sabe eu conversando com a Senhora, ela lhe dá uma oportunidade. Completa quatorze logo no início do próximo ano. Vale tentar.

E assim foi. Clara conversou com a Senhora, exaltando as qualidades da irmã. Ela é muito atenciosa e esforçada, e tem gênio mais dócil do que Célia. Tem aprendido muito comigo e posso dizer que se iguala a mim em capricho e empenho. Tenho certeza de que gostará muito dela. A patroa ficou de pensar e daria uma resposta no fim do expediente. Está bem, traga sua irmã amanhã para conversarmos. Mas não estou prometendo nada.

Clara chegou em casa bastante animada e esperançosa. A mãe se alegrou. Célia esbravejou. Nunca ela dará conta do serviço que eu fazia. Duvido! Ela não passa de uma criança. Laura se sentiu entusiasmada e apreensiva. Imaginava-se naquela oficina enorme, cheia de costureiras muito habilitadas e experientes. Sentia-se grande; sentia-se importante; sentia-se prestigiada. Eu, Laura? Sou uma costureira e bordadeira da Casa Lemcke. Conhece? É uma loja muito importante no centro da cidade de São Paulo. De súbito, o jogo virou. Ouvia, dentro de sua cabeça, o que Célia dissera. Nunca ela dará conta do serviço que eu fazia. Duvido! Ela não passa de uma criança. Sim, eu ainda sou uma criança. Célia está certa. Ela é tão esperta. Como vou dar conta do serviço que lhe cabia?

Sem saber o que fazer, talvez pudesse se instruir um pouco para a entrevista do dia seguinte. Pegou um livro que as irmãs haviam comprado por aqueles dias. *Tres seculos de modas.* Abriu. Olhou os desenhos. Trajes masculinos e femininos. Anos? 1616. 1640. 1660. 1680. 1740. Achou bom ler um trecho. *Sob a Regencia, as saias ampliaram-se consideravelmente. Já não se póde dizer a restauração do "vertugadin"; é muito mais que isso, é o nascimento do "balão", da "crinolina". A anagua, de panno grosso, armava a roda com arcos de barbas de baleia, sobrepostos a intervallos eguaes, e cuja circumferencia diminuia á medida que se approximava dos quadris, dando á tafúla assim trajada o formato de um sino, de um abafador de bule, ou melhor, de uma campainha colossal, de que a parte superior do corpo fosse o cabo, rematado numa cabecinha risonha. O corpete não se distanciava grande coisa dos seus predecessores: decote quadrado, e embaixo terminando em bico muito agudo. ... Os fólhos de rendas, em continuação ás mangas, tomam desmedido comprimento.*

Pulou algumas páginas. *Na parte superior da saia, a sobre-saia, em vez de cahir até abaixo como a poloneza, arrepanha dos dois lados, em tufos; a saia, de moderada largura, é de comprimento egual em toda a roda, e não chega ao chão, dando apenas pelos artelhos, afim de que se vejam bem os delicados sapatinhos, de courinho envernizado ou de setim, com as minusculas fivelas de prata, e trepados nesses extraordinarios tacões torneados, que passaram á história da sapataria com o nome de "tacões a Luiz XV"*. Veio-lhe um alívio. Ainda bem que agora as peças de vestuário eram todas bem mais simples. Com certeza, se ela fosse trabalhar para alguma senhora naqueles tempos, se veria em maus lençóis. Ao alívio, seguiu-se nova aflição. *Vertugadin*? *Crinolina*? *Tafúla*? *Fólhos de renda*? *Poloneza*? *Arrepanhar*? Será que precisaria usar palavras como aquelas ao falar com a Senhora? Ela não conseguiria.

Um pouco mais tarde, parada na cama, olhava para a escuridão do teto. Ouvia os grilos lá fora no jardim. Cri-cri-cri! Cri-cri--cri! Cri-cri-cri! O que será que eles queriam dizer? Vai dar certo? Não vai? Sentiu algo lhe subindo pela garganta e sentiu os olhos cheios d'água. Levantou-se devagar e em silêncio para não acordar as irmãs. Dirigiu-se à máquina de costura, encostada em um canto da sala. Puxou uma das cadeiras da mesa de jantar e sentou-se. A máquina estava aberta e ela foi passando a mão em cada uma das peças. Passou a mão pelo volante, que virou levemente para frente e para trás, olhando a agulha subir e descer; mexeu no carretel; abriu e fechou a gavetinha onde se encaixava a carretilha; apoiou os pés no pedal. Enquanto isso, ia se imaginando a costurar, tentando lembrar cada detalhe para uma costura impecável.

Foi até o quarto de sua mãe e sentou-se na beirada da cama. Adormecida, Minna não notou de início sua presença. Laura pegou a mão pousada ao lado do travesseiro. Com isso, ela abriu os olhos. O que foi, filha? Por que não está dormindo? Não consigo, Mamãe. Minha cabeça não me deixa. Estava pensando em Papai. Lembro-me dele às vezes. Há um poema, que Clara aprendeu na escola, que faz isso acontecer. *Lembra-te de mim quando eu me fôr, / Para muito longe, para o mundo do silencio; / Quando não mais puderes segurar-me pela mão, / E eu, tendo de ir, querendo ficar. / Lembra-te de mim, quando não mais, no dia a dia, / Puderes falar-me dos planos para o futuro: / Apenas lembra-te de mim; tu entendes.*

Por que ele teve que morrer? Tudo ficou tão difícil sem ele. Eu ir trabalhar com Clara? Não tenho coragem. Célia disse. Não passo de uma criança. Laura, as coisas são como são e acontecem como devem acontecer. Você é uma menina tão corajosa e tão cheia de força dentro de si. Já superou tantas coisas na vida, não é verdade? Com certeza, a Senhora vai gostar muito de você e tudo dará certo. Você vai ver! Laura sentiu uma onda de conforto e deitou-se ao lado da mãe. A senhora acha mesmo, Mamãe? Tenho certeza, filha! A menina se achegou mais e perguntou se naquela noite poderia dormir ali mesmo. Finalmente conseguiu pegar no sono. E sonhou! Sonhou que costurava metros e metros e metros e metros de tecido. Todos com as costuras mais retas e perfeitas do mundo.

Ao acordar, lembrou-se do sonho e se sentiu mais corajosa para enfrentar o dia. Vestiu-se bem bonita; o mais mocinha que conseguiu. Não queria dar à Senhora a impressão de que era uma criança. Penteou bem o cabelo e foi para a cozinha tomar o café. A família lá estava. O sol começava a brilhar e ouviu o canto dos pássaros que também se levantavam. Seriam bons sinais? Tomou o café rapidinho, pois não queria atrasar a irmã. Prontas as duas, dirigiram-se ao portão. Laura abraçou a mãe e ouviu a voz de Célia. Boa sorte! Vai dar tudo certo!

No bonde, ao lado de Clara, tudo que ela percebia era seu coração batendo forte dentro do peito. Pegou a mão da irmã e sentiu que esta apertava a sua com força. Era como se uma onda de coragem passasse de uma para a outra. Ao chegarem à entrada da oficina, hesitou. Vamos? A Senhora deve estar à sua espera. Laura olhou para Clara, que mais alta do que ela, agora lhe pareceu muito mais alta. Não passo mesmo de uma criança — pensou.

Foram até a sala da Senhora, que estava sentada atrás de uma mesa, cheia de papéis e amostras de tecidos. A menina tentava olhar tudo de uma vez. Quanta coisa! Quando a encarregada se levantou, Laura teve uma grande surpresa. Não era nada mais alta do que ela própria. Isso, por um momento, lhe deu um pequeno alívio. Então, você é Laura? E quer vir trabalhar aqui conosco? A pergunta e o tom de voz da mulher à sua frente trouxeram de volta a ansiedade. Era uma voz grave e profunda, que lhe deu certo medo. Não se lembrava de ter ouvido uma voz assim. Obrigada, Clara, você pode ir. Laura fica comigo hoje e vamos ver o que decidimos. A pequena tremia da cabeça aos pés. Passar o dia todo sozinha com a Senhora?

Afinal, foi um dia até agradável, bem interessante, e que passou rapidinho. A Senhora conversou um tempo com a menina em sua sala, averiguando o que ela já sabia sobre costura e bordado, e, mais importante, o que ela estava disposta a aprender. Quero aprender tudo, Senhora! Tudinho! Quero ser uma costureira e bordadeira tão boa quanto minha irmã Clara. Esse comentário agradou a interlocutora, que pela primeira vez sorriu. Tal sorriso fez muito bem a Laura. Acho que ela vai gostar de mim. Quanto mais conversavam, uma ligação ia se formando entre as duas. Ela nem tinha mais medo da Senhora; nem mais se sentia angustiada. Cada vez mais gostava dela e queria ser benquista por ela.

Na parada para o almoço, foi se encontrar com a irmã. Tudo ia indo bem. Clara logo constatou isso ao vê-la. Ela era outra se comparada à sua chegada de manhã. Falava e falava e contava com todos os detalhes a conversa que tinham tido. Descreveu as oficinas e os depósitos que a Senhora havia lhe mostrado. Estava encantada — era tudo tão lindo. As máquinas eram diversas. E os tecidos, então?

Era a primeira vez que via tecidos como aqueles. Macios, delicados, sedosos, acetinados, aveludados, de todos tipos e cores. Clara ficou feliz com o entusiasmo da pequena. Após o almoço, ela faria um teste. Iria se sentar a uma das máquinas e costurar. Mas não tinha mais medo. Era mais excitação do que medo.

A Senhora veio chamá-la, levou-a a uma das oficinas e mostrou a ela uma das máquinas. Veja, esta pode vir a ser sua. O que acha? Os olhos de Laura brilharam. Uma máquina de costura daquelas? Só para ela? Ela nem podia acreditar. Sim, iria se esforçar muito, muito, muito. Sim, aquela seria a sua máquina. Foram alguns testes — sempre acompanhada de perto. Primeiro, fechar uma fronha. Costuras retas, arremate bem feito. A Senhora pareceu satisfeita e elogiou o acabamento.

A seguir, algo mais complicado. Uma blusa de uniforme. Vinha alinhavada; várias costuras a serem feitas, e algumas delas em curva. Laura ia bem devagar para garantir um trabalho perfeito. Cada vez que girava o volante, vinha à sua cabeça uma cantiga portuguesa que Leninha lhe ensinara. *Costureirinha gallega / Tu que estás a costurar? / — Um enxoval muito rico / Para quando eu me casar. / Anda a roda, anda a roda, / Anda a roda de redor, / Quanto mais a roda anda, / Mais te quero, meu amor.* A lembrança da amiga lhe deu uma dose adicional de alento. De tanto em tanto, espiava a mulher ao seu lado com o rabo do olho. Não, não, fique com os olhos fixos no que está costurando — dizia para si mesma. Não quer estragar tudo, quer? A blusa completa, foi detalhadamente examinada. Hum! Nada mau! Que alegria ia tomando conta da postulante! Ela sorriu para a Senhora, que retribuiu o seu sorriso.

Agora, o último teste. Vamos costurar esta saia pregueada e prender o cós. Aqui teremos um problema. Até agora você costurou com linha branca. Teremos que trocar o carretel e a carretilha para linha azul-marinho. Você consegue? Problema? Se eu consigo? Mas é claro. Isso é fácil. Num piscar de olhos, a máquina estava pronta. *Anda a roda, anda a roda, / Anda a roda de redor...* Em um segundo piscar de olhos, a saia estava pronta. A Senhora parecia bastante satisfeita. Os testes estavam terminados e agora aguardariam o fim do dia para conversarem com Clara. Laura poderia ficar na oficina, olhando, sem mexer em nada e sem atrapalhar as costureiras. Sim, Senhora. Pode deixar. Muito obrigada!

O resto da tarde passou depressa. Andando de lá para cá, sem fazer barulho, sem mexer em nada, ficou só olhando e olhando. Quantas coisas as costureiras faziam! Quantas pilhas de tecidos a coser e quantas pilhas de roupas prontas! Espiou em outra sala. Passadeiras! Muitas passadeiras! É claro! As roupas depois de costuradas devem ser passadas antes de ir para a loja. Era tudo muito curioso. A menina tinha vontade de ver tudo. Quanta novidade! No que pareceu um instante, ouviu sua irmã a chamá-la. Vamos falar com a Senhora? Laura sentiu um frio na barriga. O medo estava voltando.

Bateram à porta da sala. Podem entrar. A Senhora conversou longamente com Clara; Laura só escutou. Não queria perder nenhuma palavra. Sim, ela era uma ótima candidata. Sim, ela poderia começar a trabalhar lá, inicialmente a título de experiência. Ela era, sim, nova, mas tinha uma atitude muito boa e muita vontade de aprender. A patroa via boas chances de que daria certo. Dali para frente, tudo dependeria dela. Começaria com costuras, passaria por um bom treinamento, mas teria que se esforçar muito. Laura podia explodir de tanta alegria. Ela? Uma criança ainda? Não! Ela não era mais uma criança. Não, mesmo! Sou uma costureira na Casa Lemcke. Conhece?

Era uma jovem com um emprego. Iria receber um salário. Iria ter um dinheiro seu. O que faria com ele? Daria em casa para ajudar nas despesas, é claro. Era sua casa também, não? Conversou com a mãe. Sim, Laura, esse dinheiro vai ajudar muito. Mas uma pequena parte ficará para você. O que acha? Ela achava maravilhoso. E já sabia o que faria com ele. Iria à Livraria Econômica A. Gazeau. Cada vez que passava na porta, espiava lá dentro. Eram tantos e tantos e tantos livros juntos. E foi lá que encontrou um livro de poesias que se tornaria seu favorito entre todos. *As primaveras.* O poeta? Casimiro de Abreu. Logo que recebeu a primeira parte de seu primeiro salário, foi com Clara a tal livraria após o expediente. Ia olhando os títulos nas lombadas dos milhões de livros nas prateleiras até que um chamou sua atenção. *As primaveras.* Tão absorta estava em sua busca que nem reparou no homem que, ao seu lado, minuciosamente examinava algumas revistas.

O ano era
1924

Grande massacre — incêndio na fábrica — *Quem te apoia?* — perda de tempo — muito sangue — olho perdido — isso sempre?

O ano de um grande massacre na cidade de São Paulo. Vinte e três dias de revolta e luta; segundo informações oficiais, 503 pessoas morreram e 4.846 ficaram feridas, entre elas Augusto, que daí em diante passou a enxergar de um só olho. Tudo começou com Pepe. O Pepe anarquista. O Pepe grevista. O Pepe rebelde. O Pepe idealista. O Pepe radical. O Pepe cheio de ódio. O Pepe que iria à luta armada se necessário fosse. Foi o que aconteceu e quem mais teve a perder foi o próprio Augusto.

Iniciou-se o confronto. Assim que um grupo de jovens oficiais do Exército tomou as ruas para derrubar Artur Bernardes, o presidente da República na época, lá se foram em apoio os anarquistas, vendo ali uma oportunidade de conquistarem seu espaço e de realizarem sua própria revolução. Obviamente, as tropas governistas entraram em ação e contra-atacaram. De um momento para o outro, as ruas se viram tomadas por cavalarias e soldados armados de metralhadoras; tanques de guerra cruzando a cidade e aviões bombardeiros cruzando os céus; granadas explodindo e tiroteios a esmo; casas e prédios reduzidos a escombros ou totalmente cravejados de balas; pessoas, carregando o que podiam de seus pertences, fugindo das zonas de conflito, tentando chegar aos trens que as levariam para o interior, para longe da cidade que sangrava. Muitos se apavoraram e pensaram que a Segunda Guerra Mundial havia começado e, desta vez, aqui no Brasil. Não era na verdade uma guerra, mas uma violenta revolução.

Primeiro, por alguns dias, surgiram os boatos. Algo se insinuava em meio a conversas. E aconteceu. Tiros de canhão — ordenados e compassados. Eram as tropas rebeldes — os revolucionários. Em grupos armados enchendo as ruas. Quartéis e estações de ferro tomados. O governo enfrentou. Luta feroz na cidade aberta. Edifícios em destroços. Vidas inocentes ceifadas. Êxodo de famílias amedrontadas e desabrigadas. Feriado decretado por uma semana — a seguir prolongado. Ataques e pilhagens ao comércio. Desforras e depredações por um lado. Invasões aos lares e estupros por outro. Tiroteios e bombardeios de ambos os lados. Sangue correndo nas ruas. Hospitais lotados. Revolucionários no poder. Povo, recolham-se às suas casas e mantenham a calma. Pararam os bondes; fecharam os bancos; parou tudo. Mais bairros afetados. Recrudesceu a luta. Socorro e alimentos à população. Virou o jogo. Retiraram-se os revolucionários.

Voltemos ao começo. Assim que chegaram aos anarquistas os boatos sobre a revolta que viria, passaram a se reunir diariamente. Viram a chance de aproveitar o movimento e, mais tarde com a esperada vitória, dar visibilidade aos seus ideais libertários; talvez até fazer parte do novo governo. Divergências poderiam ser negociadas após a derrota do inimigo. Foram à luta. Pepe era cada vez mais mal visto pelos moradores do bairro, que testemunhavam as destruições e mortes, e, sem entender exatamente o que realmente acontecia, se voltavam contra os conhecidos que acreditavam causadores de tudo aquilo — para eles, perigosos subversivos. Alheio a tais reações, Pepe participava cada vez mais ativamente; um belo dia saiu de casa e não voltou. Passou-se mais um dia e mais um e mais um e não voltou.

Veio a notícia. *Incendio na Fabrica Crespi.* Primeiro o boca a boca pela vizinhança. Mooca virou uma terra de ninguém. A fábrica de tecidos Crespi está em chamas. A coisa está muito feia. A fumarada está tomando conta de todo o bairro. Sentem o cheiro? Da fábrica dizem que não sobrou nada. *Signora* Moschino entrou em pânico. *Dio mio! Che mio figlio non sai morto!* Não dormia mais e rezava dia e noite sem parar. Fazia promessa atrás de promessa. Chamava as quatro filhas para rezarem com ela, para dar mais força às orações. Veio a confirmação no jornal. O marido ia lendo um trecho aqui, um trecho ali.

Violento incendio irrompeu na fabrica de tecidos Crespi. ... teve inicio na parte superior do edifício, devido à explosão de uma granada. ... pelo deposito de fiação. Tudo *stoffa*. Tudo *stoffa*. — repetia o pai aterrorizado. ... *as chammas se alastraram facilmente.* ... Nada se podia contra o fogo, diz aqui. *Via-se sobre a mancha escura do bairro um clarão avermelhado a lamber as nuvens. ... Madonna!* E mais uma vez, fazia a mãe o sinal da cruz. ... *São Paulo assistiu comovido e de braços cruzados á obra destruidora do fogo.* Não teve jeito. *Amanhan, talvez, de um dos maiores centros de trabalho de nossa capital só restará um grande braseiro a arder debaixo da ossatura negra dos vigamentos de ferro.* ... Não sabiam se havia vítimas sob os escombros. A notícia nada mencionava.

Iam seguindo as listas de vítimas pelo jornal diário. Apavoravam-se nos dias em que o jornal não circulava. Como ter notícias? Quando as tinham, era como se, por dias, elas se repetissem. *A entrada de feridos hontem na Santa Casa foi tão considerável como nos dias anteriores. As victimas que alli recebem assistencia medica e cirurgica attingia a cerca de quinhentas. ... Deram entrada hontem os seguintes feridos:...* Olhos se fixavam nas linhas impressas, corações disparavam, o ar faltava nos pulmões. *Dio mio, Dio mio,* que o nome de nosso Pepino não esteja aí. Mais uma vez não estava.

Signore Moschino seguia a leitura. *A maioria destes feridos é gente do Braz. Até antehontem as victimas eram, quasi na totalidade, em relação aos civis, pessoas attingidas quando levadas pela curiosidade, procuravam os lugares expostos ás balas, nas zonas de combates.* Não podemos nem mesmo mais sair à rua, não? *Hontem pelo contrario, as victimas foram quasi todas attingidas pelas granadas dentro de suas proprias casas. ... familias inteiras victimadas na mesma occasião, pela mesma granada.* Mas nem dentro de casa estamos seguros?

E o *Dio mio* era mais uma vez acionado. *Durante o dia de hontem foram innumeros os falecimentos de feridos, subindo o seu numero acima de uma dezena. Não obtivemos os seus nomes devido a, na hora em que lá esteve nossa reportagem, não estarem ainda competentemente registrados no Livro de obitos.* E então era hora de recorrer à *Madonna mia,* aquela que havia sido mãe e saberia socorrer mães em sofrimento. Que um daqueles mais de dez não fosse seu Pepino!

Signora Moschino, desesperada com o desaparecimento do filho, já o temendo morto, foi bater à casa dos Zähler. O marido havia cogitado percorrer hospitais e presídios, o que não fez, pois a simples menção da ideia dele andando pelas ruas aumentava ainda mais o pânico da mulher e das filhas. Sua esperança era Augusto. *Per l'amor di Dio,* vai em busca de meu *figlio.* Hannah se sentiu muito dividida. Entendia a aflição da mãe — afinal era mãe também. Justamente por isso temia que, também ela, saindo de casa o filho em meio àquela conflagração, acabasse perdendo o seu. Augusto não sabia o que fazer. *Com todos os favores que fazes, quantos amigos tens tu? Quem te defende, a não ser eu, que sou um pobre coitado? Quem te estima? Quem te apoia?* Não tinha a mínima ideia de onde o anarquista poderia ter se metido. Sabia que havia participado em alguns dos conflitos junto dos camaradas, mas por onde começar? Tanto chorou e lamuriou a mãe do amigo que acabou cedendo.

Iria perguntar aqui e ali para ver se conseguia saber do paradeiro de Pepe. A maioria das casas de comércio estava fechada ou com a porta abaixada, e não se via quase ninguém pelas ruas. Augusto tentou o boteco do seu Amaro, esgueirou-se pelo vão entre a porta e o chão. Seu Amaro e mais três homens que lá estavam o olharam com enorme espanto. Augusto, o que você está fazendo aqui? Não tem juízo, rapaz? Não tem noção do que está acontecendo em toda parte? Está querendo levar uma bala no meio da cara? Claro que não, seu Amaro! Foi, contudo, o que acabaria acontecendo. Enfim... Contou ao dono do bar e aos três outros homens, de pé junto ao balcão, sobre o sumiço de Pepe, sobre o desespero da *Signora* Moschino, sobre a obrigação que sentia ter de fazer algo para ajudar. Ajudar como, rapaz? — perguntou um dos homens que ele nem conhecia. Vai acabar é morto no meio da rua. Se seu amigo desapareceu, com certeza já foi preso ou está caído em alguma vala por aí.

Essas ideias haviam passado pela cabeça de Augusto, mas ouvi-las veio como um estrondoso choque. Faziam-no crer que isso era, na realidade, bastante provável. No fim das contas, ninguém sabia de nada, ninguém havia ouvido nada e ninguém queria saber de nada. Só o que lhe aconselharam foi voltar imediatamente para casa. Isso ele não poderia fazer. Havia dado sua palavra e, para ele, era agora uma questão de honra. Não poderia voltar atrás.

Mais uma vez se esgueirou por baixo da porta e, assim que deu alguns passos, ouviu alguém fechá-la totalmente. Foi seguindo pela rua, perdido em seus pensamentos. Ir até o sindicato? Até à Igreja Bom Jesus do Brás? Sabia que eles às vezes se escondiam lá, contando com a proteção do Pai Supremo, que, ironia, de certa forma denegavam. A grande porta de madeira, encontrou-a fechada e trancada, o que nunca acontecia. Será que estavam lá dentro? Deu a volta na construção, pois sabia haver uma pequena entrada que dava direto para a sacristia. Esta estava entreaberta; Augusto entrou. Não havia ninguém. Seguiu pelo corredor que levava à parte de trás do altar. Ouviu algo. Lá havia alguém. Apenas Luigi, o sacristão, limpando os bancos e varrendo o chão. Cumprimentou Augusto e começou, como de hábito, suas lamúrias. Perda de tempo, Augusto, perda de tempo. Ninguém tem vindo desde que essa desgraça começou. Padre Inácio nem tem rezado a missa, pois não aparece ninguém há semanas. Uma ou outra viúva para a confissão e a comunhão, e é só. Droga de revolucionamento! Droga de *comunisti*! Droga de vida! O Pai me perdoe! Fez o sinal da cruz. Augusto não estava com a menor disposição de discutir — e nem tempo tinha para isso.

Fez algumas perguntas. Sim, Pepe havia estado por lá, mas muitos dias haviam se passado. Apareceu com dois ou três outros, pedindo abrigo ao Padre. Todos estavam sujos, de alguma forma feridos, sapatos cheios de barro. Quem teve que limpar? Sobra é para mim, para o Luigi. Feridos? Sim, feridos, mas nada grave. Pareciam ferimentos de lutar e cair no chão. Padre Inácio lhes fez curativos, lhes deu camisas limpas e eles passaram aqui a noite. De manhã, sumiram. Graças a Deus. Se me entram as tropas aqui e matam a todos nós? Mais uma vez fez o sinal da cruz. Augusto quis falar com Padre, mas, segundo o sacristão, ele não estava na igreja. Não sabia aonde ele tinha ido. Algum chamado, talvez. Era tanta gente morrendo. Alguma extrema-unção, com certeza. Augusto agradeceu a ajuda e se foi. Seguiu andando sem saber para onde. Sendo sincero com ele mesmo, achava tudo aquilo inútil. Sentia que nunca conseguiria encontrar Pepe. Mas o que dizer à *Signora* Moschino?

Foi se aproximando do Largo da Concórdia, onde, de um momento para o outro, algo terrível aconteceu. Em questão de segundos. Segundo um — tudo tranquilo por lá, ninguém à vista. Segundo dois — surgiu, ele nem vira de onde, uma multidão vindo em sua direção. Tenentes e civis misturados, correndo para frente e se espalhando em todos os sentidos. Augusto olhou ao redor, quase sem pensar, em busca de abrigo, mas não houve tempo. Viu-se rodeado por aquela gente, sendo empurrado e carregado por ela. Caiu e, rapidamente, tentou se levantar, o que só conseguiu com bastante dificuldade. Segundo três — participantes armados abrigaram-se atrás de troncos e de bancos virados como barricadas e começaram a atirar. Augusto, por instinto, jogou-se no chão e arrastou-se, pensando em subir em uma das árvores. Foi apenas o que lhe ocorreu naquele segundo. Segundo quatro — surgiu a cavalaria legalista. Armados de fuzis, atirando ao acaso. O caos era generalizado. O barulho, ensurdecedor. Tiros, vozerio, berros, estrondos, xingamentos, choros. Augusto? Imóvel. Não conseguia se mexer. Segundo cinco — parte da cavalaria passou tão próxima dele que Augusto achou que seria pisoteado pelas patas de um daqueles animais. Eram animais montados por animais.

O fogo cruzado continuava. Segundo seis — uma granada, provavelmente dirigida a um ajuntamento abrigado por entre as árvores, atingiu o chão bem próximo de Augusto, estilhaçou e o atingiu. Ele passou a mão no rosto e viu sangue, muito sangue. A dor era lancinante. Rastejou até a árvore na qual pretendia subir, mas agora era tarde. Encostou-se ao tronco e tirou um lenço do bolso. Tentou limpar o rosto, mas foi inútil. O sangue era muito e encharcou o lenço. Com esforço, tirou o colete e, a seguir, a camisa. Usou-a para enrolar a cabeça, cobrindo todo o lado ferido, incluindo o olho. Tornou a vestir o colete.

A turba foi se distanciando e, aos poucos, o ruído também. Longe, longe, longe, até sumir. Augusto olhou ao redor. Viu corpos, não muitos, mas achava que eram corpos. Imóveis, nas mais variadas posições. Sentiu uma mão no ombro. Era um homem. Um homem velho. Tinha uma das mãos ensanguentadas, mas veio em seu auxílio. Ajudou-o a se levantar. Os dois se olharam. Estavam bem, considerando a situação. Duas vítimas tomadas de surpresa, sem nenhum envolvimento com nada daquilo. É assim que acontece. Descobriu que o velho morava não longe dali. Precisava voltar para casa, pois a esposa devia estar preocupada. Um filho seu também estava desaparecido. A missão dos dois naquele largo era a mesma. Augusto acompanhou-o até onde ele morava. O velho perguntou se ele gostaria de entrar. Talvez a mulher pudesse ajudá-lo. Augusto agradeceu muito, mas precisava ir para casa. Sua mãe também deveria estar preocupada e cuidaria dele mais uma vez.

Chegando, lá encontrou os Moschino com sua mãe. Os pais e as irmãs de Pepe à espera de alguma boa notícia. Augusto não tinha nenhuma — nem boa e nem má. Nada. E estava ferido. Hannah se desesperou. Seu filho havia levado um tiro na cabeça. Não, Mama, é apenas superficial. Com todo este sangue? Agora era a vez dos Moschino prestarem auxílio. O pai de Pepe se prontificou a arranjar um carro para levarem Augusto ao hospital. Não demorou muito a voltar com um compadre. Mãe e filho entraram no carro sem demora.

O hospital parecia uma praça de guerra. A correria de médicos e enfermeiras era grande pelo número de feridos que não paravam de chegar. Mama, se acalme, vai ficar tudo bem. *Signore* Moschino, pressionando quem por eles passava, argumentando a urgência pelo atendimento de Augusto. Inútil. A camisa ainda enrolada em sua cabeça estava ensopada, e o sangue começara a escorrer pelo pescoço e pelo peito parcialmente nu. Hannah, cada vez mais aflita, temendo pela morte do filho por uma hemorragia.

Demorou, mas sua vez chegou. O ferimento não era nada superficial. O estilhaço rasgara a carne na lateral de seu rosto na altura do olho direito e, pior, havia atingido a vista. O rapaz teria que levar vários pontos. Isso estancaria o sangramento. Aqui não havia perigo algum. E o olho? Más notícias. O olho estava no lugar e lá ficaria, mas ele provavelmente não voltaria a enxergar daquele lado. Hannah se pôs a chorar ao abraçar o filho. Está tudo bem, Mama. Temos dois olhos — caso um não funcione mais, temos o outro. Esse era Augusto, um filho que ia aprendendo pelo sofrimento a ter um olhar otimista das coisas. E que sempre existia — ao menos ele queria crer que sim.

Quando, dias depois, finalmente reapareceu o desaparecido, este estava bem — são e salvo. Contou, cheio de si, ao amigo, se é que podia ainda chamá-lo assim, algo que Augusto nem imaginava. Havia caminhos subterrâneos passando por baixo do Quartel da Luz e de algumas igrejas, que viabilizavam suas fugas e lhes serviam de abrigos, ignorados pelos inimigos. Ali ficavam às vezes por dias. Segundo ele, era um movimento muito bem organizado e que viria a ter grande sucesso no futuro. Segundo ele. Nem sabia — escondido nos tais túneis pelos últimos dias, isolado do mundo exterior com outros camaradas, aguardando ordens para voltarem aos ataques — que soldados integrantes da revolta e anarquistas que a eles se aliaram haviam sido rapidamente derrotados. Aqueles que não conseguiram fugir da capital, rumo ao interior ou a outros estados, haviam sido gravemente feridos, mortos ou presos. Nunca mais se falou no assunto, mas Pepe e sua família, cada um a seu modo, sentiu pelo resto da vida certa culpa pelo que acontecera com Augusto. Lembranças assustadoras e dolorosas, impossíveis de serem esquecidas. E assim foi.

Com os tenentistas — e com eles os anarquistas — apagados do mapa paulistano, Augusto e sua mãe trocavam ideias sobre o ocorrido e suas consequências, ao lerem, o filho com o olho capaz de ler que lhe restara, as últimas notícias nos jornais, agora novamente circulando diariamente. Chamava sua atenção como um redator era capaz de, por meio das palavras escolhidas, transformar o que a cidade passara em um texto quase poético. *Sob um sol magnifico, prenunciando mais um dia lindo como os vinte e dois em que decorreram os tristes acontecimentos, a cidade amanheceu hoje animadíssima.* Veja que interessante, comentou com a mãe. E é verdadeiro. Tivemos mesmo dias lindos durante todo esse tempo. As ruas choraram sangue, inclusive o de Augusto; o céu, nem uma lágrima vertera.

É, Mama, parece que o pesadelo terminou. Tudo vai voltando à normalidade, não? Quase como se nada houvesse acontecido. Página virada. Mas a que preço, resmungou Hannah. A que preço. Augusto apenas suspirou e foi adiante. *Ao replicar dos sinos de várias egrejas, toda gente procurava as ruas do Triangulo, que ao raiar do dia já apresentavam aspecto movimentado como nos dias normaes de maior actividade.* Os sinos? *Por quem os sinos dobram* afinal, Augusto? Pelos vivos ou pelos mortos? Será que as pessoas refletem sobre isso? Talvez sim, talvez não, Mama. *A curiosidade pública se manifestava em mil e um commentarios acerca dos ultimos acontecimentos, apreciando cada um, segundo os seus sentimentos, o inesperado epilogo da tremenda luta a que o destino deu por theatro a capital de S. Paulo.* Hannah ouvia e rezava pelas famílias que haviam perdido pais e filhos, até crianças, vítimas inocentes de toda aquela atrocidade.

Augusto seguia com as notícias — nem tudo havia se resolvido e nem tudo havia voltado à normalidade. Muitos problemas tardariam a se solucionar. Nossa região foi a mais atingida, diz aqui.

De todos os bairros desta capital, um dos que mais soffreram os estragos foi o da Moóca. ... quasi todos os armazens de generos alimenticios, ferragens, armazens geraes, etc. invadidos pelo povo que nelles não deixou senão palhas, taboas e um ou outro objecto de mais valor que foi inteiramente impossivel de carregar. Mas que coisa, não, Augusto? Circunstâncias que trazem à tona o pior das pessoas. Sim, Mama — foi tudo que ele disse.

Nem os prédios se salvaram, presa das chammas dos incendios ... poucos estabelecimentos escaparam á pilhagem e ao incendio ... taes como os da Companhia Antarctica ... rudemente castigados pelas balas de canhão. ... Nem a minha Companhia Antarctica escapou ilesa. E suspirou mais uma vez. *Em grande parte do bairro não ha luz electrica ... fios cortados por estilhaços de granada, por balas de fuzil. ... Hoje pela manhan, passando por este bairro, quando já a cidade estava completamente cheia de transeuntes, apresentando o aspecto mais animado, naquelle bairro era relativamente muito diminuto o número de pessoas.* É o que temos visto por aqui, Mama. Muito triste, Augusto, muito triste. E para quê?

Trechos de um livro lido há quase dez anos com seu pai lhe vieram à mente. Mais uma vez, muito oportunos. *Por que vou á guerra? Nem eu mesmo sei por quê. Para encontrar aquelles que desprezo e dar a elles a opportunidade de me matarem e rirem de mim.* Era isso sempre? E as perguntas voltavam. *Onde está o mal? Onde está o bem? O que há para amar? O que para odiar? Por que ainda viver? O que é a vida? O que é a morte? Que forças regem isso tudo? Eu me pergunto e não encontro resposta.* Me pergunto e não encontro resposta. Encontraremos um dia?

O ano era
1924

Conservadora e recatada — cabelos e vestidos curtos — chapéu *cloche* — ambiente profissional — arrebiques — vaidade contagiante — três esposas a oferecer

A Revolta Paulista pouco afetou o município de Santo Amaro. Apenas Clara, Célia e Laura, trabalhando no centro de São Paulo, foram impedidas de comparecer ao serviço pelo fechamento do comércio e pela falta dos bondes por alguns dias. Lá, estava em andamento uma outra revolução. Tudo começou com Célia. A vaidade invadiu a casa dos Künstler, um tanto a contragosto da mãe, que sempre havia sido uma moça, e depois uma senhora, conservadora e bastante recatada. Uma mulher linda, traços finos, elegante dentro de suas possibilidades. Cabelos longos, sempre enrodilhados com o máximo capricho em um coque no alto da cabeça. Roupas bem cuidadas, mas discretas ao extremo. A saia, lisa sobre os quadris, se alargando até cobrir os pés, ou ao menos os tornozelos; por baixo, uma anágua, para que menos ênfase fosse dada às curvas. A blusa, ou a parte de cima do vestido, sempre bem fechada, gola alta encobrindo o pescoço e mangas compridas, bem justas nos punhos. Cores? Sempre neutras e suaves: bege claro ou rosa pastel ou azul água ou simplesmente branco. Gostava de rendas finas e de broches e de camafeus e de pendentes, mas tudo muito sóbrio e delicado; nada de frufrus, lantejoulas ou paetês. Isso era demais; destoava totalmente de sua ideia de elegância e seria, sim, objeto de riso. Com esses princípios vinha orientando suas meninas.

Sua forma de se vestir mudou drasticamente após a morte de Martin. Trancou seu guarda-roupa. Passou a usar preto, só preto, como achava que convinha a uma viúva respeitável. Não que houvesse perdido o zelo e o refinamento, mesmo com mais simplicidade. No entanto, agora, era preto da cabeça aos pés. Vestidos longos e soltos; braços envoltos por largas mangas; decote fechado bem junto ao pescoço. Meias e sapatos? Pretos. E, quando o tempo assim o exigia, trajava um casacão folgado — preto, é claro —, como para esconder a mulher que não mais deveria viver. Afinal, era uma viúva. Até o espelho de seu quarto manteve coberto por um tempo. Soube desse hábito por uma vizinha judia e achou que era bem adequado.

Pois bem, chegou à casa Célia com uma novidade que a todos chocou. Seus cabelos? Até aquela manhã, longos e presos em um comportado coque ao sair, quando muito enfeitados por uma fivela ou uma flor, nada muito vistoso — pedia a mãe. Ao retornar no final daquela tarde, surgiu tosquiada. Minna condenou; Célia defendeu. Tudo deve ser mais simples nos dias de hoje, Mamãe. Afinal, já vai avançado o século vinte, a era da modernidade — modernidade que não vinha agradando nada à mãe.

Cabelos curtos, ela desaprovava. Eram, como via, um castigo; o que acontecera com aquelas que eram consideradas bruxas, seres do mal. E lembram-se de Joana d'Arc? Pobre moça! Agora, são coisas dessas feministas, mulheres que querem ser como homens. A feminilidade fica onde? Perdida para sempre. É um verdadeiro absurdo. Onde isso iria parar? — perguntava-se. E os vestidos? Se não bastassem os cabelos curtos, agora as bainhas dos vestidos e das saias subiam ano a ano. Até os tornozelos, até as canelas, até o meio da perna, mal cobrindo os joelhos. Braços? Totalmente desnudados. Cintura? Não havia mais; parece que ficava lá embaixo no quadril. E enquanto as barras das saias subiam, os decotes desciam, generosos. Para ela, tudo aquilo era muito difícil de aceitar. Como podiam moças decentes exibir, daquela forma, partes de seu corpo que deveriam, como sempre havia sido, permanecer cobertas, apenas a serem exibidas, com comedimento, aos maridos na intimidade do quarto?

Depois de Célia, foi a vez de Clara. Nem tanto por vaidade, mas por praticidade. Várias das colegas na Casa Lemke já haviam aderido à moda e acabaram por convencê-la. As que os usavam longos e soltos estavam sujeitas a acidentes com as máquinas. Os cabelos curtos davam às moças um ar mais jovial, além de facilitarem seus cuidados. Simples de lavar e de secar, sempre ajeitados. Se, por acaso, havia dias em que não estavam tão bem, os chapéus agora em voga resolviam o problema de imediato. Os tais de chapéus *la cloche* de feltro, com seu formato de sino, com as abas viradas para baixo, eram enterrados na cabeça quase até os olhos, cobrindo totalmente os cabelos, e *voilá* — o assunto estava resolvido.

Clara, depois de muito vacilar, foi cortar os seus com uma amiga num horário de almoço. Quem já foi junto? Laura, é claro. Naquele dia, para mais dois desgostos da mãe, tinha as três meninas naquele estado deplorável. Cabelos cortados rente à nuca, mal cobrindo as orelhas. À la garçonne? O que quer dizer isso? Como sempre invenções daquelas *Französisch,* de quem tudo se imita aqui. Viram isso onde? Naquelas películas que vivem assistindo no cinematógrafo, com certeza. A ela parecia agora que tinha quatro filhos — quatro rapazes em sua casa. Que bons maridos poderiam arranjar com aquele aspecto masculinizado? Como estavam feias as suas meninas! Mas fazer o quê? Eram os novos tempos, diziam elas.

Quando Célia inventou de fazer mechinhas de cabelo enrolado sobre a testa, e Minna ficou sabendo por uma conhecida que se chamavam pega-rapaz, se escandalizou e proibiu a filha de fazê-lo novamente. O que vão dizer de você, andando pela rua para pegar rapazes, seduzir homens? Isso nunca! Isso é para mulheres à toa. Jamais admitirei isso de uma filha minha. Seu pai? Deve estar virando no túmulo.

Minna também não gostava dos novos chapéus, os tais que suas meninas passaram a usar o tempo todo. Chapéu *cloche*! Chapéu *cloche*! Aquilo era uma touca sem abas; parecia um penico enfiado na cabeça. Coisa mais sem graça! Quando se lembrava dos chapéus que usavam na sua juventude — na verdade, ela tivera apenas um —, aqueles é que eram belíssimos. Abas largas, decorados com fitas ou com flores ou até com plumas de aves-do-paraíso. Como deixavam as moças e as senhoras elegantes! Agora? Isso? Não era fácil de se acostumar, não.

Do cinematógrafo, copiavam também as maquiagens, mais uma vez Célia em especial. Clara preferia a discrição. Laura era ainda muito menina, apesar de, a essa altura, se ver em pé de igualdade com as irmãs. Cansara de ser vista como a pequena irmã caçula. Ora, pensava ela. Irmãs caçulas também crescem. Não serão menininhas para sempre. Mal sabia que seria, inclusive, a primeira a se casar.

Célia, com dezoito anos, havia se estabilizado em um novo emprego. Com ajuda de Leninha, amiga sempre querida de Laura, conseguira uma posição nos escritórios da grande General Electric, recém-inaugurados em São Paulo. Ali, logo se encontrou. Era um ambiente muito diferente da Casa Lemcke. Um ambiente profissional, empresarial, o que significava poucas mulheres e muitos homens. Fazia o quê? Serviço de escritório. Rapidamente aprendeu a redigir cartas e datilografar documentos. E de quem recebia as ordens? De homens, não mais de mulheres. Que diferença!

Duas a três vezes por semana, muito contra a vontade da mãe, escapulia com as amigas para ir ao cinematógrafo. Depois do trabalho, espero que volte logo para casa, não? Moça direita não fica a bater pernas na rua tarde da noite. Tarde da noite, Mamãe? As sessões são às sete horas. E gasta todo seu salário nos ingressos, não? Não ajuda mais nada aqui em casa, Célia? Claro que ajudo. Não lhe dou um dinheirinho todo mês? Dinheirinho é. Dinheirinho. Bem pequeninho, não? Ah, Mamãe!

Como poderia ela perder cada vez que entrava em cartaz um filme com Marion Davis, sua modelo de beleza e charme. Seu talento era ainda suplantado por sua generosidade em compartilhar todos os seus segredos com as fãs. Fora a própria atriz que a ensinara que *cabellos curtos são hygienicos e confortaveis ... a actriz cortou os seus lindos cabellos loiros, quando estava sendo filmada a pelicula "Beauty's Worth" — "O valor da beleza"*. E como estava linda em *A joven Diana*, sempre ao lado do galã Forrest Stanley. *Se a Fonte da Juventude é um mytho, o segredo da eterna primavera póde ser dado pela encantadora Marion Davies no estupendo film, repassado de scenas delicadas e sentimentaes, todas ellas de requintado luxo.* Encantadora Célia Künstler queria ela ser.

Para tal, algo novo a cada dia. Seguia pelas revistas e pelas vitrines das lojas. Um novo estilo de cabelo? Um dia, liso, escorrido, deixando a testa completamente à mostra. No outro, uma franja que acompanhava os arcos das sobrancelhas. Queria fazer um *mis-em-plis*. Isso lhe custaria muito dinheiro. Desistiu. Afinal, não precisava de cachos. Estava bem assim. A maquiagem passara a ser uma grande preocupação. Como parecer com as belíssimas atrizes? *Blush* para o rosto, sombra para as pálpebras, delineador para os olhos, batom para os lábios. Itens indispensáveis. Mas. Célia, você gasta quanto de seu salário para comprar todos esses arrebiques? Desnecessários, não? Vai acabar estragando sua pele, que é tão bonita. Mas, Mamãe, essa boniteza tem de ser realçada. Quero ser linda como uma famosa atriz dos filmes.

Clara dispensava tudo aquilo, enquanto Laura, às escondidas, quando a irmã não estava, sentava-se à penteadeira e experimentava um pouco de tudo. Como era mesmo aquele poema? Ah, sim. *As manhãs andam mais doces, / As nozes, amarronzadas; Os morangos, mais carnudos, / A rosa? Ausente está. / O bordo traja um lenço alegre, / A campina, uma veste escarlata; / Para não ficar fora de moda, / Vou tratar de me enfeitar.* Nem sabia onde o aprendera. Se espelhava. Que Marion Davis, que nada! Pareço mesmo com Babe Daniels, que anda até contracenando com Rudolf Valentino. Suspirava.

Gabavam-se de conhecer — talvez terem conhecido de vista seria mais exato — Zézé Leone, *residente em Santos, vencedora do grande concurso de belleza, acclamada a mais bella mulher do Brasil, cabendo-lhe o premio de 20 contos de reis em dinheiro e 30 contos em joias e objectos finos.* Saíra na capa da *A Cigarra* no mês seguinte. *Lindo perfil de Zezé Leone, proclamada a Rainha da Belleza do Brasil.* Imaginem só... As jovens Künstler eram amigas de uma celebridade — contavam a todo mundo.

Quem mais se divertia com a situação era Martinho. Percebendo a vaidade contagiante que vinha tomando suas irmãs, parecia a ele que, com os cabelos *à la garçonne,* um estranho poder se apossava delas como um todo. Principalmente de Célia, que assumia uma postura bastante atrevida. Não podiam faltar os longos colares de contas de várias voltas, girados com impetuosidade, enquanto saracoteava de um lado para o outro da sala, com a cabeça erguida, uma faixa com uma pluma presa à testa, o nariz empinado e um olhar provocante. Clara só observava; Laura a imitava. O irmão se perguntava se andariam dessa forma pelas ruas também. Era hora de provocá-las. Cantava. *Mimosa, Tão delicada e melindrosa! / Mimosa, Deus que te fez assim formosa! / Deu-te o perfume duma rosa / Maldosa, Mimosa! / Bela, és minha luz e minha estrela! / Fada, dava-te tudo, sem ter nada / Linda, amor assim quem viu ainda? / Hei de cantar-te em verso e prosa / Maldosa, Mimosa!* As irmãs lá se incomodavam? Que nada! O irmão às gargalhadas e as duas melindrosas de Santo Amaro, Célia a mais afetada, em seu desfile pelo salão, como que dramatizando a descrição de Leopoldo Fróes.

Aos poucos, os vestidos por lá também foram sendo modernizados. De início, reformavam o que já tinham ou o que foram tomando do guarda-roupa abandonado da mãe. Passaram a adquirir revistas especializadas em corte e costura, que traziam desenhos, *croquis* e moldes. Com a adoção de cortes mais simples e linhas mais retas, não eram nada difíceis de fazer. Os tecidos, compravam de um senhor turco, Seu Jamal, que dizia que seu nome significava bonito. De bonito, segundo as mocinhas, não tinha era nada, além de andar com roupas encardidas, meio molambentas, e um chapéu para lá de puído e ensebado. Suas fazendas, contudo, eram de primeira. Passava mês sim, mês não, com um colossal carrinho, levando enormes caixas, empurrado por um menino. Batia de porta em porta a oferecer suas mercadorias.

De dentro das caixas, que ia abrindo sobre o calçamento, saíam as peças a serem manuseadas e apreciadas pelas freguesas. Desde algodões e brins, caxemiras e merinos, até tecidos mais leves e mais finos — linhos e tafetás, *shantung* natural e *chiffon* de seda leve —, os preferidos das senhoritas para suas confecções, tecidos estes geralmente sob encomenda. Era um homem bom de negociar e acabava fazendo um precinho mais camarada do que os encontrados no centro de São Paulo. Quer ainda mais vantagem de comprar com Jamal? Pode pagar no outro mês. Isso se ele tinha certeza de poder confiar que a freguesa pagaria, é claro.

Carretéis, agulhas e linhas das mais variadas — para costura e bordado, fitas e rendas, retroses e vieses, galões e debruns, botões e missangas, vinham dos armarinhos da Vinte e Cinco de Março e do Bom Retiro. Lojas que vendiam a preços mais acessíveis, e comercializavam no atacado, o que, dependendo do artigo, valia a pena e saía mais barato. Quantas coisas lindas a escolher! Ah, se pudessem levar um pouco de tudo!

As três irmãs gostavam mesmo era de criar seus vestidos seguindo a última moda e confeccionando modelos sempre inovadores. Linhas retas e cintura na altura dos quadris; de momento, isso era o que moda ditava — assim tinham que ser. Célia preferia cortar e já fazia os alinhavos, Laura trabalhava na máquina e Clara fazia os acabamentos à mão com um esmero inigualável: pregava os botões, as rendas e os galões, e, dependendo da peça, fazia bordados incríveis de se ver — pequenas obras de arte que eram invejadas por amigas e inimigas, e que não ficavam atrás de nada produzido nos ateliês das afamadas madames. Eram uma equipe e tanto — conheciam todos os segredos do ofício.

Quando tinha tempo, até a mãe dava uma ajudinha. Aí se espantava. Mas assim curtos? Está faltando tecido? E as mangas? Não tem mangas? Tudo para Minna era uma surpresa — desagradável. Célia, como sempre, era a porta-voz do grupo. Mamãe, vivemos um novo tempo para a mulher — um tempo de liberdade. Para a mãe, não havia diferença entre essa liberdade e libertinagem. Era tudo uma vergonha. Responsabilizava por toda essa situação, mais uma vez, o cinematógrafo, expondo moças de boa família a modelos cada dia mais atrevidas, despachadas e vulgares. Seminuas, maquiadas, fumando até.

Aos poucos, foi se acostumando; ou pelo menos se conformando. Não havia mesmo o que fazer. Eram tantos os argumentos trazidos pelas filhas. São roupas mais confortáveis. Muito mais práticas para nós que precisamos sair todo dia para trabalhar. Imagine como seria tomar o bonde com aqueles vestidos longos e volumosos. Minna sabia. Precisava confessar que, apesar de tudo, sentia um grande orgulho delas. Ensinara-lhes os primeiros pontos, e agora ela é que tinha muito a aprender. Assim é a vida.

Era, entretanto, um momento difícil para ela. Sem o marido, se preocupava com o futuro das filhas. Reconhecia que elas trabalharem fora era uma necessidade. Desde que enviuvara, não houvera outra opção. Clara e Laura tinham, pelo menos, uma ocupação mais condizente com a natureza feminina e conviviam em um ambiente com outras mulheres. Já Célia a afligia mais, pois no escritório vivia cercada de homens. Como sentia falta de Martin — como sua presença seria necessária nestes novos tempos.

Todos os dias passavam horas dentro dos bondes e viviam pelas ruas, onde viam e eram vistas por todo tipo de gente. Os bondes as levavam para toda parte e favoreciam que elas chegassem a lugares antes inacessíveis. A mãe muitas vezes nem sabia por onde, e com quem, elas andavam. Minna havia trabalhado na Escola Americana antes de se casar, mas os tempos e os costumes eram então muito diferentes. Quase não se viam moças sozinhas pelas ruas. Quando o faziam, eram recatadas e vestiam-se de uma maneira decente. Agora... nem queria pensar. Tudo estava mudado. Eram homens, mulheres e crianças, velhos e jovens, pessoas de todas as origens, raças e credos, todos em uma grande multidão sem fronteiras. Nunca se sabia quem andava ao seu lado ou se sentava consigo na condução. Era bonito ver essa comunhão, todos tendo acesso às coisas boas da vida. Contudo, ela sentia que isso também trazia um anonimato que a incomodava. Aquilo que unia a todos os separava. Não eram mais pessoas; eram qualquer um no meio da multidão, vultos que passavam por você sem deixar nada. Eram ninguém. Isso a entristecia.

Por mais que tentasse, era extremamente difícil aceitar. Ainda, bem lá no fundo, sentia que o lugar da mulher era dentro do ambiente familiar se não queria perder as referências e as virtudes femininas, e ser tentada para os caminhos da imoralidade. Suas meninas viam e estavam expostas a cenários que ela nem nunca imaginara. Como se deixariam influenciar? — vivia a perguntar. Achava-se tão sozinha em muitos momentos. Ah, Martin, de onde você estiver, me ajude, me mande uma luz. Sentia-se como a senhora Bennet, personagem de um romance lido há anos. O agravante era que ela não tinha mais um senhor Bennet para ajudá-la. O consolo, por outro lado, era que, enquanto a personagem tinha cinco filhas, ela tinha apenas três. Com Martinho, não se preocupava. Ele se viraria bem, mesmo que permanecesse solteiro; mas e as meninas? Era bem o que dizia Jane Austen ao abrir sua obra. Como era mesmo? *Nichts ist leichter vorauszusehen...* Ah, sim. *Nada é mais previsivel do que o facto de um homem jovem, rico e solteiro precisar, mais do que qualquer coisa, de uma esposa.* Ela tinha três esposas a oferecer, mas onde arranjaria três homens jovens e solteiros, e, além disso, ricos. Aí já seria querer demais, não? Sim, sem um senhor Bennet para encaminhar o assunto, Martinho talvez conseguisse dar uma ajuda nisso. Era sua esperança. E assim, em parte, seria.

O ano era
1925

Corridas e saltos — talento promissor — novo emprego — gravata e palheta — olhares femininos — mocinha diferente — olhar fixo — no oeste americano

Corridas e saltos seguiam, mas um pouco prejudicados pelos compromissos de um homem já com seus 22 para 23 anos. Passaram a ser realmente uma atividade de lazer para as horas de folga. Abandonara de vez as ideias de se tornar um profissional do esporte e de vir a participar de uma Olimpíada. Contudo, quase todo fim de semana dava uma fugidinha ao Clube Tietê para exercitar as pernas e tomar parte em uma ou outra competição. Era muito estimado pelo pessoal do atletismo e gostava de sua companhia. Momentos para um bom relaxamento das tensões do dia a dia.

O esporte estava em alta desde a grande façanha de Paavo Nurmi — o "Finlandês Voador", que se tornara um ícone para todos os corredores ao redor do mundo. Todos sonhavam em se tornar também um atleta voador. O time reunia-se nas tardes de sábado e algumas manhãs de domingo para treinos e competições. Era o ponto alto da semana para eles. Augusto marcava presença sempre que dava. Formavam a equipe com ele, João Hausner, o parceiro de sempre, dois colegas do tempo da ACM: Ítalo Barbieri e Fredinho Camargo, e o pessoal do Tietê: Andrés Perez, Arthur Walker e Procópio Valeixo. Era uma equipe de primeira. Treinavam bastante e participavam de competições em São Paulo, indo a vários outros clubes: notadamente o Paulistano e o Germânia.

Por algum tempo, o tal do corredor finlandês foi o assunto de todos os encontros. Traziam o jornal e, enquanto uns iam se aquecendo, outros iam atualizando os colegas sobre os feitos de Nurmi. Liam. *As proezas de Nurmi, o "homem recorde". Quando ha poucas semanas o finlandez Paavo Nurmi havia batido varios recordes mundiaes, entre os quaes os de 1.500 metros, milha e tres milhas, houve uma impressão de assombro. Foi o que ocorreu em todos os paizes do mundo, em que o athletismo tem cultores enthusiastas.* Ouçam isso! *Nurmi obteve os recordes de 1.500 metros e 1.609 (milha) metros, na magnífica pista do estádio de Stockolmo.* Corriam a conferir todos os recordes ali mencionados e pegar os cronômetros. Esfalfavam-se até não poder mais, mas não chegavam nem perto. Talvez não fossem mesmo fundistas e as corridas de longa distância não fossem para eles. Melhor seria esforçar-se nas corridas rasas, nas quais talvez tivessem mais chances.

Num daqueles domingos, Augusto percebeu um jovenzinho bisbilhotando as tomadas de tempos do grupo ali reunido. Este logo se aproximou e puxou conversa. Como vão indo os tempos? Nem teve resposta. Sentou-se próximo para acompanhar. Augusto reconheceu nele um rapaz baixinho que andava treinando por lá com dois amigos. Bem mais experiente no esporte, identificou nele um talento promissor. Não era mau. Ei, rapaz! Quer treinar aqui com a gente? E assim, apesar da diferença de idade, Augusto e ele se tornaram bons companheiros, e ele foi convidado para o time.

Martinho Künstler era seu nome. O convite deu-lhe novo ânimo. Sentia que era preciso impressionar seu ídolo, agora quase um amigo, a quem via como o superatleta polivalente do Tietê. Veja, acho que tenho boas chances de bater o Nurmi. Augusto achou que era muita pretensão e ingenuidade do rapazote, mas ouviu-o com atenção. *Nurmi tem 24 annos. É alto, tronco vigoroso, physionomia expressiva amoldurada por dois grandes olhos pardos. Usa o cabello á allemã, deixa apenas um pequeno topete.* Alto não sou, mas tronco vigoroso posso dizer que tenho. 24 anos? Eu, com dezessete, tenho sete anos para chegar lá. Tal comentário aborreceu Augusto que já chegava aos 23. Aquilo tudo, por sinal, já o estava aborrecendo. O que é que o corte de cabelo tem a ver? O que mais diz aí? — perguntou. É, o corte de cabelo nada mesmo, mas isto é importante. *As passadas de Nurmi são rapidas. Joga muito as pernas para traz; os braços deixa-os cahir á altura dos rins.* Por algum tempo, tentou imitar tais movimentos, o que acabou por deixar seus tempos bem piores. Martinho, isso está é tirando sua concentração. Ponha nessa sua cabeça que você não é Paavo Nurmi, nem nunca será. É, talvez você tenha razão, Augusto.

Conversa vai, conversa vem, Augusto ficou sabendo que o novo amigo trabalhava em um frigorífico, já bem-conceituado em Santo Amaro. Conversa vai, conversa vem, Martinho ficou sabendo que o senhor Eder andava à procura de um guarda-livros. E conversa vai, conversa vem, ficou sabendo que Augusto era um guarda-livros à procura de uma melhor oportunidade de trabalho. Já estava na Companhia Antarctica Paulista há quase seis anos. Começara na seção de distribuição; logo fora transferido para os escritórios, onde passou de auxiliar a uma função de maior responsabilidade — escriturar os livros mercantis da empresa. Fora um progresso rápido, mas ali estacionara. Há mais de quatro anos aguardava uma nova promoção, promoção esta que não vinha. Via a empresa crescendo a passos largos, mas ele não saía do lugar. Mais uma vez passou a incomodá-lo a rotina. Mais uma vez era todo dia a mesma coisa. Mais uma vez já se via velhinho, com cinquenta anos, com barba e cabelos brancos, sentado àquela mesma escrivaninha, fazendo sempre as mesmas contas, com aquela mesma máquina de adição, e anotando tudo com aqueles mesmos lápis. Não, os lápis não poderiam ser mais os mesmos. Pelo menos teria lápis novos de tempos em tempos. Ah, não! Isso não bastaria.

Contatos foram feitos e Augusto conseguiu um novo emprego — seria o guarda-livros do promissor Frigorífico Santo Amaro, fabricante de frios cozidos e defumados, presunto, salames e mortadelas, salsichas e salsichões, produtos muito populares junto à colônia alemã moradora da região, e que, aos poucos, foram se tornando conhecidos e conquistaram também a cidade de São Paulo. E foi contratado com um salário bem maior do que ele imaginava. Quase o dobro do que ganhava na Antarctica. Para festejarem, Martinho o convidou para um almoço em sua casa. Assim, conheceria sua mãe e suas irmãs. O amigo a princípio resistiu, mas acabou cedendo. Afinal, seria uma grosseria com o rapaz após o que ele havia lhe conseguido. E assim foi. Tudo ficou combinado para o domingo seguinte.

Pontualmente ao meio-dia, como marcado, chegou ao portão da casa e bateu palmas. Martinho logo apareceu para recebê-lo. Brejeiro como sempre, achou Augusto bem vestido demais para a ocasião e quis saber se ele iria a um casamento. Para completar a caçoada, ainda debochou do ramo de flores que este trazia. Augusto não achou graça e Martinho sentiu que ele não estava para brincadeiras, o que, para dizer a verdade, estranhou. Não era este Augusto que ele conhecia, sempre pronto a uma boa piada. A questão era que, ao saber que o filho iria participar de um almoço em casa de uma senhora com três filhas, Hannah fez mil recomendações quanto à atitude que deveria ter. Muita compostura era o mínimo. Nada de molecagens e nem de gracejos de mau gosto.

A piada feita por Martinho, aparentando um molecote em calças de algodão e mangas de camisa, quanto às roupas de Augusto até que foi justificada. Ele nunca havia se visto tão elegante, desde aquele seu primeiro dia na Companhia Antarctica. Naquela época, não passava muito de um menino. Agora sentia que em alguns momentos queria corporificar o homem moderno, arrojado, um homem que sabe fazer carreira. Jovial, porém elegante. Um terno marrom — o paletó um tantinho amarfanhado, mas as calças vincadas na frente e com as bainhas viradas à inglesa. Uma camisa branca com um colarinho de linho alto e engomado. Para completar o traje, uma gravata borboleta muito bem posicionada, e uma palheta, da qual Martinho se segurou para não rir, pois se enterrava na cabeça até quase as orelhas.

Entraram na casa pela cozinha, onde Augusto, após educadamente tirar o chapéu, conheceu Minna, a quem deu as flores. A mãe do amigo pareceu ficar bem impressionada com sua aparência e sua atitude. Logo viu que era mais velho do que seu Martinho; realmente era — um homem feito. Augusto soltou um ou dois elogios à dona da casa e exaltou o cheiro delicioso da comida. Sentiu que mais bem impressionada Minna ficara. Afinal ele se considerava mesmo alguém muito bem educado e muito galante. A mãe pediu que o filho levasse o convidado para dentro e o apresentasse às meninas.

Martinho já foi empurrando Augusto para a sala principal da casa, onde recebiam as visitas e onde almoçariam. Era uma sala bem espaçosa e trazia tudo muito bem ajeitado. Algo, o rapaz não sabia dizer bem o quê, era bastante diferente de sua casa. Era tudo igual — a sala tinha paredes, portas, janelas, mesa e cadeiras, cortinas, quadros e outras coisinhas — mas era diferente, Augusto sentia. Já na cozinha, a limpeza e a ordem haviam chamado sua atenção. As panelas e os tachos de cobre eram tão bem areados que era possível se espelhar neles. As colheres de pau e os panos de pratos pendurados eram tão limpos que pareciam nem ter sido usados. Com Minna acertando os últimos detalhes do almoço, era incrível como tudo dava a impressão de estar em seu devido lugar.

Agora na sala, o sentimento foi ainda mais aguçado. A estampa do papel de parede, a faixa decorativa junto ao teto, as cortinas enfeitadas com rendas e fitas, um abajur com a cúpula ornada por franjas de pedrarias, prateleiras embelezadas com barras de crochê, a disposição das fotografias sobre a cristaleira e gravuras emolduradas nas paredes, as composições criadas pelos adornos sobre os móveis. A mesa já posta para o almoço. Coberta por uma bela toalha e guardanapos bordados, louça fina decorada com florezinhas em cores suaves, usada em ocasiões especiais, e um belo arranjo feito por Laura com flores colhidas no próprio jardim. Sobre a mesa, um lustre pendente de vitral artesanal. Havia algo no ar, que ele tentava identificar. Sua casa não era assim. Sim, era uma casa limpa, disso sua mãe cuidava, mas não tinha nem de perto aquele esmero, aquela delicadeza, aquele primor. Quando Bertha ainda morava com eles, talvez um pouco mais, mas desde que ela se mudara com o marido para o Rio de Janeiro, a casa se tornou, diríamos, prática. Simples e despojada. Se havia alguns caprichos, tudo era disposto fosse como fosse.

Aos poucos, seus sentimentos foram se definindo. Era uma morada de mulheres, apesar de Martinho morar lá com elas. Tinha um ar feminino, que a transformava em um verdadeiro lar e a tornava agradável de ver. Tudo se compunha com perfeição; havia equilíbrio entre cada um dos elementos ali dispostos, como se tudo houvesse sido minuciosamente planejado. Proveniente de olhares femininos, sem dúvida. Ali, não conseguia pensar em Martinho escarranchado em uma das cadeiras de braço, com os pés sobre uma mesinha, como ele com frequência fazia em sua casa, sem que alguma das mulheres o repreendesse. Muita compostura era o mínimo. Era disso que sua mãe falara. Em sua casa tanta compostura não era costumeira — nem exigida.

Clara, por ali, certificando-se de que tudo estava a contento, foi a primeira a ser apresentada. Martinho, meio que aos berros, chamou por Célia e Laura. Ouviu a voz da mãe na cozinha. Martinho, filho, modos! Temos visitas. Muita compostura era o mínimo. Sem demora, surgiram as duas. Até que eram parecidas entre si, mas Augusto só viu uma delas. A mais miúda, a mais discreta, a mais encantadora. Cumprimentou respeitosamente as duas, mas apenas uma imagem se cravou em seus anseios. A mocinha diferente de todas as que já conhecera. Parecia tímida, mas, ao mesmo tempo, tinha uma presença marcante. Era contida, mas, de alguma forma, sua expressão preenchia todo o ambiente. Era delicada, mas transmitia uma força interior notável.

Sentaram-se para o almoço, mas seu apetite se fora. O aroma gostoso que fumegava das terrinas, agora colocadas ao redor do arranjo floral, nada mais fazia do que abafar o perfume que èle sentira de seus cabelos ao cumprimentá-la. Sentado bem defronte a Laura, não conseguia tirar os olhos daqueles cabelos negros cortados rente ao pescoço; daquele pescoço, delicada curva, que em direção aos ombros arredondados se escondia para dentro da gola do vestido, como que fugindo de seu olhar; daqueles pulsos finos e delicados, um deles adornado por um gracioso bracelete — uma finíssima correntinha torcida; daqueles olhos verdes misteriosos, levemente amendoados; daquela boca... Se pudesse declamaria ali e então trechos de um soneto. *Meus olhos brincam de pintar, e com graça trazem / A belleza de tuas formas para a tela do meu coração; / Meu corpo seja a moldura onde está contida. / Meus olhos desenham tua forma, e os teus para mim / São janellas em meu peito, por onde o sol / Deleita-se em espiar, em olhar para ti.*

O esforço para manter a conversa e o contato com os outros presentes à mesa era quase cruel. Ouvia as falas pela metade e respondia com monossílabos. Comia de forma autômata. Era como se tudo à sua volta tivesse desaparecido e só estivessem ali Laura e ele. Nunca havia se sentido assim. A voz de Minna o trouxe de volta daquele transe. A comida está boa? — ouviu perguntar. Ouviu também a voz de sua mãe. Veja lá como vai se comportar. Não me faça passar vergonha, hein? Muita compostura é o mínimo. Nada de molecagens e nem de gracejos de mau gosto. Não estava fazendo nenhuma molecagem nem nenhum gracejo de mau gosto, mas, com certeza, estava sendo indelicado com sua anfitriã e com as outras pessoas à mesa. Voltou ao convívio de todos e começou a tomar parte da conversa, mas sempre com um olhar fixo em Laura.

Minna perguntou sobre sua família e contou a ele sobre a dela. Como o marido havia morrido e como, a partir daí, Martinho tivera que se tornar o homem da casa. Como sem a inestimável ajuda das três filhas, que tiveram que começar a trabalhar, não teriam conseguido sobreviver. Agora tudo estava melhor, mas havia sido uma época de muitas dificuldades. Sim, senhora, passamos por algo assim em minha família também. Perdi meu pai quando tinha dezesseis anos, talvez quando mais precisasse dele. Ainda hoje, como sinto sua falta!

Célia foi mudando o tema da conversa. Vamos deixar esses

assuntos de lado que todos já estão ficando tristes. Martinho, que tal um pouco de música?

A partir desse almoço, em pouco tempo, eram dois a acompanhar Martinho na volta do trabalho para cumprimentar a família. Albert cumprimentava com especial atenção Clara, que fazia questão de acompanhá-lo até o portão quando ele seguia viagem para casa em sua bicicleta. O outro dirigia suas atenções a Laura, que fazia questão de acompanhá-lo até o portão quando ele seguia a caminhada até o ponto do bonde que o levaria para casa. Augusto não se continha. Tinha que se atentar a cada detalhe da beleza que estava ali à sua frente. Via-se transportado para os desfiladeiros da região sul de Utah, 1871. Sim, Utah. Tornara-se um entusiasta dos filmes e livros de faroeste desde que Wilhelm, sabendo de seu interesse pelo cinema, havia lhe enviado alguns exemplares de uma revista sobre as novidades na tela. Por elas, ficara sabendo de várias fitas que se passavam no Oeste americano. Foi assistir *Herança do deserto. É um lindo romance dos grandes desertos americanos desenrolado na época das expedições civilizadoras. Producção dramatica de...* e um nome lhe chamou a atenção. Zane Grey. Era o autor dos livros em que se baseavam vários daqueles filmes.

Foi atrás dos livros. Um problema. Nenhum deles ainda traduzido — nem para o português, nem para o alemão. Mas ele queria muito lê-los. O jeito? Ler em inglês. Com o pouco do idioma que havia aprendido na escola, foi se aventurando. Comprou um. *Riders of the Purple Sage* escolheu. Tinha belas ilustrações. Se não entendia tudo, conseguia entender mal e mal, mas acompanhava a história e se divertia. Aos poucos, até que foi ficando mais fácil. Nada disso o importava naquele momento. Estava, sim, nos desfiladeiros da região sul de Utah, 1871. Com Laura. *Seu rosto estava voltado para elle. Rosto de mulher, olhos de mulher, labios de mulher. Venters tremeu e rapidamente desviou o olhar de seu rosto, de seus olhos. Elle sabia o que ella apenas pressentia vagamente: que ella o amava.* Venters era Augusto. Augusto era Venters. Será que ela o amava? Como ele desejava que sim.

O ano era
1925

Visitante inesperado — livros e flores — intenções sérias — *ave de rapina* — palmas ao portão — pontinha de ciúmes — um poema

Voltemos algumas páginas de nosso calendário. A vida andava serena na casa dos Künstler. Os dias passavam sem pressa e sem sobressaltos. Talvez mudanças em breve se dariam, mas de momento ninguém sequer suspeitava delas. Um visitante inesperado faria soprar novos ventos por ali, especialmente para Laura. Mas, por ora, isso era ainda futuro. É assim com as mudanças — sempre surgem insuspeitadas. Clara e Laura seguiam com suas costuras e bordados sob a supervisão da Senhora na Casa Lemcke. Gostavam do trabalho e a Senhora gostava muito delas. Moças responsáveis, trabalhadeiras e caprichosas. Bordados finos? Deixem que Clara os faz. Costuras à máquina e acabamentos à mão? Ninguém tem capricho como Laura.

Célia seguia trabalhando com Leninha na General Electric. Ter Leninha ao lado da filha era um conforto para Minna. Esperava que, sendo esta uma moça direita, servisse de bom exemplo e que orientasse Célia para bons caminhos. Martinho seguia firme no Frigorífico e ia se tornando, aos dezessete para dezoito anos, um homem de confiança do senhor Alexandre Eder. Considerava-se praticamente seu braço direito. Supervisionava produção e entregas, e atendia novos clientes.

Um livro veio trazer novos interesses por lá. *A moreninha*, de Joaquim Manoel de Macedo. Já um tanto velho e ultrapassado, mas caiu nas mãos das moças, nem bem sabiam vindo de onde. A primeira a lê-lo foi Clara. Como sempre apaixonada por plantas e flores, um detalhe quase insignificante chamou sua atenção. *Passeava-se: cada cavalheiro dava o braço a uma senhora: e divagando-se assim pelo jardim o diccionario das flores era lembrado a todo momento.* Dicionário das flores? O que seria aquilo? Que coisa mais interessante! *Menina havia, que apenas algum lhe dizia, apontando para a flor: — Acacia! — Sonhei com você; respondia logo. — Amor perfeito! — Existo para ti só: tornava immediatamente. E o mesmo fazia a respeito de todas as flores, que lhe mostravão.* Será que tal dicionário existia na vida real? Precisava averiguar.

Passaria na Casa Garraux assim que possível. Sim, o atendente já havia ouvido falar, mas, que soubesse, tratava-se de uma obra antiga. Não a tinham. Talvez pudesse encontrá-la no Gazeau. Conhece? Sim, ela conhecia, e para lá se dirigiu. Sorte grande. Ele tinha um exemplar. Clara o folheou. *Para fazer uso da linguagem das flores poucas regras bastam. A primeira consiste em saber que uma flor apresentada direita exprime um pensamento, e que basta invertê-la para que represente o contrario; assim um botão de rosa de musgo com seus espinhos e folhas quer dizer: eu espero, mas receio; dando-se o mesmo botão voltado significa: não ha que temer nem esperar.* Que coisa mais interessante! Folheou mais. Lindas imagens coloridas de flores. Para cada flor, seu significado e uma breve explicação sobre as características e o histórico de cada uma. Clara precisava ter aquele livro. Era caro. Como fazer? Seu Augusto, o proprietário, percebendo o interesse da mocinha, e sendo ela sua conhecida de longa data, fez-lhe uma proposta irrecusável. E se a senhorita me pagar o livro em três vezes? Uma hoje, e as outras nos dois próximos meses? Negócio fechado. Lá foi ela com seu volume abraçado junto ao coração.

Chegando em casa, todos queriam ver a raridade. Minna se encantou com as ilustrações e com as informações que a publicação dava sobre cada uma das flores. Célia já queria era saber que flores deveria carregar para enviar mensagens a seus possíveis pretendentes. Menina, dê-se ao respeito — já objetou a mãe. Martinho achou que tudo aquilo era uma bobageira. Mas... talvez desse uma olhada caso tivesse que ler as mensagens enviadas a ele. Afinal, não queria ser um analfabeto floral. Sempre engraçadinho.

Enquanto todos avançavam sobre o tal livro, Laura aguardou a sua vez. Quando finalmente conseguiu tê-lo em mãos, pôs-se a folheá-lo vagarosamente. Era mesmo lindo. Pensou que ela também poderia desenhar flores. Quem sabe! Interessou-se em buscar uma de suas favoritas. Abriu na letra "jota" e foi consultar "jasmim". *JASMIM BRANCO — AMABILIDADE — Ha pessoas dotadas de tanta amabilidade, que parece haverem vindo ao mundo para constituirem os laços das sociedades: têem, nas maneiras, tanta facilidade e graça, que supportam todas as posições, accommodam-se a todos os gostos, e fazem realçar todos os espiritos: seu merito é um dom celeste, como o de um lindo rosto; ellas agradam emfim, porque a natureza as fez amaveis. O jasmim parece ter sido creado expressamente para ser o feliz emblema da amabilidade.* Puxa vida! Essa era mesmo uma flor muito especial. Se ela gostava tanto do jasmim, seria ela como a descrição dada? Não, descrito ali era um anjo, e ela estava longe disso.

Voltando à *Moreninha,* para Laura havia um razão muito especial para seu interesse pelo tal romance. Apaixonara-se pelo personagem Augusto. Apaixonara-se por seu quarto. *São dez horas da noite: os sinos tocarão a recolher. Augusto está só sentado junto de sua meza, tendo adiante de seos olhos seis ou sete livros, e papeis, pennas, e toda essa serie de coizas, que compõe a família do estudante. E inútil descrever o quarto de um estudante: ahi nada se encontra de novo: ao muito acharão uma estante onde elle guarda os seos livros; um cabide, onde pendura a cazaca, o moringue, o castiçal, a cama, uma até duas canastras de roupa, o chapeo, a bengalla, e a bacia, a meza onde escreve, e que só appresenta recommendavel a gaveta cheia de papeis, de cartas de família, de flores e fitinhas mysteriosas: — é pouco mais ou menos assim o quarto de Augusto.* Apaixonou-se pelos livros, e pelas flores e fitinhas misteriosas na gaveta.

Apaixonou-se pela maneira como ele via as mulheres. *Augusto apprezentou-se. A salla estava ornada com uma boa duzia de jovens interessantes: pareceo ao estudante um jardim cheio de flores, o Ceo semeado de estrellas.* Poderia ser ela uma dessas flores ou uma dessas estrelas? Apaixonou-se pelo fato de Augusto ser volúvel e namorador apenas por ser fiel a um juramento feito ao grande amor de sua juventude. *Guardando, e beijando com desvelo o meo querido breve, que sempre comigo trago, eu conservo a lembrança mais terna, e constante de minha travêssa, bella, e amada mulher: ella é o amor de meo coração, em quanto todas as outras são o divertimento de meos olhos, e o passa-tempo de minha vida.* Suspirou. Quando conheceria ela o seu Augusto? Quem sabe em breve.

Clara, ao que tudo parecia, já havia encontrado o seu. Passava cada vez mais tempo com Albert. E Albert com ela. Viam-se todos os dias e todos os fins de semana. Minna já vinha lhe dando algumas indiretas. Sim, *Frau* Künstler, minhas intenções para com Clara são as mais sérias e honradas. Se Clara me quiser. Clara apenas ruborizava. O único empecilho para podermos realizar nosso propósito é minha situação financeira. Desejo dar à minha esposa uma boa situação. Para tanto, já requisitei do senhor Eder uma melhor posição na empresa e ele ficou de estudar o assunto. Sigo aguardando. A mãe já se sentia um pouco inquieta. Esperemos que isso não demore muito, não?

Célia ia pulando de namorico em namorico, o que deixava a mãe bastante alarmada. Tenha juízo, minha filha. Vivia a repetir um versinho que aprendera em um *Semanario Illustrado Futuro das Moças* que Martin por vezes lhe trazia. *Tome cuidado, menina. / Menina, tome cuidado! / Elle é ave de rapina,...* E Célia a interrompia. Já sei, já sei, Mamãe. *Tem garras mesmo, o damnado.* Isso é muito sério, menina. Não é motivo de brincadeira. Eu sei, Mamãe, mas não sou mais menina. Mas se comporta como tal. E ainda uma menina sem juízo. Leia em uma daquelas suas *Revista Feminina*. Daquelas que você compra e nas quais busca tudo sobre as últimas modas. Há lá um artigo com o título *"A educação feminina de hoje"*. Veja o que diz. *As mães de hoje que se capacitem de que a sua responsabilidade é immensa em toda a existencia das suas filhas e que se estas peccarem mesmo debaixo do tecto marital, a culpa ainda é dellas, é exclusivamente dellas.* É justo isso? É justa tal culpa? Diga-me. Célia ouvia calada.

Tal mãe, tal filha, diz o bom dictado popular e a verdade sahe sempre das boccas das creanças e do povo. Instrui e educae vossas filhas, oh mães! com o vosso exemplo e com as vossas lições. Tenho feito isso. Ou não? Célia apenas concordou com a cabeça. *Pensae na responsabilidade que vos cabe de todos os actos das vossas filhas e corae por vós, se esses actos não forem bons ou moraes. Inspirae pela vossa attitude, pela vossa dignidade, apontando-lhes sempre o bem como objetivo e guia dos seus pensares e não o homem como marido nem o casamento como unico ideal.* Entende, minha filha? Sim, Mamãe, mas a senhora quer que eu me case, não? Claro que sim, mas que chegue a isso de uma forma digna e honrada, como sua irmã. Ora, eu não gostaria de me casar com Albert. Ainda bem, não, Célia? Pois ele já está comprometido. Ou teríamos um grande drama familiar, como muitos há na literatura. O homem certo para você aparecerá quando chegar a hora. Não se perca até lá. Célia não gostou do que ouviu. Enfim, achou melhor se calar.

Teremos companhia para o almoço no domingo — anunciou Martinho ao chegar do trabalho naquela tarde de sexta-feira. Quem é? — quis logo saber Célia. Mas que menina assanhada, não? Vocês não o conhecem. É um novo funcionário do frigorífico. No domingo, vocês o conhecerão. Está vendo, Célia, disse logo a mãe. Quem sabe o homem certo para você aparecerá depois de amanhã. O rebuliço era sempre grande quando o rapaz trazia algum convidado para uma refeição. As moças ficavam curiosas. Célia, em especial, queria logo saber tudo antes. Ele é bonito? Que idade tem? É solteiro? Tem um bom cargo? Chega de perguntas! Que irritante! No domingo você questiona sua vítima em pessoa. Se ele se prontificar a responder. Por quê? Ele é antipático? É comprometido? Não sei. No domingo você fica sabendo. Virou as costas, deixando a irmã a falar sozinha. Ela? Emburrou.

O alvoroço de Minna era outro. Ter uma visita significava ter boas comidas para oferecer. Era uma vergonha para ela receber alguém com a mesa vazia. Ainda mais se poderia se tratar de um futuro pretendente a Célia. Se era para um almoço, pior ainda. Havia muito a preparar e todos tinham que ajudar; ou seja, todas. Sabiam muito bem que, entre outras coisas, um homem se pega pelo estômago. O que preparariam para aquele almoço?

Domingo já cedo, oito mãos a postos na cozinha. Com a ajuda, logo estava tudo pronto. Vão, meninas, arrumem a mesa e vão vocês se trocar. Vistam-se bem bonitas, hein? Sabe-se lá quem vai aparecer por aqui. Minna também estava muito curiosa. Nem a ela Martinho havia adiantado nada. Com Clara já encaminhada, quem sabe agora seria a vez de Célia. Esta estava bem excitada — como sempre. Laura, nem tanto. Nunca demonstrava o mínimo interesse pelos amigos de Martinho. Para dizer bem a verdade, achava todos uns chatos. Esse, com certeza, não seria diferente.

Meio-dia em ponto ouviram palmas ao portão. Martinho! — chamou a mãe. Vá lá ver. Deve ser o seu amigo. Sem demora, apareceram os dois na cozinha. Minna gostou do que viu. Moço educado. Logo tirou o chapéu a vê-la. Trouxe flores. Quanta gentileza! Bom sinal. Parece bem mais velho do que meu Martinho. Quantos anos terá? Mais de vinte com certeza. Mais gentilezas — elogiou a casa e o cheiro da comida — delicioso, ele dissera. Minna ia anotando tudo mentalmente. Estava tendo uma ótima impressão do... Como é mesmo o seu nome? Oh, mil perdões, senhora. Augusto. Augusto Zähler. Ah, alemão? Não, senhora. Meu pai era alemão e minha mãe nasceu em Santa Catarina. Ah, sim. Homem de boa família, muito bem educado — pensou. Martinho, leve-o para a sala e apresente-o às suas irmãs.

Clara foi a primeira a conhecê-lo. Reparou que ele parecia meio assustado e olhava tudo ao redor com muita atenção. Não sei se vai agradar a Célia. Além de tudo é um tanto baixinho. A irmã gostava de moços altos como o pai. As outras duas surgiram atendendo aos berros do irmão. Martinho as apresentou. Minha irmã Célia e minha irmãzinha Laura. Que coisa era aquela com irmãzinha? Que mania ele tinha! Contudo, não mencionou a elas o nome do amigo. Apenas disse esse é o superatleta polivalente do Tietê. Que coisa era aquela de superatleta? Cada mania ele tinha! Augusto cumprimentou as duas com todo o respeito. Clara olhou para Célia, que em resposta torceu disfarçadamente a boca. Poderia dar-lhe uma chance, mas definitivamente não fazia seu tipo. Não se parecia com nenhum dos astros do cinematógrafo que ela gostava. Talvez estivesse esperando demais. A mãe diria vamos dar tempo ao tempo.

Laura o achou engraçado. Meio desajeitado, segurando aquela palheta com as duas mãos, grudada ao peito. O senhor não gostaria de pendurar o seu chapéu? Como? Ah, sim, sim. Será que ele é meio surdo? Ou está distraído por algum motivo? Talvez nem quisesse mesmo estar aqui. Martinho tinha também aquela mania de encurralar as pessoas até conseguir o que queria. Devia ter a ver com o atletismo. Só podia ser isso. Algo começou a incomodá-la. Ele não tirava os olhos dela. Uns olhinhos miúdos, insistentes, com um brilho infantil bem lá no fundo. Resolveu ir até a cozinha ver se a mãe precisava de alguma ajuda e para apressar logo aquele almoço.

Sentaram-se para comer. E não é que o tal moço não parava de olhar para ela? Isso já estava ficando muito incômodo. Voltou a pensar que talvez ele fosse mesmo meio surdo. Parecia não ouvir o que os outros diziam e respondia de forma monossilábica. Vai ver que é meio surdo-mudo. Ou está tão desconfortável que não vê a hora de dar o fora daqui. Decerto nem está gostando da comida. Os amigos de Martinho são mesmo todos chatos — e estranhos. Continuava olhando para ela a maior parte do tempo. Tomara que este almoço acabe logo.

O senhor disse que seu pai já é falecido? Sim, senhora, ele se foi quando eu tinha dezesseis anos. Sinto muita falta dele. Laura percebeu em si uma pontinha de pena dele, pois pensou que ela também sentia falta do seu. *Lembra-te de mim quando eu me fôr, / Para muito longe, para o mundo do silencio.* Ouviu a mãe relatar toda a história de quando seu pai partira, de como Martinho tivera que tomar o seu lugar, de como ela e as irmãs tiveram que trabalhar, ou todos teriam morrido de fome. Laura começava a sentir um pouco de vergonha. Tentou cortar a conversa da mãe. O senhor tem mais irmãos? Sim, uma irmã casada que mora na Capital Federal. Tenho até um sobrinho. Pela primeira vez, Laura o viu sorrir. Tinha um sorriso bonito. A esta altura, Célia e Martinho já tinham deixado a mesa e um disco rodava na Victrola.

Senhor Augusto, o senhor está satisfeito? Sim, senhora Künstler. Muito obrigado. E a mãe dirigiu-se à cozinha. Augusto? Augusto? Aquele moço se chamava Augusto? Isso veio como um pequeno choque para Laura. Não, ele não era nada como o Augusto de Carolina. Nada mesmo. Ao menos, não como ela o imaginara. Como seria o seu quarto? Não, isso ela não poderia perguntar. Seria ele um estudante? Isso poderia. Não, sou já formado no Curso Comercial da Associação Christã de Moços. Muito bem, não era, mas foi. Será que havia feito um juramento a um grande amor de sua juventude? Não, isso também não haveria como perguntar. E... muito estranho. Ao lhe ocorrer tal pensamento pareceu sentir uma pontinha de ciúmes. Que besteira! A conversa seguiu ainda um tempinho, com Clara sentada à mesa com eles. Ele continuava com os olhos fixos nela. Que atrevimento!

A partir daquele almoço, em pouco tempo, Martinho passou a chegar ao fim da tarde acompanhado de dois. Albert vinha ver Clara, agora que ele já a considerava sua noiva prometida. Ela o acompanhava até o portão quando ele seguia viagem para casa em sua bicicleta. Augusto era o segundo e perguntava por Laura. E Laura passou a acompanhá-lo até o portão quando ele seguia a caminhada até o ponto do bonde que o levaria para casa. Por que ele a olhava tanto? Continuava. Será que ele tinha algum sentimento por ela? Seus olhares, que inicialmente a incomodavam, passaram a perturbá-la de uma maneira diferente. Faziam com que ela sentisse algo estranho. O que seria?

Como era seu costume, gostava de ler antes de dormir. Lembrou-se da última carta que havia recebido de Celina, ainda fechada. A amiga, cada vez mais aficionada à poesia, dera agora para traduzir poemas escritos em outras línguas, os quais compartilhava com Laura. O que será que havia lhe enviado desta vez? Abriu o envelope e de dentro saltaram três folhas de papel. Pôs-se a ler a primeira. *Houve uma vez um rapaz.* Katherine Mansfield. *Houve uma vez um rapaz. / Veio em meu jardim passear;/ Bem pálido e calado ele era. / Somente quando sorriu, tudo sobre ele eu conheci, / Conheci o que tinha em seus bolsos, / O toque de suas mãos nas minhas / E os mais íntimos tons de sua voz. / Levei-o a cada caminho secreto, Mostrei-lhe o esconderijo de todos os meus tesouros.* Um rapaz? Calado? Ah, mas quando sorria... Ah, o toque de suas mãos nas minhas... Que tesouros terei para lhe mostrar? E assim pensando, adormeceu.

Minna estranhava o interesse de Augusto por sua caçulinha. Havia destinado o pretendente para Célia. Laura? Não passava ainda muito de uma menina. Será que não? Teriam que dar tempo ao tempo. Se fosse Laura, que fosse. Martinho precisaria encontrar mais um funcionário do frigorífico para convidar para uma refeição com a família, alguém que se encantasse com Célia e aí acabariam suas preocupações.

O ano era
1926

Sonhos acalentados — minha própria irmã — um livro à mão — duas ao mesmo tempo — ciúmes do poetinha — Como ler? — duelo poético — perseguindo respostas — plano infalível — Adeus ou até logo? — mistérios e segredos — mais um caso na família

Desde o domingo em que a conhecera, tudo o que Augusto queria era estar com Laura, sempre que possível, para sempre. Havia conhecido outras moças, havia estado com algumas, mas, agora, tudo se apagara. Nada mais era parte de sua vida, tudo havia sumido desde aquele primeiro momento em que seus olhos se cruzaram com os dela, desde a primeira vez em que ouviu sua doce voz, desde que sua mão tocou seus dedos e depois seus cabelos e depois seu rosto. Nada havia existido até então. Seria ela? A mulher feita por Deus especialmente para seus sonhos mais acalentados?

Laura sentia que alguma coisa, que não conseguia entender bem, estava se passando com ela. Desde aquele domingo em que Augusto, a convite de Martinho, viera almoçar com eles, algo havia acontecido. Volta e meia, assim do nada, Laura se lembrava dele. Traços curiosos. Traços engraçados. Numa hora, era seu olhar furtivo; de repente, suas mãos grandes, segurando aquela palheta grudada ao peito e, depois, os talheres durante o almoço. Parecia ouvir sua risada e sua voz pronunciando seu nome devagar. La-u-ra! Era muito, muito estranho.

Como posso obter respostas a minhas perguntas? — pensava Augusto. Estando com ela sempre que possível, é claro. Queria muito levá-la a passear em seu lugar preferido entre todos na cidade. Em sua companhia, sentia que se tornaria ainda mais mágico. Um lugar que para ele era único e com ela, que também se tornava única, queria compartilhar. O Jardim da Luz, onde sozinho tanto refletira. Agora queria ter com ele ali alguém cuja companhia sentia lhe ser tão cara e que lhe trazia ao coração um contentamento inigualável. Talvez um dia.

Laura começou a perceber que Augusto estava sempre por perto. Sempre muito perto. Não sabia ao certo; dava-lhe a impressão de que ele preferia conversar com ela a conversar com o amigo Martinho, ou com suas irmãs. Ela gostava de ter sua atenção. Convidava-o para ir ao jardim — ver uma nova planta, uma flor que se abrira, uma árvore que dera frutos. Não sabia bem por que fazia isso, mas fazia. Sentia-se bem com ele. Gostava quando estavam sozinhos. Gostava de ver seus olhos miúdos brilharem, imaginava ela, quando estavam próximos. Será que os dela brilhavam também?

Até que num domingo, logo após um almoço, Augusto criou coragem. *Frau* Künstler — começou. E parou. Sim, o que é? Bem... Parou novamente. Diga logo, rapaz. Quer me pedir alguma coisa? Sim, senhora. Será que me daria permissão para levar Laura a um passeio? Gostaria de levá-la a um lugar muito especial, passeio que tenho certeza ela gostará muito. Um jardim belíssimo, muito agradável. O Jardim da Luz, a senhora o conhece? Sim, ela o conhecia. É um bocado longe, não? Sim, senhora, se permitir, iremos de bonde, mas voltaremos antes do final da tarde. Se Martinho ou uma das meninas quiser nos acompanhar, será um prazer. O convite não foi aceito por nenhum deles. Minna ficou um pouco em dúvida. Augusto argumentou. A senhora pode ficar muito tranquila que tomarei todos os cuidados com ela, com muito respeito. Como se fosse minha própria irmã. A mãe pôs-se a pensar por um momento. Gostava dele, gostara dele desde a primeira vez em que o vira, e o via como um homem bem educado e muito correto. Achava que podia confiar nele. Assentiu.

Laura acompanhou a conversa sem interferir. Deixe, Mamãe. Deixe, Mamãe. Pensava em silêncio. Ninguém queria acompanhá-los? Sentiu-se bem satisfeita. Não queria compartilhá-lo com mais ninguém. Afinal, era a ela que ele queria levar a esse lugar tão especial e a mais ninguém. Mas? Cuidaria dela como a uma irmã? Por alguma razão, não gostou de ouvir aquilo. A mãe disse que estava bem, mas que estivessem de volta antes do escurecer. Prometido. Laura se aprontou e, como de hábito, foi logo colocando um livro dentro da bolsa. Era sempre bom ter-se um à mão. Quem sabe poderia ler algum de seus poemas favoritos para ele. Será que gostava de poesia? E assim foi.

Uma tarde inesquecível. Laura se encantou com tudo que Augusto lhe mostrava. Um lago em forma de cruz de malta ornado por um chafariz ao centro, por onde deslizavam com altivez cisnes brancos; belas alamedas entre uma enorme variedade de frondosas árvores e requintados postes de iluminação elétrica, por onde caminhavam pessoas todas muito elegantes. Sim, ela reparara, todos os frequentadores, mesmo os mais humildes, bem trajados — vestidos de colarinho, gravata e chapéu, acompanhados de mulheres com vestidos elegantes, também de chapéu —, passeavam por entre a mais bela vegetação tropical, passando pelos requintados coretos.

Augusto convidou-a para um refresco, o qual saborearam em aconchegante quiosque ao som de uma banda de música que tocava saudosas valsas e dobrados. Que tal tirarmos um retrato como recordação desta tarde adorável? Laura gostou da ideia. Tiraram seu primeiro retrato juntos, fotografados por um dos lambe-lambes, portando sua grande máquina-caixote, revestida de madeira, com as laterais recobertas de fotos-mostruário, apoiada num tripé e com o saco negro, onde se escondia o fotógrafo na hora de bater a chapa. Augusto notou como Laura se divertia, o que o fez bem feliz. Era mesmo uma mocinha cheia de vida. Percebeu que em tudo ela reparava e tudo a encantava.

Laura realmente reparava em tudo ao seu redor. E, arrebatada pelo que via, apontava e nomeava. Uma palmeira, uma sapucaia, uma castanheira, uma magnólia, um jenipapo. As rosas, os lírios, os jasmins, as gardênias, as orquídeas. Ah, os pássaros! Os bem-te-vis, os sabiás, os periquitos, os beija-flores, um ou outro tucano, até um martim-pescador. Calou-se envergonhada ao perceber que Augusto parecia surpreso. Por que ela estava falando tanto? Falando de coisas que sabia e nem sabia que sabia. Ele parecia encantado com o seu saber. E ela encantada com o seu encantamento. Passou a reparar então nele. Como a olhava, como falava com ela, como segurava em seu braço com delicadeza enquanto caminhavam. O que estaria ele pensando? Pensaria nela como uma irmã?

Augusto estava deveras surpreso. Como Laura sabia aquilo tudo? Era ela. Era ela quem lhe ensinava os nomes de todas aquelas árvores, de todas aquelas flores, de todos aqueles pássaros. Havia muito a aprender. Perguntou se ela gostaria de ver seu recanto favorito naquele jardim. Não muito longe do lago, de onde se ouvia o aprazível som do chafariz, debaixo da mais linda árvore, junto ao mais lindo canteiro de flores, onde os mais encantadores pássaros entoavam seus mais adoráveis cantos, como um verdadeiro cavalheiro, convidou-a a se sentar.

Laura, o que você sempre desejou mais do que tudo na vida? O que ela poderia dizer? Sentia que nada que pudesse dizer ser--lhe-ia interessante. Contou-lhe afinal algo que nunca contara a ninguém, pois sentia que magoaria sua família. Isso ela não queria. Por algum motivo, veio-lhe uma vontade de compartilhar aquele segredo. O que eu quis e nunca consegui? Estudar. Frequentei a escola muito pouco tempo e nunca consegui voltar. Contou a ele sobre a paralisia infantil, sobre o tempo passado em casa de sua madrinha longe da família, sobre a morte de seu pai, sobre o terem todos de ir trabalhar. O sonho da escola ficara para nunca. E com ele, o sonho de se tornar uma normalista, e depois uma professora, como suas amigas Celina e Nina.

O que Laura contou deixou Augusto bem intrigado. Ela sabia tanto, conhecia todas as árvores e plantas e pássaros. Como podia ser? Mais uma surpresa — tudo estava nos livros. Sempre que podia, desde menina, comprava algum, em geral de segunda mão, por serem mais baratos. Tinha todos eles numa pequena prateleira ao lado de sua cama. Quase todos os dias, pegava um e lia até não poder mais. Lia de tudo. Gramática, ciências naturais, história, romances e poesia. Gostava de tudo. O importante era ler. Augusto, cada vez mais fascinado. Mas também um tiquinho desapontado. Será que esperava ouvir dela que seu maior desejo era encontrar um grande amor? Alguém exatamente como ele?

Laura percebeu se sentir como se fosse duas ao mesmo tempo. Uma estava ali ao lado de Augusto, cativada por ele. A cada minuto ele se tornava mais especial e mais importante para ela. A outra espiava de longe e refletia. O que será que se passa na cabeça dele? O que será que realmente pensa de mim? Por que será que está sempre ao meu lado? Será que gosta de mim? Tirou de sua bolsa um de seus livros mais queridos. Eram poesias. *As Primaveras* era o título. Gosta de poesia? Sem esperar por sua resposta, abriu e começou a ler. *Sympathia – é o sentimento / Que nasce n'um só momento, / Sincero, no coração; / São dois olhares accesos / Bem juntos, unidos, presos / N'uma magica attracção.* Gosta?

Augusto nunca fora muito de poesia; sempre preferira os livros de aventuras. Julio Verne; Alexandre Dumas, o pai; Zane Grey. Agora, quando aquele poema foi lido por ela, adquiriu um sabor irresistível. Palavras que lhe inebriaram os sentidos. Mas, não. Não era simpatia. Era, afigurava-se, amor. Um amor muito profundo, como nunca havia sentido por ninguém. Amara seu pai, amava sua mãe, e até sua irmã Bertha, mas nada que se comparasse ao que sentia naquele momento. Era como se lhe faltasse o ar quando estava longe de sua Laura. Não era simpatia. Seu poema seria diferente, imaginou. Ele falaria de amor; sim, de amor. *Amor – é o sentimento / Que nasce p'ra vida toda, / Forte, no coração; / São dois olhares accesos*

/ Bem juntos, unidos, presos / N'uma infinita attracção. Isso — assim estava melhor.

Outras tardes de domingo vieram. Laura passeava com Augusto pelo Jardim da Luz. Sempre com promessas de muito cuidado, muito respeito e do retorno antes do escurecer, que garantiam o consentimento da mãe. Era mesmo um lugar delicioso. Debaixo da árvore, já favorita dos dois, lá apreciavam a tarde. Conversavam sobre os mais variados assuntos. E Laura abria suas primaveras e lia. *Borboleta dos amores, / Como a outra sobre as flores, / Porque és voluvel assim? / Porque deixas, caprichosa, / Porque deixas tu a rosa / E vaes beijar o jasmim?* Como gostaria de ter certeza de quais eram afinal os sentimentos de Augusto. Seria ele como a borboleta? Volúvel? Me deixaria pelo jasmim? E foi aí que reparou no que ele desenhava. Uma rosa!

Sim, Augusto passara a desenhar em suas tardes com Laura. Trazia seu bloco e seus lápis. Pensava em criar lindas imagens para presenteá-las à menina amada. Ela pegava suas primaveras e lia. Ele abria sua pasta e desenhava. Desenhava o que via ao seu redor e que os encantava. Desenhava árvores e flores e pássaros, que agora, graças à sabedoria de Laura, conhecia pelo nome. Desenhava o que ela lia. *Porque deixas tu a rosa / E vaes beijar o jasmim?* Não, ele jamais deixaria a rosa para beijar o jasmim. Ficaria para sempre com sua rosa. A rosa que fixara indelével sobre a folha de papel. A rosa que seria sua e a única que beijaria.

Uma rosa! Uma rosa que tocou Laura mais profundamente do que o poema de Casimiro de Abreu. Desejou ardentemente ser tão formosa quanto aquela flor. Tão formosa que a borboleta não a deixasse jamais. Que jamais a trocasse por um jasmim. Que nem sequer se desse conta da existência do jasmim. *A brisa dizia á rosa: / — "Dá, formosa, / Dá-me, linda, o teu amor; / Deixa eu dormir no teu seio / Sem receio, / Sem receio, minha flor! / De tarde virei da selva / Sobre a relva / Os meus suspiros te dar; / E de noite na corrente / Mansamente, / Mansamente te embalar!"* Augusto tocaria suas pétalas com tanta delicadeza que ela se renderia aos seus carinhos e o deixaria embalá-la com toda mansidão. E pela primeira vez, naquele momento, a palavra lhe surgiu — amor. Estaria ela amando?

Augusto já andava se aborrecendo com o tal Casimiro. Uma leitura recente passou a assombrá-lo. Seria Laura como a senhora Marchmill, de um conto de Thomas Hardy? A simples ideia o aterrorizou. *Ella collocou seu livro e seu retrato sobre a mesa de cabeceira, e, se acommodando, releu os versos de Robert Trewe, previamente seleccionados como os mais tocantes e verdadeiros.* Não era o que Laura, de certa forma, fazia agora? *Não, elle não lhe era um estranho! Ella conhecia seus pensamentos e seus sentimentos tão bem como conhecia os proprios; eram, de facto, os seus proprios que alli estavam. Ella dormitava nos labios do poeta, immersa em sua essencia, permeada pelo seu espirito como por ether.* Esforçou-se para afastar tal imagem e não se conteve. Laura, você conhece esse Casimiro?

A pergunta espantou Laura. Se eu conheço Casimiro? Em que sentido? Pessoalmente? Não, Augusto, é claro que eu não o conheço. Ele nem vive mais. Morreu há mais de sessenta anos. Morreu muito jovem; tinha apenas 21 anos. Agora só vive nas poesias dentro de seus livros. Esse é o grande encanto da literatura. Ele viverá para sempre, e estará sempre em nossas mentes e em nossos corações. Observou as reações de Augusto. Tentou ler suas feições. Uma ideia absurda passou-lhe pela cabeça. Estaria ele com ciúmes de Casimiro de Abreu? Não poderia ser. E sorriu.

Estaria eu com ciúmes desse poetinha? Talvez. De onde tiraria aquele Casimiro palavras tão lindas? Será que tão jovem, mais jovem do que eu, pensava Augusto, amou alguém com tal paixão como eu sinto amar esta menina? Sim, ela não é muito mais do que uma menina, e eu a amo com desespero. E, cheio de paixão estava quando desenhou a rosa, uma rosa tão formosa, uma rosa que desejou não teria nenhum receio de seus suspiros e a quem pudesse mansamente embalar. Ele seria a brisa que tão delicadamente tocaria suas pétalas que ela não teria como não se render aos seus carinhos. Assim andavam seus pensamentos. Ele chegava a se sentir um tanto tolo, mas não havia como evitar. Não havia.

Laura decidiu continuar a leitura de suas primaveras. Abriu qualquer página. Leria mais um poema e observaria Augusto. Se sua leitura suscitasse seus ciúmes, ela perceberia. E leu. Começou pelo título. *Desejos*. Olhou. Nada. Seguiu. *Se eu soubesse que no mundo / Existia um coração, / Que só por mim palpitasse / De amor em terna expansão; / Do peito calara as mágoas, / Bem feliz eu era então!* Desviou os olhos do livro para o rosto à sua frente. Nada. Parecia inabalado. Ora! Voltou ao poema. Amor? Será que seu coração palpitava por ela? Seria ele aquele que calaria todas as suas mágoas e a faria finalmente bem feliz? Assim andavam os pensamentos de Laura. Ela chegava a sentir medo, mas não havia como evitar. Não havia.

Na verdade, Augusto nem ouvira o poema. Estava momentaneamente afastado, perdido em seus pensamentos. Assim era melhor. Morto Casimiro já estava. Mas... em nossos corações? Não queria saber daquele sujeitinho no coração de sua Laura. E como era jovem. Apenas 21 anos ela dissera. E eu? Já um velho de 26. Como gostaria de escrever lindos poemas para ela. E ouvi-la lê-los em voz alta. Para falar a verdade, já estava ficando bem enfastiado com aqueles passeios a três. Havia momentos em que sentia que Laura se encantava demais com o tal poetazinho. Será que eu conseguiria escrever palavras tão belas? Teria de dar um jeito naquilo. Iria em busca de um livro que ensinasse a escrever poesia. Deve existir — hoje em dia existem livros para tudo.

Laura tinha, o tempo todo, o pensamento cheio de dúvidas. Estou eu amando? Será que o coração de Augusto palpita por mim? Teria ele ciúmes? Seria um sinal de amor? Ou não? Mistérios a serem desvendados. Lia tão bem os livros e os entendia tão bem. Sim, Augusto tinha razão. Ela realmente sabia muito, mas apenas o que estava nos livros. Como ler as pessoas? Isso ela não sabia. Também nunca havia precisado. E agora? Como ler Augusto? Como ler além das palavras que ele não dizia? Como ler seus olhos que tanto a olhavam? Como ler seus silêncios? Será que seus preciosos livros poderiam lhe ser de alguma ajuda? Quem sabe? Daria uma olhada em um romance que vinha lendo: *Kleine Frauen*. Um presente um tanto zombeteiro de Célia a suas irmãs comprometidas — caçoava ela.

Augusto seguia perseguindo sua aspiração poética. Não podia deixar por isso mesmo. Foi atrás de uma obra que ensinasse a escrever poesia. E encontrou. *A arte de fazer versos*. Osorio Duque Estrada. Devia servir. Comprou. Ao chegar em casa naquela noite, preparou-se para começar sua carreira de poeta. Queria só ver o que Laura iria dizer. Seria um verdadeiro duelo poético: Augusto versus Casimiro. Abriu o livro. *Capitulo Primeiro. Preliminares. Da arte poetica, ou melhor, da arte do verso, só uma parte se póde ensinar de maneira cabal e completa. A regularidade de cadencias e de rythmo promana de tres factores: numero limitado de syllabas em cada verso, divisão symetrica dessas syllabas, e repetição dos mesmos sons no final dos versos que se correspondem; quer dizer: numero de syllabas, cesura e rima — tres elementos cujas leis constituem exactamente o objecto da versificação, isto é, da arte do verso, da qual em breve nos iremos occupar.* Nada daquilo fez sentido para ele. O que tudo aquilo poderia ter com amor? Não era por causa dele que se escrevem as poesias? Talvez se desse uma olhada no índice. Lá foi. *Elisão. Quantidade prosodica. Translação do accento tonico. Accentuação perispomena. Metaplasmos.* Oh, Deus! Por um momento, sentiu-se de volta aos bancos do Gymnasio de Nossa Senhora do Carmo. Não, não, não. Aquilo não iria dar certo. De jeito nenhum.

Laura seguia perseguindo as respostas às suas perguntas nas linhas de seu romance. Seria Augusto como o senhor Bhaer? Seria ela como Jo March? *Uma sombra parecia velar-lhe a face. Então, direccionava elle a Jo um olhar tão amargurado que, tivesse ella percebido, responderia com certeza a pergunta não pronunciada a ella dirigida.* Por que Augusto não dizia nada? Por que trazia também por vezes a face velada? *O professor Bhaer lia varios idiomas, mas não havia ainda aprendido a ler as mulheres. Ficava atonito com as contradições de voz, de physionomia e de attitudes que ella manifestava numa rapida successão, pois tratava-o de meia duzia de maneiras differentes em meia hora.* Será que ela também deixava Augusto atônito? Será que isso também estava acontecendo entre eles? O que ela poderia fazer? Não sabia. *Jo tinha de cuidar dos proprios olhos e, sentindo que nelles não poderia confiar, tratou de ser prudente e mante-los fixos á meia que tricotava.* Estaria ela também escondendo seus próprios olhos atrás das páginas de Casimiro? É, livros nos fazem pensar, não? Pergunta que dirigira à amiga Leninha anos atrás e lhe voltara ao pensamento agora.

Augusto? Cada vez mais frustrado. Aquele *A arte de fazer versos* não iria ajudá-lo em absolutamente nada. Folheou-o ainda um pouco e encontrou alguns versinhos. Talvez se copiasse um daqueles? *Não sei dizer-te agora / Quanto te quero, ó flor! / Tu és a minha aurora, / Tu és o meu amor!* Mas, não. Não, mesmo. Coisinha tão boba! O que Laura iria pensar? Um versinho idiota de um colegial. Não tinha jeito mesmo. O negócio era desistir. A não ser que... Sim... Iria falar com Albert. Ele era bem entendido em poesia; com certeza teria uma boa ideia. Uma boa ideia tiveram. No dia seguinte, o amigo chegou muito animado com um livro debaixo do braço. A solução era brilhante — e perfeita. Não é que ele encontrara vários poemas escritos por seu poeta favorito, Friedrich Schiller, oferecidos a uma Laura. Após o expediente, foram tomar uma cervejinha para delinearem o plano infalível. Escolher o poema com muito critério. Qual seria o melhor? E, é claro, Augusto iria traduzi-lo para o português. Ele nunca seria capaz de escrever um poema em alemão. Um detalhe importante, lembrou Albert. Mesmo sendo em português, é bom que Laura não o mostre em casa; havia o risco de ele ser desmascarado como Albert havia sido. Não, isso Augusto não quereria.

É, pensou Laura mais uma vez, os livros nos fazem pensar. Duas frases lidas no tal romance acenderam uma luzinha em sua cabeça. *Jo, nada tenho para te dar mas um grande amor. Vim para ver se isso de alguma forma interessaria a ti. Esperei para constatar se sou para ti mais do que um amigo. Sou? Haverá em teu coração um pequeno lugar para o velho Fritz?* Velho Fritz? Velho? *Como poderia eu pedir que aban-*

donasses tanto por um pobre velho? Um pobre velho? Seria isso? Será que Augusto não me diz nada por se achar velho? Afinal, são oito anos. Seria esse o impedimento que fazia com que ele refreasse seus sentimentos por ela — considerando que tais sentimentos realmente existissem em seu coração? Ao menos, ela os desejava. Mas, não. Se isso for, farei minhas as palavras de Jo. *Não digas que és velho. Eu não deixaria de te amar, mesmo que tivesses setenta anos!* Não, setenta também já seria muito. Quarenta, talvez. E sorriu.

Escolhido o poema, Augusto começou a trabalhar na tradução. Isso tomaria um bom tempo — até chegar ao que ele julgaria ser a perfeição. Aí, sim, ele daria um golpe final no tal Casimiro de Abreu. Nesse meio tempo, Hannah veio mostrar-lhe um livro que comprara para ele. Havia percebido que o filho andava acabrunhado, e pensou que tal leitura poderia alegrá-lo um pouco. Já imaginou, Augusto, um diário escrito por Adão e Eva. É isso que este livro é. E é ainda todo ilustrado. Mama, ando muito ocupado. Intrigava a mãe o que tanto fazia ele agora trancado em seu quarto. Não é nada; é um trabalho que devo terminar em breve. Tem isso a ver com aquela menina Laura que você tem insistentemente visitado? Não, não, claro que não. Um projeto a ser desenvolvido com o colega Albert. Tanto a mãe insistiu que ele ficou com o livro. E não é que era mesmo bem divertido? Que ideias tinha o tal Mark Twain!

Por alguns dias, Augusto andou meio desaparecido, o que deixou Laura amuada. O que teria havido? Teria sido algo que ela dissera? Algo que ela fizera? Teria ele deixado a rosa pelo jasmim? Talvez ela tivesse entendido tudo errado. Não era que ele se achasse velho. Mas que ele a visse apenas como uma menina ainda. Como se fosse minha própria irmã — foi o que ele dissera à sua mãe, não? Tentou sondar com o irmão; com muito tato. Sentia-se como Jo. Como Jo, *esforçava-se ao maximo para encobrir seus sentimentos. Tinha muito medo que delles viessem a rir.* Em especial, Martinho e Célia. Sim, Augusto tinha ido trabalhar normalmente, mas saía sempre às pressas, dizendo que precisava ir logo para casa. Ir logo para casa?

Laura não gostou nada daquilo. Enfim... Talvez não fosse mesmo para ser. Afinal ela não passava mesmo de uma menininha. Como sempre fora. Ele a deixara pelo jasmim.

Augusto corria mesmo para casa. Tinha uma tarefa a cumprir. E tinha pressa. Sentia muita falta das visitas que fazia à família Künstler nos finais de tarde, mas tinha pressa. Hannah estava feliz por ter o filho mais presente; ao mesmo tempo, preocupada, pois alguma coisa ali não estava certa. Ele nada lhe contava — alguma coisa ali não estava certa. Augusto seguia firme na execução da tarefa; ainda não chegara à perfeição desejada. Estava lendo o livro sugerido pela mãe que lhe dava um certo e necessário descanso mental e, de verdade, o divertia, até que... *Talvez eu deva me lembrar de que ella é muito jovem, uma menina apenas, e levar isso em consideração. Ella é toda interesse, entusiasmo, vivacidade, o mundo é para ella um encanto, uma maravilha, um misterio, uma alegria; que prazer demonstra quando uma nova flor encontra, precisa toca-la e acaricia-la e sentir seu aroma e falar com ela, e criar para ella nomes affectuosos.* Aquilo lhe caiu como um balde de água fria. Eva, a menina descrita por Adão ali no texto, era Laura, sem dúvida. Uma menina apenas. A quem estava ele iludindo? A si mesmo. Aquela menina, toda entusiasmo, toda vivacidade, não se interessaria por um homem já tão mais velho como ele. Ou se interessaria? Cheio de dúvidas Augusto ficou.

Com a tarefa já bem adiantada, mesmo assim, decidiu que terminaria o poema. E o daria a Laura. Não era para ela que o estava escrevendo? Ele a convidaria para um último passeio — daria a si este último prazer. Leria para ela o poema. A seguir, a acompanharia de volta à sua casa e aquele seria o adeus. O fim de um lindo sonho que poderia ter sido, mas não se realizaria. Poema finalizado, no encontro seguinte, assim que Laura tirou da bolsa o famigerado livro do qual não se separava, Augusto a deteve. Não, não. Ponha o Casimiro de volta ao lugar onde hoje ele ficará. Hoje, o poeta sou eu — e tirou do bolso uma folha de papel dobrada com todo o capricho. Limpou a garganta, respirou fundo e... *Laura, deste mundo pareço me ausentar / E me illuminar pela mais pura luz do ceu / Quando teu doce olhar encontra o meu / E quando minha imagem cintila / Em teus divinos olhos verdes!* — aqui Augusto se autorizara a trocar a cor dos olhos de azuis para verdes. Aproveitou para dar uma paradinha e verificar que efeito ia tendo sua leitura em Laura. Ela lhe pareceu embevecida. Seguiu. *Teu olhar, que apenas irradia amor, / Poderia fazer o marmore sem vida se mover, / E corações nas rochas pulsarem; / Sonhos tornam-se reais ao meu redor / Pois em teus olhos posso ler / Laura, só minha tu és!* Olhou novamente para Laura. Sentia-se vitorioso. Com certeza, seu poema venceria de longe os de Casimiro. Pelo menos isso. Entregou o papel à jovem que com tal intensidade amava, que o redobrou e segurou junto ao peito. Será que havia ainda alguma esperança? Será que ela seria ainda sua? Só sua?

Naquele dia, Laura retornou à casa esfuziante. Ainda uma vez Augusto a levara ao Jardim da Luz. E o que era aquele poema? Ele o havia escrito pessoalmente para ela? Quando chegaram de volta, perguntou se ele não iria entrar um pouco, mas ele preferiu não. Ela estranhou. Despedir-se-iam ali mesmo no portão — despedida demorada. Augusto pegou as mãos de Laura e assim ficaram por alguns minutos, olhos nos olhos, em silêncio. O que será que ele está pensando? Por que nada diz? Haverá algo de errado? O momento os envolvia com um silêncio que talvez muito dissesse. Adeus, Laura! — foram as palavras de Augusto. Adeus? — a ouviu sussurrar. Ou seria até logo? — acrescentou ele. Até logo! — foi a resposta de Laura, totalmente espontânea e impensada. Viu Augusto se afastando de costas, sem soltar suas mãos, que parecia querer levar consigo. Com os passos, foram escorregando — palmas nas palmas, dedos das palmas, dedos nos dedos. Até logo, então — disse. Laura sentiu-se confiante novamente. Sabia que ele voltaria.

E Augusto? Retornou à casa esfuziante. Voltara a se sentir cheio de esperança. A forma como Laura segurara seu poema junto ao peito. Sentiu sua cabeça aconchegada entre os seios da mulher amada. A longa despedida junto ao portão dos Künstler. Mais um momento mágico para sua coleção. As mãos que teimavam em não se soltar. Até logo? Laura queria vê-lo novamente — em breve. O poema havia, sentia ele, atingido em cheio o coração da menina de seus olhos. Será que ela, tão querida, o amava? Deitou-se na cama, cheio de sonhos.

Pôs-se a ler o que agora Eva dizia em seu diário. O que ali encontrou deu-lhe ainda mais esperança. Queria ler aquelas palavras como se fossem de Laura dirigidas a ele. *Eu o amo com toda a força da minha natureza apaixonada, e isso, penso eu, é proprio da minha juventude. Se eu me pergunto por que o amo, descubro que não sei, e nem me interesso muito em saber. Então, por que eu o amo? No fundo elle é bom, e o amo por isso, mas também poderia ama-lo sem isso. Elle é forte e bonito, e eu o amo por isso, e o admiro e tenho orgulho delle, mas poderia ama-lo sem essas qualidades. Se fosse sem attrativos, eu o amaria; se fosse feanchão, eu o amaria. Sim, acho que o amo meramente porque elle é meu e é masculino. Supponho não haver outra razão. Esse tipo de amor simplesmente chega — ninguém sabe de onde — e sem explicação. Não precisa. É isso o que penso.* Suspirou.

Laura lia e relia o poema escrito para ela — para ela. Como era lindo! Como pudera Augusto escrever palavras tão belas? Seria um poeta nato como seu estimado Casimiro? Devia admitir que ele havia superado o seu rival. Será que os ciúmes causavam isso? Será que essa teria sido a causa de voltar sempre às pressas para casa? Mais mistérios a serem desvendados. Será que o amor seria sempre assim? Um jogo repleto de mistérios e segredos? Laura não gostava muito disso. Já estava era se cansando. Lia e relia o poema em busca de respostas. Não as encontrava. Resolveu falar com Clara. Afinal, ela já estava noiva e devia estar enamorada, não? Mostraria a ela o poema, mesmo tendo prometido a Augusto não mostrá-lo a ninguém. Ora, sua irmã não era ninguém. Era sua irmã mais velha.

Augusto pensava e suspirava. Será que um dia Laura abriria seu coração a ele com palavras como as de Eva? Como gostaria que sim! Novamente suspirou. Agora era ele que se sentia como se fosse dois ao mesmo tempo. Um estava ali, suspirando, sonhando, ansiando, quase como um colegial apaixonado. O outro espiava de longe e refletia. Ouviu a voz de seu pai, vinda de mais de uma década passada. Sabe, Augusto, você só entenderá bem isso no dia em que amar uma mulher de verdade. Aí então tudo vai fazer sentido. Isso vai ainda demorar, mas um dia vai acontecer. Será que o dia predito pelo pai finalmente chegara? Tentou se lembrar do poema. *Surprehendo-a. Ella estaca, assustada, indecisa; / Tomo-lhe as mãos; baixinho, ao seu ouvido, entôo / A atrevida canção do amor que tudo pede. É o amor afinal.*

Clara leu o poema uma vez. E mais uma vez. É belíssimo, Laura. Augusto o escreveu? Sim, não se trata de um verdadeiro poeta? Clara concordou. Pelo que diz aqui, deve estar muito encantado por você. Leu alto os versos finais. *Sonhos tornam-se reais ao meu redor / Pois em teus olhos posso ler / Laura, só minha tu és!* Deveras apaixonado! Como Laura se sentiu feliz! Se sua irmã assim dizia, devia ser verdade, pois era entendida no assunto. Tão entendida que lhe surgiu uma pequena pulga atrás da orelha. Precisaria falar com sua mãe, que era ainda mais entendida do que ela. Procurou-a a sós. Mamãe, você ainda tem aquele livro de poemas que *Tante* Lise lhe presenteou? Daquele poeta alemão? O de Schiller, Clara? Sim, Mamãe, esse mesmo. Por que pergunta, filha? Creio que o golpe Schiller volta a ser aplicado em nossa família.

Vendo que Minna não a entendia, compartilhou com ela sua dúvida. A senhora lembra se havia no livro poemas dedicados a uma Laura? Pelo que ela se lembrava, havia sim, e eram vários. Foi buscar o livro. Apesar de Clara não ter consigo o poema, que foi rapidamente escondido pela irmã, lembrava-se dos versos finais. Mãe e filha foram folheando o livro. Um, não era; outro, não era. *Entzückung an Laura.* Procuraram o trecho. *Kann ich nur in deinen Augen lesen: / Laura, Laura mein!* Era esse mesmo. Mas que danado! Mais um caso na família. Tornara-se uma tradição. Puseram-se a rir. E agora? Contar ou não contar — era a questão.

O ano era
1927

Grande euforia — pneumonia e sarampo — *Renovação* — sábias palavras — decisões tomadas — "seu" Augusto — oito pragas — *films* e charretes

Hannah iria para o Rio de Janeiro. Pela terceira vez seria avó. Vinha rezando para que nada acontecesse com este bebê. Augusto a deixou logo cedo na Estação do Norte, não longe de casa, onde ela tomaria o trem diretamente para ir ver a filha e o genro. Bertha já estava acreditando que pesava sobre ela alguma maldição — que não havia nascido para ser mãe. Cada vez que engravidava, perdia a criança anterior. Foi assim com seu primeiro filho, o pequeno Willy. E foi assim com o segundo, Mikael. Agora estava para chegar mais um e o pânico se apossava dela. Se este vingasse, teria que dar um jeito e não engravidar de novo. Estava decidida. Nunca mais queria passar por tanta dor e tanto sofrimento. Desta vez a mãe estaria com ela — talvez isto fizesse alguma diferença, pensava.

Casada há oito anos, havia amadurecido muito. A vida com o marido, que trabalhava muitas horas até nos fins de semana; a distância de sua pequena família, de quem sentia muita falta; a adaptação a uma cidade com hábitos, ao menos ela assim achava, bastante diferentes; sem falar na perda que tivera de dois filhinhos. Ela não engravidava com facilidade. Engravidou pela primeira vez logo após o casamento. A gravidez não vingou. Isso não era nenhum problema, diziam. Acontecia muito com mulheres jovens — o corpo ainda não estava preparado. Depois de dois anos, chegara o pequeno Willy. Um menino lindo, gorducho, sempre sorridente. Completou dois anos no carnaval e saiu, vestidinho de pierrô, com os pais para brincar na avenida. Que graça estava com sua roupinha de cetim enfeitada com pompons nas mangas, nas pernas, no peito!

Fora uma época de grande euforia, quando todos queriam esquecer os recentes anos aterrorizadores — o grande conflito na Europa e, a seguir, a gripe espanhola, mais devastadora para os brasileiros do que a guerra. Um sentimento de fim do mundo fazia com que o povo se entregasse à folia como se fosse a última. O ano anterior havia sido assim e aquele prometia não ser diferente. A sensação de otimismo contagiara também o jovem casal. Tudo ia indo tão bem: o convívio entre eles era ótimo, Wilhelm era um dedicado marido e pai, Willy estava cada dia mais lindo, e logo a família cresceria. Bertha já trazia um novo bebê a caminho. Naquele ano, iriam compartilhar da alegria, e mostrar ao pequeno os desfiles de corsos e os cordões carnavalescos dançando e cantando as últimas marchinhas recém-lançadas. A sempre popular "Ó abre alas" até o pierrozinho aprendera. *Ó abe ala que eu que passá* — era o que repetia vezes sem fim. E, claro, com ele, iriam participar das divertidíssimas batalhas de confete.

Veio a chuva. Veio a tosse. Veio a febre. Veio o médico. Auscultou-lhe o peitinho. Como chiava! Trata-se de uma broncopneumonia, já em estado avançado. Mas vamos tentar. Daremos ao infante um fármaco que tem se mostrado muito eficiente. Quem sabe? O *Phospho-Thiocol Granulado de Giffoni*, que encerra *sulfo-gaiacol*. Vejamos aqui. Abriu a maleta e de lá tirou a bula. *Sulfo-gaiacol. Tonifica os pulmões e desintoxica os intestinos.* Por estranho que pareça, também recomendável no caso do infante. *Em pouco tempo o appetite volta, a nutricção é melhorada e o peso do corpo augmenta.* E como disse, *é o fortificante indispensável na convalescença da pneumonia, da influenza, da coqueluche e do sarampo.* Vejam que tenho um frasco aqui. E vamos complementar com dois comprimidos de *Phenaspirina — o remedio que mais vidas salvou durante a 'Hespanhola'* — bem amassadinhos com uma limonada quente, e umas boas colheradas da *Emulsão de Scott, do Puro Oleo de Figado de Bacalhau da Noruega*. Talvez aumente suas chances. E vamos ver como evolui o infante.

Wilhelm e Bertha já estavam irritados com aquela história de infante. E nada seguros com a postura do médico. Vamos tentar? Quem sabe? Talvez aumente as suas chances? Se o caso era tão grave, por que não o dizia claramente? Afinal, não houve mesmo jeito. Foi-se o pequeno Willy. O pai se culpou pelo ocorrido. Antes não tivéssemos ido àquele maldito carnaval. Se não tivéssemos ido, será que nosso Willy ainda estaria conosco? Bertha se recusava a alimentar tais pensamentos. Nunca poderemos saber. Se foi, é por ter chegado sua hora. Isso está nas mãos de Deus. Quanto rezamos e pedimos? Não colocamos tudo nas mãos d'Ele? Pois Ele sabe sempre o que é melhor. Temos agora que pensar neste outro filhinho que logo estará aqui conosco. Passou carinhosamente a mão na barriga. Deus sabe o que faz.

Poucos meses e chegou Mikael. O pai escolheu o nome. Nome forte, nome de anjo. Mais uma vez aconteceu. Foi aí que Bertha começou a acreditar que pairava sobre ela alguma maldição. Mais uma vez tudo corria bem e quando Mikael estava para completar três anos, Bertha engravidou novamente. A alegria foi grande. Até que a poucos meses do nascimento do novo bebê, foi-se Mikael. Desta vez, o sarampo. Bolinhas vermelhas pela pele e uma febrinha. Fica na cama e vai passar. Não passou. Sarampo seguido de complicações nervosas. A maior dor de Bertha? Não poder ficar junto do pequeno enfermo, que acabou sendo internado, pelo risco de ela se contaminar no final da gravidez. Sozinho no hospital, partiu seu segundo filhinho. E Bertha? Além da dor de mais uma perda, apavorada com a maldição. Viu-se tomada de pânico, pensando no bebê que em breve chegaria.

Entre esses dois momentos dramáticos — e depois até alimentada por eles —, em várias ocasiões, Bertha se pegava dividida entre âmbitos diversos, algo que já a acometera antes de conhecer Wilhelm. Agora era diferente. Não que tivesse voltado a sonhar com o luxo e a riqueza que a seduziam na época. Não, agora era bem diferente. Ela continuava a ler muito e as leituras a traziam outras ideias e outros mundos. Por meio de artigos de revistas, conheceu Bertha Lutz, sua xará e famosa líder feminista, autora de vários trabalhos sobre os direitos da mulher. E Maria Lacerda de Moura. Nunca comparecera a nenhuma de suas conferências — bem que gostaria —, mas lia tudo o que ela escrevia, ou o que sobre ela escreviam. Comprara *Renovação*, um de seus livros. Logo no prefácio, um trecho a encantou.

Lia e sonhava. Quizéra desprender-me de mim mesma... Uma sêde intensa de saber apoderou-se inteiramente de mim. Quanto mais lia mais me sentia pequenina porém com maiores forças para a grande conquista. Compreendi a grande necessidade de educar o meu espirito, aprendi a lêr, a armazenar os conhecimentos adquiridos, a arrostar com as difficuldades que me appareciam a cada momento. Finalmente senti que renasci de mim mesma. E tive pena das mulheres que não lêem. Era linda a forma como a professora conseguia colocar suas ideias. Tão verdadeiras! E como falava às mulheres! *Um grande amôr, um immenso amôr foi crescendo em meu peito e tive desejos de me expandir.* Um exemplo a seguir. *Uma necessidade imperiosa do meu sêr mandava que eu mostrasse á mulher patricia que, aqui mesmo onde vivemos, há um mundo nôvo, desconhecido de nós mulheres, um mundo de felicidades estranhas, indefinidas, delicadas, — o mundo dos livros bons que nos ensinam a viver "vida intensa", a ser util, a derramar a "flux" — idéas nóvas, desejos de uma existencia de trabalho proficuo, attrante.* Bertha não tinha dúvidas quanto a isso e viu-se pensando em sua experiência com a mãe como preceptora dos vizinhos.

Maria Lacerda de Moura navegava também por outras águas que igualmente a provocavam. Enquanto aguardava a chegada da mãe, lia interessante crônica no *Jornal das Moças* a respeito de suas ideias. *Maria Lacerda de Moura, a mentalidade nova e vibrante que tanto me enthusiama, diz, em bellissimas palavras, no seu brilhante trabalho — A educação da mulher: — "A mulher é um atrazado pedagogico. Não é mentalmente anormal; seu cerebro não foi desenvolvido, não teve exercicio. A mulher não é inferior, é ignorante. A mulher é physiologicamente differente do homem — não inferior. Sua inferioridade é apenas economico-social, inferioridade de preconceito. Os seculos de escravidão fizeram della o ente mais fraco, physica e mentamente. Mas, pretender a sua inferioridade é tão absurdo como hoje é considerado absurdo o postulado de Aristoteles, dividindo os homens em amos e escravos. A educação feminina, ou melhor, a deseducação da mulher tem retardado a civilização".*

Sábias palavras — e irrefutáveis. Era uma nova Bertha dividida. Ainda pensava que talvez fosse seu papel ser *uma estátua de Madona que procura um coração de homem para dele fazer o seu altar.* Encontrara aquilo no marido. Amava seu Wilhelm, amava sua casa, amara seus filhos. Mas não pode mantê-los. Seria um sinal? Deveria ela ser mais do que isso? Mas o que poderia ser? Seus pensamentos se embaralhavam. Será que Wilhem aprovaria essas suas leituras? Estancou na palavra "aprovaria". Tal palavra embutia a ideia de inferioridade. Ela deveria ser dona de suas leituras, com ou sem aprovação. Contudo, gostaria de compartilhar suas ideias — e que ele ao menos as entendesse. Ele era um bom homem. Nunca a agredira — verbal ou fisicamente. Quando o assunto era introduzido na conversa... Jamais faria uma coisa dessas, minha Bertha. Eu a amo e respeito demais para sequer pensar em algo assim. Será que ele se julgava superior? Ela nunca perguntara. Uma mulher educada ela era. Devia aspirar a mais? Suas reflexões foram interrompidas pela chegada de sua mãe e do marido, que a havia buscado na estação.

Muitas conversas se deram entre mãe e filha até que o parto se anunciou. Muitas dores e muita angústia trazida por maus pensamentos. A criança, sem saber de nada disso, nasceu. Uma menina. Uma menina linda. Uma *Püppchen,* disse o pai ao vê-la — uma bonequinha. Annemarie seria seu nome. Ela tinha cara de Annemarie. Essa sobreviveria. Assim foi. Coincidência ou não, Bertha não tornou a engravidar e a dúvida permaneceu. Hannah ficou com eles por dois meses, e, nesse meio-tempo, muitas decisões foram tomadas.

Augusto estava praticamente noivo — desta vez parecia que era sério. Hannah tinha certeza de que ele se casaria com Laura muito em breve. Seus planos incluíam morar em Santo Amaro, próximo ao seu local de trabalho e próximo à família Künstler. Havia dias em que ele nem retornava para casa e se hospedava na futura sogra. Dormia comportado no quarto com Martinho e sonhava com a noiva dormindo no quarto ao lado. Hannah não desejava deixar a sua casa. Ficaria ela sozinha? Bertha se sentia solitária vivendo na Capital e vinha expressando seu desejo de voltar a morar em São Paulo. Ainda bastante insegura com a filhinha pequena, gostaria de estar junto do apoio da mãe. Foi uma surpresa quando Wilhelm chegou com a novidade. A empresa para a qual trabalhava abriria uma nova filial em São Paulo e ele havia sido convidado para dirigi-la. Aceitou na hora. E assim, tudo se adequou perfeitamente. Voltariam, e morariam todos na casa da Rua Nova de São José.

Augusto, sozinho em São Paulo, dividia seu tempo entre o trabalho e Laura. Ah, Laura! A cada dia, mais e mais, ela era a razão de sua vida. Não conseguiria viver sem ela. No Frigorífico Santo Amaro, como agora se chamava, sentia-se alguém muito importante — o guarda-livros chefe. Tanto que, ao que novos jovens iam sendo contratados, ele se tornara o "seu" Augusto. "Seu" Augusto? Quem diria! E foi ficando conhecido pelos seus dizeres. Eram vários, repetidos vezes sem fim. Até o fim da vida.

Nos escritórios, todos tinham seus afazeres; havia muito a ser feito ao longo do dia. Nem todos, entretanto, cumpriam com suas obrigações como esperado. Muito bem, Osvaldo, é como eu sempre digo, quem quer faz, quem não quer manda. Ou, outras vezes, achavam que cumpriam suas obrigações — nem sempre como esperado ou até impedindo que outros o fizessem. Lá vinha "seu" Augusto. Muito faz quem não atrapalha. Funcionários desastrados? Não faltavam. Era livro que caía, era tinteiro que caía, era copo que caía, era incrível como caía de tudo. Isso, pessoal! Quebra que tem mais na loja. Sem falar de gente lerda. Gil, pegue lá para mim o livro-caixa de maio passado. É pra já, "seu" Augusto. E o pra-já custava a chegar. Onde foi parar o Gil? Arre! *Wenn es noch lange dauert, dann warten wir noch ein bissen.* O que foi, "seu" Augusto? Foi o que eu disse: Se demorar muito, esperaremos mais um pouco. E havia ocasiões em que, advertidos e contrariados, havia sempre uma justificativa. Fiz assim, pois é como está escrito no manual, no rótulo, no contrato. Sim, claro, não sabe que papel aceita tudo? Dizeres que se popularizaram e logo eram repetidos pelos colegas. Pois é, como diz o "seu" Augusto...

E foi com "seu" Augusto que Nestor, por vezes evitado pelos colegas devido ao excesso de negativismo que irradiava pelo ambiente, quis trocar ideias sobre a matéria de primeira página do jornal *A Gazeta* em uma segunda-feira qualquer. *As oito grandes pragas de São Paulo* era a manchete em letras garrafais. O senhor viu isso, "seu" Augusto? Não, ele não tinha visto. Era fato que São Paulo não era mais a mesma — algo que se ouvia dos saudosistas em todo canto e que ele mesmo sentia às vezes, confirmado por sua mãe. São Paulo não era mais a mesma. Muitas coisas haviam se desenvolvido e a cidade passou a oferecer facilidades que simplificavam a vida. Mas tudo tem um preço. Pensando nisso, perguntou ao emissário da novidade. O que diz o artigo?

Ah, só coisas ruins e, o pior, verdadeiras. Coisas que testemunhamos todos no dia a dia. E diz que estamos bem, pois temos só oito pragas, enquanto no Egito de Moisés foram dez. O que, retrucou Augusto com um leve tom de deboche — por ser uma questão matemática, é certo. E quais são as tais oito pragas? Ah, tudo o que está todos os dias nas páginas dos jornais e na boca do povo. Vou ler para o senhor. Augusto se inquietou — aquilo iria longe e ele tinha muito a fazer. Olhou por Martinho e pelos outros rapazes, mas ninguém à vista. Todos já haviam, estrategicamente, partido em busca de suas obrigações. Franziu o sobrolho. *O jogo. Praga terrível. Mas em São Paulo, o jogo é irremovivel. A policia não o combate; não o guerream as instituições civicas; não o perseguem os da politica.* E por quê, "seu" Augusto? Por quê? Corrupção, ora, o que mais. Augusto sabia que era inútil retrucar, mas pensou consigo. Ora, joga quem quer. *Endemia dolorosa, o jogo tem feito mais desgraças que quantas crises financeiras; tem esboroado centenas de lares; corrompido milhares de moços; e arrancado do caminho do trabalho e da honra espiritos probos que não souberam resistir ao degradante contagio das cartas.* Augusto era chegadinho a um jogo de cartas; jogava com Albert, com Martinho, até com sua mãe. Joguinho em família, um ótimo exercício para o raciocínio. O que havia de mal? Nada. Mas se deixar corromper, isso lá era culpa das cartas? Mais uma vez se calou.

A exposição continuava. Veja que a segunda praga é uma consequência da primeira. *Suicidios. Outra praga é a actual epidemia de suicidios. Ninguem quer viver mais. A vida parece insupportavel á metade do genero humano ou pelo menos á metade dos habitantes de São Paulo.* Augusto já pensava em cometer um suicídio ali mesmo. Ou talvez, melhor, um homicídio. Não se conteve. Nestor, isso está um exagero, não? De forma alguma, "seu" Augusto. Está tudo aqui. Preto no branco. *Combater o suicidio é impossivel. Quem quer morrer mesmo... compra ao boticário a sua passagem para o outro mundo, vai ao Viaducto do Chá, a um prédio de dez andares, há as locomotivas, o Tietê historico, o Tamanduatehy immundo... É só querer.* Sim, são muitas as opções. Obrigada, Nestor, se um dia eu decidir me matar... Ai, "seu" Augusto, não diga isso. Quer saber quem são os que se suicidam? Não, não, muito obrigado. Tem mais? Ah, sim, senhor, muito mais. Apenas enumere, Nestor, apenas enumere. Veja que passa o tempo, e eu tenho muito trabalho a fazer.

A infancia abandonada. O que me diz dessa, hein, "seu" Augusto? Sim, esse era realmente um problema bastante sério. *Terrivel problema, o da infancia desvalida. É uma praga. O que vemos hoje é um espectaculo contristador: são crianças completamente abandonadas, jogadas ao "Deus dará", sem um carinho, sem uma bençam, sem um conselho siquer, que lhes possa valer nos instantes em que perigam entre o vicio e as más companhias.* Zé do Boné — foi quem veio à lembrança de

Augusto. Por onde andaria? Que fim teria levado? Pensar que ele próprio poderia ter sido tragado por tais perigos não fosse seu pai. E Charles Dickens. Distraiu-se, e Nestor seguia falando. Quantas pragas faltavam?

Oh, Deus! Falava sobre os preços dos aluguéis e, a seguir, sobre os desastres. *Antigamente um desastre alarmava a população. Quando um carro atropelava o pedestre e os cavallos o pisavam, os jornaes inseriam a noticia nas primeiras paginas. Hoje, que a vertigem da velocidade é praga espalhada pelo mundo todo, ninguem se impressiona deante de um desastre fatal, porque o facto é de todos os dias. O automovel custa, annualmente, a São Paulo, cerca de cento e cincoenta vidas!* Cento e cincoenta — enfatizou o perseverante leitor. *E quantos ha ahi deformados, aleijados e paralyticos, porque o "filho de papae" quiz fazer um bonito?* Pôs-se a ilustrar a quinta praga com um sem-número de exemplos de familiares e conhecidos. Não que Augusto não concordasse que os acidentes vinham sendo muitos e que passaram a ser um fato banal. No entanto, todo aquele falatório melhoraria o quê? Começou a arrumar sua escrivaninha — ajeitar os papéis, encher os tinteiros, apontar os lápis. O que mais poderia fazer? Quantas pragas ainda faltavam? *A porteira do Braz.* Sim, sim, um problema. E o que mais?

A *falsa mendicância? É raro o dia em que não se lê, ao menos um "suelto", sobre a falsa mendicidade. Proliféra o mal espantosamente. São Paulo está infestado de mendigos, mendigos de toda a sorte, velhos e moços, verdadeiros e falsos, mulheres e crianças.* Lembrou-se de sua mãe e quantos falsos mendigos até vieram a conhecer nos velhos tempos na Rua Nova de São José. A falsa cega que dava bengaladas em seu acompanhante, um menino que só chorava, para que ele chorasse mais e mais. A outra que fingia não poder andar, mas se arrastava, e vinha com várias crianças que coletava pelo cortiço onde morava. Eram mesmo de toda sorte já há tantos anos. *A exploração da boa fé alheia é das mais vis.* Com que prazer e exaltação lia a reportagem! Augusto não se conformava. Parecia saborear cada palavra.

Annuncios — a oitava praga de São Paulo. Aleluia! *Hoje estamos quasi sem as fachadas das nossas casas, dos nossos melhores predios: os annuncios as encobrem.* E o pior? *E que reclames! São importantes pelo tamanho, pela desproporção, pelos erros orthographicos que apresentam, pela falta de esthetica...* Menciona ademais a abundância de anúncios — péssimos — nos jornais e revistas. E temos várias subpragas. O senhor sabe quais são elas? Sim, Nestor, eu imagino. Outra hora falamos. Creio que ouvi o "seu" Alexandre me chamando e ele não gosta de esperar. Você também tem o que fazer, não? Vamos nos cuidar antes que a praga do desemprego nos pegue. Bem lembrado, "seu" Augusto. Bem lembrado. Cada vez que Nestor o apanhava para essas suas conversas, Augusto se sentia pesado e com uma leve dor de cabeça. Por que seria?

Saindo do escritório, para passar a dor de cabeça, parada obrigatória na casa dos Künstler. Boa tarde, *Frau* Minna. Laura já chegou? Não ainda, mas deve estar chegando com Clara. Vou passar um cafezinho. Aceita? Não precisa ter o trabalho. Trabalho nenhum, Augusto. Então, aceito com prazer. Muitas vezes ajudava em algum reparo necessário na casa, algo que Martinho evitava ao máximo. Isso fazia com que crescesse no conceito que Minna fazia dele. Que rapaz atencioso! Dará um excelente marido.

Quando Laura chegava, passavam horas conversando. Nem importava sobre o quê, mas estavam juntos — conversando. Às vezes, à noitinha ou aos fins de semana saíam para um passeio. Com Clara e Albert, com Célia e algum rapazola, com Martinho, ou sozinhos — ocasiões preferidas. Iam assistir a um *film*, sempre um bom programa. Frequentavam os cinemas do Centro — da Cidade, como diziam. Eram bem mobiliados, confortáveis, tinham boa música e traziam as últimas novidades. Além disso, por serem um tanto distantes, o casalzinho ganhava o tempo das viagens de bonde. Harold Lloyd? Certamente. E iam conhecendo novos *actores* e *actrizes*, pois talentos desabrochavam dia a dia. Conheceram Douglas Fairbanks em *Robin Hood*; Greta Garbo em *Terra de todos*;

Lillian Gish em *A letra escarlate*: John Barrymore em *Don Juan;* John Gilbert em *O cavalheiro dos amores*; Emil Jannings em *Quo Vadis?*; Ramon Navarro em *Ben-Hur*; Gloria Swanson em *O amor de Sunya*; e tantos outros cujos nomes se perderam com o passar dos anos. Ah, é claro. Mary Pickford em *Pollyana*. *Pollyana*! No dia seguinte, Laura recebeu de presente do noivo um exemplar do livro, tanto que o filme a havia sensibilizado e encantado.

Iam às corridas de trote no Hipódromo da Mooca; gostavam de ver as pequenas charretes puxadas por cavalos competindo entre si. Muito mais divertidas do que as corridas de cavalo — ao menos para eles. Sem falar em observar os trajes dos sócios, a quem era destinada uma área exclusiva. Augusto, você precisa providenciar uma cartola. E você, Laura, precisa de uns modelinhos que sigam a última moda europeia. Riam ao se comparar aos frequentadores pertencentes à elite paulistana da época. E o tempo ia passando devagar.

O ano era
1927

Aprazível cochilo — questões íntimas — isca atrativa — devaneios científicos — mugidos de vaca — legítimos almofadinhas — homem-máquina

E o mundo não era mais o mesmo — mesmo. O século XX havia chegado para ficar e ia atropelando tudo o que havia existido até então. Muitos cativados pelo progresso e com as novidades que apareciam a toda hora; outros, saudosos e receosos, temiam as mudanças que já vinham ocorrendo e o que ainda estaria por vir. E os Küstler? Minna olhava para seus quatro filhos e sentia-se tranquila. Até um tantinho orgulhosa. Crescidos estavam e pareciam bem encaminhados. Seu trabalho estava feito — assim o esperava. Era interessante perceber como cada um havia desenvolvido sua singular personalidade, seu jeito de ser particular. Vamos observá-los e vocês tirarão suas próprias conclusões.

Insistentes soadas de algo que ecoava como mugidos de uma vaca rouca interromperam o descanso pós-almoço, pós-lavar-enxugar-e-guardar-louças, das quatro mulheres Künstler. Sábado, fim de tarde. A cadeira de balanço de vime onde Minna se sentava, depois de um vai-e-volta, vai-e-volta, vai-e-volta, havia repousado com ela num aprazível cochilo. As filhas? Cada uma ocupada com seus interesses. Clara, aguardando a chegada de Albert para noivarem um pouco, tinha em mãos um livro que, o lendo uma colega da Casa Lemke, chamara sua atenção pelo título. *Histórias e sonhos.* Sim, o emprestarei a você assim que terminar a leitura. Não, não são poemas. Trata-se de um livro de contos. Contos? Clara gostava de poesias e havia lido romances. Não se lembrava de ter lido algum livro de contos. Interessou-se. Agora que o tinha, estranhou. Era diferente de tudo que já lera. Era... Era... Não sabia bem dizer. Era diferente. Os personagens... A linguagem... O primeiro conto que leu foi "Clara dos Anjos". Não correspondeu às suas expectativas. Esperava encontrar uma Clara como ela, mas não.

Voltou algumas páginas e, no momento, lia "Livia". Também quase nada viu ali de si. *Ella, d'olhos parados, presos a uma linha do assoalho, levando compassadamente a chicara aos labios, ficava a um canto a pensar, remoendo a scisma, procurando decifrar naquelles traços nebulosos — tão mal guardados pela memoria — a figura viva daquelle, com quem, em sonhos, se vira indo de braço dado ruas em fóra.* Albert! Sim, aquela poderia ser ela. Mas então... *A subitas, sua alma voou, azas abertas, vôo rasgado, para outras bandas, outras regiões. Voou para a cidade de luxo e elegancia que, ao fim daquellas fitas de aço, refulgia e brilhava. Representaram-se-lhe os theatros de luxo, os bailes do tom, a rua da moda onde triunphavam as bellezas.* Não, sua irmã Célia talvez, mas não ela. Nunca sonhara com luxo e grandeza. Queria, sim, uma vida simples.

Mas... *O que é amar? interrogava fremente. Não é escrever cartas doces? Não é corresponder a olhares? Não é dar aos namorados as ameaças da sua carne e da sua volupia?* A palavra a assustou, mas ela seguiu a leitura. *O que era amar? O que era então? Ao lhe chegar essa interrogação metaphysica, para o seu entendimento, ella se perdeu no próprio pensamento; as ideias se baralhavam, turbavam-se.* Será que ela amava Albert? Será que ele a amava? Nunca o havia dito; porém, ela também não. Nem sabia o que dizer. Cartas doces? Corresponder a olhares? Sim. Carne? Volúpia? *Qual amor! Qual nada! A questão é casar.* Sim, como Lívia, queria se casar. Sonhava em ter sua casa, ter seus móveis. Com Albert; sim, estava certa disso. Com Albert. Tinha certeza de que ele seria um bom marido. Seria isso amor? Talvez não importasse. Sabia que as mesmas dúvidas andavam atormentando

Laura. Sentia-se, contudo, envergonhada de partilhar tal assunto com ela. Eram questões muito íntimas e pessoais. E a vaca rouca interrompeu suas reflexões.

Célia, cujas divagações transitavam por outros caminhos, gaiteira como era, preparava-se para ir com as amigas, logo mais à noite, a uma festa promovida pela General Electric aos empregados. Sua colocação no escritório abrira a ela ótimas possibilidades. Eram apenas seis funcionárias para muitos, muitos funcionários, incluindo engenheiros e advogados. Sim, ali era o mar certo para ela lançar seu anzol com uma isca bem atrativa. Contava que pegaria um peixe bem graúdo. A isca? Ela mesma. Para ser bem-sucedida, tinha que cuidar da aparência. Acreditava ser este o segredo para atrair um bom namorado, que se tornaria um ótimo marido. *O que era amar? O que era então?* Era engraçado, mas essas dúvidas a ela não atormentavam. *Qual amor! Qual nada! A questão é casar.* E, para ela, por que casar? Ela, sim, para voar para a cidade de luxo e elegância.

Bem mais ambiciosa do que sua irmã, pensava como Lívia. Sabia, ou ao menos achava, que, se quisesse fisgar um peixe bem graúdo, devia seguir tudo como indicado pela leitora experiente de *A Cigarra* às *Filhas de Eva*. Nisso investia. *Que é a belleza da mulher? Rara é a formosura natural, desprovida de pinturas e outros recursos modernos de embellezamento. Hoje, as mulheres tornam-se lindas pela acção desses recursos, de maneira que quase todas estão actualmente num plano geral.* Sim, Célia concordava. *Vejamos si uma mulher pode ser feia nos tempos modernos.* Selecionava cuidadosamente o que cabia a ela. Vejamos. *Si tem as faces pallidas,* — às vezes, um pouco — *o "rouge" se encarrega de enrubescel-as; si os labios são descorados* — não que o fossem, mas — *ficarão vermelhos como cerejas, sob a acção do "baton"* — sempre desejável; *as pestanas são imperceptiveis? o "noire" tornal-as-á visibillissimas; finalmente, si as sobrancelhas são bastas, grossas, horríveis, toma-se duma pinça e... com alguma paciencia (que, aliás, nunca falta em casos semelhantes) ellas se tornam tão finas e tão caprichosamente arqueadas, que é um prazer observal-as. E... eis uma creatura bella...* Eis uma

Célia bela — irresistível aos olhares masculinos. *Descansem "bellas" creaturas! nada temam, cabecinhas de vento! Conhecidos os recursos de que lançam mão para o aperfeiçoamento das respectivas bellezas, sempre hão de ter a seus pés o eterno admirador e escravo que é o sexo forte.* Sim, era isso que almejava.

Para tanto, no momento, cuidava das unhas. Vinha usando os produtos da Cutex. *...muito simples: — Primeiro, lavam-se bem as mãos. ... com uma lixa fina Cutex, limam-se os extremos das unhas afim de aparal-as e dar-lhes fórma. ... molha-se o páo de laranjeira Cutex no Removedor de Cuticula, ... um pouco de algodão na ponta ... molha-se de novo no liquido ... tirada a pellicula supérflua... applica-se o polimento.* Como? *O Brilho Liquido Cutex applica-se com um pincel pequeno de pello de camello, que acompanha cada frasco. ... absorve o sufficiente para uma unha e o brilho liquido se espalha por toda ella. O seu brilhante tom rosado durará uma semana. A água não o esmaece. Não descasca.* Pronto! Seria a garantia de unhas lindas e mãos convidativas a beijos de seus admiradores. E a vaca rouca interrompeu sua manicure.

E Laura? Laura sonhava. Sonhava acordada. Começava lendo e, aos poucos, entre uma linha e outra, se deixava levar por seus devaneios. Devaneios científicos se poderia dizer naquele dia. Parecia se interessar por assuntos os mais variados. O periódico que tinha em mãos continha um artigo intitulado "*O sonho*". Assunto significativo. Vamos conferir o que diz. *Em que consiste com exactidão esse phenomeno, foi sempre muito discutido.* Era mesmo algo sobre o que já refletira algumas vezes. O que seriam aqueles filmes que assistimos ao dormir? Pareciam mesmo com os filmes que assistimos no cinematógrafo. *Freud* — quem será? — *mostra que o sonho é a expressão de um desejo e, em vez de ser um perturbador, é um garantidor, um defensor do somno.* Expressão de um desejo? *O sonho das crianças revela bem o seu duplo caracter de expressão de desejos e garantia do somno. A criança que tem fome ou sêde, sonha que está comendo ou bebendo. Por um lado, satisfaz assim, imaginariamente, as necessidades do seu organismo e, por outro, graças a essa illusão, consegue ficar dormindo.*

Seguiu sua leitura. Queria saber mais. *Há, porém, mais tarde, varias cousas a considerar nos adultos que já têm no Inconsciente uma formidavel massa de desejos energicamente reprimidos pela tradição, pelas exigencias sociaes, desejos que o Censor não deixa que se revelem claramente.* Do que se lembrou? Seus sonhos com Augusto. Vinham sendo muitos. Sonhava com beijos e carícias e desejos. Não se lembrava de muitos detalhes. Seria o trabalho do Censor? Sorriu. Certamente. Os conselhos de sua mãe ecoavam em sua cabeça o tempo todo. Até chegava a ouvi-la em seus sonhos.

Interrompeu a leitura por um momento. Pegou seu *As primaveras* e de dentro dele saiu uma fotografia. Uma mulher apaixonada olhando a imagem de uma mulher apaixonada. Um casal apaixonado. Um lindo casal. Ela, um delicado e glamoroso traje com estampas florais: uma saia levemente rodada e uma longa túnica ajustada sobre a saia. Vaporoso, romântico, flutuante; como os sentimentos da mocinha enamorada. Ele, calça, confeccionada em flanela num tom claro de bege, de pernas largas caía com naturalidade. Cinto? Não, não era necessário. A calça era mantida ajustada à cintura pelo elegante suspensório. Camisa branca, mangas longas, colarinhos de pontas arredondadas. Gravata? Borboleta. Mas nada, nada disso tinha a menor importância. Onde se concentrava todo o encanto daquela fotografia? Nas cabeças e nas mãos. A cabeça de Augusto meigamente apoiada na cabeça de Laura. Ele era um tantinho mais alto do que ela. O braço de Augusto contornando os ombros de Laura e suas mãos ali entrelaçadas. Era uma fotografia com gosto de beijo roubado. Fora tirada por um lambe-lambe em um de seus passeios pelo Jardim da Luz. No dia de seu primeiro beijo. Laura desprevenida; Augusto tocou os lábios dela com os seus. Laura suspirou. Com o susto no dia; com a recordação agora. Voltou a lembrança ao livro e retomou sua leitura.

Um texto bem intrigante. *Os personagens que figuram nos sonhos são muitas vezes a fusão de varios typos. Quando, por exemplo, alguem sonha com um homem, mas o vê em sonhos com a barba de outro, é que dese-*

jaria que elle tivesse ou acredita que elle tem as qualidades do outro. Mas é claro. Lembrou-se que, em muitos sonhos, Augusto declamava para ela lindos poemas de amor. Fizera isso apenas uma vez. E havia sido uma cópia. Quando Clara revelou a ela essa verdade, ficou, de início, bastante zangada. Que insolência a dele! Tudo para se superpor a Casimiro de Abreu? A mãe, indo em defesa do infrator, que já a conquistara, argumentou que ele se dera ali a um enorme trabalho de criação ao traduzi-lo. Escrevera para ela, de fato, um lindo poema apenas inspirado por um de Schiller que lera. Laura pensou a respeito e o perdoou afinal. Diria a ele que sabia a verdade? Dizer ou não dizer — era a questão.

Voltou a pensar em seus sonhos. Um desejo seu? Que ele soubesse realmente usar palavras estonteantes em versos como Casimiro de Abreu? Talvez. Tocaria ainda mais fundo em seu coração? Talvez não. *É muito frequente que a scena mais realmente significativa do sonho, seja do ponto de vista do desejo que elle exprime...* E a vaca rouca interrompeu sua frase.

O silêncio, até aquele momento, havia sido quebrado apenas pelo chamado de um ou outro pássaro, que insistiam em cantar naquela tarde morna de primavera. E de repente... Um aprazível cochilo interrompido. Reflexões interrompidas. Manicure interrompida. Frase interrompida. Tudo interrompido pelo suposto mugido de uma vaca rouca. Ou o que fosse. Um som bastante estranho que se fez ouvir e rompeu o sossego das quatro. Minna despertou. Clara baixou o livro. Célia suspendeu o trabalho em suas unhas. Laura abandonou seu estudo sobre o sonho. Parecia mesmo o mugido de uma vaca — rouca. O que seria aquilo? Parava e recomeçava. Parava e recomeçava.

Laura foi a primeira a correr à janela. Afastou um pouco as cortinas e espiou. É Martinho! É Martinho! As outras vieram olhar. Era Martinho. Sentado à direção de um carro enorme. Ao seu lado, Augusto. Tudo era enorme: as rodas, os faróis, as quatro portas, a capota arriada, o carro todo. Martinho e Augusto quase sumiam lá dentro. Mas eram eles, sim. Ali sentados, feito um par de legítimos almofadinhas. Martinho, em particular. Em mangas de camisa sob um colete alinhado. Cabelo engomadinho debaixo de um boné de feltro bem colocado. Tudo como ditava a moda, desde que ele havia sido promovido para serviços de escritório. Dentro do automóvel, mão esquerda ao volante; braço direito sobre o estofamento dianteiro. Levantou então a mão direita para acenar às suas admiradoras boquiabertas.

Logo vieram as quatro ao portão. Mas o que é isso? Célia era a mais entusiasmada. Comprou um carro? Quem dera! Não dava para tanto. O veículo pertencia ao patrão, "seu" Alexandre, que havia solicitado ao rapaz que levasse o carro, do frigorífico até sua casa, e o estacionasse com todo cuidado na garagem. Aproveitou para se exibir à família. Augusto se animou a acompanhá-lo. Num golpe de ousadia, convidou a mãe e as irmãs para darem uma voltinha. Célia já foi abrindo uma das portas traseiras e se instalou no confortável e cheiroso banco de couro. Clara olhou para a mãe, que assentiu com a cabeça, ainda que um tanto hesitante. Entrou e foi seguida por Laura. Mamãe, você vem aqui na frente ao meu lado. Augusto saiu, e ajudou Minna a entrar e se acomodar. Sentou-se ao seu lado.

Portas fechadas, motor acionado, lá se foram. Martinho se considerava um ás do volante. Não que tivesse muita prática, mas se considerava um natural. Vivia agora a manobrar os carros e os caminhõezinhos frigoríficos; sentia-se muito bem ao dirigi-los. O emprego de seus sonhos naquele momento? Ser um caravanista. Viver levando os carros recém-montados das fábricas aos compradores pelo país. Isso seria maravilhoso. Abandonaria a ideia em breve — assim que Teresa tomasse seu coração. No entanto, de momento, sentia-se bastante empolgado ali ao volante. Pegando as ruas movimentadas, pisava fundo no acelerador, deixando a mãe apavorada e arrependida de ter aceitado tal convite.

Tão animado estava que não parava de falar. Vejam que os automóveis efetivamente dominam as ruas. Imaginam quantos já há rodando pelo país? Alguma ideia? Quase noventa mil. Noventa mil! Souberam da comemoração feita pela General Motors? 25.000

veículos montados no país. Quando abriram a fábrica em São Paulo, em 1925, eram vinte e cinco veículos por dia. Agora? A procura é tanta que passaram a cento e cinquenta por dia. Cento e cinquenta! É muito automóvel, não? Competem por cada centímetro das ruas com os bondes, com as motocicletas — cada vez mais populares —, as bicicletas e os ônibus. Ainda vemos carroças e cavalos aqui pelos nossos lados, mas no grande centro de São Paulo? Raríssimos. Enquanto veementemente discursava, vez por outra olhava para trás para espiar como reagiam as irmãs. Augusto o repreendia. Olhe para frente, rapaz, que vai meter o automóvel de nosso patrão para debaixo de um bonde. E Minna? Sentada ao seu lado, só rezava. Vamos para casa, filho? Vamos para casa?

Quando finalmente chegaram em casa, sãos e salvos, nem bem se acalmaram, Martinho decolou para elevar-se aos ares, algo que vinha fazendo há algum tempo. Laura o via, de novo, possuído pelo mesmo arrebatamento que o possuía nas praias de Santos ao empinar seus papagaios. Era a volta do Martinho revoante, amo e senhor dos céus. Lia com enorme excitação a primeira página de um jornal de alguns dias antes. *Os transportes aereos no Brasil. Já existe no Brasil, funccionando uma Companhia de Navegação aerea.* A mãe não entendeu. Navegação aérea? Navios que voam? A simples ideia a atemorizou. Não, Mamãe. Não são navios, são hidroaviões. *A "Varig", uma companhia nacional que explora com exito a linha Porto Alegre-Pelotas-Rio Grande. Uma empresa que conta com os mais modernos, seguros e confortáveis aviões commerciaes.* Minna entendia cada vez menos aquela história. Célia e Laura achavam graça da mãe. Clara, para dizer a verdade, também não conseguia entender bem o que significava um hidroavião.

Martinho, pacientemente, pôs-se a explicar. As tais aereonaves — aerobotes, na verdade — voam de momento só no sul do país, no estado do Rio Grande do Sul, de Porto Alegre a Pelotas e Rio Grande. São duas, o "Atlântico" e o "Gaúcho". Os motores? Dois motores de Rolls-Royce. Trezentos e sessenta cavalos cada um. Cavalos?

Trezentos e sessenta? Aquilo estava ficando cada vez mais absurdo. Quanta criatividade tinha aquele rapaz! Puseram-se a rir. Martinho simplesmente ignorou. Cada uma leva nove passageiros por vez e voa a uma velocidade de cento e sessenta quilômetros por hora sobre a Lagoa dos Patos, em baixa altitude — entre vinte e cinquenta metros. Até Célia se assustou. Cinquenta metros? Quanto é isso? Não me parece ser baixa altitude. Célia, minha irmã, estamos falando de uma aeronave. Queria que voasse grudada ao nosso telhado?

Muito bem informado que estava, seguiu com os detalhes. Tudo é feito para a máxima comodidade, conforto e segurança dos passageiros. Ao embarcar, cada um é pesado junto com sua bagagem, peso este que não deve ultrapassar os setenta e cinco quilos, ou haverá a cobrança de uma taxa extra. Tudo checado e certo, todos são reunidos no cais do porto, de onde são levados por uma lancha até a aeronave para o embarque. Desta vez, a interrupção veio de Laura. Por uma lancha? Mas o aeroplano está na água? Hidroavião, menina. Hidroavião. Hidro. Água. Então trata-se mesmo de um navio, como disse Mamãe? Não, Laura. Lembra-se do 14-Bis do Santos Dumont? É parecido com aquele, só que pousa na água, entendeu? Não entendeu, mas deixou por isso mesmo. Perguntaria para Augusto logo que ele voltasse.

Posso continuar? — perguntou já irritado. Bilhetes conferidos, todos embarcam, se acomodam em espaçosas e confortáveis cadeiras de vime, e recebem chumaços de algodão e uma goma para mascar. Algodão? Goma para mascar? Tudo lhes parecia mais e mais disparatado. Agora foi Clara quem o questionou. Martinho, fale a verdade. Você está de brincadeira, não? Inventando tudo isso para zombar de nós? Então não digo mais nada. Ignorantes é o que vocês são. Minna o recriminou. Não fale assim com suas irmãs. Convenha que isso tudo parece bastante inacreditável.

Laura pediu que o irmão continuasse. Até que estava interessante. Queria saber como era aquela história de algodão e goma para mascar. Muito bem, mas não me interrompam mais. O algodão deve ser colocado nos ouvidos para atenuar o barulho dos motores. Dizem que é ensurdecedor. Para uma conversa a bordo, só aos berros. A goma para mascar? Como há mudança na pressão do ar com a altitude, cria-se um incômodo aos ouvidos; mascar a goma ajuda a aliviar isso. As regras durante o voo, para garantir a segurança, são bastante rígidas. Proibido fumar, dependurar-se pelas janelas ou atirar o que quer que seja pelas mesmas.

Dependurar pelas janelas? A cinquenta metros do chão? Vai nos dizer que tem janelas essa sandice voadora? Sim, Mamãe, voam com as janelas abertas. Só são fechadas durante a decolagem e durante o pouso para evitar que a água entre e encharque os passageiros. Minna não sabia o que pensar. As irmãs não conseguiam parar de rir. Esse Martinho tinha mesmo uma imaginação hilária. Célia queria levar a brincadeira adiante. Vamos ver até onde ele chega com essa história. E aí, meu irmão, e se alguém precisar... você sabe... aliviar certas necessidades inadiáveis? Alivia-se pela janela? Clara e Laura gargalhavam. Minna franziu as sobrancelhas. Modos, menina. Não, Mamãe, interrompeu Martinho. Célia levantou uma questão importante. Algo que pode acontecer. Tudo foi pensado, como eu disse, para o máximo conforto dos passageiros. É óbvio que há uma instalação higiênica em caso de necessidade. Na traseira do hidroplano fica um penico, ou melhor, um urinol — e com tampa. Mais gargalhadas.

Não querem acreditar? Curteza de vocês. Um dia constatarão que tudo o que digo é a pura expressão da verdade. A maior vantagem? O voo dura apenas duas horas e vinte minutos. A viagem é bem mais rápida do que de trem, por quase o mesmo preço. Quando está pronto para decolar, a lancha que transportou os passageiros faz ondas que ajudam o hidroavião a dar um pulinho e sair do chão — ou melhor, da água. O que não anda nada fácil é convencer as pessoas de que viajar em um avião é mais seguro do que qualquer dos outros meios de transporte disponíveis. Mas ainda verei um dia todas vocês a bordo de uma dessas aeronaves. Vocês vão ver. Ah, isso é que nunca — se é que você está falando a verdade. Está achando que somos malucas? Quem é que vai querer se sujeitar a um horror desses?

Martinho se calou. Todas haviam parado de rir; porém mantinham o olhar de chacota. Não era para menos. Ainda achavam que aquilo era tudo uma invenção por parte dele. Ele sabia que não. E sabia quem ele era. *Sou um trem / Um navio / Um aeroplano / Sou a força centrifuga e centripeda / Todas as forças da terra / Sinto a vida cantar em mim uma alvorada de metal / Ando / Musculos elasticos / Andar com a força de todos os automoveis / Com a força de todas as usinas / Com a força de todos os bancos / Com a força de todas as explorações de linhas ferreas.* Era Martinho rodante, Martinho flutuante, Martinho revoante, Martinho atleta, amo e senhor da terra, das águas e dos céus. Incorporava o homem-máquina surgente no século XX. Teria um dia um carro. Teria um dia um navio. Teria um dia talvez um avião. Um dia teria... Ou não.

O ano era
1928

Noivado confirmado — providências e preparativos — estado de choque — *Onkel* Guto — mulher pensante — desleixo criminoso — premência da educação

E o noivado foi confirmado. Augusto e Laura, comprometidos, iriam se casar. Não havia ali um pai para pedir a outro pai a mão de sua filha para seu filho. Então tudo se resolveu entre as mães. Um almoço de domingo. Hannah veio conhecer a futura nora. O encanto com que Augusto falava dela já havia contagiado a mãe, que esperava encontrar a moça certa para seu filho. Tal moça encontrou. Deu-se também muito bem com Minna. Eram duas mães com valores e dores em comum.

Noivos, a vida de Augusto e Laura pouco se modificou, em especial durante a semana. O emprego de Augusto no frigorífico ia bem. Sendo um empregado de muita confiança, caiu nas graças do patrão, o senhor Alexandre. Precisava trabalhar duro para economizar um bom dinheiro se quisesse mesmo se casar. E queria. Pediu um aumento, o que lhe foi concedido em reconhecimento pelo bom desempenho que vinha tendo. Além disso, com o negócio se ampliando a cada dia, havia boas razões para horas extras após o expediente ou até nos fins de semana — e que eram pagas corretamente.

Quando saía em um horário conveniente, dava uma passada em casa dos Künstler para noivar um pouco. Muito bem vindo, por vezes ficava para jantar. Mas era nos fins de semana que conseguiam passar mais tempo juntos. Tinham muito a conversar, muitos planos a fazer. E imaginavam como seria sua vida no ano seguinte... e no outro... e dali a dez anos... e dali a cinquenta. A imaginação corria solta com a cabecinha de Laura encostada no ombro de Augusto e a lua lá no céu.

Augusto, sempre buliçoso. Gostava de sair, gostava de levar a noiva a passear. O Jardim da Luz continuava a fazer parte do programa. Laura gostava de lá. Era o local onde o amor entre os dois havia florescido. Aos sábados e domingos em que havia as competições de atletismo, por vezes fazia companhia aos rapazes — Augusto, Martinho e o amigo João Hausner, que agora vinha também acompanhado. Eram momentos bem descontraídos. Enquanto eles davam o seu melhor nas provas das quais participavam, as mocinhas torciam por seus atletas favoritos e conversavam sobre assuntos femininos — noivado e casamento, segredos e confidências, casa e crianças. Quando terminavam os certames, como estavam os rapazes? Imundos da cabeça aos pés, além de muito suados pelo esforço. Mesmo assim, ganhavam beijos e abraços de suas fãs ardorosas.

Marcada a data do casamento, muitas providências deveriam ser tomadas. Escolheram uma casa na mesma rua em que os Künstler moravam, quase em frente à Santa Casa de Santo Amaro. Era pequena, mas perfeita para o jovem casal. Senhor Alexandre, como presente de casamento, fechou o negócio, contribuindo com seis meses de aluguel adiantado. Augusto tinha planos para o futuro. Comprar um terreno em uma área não muito longe, porém mais tranquila, pois até aquele centro ia se tornando agitado demais. Construir uma bela casa onde morariam por mais de cinquenta anos. Sim, Laura, será uma ótima casa, com um vasto jardim e pomar e galinheiro, onde nossos filhos, e um dia nossos netos, viverão os melhores momentos de suas vidas.

Outros preparativos não poderiam ser esquecidos. Os proclamas seriam publicados; a reserva na *Stadtkirche,* a Igreja Luterana, seria feita — Hannah fazia questão de que a cerimônia fosse celebrada lá; pequenas reformas e a mobília para a casa onde passariam a morar precisavam ser providenciadas; e as roupas? Sim, as roupas para a cerimônia. Muitas andanças pelo centro para as compras do traje e dos sapatos para o noivo. Augusto era acompanhado da mãe, que queria se certificar de que o filho não faria nenhuma bobagem. Aquele era o dia de procurar os sapatos e lá iam os dois, Hannah de braço dado com ele, subindo a São João em direção à São Bento, local por onde não passava há alguns anos. De repente parou.

A mãe, ali estática, o assustou. O que foi? O que é aquilo, meu filho? Aquilo, Mama? Hannah olhando para cima e para cima e para cima. Viu algo que nunca havia visto e que a amedrontou. Como descrever aquilo? Não sabia. Surgiu em sua mente uma lembrança de muito tempo atrás. O pequeno Guto, sentado no chão da sala, brincando com seu *Baukasten*. Abria a caixa e espalhava no chão todos aqueles blocos e peças de madeira de tamanhos e formas variados. O que fazia? Ia os empilhando bem alto, bem alto, cada vez mais alto. Até quão alto conseguia ir até que tudo viesse ao chão. Essa era a brincadeira. E tudo vinha abaixo com um estrondo, se espalhando as peças, por vezes, pela sala inteira. Algumas chegavam a ficar perdidas por meses por baixo de um ou outro móvel.

Foi o que Hannah viu naquele momento. Um monstruoso edifício feito de *Baukasten* a ponto de desabar. Este, diferente dos pequenos blocos de madeira, esmagaria a todos que por ali passavam como se fossem apenas formiguinhas. Uma queda devastadora — a única imagem que lhe veio à mente. Só então Augusto percebeu o que estava acontecendo. Era ao Edifício Martinelli, em fase final de construção, que a mãe se referia. Seguiram adiante, a coitada ainda em estado de choque. Encaminharam-se para a XV de Novembro e, passando em frente ao Café Guarany, um tanto longe do malfadado edifício, entraram, se sentaram e pediram um café. Augusto começou a rir; a mãe não estava achando graça alguma. O que é aquilo? Uma total insanidade é o que é, isso sim. O filho tentava explicar, mas ela mal ouvia. É o edifício do Comendador. Comendador? Um maluco, isso sim. Não, maluco não. É um visionário; talvez até demais, concordo. Quer ser o proprietário do maior prédio do mundo. Vai ser visto da cidade inteira. Para quê, Augusto? Para que um monstro daqueles? Ah, lá ele vai ter residências, escritórios e até um hotel. Mas precisa ser daquele tamanho?

Mama, o tamanho foi crescendo aos poucos. Era para ter quatorze andares. Para o Comendador era pouco. Quis mais cinco. E depois mais cinco. Vinte e quatro? Vinte e quatro casas montadas uma em cima da outra, Augusto? Isso não dá boa coisa. Vem tudo abaixo, não tenho dúvida. Não quero estar por perto quando isso acontecer. Mas, Mama, tudo está sendo visto e controlado pelas autoridades competentes. Você não tinha ouvido falar deste prédio? Talvez, Augusto, mas nunca imaginei o que vi hoje. Pois é! Quando souberam do plano de subir até vinte e quatro andares, a construção chegou a ser embargada — teriam que parar. O Comendador, contudo, não se deu por vencido. Não, senhora. O homem é poderoso, Mama. Chamou uns técnicos especializados lá do Rio de Janeiro, que estudaram todas as condições da obra e concluíram que poderia ser dado prosseguimento ao trabalho, pois não havia perigo algum. Coisa sólida. Augusto tinha lido algo a respeito no jornal. Um baita dum relatório. Se ele se lembrava bem tinha umas trinta páginas explicando tudo em detalhes. A conclusão era algo assim. *Podemos concluir que o edificio Martinelli, satisfaz plenamente as condições de estabilidade e resistencia, tendo sido todas as suas obras executadas com esmero, e nelle empregados materiaes de primeira qualidade.*

Materiais, Mama, de primeiríssima qualidade, ouvi dizer. As portas, todas de madeira de lei. As escadas? Mármore italiano. Imagine que o cimento veio da Noruega e da Suécia! E o Comendador, parece que, por desaforo, quer agora seis andares adicionais e diz que o último andar será uma mansão bem grande, onde ele mesmo vai morar com a família para provar que não há risco algum. Hannah, que se sentia um tanto insegura de estar num terceiro ou quarto andar, nem podia imaginar um trigésimo. Quanta idiotice! Não quero nem saber dessa história. Um desperdício, além de tudo, não? Deve ter dinheiro para jogar fora e tanta gente passando necessidade. É a vida, Mama, é a vida. É para poucos; não para muitos.

Augusto teve então que se ausentar por uma semana para ir ao Rio, assistir a irmã na mudança para São Paulo. O transporte dos móveis e dos pertences seria providenciado pela empresa para a qual Wilhelm trabalhava, mas havia muito a ser feito para que tudo ficasse pronto. E Bertha andava bastante atarefada com a pequena Annemarie. Ah, a pequena Annemarie! Como o tio se encantou com a menina! Era uma belezinha. E sorriu gostoso assim que o viu. Olhem! Olhem! Ela já gostou do *Onkel* Guto! Ué, retrucou Bertha. Voltou a ser Guto, é? Não, não. Só para minha pequenina. Só para ela. O tempo passando, e ele ali com a sobrinha. Sonhava que era uma menininha assim que queria ter com Laura. Uma, não. Duas — ou três. Quatro? Não, cinco. Menino? Talvez um só. Meninos dão muito trabalho. Ele sabia por si mesmo. Afinal, Augusto, você veio ajudar com a mudança ou brincar com Annemarie? Há muito para embalar e para carregar. Está bem, Bertha, está bem. É só dar as ordens.

A semana passou voando e logo estavam todos em São Paulo. A casa da Rua Nova de São José voltou a ser mais movimentada. Seria ainda a casa dos Zähler ou passaria a ser a casa dos Steinberg? Para toda a vizinhança, seguiria sendo a casa da Dona Hannah. Os quartos foram redistribuídos. Wilhelm e Bertha ficariam, junto com Annemarie, com o quarto que fora de Hannah e August, e esta passaria ao quarto que fora de Bertha e Augusto. Este, pelas poucas semanas em que permaneceria morando lá, dormiria na sala.

A rotina foi se estabelecendo e tudo foi se ajeitando. Augusto pouco estava em casa e havia ali uma nova família tomando o espaço. Wilhelm assumiu seu novo posto e, por um bom tempo, teve que trabalhar longas horas, sete dias por semana. Bertha ajudava com as coisas da casa e cuidava da pequena filha que, agora com um ano e bastante serelepe, exigia cuidados constantes por parte da mãe e da avó. Muitas coisas a arrumar, Bertha abriu uma caixa com livros. Caiu em suas mãos *Lições de pedagogia*, de Maria Lacerda da Moura. Abriu uma página qualquer. *O meio ambiente, ou a sociedade, é factor de grande importancia, mas cujo effeito nocivo só tem o valor que lhe é attribuido porque o lar, a familia, a mãe, o ambiente domestico estão longe da missão educativa. Quando no lar ha um verdadeiro educador — pai ou mãe, esse lar se transforma num fóco de luz que vai até á sociedade, e então a sociedade não tem influencia deprimente nesse lar.* Parou, pensou, leu mais um pouco. *Eis a razão por que, de ha muito, os scientistas e sociologos de verdade se convenceram de que a sociedade depende do grao de cultura mental e da educação da mulher. Quando as mulheres estiverem á altura da sua missão educativa, quando souberem ser mães e educadoras — a humanidade se encaminhará para fins mais altos.*

Era isso. A divisão que habitava seus pensamentos há anos de súbito pareceu se inteirar. Era isso mesmo. Um assunto para uma boa conversa com sua mãe. Deixou o livro separado. Quando a oportunidade surgiu, seus planos foram apresentados. Perguntas primeiro. Mama, você se lembra de *Agnes Grey*? Sim, como não? Tem ainda vez por outra seus preceptados? Vez por outra aparecem alguns. Hoje temos muito mais escolas, não? Ah, filha, quero lhe mostrar algo. Foi, e voltou com um recorte de jornal. Veja. Talvez isto lhe interesse. *AUXILIO AOS ALLEMÃES DESAMPARADOS Augmentando diariamente o numero de necessitados da nossa colonia, que se acham sem meios de subsistencia, torna-se imperioso ampliar os auxílios até agora prestados. Convidamos todas as associações, firmas commerciaes e subditos da colonia a reunirem-se para resolverem sobre este importante assumpto.*

Anúncio de quatro anos atrás. Desde então, tenho participado em um grupo de senhoras de nossa Igreja que vem ajudando esses nossos compatriotas, muitos em situação de total penúria. Tenho tentado ser intermediária para que consigam um lugar para morar e um emprego que lhes possibilite um mínimo de dignidade. É muito degradante passar a vida dependendo de esmolas. E estamos sempre precisando de pessoas para ajudar. Podemos contar com você? Esta era a deixa da qual Bertha precisava. É isso, Mama, essas pessoas precisam ser educadas. Educadas? A mãe não entendeu bem. Se elas não têm nem o que comer? Justamente, continuou a filha. Como podem conseguir um bom trabalho sem uma boa educação? Há muito incluído em uma boa educação. Sem isso ninguém as empregará; e, se o fizer, será sob condições indignas. Nada além de esmolas. Não concorda? Hannah pôs-se a pensar. Talvez a filha tivesse razão. Havia se transformado em uma mulher pensante, cheia de bons valores. Nada disse, mas sentiu um enorme orgulho.

Bertha abriu seu livro. Esta é uma grande mulher e uma grande educadora. Maria Lacerda de Moura. Temos muito a aprender com ela. Citou uma frase que vivia a repetir em suas conversas. *A educação feminina, ou melhor, a deseducação da mulher tem retardado a civilização.* Temos que educar as mulheres para que estejam aptas a bem educarem seus filhos. Neles está todo o nosso futuro. Sendo agora mãe, ela sentia tudo isso de forma muito clara.

Mama, a senhora precisa ler este livro. E foi citando alguns trechos que havia anteriormente marcado. *A criança imita desde cedo, porque generaliza, mesmo antes de falar.* Annemarie já faz isso, notou? Hannah concordou com acenos de cabeça. *Aquelle que mais de perto lhe toca o coração, aquelle que mais forte ou melhor lhe parecer — é o espelho onde se reflete a individualidade da criança.* Veja que *pode ser o pai, a mãe, o educador, o irmão e até a ama.* Mama, a senhora mencionou o aumento da oferta de escolas. Será que isso é bom? Por que não seria, Bertha? Aí, Mama, é que podemos ter vários problemas seríssimos, segundo diz nossa escritora. Ouça. *A sociedade toma grande parte na educação das crianças cedo ahi atiradas.* "Atiradas" é a palavra. *Os pais pagam mestres e as deixam, cuidando que a educação seja coisa comprada mensalmente, a professores que, quase sempre, se contentam com o ordenado...* Compreende, Mama? Hannah começava a entender a que a filha se referia. Transações comerciais.

É tudo uma questão de valores. A senhora percebe? Veja que faz aqui uma referência às famílias — burguesas e de classe média. *A alimentação, as roupas, o gozo, o cinema e o meio de ganhar mais di-*

nheiro para esse mesmo gozo, a exhibição e a mesa — preocupam muito mais que a educação dos filhos. A mãe seguia a filha palavra a palavra. Tudo ia fazendo sentido. E diz mais. *A mesa, a rouparia e os professores baratos esvaziam as bolsas e os corações do interesse que deveria despertar a educação, tal como deve ser comprehendida, tal como deve ser praticada. É imperdoavel o desleixo criminoso quanto á educação dos filhos, cada vez mais falha, neste regime de concorrencia em que cada qual exige mais e em que desaparece, de vez, o amor ao proximo.* Desleixo criminoso, repetiu.

Hannah parecia pensativa. Mas, Bertha, alimentação e roupas são uma necessidade para todos. Ela nunca disse que não, Mama. O grande problema é a troca de valores que leva a excessos de um lado e ao descaso total no que se refere à educação de outro. Percebe? Para a filha, tudo aquilo passara a ser uma questão fundamental. A mãe insistiu. E os que nem têm o que comer nem o que vestir? É o que temos visto diariamente entre aqueles que vêm à nossa igreja em desesperada busca de ajuda. Bertha achava resposta para tudo em seu livro, que havia se tornado sua segunda bíblia. Para estes, *a luta economica é ditadura implacavel; a criança tem de ser explorada pelos próprios pais, na fabrica, vendendo jornais, por toda parte, para prover a própria subsistencia, sem direito á coisa alguma, sem direito á própria ingenuidade dos primeiros annos de vida.* Não é o que vemos aqui mesmo em nossa porta há anos e anos?

Sim, Bertha. Mas isso tem solução? Certamente, Mama. A educação. A educação — repetiu. Se não educarmos essas crianças, e também suas famílias, que futuro as aguarda? Aí, sim, uma situação sem saída que se perpetuará de geração em geração. Hannah estava mais surpresa a cada minuto com a eloquência que a filha adquirira. Como aprendera a falar daquela forma? E ela seguia sua leitura. Para concluir. *Quando as sociedades se compenetrarem de que é no seio da familia que a criança se forma, de que a escola deve ser a continuação do lar, que cada membro dessa mesma sociedade deve ser um educador — então, tudo se encaminhará para o bem estar coletivo; a Terra será o lar immenso que agasalhará a todos os seus filhos.*

Impressionada, a mãe viu, naquele momento, que Bertha se tornara uma batalhadora pela educação. Da forma como falava, sem dúvida, poderia vir a ser uma influente palestrante. Falaria às mulheres, tentando conscientizá-las sobre a importância — não, sobre a premência — da educação. Começando por elas mesmas para que esse valor seja levado para dentro de seus lares. Sua missão educativa. Fazer do lar, do seio da família, junto ao pai, o verdadeiro centro de formação de seus filhos. Todos somos educadores, todos — diria. E não é que assim foi?

Bertha ouviu Annemarie resmungando em seu bercinho. Devia ter acordado de sua soneca vespertina. Foi ao seu encontro e voltou com a pequena ao colo. A mãe tinha ainda uma pergunta; na verdade, muitas, mas uma teria que fazer. Isso não soa um tanto utópico? Mama, se pensarmos assim, ninguém nunca fará nada. Eu vou começar a fazer ao menos um pouco. Bem pouquinho que seja. E se todos fizermos um bem pouquinho? Você poderia conversar na igreja? Gostaria de ter um espaço para iniciar um grupo de mães; que ela desejava que pudesse se tornar, com o tempo, um grupo para as mães com suas crianças. Pouco, mas bem ambicioso. Olhe para nossa Annemarie. Ela não merece viver em um mundo um pouco melhor? Um pouquinho ao menos? A pequena abraçava e acarinhava sua boneca de pano, feita com todo amor por sua *Omama*. A avó abriu os braços e para lá a menina pulou. Veja, Mama, como ela já tem carinho por sua filhinha.

Toda noite, Wilhelm e Bertha iam juntos dar boa noite à Annemarie. Cantavam para ela a "Canção de ninar" escrita por Brahms há mais de século. *Boa noite, durma bem, / Por anjinhos guardada, / Que em sonhos lhe mostram / O menino Jesus. / Durma doce e feliz / Por Deus Pai bem cuidada.* E se calhava de Augusto estar por ali, vinha fazer uma terceira voz.

O ano era
1928

Cinema falado — convidado especial — beijo roubado — troca de alianças — voto perpétuo — molho de tomate — à beira do altar — maridos e esposas

Laura ia se casar. Afinal, seria a primeira das Künstler a sair de casa — para morar com seu marido. Seu marido? A ideia a assustava. Não conseguia se ver como uma mulher casada — uma mulher com um marido. Era tão estranho. Deixaria de trabalhar na Casa Lemcke, e cuidaria da sua casa e de sua família. Família? Filhos? Teria filhos? Uma esposa e mãe?

Haviam se passado três anos. Tão pouco tempo e tanto tempo. Tudo lhe vinha à lembrança como um filme. Um filme colorido. Ouvira que agora os filmes eram até falados. Augusto chegou com a novidade que havia lido em algumas revistas de cinema trazidas do Rio de Janeiro. *Nasceu o film fallado. É uma invenção que deslumbra e atordôa. Imaginae photographias de pessôas em movimento, as quaes podem fallar e cantar quasi tão naturalmente como os originaes vivos.* Como poderia ser isso? Fotografias que falavam — nem podiam imaginar uma coisa assim. *O primeiro film fallado, de origem americana, exhibido agora em Londres, foi "Jazz Singer".* Logo seria exibido em São Paulo. Irei assisti-lo com meu marido, com certeza. Meu marido — quase tão incrível quanto o cinema falado. Lembrava-se, como em um filme, de cada cena desta película da qual ela vinha sendo a protagonista.

Cena 1: INT. — Sala da casa dos Künstler (já descrita anteriormente) — Dia: pontualmente às doze horas — Augusto entra para um almoço de domingo como tantos outros. [Não, não como tantos outros. Sua chegada fez com que não fosse como tantos outros. Foi um domingo bem diferente. Com um convidado especial.] Augusto olha tudo ao seu redor muito atento aos detalhes. Entra Laura. Repara como ele segura a palheta junto ao corpo com as duas mãos. Augusto não tira os olhos de Laura por um segundo sequer. Sentam-se todos para comer. Augusto nem atenta ao que está comendo. [O que ele tanto olha para mim? Há algo de errado comigo? Ele é mesmo engraçado.]

Cena 2: EXT. — Portão da casa dos Künstler — Dia: final da tarde — Augusto e Martinho conversam sem que ouçamos o que eles dizem. Laura espia sem que a vejam. [Agora é todo dia isso? O que tanto conversam aqueles dois? O que tanto Augusto faz por aqui agora?]

Cena 3: EXT. — Ponto de bonde próximo à casa dos Künstler — Dia: final da tarde — O bonde vindo do centro de São Paulo se aproxima devagar e para. Descem Clara e Laura. Veem Augusto. [O que será que ele está fazendo neste ponto? Que eu saiba, seu bonde nem passa por aqui.] Augusto as cumprimenta respeitosamente. [Boa tarde. Permitem que eu as acompanhe até em casa?] [Mas ele não tinha justo vindo de lá?] Clara cochicha para Laura sem que Augusto ouça. [Laura, este rapaz está enrabichado por você.] Laura se assusta. [Será?] Sorri.

Cena 4: INT. — Cozinha da casa dos Künstler — Dia: qualquer hora, não importa — Augusto conversa com Minna. [Gostaria muito de levar Laura para um passeio.] [Olhe, senhor Augusto, gosto muito do senhor, mas precisamos conversar. Vemos que tem mostrado grande interesse por nossa Laura. Ela é a jovenzinha da casa; ainda nem completou dezesseis anos. E o senhor? Já é um homem feito, encaminhado na vida. Aconselhei-me com minha comadre, madrinha de Laura. Não tenho mais meu marido e não posso contar com esse filho molecão que tenho. Cabe assim a mim ter esta conversa consigo. Tem o senhor intenções sérias em relação à minha filha?] Augusto se mantém firme; não demonstra nenhuma hesitação. [*Frau* Künstler, minhas intenções são as mais honrosas possíveis. Dou-lhe minha palavra.] [Pois bem, senhor Augusto, precisamos então formalizar este compromisso.]

Cena 5: EXT. — Jardim da Luz — Dia: uma tarde ensolarada de primavera — Augusto e Laura caminham pelo jardim, Augusto respeitosamente segura-a pelo braço. Vista ampla do jardim e do movimento de pessoas. Sentados sob uma árvore, Laura lê e Augusto desenha. Laura desatenta, Augusto rouba-lhe um beijo. Augusto e Laura posam para uma foto tirada por um lambe-lambe. [Um momento inesquecível. Se eu ainda tinha dúvidas, todas se dissipam agora. Pela primeira vez eu sinto claramente o quanto Augusto se tornou importante para mim.]

Cena 6: INT. — sala da casa dos Künstler — Dia: logo após o almoço — Minna e Hannah conversam. Augusto e Laura ouvem calados. [*Frau* Künstler, gostei muito de sua filha e de sua família. Creio que Laura e Augusto farão um belo casal e formarão uma bela família. Podemos firmar o compromisso?] [Sim, *Frau* Zähler, será uma honra recebermos seu filho Augusto em nossa família. Só nos resta marcar a data.] Augusto e Laura abraçam suas mães e, a seguir, se abraçam. Faz-se a troca das alianças. Augusto beija Laura na testa. *THE END.*

Assim era o filme que Laura assistia mentalmente quase todo dia. E assim foi. Ou assim era como ela se lembrava. Daria um ótimo *film* a ser projetado na grande tela, não? Com tudo encaminhado, havia muito a ponderar. Dividia-se entre momentos de euforia intercalados com outros de apreensão e incerteza. Será? Amava Augusto de todo o coração e se sentia correspondida, mas... Como saber o dia de amanhã? Tudo seguiria este caminho de mar de rosas que se prometia? Não tinha certeza. Sabia que nada nunca era um mar de rosas para sempre. Contudo, sentia que Augusto era a pessoa que queria ter ao seu lado frente a dificuldades que poderiam surgir. Certamente surgiriam. Sempre surgem. Ela sabia disso. Mas a vida segue, e tudo, de uma forma ou de outra, se arranja.

Lembrou-se das palavras de Jesus contidas no Evangelho segundo São Mateus. *E assim não andeis inquietos pelo dia de á manhã. Porque o dia de á manhã a si mesmo trará seu cuidado: ao dia basta a sua propria afflicção.* Sim, era isso. Muito sábio. Tudo a seu tempo. Mas e o casamento? Como seria? Estava chegando. Veio-lhe à mente a cena do casamento no romance que lia — Aurélia e Fernando Seixas. Tudo era muito diferente, mas um casamento é um casamento. Sou órfã de pai, mas não de mãe, e não recebi nenhuma herança inesperada que fizesse de mim uma mulher cobiçada por muitos pretendentes. Riu de sua própria ideia. Houve o Luizito, e houve o Marques; nada além de dois namoricos de criança. Também não comprei Augusto, nem dote há por aqui. Muito menos vingança. Se bem que no caso de Aurélia, o amor estava ali e prevaleceu. Era bonito.

Voltou a ler o trecho que descrevia as núpcias. *Reunira-se na casa das Larangeiras, á convite de Aurelia, uma sociedade escolhida e não muito numerosa para assistir ao casamento.* O seu seria celebrado na *Stadtkirche*, a Igreja Evangélica Luterana, situada à Rua Visconde do Rio Branco. O local fora escolhido, pois a família Zähler frequentava a comunidade desde os tempos em que os cultos, meio improvisados, eram realizados na botica Ao Veado D'Ouro, antes da construção da sede atual. Quanto a Laura, para ela era indiferente. Sua família nunca frequentara nenhuma igreja em especial. Laura acreditava em Deus, sim. Para ela, Deus estava em todo o lugar. Ela o via em cada flor que se abria, em cada pássaro que construía seu ninho e lá tinha seus filhotes, na chuva que penetrava na terra e garantia a continuidade da vida, no amor que a unia a Augusto. Os padrinhos? Do lado de Augusto, sua irmã e seu cunhado. Laura escolheu sua querida amiga Leninha, agora casada com Humberto, que conhecera na General Electric. Formavam um lindo casal, um modelo para a jovem noiva.

O que mais emocionava Laura? O trecho seguinte da narrativa. *No momento de ajoelhar aos pés do celebrante, e de pronunciar o voto perpetuo* — perpétuo era uma palavra um tanto assustadora — *que a ligava ao destino do homem por ella escolhido, Aurelia com o decoro que revestia seus menores gestos e movimentos, curvara a fronte, envolvendo-se pudicamente nas sombras diaphanas dos candidos véos de noiva.* Sorriu. Aquela último trecho da frase estava um pouco demais. *Máu grado seu, porém, o contentamento que lhe enchia o coração e estava a borbotar nos olhos scintillantes e nos labios aljofrados de sorrisos, erigia-lhe aquella fronte gentil, cingida nesse instante por uma aureola de jubilo. No altivo realce da cabeça e no enlevo das feições cuja formosura se toucava de lumes esplendidos, estava-se debuxando a soberba expressão do triumpho, que exalta a mulher quando consegue a realidade de um desejo fervido e longamente anciado.* Não, essa parte não cabia a Laura. Nada de soberba; nada de triunfo. Apenas contentamento em seu coração, cintilar nos olhos e sorrisos em seus lábios.

Os convidados, que antes lhe admiravam a graça peregrina, essa noite a achavam deslumbrante, e comprehendiam que o amôr tinha colorido com as tintas de sua palheta inimitável, a já tão feiticeira belleza, envolvendo-a de irresistivel fascinação. Feiticeira beleza? Será que diriam o mesmo os convidados presentes ao seu casamento? Estaria ela igualmente colorida com as tintas da palheta inimitável do amor? Que cores teriam as tais tintas? Mais uma vez sorriu. Via uma certa exorbitância no uso das palavras. E quanto a Augusto? *Também a physionomia de Seixas se illuminava com o sorriso da felicidade. O orgulho de ser o escolhido daquella encantadora mulher, ainda mais lhe ornava o aspecto já de si nobre e gentil.* Essa era uma cena que tocava Laura. Assim queria que fosse Augusto aos pés do celebrante. Fisionomia iluminada com o sorriso de felicidade. Reconhecia em si mesma uma faceta romântica.

Num dos domingos passados em casa dos Künstler, trouxe Augusto algo que lhe dera sua mãe. *O decalogo da esposa.* Era um tema que nos últimos anos vinha rendendo um bom debate nas mídias da época, ou seja, nas revistas. Com as mudanças trazidas pelo advento do feminismo, grandes polêmicas e controvérsias rebentavam por todos os lados.Como garantir direitos de homens e mulheres e, ainda assim, salvaguardar um bom e feliz matrimônio? A cada mês, eram publicadas listas e mais listas de mandamentos. *Como fazer um bom matrimonio. O decalogo da esposa. O codigo do bom marido. Os dez mandamentos da boa esposa. Novos mandamentos matromoniais. O decalogo do casamento.* As opiniões eram variadas e cada um puxava a brasa para sua sardinha.

Augusto puxou a conversa e seguiu-se uma discussão acirrada, sendo que todos ali presentes estavam prestes a dar tal passo e iniciar uma vida a dois. Laura e Augusto abririam a fila, seguidos de perto por Clara e Albert, cuja união era prometida para o mesmo ano, assim que a casa que vinham construindo estivesse pronta. Célia parecia estar se acertando com Wagner, um bom rapaz que trabalhava com ela na General Electric. Talvez não um peixe tão graúdo quanto desejara, mas o considerava de um tamanho razoável. E até Martinho estava seriamente interessado por Teresa, uma moça que era sua fiel freguesa desde os tempos do açougue da *Frau* Schalfke. Amor antigo, ao menos da parte dela. Minna sentia que em breve se veria livre dos quatro filhos. Alívio ou desvalia? Ela ainda não sabia definir.

Tinha em Hannah agora uma amiga. As famílias Zähler e Künstler iam se entrosando e virando uma só. Bertha afeiçoou-se à futura cunhada e também à sua irmã Clara. Wilhelm logo se entrosou com os rapazes. Participava dos jogos de carta e fazia uma boa dupla com Albert. Exibia sua veia musical, admirada na igreja onde tocava o órgão e cantava, ali de uma forma descontraída. Divertiam-se todos juntos. A alegria de todos? A pequena Annemarie, a cada dia mais espoleta e mais engraçadinha. Teria em breve priminhos e amiguinhos com quem brincar.

Com a aproximação da data do casamento, muitas vezes Hannah ia passar o dia com Minna. Sem maridos, muito ficava para elas. Numa dessas ocasiões, Hannah acompanhou Minna ao Mercado de Santo Amaro, onde iriam encomendar as flores para a cerimônia religiosa. Um mercado relativamente pequeno, mas muito bem-arranjado. Boas bancas de frutas e boas bancas de verduras. Um ou dois açougues e uma bela banca de aves e ovos. Iam as duas de braços dados, quando Hannah teve a impressão de ouvir uma voz chamar o seu nome. Dona Hannah! Dona Hannah! Estranhou, pois não conhecia ninguém por aquelas bandas e acreditava que ninguém a conhecesse. Seria com ela mesma? Procurou a voz e encontrou uma mulher cuja fisionomia não a levava a lugar nenhum. É a dona Hannah, não? Sim, a senhora me conhece? Sim, sou a Alice. A Alice lá do Mercado de São João. Lembra-se de mim? Alice? Pensou por um momento. Sim, é claro que me lembro. Minha verdureira preferida? Era ela. Como estava bem! Períodos difíceis até uma virada do destino. Conseguiram um espaço no Mercado de Santo Amaro. Hannah olhou ao redor. Era uma bela banca. Seguia vendendo as alfaces, os repolhos e os salsões. E muitas outras coisas. Seus tomates? Continuavam sendo os mais vermelhos. E tinha uma novidade. Vendia agora molho de tomate em vidros. A senhora precisa experimentar. Leve um vidro pelos velhos tempos. Não, não. Hannah quis logo três, mas fez questão de pagar. Apresentou Minna, que já a conhecia e era sua freguesa.

E seus filhos, dona Hannah, como estão? Eram longas histórias e uma longa conversa foi necessária para porem as notícias em dia. Era uma surpresa atrás da outras. Muito bem, graças a Deus. Bertha bem casada e já tem uma filhinha. Augusto casa-se neste mês. Com a filha de Minna. A Laurinha? Que mundo pequeno, não? Sim. E sua família, Alice? Oito filhos? Seis casados? Dois estavam lá. Treze netos? Puxa vida! Hannah sentia-se feliz. Voltou a um momento há mais de vinte anos. A tristeza que lhe invadira então e ainda permanecia em um cantinho de seu coração se apagou. Talvez a vida não fosse tão injusta afinal. Ao menos, não para todos.

Ah, sim. Voltando às acirradas discussões sobre casamentos e maridos e esposas, o bom senso parecia prevalecer naquele grupo entusiasmado. Jornais, revistas e recortes em mãos, cada norma ou princípio era alvo de longas considerações pelos jovens à beira do altar. Prós e contras eram cuidadosamente analisados. Augusto abriu o debate com seu *O decalogo da esposa. Ama teu esposo acima de tudo, na terra, e ama o teu proximo da melhor forma que puderes; mas lembra-te de que a tua casa é de teu esposo e não do teu próximo.* Protestos. E o marido não deve amar sua esposa? E a casa não é também dela? Sim, claro. Defendiam-se os futuros maridos. Célia tomou a palavra com o decálogo que ela tinha em mãos. *O decalogo do casamento. Para o marido. Sê, dentro dos teus meios, o mais generoso possivel.* Dentro de nossos meios, certo? Não aceitaremos exigências desmedidas. Todos os homens estavam de acordo. Célia tinha mais. *Trata tua esposa com todas as deferencias. Faze-lhe a côrte.* Deferência, respeito, consideração — isso nem se discute. De ambos os lados, não? Ah, mas fazer a corte? Isso não é o mesmo que amor. Não mesmo.

Contra-ataques das futuras esposas. Disseram os senhores que *a tua casa é de teu esposo*? Pois dizemos nós: *Não te mettas no governo da casa.* Governo da casa. Quem governa a casa? A esposa. De quem é a casa? Da esposa. Entretanto, disse Laura, aqui nos *Novos Mandamentos Matrimoniaes — Mandamentos do homem para felicidade da mulher — Participarás dos cuidados caseiros na proporção de 50%.* Risadas gerais. Isso, senhores. E *sê alegre,* cada um de vocês. Saibam que *nada contraria mais uma esposa que trabalhou em casa o dia inteiro do que a chegada dum marido taciturno.*

E volta a bola para a quadra masculina. Muito bem, donas da casa. Faremos todo o esforço para chegarmos sempre alegres ao lar, independente de todos os problemas que tenhamos enfrentado em nossos dias de trabalho. Mas... *Espera teu esposo com teu lar sempre em ordem e o semblante risonho; mas não te afflijas excessivamente, si alguma vez elle não reparar nisso.* Boa, Martinho! Teresa, ofendida, não deixou barato. Olha que não me caso com você. Hora de mais um contra-ataque. Pois bem! *Cuidarás da tua pessoa e da tua roupa, de maneira a não envergonhares tua mulher.* Para eles? Aceitável. E... *Não te aproximarás de mim sem estar escrupulosamente asseado.* Também aceitável.

As mulheres iam indo bem em suas investidas. Laura, com o próximo mandamento, causou uma revolta geral por parte do time masculino. Leu em alto e bom tom. *Entregarás á esposa o teu dinheiro porque ella o saberá economisar muito melhor do que tu.* Ela mesma aplaudiu, seguida das companheiras. Augusto olhou meio torto. Ela deu de ombros e sorriu. Opa, Laura! Aí também já é demais. Veio a resposta.

As senhoras estão pedindo artilharia pesada? Pois bem. *Lembra-te, sempre de que casaste para partilhar com teu esposo as alegrias e as tristezas da existencia. Quando todos o abandonarem, fica tu a seu lado e diz-lhe: "Aqui me tens! Sou sempre a mesma."* Tudo muito bem e esperavam o mesmo. Mas eles tinham mais. *Ella não deve aceitar a côrte de nenhum homem: os maridos são ás vezes ciumentos mesmo sem causa.* Tudo muito bem e esperavam também o mesmo. *Sorri. Presta bem attenção a tudo. Muitas vezes as esposas indifferentes são supplantadas por amantes solicitas.* Ah, isso era um golpe muito sujo. Sendo assim, não apenas Teresa, mas nenhuma delas se casaria. Ora, bobinhas, é só serem atenciosas e afetuosas, não? Eles estavam até que certos, mas elas não aceitariam esse tipo de ameaças.

E filhos? Viriam? Certamente. Aqui todos os mandamentos lhes pareciam bastante razoáveis. Nenhum desacordo. *Marido, ajudar-me-ás a crear os filhos. Mulher, não te opponhas a que teu marido estabeleça a disciplina dos filhos. Marido, não incitarás á insubordinação os teus filhos quando ella os corrigir. Mulher, não escutes a opinião dos visinhos nem dos amigos quando se trate da intimidade da tua casa.* E as três moçoilas Künstler imediatamente exclamaram em coro. *Mademoiselle* Violette. E desataram a rir. Fora Martinho, ninguém entendeu nada. Muito bem! Debate encerrado e todos de acordo. Todos os mandamentos seriam respeitados por todos eles? Só o tempo diria.

O ano era
1929

Por que amamos? — noivo irresistível — noiva sedutora — votos perpétuos — muito mais que dois — amor verdadeiro — promessas desconhecidas — vida a dois — pessoas queridas — _Como eu te amo?_ — _Bonde versus elephante_ — Ondas de tempo

Por que amamos? Não é um desvario termos olhos para uma unica creatura na Terra, termos um unico pensamento em mente, um unico dezejo no coração, um unico nome a dizer? Um nome que nos vem incessantemente, como que a agua de uma nascente do fundo da alma, que chega aos labios, que se fala, se diz uma vez e outra, se sussurra constantemente, em todo lado, como uma prece. Foi a abertura de um conto que Augusto leu para Laura. Apenas a abertura, pois era um conto assustador sobre as verdades que enterramos quando alguém se vai deste mundo e sobre as mentiras que santificam cada um deles. Isso não vinha ao caso, mas aquele primeiro parágrafo era encantador. A três dias do casamento conversavam. Por que amamos? Não sabiam responder, mas sabiam que se amavam. Naquele ponto em que se encontravam, não havia para eles, como para muitos há, nenhuma dúvida de que no dia marcado entrariam na igreja, como indicado nos convites enviados, e de lá sairiam como marido e mulher.

Tudo estava pronto. Augusto tinha seu fraque cinza escuro, adquirido para a ocasião, pendurado em seu guarda-roupa esperando para ser vestido e deixar o noivo irresistivelmente elegante. Casaca desabotoado com cauda longa na parte traseira, arredondada, fendida ao meio, indo até a parte de trás dos joelhos. Colete abotoado por cinco botões. Camisa branca impecável, fechada ao pescoço por uma gravata borboleta também branca. Luvas brancas. Meias e sapatos pretos. Segundo Bertha, ele nunca estivera tão atraente. Se Laura ainda não o amasse de todo o coração, apaixonar-se-ia perdidamente ao encontrá-lo à sua espera no altar. Até ela própria se apaixonaria por ele e deixaria Wilhelm, não fosse ele seu irmão e um irmão tão pateta. Augusto achou graça na brincadeira e abraçou com carinho a irmã da qual, sendo bem sincero, havia sentido muitas saudades durante os anos de sua ausência.

Na casa dos Künstler, a função havia sido grande nos últimos três meses. Enquanto Augusto havia comprado todo o traje pronto, as mulheres Künstler decidiram tomar para si a tarefa de criar o vestido de Laura, contando ainda com a ajuda de dona Margarida, madrinha de batismo da noiva. Ela, a princípio, queria ter assumido a incumbência sozinha e presentear a afilhada com o vestido pronto, mas, devido à sua idade um tanto avançada, a comadre e suas filhas não puderam aceitar. Muito bem, ela viria ajudar na confecção. O material? Foi um presente da Senhora, a encarregada da oficina na Casa Lemcke. Criara-se um grande afeto entre ela e Laura, e a Senhora não cansava de enfatizar como tinha orgulho da mocinha que tanto havia crescido — em todos os sentidos. Era agora uma costureira de mão cheia. Lamentava que ela não continuaria como funcionária da casa. Seria uma grande perda para sua equipe. Pediu que separassem, para presenteá-la, os melhores cortes de tecido e o que de melhor tinham em aviamentos. E assim foi.

Três meses de trabalho árduo e, uma semana antes da cerimônia, também seu vestido já se encontrava pendurado no guarda-roupa, esperando para ser vestido e deixar o noivo extasiado. Vestido de cetim branco, linhas simples e graciosas, discreto decote em V, mangas compridas, véu de musselina aberto em babados nas laterais e bordado com três carreiras de pérolas pequeninas sobre a cabeça, luvas brancas. Um enorme buquê: botões de rosa e cravos, entremeados com galhos de melindre. Tudo pronto uma semana antes — menos o buquê, é claro —. foi provado e provado e provado. Devia estar impecável.

No dia e hora marcados, os trajes foram vestidos e cumpriram seu papel. Um noivo irresistível aguardava junto ao altar. Ao seu lado, sua mãe e seus padrinhos — Bertha e Wilhelm. Do outro lado, Minna e os padrinhos de Laura — a amiga Leninha e seu marido Humberto. Abriu-se a porta da igreja, ouviram-se os primeiros acordes tocados pela organista e surgiu a noiva, arrebatadoramente sedutora, trazida por seu irmão Martinho. Noivo e noiva se conheciam há quatro anos e haviam se visto milhares de vezes talvez, mas nunca haviam se visto tão lindos. Bem disse Bertha — se ainda não tivessem se apaixonado, a paixão surgiria ali e então.

Chegara enfim o momento de se ajoelharem aos pés do celebrante e de pronunciarem os votos perpétuos. *Eu, Augusto, aceito você, Laura, para ser minha esposa, e estas cousas eu prometto: Eu serei fiel a você e honesto com você; vou respeitar, confiar, ajudar e cuidar de você; vou compartilhar minha vida com você atravez do melhor e do pior que está por vir, e enquanto vivermos. Eu, Laura, aceito você, Augusto, para ser meu marido, e estas cousas eu prometto: Eu serei fiel a você e honesta com você; vou respeitar, confiar, ajudar e cuidar de você; vou compartilhar minha vida com você atravez do melhor e do pior que está por vir, e enquanto vivermos.*

Quantos havia ali? Eram dois? Dois, mas muito mais que dois. Traziam em si os muitos que já haviam sido. Poucos dias antes da cerimônia, arrumando suas coisas e mexendo em armários e gavetas, veio às mãos de Augusto uma pequena caixa de metal. A caixa de fotografias. Abriu-a. Mundos e vidas pularam de lá de dentro. Retratadas em papel — ou não. Quanto lhe veio à mente! Quantas pessoas ele havia sido! O pequenino bebê que devia ser lavado em uma peneira para não se perder na água do banho e tinha que ser protegido dos carinhos impetuosos de sua irmã. O ainda bebê não tão pequenino sempre elegante trajando seu traje de marinheiro em branco e azul claro, e com suas meias escuras e suas botinas de amarrar. O Guto chorão, que tanto queria brincar, de pião, bolinhas de gude, papagaio, com os meninos grandes, mas a quem restava, solitário, sair chutando pedrinhas pelo caminho. O Guto que por um triz não caiu na vida do crime, não fosse por seu pai — e por *Oliver Twist*. O Guto dado como morto, que poderia ter sido enterrado, mais uma vez não fosse seu pai. O mosqueteiro do Brás, exímio ás da espada, até ser esta substituída pelas bombas de lama. O desenhista sonhador nos pacíficos e inspiradores fins de tarde no Jardim da luz. Augusto deixando de ser Guto para se tornar Augusto com a morte do pai. Seu pai! Como fazia falta! Sempre faria! Ele o perdera quando mais precisava dele, continuava a dizer. E agora — que falta fazia! Queria que ele o ensinasse a ser um bom marido. E um dia, quem sabe, a ser um bom pai. Parecia que, por vezes, o ouvia a lhe falar ao pé do ouvido. Mas não era a mesma coisa. Queria poder olhá-lo nos olhos, queria poder tocá-lo, sentir seu abraço.

A vida segue adiante sem nos consultar. A vida é assim. Não nos deixa escolha. Leva a gente e pronto. E ele seguiu. Passou a ser o Augusto trabalhador, o provedor da casa. Da Herm, Stoltz para a Antarctica; da Antarctica para o Eder. Até que vinha construindo uma boa carreira. Com certeza, seu pai estaria orgulhoso dele. Ele estava. Havia também seguido seu sonho de ser um grande atleta. Não tão grande como desejara. Tivera que abrir mão de sua participação nos Jogos Olímpicos. Mas seguiria com o esporte e, quando suas pernas não mais dariam conta de correr e saltar como gostava, viria a arbitrar inúmeros eventos em variados clubes ao longo dos anos. Houvera também o aventureiro na Serra do Mar, que lhe custara uma bela duma malária e aborrecimentos à sua mãe. O amigo fiel, que foi em busca do ex-companheiro de investigações sobre as lojas de mulheres, agora em meio a uma sangrenta revolução, o que lhe custou metade de sua capacidade de enxergar. Houvera o quarteto de seresteiros descompromissados em busca de formosas jovens, descompromissadas ou não. Agora, não. Era um homem comprometido — muito comprometido, com toda a força de seu ser. Em seu peito, o coração tinha agora muito a dizer e ele sabia definir o que só ele sabia sentir. Sequer era paixão, sentimento violento, porém passageiro. Era, sim, amor verdadeiro.

E Laura? Também trazia muitas Laurinhas e Lauras dentro de si. A Laurinha que, com seus olhos expressivos, tudo ao seu redor espiava. E cujos olhos se enchiam de lágrimas quando muitos pares de mãos cutucavam seu narizinho e suas bochechas, ou puxavam suas mãos e seus pezinhos. Ou ainda quando *Mademoiselle* Violette enfiava seus dedos gordos em sua boca para sentir se já despontavam seus dentinhos. Ou quando sua Mamãe sumiu para depois ficar sabendo que os anjos haviam levado a irmãzinha que teria mas não teve. A Laurinha que tanto queria ir à escola, mas nunca chegava a sua vez. A Laurinha que, junto de sua família, quanto tivera que desempacotar, empacotar, redesempacotar e arrumar, desarrumar, rearrumar todos os seus pertences cada vez que seu pai decidia que deveriam de novo se mudar. E que cada vez tinha que dizer adeus às amigas que ficavam, entre elas suas queridas plantas e flores que não os acompanhavam.

A Laura que exultou de alegria quando afinal chegou sua vez de frequentar a escola — alegria roubada sem aviso pela paralisia infantil. A Laura que foi morar com sua madrinha e, graças a ela e à amiga Leninha, voltou a andar. A Laura que amava sentar no colo de seu pai e de entrar no mar segura em seus braços — pai confiscado de súbito, pois seu coração não mais quis pulsar. A Laura que, muito jovem ainda, teve que tornar-se uma costureira na Casa Lemcke — motivo de orgulho, apesar do esforço por vezes demasiado. E a Laura que lia, lia muito, lia de tudo, amava os livros acima de tudo na vida. Até conhecer Augusto. Nunca abandonaria seus livros, mas, em seu peito, tinha agora mais a dizer do que tudo que ela lera, e podia, talvez, um pouco graças a eles, definir o que só ela sabia sentir. Era, sim, amor verdadeiro.

Ah, os votos perpétuos. Por trás daquelas palavras sinceras, porém imprecisas, escondiam-se outras promessas, essas talvez até desconhecidas aos dois naquele momento. Laura teria ocasiões em que haveria de cuidar de um menino muito pequeninho, tão 'inho que dava medo. Haveria momentos em que ela teria que ser a forte. E jamais deveria Laura tomar suas bolinhas de gude ou ofendê-lo se exibisse a ela uma parlenda; habitava ainda bem lá dentro o Guto Chorão. Augusto teria que ser cauteloso, pois, sem saber, havia coisas que Laura nunca aceitaria dele: viver pulando de casa em casa; comprar um cavalo; estreitar relações com hábeis contramestras de grandes oficinas de alta costura, impedir que os filhos, as filhas em particular, frequentassem a escola — profundos pesares que guardava para si. Laura deveria se manter atenta e cuidadosa. Augusto era um tanto propenso a pequenos desastres. Já havia morrido — quase, já havia adoecido por ataques de mosquitos, havia perdido um dos olhos atingido por estilhaços de uma granada. Era cego de um olho. Laura? Havia ainda ocasiões em que sua perna fraquejava, resultado da paralisia infantil que a acometera aos nove anos, ocasiões nas quais ela precisava de um braço amigo. Seriam, diziam às vezes, uma manca guiando um caolho. Achavam graça. Laura dizia como Eva. *Se fosse sem attrativos, eu o amaria; se fosse feanchão, eu o amaria.* E completava. Se fosse cego, o amaria. E Augusto fazia suas as palavras dela. Se nem andar andasse, eu a amaria.

Encerrada a cerimônia, o pequeno braço de Laura apoiado no firme braço de Augusto, iam, passo a passo, lentamente, caminhando juntos. Do altar, onde se realizara a cerimônia de casamento, em direção à porta da igreja. De lá para a rua; e de lá, muito felizes, rumo a uma vida a dois, uma vida nova que agora se abria para eles. Por muitos e muitos e muitos anos. Isto agora pertenceria ao futuro. Muitas pessoas queridas os seguiam ao longo da nave da igreja. Logo atrás, vinham Minna e Hannah, que haviam se tornado boas amigas. Minna teria ainda, mesmo que por pouco tempo, os outros filhos em casa. Quando se fossem, não iriam para longe.

Para Hannah, haveria uma troca — o filho se mudaria para longe, mas bem menos longe; e a filha voltara para casa, com o marido e a filhinha. Estes vinham logo a seguir. Bertha, Wilhelm e a pequenina Annemarie, a cada dia mais *Püppchen*. Clara e Albert, que em três meses também seriam marido e mulher. Martinho e Teresa, sem dada marcada, mas com mãos e corações já entrelaçados. E Célia e Wagner — ele, mais enamorado, acabaria por convencê-la de que era o marido que ela sempre desejara.

Leninha e Humberto, ela trazendo uma vida em si que logo seria dada à luz. Dona Margarida, muito orgulhosa da afilhada — e do vestido que havia desenhado e ajudado a confeccionar. Com ela, as duas filhas, Celina e Nina, que não se casariam, pois haviam consagrado suas vidas ao magistério. Não teriam filhos, mas influenciariam e encaminhariam a vida de muitos, muitos mais do que elas mesmas poderiam gerar. Nobre missão. João Hausner e Ernesto Bauer vieram abraçar o amigo de tantos anos. Pepe e os Moschino? Hannah continuava comprando o pão diariamente na mesma panificadora. Não apareceram. Culpa? Talvez. Ou falta de interesse. Há amizades assim. A Senhora e várias colegas, que com Laura trabalharam por vários anos na Casa Lemcke. Os patrões e a turma do frigorífico? Todos estavam lá. Até Alice compareceu com uma de suas filhas, muito curiosa para rever os dois pequerruchos que acompanhavam dona Hannah em suas compras no Mercado de São João.

Augusto e Laura. Laura e Augusto. Senhor e senhora Zähler — iriam compartilhar a vida, através do melhor e do pior que estava por vir enquanto vivessem. Tinham os dois, mesmo sem nada dizer, o mesmo pensamento. *Como eu te amo? Pois vou te contar. / Eu te amo com a profundidade e a largura e a altura / Que minh'alma pode alcançar, abstrahida, / Atestando a valia de tua Existencia e Graça futura.* Iam sonhando com como seria cada dia, cada hora, cada minuto dali em diante. *Eu te amo a cada dia, a cada hora, a cada minuto, / A cada desejo não dito, á luz do sol e á luz da lua. / Livre te amo, como quem pelo direito luta; / Pura te amo, como quem da gloria se exclua.* Não seriam mais os desejos de Laura ou os desejos de Augusto. Isso não seria mais possível. Haveriam de ser, dali em diante, os desejos de ambos, num acordo constante em busca da glória, uma glória mútua. *Eu te amo com paixão presente / Com antigos pezares e com a fé de minha infancia. / Eu te amo com um amor que julguei perdido / Com aquelles que já perdi. / Eu te amo com folego, / Com sorrisos e lagrimas de toda uma vida; e se Deus assim quiser, / Mais ainda te amarei apos a morte chegar.*

A esperança era muita. Os tempos por vir trariam alegrias, mas também dificuldades. Seriam tempos em que nem os elefantes estariam a salvo. Augusto, sempre brincalhão, chegou em casa com o jornal, como sempre fazia vindo do trabalho. Beijava a mulher e perguntava como havia passado o dia. A seguir, contava as novidades. Gostava de ler as crônicas, que muitas vezes compartilhava com Laura. Naquele dia Helios havia escrito sobre algo bem interessante no *Correio Paulistano*. *BONDE VERSUS ELEPHANTE* era o título. *Era fatal! Custou, mas afinal o Brasil ficou com esse "record" immortal, de um comico piolinesco unico. O elephante foi atropelado pelo bonde.* Laura riu. Ah, Augusto! Está de brincadeira comigo, não? É verdade. Está tudo aqui. *Tivesse esse bizarro drama se passado na "jungla" africana e não teria graça. O bonde poderia ali ter sido usado como arma de caça. Mas o jocoso do espectaculo, é que elle se passou numa civilizada rua de elegante bairro paulista.*

Laura ainda achava que o marido estava brincando. O que faria um elefante em um elegante bairro paulistano? É verdade. Veja aqui, se não acredita. Laura olhou mesmo. Era verdade. *O elephante vinha vindo, ordeiro e manso, na sua marcha solenne de bicho respeitado e sábio do circo. O bonde deu uma campainhada e nhac! Lá se foi para cima do elephante! Nem elephantes mais os motorneiros respeitam.* Ah, isso lá era. Andavam os dois bem preocupados com os rumos que as políticas de transporte público vinham tomando. Augusto queria ler mais um trecho. A ironia de Helios era deliciosa. O casalzinho não sabia, mas quem se escondia por trás de tal pseudônimo era ninguém menos que nosso já muito conhecido herói do modernismo, Menotti

Del Picchia. *Eu sempre pensei que a cólera delles fosse apenas contra os homens, as carroças e contra os "chauffeurs". Imaginei que, pelo menos, os elephantes estivessem immunizados das trombadas. Qual! O bonde é que nem David. Não ha Golias que o espante. Não ha gigante que o assuste!*

Mas o que aconteceu afinal? Laura queria saber. *Ao que narram os jornaes, o pobre pachyderme, ao levar o tranco, ajoelhou sobre as carnudas patas, soltou um urro rouco, pendeu bambo e tonto, até cahir num desmaio. Nem amoniaco, nem limão na orelha ergueu o bruto. Lá ficou, de tromba pendida, mercê do effeito da trombada.* E morreu o pobre animal? Não. Parece que ficou desmaiado por duas horas, mas depois se recuperou.

A coisa não ficou por aí. Quase um mês passado, Martinho chegou com mais notícias de Ely — este era o nome do elefante. Souberam da novidade? Lembram-se do tal elefante que foi derrubado por um bonde no início do mês? Sim, claro que se lembravam. Morrera? Mas que nada. Chegou a hora da vingança. Tirou o jornal dobrado de dentro do bolso traseiro da calça. *Ely e seu companheiro, ambos pertencentes ao Circo Pinheiro, ao sahirem do Circo, hontem, ás 22 e meia, para se recolherem a penates, foram irreverentemente investidos por uma Studebaker, que apanhou uma das patas de Ely.* Mas de novo? Pobre animal! Não, esperem só. Vejam o que vem a seguir. *Irritado com mais essa incontinencia dos nossos vehiculos e aproveitando para desforçar-se do atropelamento de bonde, Ely, com um poderoso golpe da sua tromba, virou o automovel. Realizada a proeza, o pachorrento pachiderme seguiu o seu rumo, sem ser ao menos, como qualquer mortal, incommodado pela policia.* Mas é incrível, Martinho. Depois ainda dizem que os animais não têm inteligência. É como você sempre diz, Augusto. O homem faz, um dia a natureza dá o troco. Temos aí um bom exemplo, não?

Bondes versus elefantes. Elefantes versus Studebakers. Uns dias são do caçador; outros, da caça. Assim é a vida. Vamos vindo, ordeiros e mansos, em nossa marcha solene de pessoas respeitadas e sábias, nos deleitando com nossa vida sossegada e feliz. Vem a vida, dá uma campainhada e nhac! Vem para cima de nós. E lá vamos nós para o chão. Lá ficamos, ao menos de momento, desmaiados, à mercê do efeito da trombada. Uma pitoresca crônica de jornal com um significado profundo. Lá ficamos? Não. Nos levantamos. Sempre nos levantamos. Temos quê. Sempre a esperança. Nossos bons dias chegarão. E chegam. Mais ainda, os tombos vão nos dando força. Vem mais uma vez a vida investindo contra nós. Apanha-nos nas patas. Não, desta vez estamos mais preparados. É nossa vez de retribuirmos com um golpe poderoso e seguirmos tranquilamente nosso rumo. Temos também nossos momentos de Davi, em que não há gigante que nos assuste. É desse jeito que seguimos adiante. Assim foi com Augusto e Laura. Assim seria com Augusto e Laura. Assim seria com aqueles que depois deles viriam. Assim é com todos nós, não?

É assim — de história em história faz-se a vida. Uma vida. Ou vidas. Vida que não para. Vidas que não param. Muitas histórias ainda haveria para serem contadas — e escritas — ao longo dos anos. Aventuras a viver. Comédias a divertir. Dramas a abalar e comover. Suspense? Não falta no dia a dia. Terror? Uma pitadinha aqui e ali. Romances? Ah! Estes, indispensáveis. Pois é! Assim se faz no grande palco do mundo. Assim se faz a vida. Os novos ventos não param de soprar. Ventos que sopram as ondas. Ondas que vêm e que vão e que vêm e que vão, num ir e vir nunca interrompido. Assim é o tempo. Ele também vem e vai em ondas. Algumas suaves, quase imperceptíveis. Outras fortes e, por vezes, avassaladoras. Algumas, com sua violência, trazem destruição e arrastam para si bens nossos muito preciosos; outras nos trazem boas surpresas na forma de lindas e delicadas conchas. Estas guardamos como fragmentos do passado, pois nos restituem momentos que queremos habitem em nós para sempre. *A senhora nunca applicou o ouvido a uma concha? Parece-se estar escutando mil ruidos... mil palavras...* É assim. E assim provavelmente para sempre será. Ondas de tempo.

Biblioteca dos Zähler

O que andavam eles lendo — sobre o que falavam e pensavam

O ano era 1902

Jornal: *O Estado de S. Paulo*. São Paulo, nº 8.578, 24 Maio 1902, p. 1.

Jornal: LIMA, A. Correa. "Lage". Em *O Arauto de Minas*. S. João D El-Rei, nº 37, 09 Dez. 1880, p. 3.

Livro: BLAKE, William. *Songs of Innocence and of Experience*. [Br: *Canções da inocência e da experiência*]. London: R. B. Johnson, 1901, p. 25 e depois p. 24. Minha tradução.

O ano era 1903

Jornal: *O Estado de S. Paulo*. São Paulo, nº 8.858, 01 Mar. 1903, p. 4.

Revista: *Revista Medica de S. Paulo*. São Paulo, nº. 23, 15 Dez. 1901, p. 429. / nº 17, 15 Set. 1901, p. 311.

Livro: HOFMANN, Heinrich. *Der Struwwelpeter*. [Br: *João Felpudo*]. Frankfurt: Literarische Anstalt, 1876, p. 2. Minha tradução.

Almanaque: SALLES, Antonio. "O bonde". Em *Almanaque Brasileiro Garnier 1904*. Rio de Janeiro, 1903, p. 206.

O ano era 1904

Livro: QUEIROZ, Eça de. *A cidade e as serras*. Porto: Livraria Chardron, 1901, p. 364 e depois p. 365.

Revista: *O Echo*. São Paulo, nº 47, Jan.1906, p. 16.

Jornal: *Correio Paulistano*. São Paulo, nº 14.529. 26 Jan. 1904, p. 2.

O ano era 1905

Jornal: *O Commercio de São Paulo.* São Paulo, nº 3.753, 13 Ago. 1904, p. 2. / nº 3.553, 26 Jan. 1904, p. 2. / nº 3.959, 09 Mar. 1905, p. 2. / nº 3.819, 18 Out. 1904, p. 2. / nº 3.836, 05 Nov. 1904, p. 2. / nº 2.805, 03 Jan. 1902, p. 2. / nº 3.758, 18 Ago. 1904, p. 2.

Livro: Magalhaens, D. J. G. de. *Suspiros poéticos e saudades.* Paris e Rio de Janeiro: Morizot Livreiro-Editor, 1859, p. 63.

Livro: Grimm, Irmãos. *Contos dos irmãos Grimm.* Tradução de Ehnesto Grégoire e Luiz Moland. Rio de Janeiro: Livraria Garnier, 1897, p. 23.

Livro: Rocha, Justiniano José da. *Coleção de* fábulas, imitadas de Esopo e de La Fontaine. Rio de Janeiro: Typ. Episcopal de Agostinho de Freitas Guimarães, 1852, p. 51.

O ano era 1906

Almanaque: verissimo, J. O que liam nossos maiores. Em *Almanaque Brasileiro Garnier 1903.* Rio de Janeiro: 1902, p.162.

Livro: Alves, Castro. *Espumas fluctuantes.* Bahia: Typ. de Camillo de.Lellis Masson & C., 1870, p. 4.

Livro: Bell, Acton. (Brontë, Anne.) *Agnes Grey.* [Br: *Agnes* Grey] Grimma und Leipzig: Verlags-Comtoirs, 1851, pp. 45 a 49. Sem tradutor para o alemão. Minha tradução do alemão.

Livro: Oliveira, Virgilio Cardoso de. *A patria brazileira.* Bruxelles: Constant Gouweloos & Cie., 1903, pp. 279 a 284.

O ano era 1907

Livro: Hoffmann, E. T. A.. *Doge und Dogaresse. Des Vetters Eckfenster.* [Br: *A janela de esquina do meu primo*]. Wiesbaden: Volksbildungsvereins, 1907, pp. 79 a 81. Minha tradução.

Livro: Shakespeare, William. *As You Like It.* [Br: *Como gostais*] London: Macmillan & Co., 1902, p. 49. Minha tradução.

Livro: Roméro, Sylvio. *Cantos populares do Brazil. Volume I.* Lisboa: Nova Livraria Intenacional--Editora,1883, pp. 194 / 248 a 249.

Livro: Rio, João do. *Fados, canções e danzas de Portugal.* Rio de Janeiro: H. Garnier, [19--], p. 523.

Livro: Merck, Friederike. *Unser Liederbuch: die beliebtesten Kinderlieder.* Mainz: B. Schott's Söhne, 1900, p. 34.

Livro: Roméro, Sylvio. *Cantos populares do Brazil.* Volume II. Lisboa: Nova Livraria Internacional-Editora, 1883, p. 134.

O ano era 1908

Jornal: *Correio Paulistano.* São Paulo, nº 16.130, 07 Jul. 1908, p. 1.

Jornal: *Jornal do Brasil.* Rio de Janeiro, nº 349, 15 Dez. 1906, p. 9.

Jornal: *Diário da Tarde.* Curitiba, nº 2.302, 07 Set. 1906, p.1. / nº 2.345, 29 Out. 1906, p.1.

Jornal: *Jornal do Commercio.* Rio de Janeiro, nº 320, 16 Nov. 1906, p.4.

Livro: Dumont, Alberto Santos. *Im Reich der Lüfte.* [Br: *Os meus balões*] Stuttgart e Leipzig: Deutsche verlags-anstalt, 1905, p. 13. Tradução para o alemão: Ludwig Holthof. Minha tradução do alemão.

Livro: Moura, Caetano Lopes de. *A mythologia da mocidade.* Pariz, Typographia de Beaülé, 1840, pp. 89 a 90.

Jornal: *O Estado de S. Paulo.* São Paulo, nº 10.817, 22 Jul. 1908, p.4.

O ano era 1909

Livro: Dickinson, Emily. *Poems.* Boston: Roberts Brothers, 1893, p. 96. Minha tradução.

Jornal: *Il bersagliére.* Rio de Janeiro, nº 333, 25 Out. 1905, p. 1. Minha tradução.

Revista: *O Tico-tico.* Rio de Janeiro, nº 38, 27 Jun. 1906, p. 2.

Revista: *Revista da Semana.* Rio de Janeiro, nº 401, 19 Jan. 1908, p. 2.

O ano era 1910

Livro em revista: Stevenson, Robert Louis. *Treasure Island.* Em *O Tico-tico.* Rio de Janeiro, nº 83, 08 Maio 1907, p. 7.

Livro: Verne. Jules. *Zwanzigtausend Meilen unter'm Meer.* [Br: *Vinte mil léguas submarinas*] Wien, Pest, Leipzig: A. Hartleben's Verlag, 1875, s/p. Sem tradutor para o alemão. Minha tradução do alemão.

Livro: Dumont, Alberto Santos. *Im Reich der Lüfte.* [Br: *Os meus balões*] Stuttgart e Leipzig: Deutsche verlags-anstalt, 1905, pp. 20 a 21. Tradução para o alemão: Ludwig Holthof. Minha tradução do alemão.

Livro: Verne, Jules. *Die Jangada (Achthundert Meilen auf dem Amazonas).* [Br: *A jangada: 800 léguas pelo Amazonas*] Wien, Pest, Leipzig: A. Hartleben's Verlag, 1883, s/p. Sem tradutor para o alemão. Minha tradução do alemão.

Revista: *Sportman: Revista Sportiva e Literaria (SP).* São Paulo, nº 6, Jun. 1906, pp. 2 e 9. / nº 7, Jul. 1906, pp. 2 e11. / nº 8, Ago. 1906, p. 6. / nº 12, Dez. 1906, p. 24.

Livro: Bonjean, L. F.. *O medico e o cirurgião da roça.* Rio de Janeiro: Eduardo e Henrique Laemmert, 1847, p. 98 a 99 / 221 a 223.

O ano era 1911

Revista: *Semana Illustrada*. Rio de Janeiro, nº 175, 17 Abr. 1864, p. 1398.

Livro: Bíblia, N.T. S. Lucas VIII, 49-55. Em *A Biblia Sagrada*. Tradução Antonio Pereira de Figueiredo. Lisboa: Deposito Rua Direita das Janellas Verdes 32, 1885, p. 610.

Livro: Bonjean, L. F.. *O medico e o cirurgião da roça*. Rio de Janeiro: Eduardo e Henrique Laemmert, 1847, pp. 289 a 292.

Livro: G. M. (Alencar. José de). *Luciola – Um perfil de mulher*. Rio de Janeiro: Typ. Franceza de Frederico Arfvedson, 1862, pp. 97 a 98.

Livro: Carvalho, Vicente de. *Rosa, Rosa de amor...* . Rio de Janeiro: Laemmert & C – Editores, 1902, pp. 14 a 15.

O ano era 1912

Revista: *O Echo*. São Paulo, nº 75, Maio 1908, p. 8.

Folheto: *Casa Fuchs: Uniformes dos Clubs Filiados á Liga Paulista de Football*. São Paulo,15 Jul.1912.

Revista: *O Tico-tico*. Rio de Janeiro, nº 281, 22 Fev. 1911, p. 5. / nº 42, 25 Jul. 1906, p. 9. / nº 58, 14 Nov. 1906, p. 15. / nº 180, 17 Mar. 1909, p. 2. / nº 329, 24 Jan. 1912, p. 23.

Revista: *Brazil Magazine*. São Paulo, nº 47 - 48, Fev. Mar. 1910, p. 27.

Livro: Boz (Dickens, Charles). *Oliver Twist*. [Br: *Oliver Twist*] Stuttgart: Adolph Krabbe, 1841. Tradução para o alemão: Carl Kolb.

Livro: Burnett, Frances Hodgson. *Der kleine Lord*. [Br: *O pequeno lorde*]. Stuttgart: J. Engelhorn, 1888. Tradução para o alemão: Emmy Becher.

O ano era 1913

Jornal: *Correio Paulistano*. São Paulo, nº 16.741, 14 Mar. 1910, p. 1. / nº 17.959, 21 Jul. 1913, p. 4. / nº 17.528, 14 Maio 1912, p. 1.

Jornal: *A Tribuna*. São Paulo, nº 288, 10 Jan. 1913, p. 1. / nº 29, 24 Abr. 1910, p. 4.

Livro: Keats, John. *Gedichte*. [Br: *Poemas*] Leipzig: Insel O. J., 1910, p. 88. Tradução para o alemão: Gisela Etzel. Minha tradução do alemão.

Livro: Hugo, Victor. *Os trabalhadores do mar*. Sem tradutor. Rio de Janeiro: Typ. Perseverança, 1866, Segunda Parte Livro Quarto, p. 104 / Primeira parte Livro Primeiro, p. 53 / Segunda Parte Livro Primeiro, p. 118 / Primeira Parte Livro Primeiro. pp. 28 a 29.

Jornal: *Correio Paulistano*. São Paulo, nº 17.504, 20 Abr. 1912, p. 2. / nº 17.692, 24 Out. 1912, p.11. / nº 17.116, 27 Mar. 1911, p. 4.

Livro: Hü, Charles. *Le Brésil*. France – Brésil: Les Soins de la Revue, [1907?], s/ p.

Jornal: *Correio Paulistano*. São Paulo, nº 17.700, 01 Nov. 1912, p. 8.

O ano era 1914

Livro: Ottoni, C. B. *Elementos de algebra.* Rio de Janeiro: Livraria Classica de Alves & Comp., 1893, pp. 1 e 64.

Livro: Oliveira, Virgilio Cardoso de. *A patria brazileira.* Bruxellas: Constant Gouwellos & Cia, 1903, pp. 100 a 101 / 108.

Livro: Verne, Julio. *A volta do mundo em 80 dias.* Traducção de A. M. da Cunha e Sá. Lisboa: David Cotazzi, Editor. 1886, p. 23.

Livro de Boletins Mensaes do Instituto dos Irmãos Maristas. São Paulo: Gymnasio de Nossa Senhora do Carmo, s/ano.

Jornal: *O Estado de S.Paulo.* São Paulo, nº 11.901, 16 Jun. 1911, p. 4.

O ano era 1915

Livro: Dumas, Alexandre. *Die drei Musketiere.* [Br: *Os três mosqueteiros*]. Ausburg: Jenisch und Stage, 1844, pp. 181-2. Tradução para o alemão: Friedrich Wilhelm Bruckbräu. Minha tradução do alemão.

Jornal: *Correio Paulistano.* São Paulo, nº 18.703, 10 Ago. 1915, p. 2.

Livro: Tolstói, Lev. *Krieg und Frieden.* [Br: *Guerra e paz*]. *Dritter Band.* Berlin: A. Deubner, 1885-6, p 124. Tradução para o alemão Ernst Strenge. Minha tradução do alemão.

Livro: Tolstói, Lev. *Krieg und Frieden.* [Br: *Guerra e paz*]. *Zweiter Band.* Berlin: A. Deubner, 1885-6, pp. 80 a 81. Tradução para o alemão Ernst Strenge. Minha tradução do alemão.

Jornal: *Correio Paulistano.* São Paulo, nº 18.691, 29 Jul. 1915, p. 1.

O ano era 1916

Revista: *Iris [revista].* São Paulo, nº 1, Nov. 1905, s/p.

Livro em jornal: Flaubert, Gustave. *Madame Bovary.* [Br: *Madame Bovary*] Em *Correio Paulistano.* São Paulo, n º 14.949, 23 Mar. 1905, p. 4.

Livro: Austen. Jane. *Stolz und Vorurtheil.* [Br: *Orgulho e preconceito*] Leipzig: C. H. F. Hartmann, 1830, p.3. Tradução para o alemão: Louise Marezoll. Minha tradução do alemão.

O ano era 1917

Almanaque: Dolores, Carmen. "Saudade". In: *Almanach do Paiz.* 1º Anno, Direcção de Rafael Pinheiro e Julião Machado, 1910, p. 343.

Livro: Baudelaire, Charles. *Petits Poëmes en Prose.* [Br: *Pequenos poemas em prosa*] Paris: Michel Lévy Fréres, Éditeus, 1869, p.109. Minha tradução.

Livro: Byron, Lord. *Don Juan.* [Br: *Don Juan*] Philadelphia: Jas. B. Smith & Co., 1859, p. 307.

Música: Gomes, Antonio Carlos e Sampaio, Francisco Leite de B. *Quem sabe?!*. 1859. s/ gravadora. Disponivel em https://www.youtube.com/watch?v=pYRENYpNI-I. Acesso em 11 Fev. 2025.

Música: Cearense, Catulo da Paixão. *Luar do sertão.* Rio de Janeiro: Casa Edison, 1914. Disponível em https://www.youtube.com/watch?v=1FS-3ZxgyXw. Acesso em 10 dez. 2024.

O ano era 1918

Livro: Pindar. *The Odes of Pindar — The principal fragments.* [Br: *Odes olímpicas*] London: William Heinemann, 1915, p. 13. Tradução para o inglês: Sir John Sandys. Minha tradução do inglês.

Revista: *Eu sei tudo.* Rio de Janeiro, nº 1, Jun. 1917, p. 45.

Jornal: *A Gazeta.* São Paulo, nº 3.635, 02 Mar. 1918, p. 3. / nº 3.703, 23 Maio 1918, p. 2.

Jornal: *A Noticia.* Santos, nº 999, 30 Ago. 1915, p. 2.

O ano era 1919

Livro: Goethe, Johann W. von. *Goethe's Gedichte.* [Br: *Poemas*] Stuttgart und Augsburg: J. G. Cotta, 1857, p. 60. Minha tradução.

Livro: Austen. Jane. *Stolz und Vorurtheil.* [Br: *Orgulho e preconceito*] Leipzig: C. H. F. Hartmann, 1830, s/p. Tradução para o alemão: Louise Marezoll. Minha tradução do alemão.

Jornal: *A Gazeta.* São Paulo, nº 3.197, 26 Set. 1916, p.1.

Livro: Martini, Abbade Antonio. *Moral Universal Christã.* Tradução do espanhol: Luiz Gonsalves dos Santos. Rio de Janeiro: Typographia Americana de I. P. da Costa, 1840, pp. V e 46.

O ano era 1920

Jornal: *A Gazeta.* São Paulo, nº 4.085, 22 Ago. 1919, p. 5.

Anúncio em jornal: Em *A provincia de São Paulo.* Em Florido, Elizabeth. "Antarctica Paulista". São Paulo Antiga, 2009. Disponível em: https://saopauloantiga.com.br/antarctica-paulista/. Acesso em: 19 dez. 2024.

Revista: *S. Paulo Illustrado.* São Paulo, nº 2, 21 Set. 1912, p. 5.

Revista: *Eu sei tudo.* Rio de Janeiro, nº 10, Mar. 1918, p. 14.

Livro: Assis, Machado. *Dom Casmurro.* Rio de Janeiro: H. Garnier, 1899, pp. 277 a 228.

Música: Silva, M. da (Caramuru) e Fitipaldi, João B. *Franqueza Rude.* Rio de Janeiro: Casa Edison, 1917. Disponível em: https://www.youtube.com/watch?v=BuTGv6yFVTk. Acesso em 19 Dez. 2024.

Música: Castro, Juca e Trindade, Paixão. *Vamo Maruca, Vamo....* Porto Alegre: Gaucho, 1915. Disponível em: https://www.youtube.com/watch?v=kh2xL9mbhKY. Acesso em 19 Dez. 2024.

Música: Cearense, Catullo da Paixão. *Cabôca Bunita.* Rio de Janeiro: Casa Edison, 1920. Disponível em: https://www.youtube.com/watch?v=H2Pif-phJ9k. Acesso em 19 Dez. 2024.

Música: Cearense, Catullo da Paixão e Alcantara, Pedro de. *Ontem, Ao Luar.* Rio de Janeiro: Casa Edison, 1918. Disponível em: https://www.youtube.com/watch?v=WSI2r-GVUUo. Acesso em 19 dez. 2024.

10. Música: Silva, José Barbosa da (Sonhô). *O pé de anjo.* Rio de Janeiro, Disco Popular, 1919. Disponível em: https://www.youtube.com/watch?v=DyDlGpH8kNA. Acesso em 19 Dez. 2024.

O ano era 1921

Livro: Mendes, Manuel Odorico, "Hymno á tarde". Em Jordão, João Rodrigues da Fonseca. *Florilegio brasileiro da infância.* Rio de Janeiro: Nicoláo-Alves, 1874, pp. 73 a 74.

Filme: *Out West.* Direção: Roscoe "Fatty Arbuckle. Produção: Joseph M. Schenck. Los Angeles: Paramount Pictures, 1918. Acesso em 01 jan. 2025. Disponível em: https://www.youtube.com/watch?v=5VabEEgfFYM&t=149s. Minha tradução da legenda.

Jornal: *Correio Paulistano.* São Paulo, nº 19.870, 29 Out. 1918, p. 3.

Revista: *A Cigarra.* São Paulo, nº 124, 15 Nov. 1919, p. 18.

O ano era 1922

Livro: Alcântara. D. Pedro de. *Sonetos do exilio.* Paris: sem editora, 1898, p. 25

Revista: Barreto, Lima. "O centenário". Em: *Careta.* Rio de Janeiro, nº 745, 30 Set. 1922, p. 24.

Revista: Hollanda, Sergio Buarque de. "A bandeira nacional". Em: *A Cigarra.* São Paulo, nº 142, Ago. 1920, p. 26.

Livro: Celso, Affonso. *Poesias escolhidas.* Rio de Janeiro: H. Garnier, 1902, p. 1.

Jornal: *A Plebe.* São Paulo, nº 192, 07 Out. 1922, p. 2.

Jornal: *A Lanterna.* São Paulo, nº 187, 12 Abr 1913, p. 4.

Livro: Hugo, Victor. *Die Elenden.* [Br: *Os miseráveis*] Berlin: J. Gnadenfeld, 1910, s/p. Tradução para o alemão: Dr. G. A. Volchert. Minha tradução do alemão.

Livro: Dumas, Alexandre. *Die drei Musketiere.* [Br: Os três mosqueteiros] Ausburg: Jenisch und Stage, 1844, p. 181.

Jornal: Batitsia, Frederico. "Aspirações". Em *A Lanterna.* São Paulo, nº 290, 22 Jul. 1916, p.1.

Livro: Contreras, Luis Ruiz. *Novellas Infantis.* Rio de Janeiro: H. Garnier, 1895, p. 105.

Livro:Coubertin, Pierre de. *Olimpismo – Seleção de textos.* Editores:Norbert Müller e Nelson Schneider Todt. Tradução de Luiz Carlos Bombassaro. Porto Alegre: ediPUCRS, 2015, pp. 171 [14 Abr. 1919] / 291 [Jan. 1984] / 314 [Jun. 1894] / 301 [1996]. Disponível em: https://www.academia.edu/16921400/Pierre_de_Coubertin_1863_1937_Olimpismo_Sele%C3%A7%C3%A3o_de_Textos. Acesso em 03 jan. 2025.

Livro: Proust, Marcel. "Sur la lecture". [Br: *Sobre a leitura*] Em: Ruskin, John. *Sésame et les lys.* [Br: *Sésamo e os lírios*] Paris: Mercure de France, 1906, pp. 46 a 47. Tradução para o francês: Marcel Proust. Minha tradução do francês.

O ano era 1923

Revista: *Illustração Brasileira.* Rio de Janeiro, nº 30, Fev. 1923, p. 5.

Revista: *Illustração Photographica.* São Paulo, nº 11, Abr. 1919, pp. 2 e 4.

Revista: *S. Paulo Illustrado* (supplemento). São Paulo, nº 1, 17 Jan.1920, p. 13.

Jornal: *A Gazeta.* São Paulo, nº 4.850, 10 Mar. 1922, p.5. / nº 4.862, 24 Mar. 1922, p. 5. / nº 4.905, 16 Maio 1922, p. 5. / nº 4.916, 29 Maio 1922, p. 5. / nº 4.962, 21 Jul. 1922, p. 5. / nº 4.975, 05 Ago. 1922, p. 5. / nº 4.986, 18 Ago. 1922, p. 5. / nº 5.019, 27 Set. 1922, p. 5.

Revista: *Klaxon.* São Paulo, nº 1, 15 Maio 1922, p. 2. / nº 3, 15 Jul. 1922, p. 14. / nº 2, 15 Jul. 1922, p. 16.

Jornal: *A Gazeta.* São Paulo, nº 4.929, 13 Jun.1922, p. 5. / nº 4.927, 10 Jun.1922, p. 5.

O ano era 1924

Jornal: *O Estado de S. Paulo.* São Paulo, nº 16.609, 24 Jul. 1924, p. 1. / nº 16.599, 13 Jul. 1924, p. 1.

Livro: Contreras, Luis Ruiz. *Novellas infantis.* Rio de Janeiro: H. Garnier, 1895, p. 105.

Jornal: *O Estado de S. Paulo.* São Paulo, nº 16.613, 28 Jul. 1924, p. 1.

Livro: Donne, John. *Devotions Upon Emergent Occasions.* [sem tradução para o português] Cambridge: University Press. 1923, p. 98. Minha tradução.

Livro: Tolstói, Lev. *Krieg und Frieden.* [Br: *Guerra e paz*]. *Dritter Band.* Berlin: A. Deubner, 1885-6, p 124. Tradução para o alemão Ernst Strenge. Minha tradução do alemão.

Livro: Tolstói, Lev. *Krieg und Frieden.* [Br: *Guerra e paz*]. *Zweiter Band.* Berlin: A. Deubner, 1885-6, pp. 80 a 81. Tradução para o alemão Ernst Strenge. Minha tradução do alemão.

O ano era 1925

Jornal: *A Gazeta.* São Paulo, nº 5.349, 01 Nov. 1923, p. 2. / nº 5.395, 31 Dez. 1923, p. 2

Livro: Shakespeare, William. *Gedichte.* [Br: *Sonetos*] Stuttgart: J. G. Cotta, 1867, p. 26. Tradução para o alemão: Karl Simrock. Minha tradução do alemão.

Revista: *A Scena Muda*. Rio de Janeiro, nº 176, 07 Ago. 1924, p. 8.

Jornal: *A Gazeta*. São Paulo, nº 5.591, 13 Set. 1924, p. 5.

Livro: Grey, Zane. *Riders of the Purple Sage*. [Br: *O forasteiro*] New York and London: Harper & Brothers, 1921, pp. 138 e 139. Minha tradução.

O ano era 1926

Livro: Hardy, Thomas. "An Imaginative Woman". [Br: "Uma mulher imaginativa"] In *Wessex Tales*. New York: Harper & Brothers, 1896, pp. 17 a 18. Minha tradução.

Livro: Estrada, Osorio Duque. *A arte de fazer versos*. Rio de Janeiro: Francisco Alves & Cia., 1914, pp. 33, 35 e 197, e depois 75.

Livro: Twain, Mark. *Eve's Diary*. London and New York: Harper and Brother, 1906, s/p. Minha tradução.

Livro: Schiller, Friedrich. *Gedichte*. Leipzig: Siegfried Lebrecht Crusius, 1803, pp. 88 a 89. Minha tradução.

Livro: Carvalho, Vicente de. *Rosa, rosa de amor...* . Rio de Janeiro: Laemmert & C – Editores, 1902, p. 14.

O ano era 1927

Música: Gonzaga, Chiquinha. "Abre alas". Rio de Janeiro: sem gravadora, 1899.Disponível em https://www.youtube.com/watch?v=m_vaRKqCDYM. Acesso em 09 jan. 2025.

Revista: *Careta*. Rio de Janeiro, nº 864, 10 Jan. 1925, p. 49.

Revista: *Revista da Semana*. Rio de Janeiro, nº 44, 22 Out.1927, p. 4. / nº 20, 08 maio 1926, p. 37.

Livro: Moura, Maria Lacerda de. *Renovação*. Bello Horizinte: Typ. Athene, 1919, p. 12.

Revista: *Jornal das Moças*. Rio de Janeiro, nº 620, 05 Maio 1927, p. 32.

Revista: *Iris [revista]*. São Paulo, nº 1, Nov. 1905, s/p.

Jornal: *A Gazeta*. São Paulo, nº 6.356, 11 Abr. 1927, p. 1.

Jornal: *A Gazeta*. São Paulo, nº 6.349, 02 Abr. 1927, p. 5. / nº 6.355, 09 Abr. 1927, p. 4. / nº 6.359, 14 Abr. 1927, p. 4. / nº 6.368, 26 Abr. 1927, p. 4. / nº 6.405, 09 Jun. 1927, p. 4. / nº 6.428, 14 Jul. 1927, p. 5. / nº 6.437, 19 Jul. 1927, p. 4. / nº 6.483, 12 Set. 1927, p. 5. / nº 6.412, 17 Jun. 1927, p. 5.

O ano era 1928

Jornal: *Gazeta de Notícias*. Rio de Janeiro, nº 248, 17 Out. 1928, p. 10.

Livro: Moura, Maria Lacerda de. *Lições de pedagogia*. São Paulo: Typ. Paulista, 1925, s/p.

Jornal: *O Estado de São Paulo*. São Paulo, nº 16.612, 27 Jul. 1924, p.2.

Revista: *Jornal das Moças*. Rio de Janeiro, nº 620, 05 Maio 1927, s/p.

Música: BRAHMS, Johannes. *Wiegenlied*. Op. 49, Nr. 4, 1868. Minha tradução.

O ano era 1929

Livro: MAUPASSANT, Guy de. *Gesammelte Werke*. [Br: *Contos*] Berlin: F. Fontane & Co., 1900, p 251. Tradução para o alemão: Georg Freiherr von Ompteda. Minha tradução.

Livro: TWAIN, Mark. *Eve's Diary*. [Br: *Diários de Adão e Eva*] London and New York: Harper and Brother, 1906, s/p. Minha tradução.

Livro: BROWNING, Elizabeth Barrett. *Sonette nach dem Portugiesischen*. [Br: *Sonetos da portuguesa*] Leipzig: Insel- Verlag, 1908, p. XLIII. Tradução para o alemão: Rainer Maria Rilke. Minha tradução do alemão.

Jornal: *Correio Paulistano*. São Paulo, nº 23.703, 06 Nov. 1929, p. 5. / nº 23.720, 26 Nov. 1929, p. 15.

Livro: DINARTE, Sylvio (Visconde de Taunay). *Lágrimas do coração*. Rio de Janeiro: F. Thompson. 1872, pp. 224 a 225.

Biblioteca dos Künstler

O que andavam eles lendo — sobre o que falavam e pensavam

O ano era 1910

Jornal: *Correio Paulistano.* São Paulo, nº 16.706, 07 Fev. 1910, p.3.

Revista: *Revista Medica de S. Paulo.* São Paulo, nº 12, 30 Jun. 1905, pp. 266 a 267.

Jornal: *Correio Paulistano.* São Paulo, nº 16.720, 21 Fev.1910, p. 6.

Livro: Rilke, Rainer Maria, *Die Frühen Gedichte.* [Br: *Primeiros poemas*] Leipzig: Insel-Verlag, 1909, p. 15. Minha tradução.

Anúncios encontrados em Tese: Beltramim, Fabiana Marcelli. *A trajetórias de Vincenzo Pastore, fotógrafo do cotidiano.* (Doutorado em História Social). São Paulo: FFLCH-USP, 2015.

O ano era 1911

Música: "Chiquita" [tradicional]. Em Kieffer, Anna Maria. *São Paulo paisagens sonoras (1830-1880).* São Paulo: Selo Sesc, 2018, faixa 34. Disponível em https://www.youtube.com/watch?v=hpMB4dw9yeI. Acesso em 26 Jan. 2025.

Livro: Rousseau, J.-J. Émile ou *de l'éducation.* [Br: *Emílio ou da educação*] Paris: Garnier Fréres, Libraires-Éditeurs, 1904, pp. 32 a 33 / 46 a 47. Minha tradução.

O ano era 1912

Catálogo: *Catalogo Geral dos Armazens do Au Palais Royal.* São Paulo: 1910-1911, s/p.

Livro: Burnett, Frances Hodgson. *Der kleine Lord.* [Br: *O pequeno lorde*] Stuttgart: J. Engelhorn, 1888. Tradução para o alemão: Emmy Becher.

Jornal: *Correio Paulistano.* São Paulo, nº 17.716, 17 Nov. 1912, p. 10.

Revista: *Revista Medica de S. Paulo*. São Paulo, nº 12, 30 Jun. 1910, p. 30.

Jornal: *Correio Paulistano*. São Paulo, nº 17.036, 05 Jan. 1911, p. 7. / nº 17.681, 13 Out. 1912, p. 8. / nº 17.464, 11 mar. 1912, p. 7.

Livro: Azevedo, Alvares de. *Obras de M. A. Alvares de Azevedo*. Tomo primeiro. Poesias. Rio de Janeiro: Livraria de B. L. Garnier, 1862, p. 75.

O ano era 1913

Revista: *O Criador Paulista*. São Paulo, nº 55, Nov. 1911, pp. 1120 a 1121.

Livro: Kopke, João. *Versos para os pequeninos*. São Paulo: manuscrito do autor, 1886 e 1897, s/ p.

Livro em jornal: Almeida, M. A. de. *Memórias de um sargento de milicias – primeira parte*. Em *Correio Paulistano*. São Paulo, nº 13.145, 07 Abr. 1900, p. 2.

Jornal: *Correio Paulistano*. São Paulo, nº 17.852, 05 Abr. 1913, p. 4. / nº 17.883, 06 Maio 1913, p. 1. / nº 17.915, 07 Jun.1913, p. 3. / nº 17.996, 27 Ago. 1913, p. 4. / nº 17.978. 09 Ago. 1913, p. 7.

Revista: *O Tico-tico*. Rio de Janeiro, nº 292, 10 Maio 1911, p. 1.

Jornal: *Correio Paulistano*. São Paulo, nº 13.140, 02 Abr. 1900, p. 2.

O ano era 1914

Livro: Rio, João do. *Vida vertiginosa*. Rio de Janeiro: Livraria Garnier Irmãos, 1911, pp. 3 e 8.

Jornal: *O Estado de São Paulo*. São Paulo, nº 12.733, 29 Out.1913, p. 2.

Revista: *O Tico-tico*. Rio de Janeiro, nº 444, 08 Abr 1914, pp. 12 e 13.

Livro: Assis, Machado de. "Capítulo dos chapeus". Em Assis, Machado de. *Historias sem data*. Rio de Janeiro: B. L. Garnier Livreiro-Editor, 1884, p. 91.

Livro: Roméro, Sylvio. *Contos Populares do Brasil*. Rio de Janeiro / São Paulo: Livraria Classica de Alves & Comp., 1897, p. 6.

O ano era 1915

Jornal: *Correio Paulistano*. São Paulo, nº 18.484, 01 Jan. 1915, p. 9.

Livro: Hugo, Victor. *Die Elenden / Les Misérables*. [Br: *Os miseráveis*] *Erster Band*. Berlin: Hasselberg, 1863, p. 119. Tradução para o alemão: L. von Alvensleben. Minha tradução do alemão.

Jornal: *Correio Paulistano*. São Paulo, nº 18.502, 19 Jan. 1915, p. 5. / nº 18.506, 23 Jan. 1915, p. 7. / nº 18.512, 29 Jan. 1915, p. 7.

Jornal: *A Gazeta*. São Paulo, nº 2.699, 06 Fev. 2015, p. 2.

Jornal: *Correio Paulistano*. São Paulo, nº 18.496, 13 Jan. 1915, p. 8. / nº 18.517, 03 Fev. 1915, p. 8.

Jornal: *A Gazeta*. São Paulo, nº 2.674, 08 Jan. 1915, p. 2. / nº 2.675, 9 Jan. 1915, p. 2. / nº 2.677, 12 Jan. 1915, p. 2

Filme: *1914-1918 War Scenes*. British Pathé. Disponível em: https://www.youtube.com/watch?v=jR1CG4Yv8Ic. Acesso em 08 de dezembro de 2024.

Jornal: Socrates. "O cinematographo". Em *O Estado de São Paulo*. São Paulo, nº 12.578, 27 Maio1913, p. 11.

Jornal: Redondo, Garcia. "O cinematographo". Em *O Estado de São Paulo*. São Paulo, nº 13.259, 12 Abr.1915, p. 3.

Revista: *S. Paulo Illustrado*. São Paulo, nº 2, 21 Set. 1912, p. 27.

O ano era 1916

Almanaque: *Almanach D' "O Estado de S. Paulo" para 1916*. São Paulo, 1916, pp. 138 / 142 a 143.

Livro: Marvell, Andrew. *Miscellaneous poems*. [sem tradução para o português] London: Robert Boulter, 1681, p. 103. Minha tradução.

Livro: Clare, John. *The Village Minstrel, and other poems*. [sem tradução para o português] London: Taylor and Hessey, 1821, pp. 50 e 51. Minha tradução.

Livro: Silva, Francisca Julia e Julio da. *Alma Infantil*. São Paulo e Rio de Janeiro: Editora Livraria Magalhães, 1912, pp. 118 a 119.

Revista: *O Tico-tico*. Rio de Janeiro, nº 354, 17 Jul. 1912, pp. 13 a 14.

O ano era 1917

Jornal: *A Gazeta*. São Paulo, nº 3.530, 27 Out. 1917, p. 2 e depois p. 1.

Livro: Diniz, Julio. *As pupillas do Snr. Reitor*. Porto: Typ. do Jornal do Porto, 1867, pp. 37 a 38.

Revista: *A Cigarra*. São Paulo, nº 67, 31 Maio 1917, p. 32 e depois pp. 3 e 5.

Revista: *O Tico-tico*. Rio de Janeiro, nº 589, 17 Jan. 1917, p. 1.

Livro: Marlitt, Eugenie. *Goldelse*. [Br: *Elisabete dos cabelos de ouro*] Leipzig, Ernst Keil, 1880.

O ano era 1918

Livro: Varella, L. N. Fagundes. *Vozes d'America*. São Paulo: Typ. Imparcial de J. R. de Azevedo Marques, 1864, pp. 128 e 129.

Livro: Coelho, F. Adolpho. *Leituras escolares brazileiras*. São Paulo: Teixeira & Irmão — Editores, 1889, pp. 5 a 6; 19; 21; 88; 110.

Jornal: *A Tribuna*. Santos, nº 34, 29 Abr. 1917, p. 11.

O ano era 1919

Jornal: *Correio Paulistano.* São Paulo, nº 17.242, 31 Jul. 1911, p. 3.

Livro: SPYRI, Johanna. *Heidi's Lehr — und Wanderjahre.* [Br: *Heidi: A menina dos Alpes – Tempo de viajar e aprender*] Gotha: Friedrich Andreas Perthes, 1880, p. 89. Minha tradução

Livro: SPYRI, Johanna. *Heidi kann brauchen, was es gelernt hat.* [Br: *Heidi: A menina dos Alpes – Tempo de usar o que aprendeu*] Gotha: Friedrich Andreas Perthes, 1883, pp. 128 e 131. Minha tradução

Livro: PINTO, Alexina de Magalhães. *Cantigas das Creanças e do Povo e Danças Populares.* Rio de Janeiro: Livraria Francisco Alves, [1911], p. 30.

Livro: TELLESILLA (Nísia Floresta Brasileira Augusta). *A lagrima de um cahetê.* Rio de Janeiro: Typographia de L. A F. de Menezes, 1849, p. 30.

Livro: REIS, Maria F. dos. *Cantos á beira mar.* San Luiz do Maranhão: sem editora, 1871, p. 73.

Livro: AMALIA, Narciza. *Nebulosas.* Rio de Janeiro: B. L. Garnier, 1872, pp. 145 a 146.

Livro: ALMEIDA, Júlia Lopes de. *A Árvore.* Rio de Janeiro: Livraria Francisco Alves, 1916, p. 140.

Livro: MEIRELLES, Cecilia. *Espectros.* Rio de Janeiro: Editores Leite Ribeiro & Maurillo, 1919, p. 7.

O ano era 1920

Livro: SÈGUR, Condessa de. *As meninas exemplares.* Tradução do francez: Antonio Luis Teixeira Machado. Paris: Guillard, Aillaud e C.ª, 1887, s/p.

Livro: WILDE, Oscar. *Die Erzählungen und Märchen.* [Br: *Contos*] Berlin: Gnadenfeld, 1854, p. 47 a 55. Sem tradutor para o alemão. Minha tradução do alemão.

Livro: TAVARES, Paulo. *Mario Livro de leitura encyclopedica.* Rio de Janeiro: Livraria Garnier, 1870, p. 46.

Revista: *Eu Sei Tudo.* Rio de Janeiro, nº 13, Jun.1918, p. 85.

Livro em revista: STEVENSON, Robert Louis. *Treasure Island.* Em *O Tico-tico.* Rio de Janeiro, nº 53, 10 Out. 1906, p. 5.

Livro: DINARTE, Sylvio (Visconde de Taunay). *Lágrimas do coração.* Rio de Janeiro: F. Thompson. 1872, pp. 224 a 225.

O ano era 1921

Revista: *A Cigarra.* São Paulo, nº 165, 01 Ago. 1921, p. 6.

Jornal: *Correio Paulistano.* São Paulo, nº 18.142, 12 Jan. 1914, p. 7.

Jornal: *O Commercio de Santo Amaro.* Santo Amaro, nº 15, 04 Set. 1921, s/p.

Jornal: *A Tribuna*. Santos, nº 308, 30 Jan. 1921, p. 4.

Livro: Lobato, Monteiro. *A menina do narizinho arrebitado*. São Paulo: Monteiro Lobato & Comp., 1920.

Jornal: *Correio Paulistano*. São Paulo, nº 20.694, 10 Fev. 1921, p. 7. / nº 20.668, 14 Jan. 1921, p. 3.

O ano era 1922

Livro: Andrade, Mario de. *Paulicea desvairada*. São Paulo: Casa Mayença, 1922, p. 105 e depois p.29.

Livro: Bilac, Olavo. *Poesias*. Rio de Janeiro: H. Garnier, 1902, p. 50.

Jornal: Picchia, Menotti Del. "Arte moderna". Em *Correio Paulistano*. São Paulo, nº 21.058. 17 Fev. 1922, p. 2.

Revista: Picchia, Menotti Del. "Caso ou não caso?". Em *Revista Feminina*. São Paulo, nº 68, Jan. 1920, p. 29.

Revista: *A Cigarra*. São Paulo, nº 84, 30 Jan.1918, p. 48.

Revista: *Theatro & Sport*. Rio de Janeiro, nº 289, 22 Maio 1920, p. 19.

Música: Souto, Eduardo e Aragão, Lélis de. "Do sorriso da mulher nasceram as flores". Rio de Janeiro: Casa Edison, 1922. Disponível em https://www.youtube.com/watch?v=4yZoK_Sh3A0. Acesso em 04 Jan. 2025.

Música: Gonzaga, Chiquinha e Careca, Machado. "Corta jaca". Rio de Janeiro: Casa Edison. 1906. Disponível em https:// www.youtube.com/watch?v=t54XgK7s2n0. Acesso em 04 Jan. 2025.

Jornal: *Correio da Manhã*. Rio de Janeiro, nº 5.786, 08 Nov. 1914, p. 3.

Música: Pixinguinha. "Rosa". Rio de Janeiro, Casa Edison, 1917. Disponível em https://www.youtube.com/watch?v=13G-ClOhLPI. Acesso em 04 Jan. 2025.

Livro: Schiller, Friedrich von. *Gedichte*. [Br: *Poemas*] Leipzig: Siegfried Lebrecht Crusius, 1803, pp. 78 e 154. Minha tradução.

O ano era 1923

Livro: Affonso, João. *Tres seculos de modas*. Belém – Pará: Tavares Cardoso & Ca., 1923, pp. 35 e 38.

Livro: Rossetti, Christina. *Poems*. [Br: *Poemas*] London: Macmillan and Co., 1904, p. 234. Minha tradução.

Livro: Rio, João do. *Fados, canções e dansas de Portugal*. Rio de Janeiro: H. Garnier, 1909, pp. 502 a 503.

O ano era 1924

Revista: *A Vida Moderna*. São Paulo, nº 432, 15 Jun. 1922, s/p.

Jornal: *A Gazeta*. São Paulo, nº 5.265, 21 Jul. 1923, p. 5.

Livro: Dickinson, Emily. *Poems*. [Br: *Poemas*] Boston: Roberts Brothers, 1890, p. 102. Minha tradução.

Revista: *A Cigarra*. São Paulo, nº 205, 01 Abr. 1923, p. 27. / nº 206, 15 Abr.1923, p.1.

Música: Fróes, Leopoldo. *Mimosa*. Rio de Janeiro, Odeon, 1922. Disponível em https://www.youtube.com/watch?v=ICd6gSjB-8c. Acesso em 06 jan. 2025.

Livro: Austen. Jane. *Stolz und Vorurtheil*. [Br: *Orgulho e preconceito*]. Leipzig: C. H. F. Hartmann, 1830, p.3. Tradução para o alemão: Louise Marezoll. Minha tradução do alemão.

O ano era 1925

Livro: Macedo, Joaquim Manoel de. *A moreninha*. Rio de Janeiro: Typographia Franceza, 1844, p. 74. e depois pp. 21 a 22, 38 e 102.

Livro: *Diccionario da linguagem das flores*. Lisboa: Typographia Lusitana, 1868, pp. 4 e 101 a 102.

Revista: *O Futuro das Moças*. Rio de Janeiro, nº 40, 13 Fev. 1918, s/p.

Revista: *Revista Feminina*. São Paulo, nº 68, Jan. 1920, s/p.

Livro: Rossetti, Christina. *Poems*. [Br: *Poemas*] London: Macmillan and Co., 1904, p. 234. Minha tradução.

Livro: Mansfield, Katherine. *Poems*. [Br: *Poemas*] London: Constable & Co. Ltd., [1923], p. 30.

O ano era 1926

Livro: Abreu, Casimiro J. M. de. *As Primaveras*. Porto: Typographia do Jornal do Porto, 1866, pp. 95, 74 e 151, e depois 179.

Livro: Alcott, Louise. *Kleine Frauen oder Meg, Jo, Beth und Amy*. [Br: *Boas esposas*] Leipzig: Fr. Wilh. Grunow, 1886, s/p. Tradução para o alemão: Pauline Schantz. Minha tradução do alemão.

O ano era 1927

Livro: Barreto, Lima. *Histórias e sonhos*. Rio de Janeiro: Gianlorenzo Schettino, 1920, pp. 117, 119 e 120 a 121.

Revista: *A Cigarra*. São Paulo, nº 298, 1ª quinzena Abr. 1927, p. 11. / nº 245, 15 Jan.1925, p. 21. / nº 247, 2ª quinzena Fev. 1925, p. 2.

Revista: *A Cigarra.* São Paulo, nº 282, 1ª quinzena Ago. 1926, p. 41.

Jornal: *Diário da Noite.* São Paulo, nº 891, 01 Set.1927, p.1.

Aranha, Luis. "Crepusculo". Em *Klaxon.* Nº 6, 15 Out.1922, pp. 3 a 4.

O ano era 1928

Revista: *Selecta.* Rio de Janeiro, nº 46, 14 Nov. 1928, s/p.

Livro: Bíblia, N.T. S. Mattheus VI, 34. Em *A Biblia sagrada.* Tradução Antonio Pereira de Figueiredo. Lisboa: Deposito Rua Direita das Janellas Verdes 32, 1885, p.568.

Livro: G. M. (Alencar. José de.). *Senhóra — Perfil de mulher.* Rio de Janeiro: B. L. Garnier, 1875, pp. 124 a 126.

Revista: *Revista Feminina.* São Paulo, nº127, Dez. 1924, s/p.

Revista: *Revista da Semana.* Rio de Janeiro, nº 1, 27 Dez. 1924, p. 6. / nº 24, 02 Jun.1928, p. 43. / nº 29, 10 Jul.1926, p. 8. / nº 20, 07 Maio 1927, p. 36.

Mônica Reiche

Paulistana, nasceu em 1959. Estudou Psicologia na Universidade de São Paulo, onde também fez seu mestrado. Voltou-se para a área de Educação, na qual se dedicou ao desenvolvimento das habilidades de leitura e escrita de seus alunos. Tem Pós-graduação em Formação de Escritores e Especialistas em Produção de Textos Literários pelo Instituto Superior de Educação Vera Cruz. Desde 2015 atua como mediadora em grupos de leitura e ministra oficinas de escrita criativa. Também pela Quelônio lançou o volume de contos *Tempo de falta* (2017) e o romance *Inventário de outono* (2021).

Edição Bruno Zeni
Revisão Bruno Zeni e Mônica Reiche
Capa, projeto gráfico e diagramação Rafael Marcon
Produção gráfica Sílvia Nastari

Imagens: Desenho a grafite de Emilio Zahn, feito em 16 de julho de 1916 /Acervo da autora; Rua 15 de Novembro, foto de Guilherme Gaensly, c. 1905 / Acervo Museu Paulista (USP); Rua São Bento em 1911, foto de Guilherme Gaensly / Arquivo Público do Estado de São Paulo

Dados Internacionais de Catalogação na Publicação (CIP)
(Laura Emilia da Silva Siqueira CRB 8-8127)

Reiche, Mônica.
Ondas de tempo / Mônica Reiche; capa, Rafael Marcon.
1ª ed. São Paulo: Editora Quelônio, 2025.
480 p.; 16 x 23 cm.

ISBN 978-85-93229-64-0

1. Ficção: Literatura brasileira 2. Literatura brasileira: romance
I. Reiche, Mônica. II. Marcon, Rafael

13-20255 CDD 869.93

Índices para catálogo sistemático:
1. Ficção: Literatura brasileira
2. Literatura brasileira: romance
869.93

Editora Quelônio

Rua Venâncio Aires, 1072
Vila Pompeia
05024-030
São Paulo - SP
www.quelonio.com.br

Fontes: Grappa e Palatino Linotype
Papéis: Chambril Avena 80 g/m^2
Impressão: Rettec
Tiragem: 300 exemplares
São Paulo, abril de 2025